KB037179

1968, 푸에블로호 피랍 사건

함장 로이드 M. 부커의 뒷이야기

로이드 M. 부커 **지음**
양희완 **옮김**

이 책의 한국어판 저작권은 당사(연경문화사)가 여러 경로를 통해 추적해 보았으나,
원 저작권자(로이드 부커, 로즈 부커 사망) 및 저작권사의 존재 추적 불가로 인하여
미계약 상황에서 출간하게 되었음을 밝힙니다.
따라서 당사는 저작권법상 망자의 두 아들인 마이크 부커 및 마크 부커 씨의 행방도
수소문 해보았으나 역시 찾지 못하였기에, 만일 이 책이 출간된 뒤에라도 연락이 된다면
소정의 저작권료를 지불하여 한국 내 저작권을 정당하게 취득할 것임을 밝혀두는 바입니다.

1968, 푸에블로호 피랍 사건

함장 로이드 M. 부커의 뒷이야기

역자의 변(辯)

2014년 여름, 역자는 미국 인디애나주 블루밍턴에 있는 인디애나 대학을 객원 자격으로 방문했었다. 그러던 어느 날 시간적 여유가 생겨서 인근의 작은 책방을 찾아 이런저런 책들을 뒤져보고 있는데, '전쟁 서가'에서 낯익은 포켓북 〈Bucher: My Story〉를 발견하고선 강한 흥미를 느꼈다.

1970년에 발간된 책이니까 40년이 훌쩍 지나 있었고, 책장은 귀가 다 닳아서 그냥 사그라질 정도였다. 그러나 북한의 계속되는 도발은 사그라지지 않고 핵, 미사일 실험으로 오히려 더 위협적인 시기에, 그가 탔던 푸에블로는 왜 납치되었었고, 어떻게 처리되었고, 오늘날에는 어디에 있는가를 알 수 있는 단서가 될 것 같았다.

설레는 마음으로 책을 사 들고, 나는 숙소로 돌아와 즉시 읽기 시작했다. 샌프란시스코 이그재미너지가 써 놓은 표지 논평부터 빼놓지 않았다.

"나포되었던 푸에블로의 지휘관이 마침내 충격적인 실토를 하다! 너무나 생생하고 충격적이어서, 독자는 한순간도 눈을 뗄 수 없을 것이다."

새터데이 리뷰지는 "선상의 반란과 잔인한 바다…", "함장인 부커 중령은 비범하고 매력적인 사람으로 위험한 해역에서 비정규적인 임무를 수행하기 위해 결연했던 군인… 대단한 도덕적인 문제가 걸려 있는 문제를 단 한 순간에 결심해야 할 위기를 맞았고… 시련의 장기간 투옥 생활과 고문을 이겨내

4

며, 석방에 귀국을 했지만 피할 수 없는 군사재판… 그의 미해군에 대한 남다른 충성심과 영웅적 행동에도 불구하고 부커와 휘하 승조원들은 해군의 눈가림 수로 인해 희생양이 되고 말았다는 인상을 준다.…"

역자는 이것이 마치 나의 직업군인 일생과 비견되는 일일 것 같아서, 육해군 용어는 달라도 자세히 읽으며, 선후배 군인들이 함께 읽으면 타산지석으로 삼아 어떠한 위기 해결에도 도움이 되겠다는 확신을 가지게 되었다. 특히 1950~1960대에 선진 미해군 직업군인의 임관 과정부터 위관 및 초급 영관 장교 생활을 거치며 겪는 직업군인들의 애환이 어쩌면 오늘날 우리 군대, 직업군인들의 그것과 그렇게도 유사할까 하는 생각으로 식사 시간도 거르며 읽었다. 그리고는 이 책을 우리말로 옮겨, 모든 학교의 피교육생은 물론 부사관, 장교들이 읽어서 북한군과 대치 시에는 물론이요, 기타 어려운 임무를 수행할 때 참고할 교양이 되었으면 하고 바랐다. 그런데 행운이랄까, 군사서적을 전문으로 출판해 오던 연경문화사 이정수 사장이 때마침 흔쾌히 출판을 맡아주어서 우리말로 햇빛을 보게 되었다. 이 사장님, 감사합니다.

2018년 8월, 화랑대에서
육사 명예교수 양희완

5

1. 푸에블로(Pueblo)호

1944년 건조된 배로, 미육군이 경화물선(AKL, Auxiliary Cargo Light)으로 미국 연안에서 화물선으로 사용하다 1954년에 퇴역시켰다. 폐선에 가까운 선박 3척을 미해군이 인수하여 1966년부터 전자정보 수집함으로 개조, 수리. 외부 명칭을 GER(General Environmental Research) 즉, 환경조사선이라 하고 그중에 GER-1에는 '배너(Banner)', GER-2에는 '푸에블로(Pueblo)', GER-3에는 '팜비치(Palm Beach)'라는 통상 명칭을 부여했다. 때때로 AGER처럼 A를 추가한 경우에는 '보조선(Auxiliary)'이란 의미로 통한다. 푸에블로라는 명칭은 인디언 종족의 이름에서 유래된 콜로라도의 한 도시 이름이며, 개조한 푸에블로는 'The USS Pueblo'라는 정식 미국 군함으로 태어났다. AGERs는 이들 3척의 환경조사선을 지칭한다.

푸에블로의 초대 함장은 로이드 M. 부커(Lloyd M. Bucher) 소령(도중에 중령 진급). 애칭은 '피트(Pete)'. 배의 길이는 54m×10m, 총배수량은 895톤, 최고속도 13노트, 추진장치는 8기통 디젤엔진 2기, 프로펠러 2개.

2. 푸에블로의 임무와 동해로의 출항

1968년 1월 11일, 일본 사세보항을 출발하여 북에서 남으로, 청진, 성진, 미양도, 원산으로 남하하며 북한 및 소련의 전자정보 감청 및 수집 후 2월 4일 사세보항에 귀환 예정이었으나 1월 23일 12시 15분경 원산 앞바다 공해상에서 북한 해군에 피랍되었다.

3. 피랍 후 미–북 접촉

1968년 1월 21일, 북한의 무장 게릴라들이 청와대를 침투 시도한 사건을 계기로 판문점에서 유엔사의 요구로 1월 24일 제261차 군사정전위원회를 개최할 예정이었는데, 그 하루 전에 '푸에블로 피랍 사건'이 발생함에 따라, 두 사건을 함께 논의하기로 하였다. 유엔사 측 대표 존 V. 스미스 미해군소장과 북한 측 대표 박중국 소장은 최초 접촉을 하며, 2월 2일부터 12월 23일까지 총 29회 회담을 개최하였다.

4. 쟁점

* '푸에블로'의 북한 영해 침범 여부.
* 간첩행위 여부.
* 미국 정부의 사과와 승조원 송환 여부.

5. 회담 진행

* 2월 15일, 6차 회담에서 북한은 영해침범 사과, 재발금지 확약 요구.
* 4월 22일, 제15차 회의에서 미국은 '푸에블로'가 정보수집함이었다고 시인. 미국 측은 영해 침범이 사실일 경우에 유감 표명하겠다고 통보.
* 5월 8일, 제16차 회의에서 미국 대표 교체. 새로운 대표는 육군 소장 길버트 우드워드(Gilbert H.Woodward).
* 9월 30일 북한 측은 사과문에 서명하면 승조원 석방 가능 시사.
* 12월 23일, 제29차 회의에서 미국은 사과문에 서명, 승조원 송환.

6. 석방 절차

12월 23일 11:00 승조원 석방을 시작하기로 했으나, 실제로는 30분 지난 11:30에 판문점의 '돌아오지 않는 다리(Bridge of No Return)'를 통해 승조원들을 송환하였다.

부커 함장이 선두에 서고, 듀안 하지스 시신이 따르고, 그다음엔 낮은 계급자부터 차례로 '돌아오지 않는 다리'를 통해 승조원 모두가 돌아왔다.

참고 1. 로이드 M. 부커의 생애 요약

고아로 어렵게 자랐지만 겸손하고 베풀 줄 알고, 결단력 있는 거인. 입양아로 자라다가 양부모가 사망하자 친척집을 전전하였다. 7~8세에는 쓰레기통을 뒤지며 살 정도였으나, 아이다호의 천주교 고아원에 들어가 네브래스카 보이스타운에 정착하였다. 공부를 시작하며 학업과 스포츠 등에서 발군의 실력을 발휘하고, 네브래스카 대학을 졸업하였다. 그 후 해군에 입대하여 임관되었다.

잠수함 승선 후 '푸에블로호' 탑승 요원으로 발탁되어 한국의 동해안에서 북한 선박의 동향을 파악하며, 통신감청을 하다가 북한 어뢰정 등 6척(북한 해군 구잠함 2척, 초계정 4척, 미그기 2대)에 의해 피랍되었다.

1968년 1월 23일에 납북되어 11개월간의 포로 생활을 하였다. 자신의 함정을 지키지 못했다고 군법회의에 회부될 뻔했으나, 존 채피 해군장관이 기각함으로써 처벌을 면하고 1989년 승조원들과 함께 '전쟁포로 훈장'을 받으며 명예를 회복하였다. 귀국 후 샌디에이고에서 가족과 함께 살다가 1973년 중령으로 퇴역하였다.

30년 이상을 샌디에이고 포웨이에 거주하면서 수기(手記)인 "Bucher: My Story"를 저술·출간했다. 그러나 북한군의 고문 후유증과 폐기종, 석면증 등으로 2004년 1월 28일(76세) 샌디에이고의 한 요양원에서 숨졌다. 장례는 샌디에이고의 포인트 로마 반도의 포트 로즈크랜스 국립묘지에서 해군장으로 치러졌다. 유족으로는 부인, 두 아들, 손자 등이 있었지만 부인 로즈 부커도 2016년 10월에 87세 나이로 사망하여 남편 옆에 안장되었다.

참고 2.

1968년 푸에블로 나포사건 당시 미국은 엔터프라이즈 항모와 최신예 전투함과 전투기를 원산 앞 공해상에 집결하고 일본, 괌, 오키나와 기지까지 전시상황에 돌입했었다.

참고 3. 푸에블로 승조원 명단(직책, 계급, 성명, 출신지)

Commander *Lloyd M. Bucher*, Lincoln, Nebraska
Lieutenant *Stephen R. Harris*, Melrose, Massachusetts
Lieutenant *Edward R. Murphy*, San Diego, California
Lieutenant (jg) *F. Carl Schumacher*, St. Louis, Missouri
Ensign *Timothy L. Harris*, Jacksonville, Florida
Chief Warrant Officer *Gene H. Lacy*, Seattle, Washington

Boatswain's Mate 1st Class *Norbert J. Klepac*, San Diego, California
Boatswain's Mate 2nd Class *Ronald L. Berens*, Russell, Kansas
Boatswain's Mate 3rd Class *Willie C. Bussell*, Hopkinsville, Kentucky
Chief Engineman *Monroe O. Goldman*, Lakewood, California
Chief Communications Technician *James F. Kell*, Culver City, California
Commissaryman 2nd Class *Harry Lewis*, springfield Gardens, New York
Commissaryman 3rd Class *Ralph E. Reed*, Perdix, Pennsylvania
Communications Specialist *Victor D. Escamilla*, Amarillo, Texas
Communications Technician 1st Class *David L. Ritter*, Union City, California

Communications Technician 1st Class *Don E. Bailey*, Portland, Indiana

Communications Technician 1st Class *Donald R. Peppard*, Phoenix, Arizona

Communications Technician 1st Class *Francis J. Ginther*, Pottsville, Pennsylvania

Communications Technician 1st Class *James A. Shephard*, Williamstown, Massachusetts

Communications Technician 1st Class *James D. Layton*, Binghamton, New York

Communications Technician 1st Class *Michael T. Barrett*, Kalamazoo, Michigan

Communications Technician 2nd Class *Charles R. Sterling*, Omaha, Nebraska

Communications Technician 2nd Class *Donald R. McClarren*, Johnstown, Pennsylvania

Communications Technician 2nd Class *Elton A. Wood*, Spokane, Washington

Communications Technician 2nd Class *Michael W. Alexander*, Richland, Washington

Communications Technician 2nd Class *Wayne D. Anderson*, Waycross, Georgia

Communications Technician 3rd Class *Angelo S. Strano*, Hartford, Connecticut

Communications Technician 3rd Class *Anthony A. Lamantia*, Toronto, Ohio

Communications Technician 3rd Class *Bradley R. Crowe*, Island Pond, Vermont

Communications Technician 3rd Class *Charles W Ayling*, Staunton, Virginia

Communications Technician 3rd Class *Earl M. Kisler*, St. Louis, Missouri

Communications Technician 3rd Class *Jerry Karnes*, Havana, Arkansas

Communications Technician 3rd Class *John A. Shilling*, Mantua, Ohio

Communications Technician 3rd Class *John W. Grant*, Jay, Maine

Communications Technician 3rd Class *Paul D. Brusnahan*, Trenton, New Jersey

Communications Technician 3rd Class *Peter M. Langenberg*, Clayton, Missouri

Communications Technician 3rd Class *Ralph McClintock*, Milton, Massachusetts

Communications Technician 3rd Class *Rodney H. Duke*, Fayette, Mississippi

Communications Technician 3rd Class *Steven J. Robin*, Silver Spring, Maryland

Electrician's Mate 1st Class *Gerald Hagenson*, Bremerton, Washington

Electronics Technician 2nd Class *Clifford C. Nolte*, Menlo, Iowa

Engineman 1st Class *William W. Scarborough*, Anderson, South Carolina

Engineman *Darrel D. Wright*, Alma, West Virginia

Engineman *Rushel J. Blansett*, Orange, California

Fireman *Duane Hodges*, Creswell, Oregon

Fireman *Howard E. Bland*, Leggett, California

Fireman *John A. Mitchell*, Dixon, California

Fireman *John C. Higgins, Jr.*, St. Joseph, Missouri

Fireman *Larry E. Strickland*, Grand Rapids, Michigan

Fireman *Michael A. O'Bannon*, Beaverton, Oregon

Fireman *Norman W. Spear*, Portland, Maine

Fireman *Peter M. Bandera*, Carson City, Nevada

Fireman *Richard E. Arnold*, Santa Rosa, California

Fireman *Richard I. Bame*, maybee, Michigan

Fireman *Steven E. Woelk*, Alta Vista, Kansas

Fireman *Thomas W. Massie*, Roscoe, Illinois

Gunner's Mate 2nd Class *Kenneth R. Wadley*, Beaverton, Oregon

Hospital Corpsman 1st Class *Herman P. Baldridge*, Carthage, Missouri

Marine Sergeant *Robert J. Chicca*, Hyattsville, Maryland

Marine Sergeant *Robert J. Hammond*, Claremont, New Hampshire

Photographer's Mate 1st class *Lawrence W. Mack*, San Diego, California

Quartermaster 1st Class *Charles B. Law*, Chehalis, Washington

Quartermaster 3rd Class *Alvin H. Plucker*, Trenton, Nebraska

Radioman 2nd Class *Lee R. Hayes*, Columbus, Ohio

Radioman 3rd Class *Charles H. Crandall*, El Reno, Oklahoma

Seaman *Dale E. Rigby*, Ogden, Utah

Seaman *Earl R. Phares*, Ontario, California

Seaman *Edward S. Russell*, Glendale, California

Seaman *John R. Shingleton*, Atoka, Oklahoma

Seaman *Larry J. Marshall*, Austin, Indiana

Seaman *Ramon Rosales*, El Paso, Texas

Seaman *Richard J. Rogala*, Niles, Illinois

Seaman *Robert W. Hill*, Ellwood City, Tennessee

Seaman *Roy J. Maggard*, Olivehurst, California

Seaman *Stephen P. Ellis*, Los Angeles, California

Senior Chief Communications Technician *Ralph D. Bouden*, Nampa, Idaho

Signalman 2nd Class *Wendell G. Leach*, Houston, Texas

Steward's Mate *Rogelio P. Abelon,* Ambabaay, Philippines

Steward's Mate *Rizalino L. Aluague*, Subic City, Philippines

Storekeeper 1st Class *Policarpo P. Garcia*, Point Mugu, California

Yeoman 1st Class *Armando M. Canales*, Fresno, California

Harry Iredale, III (Civilian), Holmes, Pennsylvania

Dunnie Tuck (Civilian), Richmond, Virginia

목차

제 1 장

…퓨젯 사운드(미국 워싱턴주 북서부에 위치한 커다란 만(灣)) 해군창에서 재취역 예정인 미군함정 '푸에블로호'의 임시지휘관으로 잠정 근무 후, 동 함정 취역시 정식 지휘관 근무를 명 받았다고 미태평양함대사령관에게 신고할 것.

〈1966년 12월 9일. 로이드 부커 소령에 관한 인사 명령 중에서〉

내 인생의 위기였던 1968년 1월 23일, 공해상에서 나의 함정 푸에블로가 북한군 함정에 의해 불법적으로 피랍되었던 당시를 되돌아보건대 나는 언제, 어디서부터 재앙의 첫 단추가 끼워졌었는지 정확히 알 수가 없다. 나는 모험이나 스릴을 피할 마음은 없었다. 오히려 그런 것들을 찾아서 즐기되 언제나 세밀한 계획과 엄격한 규칙을 지켜왔다. 그런데 무슨 운명의 장난으로 평범한 가정 태생으로서 몸 바쳐 열심히 근무해 온 무명의 해군장교였던 나, 로이드 부커가 수많은 사람의 생사에 영향을 미치고 미국 국방정책의 뿌리까지 흔들었던 이번 사태에서 불명예스러운 악역을 맡게 되었단 말인가.

군법회의에 회부 및 견책을 건의했던 사문위(査問委) 5명의 제독보다 고위직의 한 인사가 '그들은 이미 고통을 받을 만큼 받았다'고 선의 같지만 계산된 선심을 쓰며 그 건의를 뒤집음으로써 사건은 공식적으로 끝이 났다. 그러나 추가 폭로를 두려워하는 소수의 사람들이나, 낡은 해군 전통에 물들어 오늘날의 살벌한 국제적 분쟁 현실을 받아들이기를 꺼리는 사람들을 제외하고는, 이 사건이 끝난 것이 아니라고 생각하는 사람들이 미해군 내외에 많이 있다. 시원하게 밝혀지지 않은 내용이 너무나 많아서 전통을 고수하는 사람들이나 회의적인 사람들 모두의 마음은 편할 수가 없을 것이다. 나와 운명을 함께 했던 장교와 병사들도 자신들이 정말 '영웅'인지, 아니면 일부 비난하는 사람들의 말처럼 굴욕적인 항복을 했던 '무기력한 집단'이었는지 헷갈릴 정도다. 함장이었던 나로서는 '푸에블로 사건'이 영구미제로 남는다면 극한적인 대치와 북한 수용소에서 고초를 함께 겪었던 나의 부하들은 그들을 따라다닐 의심의 짐을 짊어지고 살아야 할 것이며, 나도 외로운 지휘자로서의 책임 때문에 나름대로 짐을 지고 평생을 살아가야 할 것이다.

〰

　푸에블로와 나의 인연은 1966년 12월 오전에 일본 요코스카의 미7함대 기지에서 맺어졌다. 당시에 나는 제7잠수함대의 작전장교 보좌관으로 근무하고 있었다. 부사관 한 명이 파견 명령지를 들고 내 사무실에 들어왔다. AKL 44(육군 전용선으로 만들어져 연안에서 군수품을 운송하던 경화물선)의 지휘관으로 선발되었으니 귀국하라는 내용이었다. 우선 하와이함대사령부에서 '방아벌레 작전'에 관한 극비 브리핑을 받고, 워싱턴 D.C.의 해군보안처에서 보다 상세한 작전 내용을 들은 다음, 제13해군구역본부와 브레머튼(퓨젯 사운드 만에 위치한 항구도시)에 있는 퓨젯 사운드 해군창에 도착하여 지휘관 신고를 하도록 되어 있었다. '방아벌레 작전'이란 잠재적인 적국 인근 해안에서 소형 비무장 해군 보조함이 독립적으로 전개하던 무선전자정보수집 프로그램의 암호명이었다. 그때 AKL 44는 그러한 목적으로 수리를 거쳐 재취역하면서 미해군 푸에블로호(USS Pueblo)로 거듭나게 되었다.

　당시에 그와 같은 인사명령은 나에게 심적인 갈등을 안겨주었다. 우선 더 이상 잠수함 근무를 못하고 수상(水上)으로 밀려나는구나 하는 뼈저린 생각을 하게 되었다. 잠수함 근무자들은 잠수함 이외의 보직을 받으면 자신들의 능력에 한계가 왔음을 인식하고 잠수함 지휘관이 되려던 꿈을 접어야 했다. 그렇게 나의 인사명령은 내 생애에서 쓰라린 전환점으로 다가왔다.

11년 동안을 잠수함에 승함해서 열심히 근무하며 잠수함 지휘관의 꿈을 꾸어왔던 나였다. 나는 수학(數學)에서 학위를 못 받았기 때문에 핵잠수함 함장은 될 수 없다는 건 진작 알고 있었다. 그러나 다양한 특수 임무에 이용되는 디젤 스노클형 잠수함의 지휘관 희망은 버리질 않았었다.

사실 나는 과거 다섯 명의 지휘관들로부터 정식으로 추천을 받기도 했으며, 14척의 잠수함 함장직에 69명의 유자격자들과 경쟁을 하면서도 내 꿈이 이루어지리라는 희망을 버린 적이 없었다. 그러나 이번 명령은 그러한 나의 꿈을 산산조각 내버렸다. 이제껏 수년 동안 나의 자긍심의 원천이 되었던 강철 같은 조직, 어디에도 비할 데 없이 충천한 사기를 지녔던 정예군에서 밀려난 것이다. 그 대신 제7잠수함대(일본 요코스카항에 기지를 둔 7함대에 배속된 잠수함 본부) 근무 시에 조금 알게 되었던 비밀 작전을 수행하게 되었는데, 이런 일은 내가 바랐던 것이 아니었다. 그러니 이번 보직 변경은 결코 행복한 것일 수가 없었다.

그러나 다른 한편으로 생각하면, 새로운 보직에도 '해군 지휘관'이 된다는 장기복무 해군장교들의 성취감이 없지는 않았다. 자격이 충분히 갖춰졌어도 7만 명이 넘는 해군장교가 1천 척도 안 되는 함정을 놓고 경쟁하는 현실에선 누구에게나 돌아오는 행운은 아니었다. 그래서 마음속으로는 커다란 실망감을 느끼면서도 긍정적인 면을 부각시킬 요량으로 나는 수화기를 들고 요코스카에 머물던 아내와 두 아들을 불러냈다.

"여보, 로즈! 알아맞춰봐요. 마침내 나도 내 배를 가지게 되었소."

수화기 속에서 기쁜 함성이 들렸다.

"정말 멋져요! 무슨 배예요?"

나는 침착하게 대답을 하려고 노력했지만 약간의 망설임을 감추지는 못했다. 로즈는 나만큼이나 해군 잠수함 명칭이나 척수(隻手)를 잘 알고 있었기 때문이었다.

"푸에블로호요."

"푸에블로? 그게 무슨 배예요?"

로즈의 목소리에는 낙담하는 기색이 역력했다.

"경보조화물선이라는 거요. 이 배의 명칭에서 화물이란 단어는 무시해도 되오."

나는 이렇게 말하면서 나 자신은 물론 아내도 안심시키려고 했다.

"내가 화물선 선장이 되는 게 아니고, 비밀 작전이 담긴 일이기 때문에 말로는 다 못할 것 같아서 워싱턴에서 브리핑을 받은 뒤에 퓨젯 사운드 해군창에 가서 푸에블로호를 취역시킨다는 점만 알아두구려."

"그러면 우리 가족은 모두 귀국한다는 뜻인가요?"

로즈가 다그쳐 물었다.

"저녁 식사 시간에 이야기해줄게요. 지금은 할 일이 너무 많아. 끊을게."

나는 문제가 좀 복잡해서 더 이상 대답하지 않고 성급히 수화기를 내려놓았다. 그리고는 부지런히 이임 준비를 위해 자질구레한 일들을 챙겼지만 한 일은 별로 없었다. 사무실을 돌면서 동료들에게 인사 명령 내용을 알렸더니 그들은 축하한다는 뜻으로 장시간 점심 회식을 베풀었다. 동료 장교들은 내가 처음으로 시작하는 지휘관 생활에서의 성공을 기원하면서 축하해주었지만, 그들의 마음속에는 잠수함을 떠나는 동료에 대한 연민과 동정심 같은 것이 깔린 듯했다. 처음에는 푸에블로와 그 임무에 관해 말하다가 대화가 길어지면서 잠수함 이야기로 되돌아가자 내 기분도 자랑보다는 실망 쪽으로 바뀌어갔다. 이제껏 사귀었던 좋은 동료들의 곁을 떠난다는 것이 현실이어서, 겉으로는 애써 아니라고 다짐했지만 전혀 다른 업무를 수행하게 될 터이니 우리의 관계는 소원해질 수밖엔 없을 것이 분명했다.

점심 식사 후에 동료들과 헤어져서 나는 홀로 요코스카항 내 해군 도크로 차를 몰았다. 내가 지휘하게 될 선박과 동종 선박인 '배너호'를 자세히 살펴볼 요량이었다. 배너호도 모호한 임무를 수행하기 위해서 경화물선을 개조했던 선박이었으며, '방아벌레 작전'의 연장선에 있었던 원형 선박이었기 때문이었다. 만일 배너호가 해군 고유의 납 색깔 대신 검은 바탕에 담황색 칠을 하고, 다양한 안테나 줄로 복잡하게 얽힌 돛 대신 통상적인 화물 취급용 기둥들을 장비하고 있었더라면 그것은 대양에는 나서지 못하고 주변, 특히 연안에서 작은 섬과 섬 사이를 부정기적으로 운항하는 화물선으로 여겨졌을 것이다. 이웃 부두에 줄지어 정박하고 있는 말쑥한 구축함과 프리깃함들에 비하면 왜소하고 전혀 해군 선박 같지 않은 것이었다. 제7잠수함대의 작전 보좌관이었던 나는 배너호의 비밀 작전을 알고 있었고, 그 배의 기만적인 겉모습도 보잘것없다는 것을 잘 알고 있었다.

배너호의 함장은 로버트 비숍 대위였다. 그는 자신의 선박에 나를 안내하면서 대단한 자부심을 보이며 열정적이었다. 러시아와 중국 연안에서의 임무를 수행하면서 정말로 함장 생활을 즐겼나보다 하는 생각이 들었다. 경화물선은 통상 정원의 3배 정도는 수용할 수 있어서, 협소한 숙소도 나 같은 잠수함 근무자에게는 폐소공포증 같은 것을 유발하지는 않겠지만, 넓은 수상 함정에 익숙한 장병들에게는 꽤 좁게 느껴질 수도 있을 것 같았다. 한때 공터 같았을 중갑판엔 상자 같은 상부구조물이 들어서 있고, 그 속에는 전자 통신 및 감청 장비가 꽉 들어차 있었다.

이곳에 배치된 30명 남짓한 병사들을 'CTs(통신전자 감청 및 분석을 전담하는 통신특기병)'라고 불렀는데, 이들이 거처하는 곳도 '특수작전구역'이라고 해서 비밀구역으로 지정하고 비인가자는 출입을 금하고 있었다. 화물을 싣던 칸은 개조하여 저장실, 냉장창고와 여분의 숙소로 만들어 3층 침대를 넣었다. 함교의 시야는 확 트였으나, 근처 구석구석은 빈 공간이 없어서 좌현에서 우현으로 이동하려면 사령탑과 항해장비를 멀리 돌아야만 할 정도였다. 엔진은 최고 13.1노트로 항해할 수 있는 쌍 스크루를 장비한 한 쌍의 GM 디젤기관이었다. 보조엔진실이 있어서 특수작전구역에서 쓰이는 추가 전력을 생산했다. 선박의 배수량은 960톤, 길이는 176피트(구축함의 평균 배수량은 2,200톤, 길이는 320피트)였다. 대체로 보통의 예인선보다 작은 편이었다.

쪽방 같은 선장실에 앉아서 우리 두 사람은 선박 자체의 문제점과 '방아벌레 작전'에 관해서 이야기를 나눴다. 이때 비숍 대위는 내가 참고할 만한 일들을 많이 말해 주었다. 우선 공산 측 선박에 의해서 방해받은 일을 예로 들었다. 황해 상에서 임무를 수행하는데 중공(中共) 측의 트롤선들이 에워싸고 위협하는 바람에 자기는 미7함대구축함과 제5공군기들에 지원을 요청해서 빠져나올 수 있었다는 것과 또 한 번은 러시아 순시선 한 척이 근접하여 위협을 가하더니 실제로 배너호에 충돌했지만 다행스럽게도 선체에 구멍 하나 나지 않았다는 이야기였다.

비숍 대위는 어려웠던 인사상의 문제도 이야기했다. 통신특기병들은 교육 수준이 높지만 변덕스러운 데다가 함상에서의 잡역은 좀처럼 하지 않으려고 했으며 특수작전구역에서의 업무가 끝난 때에는 마치 일반 여행객처럼 행동할 특전을 요구하기도 했다는 것이다. 게다가 뱃일 경험이 거의 없기 때문에 배가 폭풍우에라도 휩싸이면 욕지기를 하거나 부딪쳐 타박상을 입기가 다반사였다. 또한 함상에서 일반 수병들과 잘 협조하며 어울리다가도 이들의 파견대장이 비숍보다 상위 계급인 소령인 경우에는 일이 꼬이기 일쑤였다는 것이다.

비숍은 선박 자체 문제에 관한 이야기도 꺼냈다. 2차 세계대전 시, 소위 돌파생산계획(군수품을 다량으로 신속하게 만들었던 일)하에서 전혀 상이한 군수 기능을 위해 건조했던 폐선박이기 때문에 배너호는 잔고장이 잦았으며, 엔진 두 개가 모두 멈춰 서는 일도 있었다고 말해주었다.

비숍 대위는 그러한 난관을 무릅쓰고도 유익한 첩보를 수집했던 자신의 임무가 매우 성공적이었다고 자랑했다. 특수작전구역의 특기병들이 공공연히 미국에 적대적인 군사행동이나 의도를 감청하는 새로운 방법을 개발하는 등으로 공산 측 레이더와 통신망을 뚫고 들어감으로써 제 몫을 해냈단다.

위태로웠지만 작은 배너가 이들을 싣고 비우호적인 바다에 들어가서 인간은 물론 자연이 안겨주는 갖은 고초를 이겨내면서 장병들은 지칠 대로 지쳤지만 용감하게 모항인 요코스카에 귀환했다. 그러니 까마득하게 멀리 떨어져 있는 국방성의 상급자들이 그에게 더 많은 요구를 했던 것도 놀라운 일이 아니었다. 멀리 떨어진 작전지역의 거리나 가까이하기엔 너무나 높은 계급이 장벽 역할을 하기 때문에, 비숍과 그의 배너호는 맥나마라 국방장관의 소위 비용-효과 이론을 실천에 옮긴 완벽한 사례가 되었던 셈이었다.

나는 내가 받게 될 도전에 스스로 도취되어 이곳을 방문하기 전에 가졌던 걱정을 날려버릴 수 있었다. 도전은 바로 나의 정신적 보약 같은 것이었는데, 배너 함장과 이야기를 나누는 동안에 내가 제7잠수함대를 떠난 것이 대단히 매력적인 보상이 될지도 모른다는 생각도 들었다. 그날 오후 늦게 자리를 떠나, 기분이 한결 홀가분한 채로 내 가족에게 곧 닥칠 문제점들을 이야기할 생각이었다. 우선 저렴한 입주비와 생활비를 포함하여 주일미해군장교들에게 제공되었던 안락한 주거를 모두 포기해야 한다는 점 등등. 호기심을 유발하는 새 보직이 일시적인 불편을 보상해 주리라는 희망이 없지는 않았다. 로즈도 기쁘게 나를 포옹으로 맞아주었다.

"선장님, 안녕!"

애써 즐거운 표정을 지었지만, 로즈는 해군 장병 가족들이 공통으로 지닌 이사에 관한 긴장감까지를 감출 수는 없는 듯했다. 14살과 12살 난 두 아들 마크와 마이크에 관한 걱정도 떨쳐버릴 수가 없었을 것이다. 사다리꼴 해군 계급 구조에서 비교적 상층부에 속하기는 했지만, 평균 2년에 한 번꼴로 이사를 하게 됨으로써 받는 고통은 적지 않았다. 가재도구를 몽땅 싸서 옮겨야 하고, 이사할 곳에 관한 정보도 별로 없는 상황에서 친한 친구로부터 멀리 떨어져야 한다. 학생들은 종종 학기 도중에 정든 학교를 떠나 새로운 곳으로 여행한다는 들뜬 기분도 잠시, 낯선 교실, 낯선 선생님, 새로운 학우들을 만나 갈등을 느끼는 경우가 허다하다. 다행히도 우리 가족은 상호 유대가 강하고 해군에 대해서도 책임감을 지니고 있어서 변덕스러운 나의 군인 생활이 가족에게 안겨주는 압박을 그리 크게 느끼지는 않았다.

그날 저녁 식탁에 둘러앉아 식사를 하면서 우리는 호기심 끌리는 앞으로의 나의 함장 생활에 관해 이런저런 이야기를 하면서 즐거웠다. 마크와 마이크는 어느새 요코스카 해군기지 안에 있는 학교를 떠난다는 생각에 아쉬워하면서도 고향인 미국으로 돌아간다는 생각에 들떠서 이별의 아픔쯤은 참는 듯했다. 로즈도 나와 장기간 떨어져 살아야 할지도 모른다는 걱정스러운 이야기를 했지만 2년 동안 일본에서의 생활을 접고 귀국할 채비를 했다. 그래서 지난날의 일들은 뒤로 미루고, 잠수함에 관한 이야기는 더 이상 안 하기로 했다. 대신에 푸에블로에 관한 질문을 쏟아냈다. 나는 알면서도 어떤 부분엔 대답을 해 줄 수가 없었다. 보안 규정에 선박 운용상의 비밀 내용에 관해서는 비인가자인 외부인에게는 물론이고, 자기 가족에게도 말할 수 없게 되어 있었기 때문이다. 그래서 나는 푸에블로가 배너의 자매선이며 맡은 임무도 해군에서 흔히 사용하는 완곡어법으로 특별한 '연구 차원'이라고 에둘러 말해주었다. 아내와 큰 아이가 의아해하는 눈치를 교환했지만 더 이상 묻지 않는 게 좋겠다고 생각한 듯했다. 아이들이 모두 잠자리에 든 뒤에야 비로소 로즈는 마음에 담아두었던 질문을 했다.

"우릴 떼어놓고 당신 혼자 가서 푸에블로를 일본으로 가져와야 하는 것 아니에요?"

"그럴 것 같아. 법 규정을 피해 갈 방법은 없어 보여요."

나는 이렇게 대답하고, 미-일 조약상에 일본을 모항으로 사용하는 선박 근무자의 가족이나 일본 연안의 군관계 시설에서 근무하는 장병의 가족만 매점과 환전소를 이용하는 특전을 누릴 수 있게 되어있다고 설명해 주었다.

내가 탈 함정이 아직 미국에서 취역하지도 않았고 브레머튼 해군창에서 장기간 개조작업을 해야 했기에 성능 시험 및 훈련 운용을 포함하면 적어도 4개월 정도 일본을 떠나 있어야 했다. 그동안 가족은 귀국을 하거나 주일미해군기지를 떠나서 일반 여권과 비자를 받아서 일본 내에서 마치 여행객처럼 살아야 할 처지였다.

당시 소령 봉급으로는 세 식구의 태평양 횡단 항공권을 구매하기란 벅찼다. 해군 당국에서 가족의 귀국 항공편은 마련해 주겠지만, 왕복표를 마련해 주지는 않을 것이다. 그렇다고 가족들을 4개월여 동안 인플레이션이 심한 일본 경제 상황 속에 내버려 둘 수도 없었다. 논리적인 해결책은 군 당국의 정책을 따라 나와 가족 모두가 귀국해서 함께 살다가 나만 푸에블로를 타고 극동 지역으로 돌아오는 것이었다.

그러나 나는 원래 문제를 꼬치꼬치 캐는 기질인 데다 기성 사회의 관료적 규정들에 항거하는 성질이 있어서, 로즈에게 어쩔 수 없는 현재 상황에 따르자고 말해 주는 대신에 "어떻게든 방법을 찾아봅시다."라고 말했다. 로즈도 "참으로 어이없는 상황이네요."라고 불평하기보다는 그냥 받아들이면서 "최선을 다 해봐야지요."라고 했다.

이렇게 우리가 고민하고 있는데 때마침 이웃 부부 몇 쌍이 찾아왔다. 누구나 부러워하는 함장 직책으로 승진한 나를 축하해 주려고 찾아온 것이다. 물론 이들은 모두 잠수함 근무자와 그 가족들이었다.

이후 계속된 8일간은 정말 눈코 뜰 새 없이 바쁜 나날이었다. 내가 참모로 근무했던 제7잠수함대 후임자 교육을 담당하랴 푸에블로를 이끌고 요코스카에 돌아올 4개월여 동안 가족을 일본에 체류시킬 방법을 찾아보려고 주택 관리소 직원들과 실랑이하랴 정말 힘들었지만 소용이 없었다. 미군 주둔에 관한 미-일 양국 정부 간의 협정(일본에서는 매우 민감한 정치 문제) 때문에 나의 노력은 동정은 샀으나 만족스러운 해답은 얻을 수 없었다.

귀중한 시간만 날려버린 결과, 로즈는 다급하게 짐을 꾸려 친정이 있는 미주리의 제퍼슨시로 부치고, 기약도 없는 기간을 그곳에서 지내기로 했다. 짐 꾸리는 동안에도 나는 로즈를 도와줄 시간을 내지 못했다. 잠수함대에서 일을 끝내고 시간이 남으면 바로 배너로 건너가 실물 내용과 친숙해지려 노력했고 배너의 장병들과 이야기도 나누고 항해일지도 꼼꼼히 살피며 작전 보고서들을 연구하는 데 시간을 다 써버렸기 때문이었다.

이 기간에 비숍 대위가 함정지휘권을 클라크 소령에게 인계했다. 클라크 소령은 잠수함 근무 시에 알고 지내던 친구였으며, 그도 '방아벌레 작전'에 투입되면서 수상으로 올라온 것이다.

그를 만나서 나는 안심이 되었다. 장기간 독립 작전을 수행하는 임무에 경험을 쌓은 장교가 필요하며, 우리 같은 잠수함 근무자들은 따라서 한직으로 밀려나는 것이 아니라 수상 첩보함의 지휘관으로 발탁되었다는 것을 확인해준 셈이었으니까. 특수한 책임을 짊어진 정예 장교라는 신분이 손상되지 않은 것이었다. 우리의 사기도 높았다.

12월 22일 저녁에는 동료들이 송별회를 열어주었는데, 옛 동료들과 제7잠수함대 요원들이 많이 참석했다. 몇몇 일본인 친구들이 고맙게도 작별 선물을 가지고 나왔다. 그다음 날 심야에 나와 내 가족은 짐을 끌고 도쿄 비행장에 나가 제트 비행기에 탑승했다. 2년 반여 동안 우리의 삶의 일부였던 일본이 갑자기 발밑 어둠 속으로 사라지고 도쿄의 밝은 불빛도 아스라이 기억처럼 희미해져 갔다. 몇 시간을 날았을까, 태평양 상공에서 새벽을 맞았고 날짜 변경선을 지나면서 나는 두 아이에게 12월 23일이 반복되는 이유를 장황하게 설명해 주었다.

우리는 하와이의 호놀룰루 호텔에서 크리스마스를 지냈다. 귀국 도중에 잠시 멈춰서 명절 기분을 즐기면서 아이들은 하얀 파도 속에서 썰매를 타는 듯한 행복감을 맛보았다. 그동안 나는 태평양사령부에 출두해서 새 보직에 관한 최초 브리핑을 받았다.

1967년 1월 1일에 우리는 LA에 도착했는데, 때마침 로즈볼 풋볼 경기가 열리고 있어서 그 경기를 관람했다. 미국을 떠난 뒤에 처음으로 다시 보는 대학생 풋볼 경기였다. 옛날 잡지에서 본 기억이 나는 이상한 광대 차림의 신종 히피족도 이때 보았다. 캘리포니아주에서 1주일을 지낸 뒤에 우리는 미주리주의 제퍼슨시로 날았다. 로즈와 두 아들에게는 긴 여행의 종점인 셈이었다.

결혼한 지 17년 만에 돌아온 이곳에서 나는 또 한 번 바쁜 나날을 보내야 했다. 처가 식구들과 대화할 겨를도 없이, 집을 구하러 다니랴 차를 사러 다니랴 애들 학교에 넣으랴 동분서주했다.

1월 20일, 군인 가족이라면 당연히 받아들여야 할 이별의 날이 다가왔다.

이날의 아픔은 잘 지워지지 않았다. 제퍼슨시 공항에는 눈발이 날렸고 활주로에는 황사가 날리는 을씨년스러운 날이었다. 두 아들 녀석은 태연하고 냉정한 모습이었는데 나는 좀 화가 나면서도 이해가 되었다. 결혼 때부터 줄곧 느껴왔지만 로즈의 꾸밈 없는 예쁜 모습엔 애써 웃어 보이려 해도 슬픈 기색이 담겨 있었다. 나는 아이들을 힘껏 안아주며 엄마를 잘 보살피고 학교생활도 잘하라고 타이르고 로즈와는 작별 키스를 했는데, 그것은 위로와 아픔이 모두 담긴 그런 것이었다.

터벅터벅 공항 출구를 걸어 나가 비행기 탑승구 사다리 램프에 올라서서 나는 억지웃음을 지으며 손을 흔들어주었다. 판박이 친절을 베푸는 스튜어디스가 절반쯤 빈 객실의 한구석의 단독 좌석을 가리켰다. 안전띠를 맨 뒤 조금 쉬려 하자 보잉기는 엔진 소리를 내며 천천히 움직이기 시작했다. 이륙 대기 지점에 다다르자 굉음을 내며 금세 겨울 하늘 속으로 날아올랐다. 조그마한 창문을 지나치는 회색 증기에 가려 가족들은 보이지도 않았다. 수도 워싱턴을 향한 비행이었다. 아무런 한 일도 없이 아끼고 알던 모든 것들을 뒤로하고 훌쩍 떠나는 기분이었다.

제 2 장

"… 푸에블로에 배정된 작업 감독관을 대하면서 부커는 때때로 자신이 원하는 시설물을 설치하라고 열화 같이 달려들며, 작업장 인부들이 참기 어려울 정도의 요구를 했지만, 그것은 미해군의 이익을 최대로 보호하려는 마음에서 우러나왔고 오로지 자신의 부대에 충성을 다하려는 정신에 기인한 행동인 것 같았다."

〈1967년 2월~6월 사이 부커의 적성평가표에서 발췌〉

나는 1월의 한가운데서 누르스름한 작은 건물이나 으리으리한 대형 건물들이 똑같이 으스스한 어둠에 싸인 수도 워싱턴의 모습을 보았다. 공항에 마중 나온 해군의 옛 동료 존 '우디' 우드를 만나서 그의 아파트로 갔다. 10일 동안 브리핑을 받으러 다니면서 나는 그의 아파트에 머물렀다. 나처럼 외향적인 성격에 명랑하고 남을 배려하는 우디가 워싱턴에 근무하고 있어서 다행이었다. 몇 차례일지는 몰라도 내가 참여할 방아벌레 작전을 담당하는 각종 보안부대에 앉아서 나처럼 따분한 첩보 수집이나 하는 게 아니었기 때문이었다.

흔히 군 안팎에 있는 많은 미국인들은 전략적인 첩보 업무는 중앙정보부(CIA)의 거대한 검은 외투 자락 아래에서 통제되고 있다고 믿는다. 나는 그렇지 않다고 알고 있지만, 얼마나 많은 정보기관들이 협조 요구를 받지 않고 독립적으로 운영되고 있으며, 기관들 사이에선 사소한 질투와 경쟁으로 홍역을 치르는지 알게 되면 놀라지 않을 수 없다. 개인적으로 나는 훨씬 뒤에 알게 되었지만 이러한 미국식 제도를 알지 못하는 공산주의자들은 중앙정보부라면 신경질적인 반응을 보이며, 모든 미국인이 마치 CIA의 막강한 권력 밑에 휘둘리고 있는 것처럼 생각한다. 북한에서 내무인민위원회가 국민들에게 군림하는 것처럼. 그러나 나는 국가안보국이라면 몰라도 CIA의 누구와도 거래한 적이 없다.

메릴랜드에 있는 안보국 본부에 들어가려면 겁날 정도의 검열 과정을 거쳐야 조그마한 내부 성역인 사실(私室)에 들어가게 된다. 거기서 나는 파이프 담배를 피우는 직원들을 만났는데, 이들이 어느 아이비리그 대학교수의 복장과 태도까지도 바꾸게 했단다. 서로 대화를 하면서도 그들은 X-ray와 같은 눈으로 나를 샅샅이 훑어보거나, 아니면 나를 도와주기 위해서 어느 순간 천장에서 내려온 사람들처럼 그 천장 쪽을 응시하거나 했다.

나는 내 말은 줄이고, 가능한 한 그들의 말에 귀를 기울이며 노트하면서 맞는지를 체크한 뒤엔 엄숙하게 '일급비밀'이란 표시를 했다. 그곳을 떠날 때도 들어갈 때와 역순으로 겹겹의 검열과정을 거치면서 의아한 생각이 들었다. 이 사람들도 토요일 밤에 만취 상태에 빠져보았을까, 포커 게임이나 실컷 해 보았을까, 혼외정사를 해 보았을까, 그러다가 도망가느라 교통순경이 지켜보는 데도 정지신호를 무시하고 질주를 해 보았을까? 그렇지 못했을 것이리라. 그들은 마치 이 세상에서 격리된 20세기의 승려들, 현대적인 수도원에 살면서 '붉은 악마'들에 대항할 전략이나 꾸미는 사람들 같았다.

해군 관계 정보기관들에서는 조금은 편하기는 했지만 정보원들 앞에 서면 아주 마음 편한 것은 아니었다. 해군보안대에서 나온 사람들이 스티븐 해리스 대위를 나에게 소개해 주었는데, 이 친구가 나중에 나와 같은 배를 타게 되어 있었으며 푸에블로의 심장이 될 통신병들을 지휘하게 될 판이었다. 가까이 지내기에 편할 유형의 장교는 아니었다. 하버드 대학에서 어학을 전공하고 해군에 입대해서는 전자정보 전문가가 되었는데, 운동선수나 군인 체격은 아니었지만 꼿꼿한 몸매에 뚜렷이 돌출한 코가 근면한 얼굴에 어울리지는 못해도, 부드러운 말씨는 솔직한 데가 있었다. 나는 해리스 대위의 유식한 체하는 겉모습 뒤에 숨겨진 약간의 유머 감각과 사물을 꿰뚫어 보는 지각을 목격했다. 많은 시간 지상 근무를 한 듯했지만 '뱃사람 만들기'로 악명 높은 구축함을 두 번이나 탔었다는 사실에 나는 마음이 놓였다. 이렇듯 해리스 대위는 나와는 완전히 다른 타입이었지만 곧바로 나는 그를 좋아하고 믿게 되었으며 서로 존중하며 잘 지낼 수 있을 걸로 생각했다.

정보기관에서의 브리핑이 진행될수록 내 생각은 더욱 옳았다. 해리스 대위는 자신이 이미 잘 아는 정보 부서를 거치면서 나를 많이 도와주었고, 보급수송 임무에 투입되는 표준 경화물선에 인가된 정원, 정량보다 많은 인원과 장비가 필요하다는 나의 주장에 적극적으로 동감했다. 배너에서의 경험도 있지만 많은 사람들이 나와 같은 생각이었는데 30여 명의 통신병들의 지휘권 문제에서도 그는 개방적인 태도를 보이면서 자신이 지휘하는 별도의 집단으로 대우해주기보다는 함장의 지휘를 받도록 하겠단다.

함정의 명칭에 관해서도 능숙한 관료주의적 사고로 갑론을박하면서 경화물선이 아닌 일반환경조사선(AGER)으로 변경하는 걸로 문제를 해결했다. 그렇게 해서 몇 번의 펜 놀림으로 새로운 해군 선박을 탄생시킨 셈이며, 그 승조원과 장비는 자동적으로 선례에 구애를 받지 않도록 했으며, 함장에게는 광범위한 추천권과 아울러 징발권도 부여했다.

비숍 대위가 보았을 때 가장 심각한 문제였고, 요코스카에서 나와 대화를 나눌 때도 열심히 설명해주었던 문제는 배너호에서의 이중지휘권에 관한 것이었다. 즉, 함장과 파견부대장 간의 지휘권 관계였다. 비숍 대위는 함장인 자신과 파견부대장 사이에 끊임없이 발생한 문제에서 '누가 최종 책임자인가'를 놓고 가끔은 심하게 다투고 나서야 해결을 했다는 것이다. 비숍 대위는 이 문제가 지휘계통(AGER 작전계획)에 이미 제기되었다고 나에게 말했다. 당시 상급 지휘관은 태평양해군보안대장이며 태평양함대사령부 소속의 글래딩 대령이었다. 나는 워싱턴에서 최초의 브리핑을 받는 동안에 이 문제를 끝까지 따져보겠다고 다짐을 했다. 지휘권 문제에 관해서 책임 소재를 느슨하게 정해두면 배너에서 보았듯이 심각한 사기 문제를 낳거나 실망스러운 일을 초래할 수도 있다.

나는 '환경조사선'을 타면서 함장과 파견대장 사이의 문제점들을 경험해본 다른 장교들과 연락을 취하기 시작했다. 함정에 인원을 보낸 파견대를 별도로 대우하지 않고, 함정의 한 부서로 삼으면서 그 책임자를 파견대장이 아닌 한 부서장으로 대우하면 문제가 부분적으로 해결될 수 있다. 즉 '누가 책임을 질 것이냐'라는 내재적인 문제가 제거될 수 있다는 것이다. 문제가 완전히 해결되는 것은 아니겠지만 내 생각에는 미해군이 함상에 파견된 인원을 함정의 한 개 부서의 인원으로 대우하면 현재 배너에 잔존하는 많은 문제도 더 쉽게 풀릴 수 있을 것이다. 그렇게 되면 이것이 적어도 미해군규정으로 채택될 수 있을 것이다. 나는 이러한 관계 설정이 현재에는 왜 안 되는지 알 수가 없었다. 푸에블로와 배너 같은 소형 선박은 취역 중인 일반 함정에 적용되는 통상 규정에서 벗어나 있었다.

태평양사령부 해군보안대에서 브리핑을 받는 동안 바로 이 문제가 이미 널리 알려져 있었고, 그 해결책도 적극적으로 모색되고 있다는 것을 알게 되었다. 어떤 이들은 파견대가 함상의 한 부서가 되어야 한다고 했고, 또 다른 이들은 그렇게 되면 보안대의 직접 행사권이 손상될 것이라고 보았다. 이것은 예산, 인원 및 작전에도 영향을 줄 수 있었다. 그럼에도 불구하고 나는 파견대가 함상에서 하나의 부서가 되어야 하며 이것이 해군규정으로 정해져야 한다고 확신했다. 그래야만 명령권을 둘러싸고 최종 명령권자를 가려야 하는 다툼이 안 일어날 것이다. 나는 이런 권한과 책임을 짊어질 사람이 바로 함장이라고 생각했다.

워싱턴 해군본부와 보안대 총본부에 대해서도 마찬가진데, 나는 파견대를 하나의 부서로 취급하기로 한다는 이야기를 여기서 들었다. 브리핑 담당자들마다 그렇게 말했으며 마지막으로 나는 부대장인 쿡 대령(나중에 소장 진급)에게서 그 말을 전해 들었다. 나는 대만족이었다. 그러나 그러한 변경이 효력을 지니려면 명령으로 발행되어야 하는데, 명령이 없었다. 내가 알기로는 태평양함대사령부 예하의 태평양보안대의 반대가 만만치 않았을 것이며, 그래서 이 문제는 미해결인 채로 내가 푸에블로를 타고 있는 기간 내내 끝이 나지 않았다.

오늘날까지도 '방아벌레 작전'을 포함한 나 자신의 브리핑 내용은 무용지물이 된 지 오랜 데도 완전히 공개되지 않았으며 많은 부분이 일급비밀로 분류되어 있다. 소련인들도 미국 연안 지역과 해상 및 로켓 작전 지역 주변에서, 장거리 트롤선에 최첨단 전자 감청 장비로 보강된 어구를 탑재하고 수년간 우리와 유사한 활동을 수행해왔다. 고기를 잡는 일단의 어부를 승선시켰지만 동시에 통신특기병들을 승선시켜서 미군의 통신망을 염탐하고 다양한 탐지 및 통제 레이다 시스템을 분석했다.

우리 해군은 이미 오랫동안 이들이 뭘 하는지 알고 있었으며, 일반 미국 시민들도 언론 보도를 통하여 소련의 간첩선들이 자국에서 수천 마일 떨어진 해역에서 조업하는 어선단 속에 숨어서 염탐한다는 것을 알고 있었다. 그러나 여기서 간첩선이란 용어는 잘못된 말이다. 간첩행위란 통상 상대국의 법률을 위반할 뿐만 아니라, 문명사회가 유지하는 국제법하에서 용인되는 규칙까지를 위반하는 은밀한 행위이기 때문이다. 국제 수역에서 전자정보

수집 행위는 이러한 범주에 들지 않는다. 위장을 하든 안 하든 상관은 없으나, 위장한다면 그 목적은 기밀을 빼내려 한다는 사실을 상대방이 모르게 하려는 것이어서 공해상에서의 자유라는 원칙에 따라 용인되는 군사 기술 정도로 받아들여질 수도 있다. 그러나 바탕에 깔린 원칙은 엄격하다. 즉, 누구도 의도적으로 영해를 침범하지 못한다.

침범은 기술적으로 불필요할 뿐만 아니라 국제적인 분쟁으로 비화할 수가 있다. 또 아무도 도발적이거나 그렇게 보여서도 안 된다. 그래서 (고비용 때문이기도 하지만) 구축함이나 순양함 같은 대형 군함은 이용되지 않는다. 아무도 불필요한 행위나 기타 불법행위를 저질러 공해상의 자유 하에서 누릴 수 있는 자신들의 권리를 훼손하지 않는다. 과거에 소련인들은 이러한 면에서 아주 신중했는데, 우리 해군이 계획대로 소련의 행동을 저지했다고 흥분이라도 하면 정보수집 함장들에겐 규정을 지키라는 지시가 내려왔다. 즉, 침범하지 말 것, 도발하지 말 것, 불법적으로 방해하지 말 것, 위협하지도 말고 위협받지도 말 것, 공해상에서의 권리는 계속 확보할 것 등이었다. 우리가 이용할 비밀스러운 기술적 방법들에 관한 브리핑을 받을 때, 이러한 원칙을 하도 많이 반복해 들었기 때문에 그런 것들이 몸속에 배어 있을 정도였다.

나는 국방통신처의 참모들, 해군참모차장 통신 담당, 합참의장 통신참모 등 여러 정보부서의 많은 사람들과 회동을 했다. 어떤 때에는 무미건조한 강의식으로, 또 때로는 주고받는 문답식으로 회동이 이루어졌는데 이것이 내가 유익한 지식을 얻는 데 상당히 많은 도움이 되었다고 생각했다. 내 머릿속과 가방은 내가 지휘하게 될 함정에 관한 정보보다 훨씬 많은 국가기밀에 관한 정보로 채워졌다.

그러나 여기서 얻은 가장 긍정적인 결과는 비록 수상 함정을 타면서도, 나 자신이 비밀 프로젝트에 중요한 참가자가 된다는 인식을 통해서 잠수함

장교 출신이라는 자존심을 회복하게 되었다는 점이었다. 그래서 나는 제퍼슨시에서 집안살림으로 고생하는 로즈에게 장거리 전화를 통해 위로의 말을 하기가 훨씬 쉬워졌다(애들은 물론 최첨단을 걷는 전세계 여행자라는 자부심을 가지고는 있었지만, 정규 교과목 수업에선 비참할 정도로 뒤처져 있었다). 나는 우디가 잠수함인 아처피시 함장에 발령되었을 때도 그를 부러워하지 않았다. 그야말로 나는 '방아벌레 작전'에 푹 빠져있었으며, 하루빨리 내가 지휘할 함정을 고대하고 있었다.

이렇게 해서 워싱턴에서의 10일간 브리핑이 끝나자마자 나는 또 다른 제트 여객기를 타며 흥분을 가라앉히질 못했는데, 이 여객기가 논스톱으로 북미 대륙을 횡단하여 북서 태평양에 위치한 시애틀에 착륙하고 나는 시애틀-브레머튼 연락선 편으로 선착장 인근에 상륙했다. 찬 이슬비가 내리는 아침에 선착장에서 가방 세 개를 끌고 가면서도 나는 전혀 풀이 꺾이지 않았다.

빗물이 튕기는 널따란 해군공창에 초라한 몰골의 경화물선 두 척이 눈에 들어오는 순간에 나는 직감했다. 터지고 벗겨져 녹슨 부위에 방청 페인트를 덧칠해 덕지덕지 앉은 청록색 얼룩 때문에 초라한 모습이 더 추하게 보였다. 저 둘 중 하나가 푸에블로겠지! 어느 것이 푸에블로일지는 상관없었다. 공창에서 수리받고 있는 대형 전투함들과 비교하거나 요코스카에서 보았던 배너와 비교해도 저 둘은 마치 버려진 폐선 같았기 때문이었다. 나는 언덕을 터벅터벅 걸어 올라가 폐선과 몰골이 비슷한 독신장교숙소에 입소 등록을 마친 뒤에, 배정받은 방에 짐을 내려놓고서는 곧바로 기지 인사과로 내려가 부대 도착과 승함 준비 완료를 알렸다. 다소 지친 듯한 당직 장교가 나의 서류를 접수하고, 공식적으로 부대 도착을 기록하며 말했다.

"오늘은 일요일이기 때문에 정상 근무는 하지 않고 다만 월남전에 투입될 구축함 긴급 수리와 우선순위를 가진 핵잠수함 정비 작업밖에는 일이 없습니다."

그날은 1967년 1월 29일, 일요일이었다. 내가 함정 인수를 위해 일본을 떠나 1만여 마일 넘도록 여행한 지 정확하게 40일이 되던 날이었다. 지루한 하루를 보내며 초조한 마음을 달랠 겸, 나는 빗속을 걸어서 도크로 다가갔다. 적막감이 감도는 폐선 같은 푸에블로 옆을 따라 진창길을 오르내리기 두 번, 세 번… 여섯 번을 하다 보니 그 추한 오리 새끼 같은 모양의 선박을 '방아벌레 작전'에 쓰일 가장 훌륭하고 효율적인 정보함으로 탈바꿈시켜야겠다는 결심을 뼛속에 사무치도록 하게 되었다. 이런 결심의 첫 번째 계획을 다음 날인 월요일 오전에 실행하려 했지만, 그것보다 옛 잠수함 근무 동료들을 만날지도 모르는 장교회관에 먼저 찾아가 보는 게 더 좋을 것 같았다.

통상 새 지휘관이 처음으로 승함할 때에는 출항 준비가 완료된 상태에서 부함장이 모든 승조원들을 사열 대형으로 대기시키고, 지휘관을 영접하게 되는데, 내가 처음 푸에블로에 승함한 1월 30일 월요일엔 그러한 공식적인 영접행사를 받을 수가 없었다. 부함장이 임명되어 있지도 않았을 뿐만 아니라, 당시에 명령이 난 두 명의 위관장교와 열 명 남짓한 수병들은 공창 직원들과 함께 일하며 정리를 돕던 상황이었기 때문이었다. 환영식 같은 행사는 아예 우스꽝스럽고 부자연스러움 그 자체였을 것이다. 수리 문제만 해도 전년도 7월 이래 브레머튼에서 수리를 받던 때보다 더 진전된 내용은 없었다. 퇴역한 예비함대에서 최근에야 다시 살려놓은 듯한 함선처럼, 곰팡이 냄새가 배어있고 부속들도 여기저기 빠져있어서 혼란스러운 모습이었다. 갑판에는 절반쯤 일을 마친 듯 비계(飛階)와 연장들이 흩어져 있었다. 선박 내부에서는 작업하기도, 생활하기도 불가능해 보였고 주엔진과 보조엔진도 고장이 난 상태라 수리가 필요했다.

생명이라 할 수 있는 특수작전구역의 전자장비 시설만 간신히 작동할 뿐,

선박의 개조 작업은 어처구니없이 불충분하게 이루어졌었다. 한 가지씩 점검할 때마다 충격적인 사실이 발견되어서 푸에블로가 3월에 취역한다는 예정 기한은 도저히 못 맞출 것으로 생각되었으며, 따라서 그해 봄에 일본에 도착해 작전에 돌입하기는 불가능해 보였다. 나는 이러한 상황을 의논하려고 작업 현장소장을 만나러 그의 사무실에 들렀다. 거기서 나는 푸에블로와 자매 선박인 팜비치가 모두 희비극적인 요소들을 갖춘 혼란의 대상임을 목격했다. 이러한 혼란이 초래되었던 이유는 공창 직원 중에 아무도 그 배가 무슨 용도로 정비되어야 하는지를 몰랐기 때문인 듯했다. 그래서 바로 그러한 황당한 월요일 상황은 장차 몇 주, 몇 달을 지나며 부닥쳐야 할 고난의 전조가 아닐까 하는 생각이 들었다.

작업 총감독인 리오 스위니 소령이 비밀취급 인가자로서 설령 푸에블로의 장차 임무를 알고 있었다고 해도 임무 일자에 맞추어 수리 기간을 앞당길 수 있었을까 하는 의구심도 생겼다. 해군창의 어느 누구도, 설령 함장이라도 약간의 디자인 변경은 물론 정박용 밧줄 걸이 위치 하나라도 마음대로 바꿀 수 없는 당시의 체제였기 때문에. 그와 같은 개조 작업이나 변경을 하려면 대상 함정이 소속된 함대의 사령관에게 문서 승인을 받아야 했으며, 또 그 사령관도 함정체계사령부의 승인을 받아야만 했었다.

선박 건조 전문가나 실무 함장들이 아무리 올바른 건의를 하고 추천을 한대도, 가용 시간과 경비에 맞지 않으면 소용이 없었다. 공창에서는 가장 긴급을 요하는 부대의 함정을 우선적으로 수리할 수밖에 없었다. 선박의 건조나 개조 또는 수리 등의 작업은 동전 한 닢도 아껴야 하는 빠듯한 예산 범위 안에서 이루어져야 했다. 이상하게도 이러한 체제를 필요악으로 생각하면서도 관계관들이 그대로 받아들이기 때문에 그 체제는 괴롭지만 계속 작동되고 있었다. 다만 이 체제가 구축함, 잠수함, 순양함, 항공모함, 수송함, 기함과 같이 표준화된 유형의 선박에만 적용되며, 이러한 함정들의 규격과 장비 할당표, 인원 편성표 등은 함정체계사령부의 기록표에 등재되어 있다. 그러나 보잘것없는 경화물선이 새로운 계획에 따라 불쑥 나타나서 새로운 비밀 목적을 수행하기 위해 개조를 요구하면서도 아무도 공개적으로 토의하지도 못하게 한 상황에서 작업을 수행하라면 체계는 무용지물이 되고 만다.

푸에블로가 전형적인 예이다. 작업 책임자인 스위니 소령은 이 선박의 문제점을 속속들이 파악할 비밀취급 인가자가 아니었을 뿐만 아니라 퓨젯 사운드 해군창의 제독 지휘관을 포함한 그의 상급자들도 마찬가지였다. 푸에블로와 관계있는 다른 부서에 근무하는 장교들도 역시 모르고 있었다는 것이 나중에 알려졌다. 무엇보다도 이미 나보다 먼저 함정에 올라 작업을 돕던 갑판과 기관부서의 두 명의 장교와 15명의 승조원들도 우리 선박이 30~40일 이상 '특수 탐사 임무'를 띠고, 최초에 계획되었던 인원보다 50명을 더 태우고 항해에 나서게 될 거라는 정보밖에는 몰랐다는 점이 가관이었다.

워싱턴 D.C.에서 내가 받았던 치밀한 브리핑 내용 중에서 어느 한 가지도 이곳 해군창의 간부들에게 전달되어 있지 않았으며, 심지어 경화물보조선이 환경조사선으로 명칭이 바뀐 사실까지도 전파되지 않았다. 그 결과 해군창에서는 분명히 다른 목적을 위해 선창(船艙)과 전부(前部) 갑판을 개조해 놓고서도 AKL 표준 규격서에 따라 푸에블로가 재취역하도록 작업을 진행한다고 했다. 공창 직원들에게 앞으로는 환경조사선으로 불러달라고 말해주었는데도 '그게 뭔데?'라는 무표정으로 응대하면서 내 말이 도저히 모를 비밀 정보라도 되는 양 의아해했다. 그러니 천진난만한 유머를 쓰면서도 고집이 있는 아일랜드 출신 스위니 소령도 상급부대에서 내려오는 문서 승인이 없이는 아무 일도 독단적으로 진행할 수가 없었다.

영리한 스위니 소령은 개인적으로 나에게 동정적이었지만 푸에블로에 더 좋은 침대와 식당을 꾸며줄 수는 없었다. 이유는 특수작전구역에 전력을 공급하는 보조엔진실에 배치될 6명의 전기기술병과 30명의 통신특기병들이 모두 계획에서 빠져버렸기 때문이었다. 팜비치호 함장인 더그 레이퍼 소령과 나는 이러한 상황을 바로잡아 보려고 상급부대 고급 장교들에게 편지를 썼다. 꼼꼼하게 작성한 편지 덕분에 처음에는 희망적인 반응이 나왔으나, 금세 물거품이 되고 말았다. 이유는 해군창의 예산 감축이란 어려운 사정 때문이었다. 푸에블로의 취역과 개조용 예산에서 무려 수백만 달러가 빠져나갔던 것이다.

한 달 봉급 900달러로 가족의 생계를 꾸려야 하는 함장인 나에게는 천문학적인 금액이었기 때문에 이 조그마한 중고 선박 수리에 봉급의 일부를 떼어 투입할 엄두가 나지 않았다. 그러나 나는 곧 해군의 경제적 모순을 알게 되었다. 그것은 선수(船首)에 경화물선 명칭인 AKL을 장식용 구슬로 꾸미는 데 5,000달러를 들였지만 곧 제거하고 환경조사선으로 바꿔야 할 판이었으니, 그런 거금을 어처구니없이 낭비한다는 사실이었다. 이러한 사실은 나로 하여금 돈은 좀 더 들겠지만 그만큼 더 중요한, 침대와 식당 개조를 위해 투쟁을 해야겠다는 결의를 다지게 했다. 승조원들의 사기를 높여줄 뿐만 아니라 작전 효율도 높일 수 있을 것이기 때문이었다.

1월과 2월이 지나고 3월에 접어들면서 엄청난 양의 문서 작업과 회의만을 진행했다. 푸에블로에 대한 실제 수리 작업은 눈에도 띄지 않을 정도로 지지부진해서 6주 전, 내가 도착했을 때 모습과 거의 같았다. 동시에 나도 해군창 내에서 점점 인기가 떨어져 간다는 것을 알아차리게 되었는데, 이유는 내가 불합리하게 불평만 하는 사람이란 것이었다. 그러나 비밀을 지켜야 할 필요성 때문에 합리적이고 이성적인 논리를 사용할 수 없었던 나는 완고한 고집만을 무기로 삼았다. 물론 이러한 태도와 행동은 나 자신에게는 물론

창 당국자들의 비위에도 거슬리는 것이었다. 그래도 '방아벌레 작전'에서의 임무와 함정에 대한 기본적인 책임감 때문에 나는 유순해질 수가 없었으며, 시베리아 해안에서 세 번이나 정보 수집 활동을 수행했던 배너호의 클라크 함장으로부터 편지를 받고서는 더욱 태도가 굳어졌다.

클라크는 약속대로 사신(私信)으로 정보를 보내주었다. 해군의 복잡한 채널을 거치면 몇 주씩 걸리며, 공식적인 해군 문체로 글을 쓰면 이해도 쉽지 않을 것이기 때문이었다. 겨울에 한국의 동해상에서 폭풍에 휘말렸을 때 비좁은 화물선 선상에서 참을 수 없을 정도로 어려운 상황을 만났었다는 이야기를 그는 생생하게 써 보냈다. 영하의 광풍 속에 배가 균형을 잃어갈 때 승조원 전원이 얼어붙은 상갑판에 나와 곡괭이와 해머를 들고 달려들어 함정의 전복을 막았던 일, 자신의 함정에 방해작전을 하려고 블라디보스토크에서 출항한 소련 해군 순시선이 불과 수 야드 이내로 접근해서 충돌하려 했던 일, 실병이 배치된 함포로 '정선하지 않으면 발사'하겠다는 위협을 가했었던 일, 또 같은 해역에서 변덕스러운 무선전파 사정 때문에 모기지(母基地)와의 통신이 어려웠다거나, 함정 자체가 2차 세계대전 시 보조보급선으로 사용되던 초보적 통신 체계를 탑재하고 있었기 때문에 통신 자체가 어려웠다는 이야기 등이었다. 모두가 곧 내가 맞닥뜨리게 될, 잠이 확 달아날 정도의 내용을 미리 알려주는 것이었다. 그러면서도 정보수집 자체는 성공적이었으며, 성공에 필요한 것은 담력과 강심장, 견인불발(堅忍不拔)의 인내심이란 것을 강조하는 것이었다. 푸에블로의 출항을 준비하면서 배너가 겪었던 유사한 물리적, 조직적 결함들을 개선해야 한다는 점도 분명해졌다. 그러나 클라크 편지의 이러한 핵심 내용들을 푸에블로 승조원이나 작업 인부들에게도 이야기해 줄 수는 없었기 때문에 나는 조금 더 비합리적으로 재촉을 하면서도 다만 실속 내용을 넌지시 전해주었을 뿐이었다.

36

갑판에 흩어진 용접공의 호스 뭉치를 밟거나, 이따금 들려오는 작업 소음을 들으며 널려있는 공구로 발 디딜 틈이 없는 선실 내부로 들어가 보면서 나는 클라크의 이야기를 떠올리며 내 스스로가 불쌍하다는 생각이 들었다. 아무리 추운 시베리아 해안 바람이라지만 그의 함교를 스쳐가는 맑은 공기가 부러웠으며, 특히 해군창에 있는 1차 세계대전 시절의 낡은 행정 건물의 답답한 사무실에 앉아, 거친 실제 바다 상황과는 관계가 없어 보이는 산더미처럼 쌓인 표준 규칙 서류 더미와 씨름할 때에는 더욱 그랬다.

2차 세계대전 시절의 내무반 장식을 한 역겨운 분위기의 독신장교숙소. 육상이기는 하지만 앞날의 문제를 고민하며 잠 못 이루는 내 방을 클라크의 조그마한 전용실과 바꾸자고 했다면 나는 흔쾌히 바꾸었을 것이다. 그러나 클라크가 '방아벌레 작전'에서 정보수집 활동을 성공적으로 수행하고 있다는 사실이 나도 배를 더 잘 만들어 하루빨리 그곳으로 달려가야겠다는 결심을 굳혀주었다.

짜증스럽게도 모든 게 지지부진했지만, 그럼에도 나의 사기를 북돋아 준 요소들도 있었다. 함정의 취역 전 임무 수행을 위해 소집된 장병들이 보여준 협조적인 태도와 그들의 높은 지식수준에 나는 감명을 받았다. 장기간 일하다가 쉬는 일이 반복되고 이랬다저랬다 하는 지시가 떨어지는 작업장, 상하 갑판에서 기름과 쓰레기 더미를 넘나들며 일하는 민간인 노동자, 귀를 찢는 소음이 별안간 뚝 그치고 밀려오는 정적, 이 모든 것이 함정 승조원들의 사기와 군기에 심각한 영향을 줄 수도 있었다. 그러한 환경에서는 제아무리 건장한 사람이라도 일은 가능한 한 적게 하고 근처 매점이나 쉼터 등으로 도피하려 했을 것이다. 근무 시간에도 여럿이 둘러앉아서 하는 일 없이 시간만 보내려 했다면 더더욱 한심했을 것이다. 그러나 내 휘하의 일단의 장병들은 그런 문제를 조금도 일으키지 않았다.

승조원 중에 찰스 로우라는 조타 하사가 있었는데 그는 27세의 근육질의 건장한 청년이며 정규 해군 부사관으로서 경화물선급 선박을 타고 항해를 해 본 몇 안 되는 사람 중의 한 사람이었다. 에드워드 러셀 수병은 신병훈련소를 나온 지 얼마 안 되었지만, USC에서 학사 학위를 받고 해군에 왔으며 부여된 임무는 즐겁게 완수하려는 열성을 보였다. 기관중사 몬로 골드만은 기계와 사람을 모두 잘 다루는 사람이었는데 나중에 선임헌병관이 되었다. 서무(행정) 부사관 아르만도 카날레스는 상당히 높은 추천을 받아 해군에 왔지만 소형 선박 승선 경험은 없었다. 그렇지만 배우려는 열의가 대단해서 밀려드는 문서들을 잘 처리했다.

푸에블로에 보직된 6명의 장교 중에서 2명만이 내가 지휘권을 받았을 때 도착 신고를 했고, 2개월 간격으로 4명의 장교가 모두 도착하기 전까진 그 두 명이 미도착 장교의 몫도 대신 해야만 했다. 캘리포니아 해군대학 졸업생인 데이비드 버 중위는 전역을 앞두고 있어서 우리와 함께 일본에 가지 않아도 되었지만, 용기를 발휘해 푸에블로의 출항 준비에 온 힘을 다했다. 그는 원래 상선에 취직할 계획이었지만, 우리가 필요로 하는 안성맞춤의 능력이 있는 뱃사람이 되었다. 그는 매우 젊고 용감했지만 약간의 의구심이 있어서 내가 자주 자신감을 불어 넣어주고, 가끔은 자제심을 키워주는 것이 필요했다. 그러나 나는 그의 정신 상태를 좋아했다.

37세의 직업 군인 진 레이시 준위는 쇄빙선을 타고 남극과 북극해에서 근무하는 등 다양한 선박에서 근무한 경력자였다. 한국전쟁 당시에는 해군 전역(戰役)에서 세운 공로로 청동 성장(星章)을 받은 바도 있다. 호감 가는 성격의 장신 미남인 진은 주위에 믿음을 주며 자기 일엔 즐겁게 임하며 푸에블로의 낡고 오랫동안 버려두었던 디젤엔진을 수리해 쓸만한 상태로 살려냈으며, 새로운 (새롭다지만 새 기계는 아닌) 보조엔진실 설치도 감독했다. 그 밖에도 임시 보급관 임무를 대행한 것을 포함해 그때까지도 도착하지 못했던 부관(부함장) 임무까지 수행했다.

그는 시애틀 시내의 집에서 출퇴근하면서도 당직근무를 빼먹은 적이 단한 번도 없었다. 그러려면 새벽 5시에 기상해서 한 시간 남짓 선편으로 브레머튼에 도착해야 했고, 퇴근도 마찬가지였다. 그는 악천후도 개의치 않았으며, 누구보다도 경험이 풍부했고 믿음직했기 때문에 나는 그를 푸에블로 함상에서 가장 좋은 친구로 삼았다.

이들과 함께 나는 푸에블로의 출항준비를 위해 온 정성을 다 쏟았다. 그결과 갑판과 기관실, 서비스 기능이 살아났다. 그러나 푸에블로가 예비함대에서 동면하다가 겨우 눈을 떠 정작 그 존재감을 찾게 된 것은 바로 30여 명의 통신특기병이 배치된 전자정보 수집능력의 보유였다. 화물선 선창을 개조하고, 옛 중갑판 자리에 칸막이를 쳐서 마련한 장소에 선반과 콘솔들을 설치하고, 통신, 탐지, 대전자 방책(ECM) 장비들을 들여놓았다. 그런데 실제로는 이런 장비들의 숫자보다 장비의 정확도를 체크할 장비들이 더 많았고 이들이 얽히고설켜 수많은 전선도관(콘딧)과 접점등과 함께 뒤죽박죽이었다. 장비 설치 작업은 도급자 한 명이 열 명 남짓한 우리 정 기술병들의 도움을 받아 수행했다. 이곳을 보안구역으로 지정하기 위해 '비인가자 출입금지'라는 팻말을 단 철문을 설치한 후, 항상 폐문하고 잠가두었다.

물론 이곳 근무자들은 모두 내 휘하 장병들이었으며 동시에 좀 다른 특수 집단원들이었다. 비록 내가 원하면 언제나 그 철문을 자유롭게 출입할 권한을 가지고 있었지만, 철문 안에서 진행되는 내용을 판단할 수 있을 정도의 전문적 지식을 내가 지니고 있지 않았기 때문에 상세한 내용은 접어두고 다만 두 명의 통신특기병 제임스 레이튼과 마이크 바렛이 정확하게 보고해 주기만을 바랐다. 책임장교인 스티븐 해리스 대위가 브리핑을 받느라 도착이 지연되면서 공석이었기 때문에 이들에게 의존하는 수밖엔 없었다. 그러나 이들 두 병사의 헌신적 근무와 우수한 전문가적 지식에 감명을 받았기 때문에 나는 당시에 아무것도 의심하지 않았다. 철문 안에 설치하는 거의 모든 '비밀' 장비들이 시애틀의 전파 상점에서 누구나 구입할 수 있는 저질일지라도, 그리고 장비들이 뒤죽박죽 설치되더라도 전혀 의심하지 않았다.

나와 비슷한 고난을 겪은 사람이 푸에블로의 자매함이라 할 수 있는 팜비치의 함장이었다. 우리 두 함정은 단 하나의 마스터 플랜에 따라, 재취역 전 작업과 개조 작업 대상으로 예비함대 함정 중에서 선발되었다. 그러나 이 쌍둥이 선박이 내외적으로 다른 점이 많다는 사실이 드러나 계획은 처음부터 빗나갔다. 상하 갑판을 상세히 비교하지도 않은 채 브레머튼으로 견인해 왔기 때문에 공동작업 계획은 개별적인 계획으로 수정되어야 했고, 그 결과 작업 지연이 초래되면서 각 함정의 함장들은 더욱 초조해질 수밖에. 레이퍼 소령도 나처럼 잠수함을 타다가 수상함으로 옮긴 장교로서 대서양에서 '방아벌레 작전'을 수행하게 되어 있었으나 우리 둘은 합심하여 작업 지연, 혼란, 실수 등에 공동으로 대응했다.

주중 근무일에는 같은 도크에 정박하고 있는 각자의 선박을 방문해서 작업 진척 상황을 점검하고 비교했다. 수많은 정보 문서도 교환하며 가끔 공동으로 추천, 탄원 및 항의서까지 작성하면서 미해군의 크고 작은 관료적 문제점들도 들춰냈다. 저녁에는 장교회관에서 만나 맥주잔을 비우며 울분을 토하거나, 성공 사례엔 자축하며 독한 술을 마시기도 했다. 두 함정의 승조원들도 비슷한 관계를 맺거나, 같은 임무를 맡게 될 짝꿍들은 서로 정보를 교환하며, 근무 후 클럽에 모여 화기애애한 분위기 속에서 긴장을 풀며 자유토론 시간을 가지기도 했다. 해군창 내에서 문제아 신분이었던 우리는 공동 전술을 구사하며 소모전략으로 결과도 얻어내면서 훨씬 더 가까운 사이가 되었다.

우리 승조원들과 통신특기병들은 홀로 혹은 동료와 짝을 이루어 예상치 못했던 환경과 상황에 서서히 친숙해졌다. 3월 셋째 주에야 스티븐 해리스 대위가 도착해 통신파견대 지휘를 맡았지만, 그는 열악한 숙소와 실망스러운 근무처 상황을 보고는 애써 당혹감을 감추는 듯했다. 해리스 대위는 하버드대 출신으로서 여러 관점에서 볼 때 당연히 정보 분야 병과로 보임될 장교였다. 그러나 그보다 앞서 위험이 따르는 특수임무를 받고 우리 배를 타러 왔던 것이다. 이론이 정연한 학구파였기에 이곳 험난한 함상보다는 육상에 있는 해군본부의 씽크탱크 그룹에 더 잘 어울릴 사람이었다. 그러나 그러한 사실 때문에 그가 바다 생활에 적응을 못 하지도 않았고, 힘든 일을 마다하지도 않았으며, 동정심이 많아 자신의 담당부서 일을 뛰어넘는 협조심도 발휘했다. 나와 레이시, 데이비드 버가 모두 과로에 시달릴 때 그가 잽싸게 부관 역할을 맡아서 자질구레한 행정업무를 도와주겠다고 나서던 일을 나는 자주 떠올린다. 참으로 고맙고 훌륭한 일이었지만 나는 그때마다 만류하고 대신에, 밑으로 내려가서 철문 안의 특수작전구역에서 진행되는 일이나 챙기라고 말했다. 아니나 다를까, 그다음 주에 그도 나처럼 핼쑥하고, 좌절감에 지친 모습으로 나타났으니, 아마도 상부에서 받았던 브리핑 내용과는 다르다는 걸 알게 된 모양이었다.

이때는 사실상 휴식도 없는 작업뿐인 기간이었다. 한가롭게 앉아 지연(遲延)을 참아내던 일은 육체적인 피로는 아니더라도 정신적으로 아주 소모적인 시간이었다. 브레머튼은 아주 단조로운 조그마한 마을로 대도시 시애틀과는 완전 다른 곳이다. 시애틀의 불빛이 가깝지만 멀게 느껴지는 퓨젯 사운드 건너편 밤하늘을 아름답게 비춰준다. 눈 덮인 산봉우리와 나직하게 덮인 우림을 거느린 황량한 올림픽 반도는 실제보다 훨씬 가까워 보여서 여름에는 황야의 매혹을 느끼게 되지만 겨울엔 접근이 금지된다. 인간의 활동은 오로지 해군창에만 집중되어 있고, 주야 24시간 각종 선박 작업이 진행되면서 회전 숫돌에서 나오는 기분 나쁜 소음이 울려 퍼지며 용접기의 뜨거운 불꽃이 튕겨 나오고는 있지만, 우리 배만 조용하다! 나는 저녁엔 시애틀 하늘의 불빛을 바라보곤 하지만 그 유혹을 뿌리치고 대신 장교클럽에서 술 몇 잔을 마시면서 친선 포커게임을 한다. 더 큰 재미를 보려고 나룻배를 타자면 거리가 너무 멀고 휴식시간은 너무 짧아서 다음 날 근무가 어렵다.

일주일에 한 번씩 나는 제퍼슨에 있는 로즈에게 전화를 걸어 이산가족의 아픔을 몇 분씩 나누곤 했다. 그런데 브레머튼에서 진행되는 재취역 작업이 지연되기 때문에 더 이상 이산가족으로 살 필요가 없다는 것이 분명해져서 가족을 데려오는 것이 좋을 것 같았다. 누가 이런 상황을 예측이나 했겠는가? 또 기간이 얼마나 더 늘어날지 누가 알겠는가? 로즈는 외롭고 마크와 마이크는 이미 뒤죽박죽된 학교생활에 도움을 줄 아빠가 필요했다. 그러나 사비로 가족을 데려올 여유도 없었을 뿐만 아니라 푸에블로는 브레머튼이 근거지였지만, 공식적으로는 그때까지도 요코스카가 모항이었다. 내 아들 녀석들도 더 이상 학교를 옮길 수는 없었다. 그래서 우리 가족은 상황 진척을 기다리며 서로 불만을 털어놓으면서 마음을 달랠 수밖엔 없었다. 내가 겪는 고생에 관해서 로즈는 간결한 표현으로 농담을 했다.

"가련한 여보. 당신이야말로 해군의 가장 엉망진창인 일급비밀 함장이네요!"

4월. 푸에블로가 '방아벌레 작전' 임무를 띠고 애초에 일본을 향해 출항하도록 계획되어 있었던 그 4월이 찾아왔다. 그런데도 배는 아직도 브레머튼의 퓨젯 사운드 해군창 도크에 머물러 있고 멋진 유도탄 프리깃함, 항공모함, 원자력 잠수함들 사이에 끼어 있어서 그 모습이 마치 초라하고 심술궂은 고아 같았다. 어지러운 갑판은 보기 흉한 크롬산염 페인트로 얼룩졌고 얼룩은 날마다 내린 봄비에 쓸려 흘러내리고 있었다. 내부 격실에는 미완성 작업 물품들이 어지럽게 들어차서 보행에도 불편했지만 보기에도 한심했다. 레이시의 기관실은 그래도 다른 부서보다는 좀 나은 편이었지만, 초조하고 안달하기는 그도 마찬가지였다. 그때까지도 출항을 못 하고 도크에 머물러 있을 줄 알았더라면 보다 더 힘든 일을 택했을 수도 있었을 거라고 안타까워했다. 물론 나도, 아니 우리 승조원 모두도 나중에야 알아차린 것을 후회했다.

나는 우리 함정에 위기 시에 쓰일 '파괴체계' 장비가 부족하다는 점을 고민했다. 우리가 공산권 해군이 출몰하는 소위 적성 해안을 따라 작전해야 한다는 점을 알고 있었기 때문이며, 더구나 배너 함장 척 클라크가 보내준 글, 그리고 실제로 방해공작을 받았었다는 말도 들은 바 있기 때문이었다. 그렇다고 공해상에서 우리가 공격을 당하거나 나포될 것을 예상했다는 건 아니다. 공해상에서의 자유권에 관한 브리핑을 너무나 철저히 받았기 때문에 그런 걱정은 기우에 불과했다. 그러나 만에 하나, 25년 된 우리의 배가 시베리아 연안 12마일 근처에서 엔진 고장이나 조타 불능상태에 빠진다면 어떻게 할 건가? 또 같은 해상에서 폭풍우가 휘몰아쳐 푸에블로를 뒤흔들어 난파라도 당한다면 어떻게 할 것인가? 어느 경우든 그런 위기 상황을 당하면 공산 측은 상당량의 우리 쪽 정보자료를 합법적으로 얻어낼 것이 아닌가.

나는 이런 문제점을 해리스 대위가 도착한 얼마 뒤에 그와 의논하고, 브레머튼에 근무하는 비취(祕取) 인가자들과 토론도 해보고, 자매함인 팜비치 승조원 상대역들과도 견해를 나눴다. 모두가 현재 사용하는 소방 도끼나 모래 자루보다는 훨씬 앞선 첨단 파괴체계를 준비해야 한다는 데 동의했으며, 우리의 비밀 계측 수단이 완전히 준비될 때까지 그러한 장비들을 설치할 시간도 충분하다고 보았다.

비록 우리 가운데는 이런저런 장비를 추천할 전문 지식을 갖춘 사람은 없었으나 미해군에는 상황에 따른 용처를 알고 있는 탄약 및 폭파 전문가들이 있다는 것을 나는 알고 있었다. 따라서 나는 중간 제대를 거치지 않고 최고위 당국에게 직접 편지를 쓰고 결과를 기다렸다. 후원자들이 있을 것으로 기대하면서.

가장 강도 높은 말투로 각종 개선점을 적시하고 그 시정을 권고했던 이 편지에서는 최소한 완전한 방수 능력을 갖추도록 개선을 요구하고, 피해 통제 시설과 선박 통제를 가능하게 해 줄 미해군 음향전화체계와 필요시 사용할 비상파괴체계를 요구했다. 이 편지는 지휘계통을 통해 해군참모총장에게 제출되었고, 다시 전쟁물자국을 거쳐 육군 파괴 담당부서에까지 도달했다. 그러나 몇 주 후에야 받은 회신에는 그러한 장비나 체계가 너무 비싸다는 내용이 담겨 있었다. 이런 장비들 외에도 나는 함상의 불완전한 권양기에도 관심을 썼다. 배너가 중국 해안을 감시하다가 연료 부족 때문에 추진동력을 잃고 표류하면서 중국의 영해로 들어갈 뻔했었다는 사실을 나는 알고 있었기 때문이었다. 수심이 웬만하다면 그러한 위기 상황을 벗어나는 방법은 바로 닻을 내리는 것이다. 제멋대로 움직이는 우리 함정의 권양기는 분명 신뢰할 수 없는 것이었다. 나는 해군창과 직속상관에게 끈질기게 압력을 넣으면서 문제 해결을 요구했다.

작업은 발작적으로 미칠 듯이 진행되다가도 어떤 때에는 속 터질 정도로 한가해지는 경우가 반복되었으나 실제 작업 진도는 나의 함상 조그마한 사무실에서 쏟아낸 제안, 항의, 설명 또는 보고서 등과는 맞아떨어지는 일이 거의 없었다. 내 성미에는 전혀 안 맞는 이런 상황에 대처하자니 이때야말로 나에게는 독특한 시련의 시기였다. 해안 참호에 진을 친 듯한 관료주의에 대항하면서도 마치 가상 전투에서 말 타고 창을 쓰는 전법을 즐기며 자랑하는 다른 장교들과는 달리 나는 그것을 함상 또는 수중 작전에서 도전 정신을 끌어내는, 힘들고 따분한 고역으로 받아들였다.

일곱 살 꼬마였을 때 내 꿈을 방해하는 문제에 맞닥뜨리게 되자 나는 400마일이나 되는 바다 쪽으로 30마일을 내달려 감독 선생님을 피해서 목적을 이룬 적이 있었다. 그 이후에 나는 인생에서, 아니 해군에서 성공하려면 누구나 반드시 해야 할 일이라면 아무리 보잘것없는 따분한 일일지라도 맡은 바 책임은 완수해야 된다는 것을 알았다. 그러나 나는 마음속으로만 자신의 배와 선원에 헌신하는 바닷사람, 뱃사람에 머문 신세였다. 휴가를 받아서 육상에서 가족과 여가를 즐기든가 가족이 가까이에 없다면 선박 동료들과 어울려 진하게 놀 줄도 나는 알고 있었다. 그렇지만 지금 브레머튼에 틀어박혀 연안에 장기간 갇혀있다 보니 나는 바다로 되돌아가고 싶어 안달이 났다. 때문에 푸에블로의 재취역을 위해 수백 가지 일을 바쁘게 하면서도 시간은 더디기만 했다. 작업 진도는 눈에 띄지 않을 정도로 느렸다.

그래도 작업은 진행되었으며 워싱턴 당국이 초조를 느끼자 가능한 취역 일자를 잡게 되었으니 그날이 1967년 5월 13일이었다. 바다에서 시험 항해를 하기 전에 끝내야 할 일이 더 있었기 때문에 이 날짜가 해군창에서 우리가 떠나는 날은 아니었다. 그러나 적어도 그것은 곧 내가 항해 명령을 받고 정식으로 취역하는 미해군 함정을 지휘하게 된다는 것을 알려주는 것이었다. 나는 제퍼슨시에서 나처럼 초조히 기다릴 로즈에게 전화를 해서 함께 축하를 하고, 예금을 찾아서 시애틀까지 왕복 항공권을 구매하자는 내 결심을 말해주었다. 그렇게 해야 나의 첫 지휘자 취임행사에 가족이 참석할 수 있었기 때문이었다. 로즈는 안도와 기쁨을 표시했지만 약간은 가라앉은 유보적인 응답을 보냈다.

"그래요! 일이 좀 풀리네요. 예약을 해서 잘되도록 할게요."

"그래요, 여보."

나는 경험에서 우러나온 확신에 찬 목소리로 응답했다. 그러면서도 말은 안 했지만, 마음속으로는 만일 푸에블로 출항이 또다시 연기된다면 가족을 초청해 5월 긴 주말을 함께 즐겨볼 생각이었다. 다만 비용이 문제였다. 이렇듯 앞으로의 전망에 관해 흥분해 있었기 때문에 나는 그때부터 모든 일이 훨씬 더 잘 풀리리라고 확신했다. 로즈에게 기분 좋은 전화를 한 뒤에 나는 타자기 앞에 앉아 다른 데 보낼 초청장을 작성했다. 그런데 불확실한 상황에서 너무 서둘렀던 탓인지 로즈와 결혼하기 전에 내가 절친하게 지냈던 유일한 가족을 빼놓고 말았다. 네브래스카주에 있는 플래니건 신부님의 '보이스타운'이라는 고아원이었다. 물론 초청장은 이 고아원 원장인 웨그너 신부님에게 보내야 했다.

웨그너 신부님께 편지를 써 부치고 나서 낙관적인 기분에 들며 나는 그날까지 쌓였던 문제는 접어두고 사복으로 갈아입고 자주 가는 남자들만의 모임을 찾아 나섰다. 이 모임은 화기애애한 분위기 속에 시원한 생맥주가 넘쳐흐르고, 카드놀이가 펼쳐지면서 정직하게 돈도 따게 되므로 재미가 났다. 나는 포커게임 그 자체만을 좋아할 뿐 금전적 수입엔 관심이 없었다. 돈을 딴다는 것은 상대방보다 운과 재주가 겹쳐 흥분하는 데 따른 우연일 뿐이다. 그러나 이 경우에도 내가 땄던 돈은 쉽게 들어왔던 것. 경찰이 우리처럼 아마추어 꾼들을 단속할 때엔 눈을 감아주는 경우가 있으나, 수사망에 걸린 여러 사복 장교들 가운데 내가 총대를 메고 상응한 벌금을 물었다. 브레머튼 경찰의 사고기록부에 내 이름이 오르게 되자 나는 하는 수 없이 제13해군 구역대 참모장에게 보고해야 했다. 뱃놈의 행운이랄까!

변덕스럽게도 따뜻한 햇볕과 세찬 소나기가 번갈아 찾아오더니 어느새 5월로 접어들었다. 계절의 변화에 민감한 사람들은 사과꽃 봉우리, 야생 층

층나무꽃 향기와 새싹이 돋는 소나무가 내뿜는 숲 냄새가 약하기는 하지만 해군창에서 날아오는 아세틸렌, 페인트, 기름 등의 냄새와 섞여 있는 걸 느낄 수 있었을 것이다. 잘 들어보면 직공들이 보일러판과 장갑용 강판을 두들겨 만드는 금속성 진동 소리 속에 피리처럼 부드럽게 들려오는 울새와 지빠귀의 울음소리도 들을 수 있었다. 공장과 높은 건물 뒤편 언덕의 관목 수풀과 나무들에게 새로운 봄을 알리는 소리였다. 물오리들도 날개를 치며 브레머튼의 퓨젯 사운드 만을 따라 오르락내리락하면서 시끄러운 도크를 벗어나 더 안락한 둥지를 틀 곳을 찾아내렸다. 긴 겨울 동안 수리 중인 선박에서 휴가를 받아 왕래하는 군인들만을 위해 반쯤 빈 배로 운항하던 시애틀 페리도 이제 막 두꺼운 겨울옷을 벗어던지고 올림픽 반도로 가는 낚시꾼들과 새롭게 봄을 맞이하는 상춘객들을 뭉텅이로 쏟아냈다. 이러한 봄기운이 푸에블로호까지 몰려온 듯, 말끔히 페인트칠을 마친 푸에블로호를 보니 수리가 잘 된 것 같았다.

우리 함정의 승조원과 정보 전문 인원들이 거의 다 도착 신고를 마쳤으며, 특히 통신파견대는 푸에블로호의 생존과 작전에 필요한 자질구레한 일들까지 열심히 처리해주었기 때문에 그들의 배타적인 신분에 관한 나의 걱정을 덜어주었다. 이들 대원 중 대부분이 해군 병사로서는 대단히 고학력을 지닌 데다가 기술자라면 보통 지니고 있을 까다로운 성미도 없는 듯했다.

파견대장인 해리스 대위와 대원들 모두가 함정이 소형인데다 숙소도 비좁아서 개조를 해 봤자 별수가 없다고 불만이었지만 모두가 착하게도 나에게 협조적이었다. 말은 안 했지만 신상기록카드를 통해 알게 된 사실인데 이들에 대한 나의 가장 큰 걱정은 거의 모두가 선상 생활을 해보지 않았다는 점이었다. 작전 예정 해역으로 가려면 지구의 반 바퀴를 돌아야 할 터인데 조개같이 작은 푸에블로 함상에서 신병들을 훈련시켜 바다 생활에 익숙시키는 일이야말로 힘들지 않을 수 없었다. 그래도 이 문제는 맞닥뜨려서 노력하면 해결되겠지만 당장 해군창을 벗어나는 게 더 중요한 과제였다.

나는 계속되는 지체가 우리 승조원들의 사기에 미칠 영향에 걱정이 되었다. 함상에서 작업인부들이 작업을 끝내면 청소를 하든가 길을 비켜주는 일을 하다 보면 사기가 저하될 것은 뻔한 일. 개조 작업을 방해하지 않고 승조원들이 할 수 있는 일을 생각해 낼 수도 없었다. 놀다 보면 잘못을 저지르든가 아니면 권태에 빠질 수밖에 없다. 한 가지 해결책은 승조원들을 출발 전 교육을 받게 하는 것이었는데, 상황에도 부합하고 경험 없는 병사들에게는 유익할 것이었지만 아쉽게도 그런 기회가 우리 승조원들에겐 주어지지 않았다. 특히 통신특기병들은 무료한 시간이 많아 불안하고 뒤숭숭한 마음에 사기가 아주 낮았다. 그렇다고 기지 내에 승진을 위해 학습을 할 장소도 없어서 브릿지 게임 아니면 모노폴리 게임만 마냥 하면서 지루함을 이겨내야 했다. 나는 문제 해결을 위해 페트로비치 제독을 찾아갔다. 그러나 그도 동정은 표했지만 도와줄 방도가 별로 없었다. 다만 소액이지만 교육 예산을 받아 통신특기병들을 소방학교에 보냈더니 너무나 우수한 성적을 받아 모두를 깜짝 놀라게 했다. 한 구역의 화재를 진압한 뒤에 배수(排水)를 하는데 거의 신기록을 세우면서 태평양함대 항공모함에서 온 한 팀에게만 시간상 뒤처졌을 뿐이었다. 푸에블로에서 내가 바랐던 그런 감투정신을 우리 특기병들이 보여주었기 때문에 나는 이들이 무척 자랑스러웠다.

진 레이시는 자신이 속한 엔진 부서에서 마치 트로이 사람처럼 열심히 일하면서 많은 보급품을 기록해가며 수많은 위기에서 안정을 유지하는 역할을 보여주었다. 데이비드 버는 춘곤증을 못 이기고 마치 발정 난 어린 사슴처럼 이쪽저쪽 프로젝트에 기웃거리며, 인부와 그들의 반장들과 다투다가, 별안간 성을 내서 상대방 감정에 상처를 안겨주던가 아니면 때때로 앉아 버티는 동맹파업까지 야기시켰다. 내가 자주 개입해 막기도 했지만, 그런 식의 겁주기 전술이 때로는 효과도 있었다. 그리하여 5월 13일로 정해졌던 취역일은 더 이상 연기되지 않아도 될 것 같았다.

오랫동안 고생을 해 온 현장소장 스위니 소령과 나는 선박에 해야 할 작업과 할 수 있는 작업이 뭔지를 놓고 근무시간 중에 다투다가도 17:00시 이후에는 장교클럽에 가서 술 한잔을 하면서 이견을 봉합하곤 했다. 이렇게 날마다 다투고 화해하다 보니 우리 둘 사이엔 굳건한 우정이 싹텄다. 도크 주변 훈수꾼들은 어리둥절한 표정으로 "그게 무슨 배야?" 하고 물어왔지만 그때 즈음엔 나도 얼굴 가죽이 두꺼워져 있었을 뿐만 아니라, 신비스러운 작은 배에 자부심과 즐거움까지 느끼며 '환경조사선'이라고 당당하게 대답해 주었다.

사람들이 그 뜻을 생각하는 동안에 나는 일급비밀에 속하는 일이 있다고 둘러대고 빠져나왔다. 그러나 사실은 우리 함정의 취역식에 참석할 100여 명 남짓한 손님들을 접대할 준비를 하느라고 그랬다는 건 알려주지도 않았다. 조금은 경솔한 일로 비칠지 모르지만 미해군에서는 공식적인 행사에 소홀한 지휘관은 쓴맛을 보게 되므로, 즉시 해치워야 할 일이었다. 안 그러면 적성평가에도 나쁘게 기록될 수 있다. 함장이 그러한 행사(수많은 기타 행정적, 기술적인 면에서도 마찬가지지만)를 치르려면 상당히 많은 부분을 부관에 의존해야 하는데, 우리 함정의 부관은 자신의 잘못은 아니었지만 5월 5일 오후가 지나서야 도착했다.

그 시간에 나는 함수루에서 또 하나의 사소하지만 중요한 장비 설치 문제에 매달려 있었는데, 그것은 장기간 해상에 머물 때 깨끗한 속옷을 준비해 줄 세탁기였다. 조타 하사 찰스 로우가 자신의 기름 묻은 무명천 한 꾸러미를 잘린 파이프와 호스들이 뒹구는 격실에다가 밀어 넣고서는 머피라는 대위 한 사람이 중갑판에서 신고 대기 중이라고 나에게 말했다. 힘들여 중갑판으로 기어올라 햇빛에 나서자, 나는 훤칠한 키에 말끔한 해군장교 정장을 한 채 함정을 둘러보는 젊은이와 마주쳤다. 약간 창백한 얼굴에 뿔테 안경을 쓰고 있었다. 함장이 나타난 것을 눈치채고 순식간에 그의 표정은 더 당황한 채, 나의 볼품없는 카키 작업복과 야릇한 밀짚모자를 바라보았다. 작업 진도를 점검할 때 내가 습관적으로 입던 복장이었다. 내가 불쑥 나타나서 충격을 받았겠지만, 그는 곧 정신을 차리고 정식으로 나에게 경례를 하고 자기소개를 했다.

나는 이런 어수선한 상황에 사관 갑판에서 이루어지는 정식 예절은 불가능할 뿐만 아니라 필요도 없다고 말을 해줬어야 했는데, 그만 순간적으로 거수 답례를 하고 악수도 했다.

"정말 반갑네, 에드! 선상 생활 정착에 내가 도와줄 일은?"

분명히 그도 푸에블로와 같은 작은 배를 탈 거라고는 상상을 못 했을 터인데도 현실을 받아들일 수밖에 없었을 게다. 그는 문제가 있을 거라고 생각지 않고 부함장으로서 자신의 책임을 다할 것이라고 대답을 했다. 담배 한 대를 권했더니 정중히 사양한 그는 긴장을 풀고 뱃전의 방파벽에 기대면서 자기 아내의 이사 문제와 좀 더 복잡한, 고향 캘리포니아에서 과부로 살며 직물류 사업을 하는 모친에 관한 이야기도 풀어놓았다.

이렇게 약 한 시간이 지난 뒤에 그를 나의 선실로 데리고 가서 나 자신의 문제점들을 이야기해주면서 그의 인사명령지와 기록부를 정식으로 접수했다. 당직사관 자격도 갖췄고, 항해기술학교도 다녔고, 구축함의 항해장 보좌관 역할도 경험했지만 가장 최근 보직이 지상 해군 시설에서 차고지를 담당했었다는 걸 알게 되었다.

종교는 크리스천 사이언스 신자이며, 평화주의와 반의학(反醫學)주의 종파인 그 교단에서 운영하는 프린시피아 칼리지를 졸업했다는 것도 알았다. 참으로 놀라운 사실은 부함장 될 사람이 우리의 첩보임무 내용을 완전히 브리핑받을 비밀취급 인가가 없었다는 것이다. 나는 그에게 침실에서의 기본 임무만을 배정할 수밖에 없었으나 그나마 다른 승조원들의 일감을 덜어줄 수 있어서 다행이었다. 내가 지시를 내리면 마치 올빼미처럼 심각한 표정으로 열심히 경청했기 때문에 내 말을 잘 이해할 것으로 생각했다. 다른 장교와 함께 쓰게 될 조그마한 선실을 그에게 보여주고 다음엔 수수한 사관실로 가서 레이시 준위와 스티븐 해리스 대위를 소개해주었다. 부분적으로 개장한 주방에서 준비한 커피 한 잔을 권했더니 그는 "고맙습니다만 저는 커피를 안 마십니다."라고 단호히 거절했다.

푸에블로에서 보안지역인 특수작전구역을 제외하고 함정의 구석구석을 살피며 익히느라 남은 시간을 보낸 머피 대위는 장교클럽 바에서 통상적으로 열리는 비공식 좌담회에 참석했다. 그가 흔한 맥주 한 잔 제의도 거절하자, 나는 맥주보다 더 독한 마티니로 새로 부임한 부함장을 축하하자고 제안했다. 안경 너머로 차디찬 섬광이 번뜩이면서 그는 딱딱하게 말했다.

"감사합니다만 술은 안 합니다. 그러나 진저에일이 있으면⋯."

10분 동안 음료를 아껴 마시면서 그는 우리가 그날의 긴장을 풀고 다음 날 문제의 해결책을 모색하는 대화를 조용히 듣고 있었다. 이윽고 잔에 얼음만 남았을 즈음 머피는 조바심을 내며 실례한다고 하더니 이렇게 말했다.

"어머니에게 일이 있어 잠시 들러봐야 합니다. 내일 아침 갑판 기상점호에나 참석하겠습니다."

"좋아요, 에드. 그러나 우린 실제로 정식 점호는 하질 않아요. 승조원 총원을 집합시켰다가는 배가 좁아서 누군가를 밀어내야 할 테니까."

"네, 함장님, 알겠습니다."

머피 대위는 엷은 미소를 띠며 대답했다.

"그래도 저는 06시 정각에 나오겠습니다. 고맙습니다. 안녕히 주무십시오."

그가 물러간 뒤에 또 한 번의 긴 침묵이 흐르면서 누군가가 의견을 내주길 기다렸다. 나는 해리스 대위나 레이시 준위가 '괜찮은 사람이네요.'라며 에드 머피를 살짝 치켜세우며 깎아내릴 줄 알았는데 그냥 무슨 생각에 잠긴 듯 음료만 계속 빨아들였다. 잠깐의 정적을 깬 건 버 중위였는데, 그는 얼토당토않은 말을 내뱉었다.

"주여! 내 인생이 여기서 망가지네요!"

한바탕 웃음이 가라앉은 뒤에 침묵이 다시 계속되었다. 사관실에 모인 장교들은 담배도 안 피우고, 술도 안 마시고, 자극적인 해군 커피도 안 마시는 저렇게 딱딱한 장교가 우리처럼 자유롭게 일하고 쉬는 사람들의 집단에 어울리겠는지를 곰곰이 생각했다. 푸에블로처럼 작은 함정에 다양한 성격과 재능을 지닌 사람들이 함께 생활해야 하는 터엔 함께 사는 병존성도 능력만큼 중요하며, 완벽성 또한 태만 만큼 나쁜 것이다. 그래서 나는 불안감을 내보이는 건 정말로 적절치 못하지만 이 답답한 벽을 깨부숴야 한다는 생각으로 다음과 같은 경구를 발표했다.

"이제 나는 부함장을 맞았다. 신임 부함장의 표정을 잘 살펴서 여러분들은 자신의 사악한 태도를 고쳐, 바로잡아야 한다."

킥킥거리는 웃음소리가 들렸다.

그때 해군공창에서 가장 정이 많이 든 스위니 소령이 나타나서 직무에서 오는 짐을 벗어버리고 우리와 함께 아일랜드산 술로 해피 아워를 즐기자고 제안하였다. 우리의 기분도 다시 회복되었다.

제 3 장

푸에블로호가 새로운 역사를 시작하도록 준비하는데 대략 22,547 인/시가 들었다. ⋯ 푸에블로호가 수행할 탐사 작전이 대양을 완전히 이해하고 미해군의 통신 체계를 개선하여 미해군과 인류에 커다란 도움을 주게 될 것이라는 인식으로 이제 이 함정은 당당히 미해군 함대에 합류했다.

⟨1967년 5월 13일 푸에블로호 취역식에서 미해군이 발행한 기념 팸플릿에서 발췌⟩

브레머튼에 체류하며 푸에블로와 팜비치의 배경 역사와 목적을 잘 알고 있는 몇몇 사람들은 두 함정의 취역식에 참석한 인사들과 승조원을 위해 미해군이 발행한 아름다운 기념 소책자에 쓰인 글에 아이러니한 내용이 있다는 것을 알았다. 해군공창에서 이들 예인선 크기의 화물선을 수리, 개조하는 데 든 인/시의 판단이 너무 축소되었으며, 작업과 관계있는 여러 상충하는 지휘부서의 얽히고설킨 지시를 푸는 데 낭비한 인/시도 상세히 분석되지 않았다.

해양 탐사와 통신 연구를 통해서 인류에 도움을 줄 예정이라는 말은 냉소가들의 비웃음을 자아냈고, 이상주의자들은 양심의 가책을 느끼게 했다. 나로서는 어째서 이들 순진한 소형 비무장 선박들이 사실은 공공연한 우리의 적국들이 이미 시작한 전자 냉전에 대처할 강력한 무기로 사용될 것이라고 당당하게 말할 수 없는가를 이해할 수 없었다.

그러나 나는 이 점에 관해선 곰곰이 생각하지 않았다. 나는 내 배가 자랑스러웠으며, 오늘의 푸에블로를 탄생시키면서 나타난 치사한 내용들을 공개적으로 밝히는 것에는 확실히 반대했다. 해군 최상급 지휘부가 보증하고 있기 때문에, 무엇보다 나 자신이 잠수함에서 11년간 냉전시대 작전을 수행하다 보니 러시아 및 아시아 공산국가 해군에 대한 대처 방책이 우리나라의 안보에 긴요하다고 믿었기에 우리 배의 임무를 굳건히 신뢰했다.

이러한 정보전에 걸려있는 사안의 중대성을 고려하면 진실과 사소한 불평을 타협한다는 것도 정당화될 수 있을 것 같았다. 그리고 흔한 자만심까지 들어서인지 내가 한 척의 미해군함정 지휘관으로 발탁된 데에 자부심을 느꼈으며, 그것을 최대한 자랑하기로 마음먹었다. 내 휘하 장교와 승조원들도 이러한 점을 우리 함정의 취역 며칠 전부터 알아챘다. 내가 별안간 엄격한 검열관으로 돌변해서 이물에서 고물까지 함정 전체의 청소 상태를 철저히 검열하면서 감정까지 상하게 하며, 더러운 곳이 있으면 완전히 깨끗해질 때까지 쓸고 닦으라고 했기 때문이었다.

5월 13일 토요일, 비가 자주 내리던 워싱턴주의 날씨여서 행사에 참석한 많은 손님들이 비를 맞을까 봐 걱정이었는데 취역식이 예정되었던 이 날은 맑게 갠 하늘에서 따뜻한 봄볕이 비추자 모든 근심은 사라졌다. 푸에블로와 팜비치는 밝은 적-백-청색의 화려한 화환과 휘장으로 장식을 하고 제5부두로 옮겨져서 나란히 정박하고 있었는데, 두 함정 사이에 설치된 무대에는 두 명의 해군 제독과 그 부관들, 우리 함정의 해양 탐사에 관련된 연설을 해줄 교수 한 분, 함정 명칭이 유래된 마을의 주민 20여 명, 그리고 행사를 위해 하느님의 축복을 기원해 줄 성직자 두 분 등을 위한 좌석이 마련되었다.

해군 군악대가 나와서 200명 남짓한 승조원 가족·친지들과 함정 개조 작업을 열심히 하였던 퓨젯 사운드 해군공창 직원들을 위해 세련된 기악곡을 연주해주었다. 도크의 크레인 선로 너머에 줄줄이 놓인 위태로운 접이식 의자에 사람들은 빼곡히 앉았다. 그 가운데 샛노란 니트 슈트를 입고 온 로즈가 싱그러운 듯 예뻐 보였고, 옆에는 부산떨지만 단정한 둘째 녀석 마이크(첫째 마크는 뒤처진 학습 때문에 제퍼슨시에 남아 있었다)의 모습이 보였다. 특히 나의 시선을 끈 특별한 무리는 바로 우리 승조원들이었는데, 평소엔 해적 모습이었던 이들이 깜짝 놀랄 정도로 달라져 마치 잘 다림질 한 군복을 입고 찍은 모병 포스터 사진처럼 푸에블로 갑판에 말쑥한 차림으로 단정하게 정렬하고 있었다.

헤이즈 군목이 기도할 때, 우리는 모두 자리에서 일어나 고개를 숙였고, 곧 앉아서 소장인 페트로비치 제독의 환영 인사와 중요한 연사 소개를 들었다. 크러치필드 교수가 등단해서 해양자원 개발의 중요성을 강조하고, 해군이 해양과학의 여러 분야에 관심을 가져줘서 마음 든든하다고 추켜세웠다. 제13해군구역 사령관인 해군소장 페럴 제독은 푸에블로의 공식 취역 명령을 낭독하고, 군악대가 미국 국가를 연주하는 동안에 연합 국기와 취역 기념기가 게양되었다. 그다음엔 내가 참석자 앞에 나서서 지휘권 수령 명령을 읽고 부함장 머피 대위에게 제1 견시 배치를 지시했다.

팜비치(AKL 45) 취역 행사도 같은 요령으로 진행되었다. 페럴 제독이 명령을 낭독하고 군악 연주에 맞춰 깃발이 게양되고 레이퍼 함장이 지휘권 인수 후에 부함장에게 견시 배치를 지시하는 등…. 그다음엔 우리 함정이 이름을 딴 곳을 대표하는 귀빈들이 선물을 주고 행운을 빌어주었는데, 콜로라도주 푸에블로시에서 브레머튼까지 장거리를 달려온 20명 남짓한 시민들이 우리에게 최신 전자장비 한 가지를 선사했다. 식당과 사관실에 음악을 제공하는 함상 오락실로서 대단히 큰 선물이었다. 공식적인 행사는 나의 정신적인 아버지이며 멘토인 웨그너 신부님이 축도를 함으로써 끝이 났는데, 웨그너 신부님은 기꺼이 나를 위해 네브래스카주의 보이스타운에서 그 먼 길을

와 주셨다.

　나는 이 전에도 여러 번 취역식에 참가한 바가 있어서 행사 내용을 거의 외우다시피 했다. 소형 선박인 화물선급이든 대형 군함이든 취역식은 대동소이였고 다만 선박의 크기에 따라 참석 인원 수와 명성이 다를 뿐이었다. 푸에블로가 미해군 함대에 편입된 배후에 담긴 온갖 희비극적 혼란과 빈정대는 목소리에도 불구하고, 나는 이번 취역식에서 큰 감동을 받았다. 그것은 내 생애 최초로 공식적인 나의 함정지휘권을 가진다는 것 때문만은 아니었다. 물론 그런 면이 없지는 않았지만. 이 선박이 내가 그리던 잠수함이었으면 더 좋았으련만, 그것이 이상한 문제아 같았던 사실에 내 마음이 더 끌린 나머지 이 배를 미해군이 주목할 유명한 함정으로 키워야겠다고 다짐을 했다.

　앞에서 언급한 대로 웨그너 신부님이 참석해 주셔서 나는 큰 감동을 받았지만, 참석자 중에는 부랑자나 불량소년들을 선도하는 종교기관의 책임자가 어째서 이런 해군 행사에 참석했는지 의아해하는 사람들이 있다는 것을 알게 되었다. 이들 중에서 내 아내와 아들만이 내가 네브래스카 보이스타운 고아원생 출신으로서 미해군 군함의 함장이 되었다는 사실을 알고 있었다. 해군 직업군인으로서 살아오는 동안 나는 여러 자선기관을 전전하면서 성장한 고아였다는 이야기를 아주 친한 동료 몇 사람에게만 해주었다. 창피해서가 아니라, 미국 사회가 저소득층에 특별히 베푸는 동정심을 받을 생각이 없어서였다.

　나의 어릴 적 가난과 고생에 사람들의 관심을 끄는 일은, 마치 유복한 집안 출신의 장교가 자기 배경 자랑을 하는 것만큼 온당치 못하다고 생각했기 때문이었다. 어떤 출신이든 사람은 자신의 능력을 딛고 일어서야 한다. 이런 마음은 한동안 변하질 않았는데, 나이를 먹고 계급이 올라가면서 보이스타

56

운의 웨그너 신부님에게는 말로 다 표현할 수 없는 신세를 졌다는 생각을 하게 되었고, 신부님이야말로 내가 올바른 사람이 되도록 기회를 주셨으므로 나의 출세에는 신부님의 몫이 컸기 때문에 말하지 않을 수 없었다.

신부님과 마찬가지로 이 식전에 참석한 모든 부모들도 자식들이 조국을 위해 영광스러운 근무를 하게 된 것이 대견스러웠을 것이다. 나에게는 웨그너 신부님이 방황하던 나의 소년 시절에 안정을 가져다준 유일한 식구나 마찬가지였고, 신부님이 나와 나의 배의 안전을 위해 하느님께 기도하는 것을 들었을 때, 나는 어려운 환경에 처했던 지난 시절을 회상하지 않을 수 없었다.

~

나는 1927년 9월, 아이다호주 포커텔로에서 태어났으나, 스물한 살이 되어서야 내가 태어났던 진짜 환경을 알게 되었다. 그것은 내가 갓난아이 시절에 재산이 넉넉지 못한 한 부부에게 양자로 들어가 그런대로 잘 자랐다는 사실과 포커텔로에서 부커 성을 가진 양부모님과 살면서 겪었던 일들이었다.

양모 메리에 대한 기억은 지병으로 오랜 기간 병상에 누워있었다는 것만 희미하게 떠오를 뿐인데, 날마다 잠시 동안 방문을 하면 양모는 나를 안고 키스를 해주며 침대 곁에 놓아두었던 사탕을 주곤 했다. 이것이 양모에 대한 유일한 기억이며, 내 나이는 그때 겨우 세 살이었다. 내가 세 살 때 양모는 암으로 돌아가셨다.

양모가 살아 계셨을 당시, 나의 양부는 포커텔로 중심가에서 '메이플라워'라는 작은 식당을 운영하고 있었다. 주방장을 겸하고 있던 양부가 나를 고기 써는 도마에 엉거주춤 올려놓으면 여종업원들이 다가와 맛있는 디저트를 먹여주던 기억이 났다. 내가 좋아하던 음식은 마라스키노 체리였다.

나는 양모가 돌아가신 날짜를 모른다. 양모가 돌아가신 뒤 나는 포커텔로 근교에서 작은 농장을 경영하던 양할아버지 댁으로 들어갔다. 그 농장에서 다섯 살까지 살았는데 이때 기억에 남는 것은 거친 자연과 한바탕 싸워 본 일이었다. 아주 맑은 여름날에 우리 밭을 지나던 관개수로에 놓인 좁은 인도교에 걸터앉아 있는데 날아가던 벌 한 마리가 물에 빠지려는 순간을 보았다. 잽싸게 뚝으로 뛰어내려 버둥거리는 그 벌을 구해 주었더니 보답이나 하듯 나를 침으로 쏘고 달아나는 바람에 나는 양할머니를 요란스럽게 불러댔다. 할머니는 나를 다독이며 치료를 해주시고 혼자서는 위험하다는 훈계를 하셨다. 이런 자연스러운 경험이 잠재의식에 오래도록 남아서, 그 후에도 여러 차례 꿈에 나왔다.

또 하나 생생하게 기억에 남는 일은 우리 농장에 성질 고약한 앵무새가 한 마리 있었는데, 장 속 철사에 발이 걸렸기에 풀어주려 했더니 그게 나를 심하게 물어뜯었다. 좋은 일을 베풀려다 생긴 그 상처를 나는 아직도 지니고 있다. 한동안 나는 상상 속으로만 동물과 관계를 유지했는데 마치 우리 농장과 맞닿은 숲에 사는 사자를 몰래 뒤따라가 잡아서 길들이는 것과 같은 내용이었다. 할머니는 그것이 사자가 아니라 이상하게 생긴 쓰레기 더미라고 했다(그러나 그것은 요술 사자여서 애들에게 말도 하고 게임도 하고 이상한 모습으로 변해서 믿지 않는 사람들을 겁주기도 했다).

나는 네 번째 생일을 또렷하게 기억한다. 그날은 조부모님이 나를 위해 특별히 준비한 아주 드문 행사였기 때문이었다. 생일 케이크는 물론, 하늘 높이 튀어 오르는 고무공과 예쁜 곰인형(이 곰인형 때문에 내가 아끼던 상상의 사자가 괄시를 받게 되었다) 등 내가 잊을 수 없는 선물들을 받았다. 그날이야말로 내가 행복하고 안정되게 살았던 당시에 최고조로 흥분된 날이었다. 한

참 뒤에 깨닫게 되었는데, 이 파티는 조부모님들의 능력에 부치는 것이었다. 1929년 금융위기 뒤에 들이닥쳤던 대공황의 썰물에 쓸려나가지 않으려고 필사적이었던 조부모님에게는 힘든 나날이었다.

1933년 봄, 우리는 덜컹거리는 낡은 자동차에 살림살이와 가재도구를 가득 싣고 농장을 떠났다. 할아버지는 희망의 땅이었던 캘리포니아에서 새 삶을 살기 위해 우리를 데려갔다. 할아버지는 모르고 있었지만 그 당시엔 수많은 파산 농부들이 그곳으로 몰려들고 있었다. 나의 조부모님 역시 중년 시절 내내 농사를 지었던 땅을 저당권 유질 처분으로 인해 별안간 잃고 말았다. 그러나 철부지였던 나는 조부모님의 고통 따윈 모른 채 마냥 즐겁기만 했다.

아버지는 삼중고를 겪고 있었는데, 어머니가 돌아가셔서 어려움을 겪는 데다, 1차 세계대전 원정군 시절에 입었던 상처, 도박 빚과 몰염치한 동업자 때문에 빼앗겼던 식당을 다시 찾으려다 맛본 실패 등으로 폐인이 되어, 뒤에 홀로 남아 있었는데 그런 아버지에게 작별인사라도 했는지 나는 기억하지 못했다. 나에 관한 자세한 일들이 오랜 세월이 지나서야 생각이 났기 때문에 어릴 적에 겪었던 단편적인 내용을 올바르게 끼워 맞출 수도 없었다.

다만 잠깐씩 회상되는 것은 1929년형 스타 세단을 타고 험한 산과 숲, 사막 길을 달리며 때로는 기뻤고 또 때로는 힘들었던 일들이었다. 차에는 조부모님을 비롯한 하워드 삼촌, 플로렌스 숙모와 내가 함께 탔는데 비좁아서 캘리포니아까지 장거리를 달리면서 울퉁불퉁한 노면을 만나거나 회전 시에는 흔들리는 짐에 찔리고 밀리고 했다. 그러나 무엇보다 잊히지 않는 기억이 하나 있었는데, 그것은 바로 목적지에 거의 다 와서 처음으로 보게 되었던 태평양이었다. 그것은 내 평생의 연인이자 사랑이었다.

우리는 롱비치 9번가에 정착했던 것으로 알고 있는데, 그곳에서 조부모님은 아파트 관리직을 얻었고, 동시에 농부였던 조부는 적은 수입을 보충하려고 진공청소기를 들고 방문 판매도 했다. 가운(家運)을 바꿀 만한 전망도 없는 찢어지게 가난한 생활이었지만 나는 할머니를 졸라서 매일 해변으로 나가 수평선 너머 어딘가에 있을 또 다른 희망의 땅을 바라보곤 할 수 있어서 행복했다. 다섯 살배기 내가 즐거워하니까 할머니도 기분이 좋아지셨던지 그날 8센트를 주셔서 나는 길모퉁이 가게에서 우유 한 병을 사 들고 집으로 돌아오고 있었다.

그런데 갑자기 내 발밑의 땅이 솟구치며 이상하게 물결치더니 무섭게 흔들렸다. 나는 우유병을 내던지고 집으로 내달렸다. 안전할 것 같아서였다. 그런데 방은 텅텅 비었고 사진들이 비스듬히 미끄러져 매달리고, 굽혀진 마루 한가운데서 할아버지의 흔들의자가 저절로 흔들리고 있었다. 잠시 뒤에 할머니가 이웃 아파트에서 나오시더니 나를 향해 소리를 지르며 떨어지는 석고 덩이에 다치지 않도록 문설주 아래에 서 있으라고 했다. 영겁처럼 느껴졌던 순간 뒤에 그 괴상한 흔들림과 굉음이 멈추자 숨어있던 사람들이 몰려나오면서 흥분해서 떠드는 소리가 났다.

남부 캘리포니아에서 강도가 가장 높은 지진이었는데 며칠 뒤에 할아버지는 나를 데리고 지진이 휩쓸고 지나간 자리를 둘러보았다. 그때에도 내가 받은 가장 큰 인상은 바닷가였는데, 그 위에 파괴된 놀이공원에서 나온 수많은 팝콘 상자들이 짠 바닷물과 모래에 섞여 흩어져 있었다. 이런 광경으로 미루어 나는 어마어마했던 피해 규모를 짐작할 수 있었다.

조용한 아파트 단지에서 할아버지와 함께 사는, 목쉰소리를 내는 꼬마에 대한 주민들의 불평이 나오자 나는 거처를 옮겼다. 내가 좋아하는 바다로부터 멀리 떨어진 로스앤젤레스의 내륙 쪽 교외인 글렌데일에 집을 얻었던 삼촌과 숙모가 나를 받아들였다. 삼촌은 엄청난 재능을 지닌 목공예가로서 동물과 선박 조각을 잘했지만 남태평양철도의 기차표를 팔아서 생계를 꾸리고 있었다. 숙모는 내 양어머니의 언니였는데 나를 기쁘게 맞아주었으며 참 잘 보살펴 주셨다. 이들에게는 나보다 몇 살 더 많은 친아들이 있었는데, 그는 자기 아버지 재능을 받아 모형 비행기를 만드는 비행기 광이었다. 흔히 단단한 목재인 발사 나무나 종이로 비행기를 만들어 날리곤 했다.

그런데 내가 허락도 안 받고 몇 대의 비행기를 날려보다가 망가뜨리자 우리 둘 사이 관계는 심하게 틀어졌다. 삼촌과도 충돌을 빚었는데 내 학교 성적이 품행을 제외하고는 전 과목에서 열등한 것을 삼촌은 이해할 수 없다고 했다. 숙모가 갈등을 줄이는 완충역을 맡았지만 나는 실수를 반복했다. 그래서 나는 그 해에 조부모 댁으로 다시 돌아가게 되었는데, 이유는 나를 관리하기가 어렵다기보다는 경제적인 어려움이 더 컸기 때문이었다(당시엔 대공황 여파가 계속 미치고 있었다).

한편, 조부모님은 로스앤젤레스 내륙 방면 교외 지역인 리버사이드로 이사를 가서 살았다. 거기서 나는 글렌데일 학교에서 받았던 좋지 않은 학업 성적과 벌점을 가지고 2학년에 편입했다. 그해인 1934년, 연로하신 조부님은 근력이 떨어지며 몸이 아파서 진공청소기 판매업을 그만두어야 했다. 조모님은 열심히 노력하셨지만 나를 돌보시기엔 힘에 부쳤다. 로스앤젤레스의 친인척 중에서 돌봐줄 사람이 없게 되자 그들은 돈을 끌어모아 기차표를 사서 나를 고향인 아이다호주의 포커텔로 돌려보냈다. 혹시 그곳에서 나의 양부가 어려움을 극복하고 재기해서 아들 하나쯤은 부양할 수 있으리라고 생각했기 때문이었다. 그러나 불행하게도 그렇지를 못했다.

양부인 오스틴 부커는 스네이크 리버의 뚝방에 있는 발전소 근처 판잣집에서 부랑인 집단과 함께 살고 있었는데 나를 마치 애완용 동물처럼 받아들였다. 내가 방해되지 않는 한 내버려두고 가끔 날림식 애정만을 보여주었다. 내 기억에 양부는 큰 키에 마른 몸매였고 헝클어진 머리카락에 움펑눈을 가

61

지고 있어서 사색에 잠긴 듯하다가도 쉽게 박장대소하며 신경질적으로 흥분하는 사람이었다. 몸동작도 경련성이 있고 부자연스러웠으나 때때로 앉은 자리에서 꼼작도 않고 오랫동안 하늘을 응시하곤 했다. 나를 보고 즐거운 듯 많이 웃었으나 나는 이유 없이 양부를 슬프게 했다. 그때 나이 여덟이었던 나는 적어도 다양한 환경에 적응하는 방법을 익혔다. 양부와 그의 주변 사람들은 방황하는 아이들과 같았기 때문에 내가 그들의 무기력한 삶에 적응하는 데는 별로 어려울 게 없었다.

전과자, 버림받은 카우보이, 알코올 중독자, 심지어 배배 꼬인 토인족 인디언 늙은이까지 포함된 떼거리였다. 양부는 여러 가지 흉악한 음모에 가담하고 있었지만 대수로운 것은 아니었다. 그렇지 않으면 친구들과 만나 끝없이 포커게임을 하면서 허풍을 떨며 소일을 했다. 바로 이때 나도 난생처음으로 포커게임과 그 밖의 카드놀이에 관한 기본을 익히게 되었고, 지금도 내 친구들과 그 자녀들과 카드놀이를 즐기고 있다. 식사가 문제였지만 때때로 구식 공용차를 시골로 몰고 나가 약탈하는 식으로 해결을 했다. 좀 멀리 떨어진 목장에 가서 양을 훔쳐 묶어서 판잣집으로 싣고 와 잡아먹기도 했다.

나는 다른 애들과도 사귀며 자랐는데 그중엔 어른처럼 힘센 친구도 있어서 우리 모두는 갱단원처럼 포커텔로 마을을 누비며 비행을 저지르기도 했다. 스네이크 리버 강둑이 우리의 주 활동무대였는데, 본거지는 물살이 빠른 강가의 절벽에 난 토굴이었다. 그 토굴에 들어가려면 어른들은 쓸 수 없는 로프 계단을 타야 했다. 갱단의 두목은 가장 나이 많고 힘센 여자아이였는데 주먹이 강하고 말도 거칠어서 감히 다른 아이들이 함부로 덤비지 못하였다. 나는 갱단원 중에서 유일하게 좀 배운 아이여서 더러운 손가락으로 글자를 짚어가며 읽지 않아도 될 정도였기 때문에 잡화상 가게에서 훔치거나 쓰레기 더미에서 주워 온 겉표지가 화려한 잡지를 신나게 읽어주는 역할을 맡았다. 이런 때에는 자연스럽게 연극 분위기가 조성되어 내가 단원들의 배역과 역할을 정해주곤 했다. 내용이 건전하지 않더라도 그 연극이 우리 모두(적어도 나)에게는 글의 힘을 깨우쳐주는 셈이었다. 내 평생 문학에 관심을 가진 상당한 부분도 바로 그 공연에 힘입은 바가 컸다.

한 해 여름이 지나고 그렇게 세월이 흘러갔지만 나는 정식 교육을 받지 못하고 아무렇게나 살아가는 삶을 살았다. 나는 스스로도 판잣집에서 그다지 환영받지 못하는 아이라는 것을 알았다. 양부가 며칠씩 외박을 할 때면 토굴에 들어가 자든가 아니면 마을 안 카페 뒤편에 놓인 석탄통에서 자면서 요리사나 접시닦이로부터 동냥을 할 수 있었다. 스스로 살아가는 방법을 터득하면서 구걸하여 얻을 수 없으면 훔치는 방법을 사용했다. 내가 즐겨 했던 방법은 빈 병을 모아서 식료품 가게에 팔고, 그것을 다시 훔쳐다가 다른 상점에게 되파는 일이었다. 손만 빠르면 내게 소용될 물건이 많아 보이는 싸구려 상점을 습격하기도 했다.

양부와 맺었던 유일한 정직한 관계는 그가 나무꾼이 되기로 결심한 뒤에 나를 데리고 아이다호주의 북부 산림 속에 천막을 쳤던 일이었다. 그런데 그 직업도 첫해에 큰 눈을 만나 그만두게 되었다. 하는 수없이 다시 강독의 판잣집으로 돌아올 수밖에 없었고, 다행히 판잣집은 온기가 남아 있었다. 다른 식구들이 술에 취해서 심술궂을 때 나는 그들의 눈을 피해 나갈 줄도 알았다.

그해 겨울 내내 나는 경찰과 보도원을 피해서 잘 도망다녔다. 그러던 어느 날, 스네이크 리버가 녹으면 숭어 낚시나 해볼까 하고 싸구려 상점을 습격해 바지 주머니에다가 낚싯바늘과 줄을 집어넣으려던 찰나였다. 갑자기 커다란 손이 나를 덮쳐 훔쳤던 물건들을 몽땅 털어냈다.

"날 따라와! 이 꼬마놈아!"

성난 목소리가 들린 순간 나는 그를 발로 차고 물어뜯었다. 하지만 빠져나올 수가 없어 결국 경찰에 인계되어 판잣집으로 돌아오게 되었다. 언제나처럼 양부는 집에 없었다. 다른 사람이 나를 인계받아 경찰보다 더 심하게 때렸다. 내가 저지른 절도 행각 자체가 문제가 아니라 절도 행각을 하다가 잡혔다는 게 문제라는 것이었다.

나는 정말 나 자신이 창피하다는 걸 느꼈지만 동시에 어른들의 이해 못할 위선에 당혹감을 느꼈다. 양부가 돌아와 나의 치욕적인 절도 사건을 듣고서 무표정한 얼굴로 나를 잠시 응시하고는 곧 다시 나가버렸다. 며칠 뒤에 두 명의 공무원과 사회복지 담당 여성 한 사람이 판잣집을 찾아와서 공문서 양식에 유창하게 뭔가를 적더니 나를 데리고 갔다. 그 이후로 나는 양부를 본 일이 없다. 모든 게 전과 같지 않았다. 혼란했던 한순간에 좋고 나빴던 일들이 다 물러가고 내 삶을 영원히 바꿔놓았다.

나를 데려간 사람들은 아이다호주 공무원들이었으며 기차로 주 수도인 보이즈로 데려가서 나를 주립 고아원에 넣었다. 도착한 지 몇 분도 안 되어 목욕을 하고 새 옷도 입고 맛있는 따끈한 음식도 먹고 깨끗하고 따뜻한 침대에서 자게 되었다. 그때까지 맛보지 못한 생활이었다. 다른 애들도 많았는데 나는 그들과 금방 친해졌다. 물론 시간을 짜서 오락과 공부를 하면서도 때때로 스네이크 리버 강둑을 배회하던 때와 토굴에서 지내던 친구들이 그리워졌지만 너무 바빠서 오래 생각할 수도 없었다. 가정(家庭)이란 말은 너무 희미한 개념이어서 나에게 향수라는 고통은 없었다. 양할머니가 내가 고아원에 들어갔다는 걸 용케 아시고 사탕과 장난감 등을 소포로 보내주셨지만 그 뒤론 연락이 없었으며 10년이 더 지나면서 다른 인척들과도 소식 왕래가 없었다.

그해 여름, 나는 새로운 생활을 즐기며 학교 수업이 지루할 땐 도서관에 가서 나의 자유로운 상상을 뛰어넘는 모험을 다룬 작가들의 책을 읽는 데 시간을 보냈다. 프랑스의 전기 소설가 쥘즈 번, 영국 소설가 대니얼 데포, 영국의 시인이자 소설가인 스티븐슨의 작품이 내가 토굴 생활 때 읽었던 조잡한 잡지 내용보다 훨씬 유익하다는 점을 알게 되었다. 이 작품들을 친구들에게 소리내어 읽어주면서, 내가 토굴에서 했던 것처럼 연극으로 꾸며 친구들에게 배역을 맡겨 공연도 하게 했다.

고아원 운영 주체는 모르몬 신앙을 가진 사람들이었다. 나는 어느덧 그들의 성경 교육과 교리를 즐겁게 받아들이고 있었다. 그런데 누군가가 내가 세례받은 천주교인이라는 사실을 알아내고 모르몬 예배에 참여하지 못하도록 했으며, 나는 뜰에서 혼자 기도를 하는 신세가 되었다. 이것이 종교적 편견과 충돌한 나의 첫 경험이었는데 그 효과는 즉시 나타났다.

고아원에서 유일한 천주교 출신 어린이로서 나는 이방인 취급을 받게 되었으며 당연히 유치한 놀림을 받는 대상이 되었다. 유치하지만 잔인할 정도였다. 그러나 우연하게도 고아원 이사회에 임명된 천주교 여신도가 한 분 있었는데, 그분이 내 신분을 알게 되어 나에게 각별한 관심을 보여주었다.

이름이 클라크였던 이 분은 아름다운 집을 가진 대단한 부자였는데 자신의 정원에서 허드렛일을 도와주면 주당 25센트를 주겠다고 했다. 1936년에 여덟 살배기였던 나에게는 후한 급료였다. 식사에도 몇 번 초대를 받아서 가보니 식탁 밑에 달린 버저를 누르면 나타나는 하인도 두고 있었다. 클라크 부인과의 친분을 나는 아주 소중하게 생각했으며, 그가 베푸는 특전을 받으면서 좀 불안하기는 했지만, 편견은 양날을 가진 칼이 될 수도 있다는 사실을 나는 이롭게 이용했다.

가을까지 고아원에서 살면서 나를 신나게 해주었던 일들도 시들해져서 모두 틀에 박힌 일상의 일이 되고 나 자신의 문제도 계속 늘어나 도주를 결심하게 되었다. 그럴듯한 이유는 그동안 잊었던 양할머니와 바다가 별안간 그리워졌다는 것이었지만, 도주는 옳지 못한 일이라는 점도 알고, 또한 고아원 직원들이 금세 추격하리라는 것도 예상했다. 극심한 갈등 끝에 그래도 나는 도주를 결심하고 뛰다가 걷다가 하면서 보이즈 근처의 커다란 둥근 바위산 쪽으로 향했다. 더위가 물러갈 때까지 둥근 돌 사이에 낮게 누워 있다가 캘리포니아까지 900마일 길을 안전하게 갈 수 있다고 생각했다.

산을 기어오르는 동안에 소형 민간 항공기가 내 머리 위에서 선회하는 것을 보고 나는 추격대가 최신 방법을 사용하여 도망자를 체포하려고 따라 온다고 믿었다. 조종사가 나를 발견했으리라 확신하고 나는 숲속으로 뛰어들었다. 비행기가 사라지자 나의 위치를 보고하러 갔다고 확신한 나는 재빨리 다음 계곡의 숲속으로 옮겨서 해가 질 때까지 웅크리고 숨었다. 도주를 위해 미리 준비를 했었지만 10월 밤의 한기와 허기를 느끼면서도 나 스스로는 아무것도 해결할 수가 없었다. 주변에 농가가 있어서 반갑게도 희미한 불빛을 비추며 나의 자존심까지 삼킬 듯했다. 결국 나는 한 농가를 찾아가 곡간에서라도 재워달라고 요청했다. 뜻밖에도 나는 집 안으로 안내를 받아 식사 대접도 받고 주인집 어린이들과 함께 잠도 잤다.

다음 날 아침, 온 방에 스며든 베이컨 굽는 냄새를 맡으며 나는 잠에서 깨어났다. 집을 나서기 전에 나도 그 베이컨을 조금은 맛볼 수 있겠지 하고 바랐다. 예상대로 베이컨을 받아먹었다. 그러나 때마침 경찰관 한 명이 찾아와 아침 식사를 함께하게 되었다. 세 번째 커피와 커다란 베이컨-에그를 다 끝내기가 무섭게 경찰관 아저씨는 "자, 가자, 이 녀석아!" 하고 나에게 말하는 게 아닌가! 자유를 찾아 나섰던 나의 도주가 끝나는 순간이었다.

다시 고아원에 끌려와 죄를 지은 만큼 벌을 받았지만 나는 달아날 계획을 또다시 시작했다. 이번엔 아이다호주의 혹한에도 세심하게 대비할 작정이었다. 첫 번째 도주에 실패했던 중요한 이유는 계절을 잘못 택했기 때문이란 생각이 들었기 때문이다. 그렇다면 여름까지 기다리는 게 훨씬 낫겠다 싶었다. 노지에서 먹고 자려면 따뜻한 여름이 더 즐겁고 좋을 것이며, 그때까지는 고아원에서 말을 잘 듣는 체하는 것이 유리하다고 생각했다. 이러한 결심은 올바른 것이었다. 고아원의 따뜻한 숙소에서 규칙적인 식사를 하면서 추운 겨울을 보내고, 지루한 봄장마를 맞으며 나는 캘리포니아로 가며 겪는 모험을 초조하게 공상했다.

따뜻한 첫 여름이 찾아와 내 계획을 실행에 막 옮기려 할 때, 친분 있던 클라크 여사가 나를 불러 옆자리에 앉히더니 아이다호주 북쪽, 유명한 네즈퍼스 인디언 보호구역 근처에 있는 천주교단 고아원으로 나를 옮겨줄 절차를 다 마쳤다고 일러주었다. 이 뜻밖의 소식에 나는 도망가려던 모든 계획을 접고 정말 열심히 협조하는 모범 원생이 되려고 마음먹었다.

얼마 후 나는 성 요셉 천주교 수녀회의 교리에 따라 운영되던 교단 고아원에 도착했다. 이곳을 보니 불현듯 양할아버지, 할머니의 농장에 관한 행복했던 기억이 희미하게 되살아났다. 이곳은 거친 들판에 자리 잡고 있었는데, 가장 가까운 동네 슬릭푸가 마치 졸고 있는 듯했고, 그다음으로 가까운 동네가 쿨드삭인데 그 이름은 오래전에 죽은 환상의 사공(沙工)이 지었다고 했다. 톱니 같은 능선과 깊은 계곡이 30마일 뒤에 장벽을 이룬 군청 소재지 루이스톤이 무역소 신세에서 이제 간신히 조그마한 정식 도시로 발돋움하고 있었다.

가까운 이웃이라곤 네즈퍼스 인디언족과 그 근처에서 땅을 일구던 소수의 완고한 목장주들뿐이었다. 외딴곳에 있었으니 옛 서부 개척자 시절의 오염되지 않은 대기가 그대로 보전되어 있어서 나처럼 모험을 즐기는 젊은 낭만인에게는 영감을 불어 넣어주는 분위기였다. 물론 나는 즉시 엄격한 학습과 여가활동을 시작했는데, 아이다호주 고아원보다 가혹할 정도로 더 엄격했다. 나의 에너지는 건강에 이로운 농장 잡일에 쓰게 되었고, 지난날의 불안이 다시 찾아오면 숲이 우거진 인디언 사냥터에 나가서 불안을 털어버릴 수 있었다. 사냥터에 나가면 계곡의 급류에 사는 숭어도 많고 넓은 개활지에서는 야생마들이 뛰노는 모습도 보였다. 교단의 수녀들은 신앙과 학업 문제에선 아주 엄격했으나 개척지에서 근무해서 그런지 자기들이 맡은 아동들의 자유는 지나치게 제한하지는 않았다.

수녀들의 지도를 받으며 나의 5, 6, 7학년 성적이 학급 평균보다 높아졌고, 품행도 더욱 방정해졌지만 여전히 실수와 잘못은 반복했다. 이를테면 화학 수업에 관심을 가졌던 나는 닭장 밑에서 몰래 폭발물 실험을 하다가 천주교단에서 키우던 닭에게 커다란 재앙을 안겨줬던 일도 있었다. 그러나 그곳에서 지낸 3년은 대체로 다른 어느 곳에서의 생활보다 안전하고 행복했다.

그래도 불안감이 모두 다 사라지지는 않았다. 나는 활동적이면서도 책벌레 같은 성격을 모두 지닌 이상한 혼합형이었는데, 날마다 격렬한 운동을 하다가도 도서관에 가서 허락을 받은 책은 모조리 읽고, 허락 없는 책은 몇 권만이라도 읽었다. 이때 날짜가 지난 신문의 스포츠 페이지도 읽기 시작하다가 풋볼(내가 제일 좋아했던 게임)이 천주교단 운동장에서 우리가 해왔던 내용보다 다양하다는 것을 알게 되었다. 또한 이때 우연하게도 스펜서 트레이시와 미키 루니가 나오는 재미있는 영화 기사를 만나게 되었는데, 그 내용이 바로 네브래스카주의 '플래니건 신부의 보이스타운'을 다룬 것이었다. 그 영화를 직접 보고 싶었지만 좋은 영화들은 쿨드삭 마을에는 거의 들어오지 않았으며, 천주교단이 위치한 외딴 벽지에는 더 말할 것도 없었다.

여하튼 그 기사는 내가 알고 싶었던 내용을 모두 담고 있었다. 즉, 보이스타운은 나와 같은 아이들을 위한 곳이고, 거기엔 실제로 코치가 가르치는 풋볼팀이 있으며 풋볼 게임 소식은 신문에 난다는 것이었다. 나는 혼자 몰래 네브래스카주로 도망쳐서 플래니건 신부님 집에 직접 가고 싶은 충동을 느꼈다. 그러나 그곳에 가려면 여름에도 꼭대기가 눈에 덮인 로키산맥이라는 무시무시한 장벽이 가로 놓여있었다. 그래서 나는 우선 쉬운 것부터 시작하기로 마음먹고 보이스타운에 들어가고 싶다는 글을 열심히 써서 신부님께 부쳤다.

내 편지 내용이 훌륭했던지 플래니건 신부님이 감동하여 우리 교단 수녀들에게 답장을 보내 나에 관한 정보를 좀 더 보내달라고 했다. 만일 나를 추천해 보내지 않으면 나는 보이스타운으로 도망가겠다는 괜한 위협도 했지만, 수녀들은 자신들의 작은 외딴 교단보다는 나의 장래를 위해서는 플래니건 신부님이 훨씬 더 잘 보살펴 줄 거라고 내심 동의를 하고 있었다.

수도원장은 정열적으로 나를 보내겠다고 하면서 한발 더 나아갔다. 나중에야 알게 되었지만 보이스타운도 천주교단도 나를 보내고 데려갈 여비가 모자랐는데, 수도원장님이 유니온퍼시픽레일로드 철도회사를 설득해서 나에게 무임승차권을 얻어주었다. 그리하여 1941년 여름, 나는 홀로 오마하까지 장거리 육로 여행을 하게 되었다. 승무원이 나를 감시하게 되어 있었으나 나는 열차 안에서 처음부터 끝까지 얌전하게 행동을 했다. 더 이상 말썽을 부려서 플래니건 신부님의 유명한 고아원에 들어가는 길을 망쳐버리고 싶지 않았다.

보이스타운은 1930년대의 대공황기에 장기간 어려움을 겪으면서 간신히 살아남아 이제 막 다시 발전하고 있었다. 플래니건 신부님의 헌신적인 노력과 신부님 개인의 생애와 작품을 다룬 두 편의 영화로 인기가 올라가자 성금이 쏟아져 들어왔다. 그러니 나처럼 들어가고자 하는 애들 숫자도 대거 늘었다. 그러나 때마침 2차 세계대전이 일어나 물자나 인력이 부족해 건물 증축과 프로그램 확대 같은 계획이 늦춰질 수밖에 없었다. 그러나 고아원은 발전을 계속해서 오늘날처럼 훌륭한 학교가 되어, 단순히 불우아동을 위한 피난처가 아닌 그들이 성장 발전을 할 진정한 기회를 제공하고 있었다.

1917년에 신부님이 맞아들였던 소수의 부랑아 원생으로 출발했던 고아원에 200명이 넘는 학생이 모여들었다. 10세에서 17세의 아이들이 다양한 이유로 그곳에 왔다. 갈 곳이 없어서 온 친구, 깨진 가정에서 내쫓겼든가 아니면 도망쳐 나온 아이, 법원에서 유죄 판결을 받았다가 방면된 친구 등이 있었는데 그들 대부분이 냉대와 궁핍으로 오랫동안 억압을 받아왔다. 흑인 아이와 백인 아이, 개신교, 천주교, 유대교 출신도 있었으며 종교나 인종을 알 수 없는 애들도 있었다. 상당히 많은 아이들이 나보다 더 열악한 환경, 특히 대도시 빈민굴에서 구제되어 이곳에 왔다는 사실을 나는 알게 되었다. 그렇게 불운했던 아이들보다는 내가 훨씬 운이 좋았다는 생각을 하면서 나는 엄한 학교 규칙에 잘 따르기로 마음먹었다.

학업면에서 내가 좋아하는 과목(수학, 과학, 지리)에서는 성적이 우수했지만 싫어하는 과목(문법, 역사, 라틴어)에서는 성적이 별로였다. 그러나 요령 있게 공부를 해서 나는 평균 이상의 성적을 받았고, 그 결과 6년간의 보이스타운 생활에서 우등생 대우를 받았다. 농구, 육상, 야구, 수영뿐 아니라 내가 특히 흥미를 느꼈던 풋볼 등 체육과에서 제공하는 모든 스포츠 과목에도 참가했다. 모든 스포츠 게임이 나의 기대에 부응하는 것이었다. 어려운 경기에서는 팀워크를 즐겼고, 강력한 상대를 만나면 몸싸움도 즐겼다. 나는 다른 애들보다 키가 작고 체중도 가벼웠기 때문에 체력과 근력 대신 머리와 속도를 이용했다. 덕분에 크고 나이 많은 선수들을 물리치면서 제1대학팀에 선발되어 그 팀의 주장을 맡게 되었다.

코치인 스킵 팔랑은 내 일생에 대단한 영향을 끼쳤다. 이 분은 최종적으로 프로팀을 맡을 수 있는 유망한 대학 축구팀 코치 자리도 포기하고 보이스타운에 헌신하기로 했던 사람이다. 감상적으로 어린이를 사랑했기 때문은 결코 아니었다. 그는 노르웨이 태생의 유명 풋볼 코치였던 누트 러크니처럼 선수들을 꾸짖을 때와 다독여줄 때를 잘 알고 있었다. 울부짖듯 화를 내기도 하고, 감언이설로 달래기도 했다. 그는 언제나 선수들이 최선을 다해주기를 요구했고 잘하는 선수는 더 잘하게, 못하는 선수는 강하게 키웠다.

팔랑 코치님은 고교 경기에서 승리를 거의 다 휩쓰는 챔피언십 팀을 탄생시키며 1940년대 중반에 연속 2년 무패 기록을 세웠다. 팀을 미국 각 지역에 출전시켜서 그의 보이스타운이 고아와 범죄 아동들의 교육을 통해 훌륭한 인재를 양성하는 곳이란 점을 보여주려 했던 플래니건 신부님에게도 그러한 승리는 대단히 중요한 것이었다. 그 결과 성금도 계속 답지해서 신부님은 사업 확장계획을 안정적으로 밀고 나갈 수 있었다.

승리는 나 '피트'(이 별명은 보이스타운 축구장에서 생겼는데 평생 나를 따라다녔다)에게도 중요한 것이었다. 대학 선수로서의 특전을 누리려면 우수한 학업성적도 중요했지만 우승 트로피 역시 중요했기 때문이다. 샌프란시스코, 보스턴, 디트로이트, 워싱턴처럼 멀리 떨어져 있는 대도시 운동장에서 빅리그 연맹전에 참가하며 거칠지만 흥분되는 게임을 즐겼고, 운동이 안겨주는 더 큰 보답을 나는 고맙게 생각하게 되었다. 전국을 기차로 누비는 동안에도 나는 차 안에서 내가 싫어하던 문법이나 라틴어, 역사 공부를 더 열심히 하게 되었다. 값싼 잡지나 서적들에서 얻었던 지식 세계를 능가하는 넓은 안목이 나에게 생겼으며, 나의 두 눈으로 직접 광활하고, 아름답고, 고동치는 미국의 실재를 파악하게 되었다.

여가시간의 독서로 더 많은 시사성 소식도 접하며 고교 축구장에서 겪던 개인적인 갈등 따위는 당시에 세상에서 일어나던 커다란 사건 내용과 비교하면 아무것도 아니라는 것을 알게 되었다. 가달카날, 앤지오, 이오지마, 필리핀해 전투, 노르망디 해변 등에서 나보다 고작 몇 살 더 나이 든 소년들이 수천 명씩 죽어간다던 당시였다. 그들이야말로 오늘의 영웅들이었으며 나는 기껏해야 금요일 또는 토요일 오후에 가끔 나타나서 포탄이 아닌 심판관의 호루라기 소리에 따라 움직이는 변종 인간이었다. 나는 승리해도 만족을 느끼지 못했다. 예전에 느끼던 불안이 아직도 가시지 않았다. 모양만 다를 뿐이지 예전처럼 쫓기는 것은 변함이 없었다.

그래서 보이스타운에서의 나는 언제나 조용할 수는 없었다. 기분이 좋다가도 때로는 광기를 부리고, 생생한 환상을 그리다가도 울적한 기분에 휩싸였다. 극기와 자제심을 배우다가도 가끔씩 마음의 동요가 밖으로 표출되어 사태가 악화되었다. 보이스타운 학생에 대한 최대 보안책은 둘러친 울타리가 하나도 없다는 데 있었지만 나는 심적인 경계를 뚫고 그립던 가족을 찾아 정처 없이 달아나고픈 충동을 두 번이나 느꼈다(나의 양부는 당시에 워싱턴 향군병원에 장기 입원 중이었다). 두 번 모두 나 스스로 돌아와 아주 엄한 훈련, 즉 신부님이 내린 벌을 받았다.

한 수도사가 종교교육 시간에 몰래 나의 뒤로 다가와 규정된 성경 교재 대신에 몰래 반입한 값싼 '전투 에이스'를 읽고 있던 나를 붙잡아 세차게 때리자 나는 의자에서 넘어져 격렬한 소동을 벌인 때도 있었다. 나는 벌떡 일어나 미친 듯이 대들면서 소릴 질렀다.

"이런 야비한 짓을 하다니, 더러운 새끼!"

그랬더니 성난 수도사가 두 번째 가격을 날렸는데, 나는 그것을 피해 교실을 빠져나와 도망쳤고, 전 학교 구내에서 도주와 추격전이 벌어졌다. 무겁고 기다란 수단을 입은 평발의 수도사가 축구장에서 잘 훈련된 나를 잡을 수야 없었지만 나는 궁극적으로 플래니건 신부님의 최종적 벌만은 비켜나갈 수가 없었다. 천 개의 단어로 된 사죄문 작성. 그것은 신앙심 없는 사람에게 몇 마디 욕설 때문에 장편소설 분량의 회개문을 작성하라는 것과 같은 것이었다.

같은 범주에 드는 또 다른 사건과 엉뚱한 일탈 행위도 있었다. 상급 학년 시절에 이성에 관심을 가지게 되면서 교수님들의 눈에는 나의 인기 있는 풋볼선수로서의 이미지가 퇴색되었고, 몇몇 사려 깊지 못한 학생들이 나를 보이스타운 시장으로 뽑아주었지만 내가 그런 직책을 감당할 수 없을 거라는 이유로 투표 결과를 곧 무효화시킨 일도 있었다.

그러나 나는 나에 대한 비난이나 영예를 모두 정중히 받아들일 줄 알게 되었으며, 그렇게 함으로써 성숙하는 과정에서 2보 전진을 위한 1보 후퇴라는 효과도 얻었다. 1946년에 나는 우등생으로 보이스타운 학교를 졸업하게 되었으며, 학업 및 체육 성적 외에도 선생님의 추천서를 받아 좋은 대학에 들어갈 자격을 얻게 되었다. 그러나 문제는 나 스스로 감당할 돈이 없었으며 보이스타운도 유망한 졸업생에게 줄 장학금이 없었다는 점이었다. 당시에 학교가 해준 것은 졸업장과 시장에서 구입한 새 옷 한 벌, 현금 7달러가 전부였다. 적지만 나는 불평하지 않았다. 그 돈을 가지고도 근처에 있던 해군 모병소에 가는 데는 충분했으며, 나는 즉시 2년짜리 복무를 지원했다.

해군을 직업으로 택할 것인가를 곰곰이 생각하지도 않은 채, 나는 마침내 바다로 나가게 되었다. 걸음마 때부터 동경했고 소년기 내내 책으로 알아두었던 그 바다로. 일단 해군에서 2년 복무를 마친 뒤에 그다음 직업을 결정하기로 마음먹었다. 봉급을 받아서 우선 종잣돈을 만들어 저축하고 그걸로 대학을 갈 수도 있겠다 싶었다. 아니면 아이다호주로 가서 양할아버지가 잃었던 땅을 되살 수도 있겠고. 이런 모든 일은 나중에 결심해도 된다. 지금부턴 나 스스로 결심할 수 있다. 차를 타고 샌디에이고 신병훈련소로 이동하면서 나는 내 일생에서 바다가 어떤 역할을 할지 전혀 알지 못했다.

〰

웨그너 신부님이 축도를 마치고 나에게 윙크를 보낼 때에야 나는 비로소 취역 행사에 참석하고 있는 현실로 돌아왔고, 공식 행사가 종료되자 신부님은 우리 가족과 함께 어울렸다. 당시에 신부님은 70세 노인이었지만 몸동작과 행동 모두 한창 젊은이 못지않았다. 걸을 때는 보폭이 어찌나 컸던지 함께 걷는 사람들이 종종걸음을 해야 겨우 따라잡을 수 있었다. 조용히 서 있을 때에는 움직이지 않는 말뚝 같았다. 주름이 깊고 울퉁불퉁한 얼굴이었지만 동시에 가정적이며 미남형이어서, 강한 의지와 밝은 유머 감각을 지닌 사람임을 알 수 있었다.

많은 성직자들이 연륜이 쌓이면 보여주는 성인(聖人)인 체하는 허세 따위가 그에게는 전혀 없었다. 한평생을 부랑자와 범법자들의 교화에 바치다 보니 세상에 대한 환상도 없는 듯했으며 하느님과 인간을 믿는 그의 신념은 조금도 흐트러짐이 없는 듯했다. 웨그너 신부님은 빠른 말로 짧은 문장을 써서 곧바로 요점을 표현했는데, 때때로 상스럽게 들릴 수도 있는 경구를 정확히 사용해 표현하고자 하는 바를 강조했다. 경우에 따라서는 웨그너 신부님의 세속적인 모습은 대부분 유쾌할 만큼 냉소적인 말로 표현되었는데, 금세 반어적인 농담이나 일침으로 부드럽게 수습되었다. 그렇듯 순간적인 성깔도 부렸지만 신부님은 900명이 넘는 소년들의 선생님이며 영적인 아버지로서, 또 그들을 지원하고 교육하기 위한 기금 모금자이자, 보이스타운의 총책임자로서의 자신의 임무가 중요하다는 점을 언제나 마음 깊이 새기고 있는 듯했다. 신부님은 나에게 눈에 생기가 도는 모습으로 말했다.

"자, 피트. 너는 이 학교에 도움되는 사람이 될 거야."

내가 자랑스럽다는 표현이었다. 그 말을 들으니 기분이 좋았다.

"신부님! 이제 제가 지휘하게 될 함정을 보여드리겠습니다. 신부님이 방금 축복해주신 그 배를 잘 보시면, 축복의 말씀이 우리에게 정말 필요하다는 걸 아시게 될 겁니다."

다른 참관 손님들도 푸에블로로 몰려와 비좁은 갑판에서 몸을 부대끼며 승강구 계단과 관람이 허가된 내부 공간까지 꽉 채웠다. 손님들이 가장 눈에 띄게 놀라워했던 반응은 미국 해군이 이렇게 조개같이 작은 배에 우리를 태워 대양을 건너보내는 데 대한 충격을 감추고 점잖게, '작지만 잘 짜여진 배'라고 말하는 것이었다. 물론 특수작전구역은 공개되지 않았고, 잠겨있는 철문 안에는 뭐가 있느냐고 묻는 사람들에게는 '복잡한 해양조사 기구들'이 있다고 대답하며, 다른 볼거리들을 보도록 통로로 내보냈다.

주방을 둘러 본 부인네들은 자기네 집 부엌보다도 작은 주방에서 80명이 먹을 음식을 준비한다면서도 태평한 우리의 태도에 놀라워했다. 침실을 둘러 본 몇몇 부인들은 4층 높이로 머리 위까지 쌓아 올린 침상을 보며 하얗게 질린 모습으로 "예, 확실히 깨끗하네요!"라는 외마디를 중얼거릴 수밖에 없었다. 내가 예상했던 그대로였다. 웨그너 신부님은 조그마한 나의 함장실을 보고 나서 그걸 혼자 쓰느냐고 신랄한 비평을 내놓았다. 함정에서 가장 높은 함교로 모시고 올라가 전장 176피트인 전체 함정을 보여드렸더니 그는 승조원들의 안전을 위해 좀 더 특별한 기도를 해야겠다고 말해주었다.

나를 포함한 장사병들은 푸에블로는 매우 유능한 소형 선박이며, 현재 꽉 찬 손님들만 떠나신다면 활동 공간이 충분하며, 또 선박의 크기와 항해 적합성과는 아무런 관계가 없다는 점을 참관자들에게 강조했다. 과거에 콜럼버스와 청교도 개척자들은 푸에블로의 절반도 안 되는 선박으로 대서양을 건너와 아메리카 대륙을 식민지화하는 길을 열지 않았던가.

　참관객들은 서서히 함정 트랩을 내려와 브레머튼의 더 넓은 장소인 서비스 클럽으로 이동했다. 장교들은 손님들을 칵테일 파티와 먹음직스러운 뷔페가 준비된 장소로 안내했다. 의도했던 대로 새로 취역한 두 함정의 함장들이 주최하는 큰 파티는 딱딱함이 눈 녹듯 사라지게 하였다. 제독들은 귀빈 사이를 누비며, 부하들과도 술잔을 들며 긴장을 풀고 각자의 성명이 아닌 친근한 이름을 물어 기억하려고 했다. 웨그너 신부님도 자신의 사제관에 계신 듯 편한 모습으로 간결하고 재치 있는 상냥한 말씀으로 주위 사람들을 매료시켰다.

　예쁜 아내, 애인, 연인들은 데이비드 버 중위로부터 특별한 관심을 받았다. 그는 마치 아름다운 꽃을 찾는 황홀한 땅벌처럼 그사이를 누비고 다녔다. 스티븐 해리스 대위도 점점 학자티를 발휘하며 달아올랐다. 자신의 검은 마음속이나 철문 뒤의 비밀을 내보이지 않고서도 파티의 재미를 만끽했다. 우리에게 욕을 많이 먹었던 해군공창장 스위니 소령도 유쾌하도록 취했던지 우리가 이날의 영광을 맞이하도록 그간 고생하며 참아왔던 울분을 마음껏 풀어놓았다. 파티는 4시가 지나서까지 계속되었고, 내 기분도 느긋해졌다.

　로즈는 우리가 웨그너 신부님과 내 휘하 장교들을 브레머튼 시내 식당으로 저녁식사 초대를 했다는 사실을 상기시켜주었다. 그래서 축하 파티는 장소를 옮겨서 늦도록 이어졌다. 취해서 맑은 정신은 아니었지만 다들 매우 성공적인 하루였다는 만족감을 여운으로 간직했다.

～

다음 날 오후, 나는 로즈, 마이크와 함께 항공편으로 오마하로 귀가하는 웨그너 신부님을 배웅하러 시애틀 공항으로 나갔다. 잠시 나눈 작별인사였지만 그것은 우리 인생에 닥칠지도 모를 뜻밖의 시련과 작별하고자 하는 소망과도 같았다. 웨그너 신부님과는 아무리 큰 정이 들었다고 해도 지나치지 않았다. 탑승구를 빠져나가는 여행객 속에 묻혀서 안 보일세라 서로 아쉬운 손짓을 하면서도 내내 같은 마음이었다. 신부님이 안 보이게 되자 우리는 시애틀 시내로 들어와 주말의 남은 시간을 함께 보냈다. 로즈도 다음 날 아침 일찍 비행기를 타고 떠날 참이었다. 우리는 맛있는 스테이크 정식을 먹고 호텔에 들었다. 마이크의 방을 따로 잡아주고 우리 부부는 다른 방에서 거의 한 시간 동안 마주 앉아 지난 이틀간의 행사를 되짚어 보았다. 사소한 일들을 논의한 뒤에 로즈는 마음속에 담아두었던 중요한 문제를 끄집어냈다.

"푸에블로가 마침내 취역을 했네요! 그런데 이 배가 곧 일본으로 떠나나요?"

이 물음에 대한 대답은 물론 비밀이었다. 그러나 그때까지도 정확한 일정이 잡혀있지 않았기 때문에 나는 망설이지 않고 대답했다.

"아니, 곧은 아니야."

"그러면 얼마나 더?"

침대에 함께 누운 채로 나는 기러기 생활을 접고 짧은 기간만이라도 가족과 함께 지내야겠다고 마음먹었다. 나는 푸에블로가 앞으로 바다에서 시험운항도 해야 하고 나타날 결함들을 고치려면 적어도 6주 정도를 브레머튼에 머물러야 할 것을 알고 있었다. 게다가 샌디에이고로 이동해서 배치 전 숙달

훈련도 해야 하고, 그러려면 일본으로 가기 전에 또 6주를 기다려야 할 것이다. 이런 기간이라면 우리 애들은 여름방학을 맞아 함께 여행하는 생활이 가능할 텐데, 그게 교육에 해롭진 않겠다 싶었다. 다만 우리의 통장이 거덜 날 것을 걱정하며 나는 로즈에게 대답을 했다.

"함께 살기에 충분한 기간이오. 제퍼슨시로 돌아가면 즉시 이곳으로 이사할 준비를 해요."

"나도 그 말을 듣고 싶었어요!"

로즈는 안도의 숨을 내쉬며 자기의 베개를 찾아가고, 우리는 전등을 껐다.

제 4 장

"리오 소장(所長), 푸에블로호 문제의 해결책은 그 배를 배너호처럼 만들면 된다는 말들을 사방에서 해대니 나는 정말 미치겠구려. 배너가 간신히 항해할 수 있을 뿐이라는 걸 나도 알고 당신도 알고 있지 않소."

〈부커 중령이 푸에블로의 개조수리 총책 리오 스위니 소령에게, 1967년 7월 브레머튼에서〉

우리 함정의 취역식에서 비롯되어 따뜻하게 피어오르던 낙관론이 그 뒤 며칠 동안 더 솔솔 타올랐다. 상부 구조물에 장식용으로 내걸었던 깃발들을 걷어내고, 푸에블로는 바쁜 퓨젯 사운드 해군창에서 출항 전 마감 손질을 기다리는 많은 선박 중에서 새로운 미해군 단위부대로 먼저 변신했다. 달라진 점은 푸에블로가 미국 깃발과 군기를 단, 살아 움직이는 선박이며 당직 장교 밑에 정기적으로 당직(견시)병을 세우고, 제5부두에 정박해 있을지라도 끊임없이 전기기계 소리가 웅웅대며 숨을 쉬고 불빛을 밝히고 있다는 것이다. 아직도 많이 손을 봐야 완벽해지리라 생각하고 있었지만 나는 그 '완벽'이란 말이 마치 도깨비불처럼 현실적으론 있을 수 없다는 것도 인식하게 되었고, 다만 그다음 주로 예정되어 있었던 시험항해 계획에 온 정신을 쏟고 있었다.

이때에 나의 바람은 함정 자체에 사소한 물리적 개선이 좀 더 이루어지고, 동시에 절실히 필요한 승조원들의 '뱃사람 만들기' 훈련을 시작했으면 하는 것이었다. 나만해도 미군함 론퀼(USS Ronquil)을 떠난 뒤에 바다에 나간 적이 없었으며, 장교들을 포함한 우리 함정의 갑판, 기관부 승조원 대부분이 장시간 육상에 체류하고 있었다. 나 외에 4명만 정식 항해 경험을 가졌으며 나머지는 대형 선박에 잠시 승선하거나 기껏해야 시애틀-브레머튼 페리를 이용한 것이 전부였다.

널찍하고 잔잔한 퓨젯 사운드 해군창의 바다 수면은 푸에블로의 기계 성능과 기동성을 점검하는 데 안성맞춤이었고 초보 승조원들이 원만한 항해 기분을 맛보게 하는 데는 최적 조건이었다. 그러나 일단 밴쿠버와 워싱턴주 서북부 사이에 있는 쥬안드푸카 해협을 통과, 플랫터리 곶을 돌아 나와 북태평양의 회색 파도에 맞닥뜨리면 승선 경험이 많은 소수를 제외한 모두에게는 상황이 잔인할 정도로 바뀌어버린다. 나는 푸에블로가 항해에 적합하리라는 점에는 전혀 의심하지 않지만 조그마한 이 배를 탄 초심자들에게는 몹시 험난한 승선 경험이 될 것이라고 생각했다. 시험운항 시간이 다가오면서 예견되는 덜컹거리는 낡은 기계 소음과 함께 이것이 가장 큰 걱정거리였다.

그때 해리스 대위가 폭탄발언을 했다. 나는 바로 전날 그의 사려 깊은 얼굴이 수심에 차 일그러졌던 걸 눈치챘었으나 그가 평소에도 조그마한 일을 심각하게 걱정하던 경향이 있었기 때문에 별다른 관심을 두지 않았다. 그러나 폭탄 발언을 하던 날 아침에 내가 승선하자, 해리스 대위는 근심이 가득한 표정으로 다가와 단도직입적으로 말했다.

"함장님, 특수작전구역 작업을 처음부터 다시 해야겠습니다."

"자네 지금 농담하나!"

나는 믿지 못한다는 듯 소릴 질렀다. 그러나 수심에 찬 그의 표정에서 나는 그것이 농담이 아니라는 걸 느꼈다. 우리는 즉시 밑으로 뛰어 내려가 철문을 통과하여 보안구역으로 들어갔다. 동요하는 듯한 통신특기병들과 민간 기술자들이 모여 난처한 얼굴로 전자계통 설계도를 들여다보고 있었다.

"그래, 무슨 일인가? 도대체 뭐가 잘못되었다는 건가?"

나는 다그쳐 물었다.

통신기술장 보든이 해리스 대위를 힐끔 보면서 그의 고개 끄덕임을 확인하더니, 제한된 전자분야 지식만을 가진 내가 이해할 수 있는 말로 대답했다.

"네, 함장님…. 장비들 대부분이 뒤죽박죽 엉망으로 설치되었습니다…."

"뒤죽박죽이라고?"

나는 화가 나서 되받았다. 모든 게 고약한 농담처럼 들리기도 했고 나도 열을 받았다.

"도대체, 뒤죽박죽이라니 무슨 뜻인가?"

보든이 침을 삼키며 말을 이었다.

"그건요, 함장님. 우리가 사용할 장비가 눈높이에 설치되지 않고, 손쉽게 다뤄야 할 기계들이 머리 위에 있어서 손이 닿질 않던가, 마룻바닥에 놓여서 쓰기가 힘들단 말입니다."

통신특기병 하나가 나서더니 판토마임으로 장비설치대 앞에 발끝으로 서서 머리 위쪽 튜너에 손을 대려고 하는데, 다른 수병도 바닥에 놓인 녹음기의 테이프 교체가 어렵다는 점을 부각하듯 무릎을 꿇고 바닥에 손을 짚었다. 전자기술자가 아니더라도 배가 조금만 흔들리면 비좁은 격실 내에서 정상적 작업이 어려울 것이라는 건 알 수 있었다. 농담이 아니라 계획이 엉망진창인 재앙에 가까울 정도였다.

"도대체 어떻게 이런 일이 생겼지?"

고민에 쌓여 나는 해리스 대위에게 물었다.

"이 구역에서의 작업은 계획대로 잘 진행된다고 자네가 보고하지 않았는가?"

"그렇습니다, 함장님."

해리스 대위는 가망이 없다는 듯 어깨를 움츠리며 대답했다.

"작업이 아니라 계획이 뒤틀린 겁니다."

민간기술자들은 나에게 보란 듯이 설계도를 내밀며 허세를 부렸다.

"우리는 설계 부서에서 설계한 대로 모든 걸 설치했을 뿐인데요. 이 설계도는 함정체계사령부가 매장마다 인증한 거고요. 우리가 틀렸다면 말도 안 됩니다, 함장님."

이때, 보든이 끼어들면서 말했다.

"우리가 방해한 일도 없고요. 우리가 할 일은 장비체계를 잘 운영할 수 있도록 그 짜여진 내용을 파악하는 것이었지, 의심은 안 했거든요."

"알겠네, 지금 당장 누굴 비난해서 뭘 하겠나."

나는 여러 사람의 말을 중단시키고 물었다.

"지금 가장 중요한 것은 이걸 수정하는 데 시일이 얼마나 걸리나?"

특수작전구역의 차디찬 형광등 밑에서 한동안 긴 낙담의 침묵이 흘렀고, 통신특기병과 민간기술자들은 서로 의심스러운 눈치 보기를 했다. 그러다 한 민간기술자가 나서서 발뺌 식으로 자신의 계획을 보여주면서 이렇게 말했다.

"함장님, 설치대에서 장비의 위치나 바꾼다고 될 일이 아닙니다. 전선 배치를 완전히 다시 해야 하고⋯."

이때, 해리스 대위가 불쑥 나와 말을 잘랐다.

"6주에서 10주 걸립니다, 함장님."

6주에서 10주라! 그러면 시험항해가 7월 말까지 연기된다. 샌디에이고에서의 함대훈련도 9월 중순으로 밀리고, 작전임무를 띠고 일본에 도착하는 것도 11월에야 가능하다는 것. 이 소형 함정으로 태평양을 횡단한 뒤, 휴식과 재정비 시간을 가지면 1968년 1월에야 '방아벌레 작전'에 참가할 수 있다. 계획보다 10개월이나 지연되는 셈이다. 대단히 높은 우선순위 사업이 불명예스러운 지연 사태를 맞게 되었다. 그러나 이러한 사태를 두고 야단을 치거나 욕을 해봐야 소용이 없다는 걸 나는 알았다. 침착한 성미도 차가운 분노로 바뀌면서 나는 해리스 대위와 어떻게 해야 할지 단둘이서 비공식 토의를 할 요량으로 특수작전구역을 빠져나왔다.

같은 계획으로 작업을 해 왔던 팜비치의 정보수집 장비에도 푸에블로와 똑같은 오류가 있었다는 것을 알았다. 조금은 위안이 되었지만 우리는 이제 협력해서 문제를 해결해야 했으며, 우선 할 일은 수도 워싱턴 주재 해군보안 사령부의 우리 사업 담당 장교에게 직접 편지를 쓰는 것이었다.

한편, 현재의 이 상황을 해군공창에는 알리지 않기로 했는데, 이유는 우리 배의 장기간 정박 수리에 질려 있을 공창 사람들이 알면 소동이 날까 봐서였다. 나는 제퍼슨시에 있는 아내에게 전화를 했다. 지루한 내용은 다 빼고, 브레머튼에서 사실상 온 여름을 지낼 터이니 애들이 봄학기를 마치는 대로 이곳으로 이사 올 준비를 하라고 했다. 체류기간이 늘어난 만큼 이사 비용도 빠질 만해졌으며, 즉시 해군기지 근처에 저렴한 집을 잡아 놓으면 집세도 줄일 수 있을 터였다. 로즈도 기뻐했다. 올림픽 반도에서 아름다운 여름을 가족과 함께 지낸다는 전망은 그동안 쓸쓸했던 주말에 대한 즐거운 보상도 될 것 같았다.

나는 고심 끝에 공창장에게만은 현 사태를 알려야겠다고 결심했다. 가뜩이나 어려움을 겪고 있는 사람을 나중에 놀라게 해서는 안 된다는 것이 나의 판단이었기 때문이다. 여하튼 고생하는 스위니 소령은 자신이 담당하는 푸에블로와 팜비치의 작업 스케줄에 6주 내지 10주가 추가된다는 사실에 거의 병적일 정도로 자지러지는 모습이었다.

"무슨 일입니까? 도대체 뭐가 잘못되었다는 겁니까?"

그는 망연자실한 모습으로 되물었다.

문제된 장소가 보안상 철저한 제한구역이었고 스위니 소령이 문제의 공식적인 당사자도 아니었기 때문에 나는 두루뭉술한 대답만 했을 뿐이었다.

"리오, 특수작전구역의 작업이 엉망진창이란 말이야. 그것밖엔 더 해줄 말이 없네."

그는 기지 병원이나 군목실로 가서 위안을 받아야 할 정도로 좌절하고 허탈한 표정으로 비틀거리며 물러났다. 그러나 결국엔 모든 문제를 꾹 참고 마음속에 묻어두는 듯했다.

이러한 혼란 사태가 푸에블로의 보안구역에서 발생했으므로 다행히 그 소문은 재빨리 공창 내에 퍼지지는 않았다. 나는 은밀하게 그 기회를 이용해서 생산과장인 대령을 붙잡고 엉망이 된 작업을 수정하는 것 외에도 내가 바랐던 다른 작업을 추가로 더 해 달라고 요청할 생각이었다. 나는 그를 꾀어서 우리 함정에 승선시킨 다음, 직접 안내하면서 다음과 같은 결함 사항들을 지적해 알려주었다.

무용지물인 예인삭 권양기의 거대한 동력 활차가 승조원 식당을 가로막고 있다는 점, 아주 구식의 내부 통신장치, 공산군 함정의 충각 공격에 취약한 방수 능력, 가장 필요할 때에 닻을 조작해야 하는데 신뢰할 수 없는 결점투성이의 권양기, 험난한 바다에서는 사용하기 어려운 2톤짜리 구명보트가 이미 중량 초과 된 상갑판을 짓누르는 점 등(우리는 그 보트가 없어도 함정을 포기해야 할 경우에 승조원 총원을 재빠르게 태울 자동팽창식 구명보트를 가지고 있다).

이러한 결점들이 정말로 참을 수 없을 정도라는 점에 그 생산과장도 쉽게 동의했으며 그는 6주 내지 8주 내에 결함을 모두 교정해주겠다고 서슴없이 말했다.

84

"대령님을 믿어도 되겠지요."

나는 기간을 줘야겠다고 생각하면서 그를 압박했다. 특수작전구역 상황은 모르면서도 그는 모든 약속을 지키겠다고 확언했다. 그리고는 우리 함정의 문제점에 동정 어린 마음을 가지고 문제점을 완전히 이해했다고 진지하게 말하며 떠났다.

해군보안사령부에 보냈던 우리의 편지에 대한 회신이 워싱턴과 브레머튼 간의 장거리 전화 부연 설명을 곁들여 이례적으로 빨리 나왔다. 보안사는 우리가 보고했던 내용을 조사하기 위해 존 아놀드 해군 대위를 임명했고, 그는 가용한 첫 항공기 편으로 도착했다. 푸에블로와 팜비치를 신속하지만 철저히 조사했으며, 조사 결과 특수작전구역의 작업이 잘못되었음을 확인하고 번개같이 브리핑을 마친 뒤에 워싱턴으로 돌아갔다. 아놀드 대위는 얼버무리지 않고 사실 보고서를 작성하여 평온했던 본부에 적지 않은 파문을 일으켰다. 특히 두 함정의 특수작전구역 재정비가 필요하며 그 비용이 50만 달러 이상이며, 이미 수개월 지연되었던 계획에 추가로 수 주일 더 지연될 수밖에 없다는 말을 듣고 본부는 동요했다. 최초 계획을 승인한 책임이 있는 함정체계사령부 사람들도 당황한 나머지 얼토당토않은 말을 했다. 해군에서 제2인자인 참모차장은 보고를 듣더니 평정심을 잃고 버럭 소릴 질렀다.

"그 빌어먹을 정보함들을 당장 바다에 내보내!"

그러나 그 빌어먹을 배들에 이미 들어간 시간과 비용을 건지려면 수정작업이 절대적으로 필요하다는 점을 그도 금방 알아차린 듯했다. 그는 작업을 당장에 완료하라고 지시하며 더 이상 어리석은 실수를 반복하지 말도록 당부했다.

그리하여 나는 푸에블로 함장에 임명된 이래 처음으로 워싱턴으로부터 강력한 지휘 관심을 받기 시작했다. 작전-34(OPNAV-34)의 책임자인 해군소장 로이 아이즈만이 팜비치 함장인 레이퍼와 나를 만나러 직접 찾아와 우리 함정들을 점검하더니 자신의 직책을 걸고 모든 지원을 다 하겠다고 약속했다. 워싱턴으로 돌아간 즉시 그는 그때까지 자신의 견해라며 우리의 문제를 서류함에 넣고 미뤄왔던 보좌관을 해고했다. 그의 교체로 말미암아 관심이 깊어졌을 뿐만 아니라 잦은 소통으로 정보 제안도 가능해졌다. 나는 만사가 올바른 방향으로 나아가는 데 고무되어 사기도 올랐다. 처음부터 이렇게 자세한 내용에 관한 해군총장님의 관심과 주의가 있었더라면, 우리는 이미 오래전에 훌륭한 함정으로 작전을 개시했을 거라고 나는 생각했다. 어쨌든 늦기는 했으나 안 한 것보단 낫다! 지금처럼 앞으로도 계속 밀고 나아가면 우리는 조만간에 좋은 모습으로 나타날 것이다.

민간기술자들이 두 척의 함정에 있는 특수작전구역 작업을 완수하도록 적절한 기간과 비용을 지불할 계약서를 재작성했으며, 기술자들도 진지한 태도로 작업에 임했다. 민간인들은 정말 능력 있는 전문기사이자 기술자였다. 만사에 활기찬 생산활동이 이루어졌으며, 나도 예전에는 시간이 없다는 핑계로 거부당했던 올바른 물건들을 들여놓을 몇 주의 시간을 벌었다. 이제 공창은 진행되는 일이 무엇인지 완전히 알게 되었으며 공창의 지휘계통(함정 지휘계통만큼 복잡함)도 그들의 입장에서 나에게는 새로운 불편을 안겨주었다.

기획실의 대형 테이블에 둘러앉아 회의하면 공창의 각기 다른 네 개의 부서 대표들이 참석하고 푸에블로와 팜비치의 관계 장교 약 20명 역시 참석했다. 이들은 워싱턴으로부터 더 이상의 질책을 받기 전에 이 두 척의 소형 함정을 브레머튼에서 끌어내 비밀 임무를 수행하도록 떠나보내자는 공동의 목표를 지니고 있었다. 그러나 과연 어떤 상태로 완성할 것이냐 하는 문제를 놓고 의견 차이가 생겼다. 우리는 두 함정의 특수작전구역의 잘못에 관해서는 논의를 피하기로 했다. 이미 상부의 지시로 해결되고 있으며, 그 부분에 관한 토론을 펼치려면 비밀취급 인가가 있어야 했기 때문이었다.

그 대신에 우리는 내가 그토록 간절히 고쳐지기를 바랐던 항목들을 집중 토의했다. 생산과 책임자인 대령은 철저히 사기당한 사람처럼 괴로운 표정으로 나를 보았지만 개인적으로는 그도 나의 요구가 모두 타당했고 시간만 충분하면 모두 교정할 수 있을 거라고 자신이 말했던 사실을 인정해야 했다. 그리고 시간도 지금은 충분한 편이다. 해군소장의 계급에 맞먹는 민간 공무원 직위를 가진 기획부장이 내가 요구한 시정 요구 목록을 들여다보며 흠잡기를 시작했다.

"배너호처럼 해줘라. 내 지시다."

이 말은 이미 수 주 동안 나에게 써왔던 것이었기 때문에 나는 그가 아는 말이 저것밖에 없을까 하고 자주 의심했다. 이번엔 좀 다르게 납세자의 돈을 절약하자와 같은 상투적인 용어를 추가하거나 해군의 '할 수 있다'는 철학을 상기시켜주는 표현들도 사용했다.

토론은 달아올랐다. 비록 추가적인 작업이란 짐을 짊어져야 했지만 유머 감각과 분별력을 회복한 스위니 소령은 대부분 나의 요구를 지지했다. 또 나와는 좀 다른 문제를 안고 있었지만 팜비치의 레이퍼 함장도 나를 강력히 밀어주었다. 팜비치는 나의 푸에블로와는 다르지만 형편이 좀 나은 문제를 가지고 브레머튼에 입항해 있었다. 공창의 다른 사무실(선박 유형 및 공창장실) 대표들은 점점 불안한 표정으로 바뀌어 갔다. 당시 확전으로 치달으며 논란이 치열했던 월남전 현장에서 긴급을 요하는 현역부대에 대한 지원 사업이 우리 문제 때문에 방해를 받을까 봐 그런 거였다. 나는 그들의 입장을 이해할 수는 있었지만 나의 주장에서 물러서기를 거부했다. 작전소요를 충족하는 최상의 상태로 함정을 준비해야 하는 분명한 책임이 나에게 있었으니까. 내 생각이 옳다고 확신할 때에는 누구 못지않은 고집도 부리고, 내가 밀릴 때는 더욱 맹렬하게 덤벼들었다. 한 번은 민간인 기획관료와 말다툼 중에 그가 화를 내는 바람에 나도 냉정함을 잃고 말았다.

"함장님, 도대체 당신은 그 낡은 욕조 같은 물건으로 뭘 하겠다는 거요? 콩 심은 데 콩 나고 팥 심은 데 팥 나는 이치를 모르시오?"

"내 배를 낡은 욕조라니!"

나는 고함을 질렀다.

"그 배는 80여 명의 승조원을 태우고, 지구 반 바퀴를 돌아서 중대한 임무를 책임질 미해군 군함이요. 이 배의 중요성을 모르겠으면 당장 자리에서 물러나 잘 아는 사람이 그 자리에 앉도록 하시오!"

이 충격으로 잠시 침묵이 흐르는 동안, 스위니 소령이 나를 의자에서 부축해 일으켜 밖으로 데리고 나와 한동안 복도를 위, 아래로 걸으며 화를 풀도록 도왔다. 그렇게 해서 냉정을 되찾은 뒤, 나는 회의장으로 돌아와 그 기획 관료와 서로 사과한단 말을 나눴지만 어느 쪽도 진정한 사과는 아니었다. 여하튼 시끄러운 토의 끝에 그 기획관의 의견이 내 생각보다는 낫다는 것으로 타협하고 말았다.

쓸모없는 예인삭 권양기를 제거하고, 승조원 식당 갑판을 재조정하고, 주방의 식기실을 넓혔다. 내부 통신망은 우리가 원하는 걸 우리가 스스로 만드는 방식으로 배선과 전화기를 배정받았다. 푸에블로의 방수 능력 강화 문제는 바람직하긴 해도 선박의 설계상 비현실적이라고 거부당했다. 불필요한 구조용 보트는 제거하는 비용이 너무 비싸 상갑판에 그대로 놓아두기로 했다. 공산국가 해안으로 표류하지 못하게 막아주는 닻 권양기는 비효율적이며 시끄럽더라도 그대로 사용할 수밖에 없었다. 그 밖에 여러 가지 고쳐야 할 항목들이 임시 대용품들로 이루어졌다. 그러나 나는 그 정도로 만족해야 했다. 아니면 지휘관 직책에서 해임당할 수도 있으니까. 푸에블로를 미해군에서 가장 효율적인 정보수집함으로 만들려던 나의 집념은 분명 한계에 달했으며 상대방의 공격을 피해가야 할 때가 왔다. 그렇지 않으면 어떻게든 푸에블로는 출항할 것이며, 나만 고립되어 해안에 버려진 사람이 될 줄도 모르는 일이다.

앞으로 두 달 동안은 푸에블로에 관한 글을 쓰기도 어렵겠다. 도크에서 꼼짝하지 않는 배에 관해서 누가 무슨 흥미를 느끼겠나? 선상에서 인간의 활동은 끊임없이 이루어졌지만 지난 6개월 동안 해왔던 것과 똑같은 일을 반복하며 지루한 제자리걸음이었다. 취역행사를 했기 때문에 24시간 견시를 세우고 규칙적으로 교대는 시켰으나, 공창 직공들이 버린 쓰레기를 청소하거나 정비 등의 일상적인 잡역밖에는 할 일이 없었다.

엔진담당병들은 가끔 엔진을 공회전시켜 장기간의 불사용으로 인해 발생할지도 모를 엔진의 화석화를 막으려 했고, 전기담당병들은 스스로 설치하게 되어 있던 내부 통신망을 실험하며 푸드득 소릴 내기도 했다. 일반 수병들은 갑판의 부식된 부분들을 긁고 페인트칠을 했다. 식당 취사병들은 냉장고와 가스레인지를 빛나게 닦았을 뿐, 요리 솜씨로는 커피 끓이는 게 고작이었다.

깃발과 취역식에 사용했던 각종 페넌트는 큰 돛대에서 펄럭였지만 바람이 미풍으로 바뀌면 힘없이 나른해졌고 공창에서 솟아오르는 더러운 연기 때문에 꾀죄죄해 보였다. 여러 면에서 푸에블로는 신병훈련소(통상 미해군 모병소로 불림)에서 세워 놓은, 영구히 해안에 정박한 모형선을 상기시켜 주었다. 장비와 기구들은 항상 마모되면 다시 만들어 신병들이 그에 익숙하도록 하고, 견시병들도 실제가 아닌 연습용처럼 보였다. 그러니 나를 포함한 승조원 총원의 사기 저하 문제가 야기되었고, 나는 효과적인 사기 진작을 위해 노력하느라 때때로 어려움을 겪었다.

승조원 총원이 의미 있는 일을 하도록 배려하는 것이 하나의 해결책이 될 수 있었다. 특수작전구역에서 작업하는 민간기술자들을 감독하는 해리스 대위와 그 휘하의 통신병들에겐 안성맞춤이었다. 나는 그러한 기회를 이용하여 모든 장비들을 자신들이 만족하게 설치되도록 감독하여 나에게 더 이상의 괴로움은 안기지 말라고 따끔하게 경고했다. 더구나 철문 안에서 작업을 했기 때문에 그들은 다른 부서와는 달랐다. 바다에 나가지도 않고 육상에 있는 상황이 되다 보니 일반 수병, 기관병, 취사병, 무전병들의 임무는 부자연스럽고 불필요하게 여겨져 이들의 흥미나 관심을 높게 유지하기가 쉽지 않았다. 조타수가 배의 키를 안 잡는데 얼마나 오랫동안 타륜을 손질만 할 것이며, 바다에 나가지도 않는 배의 엔진실은 얼마나 긴 시간 동안 엔진을 조정만 할 건가? 허기진 승조원들에게 규칙적으로 식사를 제공하지 않아도 되는 취사병들이 과연 맛있는 음식을 만드는 일에 관심이나 있을까? 날이면 날마다 탁한 물만 가득 찬 똑같은 정박소를 바라보며 녹슨 갑판을 닦고 칠을 해야 하는 갑판병은 출항 준비를 한다며 흥이 날까? 언제나 마찬가지로 해결책은 리더십이다. 함장이 필요한 리더십을 제공해야 한다. 함장은 휘하 장교들의 지원을 받아야 하고, 가장 중요한 것은 수병들과 밀접하게 접촉하는 부사관들의 지원을 받아야 한다.

후자 중에는 3명의 우수한 부사관인 골드만과 보든 상사, 조타사 로우가 있다. 이들은 구체적인 임무를 받지 않아도 자신들이 무엇을 해야 하는지를 알아챘다. 내 휘하 장교들 중에 해리스 대위는 자신의 전문 분야에 열성을 다하며 휘하의 파견 부서원을 부지런히 근무하게 했다. 진 레이시 준위는 침착하고 질서정연한 방법으로 기관부서를 관리했고, 활동적인 작전장교 데이비드 버 중위는 지칠 줄 모르는 열성으로 당근과 채찍을 구사하며 휘하 수병들이 근무하도록 채근했다. 부관인 에드 머피 대위는 함상의 중요한 추진력이자 나의 분신이었어야 했는데, 나의 지시나 훈계를 성실하게 들으면서도, 겸손하지만 기계적인 태도를 보여줌으로써 우리 함정과 승조원의 문제보다 개인적인 문제에 더 관심을 쏟는 모습이었다. 종종 근무 시간에나 운동 시간에 안 보여서 그와 나와의 사이에는 깊은 골이 생기는 느낌이 들었다. 모호한 인격 및 태도상의 갈등 상황에 내가 즉각적인 대응을 했어야 했지만 푸에블로에 어려움을 더 가중시키지 않으려고 본능적으로 회피하고 말았다. 내버려두고 민감한 배를 흔들지 말자!

일 만큼이나 중요한 것이 나날의 괴로운 일에서 벗어나 휴식과 휴양을 얻는 것이란 말은 언제나 진리다. 그런데 미묘한 균형의 문제가 생겼다. 대도시 시애틀의 유흥 시설과 올림픽 반도의 목가적인 자연이 모두 손에 닿을 듯한 거리에 배가 장기간 묶여 있는 이례적인 상황이었기 때문이다. 각자 성미에 따라 좋아하는 쪽으로 가면 될법했다. 나는 휘하 장병들이 자신들이 원하는 쪽으로 가서 자유롭게 즐길 수 있도록 배려했다.

로즈와 아이들이 6월 셋째 주에 도착해서 미리 얻어두었던 관사에 입주했다. 원래 부사관 가족용으로 지은 것이어서 수준이 떨어지는 낡은 건물이었다. 브레머튼은 태평양 연안에서 가장 크고 가장 활발한 해군공창이 위치한 곳이었지만 2차 세계대전 때에 쓰던 불만족스러운 시설들을 그대로 사용하고 있었다. 오래된 장교클럽만 그나마 우아한 자태를 지니고 있었다. 로즈는 변한 환경에 명랑하게 적응했으며, 집 정리가 되자마자 우리는 집들이 겸 푸에블로 승조원 총원을 위한 파티를 열었다. 방이 비좁고 가구도 모자라서 손님들은 대부분 마루에 앉아서 맥주를 마시고 라자냐를 종이 접시에 덜어서 먹었다. 엄밀히 말해서 지휘관이 초청한 격식 차린 파티라기보다는 비공식적인 함께 즐기는 즐거운 모임이었다.

부커네 가족의 생각으로는 이번 행사가 온 가족이 함께 즐겼던 가장 즐거웠던 여름으로 기억될 모임이었다. 화를 내지 않고 배에서 내가 할 수 있는 일을 찾는 데에도 한계가 있고, 나 자신의 불평이나 보고서를 안 만들어도 될 시점이 되었으므로 나는 가족과 함께 지낼 시간을 만들었다.

우선 우리는 중고차 한 대를 사서 미국에서 가장 아름다운 워싱턴주에서 매혹적인 장소를 찾아다니기로 했다. 시애틀 시내로 들어가 박람회 우주첨탑 관망대 회전식당에서 시내, 항구, 반짝이는 퓨젯 사운드 만과 멀리 숲이 우거진 산이 북녘 석양의 황혼에 붉게 타오르는 숨 막힐 듯한 경치를 보면서 저녁을 먹었다. 주말에는 올림픽 반도를 따라 달리면서 안개 자욱한 올림푸스 산기슭을 감아 도는 가파른 산길을 타고 깊은 광야 속으로 들어가 빙하 샘에서 흘러내리는 맑은 시냇가에서 야영도 즐겼다. 엔젤러스 항구로 차를 몰아, 카페리를 타고 쥬안드푸카 해협을 건너 캐나다의 브리티시 컬럼비아주와 그 수도이자 옛 영국의 독특한 이주지인 빅토리아시까지 갔다. 밴쿠버에 가서는 활기찬 영미 혼합 문화도 보고 느꼈다.

간간이 스위니 소령이 브레머튼 북쪽 15마일 지점에 있는 호젓한 호숫가에 자리 잡은 매혹적인 시골풍의 자기 집으로 우리를 초청해 주었다. 우리는 문간에서 불과 몇 야드 떨어진 곳에서 통통하게 살이 찐 숭어도 잡고, 따뜻한 벽난로 주위에 앉아 즐거운 시간을 가졌다.

아름다운 여름, 온 가족이 함께 지내니 지난 겨울 장기간 별거했던 기억은 희미한 추억으로 남았지만, 머지않아 또 이별을 해야 한다는 걸 알고 있었으므로 우리는 서로를 더욱 아끼며 즐거운 시간을 보냈다. 짧은 시간이었지만 로즈와 나는 말뿐이 아닌 정말 남편과 아내가 되었고, 애들과 나도 함께 놀아주는 정상적인 부자 관계가 복원되어 우리 모두에게 유익한 시간이 되었다. 아이들이 쑥쑥 자라기는 했지만 아직도 어려서 새로운 환경을 만나 어린이 같은 행동을 하며 퓨젯 사운드 만의 해맑은 공기를 즐겼다.

나는 꾸준히 휘하 장교들과 함께 푸에블로에서 해야 할 일들을 비공식적으로 의논하면서도 때때로 그 시간을 단축시켜버렸다. 내가 메뉴를 달달 외어버린 클럽 식당에서 쓸쓸하게 혼자 식사를 하는 대신에 지금은 우리 집에서 요리한 저녁을 맛있게 먹을 수 있기 때문이었다. 나는 수리작업을 받으려고 공창에 들어와 있는 다른 함정의 장교들과도 사귀고, 잠수함 근무시 알았던 옛 동료들과도 어울렸다. 이 친구들이 나를 자기 배에 태우고 향수 깃든 여행도 시켜주었다.

브레머튼에서 건조하여 취역까지 했던 구축함의 모함인 거대한 '곰퍼스함(USS Gompers)', 푸에블로와는 아주 특별한 관계를 맺게 되어 있었던 이 함정의 함장님도 나를 기쁘게 해주었다. 그런데 곰퍼스에 승선해 본 나는 곧 열등감에 사로잡히고 말았다. 함장의 개인 욕실이 내 선실보다 더 컸고, 응접실에는 열 명이 앉을 자리가 있었다. 함상의 모든 물건이 신품이었고, 널따란 장소에 모든 기기가 자동화, 컴퓨터화되어 있었다. 함내 세탁장에선 수백 파운드의 세탁물을 깨끗하게 세탁, 다림질하고 잘 접어 갠 후, 구분해서 포장까지 함으로써 고객이 쉽게 찾아가도록 되어 있었다. 더욱 놀라운 것은 이러한 작업을 단 두 명이 버튼만을 눌러서 완료한다는 점이었다. 그래서 나는 푸에블로 함수부 선원실에 설치된 덜컹덜컹 소리를 내는 불량한 가전제품들을 좋게 생각할 수가 없었다.

바쁘게 돌아가는 해군공창의 끊임없는 소음이 들리는 언덕 위에 자리한 오두막집에서 부커네 식구들이 행복하게 함께 지낼 수 있었던 1967년 여름이 이렇게 지나갔다. 철판을 자르고, 모양을 만들고, 용접하는 쇳소리가 밤낮을 가리지 않고 불협화음을 만들며 소란한 가운데 간간이 양철통을 두드리는 소리가 들렸는데, 그건 거함들 가운데 끼인 꼬마 선박 푸에블로를 두들겨서 모양을 만들어가는 소리였다.

대망의 날은 7월 후반에 찾아왔다. 특수작전구역에 장비들이 올바르게 설치되고 몇 가지 추가적인 수정작업이 이루어지자 푸에블로는 마침내 시험 운항에 들어갈 준비가 되었다. 시험운항은 브레머튼 인근의 안전 수역에서 주간에 실시하게 되어 있었으나, 우리는 공창 밖 깊은 바다로 나아간다는 모험적인 뱃사람 정신으로 출발했다. 해안에 너무 오랫동안 묶여 있었기 때문에 정말로 우리가 배를 운항할 수 있을까를 걱정하는 승조원이 있는가 하면, 완전히 새로운 경험을 시작하기 때문에 긴장하는 장병들도 있었다. 그러나 승조원 모두는 한결같이 출항을 바랐고, 자신들의 작품에 결함이 없기를 기원하며 운항 점검을 하려는 공창 직원들도 같은 마음이었다. 그 가운데는 스위니 소령도 있었는데 그는 자신의 불길한 예감을 독특한 아일랜드식 유머로 감추곤 했다. 내가 가진 걱정은 생애 최초로 자신의 배를 지휘하는 신임 지휘관이 통상적으로 느끼는 그러한 고상한 것이었다.

함교에서 부함장 머피 대위가 보고했다.

"출항 준비 완료!"

나는 초조한 마음을 접고 크게 안도하면서도 동시에 막중한 책임감을 느꼈다.

"좋아요, 머피 대위. 엔진 대기! 밧줄 올리고, 함장 지휘로 출항한다!"

이때, 나는 갑판에서 훈수하는 공창직공들을 의식했다. 그들은 기적이 일어날 것 같지 않은 현장에서 믿지 못하겠다는 사람들처럼 뒤틀린 기대감으로 우릴 지켜보고 있었다. 회의적인 미소로 서로 팔꿈치로 찌르며 말을 나누는데, 비록 그 내용을 알아들을 수는 없었지만 짐작하건대 "저 낡은 배가 단독으로 항해할 수 있을까?"라는 것 같았다. 때마침 공창 소속 예인선 한 척이 엔진을 공회전하는 동안 선원들 모두가 뱃전에 나와 서서 우리의 출항을 기다리며 체념하듯, 곧 구조 요청이 오지 않을까 대기하고 있는 모습도 나는 보았다.

후미 계류 밧줄만 제외하고 기타 모든 밧줄이 올랐다. 나는 즉시 조타를
명령했다.

"좌현 1/3!"

응답 벨이 울리기 무섭게 땅딸막한 연통에서 연기가 뿜어나오고 배가 진
동하며 떨리더니 움직이기 시작했다. 계류 밧줄도 올리고 푸에블로는 오랫
동안 묶여 있었던 제5부두를 서서히 빠져 나아가기 시작했다.

밧줄 담당병들을 책임진 버 중위가 내뱉는 약간 불경스러운 환호성이 함
교까지 들렸다. 하갑판의 함성에 대답이라도 하듯 도크에선 기쁨과 야유가
어우러진 함성이 터져 나왔다. 이웃 계류지에 머물러 경계심을 풀지 않았던
예인선에선 어쩌면 당당하다기보다는 주제넘게 자신감에 찬 모습으로 브레
머튼 수로를 미끄러지듯 빠져나가는 푸에블로를 향해 기적을 울리며 그동안
의 발전을 격려하며 축하해주었다.

좁은 수로였기 때문에 나는 도중에 시애틀 페리를 만나지 않기를 바랐다.
해군공창에 인접한 좁은 곳을 드나들면서도 선장은 자신의 그 폭넓은 선체
를 건방지고 자유분방하게 몰았기에 나는 그가 싫었다. 나의 희망이 이루어
졌다. 페리의 스케줄과 중첩되지 않았던 것이다. 다만 평상시와 같이 요트와
고기잡이 배들을 만났는데, 우리가 퓨젯 사운드의 넓은 바다로 조심스럽게
항해를 하는 데도 물결이 일어서 그 배들은 까딱거렸다.

일단 수로를 빠져나와 우리는 행복감에 젖은 채 몇 시간을, 마치 인디언
들이 태양춤을 추듯 반짝이는 조용한 수면 위를 10노트 속력으로 북쪽으로
달렸다. 그것은 마치 요트 동호인들이 새로 만든 배를 시험이나 하듯 즐기는
그런 것이었다. 푸에블로를 다루기가 쉽다는 것을 알게 되자 나는 자신감에
벅차올랐다. 제한된 수역에서 모양 없고 느려터졌던 잠수함보다 훨씬 쉬웠

다. 스위니 소령도 내부 폭발이나 갑작스러운 침수 문제가 발생하지 않으리라는 확신이 서자 크게 즐거워했다.

우리는 깊숙이 들어앉은 만, 푸른 소나무가 덮인 바위섬 등이 있어 울퉁불퉁한 해안선을 따라 달렸고, 거친 물살을 헤치며 거대한 통나무 뗏목을 끌고 가는 조그마한 예인선도 추월하고, 시애틀에 화물을 먼저 하역하려는 듯 우스꽝스럽게 경주를 펼치는 두 척의 화물선도 보았고, 뱃길 따위에는 전혀 신경도 안 쓰고 태평하게 연어를 잡는 낚시꾼들에게 물보라를 씌워주기도 했다.

이렇게 특별한 시험운항 동안에 나는 통상적인 견시 근무는 늦춰주었다. 딱히 할 일이 없는 사람들은 함정 내의 여러 곳을 찾아다니며 구경했다. 키를 잡을 자격을 소유한 승조원들에게는 누구나 조타감을 느껴보도록 기회를 주었다. 나는 조타실 맨 위에 있는 가장 높은 함교에서 지휘를 계속했다. 가장 시계가 좋은 점을 이용하여 기지(旣知) 거리에 대한 회전나침반의 정확도를 체크하기도 하고, 음성통신관을 통하여 항로 수정을 지시하고, 관료적인 입씨름보다는 실제적인 선박 조종술을 가지게 된 뿌듯함을 억제하려고 애를 쓰기도 했다. 항해사 임무까지 겸하고 있던 머피 대위가 불안하게 여울목을 지켜보거나 저명한 지형지물과 부표들이 나타나는 방위를 점검하느라 바쁘게 움직이면서 나의 노출된 위치를 곁눈질로 쳐다보았다.

아래층 엔진실에서는 진 레이시와 휘하 기관병들이 디젤엔진이 고르게 회전하는지를 점검했다. 그들은 엔진 회전수가 균일하게 잘 돌아가며 말썽이 없자 약간의 조정만을 실시하며 신품 기계를 습관적으로 닦아주었을 뿐이었다. 몇 명은 잠깐씩 위로 올라와 멋있는 퓨젯 사운드 경치를 쳐다보고는 마치 땅다람쥐처럼 금방 밑으로 내려가 엔진을 돌보곤 했다. 어떠한 상황, 아니 모든 상황에서 이들이 다른 일에 한눈팔지 않고 온몸을 오로지 기계의 진동 소리에만 집중할 수 있다는 것이 놀랍기만 했다. 이 사람들은 엔진실과 함교는 항상 원수처럼 다툰다는 옛말을 무색하게 만든다. 옛날 돛단배의 선장들도 오늘날 엔진실 장교들처럼 헌신적인 항해장들을 데리고 있었더라면! 우리 엔진실 승조원들의 마음은 잔잔한 바람보다 더 변함이 없는 듯했다.

승조원 중에 가장 별난 인물들이 해리스 대위와 그의 휘하에 있는 통신특기병들이었는데, 이들은 특수작전구역을 스스로 익히는 일밖에는 할 일이 없었다. 이 구역은 스크루의 회전에 따라 약한 진동이 있었지만 배가 잔물결을 헤치고 나가면 좀 더 부드러워져서 도크 근처에서 운행할 때와 거의 다를 바가 없었다. 이들이 수행해야 할 의미 있는 조사는 있을 수가 없었다. 나중에 시련을 겪을지는 모르지만 지금 당장은 함상에서 뱃사람처럼 느끼고 행동하는 일이 전부였다.

다만 끊임없이 할 일이 많던 주방에서는 바닷바람에 식욕이 돋구어진 80여 승조원들을 위한 점심 준비가 한창이었다. 통상적으로 미해군은 검약과 관대의 양극단 사이를 예측하지 못할 정도로 왔다갔다해서 동승한 공창 기술자들에겐 식비를 따로 받는 게 관례였다. 그러나 우리는 이분들이 우리 함정에 오신 손님들이니까 장부를 조작해서라도 비용을 염출해서 무료로 대접하기로 마음을 먹었다.

이렇게 우리는 멋진 해상 피크닉을 즐기며 푸에블로를 타는 자부심과 선의를 키워갔다. 그러나 실제로 시험운항은 함장이 공창 작업이 만족스럽게 이루어졌는지를 확인하는 중요한 과업이다. 점심을 일찍 먹은 뒤에 나는 일련의 점검을 시작했다. '전속력 전진'을 지시한 뒤, 함정 속도를 12노트 정도로 정했다. 다음엔 '전속력 측방'을 명령했는데, 이때에는 배가 쿵쿵 덜컹대다가 12.7노트로 나아갔다. 세 번째로 반대 방향을 지시하며 엔진을 끄지 않고 얼마나 천천히 진행할 수 있는지를 살폈더니 4노트 정도 되었다. 다른 선박의 통행을 방해하지 않는 광역 음향대를 찾아내서, 다양한 속력대에서 방향타를 변화시키고 엔진을 전·후진으로 바꾸면서, 일련의 회전기동도 시켜보았다. 나는 시험운항 결과에 만족을 느끼며 푸에블로가 속도에선 전혀 문제가 없다고 결론을 내고, 동종의 공산 측 선박이 방해를 해와도 그것을 재빨리 회피하기에 충분하다고 생각했다. 사소한 결함들이 함교로 보고되었지만 첫 번 시험운항에서 놀랍거나 예기치 못한 문제가 발생한 건 하나도 없었다. 그런데 그때 급회전을 시도하던 조타수가 별안간 놀라서 소리쳤다.

"함장님! 타륜이 말을 듣지 않습니다. 방향타가 꼼짝하지 않습니다!"

나는 즉시 항구 표시판에 정지 신호를 울려놓고, 엔진은 고속 전진으로 작동시켜 배가 제멋대로 회전하지 못하도록 지시했다. 그다음엔 함내 유일한 통신망을 이용해 엔진실을 호출하여 사고 내용을 알려주고 엔진만으로 항해할 준비를 시킨 다음 조타엔진을 점검하고 수리하도록 주문했다. 일등항해사 진 레이시 준위가 수리반원들이 돌발적인 폭발음에 놀라 이미 방향타 위에 있는 비좁은 장소로 올라가고 있다고 보고했다. 그가 작업구역에 진입하는 동안 버 중위는 다른 반원들을 이끌고 선미돌출부로 달려가 비상시 수동타륜을 작동시키려 했지만 내가 엔진 벨을 건드렸더니 푸에블로는 좌에서 우로 회전을 시작하면서 가장 가까운 해안에서 안전한 거리를 두고 서서히 멈춰 섰다. 거기서 우리는 약 반 시간 동안 표류를 했고, 돛 가름대 끝에 '고장입니다'라는 국제통신 표지를 달아야 했기 때문에 그동안 우리가 지녔던 자유분방했던 기분은 손상을 입고 말았다.

배가 바위에 올라앉지 않도록 고장이 난 권양기라도 작동해보거나 분명히 우리한테서 무슨 연락이 올 것이라 생각하고 있었을 브레머튼 예인선 팀을 호출해보라는 등 여러 가지 조언을 들었다. 나는 내가 지휘하는 배가 첫

운항 때부터 항구로 예인된다는 생각이 마뜩잖았다. 외항에서 닻을 내리는 데 관해서는 푸에블로의 쌍 프로펠러로 꽤 잘 버틸 수 있다는 걸 이미 알고 있었기 때문에 깊은 외항에 머무는 데 자신감이 있었다. 그래서 이것이야말로 비상 조타 훈련을 하고, 조타엔진을 수리해볼 절호의 기회라 선언하고 나는 기죽지 않고 한 가지씩 고쳐나갔다.

부채꼴 선미에선 계속해서 그르렁 소리가 났으며, 버 중위와 그의 팀원들은 육중한 주철로 된 키의 손잡이를 키의 축에 맞추고, 그걸 회전하는 데 필요한 겹도르래 계통을 장비하는 어려운 일을 진행했다. 시간이 지나도 그르렁 소리는 멈추지 않아 작업 결과에 자신감을 가질 수는 없었다. 그때 진 레이시가 조타엔진에 관해서 나에게 보고하기를 3만 파운드 장력을 지닌 메인 방향타 가로 손잡이에 연결하는 케이블이 끊어졌다는 것이었다. 그 당시 현장에서 그걸 수리할 방법은 없었다. 고장 난 엔진과 버 중위가 작업한 망측한 고안물을 달고 다른 배나 우리 배를 위험에 빠뜨리지 않고도 절름발이 소리 내면서 항해할 수 있겠다고 생각은 했지만, 브레머튼으로 회항해 들어가는 좁은 수로가 조그마한 실수도 허락하지 않는 곳이어서, 남은 유일한 방법은 나의 자긍심을 접고 예인선 팀에 지원 요청을 하는 것뿐이었다.

한 시간이 지나서 나타난 예인선 선원들은 이럴 줄 알았다는 표정이었지만 정중하게 이해한다는 모습으로 익숙하게 견인 로프를 던져 주었다. 모항으로 예인되면서도 나는 가련한 스위니 소령과 공창 기술자들에게 해주고 싶었던 쓴소리를 꾹 참았다. 그들도 크게 놀라서 함교와 조타기관 사이를 종종걸음으로 오가며 그 '말 안 듣는 회색 동물'을 다시 손봐야 한다는 생각으로 부지런히 관찰하며 노트를 하느라 웬만한 쓴소리에는 아랑곳하지도 않았다. 배의 방향타(키)가 믿음직하지 못하다고 느끼며 침울해진 우리 승조원들은 자유분방하게 즐겼던 피크닉 기분을 싹 날려버렸다. 조타엔진과 수동식

장치에 대한 걱정과 조바심이 크게 일었다. 통신특기병들만 미래에 닥칠 해난 사고의 조난자들처럼 행동하지 않고 하던 일을 계속했다.

햇빛이 쨍쨍하던 아침 하늘에 구름이 가득 덮였다. 예인선이 낯익은 제5부두에 도착할 즈음인 늦은 오후에는 으스스한 가랑비가 내리고 있었다. 계류 로프로 배를 묶어놓자 나는 우리 승조원들의 사기를 올리려고 휴대용 확성기를 들고 약간 빈정대는 말투로 유머를 섞어 이렇게 말을 했다.

"오늘 일과, 예인 끝! 여러분들을 다시 모항으로 모시게 되어서 기쁩니다."

예인 선원들과 우리 승조원들이 모두 웃었지만 그건 맥빠진 공허한 웃음이었다.

3일 뒤에 푸에블로는 끊어진 조타엔진 케이블을 새것으로 교환하고 다시 시운항에 나섰다. 전번처럼 나는 상이한 방향타 설정도 하고, 전·후방 엔진 스피드도 점검하며 다양한 기동을 해보려고 했다. 얼마 동안은 모든 게 훌륭해 보였다. 그런데 그때, 또다시 조타수가 긴박하게 외쳐댔다.

"키가 말을 안 듣습니다, 함장님!"

끔찍하게도 그 주만 해도 두 번째로 조타엔진과 씨름하며 레이시와 수리팀을 엔진실로 기어들어가게 해야 했고, 버 중위와 갑판팀은 수동 체계를 운용하느라 허리가 부러질 정도로 진땀을 흘리며 욕지거리를 해댔다.

그러나 이번엔 기술병들이 수리를 잘 해낸 덕분에 여타 수병들은 꼼짝 않던 키의 손잡이와 겹도르래를 작동할 수 있었다. 레이시와 버는 각각 자기네가 해낸 일을 '정말 멋진 성공'이라고 자랑했다. 버는 조금만 더 연습하면 날씨가 좋고 다른 문제가 생기지 않는다는 가정하에선 25분 이내에 수동식 비상 조타가 가능하다고 예측했다. 레이시는 이번 경우엔 케이블이 나가진 않았으나 배의 조타엔진은 수요가 많았던 2차 세계대전 시기에 위스콘신 엘리베이터 회사가 조립했던 독특한 기계라고 나에게 알려주었다.

"제기랄! 진, 그래도 우리가 타기 전에 그 엔진으로 푸에블로가 몇 차례나 남태평양과 한국을 돌아왔다 하지 않았나."

나는 일등항해사인 그에게 말했다.

"다시 그렇게 못하겠나?"

"네, 함장님."

진은 무뚝뚝하게 대답했다.

"엔진이 꺼져서 고치느라고 가다 서다 하는 걸 개의치 않으신다면야…. 이 엔진은 그렇게 될 거구요."

"좋아, 그럼 우리가 그런 데 대처할 수 있겠는지 두고 보세!"

이를 악물며 나는 다시 시험운항 재개를 명령했다. 그렇게 해서 그날은 더 이상의 문제점 없이 운항을 마치고 예인팀을 부르지 않고서도 브레머튼 항구로 돌아왔다. 완전히 자력으로 왕복 운항을 한 최초의 경우였기 때문에 그것은 하나의 성공으로 간주될 만한 일이었다.

제 5 장

"… 선박에 물자가 부족해서 해군 함정으로 취역하기는 상당히 어렵지만 선박을 완전히 개조해야 할 정도는 아니다."

〈1967년 9월의 미해군 함정 푸에블로 검열평가단의 보고서에서 발췌〉

7월 말부터 8월 내내, 우리는 하루 운항 뒤에 이틀은 공창에서 결함을 교정하는 식으로 푸에블로의 시험운항을 계속했다. 해군검열평가단 보고서는 85쪽짜리 결함 목록을 부록으로 달았다. 정직하게 말해서 이 목록에 담긴 대부분의 항목은 푸에블로처럼 낡은 배에 흔히 있을 수 있는 사소한 문제나 결함 정도로 인식되었다. 식당 갑판에 벽시계도 하나 없고, 노천 함교의 나침반 방위판엔 흐릿한 시정만 나타났다. 갑판 마루 판자는 뒤틀리고 망가진 것이 눈에 띄고, 특히 지적할 대목은 지휘관실의 1평 남짓한 보행 공간은 규정상의 50평방피트보다도 작다는 점이었다.

그 목록에는 내가 고쳐달라고 간절히 요구했으나 안 먹혔던 항목(열악한 수방(水防) 상태, 부족한 비상파괴체제, 선박 개조 시에 과도한 상부 하중 때문에 생긴 안정성의 부족 등)이 거의 다 망라되어 있었다. 마지막으로 부록은 배의 조타엔진을 지적했는데, 튼실하게 만들려던 우리의 모든 노력에도 엔진은 시험운항 중에 180번 정도 고장을 일으켰다.

그렇게 많은 결함을 지닌 배를 미해군 당국과 그 배의 함장이 접수한다는

102

것은 보통 사람들에게도 미친 일처럼 보일 일이었다. 함장인 나는 수없이 많은 유보와 항의 과정을 거치면서도 대담하게 배를 접수했다. 미해군 곰퍼스 함을 비롯하여 웅장한 핵 잠수함과 기타 수상 함정들과 같이 새로 건조한 선박들에서 보듯이 2차 세계대전 이래, 미국 해군 함정의 안전 및 편의 설비 기준은 상당히 높아졌으나 전 세계 문제에 개입하고 수많은 함정을 보유한 미해군 전체에 이러한 기준을 일률적으로 강요하기란 불가능해서 20% 이내의 함정들만이 새로운 현대적 기준으로 건조된 상황이었다.

만약 모든 지휘관들이 해군검열평가단이 가지고 있는 결함 목록 때문에 자기 함정의 작전배치를 거부한다면 해군 함대의 절반 이상이 활동을 중지한 채 모항에 정박해 있게 될 것이며, 이는 곧 적들에겐 기쁜 소식, 우리 동맹국들에겐 실망과 낙담을 안겨주고 자유세계의 해상강국으로서의 소임을 못 하게 될 것은 뻔한 일. 현재 상황은 해양강국의 해군력 대부분이 폐선장에서 회수해 개조한 푸에블로와 같은 배를 가지고 점증하는 복잡한 현대 해군 기술력과 겨루는 양상이다. 이러한 점에서 반드시 필요한 경우가 아니라면 미해군의 현실에서 '최선을 다하자'란 철학은 가치 있는 것이다. 자기 부대를 위해 최선의 가용 장비를 얻으려 노력한 뒤에, 양심적인 해군장교라면 자신과 군과 나라를 위해서도 더 이상의 항의나 불평은 그만두고 맡은 바 임무를 다해야 할 것이다.

푸에블로의 형편없는 조타엔진을 예로 들어보자. 가까운 친구 사이가 된 공창의 스위니 소령을 포함한 여러 명의 장교들과 토론을 거친 뒤 분명해진 것은 엔진이 설계상에 내재된 문제이기 때문에 '완전 교체가 아니면 교정 불가'라는 점이었다. 그 배를 건조했던 회사도 이미 오래전에 없어졌기 때문에 배상청구도 할 수 없었다. 완전 교체작업도 핵심 추진기관을 뜯어내야 하는 대형 작업이기 때문에 시간이 엄청나게 걸릴 뿐 아니라, 수십만 달러가 소요

될 것이었다. 그렇게 되면 내가 맡은 중요한 국방임무 수행도 불가능할 정도로 지연될 것이다. 해군은 그런 상황을 못 참고 비슷한 장비를 한 배너의 성공사례를 들먹이며 나 대신 덜 까다로운 함장을 임명하려 할 것이다. 그러니 결국은 푸에블로와 그 승조원들은 현재 상태로 운항에 나서야 할 것이다. 이제까지의 시운항에서 발견된 결함을 지닌 채 위험에 대처해 나가는 방법을 익히는 동안 나는 배와 승조원들과 너무 애착을 느끼게 되어 나 없이 항해하는 일은 상상할 수도 없었다.

조타 실패를 거듭하자 갑판사관들과 나는 엔진만으로 배를 조종하는 데 더 익숙해졌으며 갑판승조원들은 둔탁한 수동시스템을 가동하는 데 익숙해졌고, 기관사들은 꺼진 엔진을 다시 살리는 데 능숙하게 되었다. 실패할 때엔 욕도 하고 땀도 났지만, 너무 빈번한 일이었기에 당연한 불쾌감으로 받아들였다. 이렇듯 까닭 모를 고장을 원만히, 재빨리 처리할 줄 알게 되자 차츰 우리는 위험하다는 생각보단 귀찮은 일 정도로 치부하게 되었다. 물론 대부분은 긴박한 상황, 즉 정박할 자리가 없는 항구나 방파제가 있는 좁은 입구, 또는 역풍이 불어대는 적(敵) 측 해안에서 탈출해야 하는 상황인데 조타 불능에 처하면 어떻게 할 것인가를 걱정했다.

"두 배 정도로 빠르게 도망가든가, 운에 맡기는 수밖에."

나는 다른 문제를 만나서도 똑같은 태도를 보였다. 즉 창의적인 꾀를 내든가, 반복 훈련으로 극복하든가, 아니면 운에 맡기든가 하는 그런 태도였다. 푸에블로의 장사병들은 삐치기보다는 욕을 하며 불평을 하면서도 까다로운 배의 특성에 점진적으로 맞춰 나갔다. 승조원들, 특히 작은 배의 비좁은 격실에 갇혀서 생활해 본 경험이 없는 병사들이 망망대해의 거친 파도와 맞부딪치기 전에 그들을 길들이고 훈련하기에 브레머튼 항구가 안성맞춤이었다. 나는 장교들에게 각자의 방을 편할 만큼 꾸미게 하고, 해안에 상륙해서 하룻밤을 즐기는 따위의 일은 포기하도록 했다. 함상 매점을 운영하고 식당에서 정규 식사를 제공하도록 했다. 머피 대위에게는 편제, 교육 훈련, 예산 등을 담당하도록 조치했다. 그리고 모든 승조원들은 내가 잠수함 근무 11년 경력자라는 걸 잘 알도록 하고 부하 누구에게나 친근한 전우로 대하되 최상의 임무 수행과 충성심을 가져달라고 했다. 이러한 요구를 싫어하는 소수 승조원들도 있었으나 나는 꾸밈 없이 솔직하게 나갔다. 친근하게 지낸다는 점은 우리가 보통의 잠수함보다도 작은 함정에 함께 승선해 가깝게 지내지 않을 수 없는 운명공동체라는 것과 전쟁에서 살아남기 위해서는 비좁은 잠수함 못지않게 최상의 임무수행과 충성심이 요구된다는 것을 고려한 것이었다.

푸에블로가 이렇게 점진적으로 혼란을 극복해나가는 때에 21세 약관의 신임 티모시 해리스 소위가 장기간 공석으로 있던 보급관 자리에 보임되었다. 작은 함정에 두 명의 해리스란 장교가 생겨 혼란이 일까 걱정이었지만 8개월간이나 보급관 직책을 겸직했던 일등항해사 레이시와 나는 대단히 기뻤다. 비록 임관 4개월의 경험 부족한 신임 장교라 해도 문제가 될 것은 하나도 없었다.

푸에블로에 오기 전에 그는 해군항공대에서 근무했지만 항공기가 적성에 안 맞아 떠난 뒤에 보급행정, 출판 인쇄, 암호 해독법 및 비상시 선박 처리법 등 네 가지 집중 과정을 훌륭하게 이수했다. 여하튼, 해리스 소위는 아무런 선입견도 없이 우리에게 다가와서 자신의 육중한 체구에 배가 가라앉을까 염려도 않고 당당하게 배다리를 올라와 함수의 깃대와 배다리 사이의 짧은 거리도 아랑곳하지 않고 국기에 경례했다. 몸가짐은 신중했으며, 살짝 웃는 모습에 우리도 따라 웃었다. 그가 지닌 얇은 기록봉투를 힐끗 보고 나는 그가 우리 고참 하사관들의 신임 소위들에 대한 빈정거림을 당할지도 모른다고 우려했지만, 다른 한편으로는 '우리의 신임을 얻어내겠지'라고 생각했다.

해리스 소위가 합류한 뒤에야 우리는 지겹도록 기다려왔던 퓨젯 사운드 해군공창 5번 부두에 묶여있었던 연결 로프를 끊고, 1,200마일 남쪽의 샌디에이고로 가서, 최종 목적인 일본의 요코스카항으로 항진하기 위한 예행연습을 하게 되었다.

우리는 언제나 준비하고 있었지만 세상엔 우리를 괴롭히는 코미디 같은 문제도 생기는 법. 미해군 작전지역 중에 가장 먼, 몇천 마일 떨어진 곳에서 사건이 벌어졌다.

1967년 6월, 이스라엘과 아랍 국가 간에 응어리졌던 적대감이 마침내 '7일 전쟁'으로 터진 것이었다. 롬멜과 몽고메리의 뛰어난 전술을 결합한 이스라엘 육군이 시나이 사막을 휩쓸며 수에즈 운하까지 진출해서 알렉산드리아와 카이로를 위협하며 아랍연합공화국(이집트와 시리아의 통합국)에 참패를 안겨줄 기세였다. 1주일이란 단기간 뒤에 양측에 외교적 압력이 가해지자 불안한 휴전이 체결되었다. 이집트를 후원하던 소련은 아랍 측의 패배로 중동에서의 그 위상에 심한 손상을 입었으며, 이스라엘을 지원하던 미국은 이스라엘의 완승이 소련의 직접 개입으로 이어질까 주춤거리고 있었다. 미국은 당시 리버티함을 둘러싼 일련의 사건에 겁을 먹고 있었다.

리버티함은 지중해에 진출해 있던 6함대에 배속된 미해군 보조함이었다. 푸에블로처럼 리버티는 최첨단 전자정보 수집능력을 갖추고 위장한 25년 된 낡은 상선이었다. 그것은 6천 톤급 이상으로 푸에블로보다 크며, 통신특기병도 세 배나 많고 대저택 응접실 크기만 한 몇 개의 특수작전구역이 있었다. '7일 전쟁'은 전시 상황에서, 소련에서 훈련을 받고 소련 통신장비를 사용하는 이집트군을 감청할 엄청난 기회를 리버티에 제공하고 있었다. 당시에 리버티는 수에즈 지역의 수마일 영해 밖에서 항해하며 뜻밖의 정보 수집 횡재를 얻고 있었는데, 교전해역 인근에서 작전하는 그 함정에 관한 사전 정보를 못 받았던 이스라엘 전폭기 1개 편대가 동 함정을 발견하고는, 그것이 적측의 특공부대원 수송함일 거라고 판단해, 즉각 로켓포와 기관포로 공격에 나섰다. 황당한 공격을 당한 동함은 승조원 34명 사망, 75명 부상이란 막대한 피해를 입고 간신히 빠져나왔다.

우리 함정에 대한 소련과 이집트의 합동 공격일지도 모른다는 판단으로 미 6함대는 즉시 완전 무장한 구축함과 항공기들을 투입, 리버티의 철수를 엄호했다. 그러나 이스라엘 측이 솔직하게 자신들의 실수를 인정하고, 스스로 배상하겠다고 나옴으로써 더 이상의 후유증은 없었다. 그러나 미국 내 언론은 동 사건을 사실대로 보도하면서 국민들에게 미해군이 해외 분쟁수역에서 첩보함을 운용한다는 사실을 처음으로 알려 경각심을 불러일으켰다.

나는 푸에블로를 위해 이미 요청해두었던 파괴장치와 완벽한 보안성에 관심을 두지 않을 수 없었다. 리버티함은 커서 경무장을 갖추고 무기를 다룰 전문 인력도 승함시키고 있었다. 그런데도 동 함정에 대한 '치고 빠지는' 적이 아닌, 결의에 찬 적군이 정식으로 공격을 가해왔다면 격침되거나 폐선이 되어 해안으로 표류하는 신세가 되었을 것이다. 이때에 충분한 파괴장치나 능력이 없다면 함정의 비밀 장비들과 물자들이 적의 수중에 들어갈 수밖에 없었을 것이다. 위협적인 전쟁상황에서 6함대가 경계를 펴고 신속히 대응할 수 있었던 해역에서 리버티함이 어려움을 당했다는 사실은 나에게도 경종이 될 수 있었다.

전투 능력이 거의 없는 더 조그마한 함정이 더 멀고 비우호적인 해안에서 작전하게 되어 있기 때문에 걱정인 데다가, 푸에블로는 지중해보다 훨씬 넓은 태평양에서 위기를 만나도 6함대와 같은 지원도 받을 수 없다. 그러므로 우리가 함정을 자폭시킬 능력을 갖추는 것은 그만큼 더 절실한 것이다.

나는 이런 생각을 스티븐 해리스 대위와 팜비치의 우리의 상대역들과 의논해보았다. 모두 비슷한 걱정을 했다. 그러나 장교에게는 명령을 발행하는 상급부대와 자신이 몸담고 있는 병과를 절대 신뢰해야 한다는 불문율이 따르는 법. 동료들도 나와 같은 생각이었지만 내가 파괴 문제와 리버티함 사건 관련해 편지를 보낸 것이 상급부대에 충분한 경고가 되었을 것으로 생각했다. 그들이 무언가 조치가 필요하다고 생각한다면 다행이었다. 나중에 나는 1967년 3월에 내가 제출했던 최초의 건의를 따르지 않은 게 후회스러웠다.

리버티함 사건 관련, 유일한 긍정적인 반응은 해군총장에게 화가 나 속없이 생각을 내비친 한 제독에게서 나왔다. '모든 해군 함정을 무장하라'는 취지의 말이었다. "나는 우리 군이 효과적으로 방어할 수가 없어서 공격당하기를 원치 않는다." 이 말은 대부분의 함장과 승조원들에게는 달콤했지만 실제로 푸에블로와 '방아벌레 작전'에 내렸던 그의 명령은 분명히 해군총장이 고려하지 않는 미묘한 뜻을 담고 있었다. 우선 우리는 전통적으로나 국제법상 방해받지 않고 평화롭게 작전할 수 있는 권리를 가진 공해에서 작전하게 되어 있다. 둘째, 우리 선박들은 표면적 구실이든 아니든 수로학(水路學) 및 해양학상의 정보를 수집하며 그 정보를 평화적으로 이용할 것이라는 점이다. 이러한 점들을 고려할 때 푸에블로와 같은 선박은 전혀 도발적이 아니며, 적대행위나 공격적인 행동은 하지 않는다.

환경조사선(AGERs)들을 무장하지 않는 이유는 소련이 비무장 트롤선들을 거의 20년 동안 우리 해역 근처(때로는 안)에 보내고 있는 것과 같다. 그 배들은 고기를 잡지만 전자정보 장비도 장착하고 있다. 우리 쪽의 워싱턴 계획가들은 소련이 자기네가 투자한 정보수집함을 보호하기 위하여 유사한 작전을 수행할 수 있는 우리의 권리도 존중할 것이라고 생각했으며, 여타 공산국가들도 그에 맞춰 정책을 집행할 것으로 추정했다. 따라서 AGERs(푸에블로는 GER-2)를 무장한다는 것은 중요한 정책 변화를 의미하며 '방아벌레 작전'의 기본 개념에서 벗어나는 것이었다.

이런 가운데 해군총장 명령에 푸에블로에는 3인치 구경 50 기관포를 장착하라고 했음을 알고 나는 미칠 것 같았다.

3인치짜리 구경 50 기관포는 해군 화기로서 탄약, 사격 지휘, 집중 훈련 기간 등 탑재하는데 몇 주씩 걸리는 데다 5인조 공용화기조가 필요하고 함상의 유일한 사수 한 명이 교육·지휘하기가 어렵고, 무게도 엄청나 배에 신자마자 배가 침몰하든가 아니면 첫발 연습사격으로도 배가 뒤집히든가 할 것 같았다. 푸에블로를 그런 무기로 무장할 수가 없음이 분명했으니 그 문제를 공창의 전문가들에게 물어볼 필요도 없었다.

리버티함 사건으로 소란한 가운데 해군총장이 푸에블로와 리버티의 크기를 혼동했거나 아니면 해군 정보수집 계획 같은 사소한 문제를 생각할 겨를이 없었는지도 모른다. 어느 경우이든, 총장이 배에 탑재하라고 지시했던 화기는 적측으로부터 받는 위협보다 우리에게는 더 큰 안전상의 위협이 될 것이며, 또 그러한 화기를 장비하고 사수들을 운용하는 것이 전혀 비현실적이란 점을 나는 요령 있게 설득하려 했다. 게다가 우리의 작은 배는 이미 각종 장비와 인원들로 넘쳐나서 항해 중 기울지 않을까 염려된다고 했다. 그러나 우리 배를 무장한다는 일반적 원칙에 반대하는 것이 아님을 보여주기 위해 나는 구경 50 기관포 대신, 배 무게에도 영향이 없고 현재 탑승한 인원들이 쉽게 운용할 수 있는 20㎜ 자동 경기관총 2정을 달라고 건의했다. 한편, 신중한 언어로 총장 지시는 재고할 시간을 달라고 했다.

며칠 뒤 총장으로부터 수정된 지시를 받았는데, 푸에블로를 20㎜ 기관총으로 무장하겠다는 나의 건의를 승인하며 즉시 실행하라는 것이었다. 그러나 이 내용을 공창 책임자들에게 알렸더니 어이없다는 듯 창 내에 그런 품목이 없을뿐더러 주어진 기일 내에 장착해 줄 인력도 없다고 불평했다. 그래도 장착해달라고 고집을 하면 그만큼 출항 일자가 지연된다는 점은 감수해야 할 판이었다. 그렇지 않아도 브레머튼에서의 장기간 개조 작업에 총장이 짜증을 내고 있다는 걸 알고 있던 나는 다시 조심스럽게 20㎜ 기관총 장착도 비현실적일 거라는 내용의 또 다른 건의를 올렸다. 그랬더니 아주 간단한 응답이 왔다. 무장은 나중에 샌디에이고나 요코스카 같은 곳에서 덜 바쁠 때에 실시해도 된다는 것이었다.

'7일 전쟁'이 발생했을 때, 리버티함 사건과 그 여파인 푸에블로 무장 문제를 둘러싼 혼돈은 설치할 공간 문제보다도 나에게 그다지 큰 관심거리는 아니었다. 오히려 더 조심해야 할 문제는 폭풍이었다. 내가 브리핑받았던 내용과는 반대로 도발 행위가 없으면 공격을 못 한다고 한 국제법에 전적으로 의존할 수 없다는 것과 해군총장도 바다엔 무법적 분위기가 있다는 점을 현실적으로 이해하지 못하고, 우리가 민감한 정보 임무를 띠고 출항하는 내용에 세심한 관심이 있지도 않다는 걸 우리는 알아야 했다. 그러나 이것은 푸에블로가 미해군 역사상 불법의 본체가 되어버린, 한참 뒤에 내려진 사후약방문 같은 결론일 뿐이었다.

1967년 9월 첫 주까지 우리는 최종 시험운항을 마쳤는데 브레머튼항에서 출항, 우리 스스로 잘못을 고치며 익혀나갈 문제밖에는 큰 결함이 없었다. 나는 공창에 더 이상 책임을 묻지 않는다는 서류에 서명하고, 사전 전개 훈련과 항해 성능 시험을 위해 샌디에이고로 출항할 준비가 되었다고 태평양함대 근무지원단장에게 보고하면서 항해 명령을 신청하고, 승조원 전원에게는 수일 이내 출발에 대비하도록 지시했다.

승조원들은 마지막 송별 파티에 참석하느라 부산을 떨며 자유분방한 시

110

간을 가졌다. 우리를 싣고 바다로 나가기 전에도 푸에블로는 변덕스러운 처녀 같다는 소문이 나 있었지만, 오래도록 기다렸던 출항이기 때문에 흥분하기보다는 적어도 바람기 있는 그녀의 도전에 맞서 우리가 강인한 의지로 굴복시켜 양순하게 만들 참이었다. 나도 로즈와 두 아들 녀석들과 달콤씁쓸한 작별을 하면서 애들에게는 엄마 말씀 잘 듣고 불규칙했던 학교생활을 현명하게 활용할 것을 타이르고, 아내에게는 공창 내 관사에 머무르며 무리하게 이사하지 않도록 일렀다.

브레머튼항에서의 마지막 송별파티는 정겨운 친구가 된 스위니 소령 가족과 가졌다. 퓨젯 사운드 해군공창 간부 중에서 무감각한 공창장이었던 그는 야단스러운 아일랜드풍의 기쁜 마음으로 우리의 출항을 축하해주었다. 그러나 송별파티 말미에는 우리 둘이 겪은 기묘한 경험을 회상하듯 감상에 젖으며 차분해졌다. 우리를 잊지 못하겠다며 그는 되뇌었다.

"야, 이제 드디어 출항하니 신의 가호가 있기를!"

다음 날 여명을 기해 드디어 우리는 출항했다.

제 6 장

"미해군 푸에블로호는 무제한 작전 준비가 되어 있다."

〈1967년 10월, 태평양함대 근무지원단장의
전투 투입 전 훈련보고서에서 발췌〉

브레머튼에서 샌디에이고로의 항해는 해안선을 따라가는 것이어서 육지에서 멀리 떨어져 있지는 않았으나 망망대해를 항해한다는 느낌이 들 정도로 충분히 육지에서는 먼 바닷길이었다. 출항 때부터 날씨가 고르지 못해 소나기가 오락가락하며 돌풍도 몰아쳐 평상시 같으면 넘실거리는 물결 정도일 것이 삼각파도를 일으켰다. 그럴 때마다 푸에블로는 날렵하게 물살을 헤치고 11노트(해리)로 달리며 하얀 물보라를 뒤집어썼지만 풋내기 승조원들을 생각해주듯 부드럽게 앞으로 나아갔다.

몇몇 승조원은 메스꺼움을 느끼다가 퓨젯 사운드의 잔잔한 수면을 벗어난 뒤로는 식사를 거르거나, 극소수만이 식사를 했다. 그러나 대다수 승조원은 어렵지도 쉽지도 않은 바다에서의 이상적인 상태, 즉 일상적인 바다 상태가 되자 흔들리는 함상에서도 익숙하게 걸을 수 있었다. 오랫동안 육상에서 지내온 나는 발밑의 갑판이 움직이고 각종 장구가 바람을 맞으며 내는 소리를 들으니 기분이 날아갈 것 같았다. 그래서 나는 늘 해오던 대로 '바다와 우리 배'에 대한 나 자신의 열정을 휘하 승조원들에게도 전달하고 싶었다.

갑판과 기관실에는 견시병을 세워 4시간 근무 후 8시간을 쉬게 하면서 24시간 보초 근무제를 실시했다. 근무조는 검열단 보고서에서 지적받았던 개량 작업 목록에 있는 내용은 물론 끊임없이 발생하는 사소한 정비 작업까지 실시했다. 식당팀은 거친 바다에서 가끔은 극심한 배의 롤링을 참으면서도 따뜻한 식사를 만들어 제공했다. 서무 부사관인 카날레스는 배의 보조기관실 앞쪽, 오수(汚水)가 모이는 바닥 근처, 서류 파일 캐비닛과 타자기가 있는 비좁은 철판 칸막이 격실에 들어가 푸에블로의 서류를 정리하면서도, 마음은 곰팡이 냄새가 가득한 브레머튼의 육상 건물 사무실로 되돌아갔으면 하는 모습이었다.

파견 나온 통신병들은 원래 육상 사무실 근무 체질이었지만 특수작전구역에서 훈련 목적의 견시 임무에 열중했다. 파견대장인 스티븐 해리스 대위는 닥쳐올 최악의 상황에 대비해서 병사들은 물론 자신도 철저히 훈련했다. 한 번은 그가 함교로 올라와 눈물을 머금은 눈으로 물거품을 바라보더니 입을 열었다.

"우리 애들은 목표 해역에서 상황이 더 어려워질 것으로 알고 있습니다."

"그래서 우리는 통신병들을 뱃놈으로 만들어야 하네, 스티븐."

나는 즉각 대답을 했다.

"그래서 통신병들이 가끔은 특수구역에서 나와 힘든 뱃일도 해보기를 바라는 걸세. 갑판에서 일하면서 맑은 공기를 마시면 피로감도 없어지고 자신감도 얻을 수 있다네."

푸에블로에 탑승한 모든 사람을 뱃사람으로 만들어야 한다고 믿었던 나는 단지 함상의 공기가 신선하다는 걸 설파하고 나 자신의 열정만을 전달한다고 모든 게 이루어질 수는 없을 거라는 것도 잘 알고 있었다. 모두가 뱃사람 일을 직접 체험해봐야만 가능한 것이었다.

우리 배처럼 작은 함정에는 신호에 따라 자기 일만 수행하고 그 외 시간에는 마치 일반 승객처럼 행동하는 인원들을 수용할 공간은 없었다. 누구나 몇 가지 기술은 익혀두었다가 능력 상실자가 생기거나, 기타 필요한 경우 그 동료를 즉시 대체해줄 준비가 되어있어야 했다. 나는 브레머튼항을 떠나는 순간부터 푸에블로를 함상 학교로 만들어 그와 같은 다재다능한 승조원 교육을 실시하려고 했다. 피교육생들은 훌륭하나 내 휘하 장교들을 포함해 경험도 있고 능률적인 교관이 거의 없다는 게 문제였다.

부함장인 머피가 자격은 있었으나 장기간 육상 근무를 해왔기 때문에 '세일러 기술'은 녹슬었을 것이다. 그래서 상당 기간 재충전이 필요한 상황. 스티븐 해리스는 특수작전구역 책임관이란 직책 외에는 다른 업무를 면제받은 상황이었지만 그도 장기간 실무에서 멀어져 있었다. 그는 함상 근무 초기에 갑판사관으로 자질을 보였으며, 푸에블로 시험운항 시에 그 자질을 다시 인정받은 바 있고, 함교에서 견시 근무를 자원함으로써 통신특기병들에게 팀워크의 좋은 선례를 보여준 바도 있다.

기관장교인 진 레이시도 함교 견시를 설 필요는 없었지만 책임부서인 기관실을 기관부사관 골드만이 잘 운영하고 있었기 때문에 갑판사관 기본과정도 이수하고, 지금은 과외의 업무도 담당할 수 있었다. 일주일간의 '비상시 선박 취급' 과정을 이수한 팀 해리스 소위는 선박 조종술을 기초부터 익혀야 했다. 마지막으로 데이비드 버는 좀 변덕스럽고 급한 성미였지만 해양대학 졸업에다가 새롭게 승함 경험을 하면서 바닷일에는 타고난 친숙성도 지니고 있어서 매우 유용한 인물이었다. 이상은 내 휘하 사관들에 대한 소개였다.

그러나 이들과 나를 지원해주는 유능한 인물이 있었는데 그가 바로 찰스 로우 조타하사였다. 그는 항해에 필요한 별자리를 찾는 데 발군의 능력을 보여주었고, 육분의(六分儀)를 이용해서 정확한 조준(照準)도 하고, 아주 쉽게 배의 정확한 위치도 계산해 내는 능력을 가지고 있었다. 그야말로 타고난 영리한 항해사로, 고등학교 수학을 배운 정도로도 마치 컴퓨터로 계산하듯 매서운 눈초리로 별을 보며 놀라울 정도로 정확한 계산 실력을 보여준 희귀한 보배였다. 그래서 자신의 재능에 자부심을 가지고 있던 그를 다른 사람들은 오만하다고 잘못 판단했지만, 나는 장차 갑판사관 감으로 점 찍어두고 있었다.

나 자신도 생애 첫 항해에 나선 신출내기 함장이었지만 잠수함에서의 근무 경력이 훌륭한 자산이 되어 푸에블로에서의 근무에 쉽게 적응할 수 있었다. 나는 내가 바라는 바를 지시하고 그 지시가 이행되리란 확신을 가지고 그냥 지켜볼 작정이었다. 자신의 업무 지식이 부족한 승조원은 아는 사람에게서 배우고, 아는 승조원은 또 열심히 전수해주기를 바랐다. 그런 과정에서 실수가 있으면 이해를 해주었지만 반복되는 실수는 봐주지 않았다.

나는 무개 함교에서 많은 시간을 보내면서 때로는 새로 만든 편안한 함장의자에 앉아 즐기며 부하들 눈에 안 띄게 하면서도 언제나 감독하며 필요시 출동하도록 했다. 견시 근무 교대가 있을 때에는 해도와 일지를 점검하며 갑판사관들과 대화를 통해 잘못된 내용은 교정하고 자문하면서 격려를 아끼지 않았다. 나머지 시간엔 승조원 각자가 스스로 깨우쳐 나가도록 했다. 장교식당에서 식사를 하고 함장실에서 취침하며 나는 신뢰를 쌓아나갔다.

함상생활에 적응하려다 보니 여러 가지 짜증나는 일들도 많았다. 특히 배가 주기적으로 방향타의 조종감을 잃고, 태평양 파도의 물마루와 골 사이에서 마치 빠른 탭댄스와 같은 광란의 상황을 벗어나려 할 때는 초조해졌었다. 그러면서도 우리는 문제 해결 방법을 배워나갔는데, 퓨젯 사운드에서 배웠던 것보다는 약간 속도가 느렸다. 한 가지 골칫덩어리를 해결하기가 무섭게 곧 다른 문제가 야기되었지만 배 자체가 노쇠하고 낡아서 그런 건 아니었다. 오히려 배는 강인한 작은 노파처럼 교묘한 계교를 써서 식구들이 '늙었으니 별수 없을 것'이란 생각을 못 하도록 하는 것 같았다.

푸에블로는 연안에서 40마일 떨어진 거리에서 해안선과 평행을 이루도록 맞춰놓은 남행 코스를 흰 물보라를 일으키며 나아갔다. 눈 덮인 올림푸스 산 봉우리가 거친 반도를 희미하게 가렸던 구름 속에서 사라지자 육지는 더 이상 보이지 않았고, 수평선상에서 회색 물기둥만 느린 박자로 끊임없이 이어져 나왔다. 풋내기들에게는 이런 장면이 광활하고 따분한, 그러면서도 위협적인, 마치 끊임없이 출렁이는 물사막 같아서 자신들이 타고 있는 작은 배가 거의 존재가 없는 무력감에 젖게 했다.

한낮에는 황량한 지루함이, 한밤중에는 밀려드는 암흑 속에서 항해는 계속하지만 실감이 안 나고 다만 물소리만이 쉬쉬 들릴 뿐이었다. 소리가 물체보다 더 형체가 있는 듯 쉬지 않는 엔진 소리가 뚜렷했다. 항진하는 배의 이물이 바닷물을 헤치느라 내는 철썩 소리, 주방에서 나오는 달그락 소리가 지글거리는 폭찹과 프렌치프라이의 냄새와 함께 인간의 시장기를 채워주기에 충분할 정도로 모든 일이 안전함을 알려주었다.

목적지로의 항진에 관해서는 조타실 안쪽 해도실 테이블에 깔린 한 장짜리 종이 위에 연필로 찍어 놓은 표시가 유일한 암시를 해줄 뿐이었다. 항해한 마일 수를 나타내는 엷은 흑선이 매 인치씩 뻗어나갔고, 그 위의 X 표시는 전파항법장치(LORAN-C, 원거리 전파항법장치) 및 SRD-7이라는 첨단 전자 상자의 손잡이를 돌려서 얻은 태양, 별, 또는 방위로부터 알아낸 위치들을 가리키고 있었다. 이론적으로 완벽에 가까운, 연필로 된 푸에블로 항로에 관한 모사본에 군데군데 지워져 굽은 곳들과 수정한 X표시 얼룩점들은 배의 정확한 위치가 불확실함을 보여주고 있었다. 그렇다면 그것들은 조타엔진을 일시적으로 가동하지 못하는 흔치 않은 불안정한 상태를 정확하게 나타내주거나 아니면 나침반의 회전을 추적하는 초보 조타수의 과잉 반응을 의미할 수도 있다. 완전 지그재그 모양으로 운항선(運航線)은 해도를 가로지르는데 웨스트포트, 컬럼비아강, 쿠스 베이, 케이프 멘도시노를 차례로 안 보이는 상태에서 90도로 양분한 다음 안으로 굽어 육지인 푸엔타 델 레이를 만나니 우리의 항해 일정과 거의 맞아떨어진다. 신참 항해사들은 안도의 숨을 내쉬고 고참들은 자신들의 실력에 대해 만족하면서도 어깨만 으쓱해 보인다. 엷은 연필 선이 종이를 가로질러 그어졌다.

세계 최대의 자유항 입구인 골든 게이트는 나지막한 마린 고지의 민둥산 돌출부 바로 밑에 자리 잡고 있다. 여유가 있을 때 승조원들과 배를 쉬도록 결심한 나는 남진하던 항해 중단을 요청하여 허락을 받고, 주말 상륙허가까지 받은 뒤 골든 게이트로 들어갔다. 함 전체가 즐거운 기분에 들떴으며, 배도 그 뜻을 아는 듯 샌프란시스코만에 완벽하게 입항했다.

"승조원 전원이 기분을 내며 마음껏 즐기도록 하시오."

나는 부함장 머피에게 말했다.

"에드, 당신도 충분히 만끽하길 바라네."

몇 시간 뒤에 우리는 트래저아일랜드 해군기지에 안전하게 정박하고, 첫 상륙 팀은 자랑스럽게 육지에 올라와 힘들었던 뱃사람 생활을 잠시라도 잊고 귀중한 시간을 최대로 이용할 결의를 보였다.

그때까지 우리가 해상에 있었던 시간은 3일이 채 못 되었다. 휘하 장병들에게 응당한 휴가를 주려던 열망 이외에 내가 샌프란시스코항에 입항한 것은 항구가 즐거운 추억거리를 지닌 도시였기 때문이었다. 1945년으로 거슬러 올라가면 나는 플래니건 신부님의 보이스타운 축구팀 선수로서 처음 방문했었고, 1950년대에는 잠수함 근무요원으로 여러 번 방문했었다.

나는 그때 이 도시의 꽤나 대조적인 성격, 즉 아름다움과 추함, 첨단 문화와 추한 밑바닥 인생, 구세계의 우아함과 신세계의 생동감이 극명하게 대조되는 성격에 언제나 끌렸었다. 샌프란시스코는 세속화된 귀족 부인처럼 고결한 풍채를 지녔으면서도 동시에 조그마한 죄악 정도는 범해도 괜찮다고 보는 그런 도시였다. 나는 이 도시를 방문할 때마다 맘껏 즐겼었으나, 이번 방문 시에는 중령 진급자 명단 발표 때문에 약간의 조바심이 났다.

그래서 상륙 후 처음 찾아간 곳이 트래저아일랜드에 있는 해군기지 통신 사무소였으며 거기서 진급자 명단 발표 여부를 확인하고 싶었다. 혹시 브레 머튼항에서 가끔 시끄럽게 굴었던 행동 때문에 내가 진급자 명단에서 누락 되었을지도 모를 일이었다. 명단은 곧 발표될 것이지만 아직 나오지 않았으 며, 주말 내로는 발표되지 않을 거라는 말을 전해 들었다. 그래서 걱정하기 보다는 기분전환을 위해 나는 진 레이시와 팀 해리스를 데리고 시내로 들어 갔다.

우리는 술도 마시고 지금까지 먹어보지 못했던 맛있는 음식도 먹으면서 즐겼다. 진이 혼자 떨어져 나가자 팀과 나는 옛 잠수함 근무자들이 잘 가던 장소에 가기로 결심했는데, 거기서 옛 잠수함 동료들을 만나볼 생각이었다. 몇몇 친구들은 벌써 진급 소식을 듣고 축하 파티를 열고 있었다. 그중에 나 의 단짝이었던 켄 라일리 소령도 있었는데, 그는 태평양잠수함사령부에 전 화를 해서 공식 발표 이전에 진급 결과를 알았다는 것이었다. 우리가 이렇게 만날 줄은 꿈에도 몰랐기 때문에 나에 관한 진급여부는 묻지도 않았다고 했 지만, 지금쯤에는 공식 발표가 났으리라고 나는 짐작했다.

나는 정말로 궁금했지만, 별수 없이 그다음 날까지 기다릴 수밖에 없었 다. 이 친구들이 나와 팀을 '피셔맨즈 워프'라는 식당에 초대해서 저녁을 대 접하겠다고 했지만 나는 사양하고 말았다. 진급에 관해서 조바심을 내는 모 습을 친구들에게 보여주고 싶지 않았기 때문이었다. 그래서 팀과 나는 시내 관광을 계속하다가, 얼마쯤 뒤에 진 레이시와 다시 합류했다. 우리는 함께 술집에 들어가 새해 축하 모임을 하면서 그날 저녁 행사를 마쳤는데, 그 집에서는 매일 저녁 송년과 새해 축하 행사가 열리고 있었다.

다음 날 아침, 함장실에서 잠이 깬 나는 무선통신병 멀린을 불러 기지 통신본부에 가서 진급자 명단을 뽑아오라고 했다. 그동안에 나는 진한 해군 커피를 마시며 마음을 다잡았다. 꽤나 길었던 30분쯤 뒤에야 멀린이 진급자 명단을 들고 들어왔는데, 긴장감으로 내 심장은 콩닥콩닥 뛰었다.

"들었다, 명단에!"

첫 페이지에 내 이름이 올라 있었다. 다른 20명의 명단 속에서 나는 우디의 이름이 내 이름 바로 앞에 있는 것도 보았다. 흥분한 상태로 나는 외부 통신망이 있는 후갑판 쪽으로 달려가서 부커 중령이 브레머튼에 살고 있는 아내에게 수신자 부담으로 통화를 신청한다는 내용을 넣었다. 몇 년 동안 고생한 보람이 찾아온 것이었다. 몇 차례 신호음이 울리고 수신자 부담에 응한다는 목소리가 끝나기가 무섭게 나는 소리를 질렀다.

"여보, 해냈어! 중령 예정자 명단에 들었어요!"

"와! 축하해요, 여보!"

아주 비싼 장거리 통화였지만 정말로 행복에 겨운 통화였으며, 우리 가족의 사기는 충천했다. 하루 종일 육상에서 지낸 뒤, 그날 저녁에 진과 팀은 자기네 함장이 굵은 통줄 세 개를 달게 된 것을 축하한다고 미리 풍성한 파티를 열자고 했다. 진이 식당 문을 열고, 둘이서 베이컨, 달걀, 토스트, 커피 등으로 만찬 간식을 차렸다. 음식을 먹기 전에 나는 우디에게 보낼 간단한 축하 메시지를 작성하여 그가 탄 아처피시에 발송했다. 아처피시는 2차 세계대전 시 명성을 떨쳤던 잠수함인데 그 당시에도 취역하고 있었다.

월요일 아침에 나는 출항을 10시경까지 지연시켰다. 팜비치가 며칠간 휴식과 여가를 즐기기 위해서 입항할 예정이었다. 나는 그 배의 함장인 레이퍼를 만나서 그가 브레머튼에서 이곳으로 오는 동안에 겪었을 문제점들을 이야기하며 들어보고 싶었다. 한 가지 더, 그의 중령 진급을 축하해주고도 싶었다. 배너의 척 클라크도 진급이 돼서 우리 AGER 함장들이 모두 중령 진급 예정자가 되었다. 레이퍼는 그때까지도 자신의 진급 소식을 모르고 있다가 팜비치를 정박할 때 내가 축하한다고 소리쳐서야 알게 되었다. 당연히 그는 기뻐했고 우리 둘은 잠깐 만나서 즐겁게 이야기를 나눴다. 팜비치도 고민은 깊었지만 함장과 승조원들의 사기는 높았다.

우리는 다시 샌디에이고를 향한 남행 항해를 재개했다. 트래저아일랜드 도크에 결박했던 로프를 풀고 푸에블로는 희미한 안개 속에서도 반짝거리는 샌프란시스코만을 미끄러지듯 항해했다. 갑판을 스쳐 가는 싱그러운 해풍은 어제까지 누렸던 혼미한 기분마저 쓸어내는 것 같았다.

엠바카데로 해안도로를 끼고 배가 지나갈 때, 우현에는 생각에 잠긴 듯한 알카트래즈 섬이 나타났고, 좌현 쪽에는 아침 햇살에 반짝이는 고층 건물로 하얀 언덕의 도시가 반짝이며 나타났다.

남으로는 황록색을 띤 프레지디오곶이 보이고, 또 북으로는 마린 언덕이 보여 아직도 대양은 감춰져 있었다. 보이지 않는 대양을 향해 항해를 계속하다가 땅딸막한 우리 배보다 300피트 이상 높은, 늘씬한 아치형 금문교 아래를 지나게 되었다. 다리 아래의 삼각파도가 뱃전을 때리자 우리 배는 부들부들 떨었다.

조류의 충돌로 생기는 파도가 이미 수많은 미해군 함정들을 괴롭혀서 기쁨과 슬픔이 교차하게 만들었던 유령 같은 위태로운 통로였다. 이곳 바닷물은 언제나 샌프란시스코만을 빠져나가는 선박들에게 거센 파도로 시련을 안김으로써 대양으로 나가는 선원들에게 마음을 다잡으라는 경고를 주고 있는 듯했다. 이 해협을 지나면 6,300만 평방마일이 넘는 광대무변한 깊은 대양에 이르는데, 이 바다는 태평양이란 이름처럼 때로는 평화스럽지만 또 어떤 때에는 누구도 감히 말 못할 정도로 사나운 성질을 지니고 있고, 그 끝 가장자리에는 변덕스러운 적국이나 우방국들이 혼재해 있다. 푸에블로가 금문교를 지나던 그 시각에는 평화스럽게 순진한 바다가 되어 잔잔한데, 저 멀리 로보스곶의 하얀 물거품이 보일 뿐이었다.

유속계 계기가 시간당 10과 8/10의 속도로 520해리를 기록하고 전 일정 날씨도 좋아서 푸에블로는 예정보다 일찍 카브릴로곶을 돌아 널찍한 샌디에이고 항에 입항하는 초유의 기록을 세웠다. 덕분에 우리는 정박할 자리가 없어서 다음 날까지 바다에서 대기하라는 지시를 받았다. 그래서 팀 해리스 소위와 보급계 가르시아를 선발로 뽑아, 구조용 보트에 태워 상륙시켜서 식량과 기타 필요한 보급품들을 미리 준비하도록 했다. 활기 넘치는 또 다른 항구를 그리다가 약간은 낙담한 나머지 승조원들은 라졸라 근처 미해군 훈련장으로 가서, 남는 시간 동안 야간항해 및 수영 훈련을 실시했다.

1967년 9월 22일 아침 일찍, 푸에블로는 마침내 샌디에이고 항에 입항, 해군 대잠함 학교 도크의 빈 곳에 정박했다. 해상 근무를 위해 해외에 나가는 모든 해군 함정 및 승조원들은 사전 보수 훈련과정을 거친다. 이때 함정 유형과 임무에 따라 모두 엄격한 훈련 스케줄을 배당받는데, 훈련 막바지에는 미해군에서 '전투실기시험'이라고 부르는 등급시험을 치른다.

담당 교육사령부 소속 검열관들이 훈련기간 내내 함상 곳곳을 살피며 검열 내용을 기록부에 적는다. 기관실부터 함교, 식당, 전투정보센터에 이르기까지 샅샅이 훑으며, 승조원들의 '실기 문제' 수행 능력을 평가한다. 피검 함정들은 전 미해군 함정에 일률적으로 적용되는 수많은 표준시험에 합격해야하며, 추가로 개별 함정 유형에 맞는 검열도 통과해야 한다.

그런데 승조원들이 반드시 학습하고 숙달해야 하는 교육내용은 (이론적으로) 수년간 축적된 경험에서 도출된 교범으로 출판되어 있었으나, 푸에블로에 관한 한 그 방대한 양의 교범 중에서도 막연하게나마 기록하고 있는 것이 없었다. 푸에블로야말로 최초로 경험을 시작해야 하는 환경조사선이었다. 보안이 얼마나 철저했던지 태평양교육사령부 참모들조차 우리 배의 목적에 관해서 아는 사람이 없었다.

태평양교육사령부에 사전 교육계획을 받으러 가겠노라고 통보했을 때 '브레머튼에서 당했던 골치 아픈 혼란을 다시 겪어야 하겠구나' 하고 직감했다. 현장 책임자들이 사용하는 교범에 우리 배가 마치 연안에서 보급물자를 나르는 군용선인 경화물선과 비슷하다는 식의 인식을 그들이 했기 때문이었다. 우리가 비싼 돈을 들여 새롭게 단장을 하며 AGER-2라고 3피트나 되는 대문자로 함수에 써넣은 글자가 그들에게는 아무런 의미가 없었다. 그들은 태평양함대 근무지원단장이나 해군지원사령부 또는 워싱턴에 있는 해군총장으로부터 아무런 통보도 못 받았으며, 브레머튼에서처럼 우리의 특수한 신분에 관해 아무도 우리의 설명을 들을 비밀취급 인가를 받은 사람도 없다는 걸 나는 알게 되었다. 교육사령부의 참모장교가 건네준 AKL 표준 훈련계획서를 받아들고 내가 어두운 표정을 짓자, 그는 이렇게 물어왔다.

"함장님, 푸에블로의 임무에 맞지 않는가요?"

"아, 네…. 꼭 그런 건 아닌데…….."

나는 얼버무렸다.

"아시다시피 우리 배는 특수 임무를 띠고 개조된 배로 연안에서 화물 운송이나 배달을 하도록 장비되어 있질 않아요. 우리는 실제로 일반환경조사선인 거죠."

"아, 그래요…. 우리 검열관들이 그 점을 참작해서 해당되지 않는 사항들은 제외하겠습니다. 그렇다고 일반 표준 검열사항들을 제외하면 안 되겠지요, 함장님?"

나는 그에게 우리 배에는 30명의 통신특기병들이 승함하고 있으며, 이들은 유사시 적 통신권 내에서 전자정보기술을 실습해야 하며, 적의 방해공작을 물리치는 훈련을 할 필요가 있으며, 민감한 적의 활동이 많은 수역의 변방에서 우리가 발각되지 않고 활동을 해야 할 필요가 있다는 점 등을 강조해 주고 싶었다. 그러나 그러한 훈련 계획을 암시해줄 수도 없었다. 그래서 "네, AKL에 필요한 표준 훈련 규칙을 따를 것이며 훈련 도중에 특수한 내용도 좀 다루도록 하겠습니다."라고만 대답하고 말았다.

교육훈련 기간 중에 연락장교로 나온 태평양교육사령부 소속 장교는 우리에게 큰 도움이 되었다. 그는 폴 휴브너 중위였는데, 폭넓은 경험을 가진 젊은 사람으로서 하위 계급부터 차곡차곡 진급해 올라온 친구였다. 훈련기간 중, 그는 매일 우리와 함께 바다에서 생활하다보니 함상의 대부분 장교들과 가까운 친구가 되었다. 특수 훈련이나 일반 훈련 시에 그는 없어서는 안될 필수 요원이나 마찬가지였다. 그래서 우리가 샌디에이고를 떠나야 할 때쯤에 그는 우리 배에 듬뿍 정이 들어서 함상 근무를 신청하기까지 했다. 해군규정이 현지에서 그를 즉시 채용하도록 허락하지 않는 것이 안타까웠다. 나는 그를 에드 머피와 바꾸고 싶었고, 에드 자신도 아마 그렇게 되기를 바랐을 것이다. 에드는 점점 더 근무에 나태해졌다.

며칠 밤을 두고 내가 완성하려던 우리 배의 편성표는 그때까지도 완성되지 않았다. 에드가 전입했을 때 그에게 주어졌던 처음의 일과가 그것이었다. 그러나 그는 일을 시작도 안 했다. 다른 행정문제들도 그에겐 골칫덩어리였고, 그의 불만도 쌓여만 갔다. 나 개인적으로도 참으로 유감이었지만 우리 함정 전체를 위해서는 더욱 안 좋은 일이었다.

훌륭한 부관을 가지지 못한 배는 중대한 문제에 봉착한다. 소형 함정에서 흔히 보는 일이지만 부관장교가 항해사와 인사장교 임무를 겸직하면 문제는 한층 더 심각해진다. 그렇지만 에드는 아직 자신의 능력을 발휘할 기회를 못 가졌다는 점을 나는 참작했다. 취역한 지 이제 4개월에 불과했을 뿐이기 때문이었다. 그래서 에드가 항해사로서의 제 몫만이라도 만족스럽게 수행해준다면 유능한 부함장 역할은 못 하더라도 그냥 그런대로 지낼 수 있으리라고 나는 마음 다짐을 했다. 그가 제자리를 찾아, 정상적인 임무를 수행할 수 있을 때까지는 부족한 점을 다른 장교들이 도와주도록 할 셈이었다.

그리하여 현역 미해군 함정 목록에서는 사라진 경화물선급 선박으로서 우리는 집중 보수교육과정에 돌입했다. 다시 이 문제로 다투기란 정말 짜증 날 상황이었지만 브레머튼에서의 나의 경험을 살려서 고착된 관료주의에 대항하느라 시간 낭비를 하지는 않았다. '정보·정찰함'의 전개 준비 상태를 측정할 내용이 태평양교육사령부 교범에는 들어있지 않더라도 적어도 선박 취급법, 선박의 항해 적합성, 항법, 피해 통제 및 거친 파도를 견뎌내는 능력을 측정하는 내용은 있을 것이다. 이러한 종목들에서 나는 최고점을 받을 생각이었는데, 우수한 교육훈련 성적을 거두어야 하기도 했지만, 동시에 한국의 동해상에서 단독 작전을 하는 데 있어서 그러한 분야의 기술들이 필요하리라 생각했기 때문이었다. 이러한 목표를 향해 앞으로 5주간 나 자신은 물론, 승조원 모두를 단련할 작정이었다.

전자 감청에 관한 훈련은 없을 것이었기 때문에, 그리고 스티븐 해리스 자신도 서태평양 상에서의 임무 수행에 관한 최신 첩보를 얻고 싶어 했기 때문에 해군보안사령관이 동의하기만 하면 워싱턴에 가서 브리핑을 받으라고 허락했다. 워싱턴 파견 명령이 금방 나왔고, 스티븐은 약 2주간 푸에블로와 샌디에이고를 떠나 있게 되었다.

매일 아침 6시 기상과 8시 사이에, 훈련을 위해 먼바다로 나가는 다른 부대의 각종 선박행렬을 따라 우리도 대잠함 학교 도크 정박소를 떠났다. 부표 5번과 포인트 로마를 지나면서 우리에게 할당된 코로나도 아일랜드나 라졸라 근처 수역에서 우리만의 훈련을 실시하기 위해 함께 가던 대열에서 이탈했다. 소방 훈련, 보트 내리기 훈련, 피해 통제 훈련, 수영 훈련과 같은 규정 종목 훈련을 실시한 다음에는 비상시 수동 항해 훈련도 했다. 이 훈련은 푸에블로가 끊임없이 우리에게 안겨주었던 문제였기 때문에 우리는 이미 그 방면에는 숙달되어 있었다.

이 훈련에는 우리 배에 함께 타고 있는 민간 연구조사반원들도 열외되지 않았으며, 통신특기병들도 자기들이 좋아하는 독서나 보드게임을 단념하고 뱃사람이 되기 위한 훈련에 예외 없이 참가했다. 나는 조타사 찰스 로우를 포함한 모든 장교가 완벽한 갑판사관 근무자격을 따야 한다고 강조했다. 우리는 때때로 야간훈련도 실시했지만 주간훈련을 마치고 보통 오후 늦게 귀항하면 사관실에서 교범 연구를 하거나 평가회의도 열었다. 승조원들에게는 가물에 콩 나듯 상륙허가도 주었지만 주말의 장기외박은 아니고 시간 단위의 외출만을 허락했다.

소문난 샌디에이고 안개가 두꺼운 회색 장막으로 항구 전체를 휘감는 날도 있었는데, 그런 때에는 함장이나 병사들 모두가 정박소에서 푹 쉴 수 있기를 바랐다. 그러나 나는 간신히 배의 이물을 분간할 수 있을 정도의 상황이 되면, 실제로 암흑 상황이라 생각하고 출동해서 레이다 항해 훈련을 시도했다. 에드가 이끄는 '안개 속 항해팀'은 아주 잘 숙달되었다. 선박 조종 숙련도가 높아갈수록 자신감도 따라 늘었다. 그래서 이제는 푸에블로를 타고 태평양을 건너 아득히 먼 해역에 나가서도 우리가 해야 할 신비스럽고 외로운 '연구 탐사' 임무를 시작할 준비가 되었다고 느꼈다.

샌디에이고에 도착한 지 한 달도 못 되었는데 데이비드 버 대위가 제대하게 되었다. 나는 후임 장교로 어떤 친구가 전입할지를 몰라 걱정이 되었다. 그러나 나의 우려는 당장에 전혀 근거도 없는 일로 판명되었다. 전입신고를 마친 칼 '스킵' 슈마허 중위는 미조리주 세인트루이스 출신인 24세의 젊은 장교였는데, 태평양근무지원함대의 또 다른 보조근무 함정인 AF함에서 상당한 경험을 쌓았으며 갑판사관 자격도 지니고 있었다. 나는 그의 파란 눈에서 반짝이는 생기 넘치는 익살스러움과 그가 사용하는 언어에서 풍기는 준비된 지성에 매료되었다. 나는 본능적으로 그를 좋아하게 되었고 작은 우리 함정 근무에 적임자라고 생각했다. 나는 즉시 그를 시험해 볼 작정이었다.

"좋아요, 슈마허 중위! 우리 함정에 승함하게 되어서 기쁩니다. 우리 함정에서 귀하는 작전장교인 통신장교, 병기장교를 비롯한 대위직 근무를 하게 됩니다. 버 대위와 합동근무를 해서 주말까지 가능한 빨리 업무를 익혀주기 바랍니다. 월요일 오전에 우리가 훈련 출동을 할 때는 갑판 근무를 하세요."

그는 즉시 임무에 착수하면서도 법석 떨지 않고 아무런 어려움이 없는 듯했다. 월요일 아침에 지시받은 대로 그는 갑판사관이 되어 항해를 시작했는데, 내 예상대로 푸에블로의 쌍 스크루와 민감한 키에 변덕스럽게 반응하는 배의 상황에 당황하는 모습을 보였다. 나는 그를 도와 배가 샌디에이고의 붐비는 항로 한가운데서 즉흥적으로 360도를 회전하지 않도록 했지만, 그는 금세 눈치로 알아챘으며 나도 즉석에서 그가 타고난 뱃몰이꾼임을 알게 되었다. 나는 그를 정말 유능한 장교로서, 또한 동료 승조원으로서 흔쾌히 받아들였다.

훈련기간 중 푸에블로의 장병들은 간단한 식사나 영화 한 편, 또는 맥주 한 잔 마실 짧은 시간 동안의 상륙 시간만을 허락받았을 뿐 즉시 귀함해야 했다. 그래서 샌디에이고로 가족을 초청했던 몇 명의 승조원들은 가족과 함께 지낼 시간이 부족했다. 그 때문에 나는 누구든지 상륙할 기회를 얻어 고된 일과로 피곤해진 몸을 풀려고 할 때엔 마음껏 즐기도록 허락했다. 개인의 취향이 무엇이든 그가 만족하도록 허락해줘야 한다고 믿으며 떠들썩하게 즐기는 사람들에게도 떠들며 즐길 자유를, 조용히 즐기는 사람들에겐 조용히 추구하는 바를 즐길 수 있게 해야 한다고 나는 믿었다.

〰

어느 날 밤, 11시 30분쯤에 잠에서 깨어나 해군 헌병이 내 부하 3명을 체포, 죄수 호송차에 태워 데려갔다는 보고를 받았다. 내 부하들은 다음 날 기상시간을 기다리기보다는 함장인 나에게 당장 보내줄 것을 요구했단다. 통신특기병들인 키슬, 우드, 라만티아는 샌디에이고 시내에서 영화 한 편을 본 뒤, 배로 돌아오기 전에 맥주를 한잔하려고 바를 찾고 있었다는 것이다. 그때 해군 헌병차가 도로변에 와 멈추더니 거친 말투로 사납게 수하(誰何)를 했다는 것. 그래서 해군 병사라고 신분을 밝혔더니 헌병은 다짜고짜로 먹지도 않은 술을 먹었다고 붙잡더라는 것이다. 할 수 없이 잡혀서 검색을 받은 뒤, 그들은 취객 수용소로 이송되었고, 그곳에서 애매한 해군 11구역의 규정을 위반했다고 고발되었다.

그 규정엔 '부적절한 복장 착용을 금한다'는 표현이 있는데, 통신병들의 복장은 리바이스 청바지에 운동용 셔츠였다. 이런 말을 들은 데다가 이들 세 명의 통신병들이 내 앞에 나타났을 때 보니 외모가 완전 깔끔하고 맑은 정신이었다. 이에 나는 내가 해군 병사였던 시절, 모처럼의 상륙 기회를 질투심 많던 해군 헌병들이 망쳐놓았던 때를 떠올렸다. 나는 즉시 군복을 입고 잠자던 팀 해리스 소위를 깨워 공식 항의차 헌병대로 갔다.

한밤중인 01시 30분에 노기를 띤 함장이 연행된 부하 3명의 입장을 변호하려고 작심하고 찾아온 모습에 중위급 헌병 당직장교는 기겁을 했다. 나는 체포를 감행한 헌병들을 나무라며 그들이 구사한 위협적인 술책을 비난했다. 이에 헌병 중위가 두툼한 규정집(해군 11구역)을 꺼내 관련 문구를 나에게 읽어주려 하자 나는 화가 치밀어 그 중위에게도 비난을 퍼부었다.

당직 장교는 약간 움츠리며 대답했다.

"이 규정에 따른 것뿐입니다, 함장님. 그게 전부입니다."

"그게 다라고? 해군 장병의 사기 문제쯤은 안중에도 없나? 귀관의 중대장과 이야기 좀 나눠야겠네! 전화나 좀 대어주게."

중위는 마치 내가 얼빠진 사람처럼 보였는지 나를 쳐다보며 대답했다.

"지금은 02시 10분입니다, 함장님. 지구헌병대장님은 지금 숙소에서 취침 중입니다."

중위의 제 식구 감싸듯 하는 말투에 나는 더욱 격분했다.

"몇 시인 줄 안다, 이 친구야! 나도 한밤중에 깨어 함정에서 내려 여기까지 달려와 내 부하들이 당한 괴롭힘 문제를 따지려는 거야. 당장 자네 상관을 대라고, 이 사람아!"

계급에 눌린 중위는 수화기를 들고 다이얼을 돌렸다. 저편에서 목소리가 들리자 나는 수화기를 가로채서 내 신분을 먼저 밝히고 아주 간결하게 내 부하가 연행된 경위를 말해주고 연행의 불공정성을 용납할 수 없다고 전했다. 헌병대장은 잠에서 깨어나 귀찮은 듯 내용을 듣더니 그토록 사소한 문제로 잠을 깨운 데 화가 난다는 취지로 말을 했다. 나는 연행된 내 부하들에게는 이것이 결코 사소한 문제가 아니며, 따라서 그들의 지휘관인 나에게도 무시 못 할 중대한 문제라는 점을 강력히 주장했다. 나는 전화를 끊고, 팀에게 돌아가자는 신호를 보낸 뒤 푸에블로로 돌아왔다. 헌병은 통신병들에 대한 고발은 불문에 부치고, 더 큰 문제, 즉 함장이 관련된 문제로 다루기로 결심한 듯했다.

다음 날 아침, 나는 관련 통신병들의 진술서를 첨부해서 사복 착용 규정을 현실화해야 한다는 내 생각을 적어서 해군 제11지구대장에게 보냈다. 그랬더니 즉시 해군 제1근지단 인사참모 앞으로 다음 날 오전에 출두하라는 지시가 떨어졌다.

인사참모는 단장인 해군준장의 옆사무실을 차지하고 있는 반백의 고참 대령이었다. 그는 화가 난 헌병대장의 보고를 듣고 단장에게 나를 보고하도록 했단다. 그다음엔 내가 설명을 했다. 나는 절제된 언어로 헌병대에서처럼 강력하게 말을 시작했다.

"저는 부하들에게 어려운 근무를 열심히 수행하도록 주문합니다. 그래서 아무런 이유 없이 그들이 괴롭힘을 당하는 걸 보면 그냥 지나치거나 참을 수가 없습니다. 만일에 그들이 술에 취해서 사고라도 저질렀다면 저도 용서하지 않을 겁니다. 그러나 단지 리바이스 청바지나 야릇한 셔츠를 입었다고 해서요?"

"당직 중위는 헌병대장에게 귀하가 만취된 상태로 헌병대 사무실로 들어왔다고 보고를 했던데?"

"절대 아닙니다."

인사참모는 반질반질한 책상 위에 손가락을 튕기더니 애매하다는 몸짓으로 머리를 끄덕이다 흔들다가 했다.

"예, 좋아요. 귀하의 불평이 이유 있다고 봅니다. 그러나 다른 한편으로는 맞지 않는다고 복장 규정을 안 지킬 수는 없어요."

"그게 아니구요, 제 주장의 요점은 규정 자체가 불합리하니 수정해야 한다는 겁니다."

인사참모는 다시 고개를 앞뒤, 가로로 저으며 말했다.

"귀하의 말이 옳을지도 몰라요. 그러나 규정에 따라 법 집행을 해야 하는 헌병의 입장에서는 틀린 말일 수도 있어요. 우리의 대화 내용을 11근지단장님께 보고하고 귀하의 주장대로 고쳐지길 바랍니다. 그러나 부커 함장, 앞으로는 좀 더 조심해서 행동하시구려. 보수교육 중에 대단히 열심인 건 아는데, 배가 경화물선이었지요?"

"아닙니다, AGER입니다."

인사참모는 잠시 어리둥절한 듯했다.

"아, 그렇지요. 해양 조사, 뭐 그런 거."

여하튼 그 문제는 이렇게 일단락이 되었으나 내 바람대로 규정이 수정될지는 의문이었다.

〜

대잠학교 도크 바로 옆에는 제1잠수함대의 모항인 밸러스트 포인트 잠수함 기지가 있었는데, 초급장교 시절에 내가 몇 년을 근무했던 곳이다. 잠수함 요원들은 가족처럼 짜여진 친밀감 속에 근무했기 때문에, 잠수함을 떠난 지금도 그들의 장교클럽, 정확한 명칭은 '밸러스트 탱크'를 마음대로 이용할 수 있었다. 그러한 특전은 내 부하 장교들에게도 부여되어서 시간이 날 때면 모두가 자유롭게 이용했다. 전혀 부담 없이 이 잠수함 요원들만의 안식처, 장교클럽의 자유로운 분위기에 젖어들었다. 얼마나 자유로웠는지는 우리가 그들의 호의를, 미해군 사상 치욕으로 기록될 수도 있는 미술품 절도, 어쩌면 루브르 박물관에서 다빈치의 모나리자를 도둑질하는 데 비유될 만한 절도 행위로 그들의 호의를 갚는다는 것이 전혀 배은망덕이라곤 할 수 없을 정도였다.

'밸러스트 탱크'는 장교클럽으로서는 상당히 현대적인 시설물이었는데 규모는 작았지만 아담하게 꾸며 놓았다. 호사스럽거나 케케묵은 형식 따위도 없었다. 유일하게 고무적인 장식은 기가 막히게 균형이 갖춰진 팔등신 여성의 누운 누드 그림이 홀 전체를 압도하면서 손님들의 술병과 눈높이 사이에 걸려 남성들의 애간장을 태우고 있는 모습이었다.

어느 날 밤 '밸러스트 탱크'의 그 유명한 나체 사진을 훔치자고 제의했던 일이 생각난다. 우리는 계획 자체의 대담성에 놀라면서도 억제하지 못하고 그 계획을 밀고 나아가 실천에 옮기려는데, 처음엔 농담삼아 시작했지만 나중엔 정말 진지하게 바뀌어 갔다. 바에는 통상 회원들이 많이 있고 빈틈없이 경계하는 바텐더들도 물론 있었다. 옆방의 게임룸에서는 당구치는 사람들과 훈수꾼들도 있었다. 거사계획을 실행하기 위해서는 계획 자체를 잘 짜야 했으며 좋은 기회를 얻기 위해서는 몇 주를 기다려야 할 것 같았다.

팀 해리스와 진 레이시, 폴 휴브너와 나는 손님들이 많지 않은 어느 날 저녁 시간, 클럽에 나타났다. 당구를 치기 시작했으나 마음은 곧 다가올 것 같은 좋은 기회를 넘보느라 긴장하고 있었다. 바텐더가 다른 방의 빈 잔들을 치우러 자리를 비울 때, 나는 재빨리 그를 따라가 시시한 농담 몇 마디를 던지며 돌아오는 시간을 늦췄다. 진은 다른 회원들의 관심을 딴 데로 돌리고, 폴은 게임룸 측방을 감시했다. 그때 팀은 가로장을 뛰어넘어가 사뿐히 그림 한 개를 걸개에서 떼어내 가지고 클럽의 옆문으로 잽싸게 나왔다. 물건을 우리 차의 트렁크에 싣는데 1분도 채 안 걸려, 아무 일도 없었다는 듯 그는 무표정하게 제자리에 돌아왔다. 하나의 완벽한 작전이었다. 아무도 무슨 일이 있었는지 눈치채지 못했으며, 제자리에 돌아온 바텐더조차 자기 쪽 선반 걸 작품이 있던 자리가 휑하니 비었는데도 몰랐다.

이틀 동안 영광스럽게도 '밸러스트 탱크'의 미녀가 푸에블로 사관실 벽을 장식해주었다. 그 짧은 이틀 동안 그 미녀가 산사람 같은 매력을 지닌 점에 끌리고, 또 우리가 그녀를 납치하는 데 성공했다는 점에서 우리는 그 미인도를 엄청나게 즐겼다. 부사관들로부터 일반 병사들까지 승조원 총원이 그 아름다운 그림을 감상하도록 했다. 루이 14세 시대 선박 장식을 화려하게 했던 때 이래 어느 나라 해군 선박도 이처럼 욕정에 불타는 그림 장식을 했던 일은 없을 것이다. 그런데 이 그림 도난 사건은 마침내 '밸러스트 탱크'에 커다란 소동을 일으키고 말았다. 관리관으로부터 클럽 책임장교까지, 더 위로는 밸러스트 포인트 잠수함 기지의 지휘부를 망라한 전 기지가 분노에 들끓었다. 그 후에 클럽을 방문했을 때, 나는 모든 회원의 대화가 온통 절도 사건에 관한 내용인 걸 알았다. 나도 그 뻔뻔스러운 절도 행각에 관해 나름대로 추측을 하며 대화에 끼어들었다. 그때 오랜 잠수함 친구가 뼈 있는 한 마디를 나에게 던졌다.

"미해군 정보처 직원들이 이 사건 해결에 나섰네. 그들은 이미 부커가 항구에 정박해 있다는 것도 알고 있어."

그리하여 나체 그림은 조용히 제자리에 돌아갔고 사건도 별 탈 없이 종료되었지만, 오래도록 기억에 남을 만한 것이었다. '밸러스트 탱크' 장교클럽의 그 걸작품은 곧바로 최첨단 절도예방시스템에 연결되어 다시 수난을 당할 경우에는 경보가 울리게 했다.

한편, 푸에블로는 그동안에도 자질구레한 골칫거리 문제점을 꾸준히 야기했지만 우리 배의 조타 및 전자 기사인 버렌즈와 갑판원들이 수시로 손을 봐서 부여된 임무를 수행 가능하게 만들었다. 외양이 아름답지 못할 정도로 이상해서 우리가 지나간 해안에 부식성 흠을 남겨놓기도 했지만, 훈련 결과 평가에서 아무도 우리 배의 성적을 낮춰 볼 수가 없었다. 검열관들과 동행하면서 치른 최종 '전투평가훈련'에 열심히 참여했던 보람이 나타났던 것이다.

검열관들의 평가는 다음과 같았다.

함정 통제:	79.00 (양호)
항해:	93.00 (우수)
선박 조종술:	83.70 (양호)
CIC/Radar:	85.00 (양호)
통신:	71.00 (만족)
전자 부문:	(비밀구분 처리되어 평가 안 함)
주 추진력과 전기 부문:	91.19 (우수)
피해 통제:	70.49 (만족)
총평:	81.28 (양호)

　많은 함정들이 실격당하는 상당히 어려운 과정인데도 우리는 위와 같은 높은 성적을 얻었으며, 총평서에 미해군 푸에블로호는 제한 없이 작전이 가능하다고 쓰여 있었다. 더구나 검열관들은 최근 6개월 동안에 태평양근지단 함정이 획득한 최고 점수라고 알려주었다. 그때에 나는 푸에블로와 승조원들 모두가 자랑스러웠다. 그러나 나 스스로는 걱정스러운 부문이 여럿 있었다. 그나마 다행스러운 것은 일본까지의 장거리 항해 도중에 승조원들을 더 훈련시킬 수 있을 것이고 자잘한 문제점들도 해결할 시간이 있을 거란 점이었다. 나는 우선 훈련을 성공적으로 끝내준 장사병들에게 축하한다는 말로 격려하고, 보다 더 높은 수준의 노력도 기대한다는 말도 잊지 않았다. 그런 다음에 우리는 대잠학교 도크를 떠나 최종 점검을 위해 해군 공창으로 이동했다. 승조원들에겐 또 한 번 상륙 허락을 할 수 있는 기회였다. 기술자들이 배에 올라와 끊임없이 우리를 괴롭히는 조타엔진 문제를 해결하려고 애쓰는 동안, 나도 로즈와 아들들의 생각이 떠올랐다.

비 내리는 미국 서북쪽 가을의 음산한 분위기 속에 지낼 내 가족에 대한 생각은 전혀 할 겨를이 없었다. 일주일에 한두 번 정도 편지를 쓰고, 열흘에 한 번 정도 몇 분간의 짧은 장거리 전화 통화가 전부였다. 로즈도 다른 해군 장교 부인들처럼 잘 지내고는 있지만 불안하고 풀이 죽은 생활일 것 같았다. 기후도 더 온난하고 잠수함 근무 시의 옛 친구들도 많은 남부 캘리포니아에서 사는 게 훨씬 더 행복할 터인데. 나는 로즈와 아들들을 일본에 데려가려고 인사처와 협의했는데, 관료사회의 고질 때문에 일처리는 느리게 진행되었지만, 관비(官費)로 이사가 가능할 것 같았다. 그래서 로즈에게 짐을 꾸려서 차에 싣고 시애틀 공항으로 오면 금요일 오후에 공항에서 만나서 내가 출항 전 마지막 주말에 가족을 데리고 남쪽으로 내려갈 수 있으리라고 말해주었다.

이사는 계획대로 진행되었고 운도 따랐던 것 같다. 샌디에이고 해군 관사에는 빈자리가 없어서 미션 베이에 아담하게 자리하고 있는 콘도에 짐을 풀고 그간의 비용 문제는 일본의 요코스카에 가면 해결되리라고 생각했다. 두 아들 녀석은 기쁜 나머지 당장에 서핑을 하러 나갔다. 어떻게 보면 히피 같았지만 건전한 야외 스포츠에는 광적이었고, 나는 이 녀석들이 자랑스럽고 믿음직스러웠다. 4인용이 아닌 2인용의 조그마한 콘도였지만 로즈도 한층 아름다웠고 기분 좋아했으며, 짧은 기간이었지만 따뜻하고 부드러운 가족 분위기를 만들어 주었다.

출항 전 마지막 주는 이렇게 순식간에 지나갔다. 마지막 순간까지 해야 할 일들은 많았으나 나는 부하들에게 가족이나 연인들과 지낼 수 있는 시간을 가능한 한 많이 주려고 노력했다. 1967년 11월 6일, 안개 자욱한 아침에 마침내 작별의 순간이 찾아왔다.

도크에 남겨진 가족들의 모습이 가물가물하지만 가슴 속에선 지워지지 않았다. 뱃머리가 항구 출입구 쪽으로 돌자 곧바로 순항 속도인 11.5노트에 도달하고, 추진 프로펠러도 항속 180회전으로 올라 8일 밤낮을 그대로 항진할 기세였다. 코로나도를 지나고, 훈련 중인 대잠학교 소속 구축함 몇 척도 지나면서 우리는 침로를 255에 놓고 2,300마일 떨어져 있는 하와이의 진주만을 향해 깊고 잔잔한 대양을 헤쳐나갔다.

태평양 횡단 항해 중 하와이를 중간 기착지로 삼은 주요 이유는 푸에블로가 재급유 없이 횡단할 수 없는 한계 때문이었다. 또 하나의 이유는 진주만에 본부가 있는 태평양함대근지단과 태평양함대사령부의 참모들로부터 임무에 관한 브리핑을 받아야만 했다. 이 사람들이 우리의 장차 작전에 관계되는 방책들을 가지고 있었으니까.

항해는 매우 순조로워서 승조원 모두가 조그마한 함정 안에서의 업무와 생활에 잘 적응해 나갔다. 배는 조그맣다 보니 잔잔한 바다를 헤치고 나가면서도 롤링(옆놀이)과 피칭(앞뒷놀이)을 멈추지 않았다. 승조원들은 맡은바 견시 임무와 훈련 과제를 끝내면 자질구레한 정비 업무도 수행해야 했다. 초보 갑판사관들은 중요한 천체 항해를 시도하며 기술을 쌓았다.

이들에게는 우리 배가 마치 광활한 바다에 뜬 외로운 점 하나처럼 보였을 거고, 그 점이 수백 마일을 움직이다가 가까운 육지로부터 천 마일 정도로 멀리 떨어진 상황이었을 게다. 로우는 변함없는 실력을 발휘했는데, 내 생각에는 이 친구가 진주만에서 요코스카까지 더 먼 태평양 횡단 항해 시에 갑판 자리를 맡아 운항할 적격자였다. 취사병인 해리 루이스는 명랑한 흑인인데 조그마한 취사장에서도 맛있는 음식을 만들어 냈다.

특히 나의 신망을 담뿍 받은 사람은 새로 온 작전장교 스킵 슈마허였다. 이 친구는 능력, 재치는 물론 지성까지 갖추고 있어서 즐거운 동료 승조원으로 통했다. 만사가 잘 진행되면서 배가 온난한 위도에 도달하자 나는 함정을 운항 정지시키고 30분간 수영 시간을 주었다. 이것은 잠수함이 장기간 순항에 나설 때 취하던 전통적인 행사였다. 푸에블로 승조원들에겐 낯선 조치여서 처음에는 대양 한가운데서 물속에 뛰어든다는 자체를 망설였으며, 또한 라졸라에서 한 번 당했던 큰 상어의 공격을 상기하기도 했다. 그러나 육지에서 멀리 떨어진 이곳에는 상어가 흔치 않으며 설사 있다 해도 물이 맑고 조용해서 쉽게 알아낼 수 있었다. 항공모함이나 순양함 또는 우리 배보다 큰 보조함의 승조원들도 경험하지 못하는 정말 즐거운 막간의 휴식 시간인 셈이었다.

하와이로 오는 동안에도 우리 배의 조타엔진은 한 번 견시를 서는 동안에 평균 두 번꼴로 멈춰 섰다. 지금은 신속하게 수리를 하는 전문가가 다 되긴 했지만 수리 과정은 정말 짜증 나는 일이었다. 하와이의 중부, 오아후섬 동남부의 다이아몬드 헤드에 도착했을 때, 나는 함정에 관한 사고보고서를 작성했다. 항해를 계속하기 전에 중대한 수리를 받아야 한다는 뜻이었다. 수리 계획상에는 이틀간 진주만에 체류하도록 되어 있었지만 나는 진주만 지역 수리소가 그 성가신 엔진을 고치는데 필요한 시간은 얼마든지 할애할 작정이었다.

11월 14일 이른 아침에 진주만에 입항하여 잠수함기지에 정박할 수가 있어서 나는 대단히 기뻤다. 다시 한번 내가 좋아하던 잠수함 곁에 갈 수 있다는 사실과 장교클럽에서는 옛 친구들도 만날 수 있으리란 기대감 때문이었다. 입항 수속 절차를 끝내고 즉시 선박 수리에 필요한 수속을 마치느라 몇 시간을 보낸 다음, 나는 브리핑을 받으러 여러 군데 사령부를 찾아다녔다. 처음 찾아간 곳이 태평양근무지원단이었는데 거기서 요직에 있는 많은 인원들이 우리 배의 임무를 평가할 수 있을 만큼 비밀취급 인가를 받지 않았다는 사실을 알았지만 대수롭지 않게 생각했다.

결과적으로 그들이 나에게 들려줄 유익한 정보도 거의 없었다. 우리 배가 AGER이란 신비로운 이름으로 진주만에 기항한 첫 함정이었기 때문에 우리에 관한 호기심은 대단히 높았다. 나는 우리 배를 알아야 할 주요 인사들을 모조리 초대했다. 그중에는 근무지원단장인 미해군소장 에드윈 후퍼 제독도 포함되었으나, 자신은 직접 오지 못하고 참모장을 대신 보내겠다고 알려왔다. 함장(대령)급에 이르기까지 줄을 이어 푸에블로를 찾아왔는데 나는 비밀은 지키면서도 특수작전구역을 포함해 배의 기능을 알려줄 만한 곳은 모두 보여주었다. 내 판단으로는 이 방문객들 중에는 사령부 참모로서 직무상 우리의 작전에 책임을 져야 하기 때문에 '반드시 알아야 할 인사'(기밀 사항을 보여줘야 할 인원)가 포함되어 있으리라고 생각했다.

나는 배가 지닌 문제점들을 공개적으로 논의가 되었으면 하는 정도로 설명하려 했으나 열정적으로 제시하기보다는 절제된 편이 낫다고 생각했다. 내가 제시한 요구사항 중에는 과도한 비밀문건과 서류는 줄여달라는 것이 있었다. 내 생각으로는 보안 문제 원칙상 '알아야 할 내용'도 '지닐 수 있을 정도'로만 가져야 한다고 생각했다. 따라서 푸에블로는 작전에 절대로 필요한 비밀 문건만을 탑재해야 하는 것이 논리적으로 타당할 것 같았다.

스티븐 해리스의 보고나 나 자신의 관찰에 입각해 볼 때, 많은 양의 비밀문건 중에는 필수가 아닌 것도 있어서 미리 처리하지 않으면 예기치 못한 재앙에 부닥칠 경우엔 대혼란의 원인이 될 수도 있다고 나 스스로 결론을 내린 바도 있다. 공식적인 항의문을 제출하라는 말을 듣고 나는 편지를 썼는데, 응답은 부정적이었다.

태평양함대사령부는 지휘계통상 또 하나의 다른 사령부였는데, 직·간접적으로 태평양상에서 작전하는 모든 미해군 함정을 통제하는 거대한 참모조직을 거느리고 있다. 통제해역은 베트남 수역, 동해, 멀리는 인도양까지를 망라한다. 미국의 세계 방어망 상에서 그 책임 구역은 상상 이상으로 넓다. 여기서도 정중한 영접을 받았지만 나의 작은 배에 관한 한 그들이 호기심 이상의 관심은 없다는 걸 알았다. 자기네들이 후원은 하지만 우리가 수행할 임무에 관해서 알고 있는 참모는 거의 없었다.

참모들은 구식 작전 취향을 가지고 항해 중인 함정지휘관들의 문제에 관해서는 예리한 이해와 관심을 갖고 있었으며 산경험을 가진 사람도 있다. 이런 사람들 가운데 어브 이스톤 소령이 있었는데, 잠수함 출신 장교로서 이 참모진에서 정보 업무를 맡고 있으며 나와도 몇 년 지기였다. 나는 그에게서 솔직한 새로운 정보를 얻을 수 있다고 생각하고 먼저 그를 찾아갔다.

그에게서 나는 배너호가 여러 번 북한공산군과 조우했으며 북한공산군들이 배너를 무시했다는 (중공과 소련의 시베리아 연안 작전에서 심한 방해를 받았다는 것과는 배치되는 내용) 이야기를 들었으며 우리의 최초 작전도 북한 해안에서 이루어질 것이라는 말을 들었다. 그는 배너의 순시(작전) 보고서를 내가 이용하도록 해주겠다고 약속했으며, 또한 최적의 상태에서 위험을 최소화한 정보 수집체계를 점검할 시운항 성격의 임무를 생각해보라고 제의했다.

그의 말이 나에겐 그럴듯하게 들렸다. 나는 약 15년 전에 불안한 휴전 상태로 끝난 한국전쟁에 관해서 듣고 읽은 것밖에는 북한에 관해 아는 게 거의 없었다. 북한은 이름값을 할 만한 해군이 없고 이미 사라진 주물식 고철로 무장되어 있다. 그러나 나는 이스턴 소령에게 꼭 묻고 싶은 것이 있었다.

"만일에 북한이 주장하는 12마일 영해 밖에 위치한 우리를 저들이 공격하면 어떻게 될 것인가? 그러한 위기 시에 내가 받을 지원은 어떤 것인가?"

그는 의아한 표정을 지었는데, 표정의 의미는 실질적인 대답은 못 하고 자기 생각을 말해준다는 것 같았다.

"우리가 가진 유일한 예시인 배너호의 경험에 비춰볼 때, 방해작전을 예상할 수는 있겠지만 실제로 무력 도발은 거의 없을 거야. 놈들이 무모하게 공격적이긴 하지만, 극소수의 잠수함 구축정이나 PT(고속정) 보트로 미국의 거대한 해군력에 도전할 만큼 미련하지는 않을 걸세. DMZ에서 발생하는 침투와 총격전 따위와는 아주 다르거든. 그러나 상급부대의 생각은 어떨지 들어보는 게 좋을 거야."

그는 책임을 떠넘기려는 것은 아니고, 나의 관심사를 이해하고서 가능하면 완벽한 브리핑을 해주고 싶었을 것이다. 그래서 그는 나를 데리고 다른 참모실로 가더니 찰스 M. 카슬 대령에게 소개를 했다. 카슬 대령은 태평양함대사령부의 작전참모였다. 나는 그에게도 똑같은 질문을 했으며, 다음과 같은 내용을 빼고는 거의 똑같은 대답을 들었다.

"… 푸에블로가 예상치 못한 심각한 공격을 받는다면, 그것은 아마도 즉시 지원이 불가능한 해역에서의 사건일 것이다. 우리는 수많은 전투함정들을 보유하고 있으나 극동해역의 모든 곳을 다 망라할 수는 없다. 그러나 가능한 신속하게 모든 지원을 받도록 할 것이며, 어느 경우든 24시간 이내에 보복 작전이 이루어질 것이다. 그러한 경우를 대비한 비상계획도 이미 수립되어 있다. 우리는 그러한 위기가 없다고는 할 수 없으나 아주 미미할 것으로 생각한다."

"잘 알겠습니다, 참모님."

그는 배너호의 경험에 비춰봐서 심각한 문제가 발생할 가능성은 거의 없다고 말했다. 분명히 사령부는 예기치 못한 사태가 발생하면 지원해 줄 계획도 가지고 있다고 했다. 그 정도면 우리는 안심이었다.

태평양함대사령부의 또 하나의 참모부서로 진주만에 기지를 두고 있는 것이 미해군보안부대였는데 이 부서가 우리의 임무에 직접적인 관계를 가지고 있었으며, 부대장은 배의 특수작전구역에서 근무하는 보안 요원들과 스티븐 해리스의 직속상관이기도 했다. 우리 두 사람은 특별 브리핑을 받으러 직접 보안부대를 방문했으며, 이때 나는 함정의 통합 부분이 아닌 파견부대로서 독립된 정보수집 활동의 문제점을 제기했다.

워싱턴 본부에서는 함정의 한 부서로 활동한다는 약속을 받았었지만 별개의 파견 체제로 운영되면서 나에게는 상당한 걱정거리였다. 그 문제에 관해서 보안부대는 곧 '입장 표명서'를 보내겠다고 했으나, 실제로 공문을 받아보니 변한 게 하나도 없었다. 통신파견대와 함장의 지휘체계상의 관계 변화를 반대한 건 보안부대 자체였다는 걸 나는 알게 되었다.

반대 이유는 스티븐 해리스가 담당 장교로서 독립적으로 활동하는 것이 자신들이 통제하기에 더 용이하다고 생각했기 때문이었다. 궁극적으로 함장인 내가 함상 문제의 모든 책임을 져야 한다는 사실은 전혀 개의치 않는 듯했다. 물론 특수작전구역과 함교 간의 협조는 아주 잘 되고 있었지만, 실제 정보수집 작전에 돌입해서 내가 방문했던 워싱턴의 상급 보안본부가 나에게 약속했던 것과 반대 결과를 초래했을 때는 어쩔 것인가.

그러나 당시에 나는 기분 좋게 현행 체제를 받아들일 수밖에 없었다. 나는 가능하면 이른 시기에 푸에블로를 진짜 미해군 함정답게 만들기 위해 해군 당국을 밀어붙일 계획이었다. 회의 참석, 브리핑, 공식 방문 등으로 진주만에서의 3일간 체류는 무척 바빴다.

각 사령부 사이를 끊임없이 왕래하면서 호놀룰루의 반짝이는 하얀 해안을 안타까운 마음으로 틈틈이 바라보았을 뿐이었다. 저녁에만 짬을 내서 타고난 뱃놈의 소망인 육상에서의 흥겨운 노래와 재미를 즐길 수 있었다. 너무나 짧은 시간이었기 때문인지, 그 몇 시간 동안 나는 정말 잘 지냈다.

샌디에이고를 떠나기 전에 이미 유명 나이트클럽인 듀크 카나모카에 예약을 해두었다가 입항 첫날밤에 떠들썩하게 사관실 요원 파티를 열었다. 그

때 나의 잠수함 근무 동료였던 존 실링 중령과 부인 앤지가 자리를 함께했는데, 이들이 없었다면 남자들끼리 음식이나 음료만 실컷 먹고 마시고 유명한 돈 호의 묘기와 타이티 댄서의 춤이나 즐겼을 것이다. 여하튼 팀 해리스는 신발을 벗고 훌라댄스를 추다가 신발을 잃어버리고, 새벽 동이 트며 술집의 휘황찬란했던 네온사인 불빛이 희미해질 때 맨발로 푸에블로에 돌아왔었다. 그날 오전에는 푸에블로를 친히 둘러보겠다고 첫 번째 고위 방문객이 찾아왔는데 에드 머피가 적절히 영접해줘서 고마웠다. 간밤의 술판에 참석했던 함장이 회복이 덜 된 상황에서 부관이 대신 호스트로 나서서 손님들을 홀륭히 맞아 준 것이었다.

하와이 기착 다음 날 저녁에 나는 부사관과 병들의 모임에 참석하기로 결심하고 시내로 들어가 그들도 장교들이나 마찬가지로 즐길 수 있기를 바랐다. 나는 즐거워 보이는 25명의 병사들과 함께 스트립쇼 파티장에 들어갔다. 일부 해군장교들은 병사들과 함께 상륙하는 것 자체를 비난하는데, 그런 행위가 장교 위신을 떨어뜨린다는 것이다. 이런 사람들은 장교, 특히 함장은 위엄을 갖추고 초연함으로써 병사들과는 사이를 두어야 군기를 유지할 수 있다고 생각한다.

이런 생각은 '가까이하면 경멸을 낳는다'는 옛날 격언에 기초를 둔 거다. 디젤 잠수함이나 170피트짜리 AGERs 함에 탑승해보면 사람 사이가 가까워지지 않을 수가 없다. 나는 언제나 신분상 우위를 유지하려면 능력이 우수해야 한다고 생각했다. 나는 종종 부하들과 전우애를 나눔으로써 상호 존중하고 팀워크도 견고히 할 수 있다고 생각했다(승조원 중 대다수가 나보다 훨씬 좋은 사회적, 교육적 배경을 가지고 있다).

3일째 되던 날 저녁에, 엔진 수리를 맡았던 선박수리소 직원들이 피곤하고 짜증이 난 표정으로 올라와 일본까지 가는 데는 엔진이 그런대로 쓸 만하겠다고 약간 미심쩍은 말을 남겼다. 우리는 진주만 잠수함 기지에서 닻줄을 걷고 항구를 빠져나와 석양보다 느린 속도로 서쪽을 향해 항해를 시작했다.

해도 위에서 태평양 한가운데를 보면 광대무변한 여백이 있는데, 이 세상에서 가장 넓은 바다임을 알 수 있고, 서쪽 끝부분에 일본열도와 아시아 대륙이 나타난다. 하얀 여백의 동쪽엔 회색 점들이 점점이 나타나는데 이게 하와이 군도이며 섬의 크기는 작아지지만 멀리 떨어져 나가다가 조그마한 환초군을 이루는데 그중에 미드웨이섬이 있다.

이 섬이 날짜 변경선에 근접해 있으므로 그렇게 이름이 붙여진 것 같다. 푸에블로가 그만큼 멀리 항해를 해왔고 이제 미드웨이섬이 북쪽으로 반나절 거리에 놓여 있는 상황인데도 조타엔진 고장을 수없이 겪고 나니 나는 더 이상의 항해를 포기하고 거기서 중대 수리나 할까 하고 생각했다. 기관담당관과 이 문제를 의논하고 둘이서 '항해 포기'라는 데 생각을 같이했다. 미덥지 못한 배의 운항은 함장에게 부여된 항해도 거부할 수 있는 정당한 이유가 된다.

그러나 미드웨이는 섬 자체가 산호초 고리를 이루며 간신히 표면 파도를 막을 수 있는 정도였기 때문에 최소한의 선박수리 시설과 소형 해군기지, 공군 활주로 시설만 유지할 뿐이었다. 그래서 나는 항해를 계속하되 덜컹거리는 엔진을 최선을 다해 열심히 다루기로 하고 최악의 상황을 만나면 '비상시 수동 조타법'을 사용해서라도 일본까지 끌고 갈 수가 있기를 바랐다.

승조원들의 사기도 유지할 겸 더 찬 바다로 진입하기 전에 나는 그동안 인기가 높아진 레크리에이션으로 바다 수영 시간을 부여했다. 그런데 레크리에이션 마지막 단계에서 무전병 멀린이 부상을 입었다. 법석을 떨며 장난치던 다른 동료가 우발적으로 멀린 위로 넘어졌던 것이다. 우리 배에는 군의관은 없었으나 의무사인 허만 볼드리지가 있었는데 나는 그의 능력에 대단한 신뢰감을 가지고 있었다. 총명한 데다가 수년간 의무병으로 근무하면서 상당히 많은 의학지식을 쌓았다. 그의 진단으로는 멀린이 척추 골절 가능성이 있다고 했으나 푸에블로에서는 그것을 효과적으로 치료할 수가 없었다.

우리가 할 수 있는 조치는 환자를 침대에 묶어 고통을 완화시키며, 진주만에 있는 태평양근무지원단에 전문을 보내 조언을 듣는 것이 전부였다. 우리는 미해군 곰퍼스함을 만나라는 응답을 받았다. 곰퍼스함은 우리가 브레머튼에서 이미 만났던 신형 구축함 부속선이었는데 서태평양 근무를 위해 우리보다 며칠 늦게 출항했으나 신속히 따라와 우리 배 근처까지 다가와 있었다. 곰퍼스함은 작은 병원급 정도로 군의관과 의료시설을 갖추고 있었다. 그래서 우리는 항해를 계속하면서 곰퍼스가 우리를 완전히 따라잡도록 기다리는 수밖에 없었다.

서쪽으로 항진할 때에 부드럽고 향긋하던 날씨가 갑자기 광풍으로 바뀌더니 잿빛 하늘에서 굵은 빗줄기를 퍼부었다. 바람이 나침반 위로 몰아치며 거세지는 걸로 봐서 태풍이 다가옴을 예감케 했다. 언제나 기우뚱거리던 푸에블로는 더욱 심하게 요동을 쳐서 취사병 해리 루이스가 맛있는 음식을 내놓아도 모두 식욕을 잃고, 나름대로는 숙련된 뱃사람이 되었다고 생각했었는데 아직도 멀었다는 걸 깨닫게 되었다.

세차게 몰아치는 빗줄기와 날아드는 물보라 속에서 가시거리는 2마일 정도로 줄어들었으나, 곰퍼스함이 마침내 레이다 외곽에 붉게 깜박이는 점으로 나타났다. 30여 분 뒤에는 육안으로 보였고, 점점 더 커지다가 요동치는 바다에서도 엄청 안정된 모습으로 나타났다. 곧 우리에게 다가와 마치 거대한 회색 강철 덩어리처럼 보이며 높다란 뱃머리와 뱃전에 부딪히는 파도를 가볍게 헤치면서 가끔 그 육중한 선체로 롤링을 했다. 그에 비하면 우리 배는 거친 폭풍 속에 갇힌 하나의 코르크 조각이나 마찬가지였다. 양쪽의 협력적인 항해술 덕분에 정확한 랑데부는 이루어졌지만 악천후 때문에 다음 단계인 부상병 구원 작업이 위태로웠다. 부상병 멀린은 심하게 요동치는 승조원 전방 침대에 누워서 결박한 침대 끈에 부딪히며 신음하고 있었다. 두 선박은 상호 식별했다는 신호를 교환했고 곰퍼스함이 전문을 보내왔다.

"군의관을 보낼 테니 바람이 안 부는 안쪽에 대기."

무개 함교 당직사관으로부터 전문을 받은 나는 제발 이 시각에 우리 배의 엔진이 발작하지 않도록 해달라고 간절히 기도했다.

나는 푸에블로를 마치 흔들리는 벽체 같은 곰퍼스의 우현, 바람이 안 부는 쪽으로 몰았다. 그리고는 엔진이 탈이 날 경우 충돌하지 않도록 간격을 유지하며 준비 작업을 진행했다. 곰퍼스는 곧 구조선을 내렸고, 구조선은 까닥거리며 배 옆으로 다가와 최단거리 통로를 만들어 놓고 의사가 간신히 점프를 해서 배의 중갑판에 올라오게 했다. 이런 작전은 소형 선박에서 대단히 위험한 일이었는데 우리에게는 운이 따랐던 것이다.

얼마 안 되어서 밑으로 내려온 군의관은 옴짝하기도 어려운 침대칸에서 자신의 검은 가방에 챙겨가지고 온 기구를 이용하여 멀린을 철저히 진단했다. 그는 의무사 볼드리지의 척추 골절이라는 초기 진단 결과가 옳다고 확인했다. 이송이 위험하다는 점을 알면서도 환자를 곰퍼스로 옮겨서 장비가 갖춰진 의무실에서 X-ray 촬영을 하고 더 자세한 조사를 한 뒤, 결과에 따라 치료를 받아야 한다고 말해주었다.

곰퍼스에서 내린 소형 구조선에 환자를 옮겨 싣는다는 것은 환자의 목숨을 건 일이라서 사실상 불가능한 일이었다. 다른 유일한 방법은 환자를 들것에 묶어서 마치 보트를 들어 올리듯 옮겨 싣는 것이었다. 이러한 작업을 안전하게 수행할 수 있는 자격이 있는 승조원은 소수에 불과했지만 그래도 착수할 수밖에 없었다.

나는 우리 배를 육중한 곰퍼스에 가능한 만큼 바짝 들이댔다. 기적적으로 나의 기도는 받아들여졌다. 팀 해리스 소위의 지휘를 받으며 우리 승조원들은 감탄할 정도로 이송 작업을 완수했다. 병상의 동료를 도우려고 단합된 일반 승조원들의 협력을 받으며 기술과 경험을 가진 소수 인원이 일궈낸 기적이었다.

맨 밑의 엔진실에서도, 함상의 선미에서도 승조원 전원은 만일에 엔진이 고장을 일으키는 경우엔 즉시 행동을 개시할 태세였으나 성질 고약했던 엔진도 기적같이 우리를 도와주었다. 우리 배는 밧줄을 무난히 곰퍼스에 건네주었고 곰퍼스는 내렸던 구조선과 환자, 필수 승조원들을 날렵하게 모두 올려 널찍한 갑판에 안전하게 내려놓았다.

또 한 번의 긴장된 순간은 곰퍼스에 건너갔던 우리 승조원들이 돌아오려 할 때였는데 다행히 이때도 운이 좋았다. 몸이 지친 데다, 쫄딱 젖었지만 모두 성공적으로 임무를 완수하고 무사히 돌아와 줘서 자랑스러웠다. 무전병 멀린도 이제는 훌륭한 의료진에 맡겼다. 그렇게 위험한 환자 이송을 성공적으로 끝내고 거함 곰퍼스와 꼬마 푸에블로는 헤어지면서 서로 감사와 칭찬의 문자 신호를 교환하고 요동치는 넓은 바다로 항진했다. 이때 곰퍼스는 마치 거인이 난쟁이를 뒤로하고 휘몰아치는 폭풍우 속으로 위엄있게 들어가는 모습이었다.

랑데부를 끝낸 지 몇 시간 이내에 우리는 다시 성난 바다를 헤치고 나가는 외로운 쪽배 신세로 돌아왔다. 서쪽으로 항진하면서 비스듬히 북쪽으로 침로를 정하자 아열대 지역을 벗어나게 되면서 날씨는 점점 나빠졌다. 푸에블로의 특이한 겉모습(공해상에서의 폭풍우를 전혀 고려하지 않았음)은 큰 파도와 거센 바람 속에서는 통제가 쉽지 않게 되어 있었다. 조타수는 언제나 위험을 느끼며 위험한 롤링을 회피하기 위해 급격한 변덕도 부려야 했다.

노르웨이의 포경선이나 원양 트롤선(러시아에서 전 세계 정보 작전용으로 채택)의 설계를 보면 우리의 구형 경화물선보다는 훨씬 더 복원성이 좋고 조타시 반응도 높아 대양의 아무리 험난한 조건에도 맞춘 이상적인 소형 선박이라 하겠다. 그에 비해 경화물선은 원래 연안에서 또는 도서 사이에서의 보급 업무용으로 설계되어 바다가 사나워지면 대피소를 찾아가게 된 배였다. 일단 하와이 군도를 벗어나면 중부 태평양상에서 푸에블로가 대피할 장소는 없었다. 우리는 코앞에 다가서는 산더미 같은 파도를 조심스레 계측하며 때로는 정면으로, 때로는 직각으로 뚫고 항진을 계속했다.

　　모든 갑판에서 물보라를 뒤집어쓰는 순간엔 앞이 캄캄해지다가 수 톤씩이나 되는 물 덩어리를 떨쳐버리면 곧 따라오는 물골에 휩쓸려 배가 내려가고, 정신을 차리며 힘을 내서 또 다가오는 파도와 싸우며 앞으로 나아갔다. 이처럼 푸에블로를 조심스럽게 다루고 경계심도 늦추지 않았더니 낡고 폐기된 디자인의 배였지만 스스로 항해에 적합함을 보여주었다. 치명적인 롤링으로 침몰이라도 하지 않을까 하는 걱정은 줄었으나, 엔진에 관한 걱정은 사라지지 않았는데 몇 차례 더 발생한 고장에 잘 대처할 수 있어서 마음이 놓였다.

　　다만 함상의 모든 부서 승조원들이, 특히 경험이 부족한 신병과 더 나아가서는 베테랑 승조원들까지도 배의 급격한 롤링과 피칭에 의해 멀미와 멍이 들 정도로 접질림을 당하는 게 문제였다. 아래층, 특히 주방에서는 사태가 더욱 심각했다. 끊임없이 몰아치는 바람과 파도 때문에 모든 주방 취사기구들이 부딪히며 파열음을 내며 깨지고 날아다녔다.

　　외부 갑판 출입구들이 몽땅 부서지니까 내부 생활 및 업무 공간도 사람의 토사물에서 나오는 악취와 끊임없이 스며드는 물방울 때문에 생긴 습기가 섞여 엉망이 되었다. 취사병 루이스도 더운 음식 요리는 포기하고 대신 샌드

위치와 출렁이는 주전자로 뜨거운 커피와 수프만을 만들어 냈다. 통신특기병들은 어떻게든 솟구치는 침구에 비집고 들어가려 했지만 비틀거리다가 실패하고 헛구역질을 하고 만다. 갑판과 기관실 근무 병력은 상하로 요동치는 배에 발을 단단히 고정시키면서 견시 임무를 수행하며 욕지기를 참느라 고생이 이만저만 아니었다. 장교들도 고생은 마찬가지였는데 당직사관들은 볼썽사납게 함교 난간으로 달려가 몰아치는 바람과 물보라 속에 자신들의 속을 비웠다. 단지 진 레이시와 나만이 사관실에서 식사를 했다.

아이러니하게도 바다에서 멀리 떨어진 서부 평야와 산악지대에서 자란 나는 단 한 번도 배멀미를 해 본 적이 없었다. 잠수함에서 11년간 근무를 하면서 태평양에서 여러 번 폭풍우를 만난 적이 있었는데, 어떤 이유인지는 몰라도 잠수함이 수면에 올라와 험한 파도를 참아내야 했을 때 나는 교탑에서 견시 근무를 했다. 대체로 수면 상황이 순조롭지 않으면 잠수함장은 수중으로의 잠수를 명령해서 평온한 물속에서 편안하게 임무를 마치곤 했다. 그러나 푸에블로의 경우엔 그러한 선택의 여지가 없었다.

이제 우리에게 깊은 바닷속은 적이요, 아무리 요동을 친다 해도 수면은 우군인 셈이다. 배멀미를 하면서 탈진한 상태에서도 충성스럽게 임무를 완수하던 승조원들, 자주 구토는 안 해도 기계와 칸막이벽, 난간들에 부딪히며 굳건히 자신들의 임무를 다해준 승조원 모두에게 나는 정말로 미안한 마음이었다. 이런 상황을 경험해보지 못한 승조원들에겐 정말로 형언할 수 없는 고난의 시작이었다. 나는 당직사관들에게 괌에서 6시간마다 전송해주는 코드화한 날씨 개요를 듣고 우리가 나갈 항로상의 일기(日氣)를 말해주도록 지시했고, 또 그 내용을 이용해 배의 일기도(日氣圖)도 만들어보라고 말했다. 사실 이 일은 대단히 까다로운 일이어서 암호화한 코드를 해석해서 차트상에다 의미 있는 선, 화살표, 각종 모양 등으로 뜻을 나타내야 하는 건데 초보 당직사관들로서는 흔들리는 배에서 욕지기도 하고 타박상도 입으면서 그런 일을 해내기는 특히 어려웠을 것이다. 그러나 그렇게 훈련함으로써 우리는 우리의 앞을 가로막는 악조건들을 극복하고 요코스카까지 무난히 항해해 갈 수 있을 것이다.

변덕스러운 조타엔진과는 대조적으로, 개조한 한 쌍의 디젤엔진은 아무리 배가 요동을 치더라도 움찔도 안 했다. 믿음직한 디젤기관의 진동 소리는 우리의 용기를 북돋아주었다. 그래서 우리는 그것을 기관담당 진 레이시의 '바위 분쇄기'라고 불렀으며, 엔진의 받침판이 부서질 정도로 회전을 하면서도 끄떡없이 돌아가는 데에 경탄을 금치 못했다. 그건 마치 사람을 살아 숨 쉬게 하며 앞으로 나아가게 해주는 쉬지 않는 심장 같았다.

이렇게 전투를 치르듯 힘겹게 항해하며 일본에 접근하자 날씨가 좋아지기는커녕 더욱 사나워졌다. 서쪽으로 항해하다가 북으로 커브를 틀었더니 차디찬 물보라가 폭포처럼 쏟아지는데 보호막이 없는 노천 무개 함교에서 조함을 지휘하기란 불가능했다. 미칠 것 같은 50도 정도의 롤링과 계속 퍼붓는 물줄기 때문에 창문의 와이퍼가 작동을 못 할 정도로 산란한 가시도에도 불구하고 조타실은 비교적 아늑한 피난처였다. 아래층에서 삭구가 떨어져 나가는 덜거덕 소리가 위협적이었다. 바다 한가운데서 집채만한 파도가 일어나 손쓸 수도 없게 되고 좌우 요동에 걸려 배가 복원할 수도 없게 되는 상황에 비하면 배멀미 정도는 아무것도 아니었다. 그렇게 고통스러웠지만 다행히도 그 고통은 우리에게 위기에 대처할 정신력을 키워주었다. 결국 푸에블로와 그 승조원들은 악조건과 싸워 이겨냈다.

12월 1일 오후에 우리는 일본 본토(혼슈) 땅을 보게 되었다. 곧 노지마 사키곶의 후미진 바다와 도쿄만 입구를 에워싼 기다란 육지(岬)에 도달했다. 푸에블로는 마침내 그 깊은 바다를 떨궈버리고 안정을 되찾기 시작했으며, 타격은 받았지만 굴복하지 않고 항해를 계속, 샌프란시스코 다음으로 넓은 도쿄만의 입구로 들어섰다. 도쿄만은 3개의 항구와 조선소, 즉 요코스카, 요코하마, 도쿄를 거느린 천연 항구다.

7일 연속 폭풍에 시달리다가 어느 정도 안정된 갑판을 발밑에 다시 느끼게 되니 대단히 기뻤다. 그러나 귓속에서는 아직도 맹렬한 파도에 밀리는 양, 파도 소리가 울려서 많은 승조원들은 바로 서지 못하고 술에 취한 사람처럼 비틀거렸다. 사람들은 그런 상태를 장기간 항해 뒤에 느끼는 '육지병'이라고 불렀으나 우리가 대양에서 겪었던 실제 상황에 비하면 아주 유순하고 약간은 코믹한 데가 있었다.

해가 지고 나서야 좌현 함수 쪽에 요코스카의 불빛이 나타나고 좀 더 가까이 다가섰다. 수로에 접어들자 견시 근무자를 제외한 아래층 승조원 전원이 갑판으로 올라와 우리의 목적지점의 또렷해지는 불빛을 바라보면서 혹은 놀라워하고, 혹은 해냈다는 성공감에 시건방을 떨기도 했다. 나도 좀 염치없이 자랑스러웠다. 나는 할당 받은 도크에 완벽하게 정박할 생각으로 푸에블로의 입항에 신경을 썼다.

그러나 나는 기회를 망치고 말았다. 배정된 정박 지점을 지나쳐 버렸던 것이다. 그걸 알아차리고 전속력 후진을 하려는데 조타엔진이 발작을 하며 꺼져버렸다. 나는 이곳 항구를 친숙히 알고는 있었지만 엔진과 비상시 조타 방식만으로 정박하려고 모험하지는 않았다. 그래서 예인선의 도움을 받아 정박을 마쳤다. 도크의 불빛 아래서 함교를 쳐다보는 낯익은 많은 사람들이 박수보다는 웃음을 보내고 있었다.

제 7 장

"총구와 포구는 아래로 향한 채 총포를 가려놓거나, 아니면 더 좋은 방법은 갑판 아래에 보관하라고 말해주고 싶네."

〈1967년 12월, 요코스카에서 주일미해군사령관 프랭크 L. 존슨 소장이
부커 중령에게 브리핑하는 자리에서〉

요코스카는 20세기 말 일본이 해양 강국으로 등장한 이래 해군기지와 조선소로 이름났던 일본의 신흥 도시다. 1904~5년 러일전쟁 시 러시아군을 격파했던 해군제독 헤이하치로 도고 함대의 기함이 국보로 이곳에 안치되어 있다. 2차 세계대전 중에는 일본이 건조한 가장 큰 항공모함인 7만 톤의 시나노함이 요코스카의 '우라가 도크'에서 진수됐었는데 미해군 잠수함 아처피시에 격침당해 단명으로 끝나고 말았다.

도쿄만의 인구 밀집 지역과 산업 지역의 많은 부분이 2차 세계대전 시 공습으로 파괴되었지만 요코스카는 온전했다. 1944~45년, 항공기 폭격이 가장 심할 때 도쿄와 요코하마 주민들은 흔히 "요코스카로 이사하면 산다!"고 말할 정도였다. 전쟁이 끝나면 온전하게 확보하려고 미국은 일부러 요코스카와 그 수변 지역을 폭격하지 않는다는 소문이 돌았었는데, 소문은 사실로 드러났다. 지난 25년(1967년 기준)간 요코스카는 사실상 미해군이 점령해 사용하고 있었다. 그것은 무엇보다도 정복자의 권리로 가능했고, 그 후에는 일본과의 평화조약으로 또한 가능했다. 그리하여 요코스카는 극동에 있어서의

미해군기지로 다년간 이용되고 있다.

요코스카는 천연 양항(良港)으로 아름다운 도쿄만에서 바다로 나아가는 출구 쪽에 가깝다. 수변지역은 부두와 낡은 도크들이 줄지어 선 정박소가 들쑥날쑥 많아서 잠수함부터 항모까지 무슨 급의 선박이든 모두 계류할 수 있다. 해안선에서 5~600피트 높이로 튀어나온 가파른 언덕에는 기계공창, 창고, 본부 사무실, 장병 숙소, 회관, 병원, 구류소, 백화점 크기의 PX 등이 꽉 들어찼다.

이 언덕에는 2차 세계대전 중에 방탄 창고, 병원, 지휘소 등으로 사용되었던 지하 회랑(일본 특색)이 벌집처럼 빼곡히 들어서 있는데, 그들 중 몇몇 건물들은 아직도 비슷한 목적으로 미군이 사용하고 있다. 이 미군용지 바로 북쪽에 '우라가 도크'라는 거대한 조선소가 있는데, 오늘날에는 숙련된 일본 조선공들이 전 세계 유조선을 제작하느라 바쁘다. 그들은 엄청 커다란 전함도 난쟁이처럼 보이게 하는 거대한 탱커를 만들어내고 있다.

이 지역 전체는 높은 울타리나 벽으로 둘러싸여 있어서, 어찌 보면 일본 자체로부터도 격리되어 있는 것 같다. 늘씬한 미해병대원들이 예절은 갖추지만 꼼꼼하게 출입자들의 신분을 점검하고 있는 웅장한 미군기지 정문 맞은편에는 요코스카 시가지가 펼쳐지는데 행인들로 가득 찬 미로 같은 거리, 뒷골목, 상점, 바, 식당, 싸구려 환락가를 비롯한 거의 모든 종류의 주거지가 들어차 있다.

요코스카 미해군기지는 1945년 이래 서태평양 지역에 근무하는 미해군 장병들에게는 해외에 있는 매우 이상적인 모항이요 숙소로 발전했다. 근무하기에나 생활하기에도, 또 여가를 즐기기에 매우 훌륭한 시설들을 갖추고 있었다. 비록 한국전쟁, 대만해협에서의 '금문-마조도'를 둘러싼 대치 상황, 그리고 월남전 등으로 냉전 상태가 열전으로 치닫던 시기에는 건축이 비교적 천천히 진행되었지만. 모든 장병의 가족들이 남편과 함께 살도록 국비로 보조했으며, 계급에 따라 최고급부터 안락한 수준까지의 주택이 제공되었다. 인플레이션이 심한 시기에도 기지 내에서의 생활비는 많이 들지 않았고, 요코스카에 주둔한 모든 미군 장병들은 무슨 물건이나, 예를 들면 캔사스시티 스테이크부터 하이파이 세트에 이르기까지 PX에서 고국에서보다 더 싸게 구매할 수 있었다.

나는 1947년, 내 생애 처음으로 나이 어린 수병으로 요코스카에 왔었으며, 그 후로도 잠수함 병과장교로 임관해서 서태평양에서 근무할 때는 여러 번 방문했었고, 마지막이 2년 반 동안 제7잠수함대의 요코스카 본부 참모로 근무할 때였다. 푸에블로의 함장 자격으로 다시 요코스카를 찾은 것은 일 년에서 몇 주 모자라는 기간을 다른 곳에서 지냈을 뿐이었으니 이번엔 행복했던 과거를 기억하며 옛 친구들과의 재회도 기대했다.

푸에블로는 원래 계획보다 8개월 이상 늦게 요코스카에 입항했으며, 내 생각으로는 몇 주 앞으로 다가온 최초 작전 임무를 위한 출항 날짜도 못 지킬 것 같았다. 태평양을 횡단하느라 장기간 거센 파도와 싸웠기 때문에 수리와 재정비가 필요한 데다가 임무 수행을 위해 출항하려면 준비해야 할 일도 엄청 많았다. 그 목적 달성을 위해서는 노력을 조금도 줄일 수가 없었다.

배정받은 도크에 정박을 한 뒤에, 곧바로 나는 '상륙 기간은 짧고, 엄격하게 제한 할당한다'는 점과 '가족은 즉시 데려올 수 없다'는 것, 그리고 '앞으로 몇 주 동안의 일과는 오로지 근무 위주로만 짜여진다'는 것을 공표했다. 그랬더니 함정 전체가 불만으로 가득해 그 소리가 마치 용수철 달린 프로펠러 샤프트가 떨리는 소리와 같은 느낌을 받았다. 지시를 내린 나 자신도 그런 결정을 하기가 무척 싫었다.

맨 처음 우리가 할 일은 조타엔진을 손보는 것이었다. 진과 나는 해군기

지 수리창 관리인에게 선박 기술자들이 수리를 전담할 것과 작전가능한 상
태로 수리가 안 되면 우리는 작전 임무를 수행하러 나가지 못한다는 점을 분
명히 했다. 한 시간 안에 일본 수리공들이 놀랍다거나 흥미롭다고 지껄이며
비좁은 곳으로 기어들어가 기계를 점검했다. 그들은 누런 이를 드러내고 히
죽이 웃으며 밖으로 나왔다. 아래층 기계실에서 그들이 목격한 것은 분명히
자기네들을 웃겼다는 것과 그것이 자신들의 기술을 자랑할 기회였다는 듯했
다. 마치 자기 일생에 본 적이 없는, 이미 사라진 '위스콘신 엘리베이터' 회
사 제품을 처음 보았다는 듯 우두머리가 말했다.

"참으로 이상한 조타 기계네요. 그러나 할 수 있어요! 고칠게요!"

어느 함정의 지휘관이든 새로운 항구에, 특히 모항에 처음 입항하면 기지
의 모든 활동을 책임진 고위 장교를 예방하는 것이 전통인데, 자신의 함정에
특별 서비스를 제공할 기지장을 방문해야 하는 것은 두말할 필요도 없다. 그
래서 나도 개인적인 방문 계획을 짰는데, 그 처음 대상이 나의 작전사령관이
며, 태스크포스 96의 지휘관인 해군소장 프랭크 존슨이었다. 그는 또한 주
일미해군사령관으로서 미해군 연안 활동과 일본 본토와 오키나와 사이의 수
많은 섬을 왕래하는 소형 선박을 책임지는 관리를 주업무로 하고 있었다.

나는 요코스카 제7잠수함 사령부에서 참모로 근무할 때 존슨 제독을 만
난 일이 있었다. 그는 2차 세계대전 시에 구축함 '플레쳐'를 지휘하며 수많
은 전투에 참가한 유명한 구축함맨이었다. 이 전역에서 그는 2개의 은성 훈
장을 포함한 많은 훈장을 받아 메달로 가슴이 꽉 찰 정도였다. 존슨은 50대
초반에 해군 제독으로 승진했는데, 몇 년이 지나 내가 푸에블로 함장으로 그
에게 신고를 하게 되었을 때에는 그에게서 전문 잠수함맨의 인상은 사라지
고 부드러운 금융가로 변해 있었다.

존슨 제독은 필요에 따라 수시로 창설되었던 다른 부대들도 지휘했다. 그

의 참모부서가 완편(完編) 정보지원과를 포함하고 있다는 점에서 자신의 작전 영역 내에서 수행되는 정보 업무를 통제하는 상급부대 역할을 담당하기 때문에, 주로 창끝 정보수집 거점 역할을 하는 푸에블로와 배너는 언제나 존슨 제독이 지휘하는 'TF 96'의 작전통제하에 들게 되어 있었다.

이제 푸에블로가 극동지역에서 배너와 함께 작전하게 됨으로써 존슨 제독의 'TF 96'은 영구 배속된 AGERs 1&2, 즉 배너와 푸에블로로 구성되게 되었다. AGER급 선박의 작전에 관해서 일반 해군 장병들은 거의 몰랐으며, 요코스카에 주둔한 다른 부대들도 거의 모르고 있었다. 우리는 AGER의 작전 사실과 내용 등을 비밀에 부치려고 노력했다. 그러나 강조해두고 싶은 점은 AGER 작전을 제한된 인원만이 알도록 했던 것은 작전 '효율'을 고려한 때문이었다는 것. 단 한 번도 이 두 척의 함정이 불법적으로 운영된 일은 없었다. 공해상에서 작전한다는 면에서 국제법을 위반해도 된다는 지시를 받은 적도 없었다. 오히려 언제나 잠재적인 적국이 주장하는 영해 밖에서 운영하라는 특명을 받고 있었다.

유도탄 탑재 잠수함에 관한 많은 질문들은, 미사일 자체와 장거리 미사일들이 국제법상 바다의 자유라는 원칙에 미칠 영향을 묻는 언론의 주요 관심 대상이었다.

나는 이 주제에 관한 비밀 해제된 많은 기사들을 읽고 문제점들에 관해서 존슨 제독과 논의해 본 일도 있다. 즐거운 대화를 나누면서 논의했지만, 그는 AGERs급 선박들도 앞으로는 무장을 해야 할 것이라고 생각했다. 관심만 표명한 것이 아니라 그렇게 되어야 한다고 강조해 말하였다. 나는 눈에 띄는 무장은 AGER 작전의 기본 전제를 바꾸는 일이 될 것이라는 데 동감이었다. 하지만 그런 문제는 조그마한 함정의 함장이 다룰 문제는 아니고, 국제법과 그 해석을 놓고 왈가왈부하기보다는 보다 직접적이고 단순한 문제들에 관심을 둬야 했다. 그래서 나는 제독에게 나의 문제점들을 이야기했고, 그는 참모들로 하여금 문제점을 조사해서 필요한 조치를 하겠다고 약속을 했다.

나는 조타엔진에 대한 작업은 이미 시작되었다고 보고드렸다. 그리고는 푸에블로의 무개 함교를 바꿔달라고 건의했다.

"제독님, 그곳은 함정을 지휘하는데 유일한 안전 장소입니다. 특히 우리가 어떤 나라를 상대하든 우리를 미행하는 선박이 예상되는 때에는 더 그렇습니다. 조타실은 사각지대가 너무 많고, 저는 배너가 러시아 함정에 부딪히는 사고 말고도 수많은 위기 경보를 울렸었다는 걸 알고 있습니다."

"그러면 더 안전한 작전을 위해 귀하가 원하는 게 뭔가?"

"악천후에 대비하고 적당한 시계도 확보 가능하도록 가벼운 재질로 만든 차장막을 당직사관 갑판에 설치해주셨으면 좋겠습니다. 함정의 안정성에 영향을 미치지 않을 투명합성수지 루사이트나 그와 같은 재질이 좋겠습니다."

제독은 책상 위 버저를 눌러서 자신의 참모장, 포레스트 A. 피즈 대령을 부르더니, 내가 건의한 사항들을 모두 검토해서 잘 조치해주라고 지시했다. 이때 나는 존슨 제독이 깊은 관심을 가지고 있다는 인상을 받았으며 그가 조그마한 정보수집 함대에도 자부심을 함께 지니고 있음을 느꼈다. 그는 배너호가 동해에서 단독으로 수행한 업적을 몇 번씩이나 칭찬하며 나의 친구인 배너함장 척 클라크와 긴밀히 상의하라고 권했다. 헤어질 때에는 뭐든지 필요한 사항은 직접 자신에게나 참모들에게 요청하라고 했다.

"첫 임무를 위해 출항하기 전에 내가 직접 점검을 해서 우리 모두와 자네, 그리고 나의 요구 수준에 부응하는가를 보겠네, 어떤가?"

"네! 감사합니다, 제독님."

정말로 유익한 만남이었는데, 그 후에도 우리가 5주간 더 정박하는 기간에 몇 차례 더 만나기로 했다. 그러나 제독의 친절한 관심이 나의 문제를 정확하게 이해한 데서 나오는 것 같지 않아서 나는 불안한 생각이 점점 깊어갔다. 존슨 제독이 함정 운영과는 너무 오랫동안 멀어져 있었기 때문에 본능적으로 함장처럼 생각은 못 할 것이란 생각이 들었다. 그에게는 푸에블로와 척 클라크의 배너가 군생활에서 처음 만난 함정이었기 때문에 건성으로 우리에게 관심을 보이는 것은 자연스러웠다. 적성 해안 근접해역에서 정보수집소 역할을 해야 하는 우리만의 특수 임무는 기본적으로 그가 받아온 교육훈련과는 동떨어진 것이었다. 그래서 그는 우리 두 척의 함정이 동해상에서 척후 초계를 실시하는 한 쌍의 구축함이었기를 바랐을 것이다.

그는 특히 배너가 중공과 소련 해군의 극심한 방해작전에도 불구하고 16개의 임무를 성공적으로 완수한 데 대단히 만족했을 것이 분명했다. 배너의 성공은 제독과 그의 참모 모두를 안심시키며 프로젝트를 책임진 사령부의 작전장교로서 느긋한 경계심을 가지게 했으며, 결국에는 그의 실패이며, 나 자신의 실패의 원인이 될 것 같았다. 왜냐하면 나도 '배너처럼만 해라!'라는 거듭되는 충고에 물들어 있었기 때문이었다.

조타엔진 수리는 계속 진행 중이었고, 악천후를 대비한 무개 갑판용 루사이트 합성수지 창(窓)도 즉시 승인을 받아 작업이 시작되었다. 나는 추가로 생각난 몇 가지 다른 항목들도 개선해 달라고 요구했다. 한국의 동해상에서 겨울을 지내려면 얼음 제거 장치가 필요할 것 같았다. 진 레이시와 나는 얼음을 녹이는 데 필요한 스팀 노즐 설치 문제를 의논했다.

그 당시 푸에블로는 디젤로 추진되는 함정으로서 난방과 바닷물을 민물로 만드는 데 필요한 보일러 용량만을 가지고 있었다. 영하의 바다에서 갑판은 언제나 습기가 차 있었다. 이러한 상황에서 임시방편으로 급조한 스팀 노즐로 얼음을 녹이기는 불가능했고, 수병들이 끌과 나무 해머를 들고 얼음을 제거하는 등 효율이 떨어지는 방식에 의존할 수밖에 없었다.

다행히 이럴 때에는 재래식 결빙 방지용 암염을 이용할 수는 있을 것이다. 나는 보급관인 팀 해리스에게 암염 600파운드를 주문해 놓도록 지시했다. 그랬더니 크리스마스이브에 육중한 소금 덩어리 한 트럭이 배달되었는데, 그것은 가축용(동물이 소금을 핥게 하는) 암염으로나 사용될 물질이었다. 나중에 이 소금 덩어리들은 잘게 쪼갠 봉지 소금과 바꿔놓았다.

이때 즈음에서야 나는 스티븐 해리스가 지휘하는 통신특기병들에 대한 관심을 조금 가지게 되었다. 통신특기병들 대부분은 전문적인 전자 감시, 감청 기술을 연습할 시간도 없이 지난 3월부터 우리 함정에 승선하고 있었다. 함상 생활은 조금 경험했겠지만 푸에블로 자체가 이들에게 자신감을 북돋기보다는 떨궈주지 않았을까 걱정이었다. 여하튼 특기병들 대다수가 전문 분야 연습이 부족해 기술이 녹슬었을 수 있어서 보충 교육이 필요할 것으로 보는 게 타당할 것이다. 스티븐 대위도 나와 생각이 같았다. 스티븐은 현장에서 이용 가능한 시설을 사용해서 이들을 교육할 계획을 세웠다. 그는 아주 협조적이며 유쾌한 태도로 임해줌으로써 이 문제에 관한 나의 걱정을 덜어주었다.

나는 배너가 한 가지 임무를 마치고 귀환하기를 학수고대했으며, 돌아오면 즉시 그 함장과 회동할 생각이었다. 함장인 척 클라크는 밥 비숍 대위를 제외하고서는 우리 해군에서 가장 경험이 많은 AGER 함장이었으며, 실제로 지난 몇 개월 동안 쉬지 않고 연속적으로 임무를 수행해온 유일한 함장이었다. 더그 레이퍼가 지휘하는 팜비치I은 대서양 근무를 위해 항해하는 도중에 조타기관 고장으로 파나마로 예인된 뒤 대대적 수리가 필요했기 때문에 우리 푸에블로보다 계획상 더 뒤처져 있었다.

나는 척과 만나기를 바랐고, 내 밑의 장교와 부사관들도 나와 마찬가지로 배너의 상응한 직책에 있는 인원들과 만나기를 바랐다. 지금까지 여러 참모부서에서 받은 브리핑보다 우리가 필요로 하는 더 직접적인 정보를 바로 그들이 가지고 있을 것이기 때문이었다. 만난 날 우리는 마치 친근한 전우처럼 정보를 무한정 나눠 가졌기 때문에 마치 한 팀원인 것처럼 느껴졌다.

척은 브레머튼에서 내게 개인적으로 자신의 경험을 적어준 바가 있었지만, 이렇게 함장실에서 직접 대면해서 이야기를 들으니 그 효과는 훨씬 더 생생했다. 중공과 소련의 무장 선박과 조우하면서 방해를 받을 때, 그는 마이크가 부착된 소형 녹음기를 지니고 있어서 사태의 진전사항을 모두 녹음할 수 있었다며, 그 내용 일부를 내가 직접 들어보라고 했다. 배너가 분명 냉정하고 재치 있게 사태에 대처한 것은 맞지만, 운도 따랐음이 분명했다.

특히 인상적이었던 점은 중국해에서 적측의 함정들이 주위를 맴도는 상황에서 두 개의 엔진이 모두 고장을 일으켜 어쩔 수 없이 표류하게 되었는데 기관병들이 필사적으로 추진력을 회복했다는 것. 중공군이 공세를 취할 경우에, 약 400마일 떨어진 곳에서 제7함대 구축함이 지원차 출동하고, 제5공군 전폭기들이 공중 엄호를 위해 출격 준비를 했다는 점. 지원 사실 자체는 큰 위안이 되었지만 너무 멀리 떨어져 있어서 즉각적인 효과는 기대하기 어려웠으니, 항공지원은 1시간, 구축함 지원은 거의 20시간이 지나서야 가능할 판이었다. 긴장감이 팽배한 가운데 기관병들이 고물단지 엔진을 다시 살려 긴박한 대치 상황에서 빠져나올 수 있었다는 것이다.

척은 북한 해역에서는 적대적 도발행위를 전혀 받은 일이 없었다고 말해주었다. 중공과 소련 영해(단 한 번도 침범 사실 없었음) 근처에서는 언제나 구축함 또는 무장한 보조 선박들을 보내 미행을 했는데, 충돌 위협을 주는 기동을 하거나 사수를 배치한 화포를 보여주며 '정선하지 않으면 사격한다'는 신호를 보내서 위협했다.

이런 경우에 척이 취한 유일한 방어책은 가능하면 '국제 수역'이란 대원칙을 따르는 것이었으며, 이에 따라 함정을 운영하며 그대로 임무를 수행해 나갔다. 그러면 방해공작을 펴오던 적측은 일촉즉발의 공격 상황에 이르기 직전에 행동을 멈추곤 했다. 몹시 신경 쓰이는 일이었지만 자세하게 알려준 그의 경험을 바탕삼아 나도 그러한 치킨 게임을 하려면 마음을 단단히 먹어 야겠다고 다짐했다.

척과의 대화는, 적어도 현장에 나가서 내가 해내야 할 일이 무엇인가를 예상하게 해주었다. 그러나 예상되는 적측의 방해 작전보다 더 걱정이었던 것은 위기 시에 현장에서 전개되는 사건 내용을 주일사령부에 알려주기가 너무나 어려웠다는 그의 설명이었다. 한 번은 배너가 본부와의 통신망에 연 결하는데 24시간 이상 걸렸다고 한다. 이러한 문제를 해결하기 위해 우리는 요코스카와 가미세야 통신센터의 전문기술자들과 합동회의도 열었는데 주 일미해군사령부 참모들도 참석했다. 이 모임에서 난해한 과학용어로 기술적 인 토의가 이루어졌으며 다양한 개량된 기술을 찾아보자는 결의도 했지만, 결국 나는 불완전한 통신체계에 의존할 수밖에 없구나 하는 체념만을 하고 말았다.

이때, 일련의 회의를 통해 나는 다시 한번 푸에블로가 막대한 비밀문건들 을 보유하고 있다는 문제점을 지적하고 '위기 시의 의무 할당량'만을 지니도 록 감량해 줄 것을 공식적으로 요청했다. 참석한 참모들은 동정심을 보이며 내 요청을 받아들이고 상부의 승인을 받아주겠다고 약속했다. 그런데 그 승 인이 출항 하루 전에야 나왔다.

한편, 나는 푸에블로와 미국 자체가 곤란을 당할지도 모르는 심각한 문제 를 상상해 보았다. 배의 주추진엔진들이 잘 돌아가고는 있었지만 배너처럼 위기 시에 작동을 멈추면 어떻게 할 것인가. 푸에블로도 그러한 상황을 만날 경우에 다시 살려낼 정도로 행운이 따라줄까? 우리는 항해하면서 말 안 듣는 조타엔진을 수리하고, 위기 매뉴얼에 따라 조타를 하거나 프로펠러만으로도 항해하는 방법 등을 익혔지만 주추진엔진이 고장이라면? 무선으로 구조를 요청할 수도 없다면? 공산권 선박들의 방해공작을 회피할 능력이 없다면? 그러면 어떻게 될 것인가?

이때에 내가 생각한 것이 TNT를 준비해두었다가 절망적인 위기상황을 만나면 최후 수단으로 푸에블로를 침몰시키는 것이었다.

이렇게 일부러 푸에블로를 침몰시키자는 내 생각에 진 레이시는 다음과 같은 반응을 보였다. 우리 배에는 선저 밸브가 없어서 신속하게 배를 침몰시킬 방법은 없다는 것. 서서히 엔진실을 침수시키면 우선 배가 추진력을 잃을 것이며, 다음으로 통신에 필요한 발전기가 망가질 것이며, 두 개의 이물과 고물의 방수 칸막이벽이 파괴되지 않으면 한두 시간 정도 배가 요동을 치게 된다는 것이다.

그래서 내가 생각해 낸 유일한 방안은 수 분 내에 효과적으로 배를 침몰시킬 수 있는 방법으로 선체에 폭약으로 구멍을 내는 것이었다. 나는 문제가 있으면 도와주겠다던 존슨 제독의 말이 떠올랐다. 그에게 이 문제를 가지고 가서 내 걱정과 해결 방법을 설명했다. 그는 언제나처럼 점잖게 내 이야기를 들었지만 침몰시키겠다는 내 말을 듣자 다소 긴장하는 듯했다. 마치 불명예스러운 방법으로 함정 하나를 잃게 된다는 생각에 놀란 마음을 억제하려는 듯했다. 그럼에도 불구하고 그는 직접적인 반대는 하지 않았다. 대신 버저를 눌러 참모장 피즈 대령을 불러들여 이 유쾌하지 않은 일을 그에게 떠넘겼다. 피즈 대령은 자신의 집무실로 나를 데리고 가더니 요코스카 보급창장에게 전화를 걸어 내 문제와 나를 그에게 넘겼다.

보급창장은 전화로 아주마 섬 해군 탄약고 담당관에게 나를 소개했는데, 이 장교는 나의 말을 듣더니 동정어린 관심을 표하며 푸에블로의 상황을 파악할 폭발물 및 파괴 전문가를 즉시 보내주겠다고 했다. 폭발물 및 파괴 전문가는 얼마 안 돼서 도착했다. 젊은 해군 중위였는데, 그는 배를 살펴보더니 특수작전구역 같은 전략적인 지점들에 열폭탄 설치를 추천했다. 나는 '그게 아닌데….' 하고 의아히 여겼다.

열폭탄은 발화 장치로써 일단 점화하면 진화하기가 사실상 불가능하며, 2~3,000도가 되는 열로 마치 버터 조각이 숯불에 녹듯 철판도 녹일 수 있다. 이 폭탄은 우연히 발화하거나 명령 오판이나, 아니면 홧김에 일탈 행동으로도 수 초 이내에 재앙을 불러올 수 있다는 걱정을 안겨줄 것이다. 나는 이 폭탄 문제가 미확인 전문가의 제안이었기 때문에 스킵 슈마허에게 '미해군 함정에서 그러한 폭약을 규제하는 규정이 있는지를 알아보라'고 지시했다. 각종 규정을 점검한 슈마허가 열폭탄은 사용 금지되어 있다는 답을 찾아냄으로써 내 의구심은 정당했음이 밝혀졌다.

그래서 TNT 폭약만이 신속한 파괴와 침몰을 준비하는 해결책이라는 나의 신념은 굳어졌다. TNT는 취급하기에도 안전하며 합당한 준비과정을 거쳐야만 폭발하기 때문이다. 아주마 섬 탄약고 담당관에게 TNT를 요청했더니 재고는 하나도 없으며 조기에 구매할 방법도 없다는 대답이 돌아왔다. 열폭탄은 있지만 TNT는 없다는 것이었다.

나는 그래도 포기하지 않았다. 잠수함 근무 시에 50파운드짜리 TNT를 표준 휴대품으로 휴대했던 걸 상기하며 제7잠수함대의 옛 동료들한테 가서 공짜로 몇 개 얻어보려 했다. 보급관 안젤로 필립포 대위와 공병장교 필 스트라이커 대위가 내 말을 듣고 자신들이 근무하던 잠수함들에 혹시 여분의 폭약이 있을지 모른다며 알아보겠다고 했다. 그러나 이들의 노력은 허사였다. 이제 마지막으로 기댈 곳은 클라크였는데, 그도 배 밑에 구멍을 낼 폭약 따위는 없다고 알려왔다. 그제야 나도 그만 포기하기로 결심하고 말았다. 더 밀고 나가보았자 자신의 배를 폭파시킬 능력밖에는 없는 함장이란 인상을 줘서 존슨 제독과 그의 참모들만 화나게 만들 뿐이란 생각이 들었다. 나는 잔걱정꾼 아니면 멍청이 취급을 받기도 싫었다.

게다가 나는 다른 바쁜 일도 있었다. 통신파견대의 특기병들이 수행하는 전자정보활동 외에도 해상 근무 중에 조우할 지도 모를 공산권의 해군과 상선들을 육안으로 관측하고 확인하는 일도 정보수집 임무의 일부였다. 각종 선박의 외형을 보고 식별하는 안목을 넓히기 위해 나는 로우와 사진사(정훈사) 로렌스 맥은 물론 함정내 모든 장교들이 사관실에서 실시되는 야간 강의에 의무적으로 참석하도록 했다.

강의에서 우리는 선박 종류 확인 교범에서 뽑은 선박의 윤곽 영상을 보여주었다. 나는 또 맥과 함께 시간을 보내며 우리가 조우할지 모르는 선박의 육안 관측 결과를 사진에 담는데 필요한 촬영장비를 준비하도록 지시했다. 그가 사용할 암실은 부사관 화장실을 급히 개조한 것이었는데, 그 안에서 작업은 가능했지만 이상적인 작업실과는 거리가 있었다. 다행히도 맥은 대부분 헌신적인 전문 사진사들처럼 비상하다 할 정도로 적응력이 좋았다.

나는 우리가 작전할 해역이 멀리 비우호적인 곳이라서 항해에 관심을 기울였기 때문에, 에드 머피가 공식적으론 항해사였지만, 장차 우리에게 필요한 특수 항해 차트 정보 획득업무를(현재는 완전 자격을 갖춘 갑판사관이며 동시에 항해사인) 찰스 로우에게 맡겼다. 그렇게 함으로써 머피는 부함장으로서 견시 임무를 면제받고 행정업무만 전담하며 부함장의 정상 임무인 함장의 지시를 실천에 옮기는 데 전념할 수 있게 했다.

요코스카에 도착한 지 얼마 안 돼서 나는 해군인사처에서 보낸 통지서 한 통을 받았는데, 그 내용은 내가 중령 진급을 했기 때문에 푸에블로를 지휘하기에는 너무나 높은 계급이어서 1968년 5월까지, 아마도 미국 본토로 전근을 할 수 있게 될 거란 거였다. 그렇게 되면 로즈와 아들 녀석들은 당분간 일본에 올 수 없게 되며, 올 크리스마스를 포함해서 앞으로 4개월 동안은 이산가족으로 지내야 할 판이었다.

실망스러운 소식이었지만 안정된 장래가 찾아올 것이란 점과 다음 보직에 대한 희망으로 사기는 떨어지지 않았다. 이제 추가적인 나의 바람은 후임자에게 푸에블로를 우수한 상태로 인계해야 하겠다는 것과 5월까지는 적어도 3개의 작전임무에 베테랑이 될 것이란 기대도 했다. 후임자는 베트남에 주둔하고 있었는데 나는 이미 그와 편지를 주고받았으며 내 능력 범위에서 함정 상태와 그 임무에 관해 정보를 전달하기 시작했다.

어느덧 그사이에 크리스마스가 찾아와 미국인들은 세계 어느 곳에 있든지 한 해 중 가장 성대하게 축하하는 명절을 맞았다. 요코스카 해군 기지도 예외는 아니었다. 입항해 있는 함정들은 경쟁적으로 돛대와 선구(船具)에 크리스마스트리를 장식하고 밝은 전등도 달아놓았다. 칙칙한 사령부 건물과 창(廠) 건물들에도 온갖 장식을 해서 축제 기분을 내고 있었는데, 생소나무 크리스마스트리와 꽃다발로 장식된 회관의 바에서는 미국 본토에서 직수입한 에그노그(맥주, 포도주 등에 달걀과 우유를 섞은 술)도 제공했다.

가족과 함께 즐기게 된 운 좋은 친구들의 집들도 미국의 고향 집처럼 성탄절 기분에 한껏 젖어 밝디밝았다. 당직근무와 보초 견시근무는 평상시처럼 계속되었지만 지휘관들은 분별있게 근무부담을 가볍게 해줌으로써 누구나 기지 내에서 벌어지는 파티에 참석할 기회를 주었고, 그 결과 향수에 젖은 축제는 고국에서의 그것에 못지않았다.

산타상(산타클로스)이라면 일본에서도 널리 알려져 있는데, 그가 요코스카에 와서 조그마한 푸에블로에 승선했다. 우리는 일본 고아들을 배로 초대해서 이상하지만 재밌는 빨간 옷을 입고, 동그란 눈에 하얀 수염을 단 산타상

(조타사 찰스 로우가 역을 맡은)을 소개시키고 선물까지 주었다. 주방에선 취사병 루이스가 자신의 역량을 뛰어넘는 기술로 칠면조와 햄을 곁들인 음식까지 만들어 냈다. 승조원들 대부분이 향수에 젖어 가슴이 찡했는데, 처음 해외 근무를 하게 된 수병 못지않게 서태평양 근무 고참들도 뱃사람이란 친분과 기쁨에 젖어 함께 즐김으로써 누구도 외롭거나 쓸쓸한 사람은 없었다.

나는 성탄절 아침에, 전에 한 번 묵었던 필립포의 집에 가서 로즈에게 장거리 전화를 걸었다. 잠시 동안 정겨운 인사와 행복한 농담도 했지만, 5,000마일이 넘는 먼 거리를 떨어져 목소리만을 들으니 안타까움이 뒤섞였다. 명랑하게 들리도록 노력을 해도 "메리 크리스마스!"를 외치는 목소리 안에는 이미 슬픈 감정이 꽉 차 있었다. 침묵이 흐르는 동안에도 걱정하는 모습을 보일 수는 없었다. 오히려 아내와 아이들이 모두 모여 정말로 성탄절 기분을 만끽하는 그 분위기에 나도 빨려들어가고 있었다. 성탄절 저녁엔 필립포, 스트라이커 대위, 짐 조브 소령과 그 가족들이 나를 돌아가면서 초대해 줘서 즐겁게 함께 지냈다. 그래도 멀리 떨어져 있는 가족들이 그리워서 가슴이 아팠다.

예상했던 대로, 가족들이 도착하자 짐을 챙기고 집안을 정리하는 데 시간을 빼앗기며 장사병 모두의 근무 효율이 영향을 받았다. 가장 심했던 경우가 에드 머피였는데, 그는 푸에블로의 부함장 근무보다는 가정에서의 남편과 가장으로서 가사에 더 열심이었다. 그 결과 나와의 관계는 더욱 틀어졌다. 나는 불만이 치솟아 그에게 부관 직책을 그만두라고 하고 싶었지만, 그렇게 급진적인 조치를 취하면 경력 관리에 치명적인 손상을 줄 것 같아서 망설였다. 문제를 삼기 전에 그에게 적어도 한 가지 임무를 주어서 스스로 다른 사람이 되었다는 걸 보여줄 기회를 주자고 내심 다짐하면서 나는 인사조치를 다음 기회로 미뤘다. 그의 태만으로 생긴 자리를 메꾸기 위해 나는 진 레이시와 스킵 슈마허, 팀 해리스와 로우에게 더욱 의존하게 되었다.

스티븐 해리스와 그가 지휘하는 통신부서도 나의 관심사였다. 우리 임무의 성공 여부가 바로 그 부서의 성공 여부에 달려있었기 때문이었다. 그의 특수작전구역은 우리 배의 유일한 존재 목적이었던 것이다. 성격은 완전히 달랐지만 우리 둘 사이 관계는 각자의 문제를 존중과 이해심으로 부드럽게 유지되었다. 서로 지기(知己)가 되어 근무를 하다 보니 나는 스티븐 해리스가 자신의 업무 분야에서 일을 잘한다고 생각하게 되었다. 맡은 일에 최선을 다할 뿐만 아니라, 함장인 나의 일에도 동정적이고, 가능하면 내 짐을 덜어주려고 노력하는 면을 보았다. 그는 휘하 통신특기병들이 필요한 보수교육을 잘 받으며 임무 수행에 만전을 기하고 있다고 나를 안심시키기도 했다. 우리 임무의 효율을 높이기 위해 한국어 통역관의 필요성을 꺼내자 그는 북한 해안에서 정보수집을 하는 데는 반드시 필요할 것이라고 동의하며 당장에 구해보겠다고 했다.

푸에블로의 기본 임무를 위장하기 위한 적절한 용어는 '해양자료 수집'이란 것이었다. 우리 배가 사실상 합법적인 해양조사선이며 예외적으로 원양에서 유용한 과학적인 자료를 얻기 위해 항해하고 있다는 것.

마침 두 명의 해양학자가 동승하고 있었는데 더니 터크는 능력도 있고 재치도 있으며 외향적으로 명랑한 성격에다가 배너에 두 번이나 승선했던 경험도 가지고 있었으며, 그의 보좌관 격인 해리 아이어데일은 약간 강인한 청년이었다. 첫눈에 이들 두 사람이 눈에 들어 나는 그들이 우리 해군 생활에 적응하는 데 문제는 없으리라 생각했다.

이들이 개인적으로 사용할 침대와 로커를 배당해주는 것은 물론 실험실도 준비해줘야 했는데 배의 설계상이나 필요성으로 보아, 보조엔진실을 사용하도록 했다. 그리고 어질러진 갑판 위에 이들이 휴대하는 난센 채수기와 잠수열그래프 장치를 배치할 공간을 마련했는데 기구 사용에 편리하도록 윈치 가까이에 두었다. 또한 이들의 높았던 민간 관료 등급을 고려해서 함상에서도 사관 등급을 부여했지만, 특전은 겨우 사관실 출입밖엔 없었다.

도쿄에서 새해를 맞이한 뒤인 1968년 1월 2일 아침, 나는 다시 푸에블로의 현실로 돌아오게 되었다. 1968년 1월 5일로 정해진 출항 날짜를 지킬 작정이었다. 시간은 자꾸 지나가는데 매듭지어야 할 일들이 남아있었다. 로우는 우리가 절실히 필요로하는 해도를 구해놓았고 나는 우리의 1,2차 임무수행을 위해 따라야 할 경로를 확인했다. 각종 민감한 전자 수신기 및 녹음기, 전문적인 사진장비와 인원들을 다 갖췄다. 육지나 해안의 도서에 13해상마일 이내로 접근하지 말라는 지시를 받고 있었기 때문에 우리가 많은 것을 관측하리라고는 생각하지 않았다. 우리가 부여받은 작전 해역은 북으로 청진(러시아의 블라디보스토크에 가까운 곳)에서 남으로는 원산에 이르는 해역으로 한정되어 있었는데, 원산은 남한과 북한을 가르는 휴전선에서 몇 마일 북쪽에 위치해 있었다.

당시 나의 계획은 다음과 같았다. 첫째, 사세보로 항진하여 미해군기지를 방문해 연료를 가득 채운 뒤, 만일 제3지원단 행정사령관인 노벨 G. 워드 소장이 계시면 찾아가 보고를 할 것. 둘째, 대마도 해협을 통해 동해로 진출하되 일본을 껴안으며 항해함으로써 근처 해역에서 작전한다고 알려진 소련 해군 부대와의 조우를 회피할 것. 셋째, 육지에서 30~40마일 떨어진 곳에 각각 화성, 금성, 명왕성이라고 명명된 우리의 작전 해역을 관통하여 북으로 올라간 후, 거기서 15마일 이내로 해안에 근접해 남진하면서 작전을 할 것 등이었다.

나는 주일미해군사령부 연락장교인 에드워드 브룩스 대위에게 이러한 나의 계획을 통보했지만 혼선을 빚고 말았다. 이유는 내가 그에게 (다른 참모를 포함해) 브리핑을 해 달라고 요청했을 때, 다른 함정의 장교들도 동해에서의 가능한 조건과 활동에 관하여 브리핑을 신청했기 때문이었다. 주일미해군사령부는 임무 수행을 위해 배너를 출항시키면서도 그런 식으로 브리핑을 해 주지는 않았다는 것이 나중에 판명되었다. 그러나 나는 사령부 참모 브리핑을 해달라고 고집스레 요구하며 에드 브룩스 대위에게 동해에서의 현재 및 장차 날씨와 결빙 조건과, 알고 있는 항해 위험 요소 및 도움되는 사항, 그리고 예상 가능한 모든 외국 선적의 상업 및 해군 활동 등에 관해서 브리핑을 해 달라고 요청했다.

특히 나는 북한에 관해서 알고 있는 내용을 모두, 나와 내 휘하 장병들에게 알려주기를 바랐다. 북한에 관한 책자는 몇 권 정도 받은 바 있으나, 이 문제에 관해 현재 상황을 알고 있는 주일미해군사령부 참모들로부터 가용한 최신 정보를 들어보고 싶었던 것이다. 물론 브룩스 대위에겐 부차적인 일이었지만 여하튼 그는 브리핑 스케줄을 잡아주었다.

나는 척 클라크와 브리핑 내용을 들어도 보안 규정에 저촉되지 않는 내 휘하 장병들도 모두 브리핑에 참석하도록 했다. 1월 3일 09시에 사령부의 정보 브리핑실에서 브리핑은 실시되었다. 수석 브리핑 제공자는 미해군 대령 토마스 드와이어였는데, 그는 주일미해군사령부의 정보참모였다. 드와이어 대령에 이어 정보참모부의 다른 장교들도 브리핑을 해주었는데 모두 시의적절한 내용들이었다. 그런데 갑자기 존슨 제독이 나타나 우리는 모두 놀랐다.

"더 질문이 있는가, 함장?"

그는 나에게 물었다.

"제독님, 참모부의 여러분들이 브리핑을 잘 해주었습니다. 우리는 지혜가 담긴 그들의 말씀이 큰 도움이 되었다고 생각합니다. 대단히 감사합니다."

이때 척 클라크가 말을 이었다.

"제독님, 아직도 우리는 많은 작전 수역에서 교신을 시작하는 데 문제를 안고 있습니다. 제 생각에 이런 문제점이 개선되지 않으면 언젠가는 심각한 상황에 처하게 되지 않을까 우려됩니다."

"드와이어 대령, 이 문제를 좀 더 자세히 검토해봅시다."

존슨 제독이 말을 받았다.

"네, 알겠습니다."

이렇게 통신문제가 더 깊이 논의되는 가운데 내가 말했다.

"위험하지만 정기적으로 간행되는 근무할당표를 따라 작전하는 편을 택하겠습니다."

제독은 성급하게 대령에게 말했다.

"그 문제도 검토해 봅시다."

"네, 제독님."

그다음에 존슨 제독은 배너와 푸에블로에 모두 설치하는 구경 50의 기관총 문제를 거론했다.

며칠 전에 AGERs들을 20mm포로 최종 장비하기 전에 임시로 구경 50 기관총으로 무장을 하라는 미해군참모총장의 긴급 메시지를 받은 바 있다. 존슨 제독이 브리핑에 참석함으로써 AGERs급 함정을 무장하는 계획이 다시 살아난 것이었다. 제독은 총포를 눈에 띄는 함상에 장비하는 걸 걱정했다. 간단히 말해서 총포는 도발적인 것이어서 심각한 문제를 야기할 수도 있다는 생각이었다.

"구경 50 기관총 설치는 끝났는가?"

그는 누구를 지목하지 않고 재빨리 물었다.

"설치가 거의 끝나갑니다."

내가 대답했다.

척 클라크는 자신의 배에는 이제 막 설치를 시작했지만 몇 주 동안 출항할 계획은 없다고 말했다. 존슨 제독은 눈을 가느다랗게 뜨더니 아주 조심스럽게 입을 열었다.

"나는 자네들의 함정을 무장하는 데는 반대일세. 자칫하면 자네들이 전혀 예기치 못한 어려움을 만날 수도 있어."

제독은 나를 쳐다보며 물었다.

"자네는 총좌를 어디에 설치했나?"

"한 개는 전방 이물의 닻 권양기 양쪽 중 한쪽에, 또 하나는 배의 중심선을 따라 고물, O-1 레벨에 설치해서 모두 두 개의 총좌입니다, 제독님."

"총을 덮어서 총구는 아래로 향하게 해 두게. 무엇보다 더 좋은 건 갑판 아래에 두는 걸세."

척 클라크는 갑판 아래에 두겠다고 단언적으로 말했고 나도 그렇게 하겠다고 생각은 했지만 아무런 말도 안 했다. 해군총장이 함정에 설치하라고 했는데 왜 우리가 그걸 갑판 아래에 둬야 하는 걸까 하고 나는 의아했다. 나중에 척에게 물었지만 그는 갑판 밑에 놓아둬도 문제될 일이 없을 거라는 제독과 같은 의견이었다. 그는 그 방면에 유경험자였기 때문에 나는 그에게 더 이상 따져 물을 수도 없었다.

"내일 자네의 배를 검열하러 나가겠네, 함장."

브리핑 장소를 떠나면서 제독은 말했다.

"저의 함정에 오신다니 기쁩니다, 제독님."

나는 즉석에서 대답했다. 제독이 떠나려하자 모두 일어서서 차렷 자세를 했다. 추가로 몇 분 동안 드와이어 대령과 척 클라크와 상의하면서 나는 통신문제를 거론했다. 우리 중에 아무도 그 보잘것없는 구경 50 기관총 2정문제로 흥분하지는 않았다. 그러나 나는 나중에 시간 여유가 있을 때 브리핑 내용을 다시 곱씹으며 존슨 제독이 기관총 문제를 왜 강조했는지를 알아볼 작정이었다. 총장의 지시대로 AGERs를 무장하면 우리의 배가 비도발적, 비무장 염탐꾼으로 운영될 것이라는 기본 원칙에 정반대가 되는 셈이다. 그러나 2정의 구경 50 기관총을 설치한다고 해서 푸에블로 본연의 모습이 변하는 것도 아니다. 조그마한 비전투용 화물선은 그 설계는 물론 목적도 어느 누구와 홀로 전투를 하도록 의도된 것은 아니었다. 그래도 전 해군을 지휘하는 총장은 자신이 최선이라고 생각하면 AGERs를 무장시키는 것도 확실히 그의 권한에 속하는 문제였다.

브리핑이 끝난 뒤에 척과 나는 이미 공개된 바 있던 문제들을 토의하기 위해 요코스카 통신소 장교들과 그날 늦게 만나기로 했다. 점심식사 시간이 가까웠기 때문에 스킵 슈마허와 나는 배로 돌아왔다. 돌아와서 나는 그에게 총좌 설치에 관한 진행사항을 알려달라고 말했다.

"함장님이 결심했던 설치 장소는 그다지 넓지가 않습니다."

그는 불평스레 대답했다.

구경 50 기관총은 비교적 가벼운 경화기로 원래는 보병부대용으로 제작된 것을 2차 세계대전 시 비행기와 탱크에도 맞도록 조정했지만, 해군 무기로서는 그다지 유용하다고 생각되지 않았다. 무게가 가볍다지만 고정식 총좌와 탄통이 필요한 화기이며, 겨울 바다에서 작전하는 소형 함정에서는 쉽게 얼고 해수에 부식되는 상황을 맞으면 조절하기도 어려워 고장을 일으키기에 십상이었다. 게다가 성미가 까다로운 화기여서 숙달된 사수가 아니면 다루기 힘든데, 푸에블로 승조원 중에는 구경 50 기관총 전문 사수가 없다. 선임 사수인 케네스 웨들리도 이 기관총에 관한 경험은 전혀 없었다. 갑판병 로이 매가드는 한때 육군 탱크 군단에서 근무한 경험이 있어서 기관총 사용

법의 기본 교육은 받았지만 지금은 아는 게 거의 없는 상태이다.

푸에블로나 배너 승조원 중에, 또 주일미해군사령부 소속 참모 중에도 우리 함정의 무장 문제를 심각하게 생각하는 사람은 아무도 없었다. 위기 시에 쉽게 사용할 수 있도록 총을 설치할 장소도 마땅치 않았다. 그래서 실제로 화기를 다룰 사수가 있다 해도 그 사수를 보호해 줄 장비나 시설도 있을 수가 없었다. 함수 쪽 총좌는 적이 이미 근접해 왔다면, 그 적의 사격권에 노출이 된 뒤에야 사수를 배치하고 총을 조작하게 될 정도였으며, 함미 쪽 굴뚝 뒤의 O-1 레벨에 설치한 또 다른 총좌도 노출되기는 비슷한데 더욱 제한된 사계(射界) 때문에 효율성도 제한적이었다. 승조원에 대한 사격훈련을 위해서 해병대 교관들이 나와 사격장에서 숙달훈련을 시키는데 4~50명에게 개인당 6발 정도를 연속 사격해보도록 했지만 믿을 만한 사수를 만들기에는 역부족이었다.

간단히 말해서 우리 비전투원 신분의 승조원들은 혹시 있을지도 모르는 적의 심각한 공격을 물리칠 충분한 수단도 마련하지 못하고 말았다. 미해군 최고 사령부나 푸에블로 함장인 나는 단견(短見)으로 그러한 상황을 받아들인 것을 후회하게 될지도 모른다.

약속했던 대로 존슨 제독이 푸에블로를 검열하러 나왔다. 계급에 상응한 예우를 갖춰 군악이 연주되는 가운데 제독은 승함했다. 갑판과 함정 내부를 철저히 돌아본 그는 언제나처럼 부드러운 모습이었고 결과에 대해서도 만족감을 나타냈다. 비평적인 표현은 거의 없이, 배의 상부 몇 군데 페인트칠한 곳에서 녹이 스며나오는 곳을 지적하는 데 그쳤으며, 사나운 날씨에 배가 흔들려 쓸려나갈지도 모르는 물건들을 넣어둘 더 좋은 수납공간을 마련하도록 충고하는 정도였다. 그러나 그는 편견 어린 시선으로 새롭게 마련한 총좌에 캔버스 덮개로 덮어 놓은 구경 50 기관총좌를 바라보았다. 겉보기에는 무기

같지 않았지만 그것이 불안했던지 다시 나에게 말했다.

"함장, 자네는 전쟁을 하러 그곳에 가는 게 아니란 점을 명심하게. 반드시 덮개를 덮어서 관리하되 도발적인 방법으로 그걸 운용해선 안 되네. 저 저주받을 공산당놈들은 조금만 빌미를 주면 국제적인 분쟁을 일삼으니, 절대로 그런 상황은 우리가 원치 않는 바네!"

"네, 제독님, 잘 알겠습니다."

나는 진지하게 대답했다.

"좋네, 함장. 내가 당부하고 싶은 것이 바로 그 점이고, 배 상태는 양호하네. 행운을 빌겠네!"

우리는 악수를 하고, 트랩에서 경례를 교환했다. 제독이 웃으며 이함하자 갑판장 클레팍은 높은 소리로 악기를 불어 예우를 갖췄다. 제독 자신은 성공적인 검열이었으며, 나도 검열을 받고 만족했다. 이제 우리는 주일미해군사령부의 축복을 받으며 출항에 들어갈 준비를 갖춘 것이다. 그러나 출항 바로 직전에 몇 가지 문제가 발생했다.

첫 번째 문제는 사령부 참모들의 잘못으로 작전명령 또는 항해명령을 받지 못했다는 것이다. 참모들은 "몇 시간 뒤에…."를 계속 되풀이할 뿐이라 필수적인 문서가 지연되어 우리는 짜증이 났다. 출항 예정일 오전에야 사세보로 출발하라는 단편 명령이 도착했다. 작전명령은 1월 5일 03:00에 도착했기 때문에 출항 전에 읽어볼 시간도 없었다. 항해명령 잔여분은 우리가 사세보로 항해하는 동안에 전송하도록 되어 있었다.

두 번째는, 마지막 주에 우리 배 통신부서의 필수요원인 무전병이 갑자기 문제가 된 것이었다. 척추 부상을 당했던 무전병 멀린이 해상에서 구축함 지원선인 곰퍼스(요코스카에 정박 중)에 이송된 뒤에 완전히 회복되었으나 휴일에 병원에 가야 하는 외래환자 명단에 올라 있었는데, 심각한 군기 위반 병사가 되었다. 나는 그를 다른 수병으로 대체할 수밖에 없었다. 이렇게 촉박한 순간에 유자격자를 구하려 바쁘게 노력했으나 일등통신병은 구할 수가 없었다. 그래서 매부리코에 뿔테 안경을 쓴, 깡마르고 키 큰 젊은 무전병 헤이즈가 그 운명의 자리를 얻게 되었다. 우리 배가 도크를 빠져나가려는 찰나에 그는 세일러 백을 가지고 점프하다시피 승선했다. 당시에 나는 유경험자를 얻지 못했다고 불평했지만 헤이즈는 불운한 우리 배 승조원들에게 하나님이 보내주신 선물로 판명이 되었다.

뒤늦게 도착한 또 다른 중요한 전문가인 한국어 통역관들도 내 신경을 곤두서게 했다. 스티븐 해리스는 그들이 곧 승선할 거라고 나를 안심시켰지만, 그들은 마지막 순간에야 나타났다. 두 명의 해병대 부사관인 로버트 J. 해먼드와 로버트 치카는 미해군보안처 가미세야 분견대에서 우리 배에 배속되었다.

우리 배에서는 해리스가 지휘하는 통신파견대 조사부에 배정되어 북한의 음성통신을 감청해서 나에게 전술적으로 중요한 근접지원 정보를 제공하고, 우리 배 근처에서 사용되는 북한어를 즉각 실시간 통역해주는 것이 그들의 임무였다. 비록 짧은 시간이었지만 두 사람은 총명한 듯한 인상을 주었고, 유자격자를 보내주겠다는 해군에 의존은 했었지만 그들이 독립적인 특수작전구역 팀에 합류하게 되어서 나는 대단히 안심이었다. 사실 그 사람들이 없이는 출항하지 않았을 것이다.

1968년 1월 5일, 날씨가 상쾌하고 쌀쌀한 아침, 제7잠수함대와 주일미해군사령부에 근무하는 나의 친구들이 환송을 나와 작별인사를 나누고 우리가 도크에서 빠져나가는 모습을 지켜봐주었다. 임무수행을 위해 모든 준비를 마쳤다고 나는 느꼈지만 정보요원들은 이상하고 교활한 방법으로 세 번씩이나 코드 명칭을 바꾸며 방아벌레 작전, 적근초 작전, 그리고 지금은 물고기 작전 1이라고 불렀다.

요코스카 조선소의 직공들은 조타엔진을 사실상 재생시켜 원래의 기계보다 더 믿을만한 기계로 만들어냈다. 무개 함교에는 유색(有色) 루사이트 재료로 만든 전천후 스크린을 예쁘게 설치했다. 우리는 해군총장의 지시에 따라 기관총좌를 설치했으며 그걸 사용할 수 있도록 몇 명은 사용법을 조금 익혀 놓았으나 절대로 그것을 사용하는 일이 없기를 진심으로 바랐다.

나는 배의 파괴 및 침몰에 사용할 TNT를 구할 수가 없었지만 배너도 그런 걸 휴대하지 않았고, 또 그런 게 필요하지도 않다는 데 위안을 얻었다. 그대신 비밀문서들을 태워버릴 수 있는 그만저만하게 멋진 소각로(배너는 50갤론 드럼통을 휴대) 한 개와 시간당 1천 매 정도의 종이를 파쇄할 수 있는 문서파쇄기 한 대로 만족했다. 그래도 우리는 엄청 많은 불필요한 비밀 암호 및 기술 문건들을 보유했으며, 그중에서 얼마쯤은 사세보에서 떨구어놔도 된다는 허락을 받았다. 스티븐은 특수작전구역의 통신특기병들의 보수교육을 끝냈으며, 전자감청 장비가 목표지점 이내에 진입하면 업무를 즉시 개시할 준비가 되어있다고 보고했다.

장교와 수병, 2명의 민간 해양학자들을 포함하여 승함 총원은 83명이었다. 소수만이 우리의 임무를 숙지하고 있었으나 총원 각자는 맡은바 직분에서 할 일을 알고 있었다. 닻줄을 걷어 올릴 시간이 다가옴에 따라 불필요한 걱정 따위도 내 마음에서 몰아냈다. 나는 스킵 슈마허로 하여금 갑판에 올라 항해를 시작하도록 하고 나 자신은 윗칸, 새로 만든 무개 함교에 올라 도크에 환송 나온 친구들에게 손을 흔들어 작별하며 사이사이에 운항 상태를 점검했다.

제 8 장

(A) 북한 해역 근처에서 공개적으로 활동하는 정보수집가들에 대한 북한과 소련의 반응을 파악하고 실제로 감시에 나선 소련 해군 부대들도 확인할 것.

(B) 위험 정도 판단: 탐사활동 전 기간, 푸에블로는 공해상에서 작전할 것이므로 위험도는 최소일 것임.

〈1968년 12월 31일, 푸에블로에 대한 작전명령에서 발췌〉

나는 별다른 이유 없이, 우리 옆에 서 있던 일본인 예인선 선장이 입에 가득한 금니를 드러내고 히죽이 웃던 모습을 눈여겨보았던 기억이 난다. 금니들이 창백한 겨울 햇빛 아래서 아름답게 반짝이면서 내가 알 수 없는 신호를 보내고 있었다. 그러나 나는 그의 모습에 아무런 신비한 의미를 두지 않고, 그냥 그 장면을 즐겼다. 그런데 그 금니를 드러낸 웃음이 내가 본 마지막 밝은 장면이 되었고 그 뒤에 내 인생은 암흑과 고통, 그리고 절망 속에 빠져들고 말았다.

도쿄만을 빠져나온 지 겨우 몇 시간 지나 푸에블로는 사나운 날씨를 만났는데, 시간이 갈수록 더욱 사나워졌다. 거센 바람이 폭풍으로 바뀌더니 산더미 같은 파도를 몰아왔다. 요코스카와 사세보 사이의 연안 항해는 통상 3일 이내 걸린다지만 우리의 경우는 달랐다. 간신히 조타가 가능할 정도로 속도를 줄였는데도 함수는 솟아오르는 파도벽을 기어올랐다가 꼭짓점에 이르는 순간, 다시 미친 듯이 파돗골로 미끄러져 내리며 통제력을 잃지 않으려

애를 썼다. 흔들리고 비틀리면서 일정치 못한 전진을 하다 보니 우리는 다시 한번 예정된 스케줄보다 훨씬 뒤처질 것이 확실했다.

승조원 대부분은 또다시 배멀미를 하며 경련을 일으킬 정도로 고통스러워했다. 태평양을 횡단하면서 어느 정도 면역력을 길렀다고 생각했던 승조원들마저도 병약한 동료들처럼 헛구역질을 했다. 놀라울 정도로 가파른 롤링을 당하면서 바람 없는 쪽의 난간이 물에 닿을 정도로 뒤집힐 듯했다가 다시 정위치로 돌아오면 이번엔 반대쪽으로 세차게 밀려 넘어질 듯했다. 이처럼 급격한 좌우 진동도 단련이 안 된 승조원들에겐 공포심을 자아냈고 그게 바로 멀미로 발전했다. 이처럼 잔인하고 낯선 상황에서 고통을 겪는 승조원들에 대해서 나는 참으로 미안한 마음이었지만 상황에 굴복해서 그들을 침대로 보낼 수는 없었다. 우리는 작전 임무(실제 상황)에 돌입해 있으며 승조원들은 악조건 속에서도 임무수행이 가능토록 해야 했다.

내가 어렵사리 사무실을 떠나 함교로 나가려 할 때, 배가 엄청나게 흔들리더니 한 남자의 몸이 갑판 계단으로 떨어지며 내 몸을 덮치는 바람에 갑판에 벌러덩 나자빠지고 말았다. 꼬인 몸을 풀고 발을 딛고 일어나 보니 새로 전입했던 무전병 헤이즈라는 걸 알았다. 함장 몸 위에 떨어졌다는 사실 때문에 그는 공포의 빛이 역력한 창백한 안색이 되어 있었다.

"아이고! 함장님, 죄송합니다!"

목소리도 쉬어 있었다.

"아프지 않은가?"

배가 또 한 번 급격하게 옆으로 기울자, 넘어지지 않으려고 우리는 순간적으로 서로 부둥켜안았다. 다행히 나도, 그도 약간의 타박상을 입었지만 아무 일 없이 우리는 그냥 웃고 말았다.

"나는 괜찮은데, 헤이즈 군!" 하고 그를 안심시키며, "자넨 어떤가? 나는 자네가 맡은 임무를 계속 수행해 URC-32s 무전기가 즉시 최대 출력을 내도록 해주길 바라네." 하고 말했다.

헤이즈는 창백한 웃음을 띠며 습기 찬 안경을 닦아내며 말했다.

"네, 함장님! 준비하겠습니다. 그러나 지금… 죄송하지만 실례하겠습니다. 토할 것 같습니다."

그리고는 흔들리는 복도를 도망치듯 뛰어 내려갔다. 나는 그가 몇 분 내로 무전실을 찾아갈 수 있으리라 믿었다.

조타실에서는 당직사관과 함교 감시원이 그들의 귀중한 목숨을 지키기 위해 머리 위에 단단한 고정물을 붙잡든가 또는 격벽에 붙어서 발을 고정시키려 애쓰고 있었다. 조타수는 타륜을 지지대처럼 꼭 붙잡고 좌우로 돌리며 요동치는 바닷물을 이겨내려 했다. 눈은 진로를 알려 주려고 똑딱이는 자이로콤파스로부터 파도의 포말 때문에 흐려지는 창문까지 왔다 갔다 희번덕이며 끝없이 밀려오는 거대한 파도에 대처할 방도를 찾고 있었다.

해도실에서는 로우가 다부진 몸속에 마치 신비한 자이로 안정기라도 지닌 듯, 흔들리면서도 양발을 굳게 딛고 안정된 자세로 다른 동료들에 둘러싸인 채, 조용히 전파항법장치를 조정하며 입력되는 신호들을 차트상 위치 좌표에 그려 넣었다. 조타실 바로 위에 있는 무개 함교는 새로 설치한 루사이트 스크린 덕분에 이전보다 훨씬 보호가 잘 되고 있었지만, 배의 상층까지 날아드는 물보라에 흠뻑 젖었고, 높은 위치 때문에 그만큼 더 요동은 심했다. 때문에 이런 사나운 날씨 속에서는 그 안에서 육안 견시로 배를 지휘하는 데는 적합하지 않았다. 그럼에도 우리가 이런 폭풍우를 헤치며 전진하고 있다는 사실에 나는 만족했다. 나는 상황에 대처하기 위한 견시 업무를 더욱 강화하도록 몇 마디 충고와 함께 격려의 말도 잊지 않았다.

다른 간부들도 높은 긍지와 의지를 가지고 견시는 물론, 맡은 바 임무를 훌륭히 완수하고 있었지만 임무를 교대한 뒤에는 사관실에 가지 않고 자신들의 선실로 직행해서 고통스럽고 지친 상태로 침대에 눕고 말았다.

　단 한 명의 예외가 더니 터크였는데, 그는 배너에 근무했던 역전의 용사로서 험난한 파도도 아랑곳 않고 식성이 대단했다. 게다가 파격적인 유머 감각 때문에, 우리는 별명으로 그를 '프라이어(탁발 수도사) 터크'라고 불렀다. 함정 내부와 침실은 젖은 옷가지와 악천후용 장비와 토사물에서 풍기는 시큼한 냄새가 가득했다. 악천후 상황에 대비해 모든 물건을 안전하게 보관하라고 신신당부했던 존슨 제독의 말씀도 있었으나, 주기적으로 물건들이 떨어지며 쿵쾅대는 소리, 격벽에 날아와 부딪히는 소리, 그 물건들을 잡으려고 이리저리 뛰어다니는 승조원들의 욕설까지 섞여 아수라장이었다.

　우리는 정지한 듯하지만 서서히 우리 배의 진로와 같이 움직이는 태풍의 한가운데에 들어있으면서, 맹렬한 태풍의 중심을 뚫고 나아갈 방법은 없었다. 배의 안전에 관해서는 그다지 걱정을 안 했지만, 그런 가운데 우리는 큐슈섬에 다가섰고, 마치 바위발톱처럼 바다로 뻗어나온 사타 미사끼 곶을 돌았다. 거기서부터 우리는 일본열도의 최남단 발뒤꿈치를 돌아 북으로 항해를 계속해서 사세보로 가야 했는데, 새로운 항로에서는 또다시 험한 태풍을 만나지 않게 되기를 바랐다. 그러나 폭풍은 집요하게 우리를 따라와 결국 우리는 그 속에 갇히고 말았다.

　바람은 허리케인급에 가까워졌고 불규칙하게 몰아치는 파도도 높아지다가 해안에 닿았다가 돌아나가는 이안류를 만나 더 높이 솟구치며 부서졌다. 바다와 바람 사이에서 우리 배의 뭉툭한 함수를 좌우 어느 쪽으로도 돌릴 수가 없어서 효과적인 조타가 불가능했기 때문에 한밤중에도 나는 함교로부터 몇 번씩이나 호출을 받았다.

　그러나 다행히도 조타엔진이 살아나 작동하고 또 좌우현 보조추진엔진들이 움직여 푸에블로를 다시 정상으로 되돌릴 수 있었던 것을 하느님께 감사했다. 그런데 이번엔 큐슈 해안에 널린 암초들과 낮은 수심의 위험에 직면하였고, 높은 파도 속에 배를 통제하기도 어려운 상황에서 어찌할 바를 몰랐다. 우리는 배의 롤링을 이용해 바람이 불어가는 쪽 인근 해안에 대피소를 찾기로 결심했다. 열심히 키와 엔진을 이용해 서서히 게걸음질을 함으로써 그 폭풍 소용돌이를 빠져나와 조금 조용한 수역에 다다랐으며, 그곳에서 우리는 한숨을 돌리며 폭풍이 지나가기를 기다렸다.

폭풍이 지나가는 때란 참으로 더뎠다. 약 두 시간 정도 닻을 내린 채 대피하였을까. 드디어 날씨가 개려는 기미가 보였다. 나는 운항 재개를 지시하고, 그때까지도 북쪽으로 몇백 마일 더 가야 하는 사세보를 향해 다시 출발했다. 날씨는 아주 미세하게 좋아졌지만, 나도 심신이 지치고 피곤해져서 항해사를 불러 새로운 항해 코스를 잡도록 지시한 뒤에 갑판 당직을 정규직인 팀 해리스에게 돌려주라고 말하고는 몇 시간 쉬려고 내 방으로 들어갔다. 한 시간도 채 안 되게 졸았을까 하는데 침대 옆에 있는 전화벨 소리에 잠이 완전히 달아났다. 수화기를 들자 팀 해리스의 놀란 목소리가 울려왔다.

"함장님, 우리는 정해진 코스를 운항합니다만 약 1/2마일 바로 정면에 높다랗게 부서지는 파도가 보입니다!"

"비상, 전속력 전진! 물속으로 들어가!"라고 나는 소리쳤다. "내가 즉시 올라간다."

군복을 입은 채로 누웠던 나는 순간적으로 조타실로 뛰어 올라갔다. 당직 사관 팀 해리스는 에드 머피가 정해 놓은 코스를 따라 운행하고 있었지만 무개 함교에서 아주 적절한 순간 아스라이 나타나는 고리 모양의 파도를 발견했던 것이다. 휘몰아치는 빗줄기와 파도의 포말이 전방 가시도를 방해하는데도 파도를 일으키는 커다란 바위가 갑자기 보이는 게 아닌가!

함교에 다다랐을 때, 나는 함수 앞에 나타난 불길한 그 형상을 직접 목격하고 푸에블로가 큰 바위에 1,000야드 이내로 접근했음을 직감했다. 재빨리 엔진을 후진시키며 키를 완전 좌측으로 돌리고서야 대재앙을 피할 수 있었다. 함장으로서 이보다 더 가슴 철렁한 상황은 있을 수 없었으며 잠깐 사이에 나는 진땀을 흘린 뒤에야 우리가 큰 위험을 벗어났다는 걸 느꼈고, 배 밑바닥 물소리도 깊다는 걸 알았다.

나는 한참 동안 공포와 분노를 자제하고서야 전파항법장치와 레이다로 우리 배의 위치를 확인한 뒤에 혼쭐이 난 팀 해리스에게 새로운 안전 항로를 지시했다. 나는 한동안 함교에 머물면서 승조원 총원이 이 위기일발의 상황 뒤에 제정신으로 돌아왔는지를 확인했다. 그러고 나서 방으로 돌아와 에드 머피를 개인적으로 불러 운항 상 어리석고, 하마터면 범했을 치명적인 실수가 무엇이었는지를 설명해주었다. 내 말에 그는 배의 항해사로서의 책임 말고는 다른 잘못에 관해서는 변명 일색이었다. 나는 그의 이번 실수에 관해 너무나 화가 나서 인격을 모독할 정도의 충돌을 하게 되었으며 순간적으로 이성을 잃고 폭풍 소리보다 더 큰 소리로 고래고래 소리쳤다.

"야, 이 빌어먹을 친구야! 직업 때려치우려고 작심했나? 부관은 함장 부재 시에 함장을 대신하게 되어있다는 걸 배우지도 못했나? 함장 혼자서 시시콜콜한 일을 다 하도록 내버려 두도록 배웠는가? 빌어먹을 친구야! 시간과 기회를 다 가지고서도 진정 그 모든 잡다한 일들을 내가 하기를 바랐나?"

머피의 안경 너머 고뇌에 찬 눈물을 글썽이는 모습이 보였지만, 내가 퍼부은 모욕적인 말 때문이었는지 아니면 요동치는 함장실이 견디기 어려워서 그랬는지는 알 수가 없었다.

"함장님, 이 어려운 상황에서 저도 나름대로 조심해서 항로를 잡았었습니다."

그는 애처로운 반항기가 담긴 대답을 했다.

"아마도 당직사관 아니면 조타사 로우, 그도 아니면 다른 누군가가 항로를 이탈하는 실수를 범했나 봅니다. 아마….."

"자네는 부함장이며 동시에 항해장교가 아닌가!"

나는 버럭 고함을 질렀다.

"내가 항해에 관한 한 자네를 믿지 못한다면 자네가 여기에 있을 이유가 뭔가?"

촉촉이 젖은 셔츠 깃 안에서 그의 목젖이 연신 아래위로 움직였다.

"네, 함장님. 저는 최선을 다하려 합니다."

"그걸로 충분하질 못하네!"

"함장님은 그걸 너무 쉽게 말씀하시네요. 죄송합니다만….."

"그러면 다시 생각해보고 눈치 있게 처신하게, 제기랄!"

한동안 침묵이 흐르는 사이에 갑판 위로 밀려오는 성난 바닷물 소리가 요란했다. 흔들리는 갑판, 함장실에서 정식으로 거수경례를 하고 문밖으로 나가려다가 그는 문을 잊을 뻔했다. 나의 좌절감이나 화는 줄지 않고 그대로였다. 그가 방을 나가자 나는 마음속으로 명분을 내세워 저 친구를 부관직책에서 해임할 날이 올 거라고 다짐했으나, 그렇게 급진적인 조치를 취하면 안 좋을 거라는 마음도 동시에 생겼다.

그날 밤, 나는 가끔 함교에 올라가 항해의 정확성과 기타 모든 일이 잘 돌아가는지를 점검했다. 긴장감을 누그러뜨리려고 간간이 책상 앞에 앉아 휴대용 타자기가 미끄러져 갑판으로 떨어지지 않도록 한 손으로 꽉 잡고, 다른 손을 이용해 더듬더듬 아내에게 편지를 쳤다.

사랑하는 로즈에게

1968년 1월 9일

　　지금 사세보를 100마일 앞둔 바다에서 편지를 쓰고 있소. 정말 지옥 같은 항
해였소. 1월 6일 저녁부터 폭풍은 계속 몰아쳤으니까. 오늘은 약 50노트의 강
풍을 피하기 위해 어느 섬 뒤에 정박해야겠소. 비바람이 계속되면서도 때로는
우박, 또 어떨 때는 눈과 비로 돌변하고 있다오. 예정대로라면 오늘 아침에 사세
보에 입항했겠지만 늦어져서 내일에서야 들어갈 듯하오.

　　여긴 정말 날씨가 거친 바다라오. 푸에블로가 튕겨 나갈 정도니까 말이오.
3일 중에 첫날, 이런 배에서 당신은 서 있을 수나 있을까. 출항한 이래 승조원
모두가 의기소침한 가운데 몇 명은 아무것도 못 먹었소. 그런 장병들에 대해선
아주 미안한 생각뿐…

　　애들은 다 잘하고 있겠지. 곧 스스로 챙길 줄 아는 사람이 될 거라 믿소. 이렇
게 떨어져 지내는 게 정말 지겹고 당신이 무척 그립구려. 아직 내 앞으로 소득세
양식 1040은 오지 않았으나 도착하면 곧 계산해서 보낼 작정이요. 금년엔 공제
를 못 받게 되면 아마도 꽤 많은 세금을 내야 하겠지… 몸조심하고 잘 지내길 바
라오.

사랑하는 남편, 피트

　　잦아든 바람 소리와 배의 롤링도 완만해진 걸 보니까 폭풍 속은 완전히
벗어나 순항하는 것 같았다. 함교에서도 긴급 호출은 없었다. 귀가 따갑던
파도 소리도 간헐적으로 들릴 뿐, 진 레이시가 운영하는 바위 분쇄기 같은
엔진이 충실하게 움직이는 소리만 꾸준하게 들려왔다. 날씨를 따라 나 스스
로의 성깔도 가라앉기 시작했다.

　　나는 아내에게 보내는 편지를 봉해서, 사세보에서 출발하는 오후 우편 시
간에 맞춰 보내면 내가 북한 해안을 향해 항진하기 전에 편지가 가족에게 도

착할 것으로 믿었다. 마지막으로 윗층에 올라가 견시상 문제가 없는지를 확인하고 나서 나는 침대에 누워 한 시간 반 동안 곤한 잠을 잤다.

해군기지로서의 사세보는 요코스카보다 더 오랜 역사를 지녔으며, 그림같이 아름다운 일본의 옛 도시다. 일본과 맺은 평화조약 덕분에 미국이 이곳에 완전한 해군시설을 유지하고는 있지만 비교적 작고 외진 곳이기 때문에 미해군 장병들이 그다지 선호하는 항구는 아니다. 일본 본토 혼슈의 동북쪽에 위치한 요코스카의 대도시 근접성을 따라갈 수가 없는 것이다. 큐슈섬에서 발견되는 시골풍의 옛 일본 모습을 간직한 사세보는 상륙하는 뱃사람들을 위한 오락시설이 기지 주변에 모여 있는 보통 수변 오락시설보다 조금 나은 정도였다. 그나마도 짧은 기간 동안 상륙하는 푸에블로 장병들에겐 영향을 주지 못했다. 우리는 그곳에서 2일 동안 정박했다.

정박한 처음 몇 시간 동안에 모든 장병들이 필요로 했던 것은 뼈마디가 욱신거리고, 위장이 뒤집히는 항해 끝이라 푹 쉬는 일이었다. 그러나 가능한 한 조속히 재출항하기 위해서는 해 두어야 할 일들이 있었다. 스티븐 해리스는 잉여 비밀문건을 하역하고 그에 따른 필요한 문서를 작성하기 시작했다. 특정 전자장비에 결함이 있어서 주일미해군사령부에 다시 전화를 해서 여분의 부품들을 항공 송부하도록 요청하고, 부품들이 즉시 와야 출항 전에 수리가 가능할 상황이었다. 고갈된 연료고에는 재보충도 실시했다. 풍랑을 견디느라 배의 파손된 부위를 수리하고, 청소해야 할 곳도 많았다. 약 12시간 동안만 항구에 정박할 계획이었지만 재출항하려면 해야 할 일들이 너무 많아서 승조원 총원이 숨돌릴 시간도 없었다.

사세보에서의 둘째 날 아침에 나는 제3지원단 행정부장인 노벨 G. 워드 해군소장을 방문할 계획을 세웠다. 그는 아주 강직한 잠수함 출신 제독이었으며 소문은 많이 들었으나 만난 적은 없었다. 그의 기함 애잭스(USS Ajax)의

후갑판에서 참모장이 나를 만나주었고, 참모장의 안내로 행정부장실에 가서 인사를 했다.

"의자에 앉게, 부커 함장. 자네의 작전 임무를 잘 알고 있는 유일한 참모가 바로 나일세. 혹시 내가 도와야 할 골칫거리 문제라도 있는가?"

"없습니다, 제독님."

나는 즉답했다.

"안테나 하나가 고장 나서 출항 전에 고쳤으나 더 이상 문제는 없을 것 같습니다."

"요코스카에서 오느라 좀 거친 날씨 때문에 고생했겠지?"

"네, 그렇습니다. 사람들이 파도가 이렇다 저렇다 하지만, 조그마한 경화물선 선체는 잘 버텼습니다."

"우리가 도와줘야 할 일이 있으면 언제든 알려주게, 함장."

"네, 그렇게 하겠습니다."

이렇게 말을 한 뒤, 나는 우리가 정박하고 있는 동안 시간이 있으면 제독이 푸에블로를 검열해주도록 초대했다.

"오늘 오후에 자네 배에 가서 함께 둘러보세. 그러나 검열은 시간이 걸리지."

나는 커피잔을 비우고 자리를 떴다.

워드 제독은 그날 14:00시에 도착했으며, 갑판장 클레팩은 나팔을 불어 그를 영접했다. 제독은 사관실에서 커피를 마시고 특수작전구역으로 가서 여러 가지 질문을 했다는데, 나중에 스티븐 해리스에게서 전해 들었지만, 내가 틀리게 답을 했단다. 그래서 나는 제독이 그 사실을 모르기를 바랐다.

1월 10일 저녁에 다수의 승조원들이 상륙허가를 받고 해군기지 근처에서 즐길 거리를 찾아 나섰다. 할 일이 많은 장교들도 같은 특전을 받았지만, 에드 머피는 스스로 안 나가기로 작정을 했다. 항법 실수 때문에 나와 충돌을 한 뒤에 그는 부루퉁해서 다른 승조원들과도 떨어져 지내며, 결연한 모습으로 근무를 하다가는 자신의 선실로 들어가 고독하게 지내며 (나중에야 내가 알게 되었지만) 골똘히 사직서를 작성했단다. 나 역시 그를 어떻게 처리할까 고민을 많이 해왔으나, 내 직성에 안 맞게도, 저 친구도 충분히 개선을 하면 절반 정도라도 좋은 적성평가 점수를 줄 수 있겠다는 희망을 가지고 퇴직 처리를 미뤄오다가 우리의 임무가 종료될 때까지 그대로 부관으로 쓰겠다고 결심하고 말았다.

한편으로는 푸에블로가 정상 가동능력을 회복했다는 사실이 만족스러워서 나는 잔걱정들을 떨쳐버리고 진, 팀, 스킵과 함께 상륙해서 마지막 흥을 돋궜다. 이때 놀랍게도 에드 머피가 우리를 따라왔는데 나는 정말로 기뻤다. 우리는 다 함께 현지 일본 식당에서 맛있는 식사를 하고 사세보의 이색적인 장소인 '아가씨 술집'에서 포커도 했다. 약삭빠른 일본 여자가 물주를 했는데, 그 여자가 판돈을 거의 다 쓸어갔다. 여하튼 재미있게 보낸 저녁이었으며, 다음 날 아침 04:00시가 되어서야 새로운 기분으로 푸에블로에 들어섰다. 1968년 1월 11일 06:00시, 여명에 우리는 닻줄을 풀고 사세보 항을 미끄러지듯 빠져나왔다.

정보수집을 위한 우리의 목표 해역은 코드명 명왕성으로 불리는 블라디보스토크 근처의 북한-소련의 접경지에 가까운 바다였다. 동해상에서 가장 넓은 해상으로 거의 600마일을 가로질러야 하는 항해였다. 이 동절기에는 정말로 기대하기 어려운, 아무리 최적의 상황이라 해도 우리 배의 순항 속도인 11노트로는 60시간가량 걸리는 거리였다. 맑지만 쌀쌀한 날씨였다. 우리는 쓰시마 해협을 통과하여 이 근처에서 작전 중인 소련 해군함선의 관측을 피하기 위해 연안을 감싸 안으며 항해하였다.

비교적 잔잔한 물결이라 보통 정도의 롤링에 안심이 되었다. 오후로 접어들면서 동해의 한복판에 맞춰 침로를 바꾸고, 초저녁에 가까워지자 육지는 전혀 안 보이고, 하늘이 낮아지더니 신선한 바닷바람에 눈발이 섞여 날렸다. 처음엔 꽤 좋을 것 같던 날씨가 금세 사나운 날씨로 둔갑했다. 겨울 폭풍을 만나 속으로 들어가다가, 그다음 날에는 폭풍 한가운데에 갇히고 말았다.

이제는 피난처로 이용할 수 있는 섬도 없고 높은 파도에 갇혀 배가 다시 통제하기 어렵게 되면 내가 선택할 수 있는 방책은 배를 돌려 파도 앞에서 물러나거나 아니면 정면으로 맞닥뜨리는 수밖에 없었다. 가능한 한 코드명 화성 방향으로 많이 나아가려 노력했지만 결국엔 제자리를 지키기에도 벅찼다. 옛날 돛단배가 바람을 맞으며 항해를 했던 것처럼 우리는 몇 시간 동안 침로를 이쪽저쪽으로 바꿔가며 나아갔다.

어떤 때는 침로를 바꾸다 거대한 파도가 뱃전을 때려 푸에블로가 50도 정도 옆으로 기울기도 해 겁이 났다. 이런 때에 흔히 있는 일로 배멀미가 만연했다. 비록 다수의 장병이 뱃사람이 다 되어, 이제는 멀미를 극복했다고 자신을 했는데도 아직 꽤 많은 인원에겐 만성적인 증상이었다. 그래서 승조원의 절반 정도는 겨울 바다 폭풍 속에서 작전하는 소형 함정에서의 생활에 적응할 수 없는 듯했다. 앞으로 3주 동안 임무가 막중한데도, 스티븐 해리스가 지휘하는 특수작전구역에서 이러한 소모율이 특히 심하게 나타났다.

출항 초기부터 우리를 괴롭혀준 악천후는 상당히 많은 우리의 행정 및 문서 작업을 중단시키기도 했지만, 우리는 굴하지 않고 악조건에 점차 익숙해졌다. 조금만 잔잔해져도 나는 날짜가 지난 보고서를 검토하고, 행정업무가 원활하도록 해야겠다고 속으로 다짐했다. 우선 현재 우리가 수행하고 있는 임무의 바탕이 되는 작전명령에 관련한 많은 보고서들을 날짜순으로 정리해야 했다. 나는 지시 내용을 상세히 준비해서 업무담당자(특히 항법사, 당직사관, 정훈사, 전자정보 감시자)들이 자신의 일일업무자료를 작전장교인 스킵 슈마허에게 제출하면, 작전장교는 그 자료들을 편집해서 코드명 '물고기 1'이라는 공식 함정 보고서로 만들도록 지시했다.

이런 식으로 일일 활동이 발생 순서에 따라 날마다 기록되기 시작했다. 우리 배의 보고서 외에도 별도로 스티븐 해리스가 자신의 지휘계통으로 별도 보고하는 완전한 작전보고서도 있었다. 그의 보고서는 정보계통의 많은 단위 부대들이 주의 깊게 분석해야 할 내용이었다. 함장인 나의 보고서는 주로 작전면에서 가치가 있었지만, 지금까지 작전 해역에서 안 알려졌던 내용을 우리가 관측하거나 사진을 찍어둔다면 그것도 새로운 정보 가치가 될 수 있음은 물론이었다.

정보 분야에서 지나치게 많은 정보를 수집했다고 말하는 건 있을 수 없는 일. 아무런 활동이 없더라도 분석가들에겐 가치가 있는 법이다. 그래서 우리의 '물고기 1'에 관한 필수 보고사항 외에도 나는 멀리 떨어져 있는 분석가들에게 도움이 될 기타 자료들도 포함시켰다.

스티븐의 보고서 내용들은 주로 기술적인 성격을 띠고 있으며, 정보량도 방대해서 내용을 판독하고 해석하는 데만도 몇 주, 몇 달, 아니면 몇 년이 걸릴 수도 있는 것이었다. 푸에블로의 목적은 정보를 수집해서 보고하는 일인데, 나중에 그것을 전문가들이 주의 깊게 분석하여 편집해 놓으면, 우리나라의 군사 및 정치적 필요성에 따라 장차 사용하든가 사용하지 않든가 하게 될 것이었다.

이렇게 우리 함정의 초계 보고서가 만족스럽게 체계적으로 작성된 뒤에 나는 에드 머피에게 그것들을 몇 권의 일상 보고서로 편집해, 함정 사무실에 비치하도록 했다. 얼마 동안 나는 에드에게 부관장교들이 수행하는, 일상적으로 생산되는 방대한 문건들을 관리하는 점검표를 잘 만들고 있느냐고 물었다. 그가 나에게 실제로 보여준 일은 없었지만, 그러한 점검표는 작성해 놓았으며, 그에 따라 점검을 하고 있다며 나를 안심시켰다. 나는 5월에 근무 교대를 예상하고 모든 걸 잘 정리해 놓기 위해 열심이었기 때문에 에드가 만 들지를 못했거나, 잃어버린 보고서에 관해 설명을 못 했을 때, 아래층의 행정 부사관 카날레스의 사무실로 내려가서 화풀이 겸 철저히 검열을 하기로 작심을 했다.

"이곳에 있는 모든 금고와 서류함을 열어놓게, 카날레스 군."

그는 놀라움과 망설임이 엇갈린 표정으로 내 명령을 따랐다. 그러나 검열 결과 문서 체계가 완전히 공백인 상태를 발견하고 나는 경악을 금치 못했다. 수신 우편물이 여러 달 동안 함내에 쌓인 채로 한 번도 회람되지 않았고, 몇 주 전, 아니 몇 달 전에 발송을 위해 내가 서명했던 발신 우편물들조차 그대로 배에 머물러 있었던 것이다. 그때, 서류 뭉치 뒤에 감춰져 있던 결정적인 증거물이 나왔다. 작년 7월에 내가 서명했던 진 레이시의 적성평가서였다. 당시에 진 레이시는 봉급이 한 단계 오르도록 평가가 됐었고, 어느 부대나 장교에 관한 중요한 책임은 적성평가를 제 때에 맞게 완료해주는 것이었다. 결국은 적성평가서를 제때에 인사처로 제출하지 못한 우리의 실수로 인하여 진 레이시의 승급 기회가 무산될 수도 있었다.

나는 화가 머리끝까지 쳐올라서 즉석에서 카날레스를 호되게 꾸짖고 검열을 계속했다. 주위를 돌아보며 엉망으로 처리되거나 전혀 처리가 안 된 문건들을 더 많이 발견하게 되면서 나는 점점 더 화가 났다. 당장에 나는 함내 전화로 에드를 호출, 카날레스를 기록부에 올리고 근무태만죄로 고발하라고 지시했다. 그리고 나서 즉시 그를 함내 법정에 세워 1등 부사관에서 2등 부사관으로 강등하고, 그에 따른 감봉 처분도 내렸다. 이번 실수에 대한 1차적인 책임은 카날레스에게 있었지만 부관인 에드도 책임에서 자유로울 수 없었다. 최근 몇 달 동안 행정업무에 관한 한 모든 일이 잘 진행되고 있다며 나를 안심시켰지만, 이제 그가 단 한 번도 감독하지 않았다는 명백한 증거가 드러났기 때문이다.

나는 비교적 프라이버시가 지켜지는 함장실로 에드를 불러 그의 근무태만에 관해 신랄하게 꾸짖었다. 물론 그는 수많은 변명을 늘어놓았다. 언제나 변명을 달고 다니던 친구였으니까. 그러나 우리 배의 행정상 결함이나 카날레스가 일을 잘한다고 몇 차례 나에게 보고했던 이유들에 관해선 단 한 마디도 말을 못 했다. 그의 근무태만과 변명할 수 없는 실수로 인해 정말로 억울한 희생을 당한 사람들은 승조원 모두라고 할 수 있지만 그중에서도 특히 우수한 장교로 지목되었던 진 레이시의 피해가 컸는데, 그에게는 사과와 피해보상의 의무도 있다고 나는 생각했다. 나 스스로도 마음이 진정된 뒤에나 해야 할 일이었지만.

푸에블로는 우리의 최남단 작전 수역인 코드명 화성을 향해 꾸준히 항진했다. 그곳의 남방 한계는 북위 39도였으며 육지로부터는 60해상마일 정도 떨어져 있었다. 내가 의도한 것은 작전 수역을 코드 명칭에 따라 화성-금성-명왕성 순서로 따라가면서 북으로 항진하되 육지와는 30~40마일 떨어진 채로 운항하다가 북위 42도 명왕성의 북단 경계에 이르면, 서쪽으로 뱃머리를 돌려 북한 해안 방향으로 접근해서 해안선과는 15~20해상마일 거리를 유지하며 남으로 내려오면서 가치 있는 정보를 수집하는 것이었다.

코드명 화성 수역에 도달했을 때에도 폭풍우는 성난 듯 계속되었으며, 곧장 앞으로 나아가기는 불가능했고, 적성의 북한 해안 쪽으로 다가가기는 싫어서 침로를 동쪽으로 돌렸다. 이 해역에서는 전파항법장치가 상당히 정확하게 작동했으며, 구름을 뚫고 가끔 얼굴을 내미는 새벽 별들의 도움을 받으며 하늘 별자리로 우리의 위치를 확인했기 때문에 배의 위치는 의심할 바 없이 정확하게 파악되었다. 세찬 바람이 윙윙 울부짖어도 배는 밀려오는 파도에 함수를 밀어붙이며 나아갔다. 배가 파돗골에 들 때엔 모두 튕기며 비틀리며 뒹구는데, 조타수는 흔들리면서도 몸의 균형을 잡으며 뱃머리를 정상으로 유지하려 파도와 싸우다가 피로에 지쳤다. 아무리 사나운 악조건들이 몰려와도 우리 배는 그것들을 헤치며 끈질기게 정상을 회복해 나갔기 때문에 승조원들의 신뢰감은 점점 더 깊어갔다.

사세보에서 출발한 이후, 푸에블로는 줄곧 엄격한 전자방사통제 하에서 운항을 했다. 우발적으로라도 송출기를 작동하지 못하도록 주요 부품들은 빼내서 보관했다가 긴급시에만 다시 끼워서 사용하도록 했다. 우리와 같은 작전을 하려면 전자방사통제는 필수요건인데 그 이유는 우리 배에서 나가는 여하한 전자 발신도 틀림없이 비우호국 요원들의 귀에 들어가 결국은 우리의 위치가 드러나게 되고, 그러면 우리의 작전 대상국도 기계획된 전자 활동을 중단할 터이니 우리가 상대방을 못 찾게 될 우려 때문이었다.

그래서 나는 우리가 발각될 때까지는 전자방사통제를 지키라고 지시했으며, 이는 곧 우리가 미국 해군함정으로 판명되는 순간까지 침묵하라는 것이었다. 그런 일이 일어날 시기에 관해서는 지휘관이 판단할 문제였다. 적에게 탐지되는 순간부터, 그리고 우리 AGER 배가 분명히 적의 감시하에 들어있는 동안에도 정기적인 일일 무선보고가 사령부에 송신되면 사령부는 이전의 활동들을 요약하고, 우리의 군수 상황도 요약해 파악할 것이다.

실제로 두 가지의 메시지가 나가는데, 그 하나가 작전장교가 준비하여 함장이 서명해 보내는 것과, 다른 하나는 통신파견대(우리의 경우 스티븐 해리스 대위가 지휘하는 특수작전구역)의 대장이 작성하는 기술적 보고서이다. 따라서 우리가 무선 및 전자방사통제 상황에서 작전 중이었고, 해군기동보고체계에서도 벗어나 있었기 때문에, 푸에블로가 어디에 있는지를 정확히 알고 있는 상급부대는 그 당시에 하나도 없었다.

마침내 폭풍우가 멈추자, 우리는 코드명 화성으로 방향을 돌려 북쪽으로 향했는데, 폭풍 뒤에 으레 나타나는 거대한 물결을 헤치며 나아가야 했다. 통상적으로 야간 운항시에 필요한 항해용 등불도 안 켜고 캄캄한 밤중에 운항했다. 항해용 등불 스위치는 조타실에 손쉽게 사용하도록 준비가 되어 있었으며, 긴급 상황에서는 신속히 사용할 수도 있었다. 매일 저녁에 나는 '함장의 야간지시철'이라는 책자에 야간 견시를 설 때, 범상치 않은 일이 일어날 경우에 대처할 방법을 포함한 필요한 지시사항들을 간명하게 적어 놓았다. 아무리 사소한 일이라도 생기면, 어떤 경우든 나를 함교로 호출하도록 했다.

바람이 잦아들면서 온도가 계속 떨어지더니, 우리가 화성과 금성을 지나 명왕성의 북쪽에 다가설 즈음에는 기온이 영하로 내려앉았다. 그래서 우리는 함정의 상부와 노천 갑판에 얼음이 너무 두껍게 얼지 않도록 얼음과의 전쟁을 시작했다. 일본을 떠나기 전에 대충 해본 계산으로 나는 푸에블로가 4인치 이하의 얼음이 깔려도 안전하게 운항할 수 있다고 판단했으며, 그 수치는 배의 측면에 J-factor(여분의 안전 한계)를 포함한 것이었다. 그 이상의 얼음이 덮이면 배는 불안정해져서 심한 롤링에는 복원력을 잃을 수도 있다. 그것은 곧 배의 침몰을 뜻하는 것이었다.

배를 서쪽으로 돌려 연안에 다가가며 육지가 보이는 곳에서 작전하기 전에, 나는 우리 배의 모든 고참 부사관부터 아래로는 병장까지를 승조원 식당 회의에 소집했다. 승조원 중에 아주 소수 인원(스티븐 휘하의 통신특기병은 제외)만이 우리 임무의 목적이나, 현재 우리의 위치를 알고 있을 뿐이었다. 많은 루머들이 떠돈다는 것을 알고 있었기 때문에 나는 루머가 걷잡을 수 없이 퍼지기 전에 비밀취급 인가를 받은 고참 부사관들에게만이라도 우리 임무의 핵심 사항을 알려줘야겠다고 마음먹었다. 모두가 모였을 때 나는 함장실을 나와 식당으로 갔다.

"나는 여러분들이 우리가 어디로 가는지, 또 뭘 할 건지를 틀림없이 의아하게 생각하고, 호기심도 많이 가지고 있을 줄 압니다. 내가 여러분에게 얘기해줄 수 있는 것은 우리가 지금 한국의 동해상에 위치하고 있으며 북한 해안선을 따라가며 여러 가지 작전을 수행하게 된다는 점입니다. 이 작전을 하는 이유는 우리(미국)의 국방을 위해 필요하기 때문입니다. 우리가 지금부터 하게 될 일은 국제법상 완전히 합법적이라는 점을 여러분에게 강조해 둡니다. 다시 말해서 여러분은 절대로 불법적인 활동에 가담하는 것이 아니라는 뜻입니다."

이쯤에서 나는 말뜻을 이해하도록 잠시 말을 멈췄다. 그리고는 다시 말을 이어갔다.

"우리가 목적한 임무를 성공적으로 완수하려면 승조원 모두가 주어진 임무를 효율적으로 수행해야만 합니다. 배의 엔진이 효율적으로 작동하지 않으면 아무 데도 못 갑니다. 식사가 적절하게, 맛있게 준비되지 않으면 어떤 사람은 자기 직무를 다하지 못합니다. 따라서 우리가 임무를 성공적으로 완수하기 위해서는 여러분들이 나름대로 최선을 다해줘야 합니다. 혹시 질문할 사람이 있나요?"

갑판장 클레팍이 의아한 표정을 지으며 물었다.

"함장님, 우리의 임무가 구체적으로 어떤 겁니까?"

"클레팍 군, 자세한 내용은 알려줄 수가 없어. 다만 여러분들은 내가 상부의 명령을 따르고 있으며, 우리 미국과 해군이 우리로 하여금 불법적인 일을 하거나 아주 위험한 일을 하라고 요구하는 것은 아니라는 점을 믿어 주길 바라네."

모였던 부사관들은 모두 내 말을 수긍하는 듯했고, 더 이상의 질문이 없어서 나는 함장실로 돌아왔다. 북한 해안에서 약 25마일 거리 정도에 다다랐을 때 먼동이 텄다. 영하의 날씨에 갑판에는 얼음이 얼었다. 나는 함교에 올라섰다. 기상 점호를 일찍 취하고, 열댓 명의 승조원들은 스크래퍼와 삽 등을 가지고 나와 갑판과 상부 선루의 얼음 제거 작업을 실시했다.

그들이 갑판의 얼음을 쪼아내는 동안 나는 배를 돌려세웠다. 우리 배에 구경 50 기관총을 거치했기 때문에 나는 그에 맞는 운용지침을 작성해 선임 사수 웨들리와 그의 부사수 매가드가 작동 가능 상태로 준비하도록 했다. 폭풍 때문에 승조원들이 안전하게 갑판에 나올 수 없는 경우엔 이런 준비도 못 하고 그냥 넘어가기 일쑤였지만, 오늘 아침에는 해안에 근접하기 전에 총이 적절히 작동하도록 잘 준비해야겠다고 결심을 했다. 나는 두 정의 기관총이 모두 준비상태를 마치고 시험 사격을 하도록 지시했다.

얼어버린 커버를 벗겨내면서 나는 시간을 재기 시작했다. 첫 번째 시험 사격은 우현 함수에 거치한 총으로 했다. 웨들리와 매가드가 함께 운용하며 첫발을 발사하는 데 20분 이상 걸렸고, 그 뒤 12분 이상 걸려서야 뒤에 거치한 총을 작동함으로써 시간이 많이 걸렸다. 문제는 조정을 계속해야 하는 두 간 간격이었다. 나도 총마다 직접 몇 발씩 사격해보았다. 그리고 나서 우리는 사격 연습시간을 가졌다. 우리가 가지고 다니던 50갤런짜리 드럼통을 뱃전을 넘겨 물에 던져서 표적으로 사용했다.

사격 연습이 끝난 후 총을 잘 손질해서 보관한 뒤, 우리는 로우가 정확한 방향을 잡아 항진하는 가운데 안개에 가려진 바위투성이의 북한 해안선에서 솟아 보이는 눈 덮인 산봉우리들을 보았다. 우리는 북한과의 접경에서 몇 마일 떨어진, 소련 해군기지인 블라디보스토크의 바로 남쪽 수역에서 육지에 접근하고 있었다.

내가 감시할 대상 수역은 청진 외곽이었는데, 청진은 북한의 4대 항구 중에 최북단에 위치한 항구로서 북한 해군 활동의 중심지라고 알려진 곳이었다. 별다른 선박의 출입은 보이지 않았으며, 우리가 일본의 쓰시마 해협을 지나면서 몇 척의 부정기 화물선과 어선을 만난 뒤로는 단 한 척의 배도 만난 일이 없었다.

또한 그때 이후 우리가 본 항공기도 미해군 P-34 오리온이 유일한 비행기였는데 그 비행기는 일본 본토 근처의 동해를 정기적으로 초계 비행하던 대잠초계기였다. 그 초계기는 우리의 진행 방향에 관해 연락을 받고 출동을 해서 우리 근처에서 저공비행을 하며, 전통적인 날갯짓 인사를 한 뒤에 반대 방향으로 날아갔다. 정오에 우리는 코드명 명왕성 해역에 들어섰으며, 청진에서 15마일 떨어진 이 해역에서는 육안으로 보이는 것은 아무것도 없었고 다만 눈 덮인 높다란 산맥뿐이었다. 스티븐 해리스는 통신특기병들이 아무런 의미 있는 정보를 얻지 못했다고 보고했다.

우리가 이렇게 처음 작전을 시작한 이래, 스티븐 해리스와 나는 함상에서의 의사결정에 관한 그의 태도에 관해 줄곧 토론을 하면서 날 선 언어를 사용하는 일이 종종 있었다. 미해군보안처가 스티븐과 그의 통신특기병 파견대를 함상의 한 부서로 인정함으로써 함정의 지휘권이 문제될 일이 없었는데, 그 사안을 뒤집은 데 대해서 나는 대단히 실망을 하고 있었다. 서태평양을 횡단하고 있을 때, 우리 둘의 관계를 규정하려는 형편없이 못 쓴 글씨체로, 잘못된 발상의 문서 하나를 받았다.

그 문서는 몇 가지 지시사항과 한 건의 일반명령에 관해 언급했지만 해군 규정에 관한 내용은 없었다. 스티븐이 우리 둘 사이의 관계를 자기식으로 해석하면 나도 나대로 다른 식으로 해석했다. 즉, 나는 함장이요, 함장은 한 명밖에 없다는 생각이었다. 그래서 나는 마치 내 사무실 서류철 내용물들을 점검하듯 스티븐의 사무실을 검열하려고 했다.

스티븐은 자기 서류철에는 내가 보아서는 안 되는 비밀사항도 있다고 열심히 나에게 설명도 했다. 나는 기다렸다가 기회가 생기면 이 문제를 상급기관에 알릴 작정이었다. 한편 스티븐은 자기식으로 명령을 해석하며 자기의 상관에게 알릴 필요가 있다고 생각할 때에는 언제나 직접 메시지를 만들어 발신할 권한이 있다고 했다. 나는 그 생각에 반대하며 확실하게 이야기했다. 함정에는 단 한 사람의 함장이 있을 뿐이란 것을 종종 욕설이 섞인 말로 누누이 스티븐에게 말해줬다.

우리는 그날 온종일 닻을 내리고 뭔가 일어날 것을 기다리고 있었다. 갑판 견시를 맡은 장병들은 안개가 감싸고 있는 해안선에 연한 산맥의 아랫부분을 뚫어지게 주시하면서 조그마한 점이라도 나타나면 혹시 그게 우리를 방해하러 나오는 적성 국가의 초계함이 아닐까 하는 마음으로 경계를 했다. 특수작전구역에서는 스티븐 해리스가 전자장비들을 켜놓고 그의 부하 대원들은 맡은바 장비 앞에서 뭔가 기대하며 긴장 속에 대처하고 있었다.

해양학자들은 추위를 이기려고 몸을 감싸고 갑판으로 올라와 수로 측정을 한 번 실시했다. 수로 측정은 우리의 잔여 임무 기간 중, 낮에 매 4~6시간마다 실시하게 되어있었다. 그들이 가져온 난센 채수기와 심해자기온도계는 권양기에 실려 600패덤(1패덤은 1.83m) 깊이로 내려가 수질 샘플을 채취하고 온도 변화를 기록했다. 푸에블로를 멈춰 서있게 하거나 최저 속도로 저속 운행하는 것은 참으로 편하지 않았다. 그렇다 해도, 배는 순항 속도로 거친 바다를 항진하면서 뒹굴던 때보다는 새롭고 권태로운 동작에 익숙해보였다.

내 생각에는 값어치 있는 무슨 일이 당장에라도 일어날 듯 기대를 하며 오랫동안 항해를 한 뒤끝이라 우리가 너무 긴장을 하고 있는 듯했다. 아무런 일도 안 일어나자, 우리는 어쩌면 조금 실망스럽기도 했다. 밤이 되자 나는 푸에블로를 바다 한가운데로 야간 운행을 시켜 육지에서 25~30마일 떨어지게 하고, 다음 날 아침 7시까지에는 다시 원위치시켜 감시를 재개하라고 당직사관들에게 지시했다.

바로 그날 밤, 하나의 문제가 발생했다. 푸에블로의 기관중사이자 선임헌병관인 골드만에 관한 문제였다. 나는 그가 우리 함정의 일반 승조원과 통신특기병의 두 이질적인 집단을 가장 잘 화합시킬 수 있는 인물로 보고 약 2개월 전 중요한 직책에 임명했었다. 최고위 부사관으로서 그가 군기를 잡는 동시에 자매함인 배너에서 일어났던 것과 같은 두 집단 간의 반목 사태를 예방할 수 있기를 바랐다. 진 레이시를 어렵사리 설득시켜 골드만을 그 직책에 임명했었으며 진 레이시도 함정 전체의 이익을 생각해서 동의했었다. 그런 골드만이 함장실 문을 노크하고 들어와 내게 이야기할 게 있다는 것이었다.

"무슨 일인가?"

"함장님, 단도직입적으로 말씀드리겠습니다."

골드만의 안색이 좋아 보이지 않았다.

"함장님께서 저를 선임헌병관에서 해임시켜주십시오."

"나는 이해를 못하겠구만. 내가 아는 한 자네는 근무를 아주 잘하고 있어. 블랜서트와 스카버러도 기관실을 잘 운용하고 있는데."

"함장님, 저는 선임헌병관으로서 최선을 다해 함장님의 뜻을 실천에 옮기려 노력했습니다만 머피 부관님의 협조를 구할 수가 없습니다. 가장 큰 문제는 통신특기병들과 많은 일반 승조원들을 단결시켜 하나의 팀으로 근무하도록 만드는 것입니다. 만일에 머피 부관님이 도와주지 않으면, 제가 직책을 수행할 수 없습니다. 부관님은 도와주지도 않고, 전혀 도와주려고도 하지 않습니다. 그래서 함장님이 저를 해임시켜주시길 바랍니다."

"자네는 우리 배를 운영하는데 필요한 실제 방법을 알고 있는 유일한 부사관이네. 그 자리에 정말 자네가 필요하네."

나의 이 말에 골드만은 더 괴로운 듯했지만, 뜻을 굽히지 않았다.

"함장님, 죄송합니다. 저는 결심한 바가 있습니다."

다른 방법이 있으면 몰라도, 이번엔 그의 마음을 되돌릴 방법이 없을 것 같았다. 그래서 골드만에게 밤새 곰곰이 생각해볼 터이니 자네도 잘 생각해보라고 말했다. 골드만이 내 방을 나간 뒤에 나는 에드 머피를 불러, 머피의 문제는 뭐냐고 물었다. 예상했던 대로 그는 온갖 변명을 늘어놓을 뿐이어서 생산적인 방안이나 간접적으로라도 문제를 해결할 방법이 안 나왔다. 나는 골드만이 원래 소속된 부서의 책임자인 진 레이시도 불러들였다. 나는 그에게 상황을 설명해주었다.

"함장님, 저는 이 일에 관하여는 이미 다 잘 알고 있습니다."

"그래, 진. 우리 배에는 선임헌병관으로 골드만이 정말 필요하네. 다른 대안이 없어. 그래서 자네의 도움을 구하는 거야. 적어도 우리의 최초 임무 수행 기간만이라도 골드만이 이 자리를 맡도록 설득해주게. 그 후엔 다른 방안을 찾아보세."

물론 나는 차기 임무 수행 전까지는 머피를 갈아치우고, 대체 인원이 누가 오든지 간에 상황은 개선되리라고 예상했다. 진은 눈에 띄게 입을 악다물었다. 나와 자신의 부하에 대한 마음속으로부터의 충성다짐인 듯했다. 그리고 한동안 침묵이 흐른 뒤에 그는 이렇게 말을 했다.

"함장님, 골드만에게 내가 말을 해봐야 별 소용이 없을 것 같습니다. 그는 이미 단단히 마음을 굳힌 듯합니다."

"나도 골드만의 불만을 잘 알고 있네. 현재 미해군 함정 중에 들쭉날쭉한 배가 푸에블로인데 여기서 헌병관으로 근무하는 게 보통 힘든가. 그러나 강인한 부사관이 없으면 일반 승조원과 파견대원 사이의 화합을 이룰 수가 없고, 그런 조화를 이끌어내지 못하면 푸에블로는 내가 바랐던 그런 배가 될 수도 없고 또 목적도 달성할 수가 없어."

내 말에 진은 마음속으로 적절한 답을 찾는 듯하더니 마침내 대답했다.

"네, 함장님 말씀이 옳습니다. 당장 골드만에게 이야길 해서 맡은 직책을 수행하도록 설득해 보겠습니다."

말이 먹혔던지 골드만은 그대로 근무를 했는데, 나는 진이 어떻게 그를 설득했는지는 알지 못했다.

조화가 잘 이루어져야 할 곳이 우리 함정 무전병들(헤이즈와 크란달)과 통신파견대의 통신특기병들(베일리, 맥클라렌, 레이튼, 칸스) 사이였다. 그 이유는 함정 자체의 수신기가 통신특기병 막사인 특수작전구역에 인접한 격실에 위치해 있었기 때문이었다. 통신특기병들만 그곳에 출입할 보안 인가가 나있었고, 함정 무선병들은 안 되어 있었다. 비록 사소한 문제였지만 이것이 푸에블로에서는 참으로 우스꽝스럽고, 동시에 일할 맛 안 나는 상황을 연출했다.

내 휘하의 함정 무전병들은 수신기가 위치한 곳에 출입하기가 어렵다는 사실에 분개했고, 통신특기병들은 자기들만의 특권을 즐기고 싶었던 것이다. 그러나 더 큰 근본적인 문제는 모든 수신 메시지가 통신특기병들의 손에서 복사되고, 그다음에 함정 무전병들에게 전달되서 함정의 통신규정에 따라 해당 부서에 배포된다는 점이었다.

통신특기병들은 자신들의 일거리가 넘치기 때문에, 함장인 내 앞으로 들어오는 텔레타이프 메시지를 따로 걸러내지 않는 일이 흔했다. 그런 일이 있을 때마다 나는 화가 나서 스티븐 해리스에게 격한 말을 쏟아냈다. 비록 푸에블로가 전자방사통제 상황 하에서 작전을 수행하고 있었지만 우리는 수신 메시지를 계속 받았으며, 그것을 복사할 수 있는 별도의 방송 프로에 넣음으로써 우리 배 자체의 신호를 생산하지 않고서도 소통이 가능했다. 내가 받아보기를 원했던 메시지는 최신정보를 얻기 위해 주일미해군사령부에서 작성하는 일일정보 보고였다. 그중에서도 가장 중요한 항목은 나의 작전계획에 영향을 줄 한국의 상황이었다.

그다음 날, 몇 시간 동안 청진을 관측한 뒤에 나는 스티븐을 함장실로 불러 혹시 긍정적인 결과라도 얻었는지 물었다.

"그곳에 사람이 실제로 살고 있다고 해도 사람 사는 표시가 안 보입니다. 이미 알려진 북한공산당의 레이다 사이트를 확인하는 것 말고는 새로운 것은 아무것도 없습니다."

"알았네, 스티븐. 우리는 오늘 저녁 약 25마일 정도 바다로 나가서, 남쪽으로 함수를 틀어 다음 목표인 성진으로 내려갈 거네."

그날 늦게 우리는 두 척의 화물선이 청진항에서 나오는 걸 목격했고, 맥은 최소 8,000야드 거리에서 원거리 렌즈로 정확한 사진을 찍었다. 그는 즉시 그 사진을 현상해서 정보팀인 스킵 슈마허, 스티븐 해리스 등과 함께 주의 깊게 분석했다. 사진분석 목적으로 만든 사진첩의 도움으로 그 두 척의 배가 각각 일본 및 중공의 특수 화물선임을 확인했다. 그날 저녁에 우리는 안전한 공해로 다시 나가면서 비번인 장교들과 더니 터크, 해리 아이어데일을 위해 사관실에서 영화를 감상하면서 휴식을 취했다.

우리의 다음 목표인 성진으로의 야간항해는 아무런 탈도 없이 원만하게 이루어졌다. 멀리서 몇 척의 배가 밝힌 불빛이 보였지만 언제나 최단 거리를 개척해 항해하는 우리는 그 배들이 무슨 배인지 확인할 수는 없었고, 우리도 항해 조명을 켜지 않은 채 운항하고 있었으므로 상대방들도 우리를 보지 못했을 것이다.

성진도 청진만큼이나 우리에겐 실망을 안겨 주었다. 통신특기병들은 지루해서 죽을 지경이었다. 그들 중 많은 인원들이 얼음 제거 작업에 매번 나왔고, 나는 그게 대단히 흡족했다. 그렇게 해서 소위 함정의 팀워크 정신이 생겨나고, 나는 그걸 최대한 높여서 항시 유지시키고 싶었다. 하루하고 반나절이 지나가도록 우리가 한 일은 독서와, 프라이어 터크와 해리 아이어데일이 채취한 해양학적 기록과 병에 담은 표본물 뿐이었다. 대낮에는 북한의 산맥들이 눈보라 사이사이에 살풍경한 윤곽을 드러내곤 했다. 내 기분도 무료함과 좌절감, 그런 것뿐이었다.

그래서 우리는 작전 수역 코드명 금성에서 남쪽에 위치한 미양도 근처로 이동했다. 혹시라도 러시아제 북한 잠수함들이 근처에서 활동하면 만날 수도 있지 않을까 하는 기대감과 한편으론 사진도 찍을 수 있을 거라는 기대감에서였다. 이런 과업을 달성한다면 작전 전반에 큰 성과일 수가 있다. 나는 항법사에게 우리의 위치를 정확히 파악하라고 지시하고 만일에 전파항법장치가 정확한 위치를 찾지 못하면 레이다를 작동해서 여러 번 수색하라고 명령했다. 그렇게 하면 우리의 위치를 꼭 짚어낼 수 있을 것이었다.

푸에블로는 미양도에서 15마일 떨어진 해역에 위치해 있었다. 그러나 내가 애당초 생각했던 시간보다 모자라 코드명 '물고기 1'에서의 북한공산권 감시의 첫 부분을 끝내고 쓰시마 해협으로 내려가서 소련 해군 부대를 감시해야 했다.

그날 저녁, 막 황혼이 질 무렵에 함장실의 내 전화기가 울렸다.

"네, 함장입니다."

스킵의 목소리를 확인하는 순간 그 밖의 누군가가 함정 내의 다른 사람을 찾는 목소리도 동시에 들렸다. 이런, 해군에서 음향동력 전화 회로를 몇 개만 더 가설해주었더라면 얼마나 좋았을까. 우리는 함정 내 단 한 회로망을 승조원 모두가 이용하고 있었다. 당직사관과 통화 중이었는데 다른 사람이 끼어드니 나는 미칠 듯 화가 났다.

"함장이다. 얼른 전화 끊어!"

"네, 함장님!" 하고 당황한 응답 소리가 들렸다.

"방위각 048, 약 8마일 거리에 배 한 척이 보입니다. 군함 같은데 수평선 넘어 다가오고 있습니다. 이물 각도 우현 20, 방위각 오른쪽으로 우리 배를 비켜 갈 것 같습니다."

"계속 관찰하게."

나는 즉시 응답을 보냈다.

"스킵 군, 스티븐에게 전화해서 즉시 함교로 올라오라고 전하고, 맥을 불러 카메라 장비를 준비시키게."

나는 잽싸게 두꺼운 겨울 점퍼를 들고 사다리를 타고 O-1 레벨을 통해 무개 함교로 올라가 스킵이 쌍안경(고정식 22인치)으로 열심히 관찰하고 있는 곳으로 다가갔다. 나도 그를 따라 응시하면서 가져간 쌍안경을 들었다. 과연 군함 한 척이 보였는데, 우리와의 거리는 약 12,000야드에, 함수엔 꽤 큰 화기를 장착했다.

나는 즉시 옛날 동료 잠수함장이 가르쳐주었던 공식을 떠올려 다가오는 배의 속도를 판단해 보았다. 속도는 약 25노트였다. 방위판 상에서 그 배의 방위각을 체크했더니 우리 배의 우측으로 신속하게 접근하고 있었으며, 급격히 우리 쪽으로 선수를 틀지 않으면 현재 위치의 우리 배 함미를 지나칠 것 같았다. 또한 배의 항적 거리(배가 현재의 진행 방향을 계속 유지할 때, 그 배와 가장 근접한 통과 거리)를 계산하는 공식도 떠올랐다. 이 계산법으로 판단했을 때, 접근하고 있는 배는 최근거리가 약 반 마일 넘는, 1,500야드 거리에서 우리 배를 지나갈 것 같았다. 그러나 때마침 황혼이었기 때문에 실루엣처럼 배의 외형만 보일 뿐이었다.

스티븐이 도착해서는 즉시 우리가 처음 목격했던 것이 북한 군함이라고 단정했다. 카메라를 준비한 맥은 어두워서 필름 속도가 너무 느려 촬영하기가 어렵다고 나에게 소리치면서도 어쨌든 찍어보겠노라고 했다. 그때 스킵이 불쑥 말했다.

"함장님, 저건 SO-1급 구잠함 같습니다."

"저도 동감입니다, 함장님."

스티븐도 맞장구쳤다.

"저 배의 레이다 안테나가 돌아가는 걸 못 보겠는데…. 그러나 저 배 모양이 우리가 사진에서 본 그것과 확실히 같다는 것엔 동의하네. 혹시 개조한 SO-1급일까?"

스킵이 나서며 말했다.

"로켓 발사기는 안 보이네요, 함장님. 통상적으로 그것이 위치해야 할 곳이 완전히 가려져 있네요."

나는 우리 쪽으로 계속 다가오는 검은 형체를 뚫어지게 응시했다. 항로를 변경하지도 않고 마치 변경할 수 없는 임무라도 지닌 듯 차디찬 얼음장 바다를 가르며 다가왔다. 나는 선체 번호가 두 자릿수라고 확신했는데, 더 눈여겨본 결과 끝 숫자는 '6'이 확실했다. 배가 더 가까이 다가오자 스티븐은 로켓발사기를 확인할 수 있다고 말했고, 우리는 그게 개조된 러시아산 SO-1급 구잠정이라고 결론을 내렸다. 그리고 그것은 북한 해군 소속임이 거의 확실했다. 나는 나름대로 미양도 인근에 잠수함 기지가 있다면 구잠정도 있을 것이고, 틀림없이 훈련 목적상 거기에 있을 수 있다고 생각했다.

맥은 그 배가 접근하는 동안에 여러 장의 사진을 찍었으며, 가장 근접한 거리에서 통과할 때도 찍었다. 승선 인원은 단 한 명도 볼 수 없었으며, 갑판 견시병조차도 없었다. 나는 차트실로 내려가 그 배의 대략적 위치와 이물 각도를 그려 보았다. 해도상에서 그 선분을 연장해 보면 배가 어디로 가는지를 알 수 있었다. 그 결과 배는 우리의 다음 감시 수역인 원산을 향하고 있었다.

나는 SO-1을 본 적이 있는 장교들을 불러 회의를 하고, 그들로부터 본 기억이 있는 사실을 모두 인용, 우리의 보고서를 완전하고 정확하게 작성했다. 스티븐도 특수작전구역으로 내려가서 견시병에게 구잠정에서 어떤 전자활동이라도 감지했는가를 물었다. 아무것도 없었다. 만일 그 배가 신호를 방출했다면 감지했을 수도 있었다. 그래서 나는 그 배가 우리를 보지 못했으며, 적어도 우리를 식별하지도 못했을 거라고 결론을 내렸다. 신속하게 장교 회의를 마치고, 명령 이행 범위상 우리는 아직도 적측에 발각되지 않았다는 데 의견이 일치했다.

그날 밤, 우리는 원산 지역으로 항진하여 이른 아침 목표지점에 도착했다. 몇 척의 화물선들을 더 발견하고, 확인을 거치고 사진을 찍어서 우리의 보고서에 담았다. 그날이 바로 1월 22일이었고, 나는 거기서 하루를 더 보내고 코드명 화성 수역을 떠나, 적어도 뭔가 한층 더 풍성한 활동이 기대되는 곳으로 이동할 계획이었다. 그곳 쓰시마 해협에서 소련 해군 함정을 포착할 수 있는 대박을 기대하면서.

오전 10시 즈음에 나는 기록을 점검하고 있었는데 스티븐이 내 방으로 찾아왔다.

"함장님, 마침내 흥미 있는 신호를 포착하고 지금 기록을 하고 있습니다."

"잘했네, 스티븐. 마침내 대박을 터뜨릴 수 있다니 정말 기쁘군."

"지금, 가장 우수한 요원들을 투입했습니다."

"좀 더 모험할 위치로 배를 움직일까?"

"그건 제가 모르겠습니다만, 함장님의 판단에 따르겠습니다."

"'안전한 한도까지'라고 당직사관에게 알려라."

"즉시 실시하겠습니다, 함장님."

스티븐은 우리가 코드명 '물고기 1'을 개시한 이래 처음으로 참 목적을 찾은 듯 서둘러 떠났다.

점심 식사를 막 끝낸 시간에 진이 함교에서 나에게 전화로, 멀리서 두 척의 트롤선이 우리 쪽으로 다가오고 있다고 보고했다. 나는 즉시 무개 함교로 올라가 진을 만났다. 그는 큰 쌍안경으로 배를 자세히 살피고 있었다.

"저 배들은 러시아제 렌트라급(級) 트롤선이야."

"네, 함장님. 저에게도 이제 보입니다."

"맥과 슈마허 대위를 이리 올라오도록 하고 특수작전구역에 비상을 걸어 이런 배들을 감시하도록 하라."

어선들이 가까이 다가오자 나는 그 배들이 외양 그대로의 어선이 아닐는지도 모른다고 생각했다. 한결같이 회색으로 페인트칠을 하고 똑같은 상부구조와 어구를 장비하고 있었다. 그렇다면 저놈들이 우리의 작전을 미행하려는 게 아닐까? 배너 함장인 척 클라크가 나에게 말해주었던 그 배들 모습과 많이 다르지는 않았다. 여하튼 그 배들은 계속 다가오더니 약 500야드 거리를 두고 천천히 푸에블로 주위를 맴돌았다.

탑승원 전원이라고 할 만한 인원들이 전형적인 어부 복장으로 갑판에 나타났고 우리를 가리키며 흥분한 듯 자기들끼리 떠들어댔다. 우리 배의 승조원 몇 명도 중갑판에 나와 그들을 살펴보았다. 우리 승조원들이 흥분한 나머지 북한공산군들에게 야한 몸짓이나 고함을 지를까 봐 나는 신경을 썼다.

또 한편으로는 저놈들이 이 조그마한 배에 가득 탑승한 승조원 숫자를 파악할 단서라도 제공하지 않기를 바랐다. 그래서 나는 노천 갑판에서 견시 임무를 맡은 인원들 외에는 모두 대피하도록 명령했다. 우리 배 주위를 선회하던 두 척의 배들은 표준속도 10노트 정도로 동북쪽으로 항해를 재개했다.

약 2와 3/4마일 정도 거리에 다다랐을 때, 두 배는 서로 가까이 접근해서 조금 전에 목격한 내용에 관해서 의견을 교환하는 듯 잠시 멈춰 섰다. 필요한 모든 정보를 포함해서 나는 즉시 최초 상황보고서를 작성했다. 북한공산당 선박이 분명했던 그 선박에 노출되었었다는 내용 외에도 임무를 띠고 여태까지 수집했던 유익한 정보를 모두 이 보고서에 포함시켰다. 해안에 배치된 레이더의 숫자, 타입, 위치는 물론이고 육안으로 목격했던 횟수, 우리 배의 잔여 연료 및 오일 퍼센티지까지를 망라했다. 그러려니 이 최초 상황보고서를 작성하는 데는 상당한 준비와 고충이 따랐으나 스킵 슈마허는 이런 일을 감당할 적격자로서 모든 필요한 정보를 매우 신속하게 편집해냈다.

이렇게 '상황보고서-1'을 작성하고 있을 때, 조금 전의 어선 두 척이 갈라서더니 선수를 우리 쪽으로 돌려 다가오는 게 아닌가! 우리는 정선 상태였으므로 어선 두 척 중 한 척, 또는 두 척 모두가 우리 배에 고의로 충돌할까 봐 겁이 났다. 그래서 나는 엔진실에 주엔진을 끄고 벨 소리를 기다리도록 지시했다.

엔진실 선임 견시장인 블랜서트가 신속히 응답을 보내왔다.

"벨 소리 기다릴 준비 완료!"

나는 우리 배의 굴뚝에서 나오는 배기가스 상태를 볼 수 있었는데, 색깔이 양호했다. 엔진들이 효율적으로 작동하고 있었다. 북한공산 선박들이 푸에블로에 직각 방향으로 달려올 때 속도는 최대 3노트였다. 한 번 더 우리배 주위를 돌더니 이번에는 25야드 거리를 둔 채 승조원 모두가 갑판에 나와 우리를 노려보았다. 나는 배 위의 배치 상태와 갑판에서 보이는 모든 장비들을 기록했다. 그들은 분명 무장을 하지 않았다는 걸 알았다. 상당히 가능성이 컸던 예상이 빗나가자 나는 적이 안심이 되었다. 그들이 우리 배를 선회할 때에 나는 맥을 불러 근거리 촬영을 지시했다. 어깨에 둘러멨던 카

세트 녹음기에 사건에 관한 실시간 녹음도 하며 계속 기록을 해 두었다. 사태가 진정되면 기록물을 재생하며 요약을 해서 공식적인 보고서로 쓸 셈이었다.

내가 중요하게 여겼던 한 가지는 배의 옆면에 커다란 한국어 글자로 쓴 배의 명칭을 알아내는 것이었다. 나는 스티븐과 그의 해병대 출신 통역관을 함교로 불렀다. 스티븐은 이 두 배의 선원들이 북한 정부 소속 어부들이라는 의견을 냈다. 함께 온 통역관은 치카 부사관이었다.

"치카 군, 저 배들의 이물에 쓰여진 글씨가 보이나?"

"네, 함장님. 똑똑히 보입니다."

"좋아, 무슨 뜻인가?"

"한국어 사전을 찾아보고 즉시 알려드리겠습니다."

몇 분이 지났는데도 어선은 물러가지 않았다. 치카가 돌아와서 뚫어지도록 그쪽을 쳐다보며 말했다.

"한 척은 'Rice Paddy(논)', 다른 한 척은 'Rice Paddy 1(논 1)'입니다, 함장님."

"고맙네, 치카 군. 돌아가 다른 일도 보게."

나는 번역된 선박 명칭을 보고서에 포함시켰다. 이내 두 배는 다시 북쪽으로 항해를 시작했고, 곧 조그마한 점이 되었다가 사라졌다. 나는 방으로 돌아와 지금까지 편집했던 상황보고서를 잘 다듬었다. 당직사관을 불러 헤이즈로 하여금 송신기를 끄고 모의 안테나에 연결하도록 지시했다. 그렇게 하면 무전병이 송신기를 작동시켜도 외부로 신호를 보낼 수가 없다.

스티븐은 나와는 다른 수신처로 보낼, 자신의 전문적인 메시지를 작성하고 있었다. 내용도 정보 분야 전문가만 알 수 있는 언어로 작성되었다. 그가 다른 지휘관에게 보고를 한다는 사실과, 또 알게 모르게 푸에블로에 해를 끼칠지도 모를 메시지를 보낼 권한을 가지고 있다는 것에 나는 몹시 짜증이 났다. 어쨌든 공산당 배 두 척이 모두 떠나버렸다는 사실에 대해 나는 보고서에 다음과 같은 취지의 글을 한 줄 넣기로 결심했다. 즉, 우리가 이제 더 이상 감시당하지 않는다는 사실에 비춰 볼 때, 이것이 이번 사건에 관한 마지막 상황보고가 될 것이다. 바꿔 말해 이는 우리가 다시 전자방사통제 단계로 돌아간다는 뜻이었다. 나는 그 북한공산당 선박들이 불장난을 치지 않은 것에 대해 안도하고 기뻤다.

송신 메시지는 둘 다 16시 45분경에 발송되었다. 무전병 헤이즈는 그날에 맞는 주파수에 송신기를 맞춰놓았다. 내가 직접 체크했기 때문에 나도 알고 있었다. 그리고는 응신을 기다리느라 마치 질곡 같은 좌절의 밤낮이 시작되었다. 우리 배에서 가장 우수한 통신병도 우리의 송신 내용에 대한 카미세야로부터의 응답을 받을 수 없었기 때문이었다.

지루한 밤이 이어지는 가운데 나는 매시간, 때로는 더 자주 담당 통신특기병들을 괴롭혔다. 나는 서너 번 이상 송수신기를 들여다보며 헤이즈에게 송수신기의 출력 미터가 고장을 일으켰을지도 모르니 여분의 기기도 체크하라고 말했다. 그러나 그것은 기우였다. 출력기는 곧잘 작동하고 있었다.

"헤이즈 군, 계속하게."

나는 그를 격려하고, 스티븐 해리스에게는 이렇게 말했다.

"자네가 교신에 총책임을 지기 바라네. 확실한 신호가 들어오면 알려주게."

직접 메시지 송수신 관계자들 사이에서도 근심이나 긴장감 따위는 찾아볼 수 없었고, 정작 필요한 순간에 사령부와의 통신이 불만족스러워서 짜증을 내는 분위기였다.

제 9 장

"30명 북괴군 침입자들, 서울에서 경찰관과 기타 5명을 살해. 남한군 3개 사
단과 미 보병2사단 일부 병력, 수색작전에 투입."

〈1968년 1월 22일자, 뉴욕 타임스〉

"귀하는 전쟁을 하기 위해 출동하는 것이 아님을 명심하게!"

〈1968년 1월 9일, 해군소장 프랭크 L. 존슨의 부커 함장에 대한 충고〉

1월 23일, 7시가 되기 전에 침대를 빠져나왔는데 온몸이 뻣뻣하고 잔 것
같지도 않았다. 전날 호기심을 보인 불청객들에 관한 보고를 위해 주일미해
군사령부와 교신하려고 애쓰던 무전병을 체크하고 결과를 기다리느라 밤샘
을 한 때문이었다. 사관실에서 잠 깨려고 마시는 커피도, 몇 시간 전에 마셨
던 그것처럼 쓴맛뿐이었다. 함정 안에 습하고 시큼한 냄새가 배어있는 걸 눈
치챈 나는 따뜻한 맑은 날이 들면 배를 멈추고 밖에다 침구를 내다 걸고 신
선한 공기를 쐬게 하려고 마음을 먹었다. 그동안에 통신특기병들은 원산 외
곽 수역에서 전파를 점검하면 될 터이고.

날씨가 화씨 20도 정도의 냉기였으나, 바람은 4노트 정도였다. 울퉁불퉁
한 북한의 해안선은 아직도 어둠에 감춰져 있었지만 높은 산등성이에서는
몇 안 되는 연한 불빛이 깜빡이고 있었다. 그 불빛으로 우리의 위치를 확인
할 수 있었고, 측심기로 해저 등고선을 체크했더니 육지에서 25마일 정도의
거리로 나타났다.

나는 당직사관인 진 레에시에게 거리를 15마일 정도로 당겨서 원산지역에서의 모든 전자교신을 효과적으로 감청할 수 있도록 위치시키라고 지시했다. 험상궂던 동해 날씨와는 조금 달라진 날씨에 안도하면서 매일 이 정도만 되어도 좋겠다고 생각하며 사관실로 내려가 아침 식사를 했다.

당직사관 견시 임무는 통상 07:15분에 교대했지만 진 레이시는 한 시간 일찍 교대해 당직을 맡았다. 층을 이룬 구름조각 사이로 햇빛이 비치니까 해안선이 검은 톱니 실루엣 모습을 벗고 우리의 해도가 표시하는 저명한 지형지물의 방위를 정확히 나타내주었다. 오전 10시가 되자 바위투성이의 하도 판도곶을 확인할 수 있었고 그에 딸린 여도와 웅도가 영흥만의 북쪽 입구에 가로질러 놓인 모습을 볼 수 있었다.

이 육지는 우리의 판단에 신뢰할만한 근거가 되었지만, 사세보 근처에서의 머피의 대실수 이래로 나는 습관처럼 그의 항법 표시를 재점검하고서야 배의 완전 정지 명령을 내려 북한 땅에서 정확히 15.5마일 떨어진 해상에서 멈춰 세웠다. 다른 선박들의 출입이 없었기 때문에 프라이어 터크는 난센 수치 측정을 위해 수로 윈치로 향하고 해리 아이어데일은 BT(생물 이용 기술) 판독을 위해 부채꼴 모양의 선미로 갔다.

간밤에 내린 약간의 눈과 얼음을 치우려고 작업조가 갑판에 올라갔다. 앞 갑판에서는 세탁기에 세탁물을 처음 넣고 돌릴 때 들리는 후루룩 소리가 났는데, 주엔진이 꺼진 이래로 갑판에서 들려온 가장 큰 소음이었다. 아래층에서는 각자의 콘솔 앞에서 정보 견시에 집중하는 통신특기병들이 의자에서 몸이 비틀린다기보다는 흔들렸다. 스티븐 해리스가 함교에 다음과 같은 보고를 했다. 즉, 정상적인 감시활동을 하는 2대의 장거리 레이다가 발산하는 전파를 감지했다는 것과 좀 흥미로운 사실은, 인근 한국어 통신 주파수에서는 잡담 소리가 들렸다는 것이다.

"우리에 관한 내용이라도 잡혔나?"

나는 전화상으로 그에게 물었다.

"그런 건 우리가 알 수 없고요, 함장님. 아마도 일상적인 대화 같기도 합니다만, 녹음해서 다시 들어볼 생각입니다."

녹음테이프를 다시 돌려서 올바른 번역을 해내는 데는 4~5시간이 걸릴지도 모른다. 나는 부사관인 치카와 해먼드가 한국어 장기 16주 교육을 이수한 바 있었기 때문에, 이들로 하여금 무선 대화의 핵심 내용을 파악하게 한다면 시간이 많이 드는 테이프 재생이나 사전에 의존하지 않고서도 해독 가능할 거라고 생각했다. 이들 부사관들은 그런 목적으로 교육을 받았고, 현재 최선을 다하고 있음을 알고, 나 스스로 쌍안경을 들고 텅 빈 바다와 해안선을 주의 깊게 살펴보고는 안정을 되찾았다.

우리는 사실상 사람이 살지 않는 세상에서 표류하고 있다고 해도 과언은 아니었다. 인간이 살고 있음을 보여주는 유일한 증거는 내가 원산이라고 알고 있는 육지에 걸려있는 희미하게 보일락말락 한 연기뿐이었다. 원산시와 그 항구 자체도 움푹 들어간 만 안에 있는 작은 섬들과 곶 뒤에 가려져 있어서 보이지도 않았다. 그래서 북한 동해안의 중요한 상업 및 군용 항구의 입구에서 우리가 15마일 떨어져 있다는 걸 알려주는 건 아무것도 없었으며, 단 한 척의 초계함이나 연안을 왕래하는 부정기 화물선도, 심지어 보잘것없는 고깃배조차도 보이지 않았다.

나는 다소 실망을 하고 바로 하루 전날 흥분했던 일조차도 무의미한 소동에 지나지 않았다고 생각했다. 그날의 배 두 척은 그들이 우리의 존재를 알았다는 사실을 우리에게 인지시켜 주었고, 귀찮지만 무해한 자본주의자들이 동해상에서 해양학적 자료 조사를 하고 있다고 생각했는지는 몰라도, 우리를 무시하고 자신들의 은둔 공산국으로 사라져버렸다. 나는 밤새워 송신하려고 고생했던 상황보고서에 보충할 내용을 작성해 보내야겠다고 생각했다. 보충할 내용의 요지는 다음과 같았다.

"… 유의미한 전자정보 내용 없음… 적의 감시망은 더 이상 존재하지 않음… 이 수역에 머물러 있을 생각… 이 사건의 최종 상황보고임. 별도의 지시가 없으면 전자방사통제 재 돌입."

이것은 주일미해군사령부에 지난번 송신한 메시지 이후에 상황이 진정되었으며, 현재 우리는 평시 업무를 수행 중이며, 전자방사통제 상태로 환원한다는 뜻을 전달하려는 것이었다. 밤을 새우며 사령부와 무선주파수를 맞추려고 애쓰다 피로가 쌓이고 눈도 충혈된 상태였지만 무전병 헤이즈는 이번에도 분발하여, 덜 중요하지만 꼭 필요한, 안심하라는 메시지를 오전에 보내는 데 헌신적이었다. 정오 교대 견시조가 메시지 내용이 마침내 주일미해군사령부에 접수되었다고 함교에 보고했다. 무전병 헤이즈는 비틀거리며 식당 갑판으로 내려가 뜨거운 점심 식사를 하고, 침대에서 실컷 낮잠이나 자며 소화도 시킬 생각이었다.

로우가 진 레이시와 당직사관 임무를 교대하여 두 시간 전에 멈춰 섰던 곳에서 몇백 야드 안 떨어진 바다에서 한가하게 롤링하는 푸에블로의 책임을 떠맡았다. 약한 남동 해류가 미풍인 북서풍을 맞아 배의 위치를 잡아주고 있었지만, 로우는 주의 깊게 하도, 판도 및 웅도의 방위를 체크했다. 진 레이시도 함교를 떠나자마자 갑판과 함내를 두루 점검하며 규정된 임무를 계속 수행했다.

자신이 관할하는 주엔진실에서는 골드만과 블랜서트가 기력이 빠진 디젤엔진을 돌보며 정비하기에 바쁜 모습이었고, 보조엔진실에서는 스카버러가 특수작전구역의 전력 소요를 계속 공급하느라 소리 내는 발전기 거치대를 감시하는 모습을 보았다. 승조원 식당에서는 두 번째 식수 인원인 25명이 왕성한 식욕으로 미트 로프, 서코태시, 감자, 고깃국을 먹어치우고 있었다. 주방에서는 해리 루이스와 그의 조수들이 추가로 필요한 음식을 준비하며, 동시에 20분 뒤에 들어올 세 번째 손님들을 위한 식탁 차림을 하고 있었다. 작은 주방에서 그렇게 맛있는 음식으로 서비스한다는 것이 놀라울 정도였다.

사관실에서는 조리장이 식탁보를 깔아놓아 수병들보다는 약간 깔끔한 식탁에서 병들과 똑같은 식사를 하는데 진이 끼어들었다. 생기 없는 햇빛이 이중 현창으로 들어와 지난번 격랑 속에서 옷에 묻었던(아무리 세탁기를 윙윙 돌려도 지워지지 않는) 수프, 커피, 케첩 등의 지저분한 자국을 이리저리 비춰주고 있었다.

"진 군, 견시 중에 아무런 일 없었나?"

"네, 함장님."

그는 명랑한 웃음과 함께 대답했다.

"이런 맑은 날씨에는 그간 밀렸던 세탁 등 개인 정비도 할 수 있겠네요."

"네, 맞아요. 뉴펀들랜드 그랜드 뱅크의 온화한 겨울 날씨와 거의 같아요." 하고 스킵이 말을 받으며, "브리핑에서 사람들이 말했던 것처럼 정말 화창하네요." 하고 보탰다.

"일 년 중 이맘때엔 그랜드 뱅크의 평균 온도가 이곳 동해보다 14.5도 높아요." 하고 스티븐 해리스가 화답하였다.

이러한 우리의 오찬 대화는 함교로부터 걸려온 전화벨 소리로 중단되었다. 로우가 우리 위치보다 8마일 정도 남쪽에서 선박 한 척이 우리 쪽으로 접근하는 모습을 발견했다고 보고했다. 나는 그에게 계속 감시하다가 5마일 이내로 접근하면 다시 보고하라고 지시했다. 식사와 대담은 다시 이어졌다. 배를 목격하는 일은 일상다반사였기에 아무도 걱정하지 않았다.

그러나 내가 막 두 번째 미트 로프를 먹으려는데 전화벨이 다시 울렸다. 배가 5마일 정도로 다가와 신속하게 우리를 향해 접근한다는 보고였다. 4분 만에 3마일을 달려왔다는 뜻이니 40노트가 넘는 속도였다. 그러면 일단 예사로운 선박의 출현은 아니었다. 나는 식사 중에 실례한다고 말하고 곧바로 함교로 올라갔다. 사관실을 나설 때, 진이 했던 무심한 듯한 말 한마디가 머릿속을 맴돌았다.

"이건 또 다른 지루한 날의 반복은 아닐 것 같은데!"

올라가 보니 날씨는 바뀐 게 없는데, 공기가 차가워진 걸로 보아 온도가 갑자기 내려가 빙점 이하가 될 것 같았다. 태양은 겨울 구름 사이로 온기를 뿜지 못하며 붉게 타오를 뿐이었는데, 가시도가 좋아서 조타실에서도 다가오는 배의 이물에서 이는 하얀 물거품 뒤에서 까닥이는 검은 형체를 볼 수 있었다. 무개 함교로 올라가서 준비해두었던 고정식 쌍안경으로 접근하는 선박을 자세히 살펴보니 북한 국기를 단 구잠정 한 척이 우리를 향하여 전속력으로 달려오고 있었다.

나는 놀라지는 않았지만 점심 식사 시간에 나타났다는 게 짜증스러웠다. 로우에게 해리스 대위와 슈마허 대위를 불러 함정 확인 교범을 들고, 맥에게는 카메라를 가지고 무개 함교로 올라오도록 연락할 것을 지시했다. 구잠정이 속도나 방향을 변경하지 않고 계속 다가오자 나는 우리 배가 어느 모로 보나 공해상에서 해양자료를 조사하는 선박으로 보이도록 해야 되겠다고 결심했다. 그러한 활동을 나타내는 국제일(國際日) 표시 깃발을 게양하고, 식사 중인 해양학자들을 불러 적들이 보도록 여분의 난센 채수기 설치를 지시했다. 그리고 나서 나는 사다리를 타고 아래층 조타실로 내려가 우리가 정말로 국제 수역 내에 위치했는가를 확인 점검했다. 해안에 설정한 우리의 교차-방위 위치는 그때에도 분명히 볼 수 있었고, 로우는 구잠정을 최초 목격했을 때 레이다로 위치를 확인한 바 있었다. 푸에블로는 홍도로부터 16마일에서 1/10 모자라는, 즉 15.9마일 떨어진 해상에 위치해 있었으며, 남동쪽으로 약간 표류하는 상태에서 정선하고 있었다. 우리가 완전 합법적이었다는 데 나는 추호도 의심하지 않으며, 내가 할 일은 어떤 상황이 벌어지든 내가 내린 명령에 맞춰나가는 것이었다. 무개 함교로 다시 올라온 스티븐 해리스와 함께 훨씬 더 가까이 다가선 구잠정을 자세히 살피면서 그가 함정 확인 교범을 뒤적거리다 결론을 내렸다.

"소련제, 개량된 SO-1급 구잠정. 길이는 130피트, 폭 21피트, 씨 스테이트-2에서 최대 속도 48노트. 통상적으로 폭뢰와 자동기관포 등으로 무장하나, 미사일을 포함한 다른 무기들도 탑재 가능. 통상적인 승함 인원은 장교 3명에 수병 16명."

"내가 생각했던 그대로네, 스티븐." 나는 동의했다.

"내려가서 통신특기병들이 저 구잠정과 기지 간 통화를 감청할 수 있는지를 알아보게. 우리에 관한 저자들의 인상을 알아보는 것도 흥미 있는 일이야."

"최선을 다하겠습니다, 함장님. 적들의 위치를 보고할 우리의 통신망은 열려있습니다."

"좋아, 그러나 흥분해서는 안 되네. 지난번에 저 배와 비슷한 게 그냥 지나간 일을 기억하게."

나는 지난 일을 그에게 상기시켰다.

"네, 함장님. 계속 보고 드리겠습니다." 그가 대답했다.

함내에는 평상시 다른 배와 접촉할 때보다 훨씬 재미있는 일이 일어났다는 소문이 퍼지면서 직접 눈으로 보려고 비번인 승조원들까지 갑판으로 몰려나왔다. 통상적으로 적법한 해양조사선에는 30명 남짓한 인원들이 탑승한다는 걸 생각하면서 나는 그 이하의 인원만 보여주려고 함내 방송망을 통해 누구든지 공식적인 갑판 용무가 아니면 배의 아래층에 머물러 위에서는 보이지 않도록 하라고 지시를 내렸다. 그리하여 눈에 띄게 전부 갑판에 남은 인원들은 해양학자들과 함교 근무자들뿐이었고, 이들은 이역만리 먼 곳에서 독립적인 임무를 수행한다고 내가 허락해준 단체 방한복을 착용하고 있었다. 나도 두꺼운 가죽 비행점퍼에 스키용 모자를 쓰고 있었다.

SO-1급 구잠정이 1,000야드 정도로 좁혀왔을 때, 쌍안경으로 봤더니 함교엔 저마다 망원경을 들고 우리를 살펴보는 인원들로 가득했을 뿐만 아니라 두 정의 자동화기엔 사수들이 배치되어 우리를 겨냥하고 있었다. 상대방은 우리를 전원 전투배치 상황으로 압박해왔다. 그렇다고 곧 전투가 임박했다는 뜻은 아닌 걸로 나는 알았다. 다만 우리의 자매선인 배너호가 여러 번 당했던 그런 곤경과 같거나, 우리 배도 당할지 모른다고 브리핑을 받았던 그런 방해 공작 정도로 여겼다.

나는 상당히 민감한 상황에서 부사관 이하 수병들이 갑판 근무하는 걸 원치 않았기 때문에 진 레이시를 불러 로우와 당직사관 근무를 교대하라고 지시했다. 그리고 엔진실에는 디젤엔진을 작동시키고 벨 소리에 응답할 준비를 하도록 지시했다.

SO-1급이 우리의 감정을 건드리며, 넓지만 조여오는 원을 그리면서 '국적이 어디요?'라는 내용의 국제 신호 깃발을 내걸었다. 그에 대한 응답으로 나는 즉시 우리 배의 신호수에게 미국 깃발을 올리게 했다. 그랬더니 북한 선박의 함교와 갑판에서는 부산한 움직임이 보였고, 쌍안경을 통해 나타난 모습은 놀람과 혼돈에 휩싸인 무언극의 한 장면이었다. 그러나 그런 혼돈의 장면이 결코 그들이 우리를 전투배치로 몰고 간 호전적 성격으로 바꿔 놓지는 않았다.

이제는 스킵 슈마허와 팀 해리스 소위도 함교에 올라와 나와 함께 상황을 지켜보았는데 겉으론 태연한 척했지만 열심히 알고자 하는 젊은 사람의 호기심은 감추지 못했다. 진짜 공산권 승조원들을 싣고 달려드는 공산국가 해군 선박을 지척에서 목격하는 이들에게는 그런 장면이 신기하기만 했다. 그래서 나는 이러한 대치국면에서 구경꾼이 아니라, 실제 참여자라는 점을 그들에게 상기시켰다. 나는 스킵에게 지시했다.

"보고서 작성을 위한 메시지 양식에 기록을 계속할 것. 현재 접촉 상대는 북한공산군, 개조된 SO-1급 구잠정이 우리의 국적을 묻기에 응답했음."

또 팀 해리스에게는 "이 함교 의자에 편안하게 앉아서 상대방이 무슨 쇼를 하든 내용을 계속 기록해 일지를 만들라"고 지시했다.

바로 그 순간, 진 레이시가 큰소리로 외쳤다.

"세 척의 고속 어뢰정, 방위각 160, 함수 쪽으로 거리 10,000야드에서 접근!"

현재 우리 배 근처에서 전개되는 복잡한 상황을 뛰어넘어 앞을 내다보는 안목으로 그가 예리하게 관찰해준 데 고마움을 느끼며, 나는 쌍안경을 들고 그가 지적한 원산 방향을 겨냥해 확인한 뒤에 스킵에게 지시했다.

"일지에 저것도 추가하라! 그리고 추가 상황보고를 대비, 사령부의 통신 회로를 열어놓도록 요구하라!"

이것은 내가 최초 예상했던 북한 해군 단일부대의 감시활동이 아니라, 그들의 전면적 방해작전이 임박한 것 같다는 의미였다. 그래도 함교에는 추가적인 긴장감 따위는 없었다. 왜냐하면 배너도 여러 번 중공 및 소련 함정들에 둘러싸여 위협을 받았으나 괜찮았기 때문에, 우리도 북한공산군 선박들로부터 같은 대접을 받으리라 생각했기 때문이었다. 그러나 순간적으로 내 마음속에는 자신들의 영해 근처에 출현한 우리 배에 저들이 어떻게 반응하는가를 알아볼 정말로 예상치 못한 기회라는 생각이 불현듯 떠올랐다. 영해 안쪽이 아닌 영해 근처. 이 문제에 관해서는 나 스스로 철저하게 확실히 파악해두어야 하겠다는 생각으로 조타실에 있는 머피에게 지시해서 레이더상에서 우리 배의 위치를 다시 체크하도록 했고, 그 결과를 이중 체크하기 위하여 로우를 아래로 내려보냈다. 그때까지도 가장 가까운 육지까지의 거리가 15.8마일이나 되었다.

SO-1급 구잠정은 우리 배 주위를 두 번째 맴돌고 있었고, 거리는 500야드 이내로 좁혀왔기 때문에 그 승조원들이 독특한 보병 복장을 착용하고 있는 모습을 우리 모두가 육안으로 분명히 볼 수 있었다. 적함에서는 두 번째 신호 깃발을 올렸는데 내용은 '정선하지 않으면 사격한다!' 였다.

"제기랄, 정선하라니! 무슨 뜻인가?"

나는 크게 소리 질렀다.

"우리는 이미 정선하고 있지 않은가!"

"우리에게 더 이상 야한 말을 할 게 없었던 모양이지요."

팀 해리스가 일지에 사태 진전 상황을 기록하면서 거들었다. 배너도 전번 임무수행 시에 똑같은 비우호적인 인사를 받았었다는 게 사실이었으나, 나는 함내 음향통신관을 통하여 머피를 호출, 사전에서 그 뜻을 찾아보고 혹시라도 다른 뜻이 있는지를 확인하라고 지시했다. 다른 의미가 있을 수 없었다. 나는 황급히 사다리를 타고 조타실로 내려가서 가장 가까운 육지와의 거리와 방위를 레이더상에서 직접 체크했다.

15.8마일. 북한이 인정하는 영해 12마일에서 3.8마일이나 밖이었다. 우리 함정 승조원 모두가 틀릴 수는 없는 것 아닌가. 그렇다면 이건 순전히 공산당식 협박이었다. 그래서 나는 자신만만하게 무개 함교로 다시 올라가 우리 신호수에게 국제 규정에 맞는 신호 깃발을 올리도록 지시했다. '우리는

국제 수역에 위치해 있다'고.

세 척의 어뢰정이 1마일 이내로 다가왔으며 전속력으로 계속 접근, SO-1급 구잠정과 합세하려 했다. 구잠정은 활대에 걸친 신호 깃발을 펄럭이며 우리 배 주위를 계속 맴돌고 있었으며, 기관포에 배치된 사수들은 직접 우리를 향해 사격 자세를 취하고 있었다. 맥은 원거리 렌즈를 장착하고 바쁘게 사진 촬영을 하다가 바로 기관포 총열 속을 들여다보는 자신을 발견하고는 흠칫한 듯했다.

그러나 푸에블로의 분위기는 그대로였고, 바뀐 게 있다면 신경전에 대비하는 것이었지, 전투에 대비하는 분위기는 아니었다. 특수작전구역에서 휘하 통신특기병들과 함께 있었던 스티븐 해리스는 화끈한 결과도 없이 음성통신망에 잡히는 흥분해 떠드는 북한어 잡담들만을 번역하려고 헛수고를 하고 있었다. 나는 그에게 지시를 내려 재일해군본부와 텔리타이프로 계속 접속하고, 현재 불청객들과 조우하고 있으니 우리와 추가 메시지 송수신을 위해 채널을 계속 열어놓도록 요구했다. 그때, 스킵이 우리의 상황보고서 메시지 등급을 특보에서 위험으로 상향할까를 진지하게 물어왔다.

위험 등급은 새로 만든 우선순위로서 백악관을 포함한 모든 상급 제대에 즉각 전파해야 하는 중요한 메시지를 보고하는 신호였다. 이것은 함대급에만 전파되었던 새로 생긴 등급 체제였기 때문에 내가 아는 한, 다른 부대에서는 사용해 본 일이 없는 규정이었다. 나는 스킵에게 위험 등급의 사용 목적을 알아보라고 했다. 그가 재빨리 검토한 후 개요를 알려줘서 나는 즉시 위험 등급으로 올리기를 결심하고 그렇게 하라고 지시했다.

위험 등급은 국제적인 사건으로 발전할 가능성이 임박했음을 뜻하는 것이어서 군 최고통수권자인 백악관까지 보고되어야 하는 것이었다. 그러나 그것이 비상버튼을 눌러야 할 상황이란 뜻은 절대 아니었다. 고위 당국자들에게 심각한 문제로 비화할 수도 있는 상황을 주지시켜, 더 이상 악화되면 즉시 관심을 가져야 한다는 것이었다. 나는 당시 상황에서 현장 수역에 머무르려 했고, 보고서에도 그렇게 진술했다.

그러나 그때 무의식적으로 약간의 불안감이 나를 엄습했다. 비밀문건과 장비들을 파괴하려면 몇 시간이 걸릴 터인데 내가 가진 불충분한 파괴체계가 걱정이었다. 네 척으로 늘어난 적함들이 다가오면서 느슨했던 대형을 고쳐, 우리를 사방에서 에워싸고 접근하자 우리는 육안으로 기관총에 배치된 병력들이 우리를 정조준하고 있는 모습을 볼 수 있었으며, 나는 상황이 급변하고 있음을 알아차리게 되었다. SO-1급 구잠정을 최초 목격한 지 20분 남짓한 시간이었다. 또 다른 불안한 생각이 떠올랐는데, 먼젓번과는 달리, 이번엔 푸에블로의 최저 예비 부양력에 관한 것이었다. 공산군의 심한 방해작전 시, 우연한 충돌 사고로 우리 배의 선체가 파괴될 경우인데, 나는 갑자기 진 레이시에게 이렇게 물었다.

"필요할 경우 우리가 신속히 우리 배를 침몰시킬 수 있을까?"

이 물음에 그는 놀라기보다는 신중히 생각하는 표정으로 나를 보더니, 침착하게 대답했다.

"신속히는 안 됩니다, 함장님. 해수 냉각 흡입 장치의 빗장을 풀고 연결을 끊은 뒤에 주엔진실에 물을 채우는 데 약 2시간 정도 걸립니다. 그다음에 보조엔진실의 칸막이벽을 해체하지 않으면 배는 가라앉지 않습니다. 힘들고 시간 걸리는 작업입니다."

"그동안엔 우리가 교신을 하거나 기동할 동력도 없이 바다에 표류하겠지?"

"맞습니다, 함장님."

문제를 좀 더 자세히 알아보며 음향관을 통해 우리 배 밑의 수심을 측정해보라고 연락하고는 나 스스로 놀랐다.

"30패덤입니다, 함장님!"

즉시 온 응답에 나는 배를 침몰시킬 생각을 접고 말았다. 침몰시키는 데 시간도 오래 걸릴 뿐 아니라, 그렇게 극단의 행동을 취하기에는 너무 얕은 수심 때문에 결국 북한공산군 잠수부들이 우리 배의 내용물들을 몽땅 건져 올릴 가능성도 있었다. 더구나 지금 상황이 그렇게 심각한 것도 아니고, 또 더 이상 심각해질 것 같지도 않다고 나 스스로를 안심시켰다. 오히려 공해상에서 작전하는 미군함정이 공산권 함정에 의해 위협받는 일이 절대로 없도록 하겠다는 미해군총장의 최근 특명을 나는 상기했다.

그런 뒤부터 나는 이미 받았던 출동 전 브리핑에 의거하여 행동해야 하며 미지의 곤경 따위는 생각도 말고 내 밑의 장병들에게는 나 자신의 의구심을 추호도 드러내 보이지 않기로 했다. 이때 몇몇 장병들이 약간의 불안감을 보이기 시작했으나(담배를 안 피우던 팀 해리스가 담배를 꼬나문 모습을 보았다) 나 자신의 감정을 추슬러야 그들을 진정시킬 수 있을 것 같았다. 나는 다시 음향통신관을 통하여 항해사를 호출했다.

"항로 기록팀을 구성, 모든 적대적 방해공작을 샅샅이 기록했다가 나중에 사무실 근무 참모요원들이 연구하도록 하자!"

우리는 이제 네 척의 북한 군함에 완전히 둘러싸였다. 어뢰정 세 척은 50야드 이내의 거리에서 맴돌며 기관총을 우리 함교에 겨냥하고, 그들의 갑판은 러시아제 자동 카빈총으로 무장한 육군 아니면 해병대원 같은 군인들로 가득 차 있었다. 그들의 털모자 채양 밑으로 우리를 노려보는 동양인들의 모습을 우리는 분명히 볼 수 있었다.

SO-1급 구잠정은 우리 배의 좌현으로부터 좀 떨어진 곳에서 57㎜ 기관포로 즉각 사격할 준비를 한 채, '정선하지 않으면 사격'이란 신호 깃발을 여전히 활대에 걸어놓고 느릿느릿 돌고 있었다. 나는 이 구잠정이 그들의 기함이라 생각하고 '국제수역(공해)에 위치해 있음'이란 메시지에 더해 '현지에 머물러 있을 생각'이란 문구를 추가로 내걸었다. 신호수가 그 신호 깃밧을 깃대에 올리면서 긴장감 때문인지 매서운 추위 때문인지 떨고 있는 모습을 본 나는 무개 함교에 있는 승조원들을 위해 낭랑한 목소리로 외쳤다.

"이 개자식들이 우리에게 허튼수작을 못하게 하자!"

그런데 나의 이 도전적인 격려의 말이 끝나기가 무섭게 별안간 쉭 소리를 내며 머리 위를 지나가는 제트기 소리를 듣고 쳐다보았더니, 러시아제 미그기 두 대가 저공비행으로 잽싸게 날아가는 것이었다. 그때 어디에선가 네 번째 어뢰정이 갑자기 나타나 1마일 이내의 거리에서 우리를 향해 달려오는 걸 목격했다. 게다가 더 어렵게 된 것은 작지만 퉁퉁한 형체의 물체가 영흥만 외곽 잿빛 바다 너머에서 하얀 파도를 가르며 달려오고 있었다. 마치 재미있는 놀이에 끼어들려는 듯한 또 한 척의 북한공산군 구잠정이었다. 진 레이시는 관심을 높이며 이렇게 물었다.

"우리가 전원 전투준비에 돌입해야 하는 것 아닌가요, 함장님?"

도전을 받을 때 물러선다는 건 있을 수 없지만, 우리가 출발하기 전에 존슨 제독이 했던 고별 충고, 즉 전쟁을 하려 나가는 것이 아니란 점과 도발적으로 행동하지 말라는 지시를 내렸던 점 등이 모두 내 행동의 기준이 되어야 했기에 나는 "전투준비 상황에 돌입하는 건 원치 않네."라고 대답했다.

"전투준비에 들어가면 이놈들에게 마치 우리가 적대행위를 하려고 이곳에 나왔다는 인상을 줄 테니까. 놈들이 원하는 것도 이런 방해공작을 전면적인 국제적 사건으로 몰아가려는 것이네."

진은 나의 결심을 의심 없이 받아들였으나, 그의 잘생긴 얼굴엔 걱정의 그림자가 드리웠다.

최초 보고서를 전송하려고 암호실에 내려갔던 스킵 슈마허가 무개 함교로 돌아왔다. 그는 자기가 잠시 자리를 비웠던 사이에 푸에블로가 두 대의 미그기의 엄호를 받는 가운데 6척의 북한 해군함정에 갇혀 있는 모습을 보고 경악을 금치 못하는 표정이었다.

"결국 우리가 발각되었군요."

그는 침을 꿀꺽 삼켰다.

"놈들이 특별한 관심을 가지고 저렇게 우리를 예우하는 거겠지. 보고서는 발송했나?"

그는 고개를 끄덕이면서도 충격에서 벗어나지 못한 표정이었다.

"좋아! 그러면 넘버 2를 시작하자!"

나는 지시하며 첫 번째 보고서를 보충하기 위해 최근 10분간에 일어난 사건들을 기록하도록 줄줄이 불러주기 시작했다. 그러나 아무리 빨리 불러줘도 사태가 너무 급박하게 진행되었기 때문에 메시지 내용에 다 담을 수가 없었다.

이때, 어뢰정 한 척이 SO-1급 기함 곁으로 다가서더니 처음엔 수기 신호로, 다음엔 확성기를 이용해 교신하며 떠들어대는 소리가 너무 커서 300야드 거리에서 느릿느릿한 파도에 반향을 일으키며 우리 귀에도 들릴 정도였다. 두 배가 순간적으로 부딪힐 정도로 바짝 달라붙는 사이에 무장을 갖춘 열두 명 정도의 땅딸막한 인원들이 큰 배에서 작은 배로 건너뛰자 작은 배가 푸에블로를 향해 다가왔는데, 그것은 병력을 보강해서 우래 배에 오르려는 의도가 분명했다. 나는 스킵에게 방금 그 예상 못했던 행위도 메시지에 포함하라고 소리쳤다. 그리고는 결단의 말을 내뱉었다.

"놈들의 저런 일이 성공하면 내가 결단나지!"

놈들의 그런 철면피한 행동을 본 나는 걱정보다는 화가 치밀었다. 그러나 그 순간 내가 브리핑을 받을 때는 없었던 이러한 상황이 전개되고, 통제불능의 순간이 올 것 같아서 현장을 빠져나가야 할 때가 왔다는 것을 깨달았다. 배너호는 공해상에서 나포라는 심각한 위협까지는 받아보지 않았을 터인데, 이 북한공산군들은 그런 행위를 감행할 정도로 미친놈들인 것 같았다. 나는 놈들이 그런 짓을 할 때까지 버텨볼 생각은 없어서 음향관을 통해 다음과 같이 명령했다.

"전면, 속도 1/3! 항법사! 육지를 벗어날 최선의 코스를 선택하라!"

"0-8-0, 함장님!"

머피가 가냘픈 목소리로 응답했다.

"0-8-0"

나도 확인했다.

"속도를 2/3로 높이다가 전속력으로! 우리는 패주가 아닌 품격을 갖춘 철수 중이다."

우연하게도 루사이트 재질로 된 방풍 스크린을 통해 중갑판을 내려다보았더니 가련한 프라이어 터크가 30패덤 깊이로 뱃전 너머 난센 채수기를 늘어뜨린 수로시험 윈치 옆에서 어리둥절한 표정이었다.

"모든 해양 탐사활동은 연기한다!"

나는 그에게 소리쳤다.

"시험용 채수기를 신속히 걷어 올려라!"

비상벨 소리를 듣고, 엔진실 근무자들이 공회전하던 디젤엔진에 기어를 넣고 스로틀을 높이자 연통에서는 마치 목이 막혔다 터지는 것처럼 연속적인 끄르렁 끄르렁 소리를 냈다. 끄르렁 소리와 내뿜는 연기는 정지해 있던 푸에블로가 정지 관성에서 벗어나 움직이려는 느린 반응 속도와는 어울리지 않았다. 이때, 적의 어뢰정이 방현재를 장착하고 갑판에는 무장 병력을 가득

태운 채로 선미에선 물거품을 일으키며 우리 뱃전에 대려는 듯했다.

불과 수 야드 이내로 접근했을 때에는 탑승조가 우리 배의 뱃전에 용감하게 뛰어 넘어오려 했으나, 우리가 마침 속도를 더 올리며 항진하자 다시 사이는 벌어졌다. 푸에블로가 넓게 원을 그리며 넓은 바다 한가운데로 계속 나아가니, 어뢰정의 탑승조는 뒤에 처지며 멋쩍게 되어버렸다. 그러나 그 순간 다른 적함들이 우리 배의 함수를 가로지르며 우리를 차단 기동함으로써 소위 '힘겨루기'가 시작되었다.

나는 계속 달려 놈들을 따돌리고 싶었으나, 성공할 수 없는 상황도 고려해야 했다. 나는 함내 확성기를 통해 모든 비밀문건을 파괴할 준비를 하라고 지시하고 '귀측의 배려에 감사. 우리는 이 수역을 떠날 것임'이라는 내용의 길다란 신호기를 올려서 놈들을 멈추게 하려 했다. 그러고 나서 우리에게 가해지던 중압감에서 약간 벗어나 안도할 수 있었지만 더 이상 사태가 꼬이지 않았으면 좋겠다는 나의 바람을 들어줄 만큼뿐이었다.

SO-1급 기함도 '정선하지 않으면 사격하겠다'는 깃발을 내리고, 우리가 지나간 자국을 멈칫거리며 따라오고 있는 듯했으나 2,000야드 이상 뒤로 쳐졌다. 그러나 어뢰정들은 달갑지 않은 손님인 우리를 계속 따라왔다. 그중 두 척은 우리 배의 후미에 가까이 달라붙고, 다른 두 척은 우리의 함수 주위 10야드 정도의 거리에서 지그재그로 가로지르며 질주했는데, 이것은 분명 우리의 퇴로를 차단하려는 뜻이었다.

나머지 한 척 SO-1급 구잠정도 계속 따라와 기 싸움에 가담함으로써 우리는 6척의 적함과 대치했다. 얄밉게도 오전까지 우리가 그렇게도 고맙도록 좋아했던 날씨마저 이제는 적들에게 도움을 주려는 듯 계속 잔잔해서 적함들이 월등한 속도와 최대로 안정성을 유지하며 총포를 사용할 수 있게 해주고 있었다. 똑딱이며 달리는 12노트의 우리 배를 적함들이 따라잡는 데는 문제가 없었으며 저속으로 달리는 표적을 겨냥하는 데도 전혀 어려움은 없었을 터. 그래도 우리는 고집스럽게 항진을 계속함으로써 어떤 때는 적함들을 속이고 달아날 수 있을 것도 같았다.

머피 대위의 자신 없는 목소리가 음향관에서 울려나왔다.

"함장님, 가미세야 해군본부와의 교신회로를 고속회로로 등급을 올리고 그쪽에 통보할까요?"

지금의 비상 상황은 주일해군본부와 고속회로로 교신해야 할 시점이 되었기 때문에 나는 당연히 동의했다.

SO-1급 기함은 속도를 증가시켜, 처음 잠시 망설이며 뒤처졌던 거리를 단축했다. 그리고는 낯익은 신호 깃발을 다시 활대에 올렸다. '정선 안 하면 사격함!' 나는 적들이 정말로 사격을 감행할 경우에 우리가 아주 작은 표적으로 보여야 된다는 본능적인 반응을 하며 그 신호를 무시하고, 음향관을 통해 조타수에게 소리쳤다.

"우측으로 10도!"

그러나 SO-1급은 가속으로 쉽사리 우리의 기동을 막으며 우리 배의 외곽으로 우회해서 자신들의 사수들이 뱃전에서 일제히 사격하기가 쉽게 했다.

"10도를 더 틀어!"

이에 몇 초 동안 또다시 적 기함은 우리의 회피 기동에 맞춰 조정을 했고, 나는 더 이상 우측으로 방향을 틀다가는 불가피하게 배의 함수를 북한 영해쪽으로 돌리는 결과가 되겠다고 생각하는 순간에, 오랫동안 참아주었다는 듯 갑자기 적들은 57㎜ 자동기관포로 사격을 가해왔다.

탄환이 찢어지는 소리를 내며 머리 위로 날아가 레이다 전파탑에서 특이한 탁탁 소리를 내며 터지고, 파편 조각들이 윙윙 소리를 내며 무개 갑판의 루사이트 방풍 스크린을 뚫고 지나는 소리가 들렸다. 치명적인 철판과 플라스틱 조각들을 피하려고 갑판에 바짝 엎드렸지만, 나는 그중 몇 조각이 내 다리와 엉덩이를 때리는 걸 느꼈다. 길쭉한 산탄 조각 하나가 정면으로 나의 직장(直腸)을 지지듯 뚫고 들어와 나는 무척 고통스러웠다. 순간적으로 고뇌와 굴욕감이 나를 압도했지만 즉시 분노가 치밀어 육체적인 고통 따위는 느끼질 못하고 다른 모든 감각기관들이 날카로워졌다.

SO-1에서 쏘는 총구 폭발식 기관포 사격은 한발씩 더디게 일련의 둔탁한 파열 충격으로 다가왔지만, 기관총탄과 섞여서 우리 배의 상부와 연통 등의 금속을 두들기는 바람에 어뢰정도 사격을 개시했다는 걸 느낄 수 있었다. 이러한 적들의 일제사격은 5~6초간 계속된 듯했지만, 결과는 그것이 우리 배의 함교를 부숴버렸을 뿐만 아니라, 이번 임무수행을 위한 지침으로 내가 받았던 고위층의 브리핑 내용까지도 산산이 부숴버리고 말았다. 존슨 제독이 현장에 있었더라면, 그 순간 우리는 이 공산당 놈들과 그를 싸잡아 저주했을 거다. 여하튼 적들의 최초 공격이 멈춘 뒤에, 체면을 구긴 상황이었지만 나는 성질을 참고 가급적 이성적으로 처신해야 했다.

"모든 비밀문건과 장비에 대한 비상시 파괴를 실시하라! 특수작전구역에 있는 해리스 대위에게도 이 말을 반드시 전하라!"

이렇게 명령을 하고 나는 무개 함교를 둘러보며 그다음으로 중요하다고 생각되는 내용을 외쳤다.

"현재 다친 사람은 없나?"

적들이 사격을 개시하기 조금 전에 진과 팀은 조타실로 떠났었고, 신호수인 리치와 전화기를 지키던 로빈만이 나와 함께 남아 있었다. 그들도 갑판에 납작 엎드려 방풍 스크린 파편과 섞여 있었지만 내가 일어선 다음 몇 초 만에 넋 잃은 표정으로 기어 일어섰다. 내가 던진 질문에 모두 고개를 저으며 응답했지만 나는 두 사람 모두가 파편에 맞은 걸 보았다. 로빈은 목 부위 상처에서 피가 흘렀고, 리치는 한쪽 다리에 파편을 맞았다. 그때 로우가 계단을 뛰어 올라와서 외쳤다.

"여긴 모두 괜찮은가요, 함장님?"

"의무사가 안 와도 참을만한 약간의 상처뿐이야, 아래층은 어떤가?"

"아직 보고된 사상자는 없습니다, 함장님."

이렇게 응답하고선 로우는 공산군 선박에 욕을 바가지로 퍼부었다.

나도 대응 사격으로 복수하고 싶은 마음, 그리하여 전원 전투배치 상황으로 몰고 가고픈 마음이 굴뚝같았으며, 명령을 내리고 싶은 말이 혀끝까지 나왔으나 가까스로 참았다. 사실 푸에블로에는 전투배치를 할 곳도 없었고, 전투준비에 돌입한대도 피해 통제 정도밖에는 별다른 의미가 없었다.

우리가 지닌 구경 50 기관총으로는 놈들의 50㎜ 자동기관포를 대적할 수가 없었으며 노출된 우리 갑판으로 놈들의 기관총 소사만 당할 것 같았다. 우리 사수들이 꽁꽁 언 타폴린 커버를 벗기고 탄약 상자를 열고 이미 노출되어 있는 기관총을 작동시키려고 하면 적들은 우리 배의 양 측면 30야드 정도의 사거리에서 여러 대의 기관총으로 집중 사격을 가해 올 것이 분명했다. 응사 준비 자체만으로도 우리의 죽음은 확실했다. 그래서 나는 음향관을 통해서 아래층으로 소리쳤다.

"변형된 전투준비를 갖춰라! 누구든지 상부 갑판으로 올라오지 말라! 조타 지휘는 물론 갑판도 내가 책임진다. 방향타는 완전 좌로, 전속력 전방으로 항진!"

내가 비록 응전은 못 해도 여기서 포기하면 나는 저주받아 마땅하다. 소용없는 짓 같았지만 나는 리치에게 지시해 항의성 신호 깃발을 우리 배의 활대에 올리도록 했고, 더 넓은 바다로 속도를 올려 항진했다.

머리 위에서 미그기가 굉음을 내며 또 한 번 위협 비행을 했는데, 쳐다보니 선두 항공기가 로켓을 발사했다. 조종사가 경고 사격을 했는지, 아니면 실수로 방아쇠를 당겼는지는 알 수 없었으나 미사일은 우리 배보다 높이, 멀리 날아가 우리 배 앞 8마일 거리의 바다에서 폭발했다. 북한공산군의 공중 엄호기들이 완전 무장을 한 채, 해상 작전을 지원하는 것이 분명했다. 나는 적들의 구잠정과 어뢰정들의 활동에 더 많은 관심을 쏟았다.

첫 번째 일제사격이 있은 지 약 40초가 지났을 때, 적들은 두 번째 사격을 가해왔다. 우리 함정 장비들 사이를 날아가는 포탄들이 울부짖는 가운데, 그 중 일부는 우리 돛대를 맞추며 폭발해서 파편을 흩뿌렸다. 연통과 상부 구조를 때리는 포탄도 있었다. 어뢰정들은 기관총을 동시에 발사해 우리 조타실을 양쪽에서 뜨개질하듯 관통했다. 함께 있던 네 명 모두는 갑판에 납작 엎드렸다. 기관포 사격이 뜸하자 내가 소리쳤다.

"무개 함교를 떠나라!"

나는 몸을 일으켜 사다리 쪽으로 달려가면서 턱을 대고 있었던 바로 그 갑판에 생긴 커다란 구멍을 보았는데, 내가 어떻게 그 파편에 머리를 안 맞았는지 신기할 따름이었다.

두 척의 어뢰정이 장거리 기관총 사격을 계속 가해와서 로우, 로빈, 리치는 한꺼번에 아래층 함교로 뛰어내렸는데, 모두 다치지는 않았다. 사다리를 타고 기품 있게 내려가려던 나는 허둥대며 간신히 탄환을 피했다. 아래로 황급히 떨어지듯 내려오면서도 나는 한 척의 어뢰정이 나를 향해 사격하는 걸 보았으며, 또한 좌현 어뢰관을 열고 푸에블로를 한 방에 하늘로 날려 보내려는 듯 연습하는 모습도 보았다. 임시보호소 같은 조타실 안에서 나는 함교-견시원 전원이 갑판에 엎드려 있는 상태에서도 조타륜을 붙잡고 어정쩡한 자세를 취한 모습을 발견했다. 안으로 들어서면서 튕기는 탄환과 창유리 조각들이 날아다니는 걸 보며 멈칫했지만 적들의 기관총 소리가 멈추자 이렇게 고함을 질렀다.

"모두 일어나라!"

조타수 버렌즈가 맨 먼저 일어나, 화가 난 듯 혼자 중얼거리면서 조타륜을 잡고 푸에블로를 다시 정상으로 돌려놓았다. 팀 해리스는 함장용 의자에서 벌떡 일어나 연필과 내용기록 일지를 집어 들고 앉아서 무언가를 격렬하게 써 내려갔다. 10~12명이 지휘 및 항해 장비가 가득한 14'×8' 공간에 엎치고 덮친 채 엎드려 있다가 다 일어났지만, 부관인 머피 대위만 안경을 비스듬히 콧등에 걸친 채로 갑판에 엎드려 우는 목소리로 나에게 말했다.

"함장님, 놈들이 아직도 사격을 하고 있어요!"

"농담 말게, 에드! 냉큼 일어나 부관답게 처신하게!"

즉시 반응하지 않자 내가 발길로 한 방 먹였더니 그는 엉거주춤 일어섰다. 그러고는 갑판에 곤두박질치며 엎드릴 때 잃어버렸던 고속통신 수신용 마이크를 찾느라 더듬거리며 불평을 늘어놓았다.

"함장님, 저는 주일해군본부에 계속 연락했지만 그쪽에서 주파수 변경을 요구하고는…."

함교에 어느 정도 질서가 회복되자 내 마음속에 가장 먼저 떠오른 것은 암호실과 특수작전구역에 보관된, 특별히 민감한 자료들을 가능한 한 빨리 파괴해야 한다는 것이었다. 그러나 한편으론 불안감이 엄습해왔는데 그것은 거의 느끼지 못했던 끈적끈적한 피가 흐르는 내 상처 때문이 아니라, 나를 포함한 중요 요원들이 이 어려운 대치 상황에서 받는 스트레스에 굴복할 수도 있다는 생각 때문이었다. 나란히 놓인 두 대의 전화기 중에서 오른쪽 전화기 벨이 울리는데 하필 안 울리는 수화기를 들고 나는 30초 정도를 허비했다. 어쩔줄 몰라하던 통신특기병이 오른쪽 전화기로 응신을 시도했다. 내가 잘못을 알고 수화기를 바꿔들었을 때 스티븐 해리스가 다음과 같이 보고

하는 덕분에 다소 안심이 되었다.

"함장님, 비상시 파괴작업이 진행 중이며 카미세야의 주일해군본부와의 교신은 열려있습니다."

"좋아! 파괴작업을 계속 진행하되 오늘의 암호 코드는 내가 지시할 때까지는 파괴하지 말게. 곧 발송할 또 다른 위험 메시지가 있으니까."

"네, 함장님."

그의 목소리가 약간 떨리긴 했으나, 자신이 뭘 해야 할지를 알고 준비하겠다는 뜻으로 들렸다.

일단 특수작전구역에서는 모든 일이 잘 돌아가는 걸 확인하고, 나는 함교에 온 정신을 쏟으며 진로(135도 각도 바다 한가운데로)와 속도(전속력, 전방으로)와 수심(아직도 30~35패덤으로 너무 얕아서 비문을 백에 넣어 뱃전으로 던지는 데 효과적인 기준에 못 미침) 등을 점검했다. 조타실의 채광창으로 힐끔 쳐다보았더니 북한공산 침입자들은 아무런 제지도 당하지 않고 폭력적으로 우리를 더욱 위협하고 있었다.

무전병 헤이즈와 크란달은 자신들의 비좁은 방에서 문서철들을 들고나와 연통 뒤에 있는 소각로에서 '파괴 계획'을 실행에 옮기기 시작했다. 종이 타는 냄새와 연기가 자욱한 걸 보니 원시적이지만 파쇄장비가 제대로 작동한다는 뜻이었다. 조타사 로우, 신호수 리치, 통신특기병 로빈이 이제는 할 일 없는 견시조와 사진사들과 함께 그들을 도와 비좁은 방에 있던 엄청난 양의 비밀 자료와 문서들을 날라주었다. 이들 모두는 비밀 자료들이 적의 수중에 들어가지 않아야 한다는 걸 잘 알고 있었다.

"모두 조심하고 적들의 사격이 치열해지면 구조용 보트 뒤에 피신하도록 하라."

나는 주의를 주며 격려했다.

"소각은 계속 진행하라!"

"함장님, 고속통신망이 먹통입니다!"

머피가 자기의 책임은 아니라는 듯 마이크를 흔들며 나에게 외쳐댔다. 무전병 헤이즈가 문서철을 한 아름 안고 지나다가 그 소리를 듣고 잠시 멈춰서더니 말했다.

"제가 방금 주파수 변경을 다시 점검하고 고속통신망의 출력도 점검했습니다. 안테나가 피격되었나 봅니다. 함장님."

"망할 놈의 고속통신망, 개의치 말라."

이때, 진 레이시가 중앙피해통제소에 있는 전원전투배치소를 점검하고 함교로 돌아오고 있었다. 얼굴은 창백했으나 목소리는 꿋꿋하게 나에게 보고를 했다.

"흘수선 위에 미미한 탄흔 말고는 아래층에는 피해가 없습니다, 함장님."

"다행이군, 진. 그렇다면 계속 항진하는 거야!"

나는 해도 테이블에서 약간의 서류를 집어서, 또 한 번 비밀문건을 한 아름 안고 소각장으로 달려가는 크란달의 겨드랑이에 쑤셔넣어 주었다.

그 순간, 북한공산군들이 푸에블로의 함교를 정확히 겨냥하고 또 한 번의 일제 사격을 가해왔다. 57㎜ 포탄들이 포구의 포성보다 앞질러 날아들었다. 한 발이 조타실을 관통하여 진의 머리를 간발의 차로 지나 쨍 소리와 함께 우리 배의 100야드 후방 바다에 떨어졌다. 갑판에 납작 엎드려 다치지 않고 살아남았지만 우리는 이어진 콩 볶듯 하는 기관총 소리가 멈추고 나서야 일어설 수 있었다. 나는 진 레이시가 몸을 끌며 일어나더니 험상궂은 얼굴로 갑자기 나에게 소리치는 데 아연했다.

"이런 미친 짓을 멈출 건가요, 아닌가요?"

눈 깜짝할 순간 망설이지도 않고 그는 팔을 뻗어 신호표시기의 손잡이를 확 잡아당겨 '완전 정지'에 놓았다.

3층, 바닥에서 영문도 모른 채 비상 걸린 기관사들은 순간적으로 응답 벨을 울렸다. 구멍 뚫린 연통에서 씩씩 소리를 내던 진동이 갑자기 멈추고, 12노트로 항진하던 속도가 급속히 감속되었다. 약 15초 동안, 나는 전혀 믿을 수 없어 진을 뚫어지게 노려보았다. 그 15초 동안 다음과 같은 사실을 극명하게 인식하게 되었다, 즉 내 휘하의 가장 경험 많은 장교, 이 비운의 조그마한 배에서 가장 믿음직하던 장교가 임무를 완수하려던 내 노력의 마지막 자취마저 앗아감으로써, 내 곁에는 신뢰감이 떨어지는 부관과 어리고 경험 없는 초급장교 두 명만이 남았다.

갑자기 더 이상의 저항은 소용없겠다는 생각이 뇌리를 스쳤다. 저항을 해봐야 적들의 총탄에 맞아 모든 게 박살이 날 것이고, 선량한 많은 승조원들이 보람없이 죽는 결과만 가져올 뿐이며, 결국 북한공산당 놈들이 대부분의 비밀문건들을 가져가고 말 테니까. 나는 신호표시기로 달려가 다시 '전속력 앞으로'로 돌려놓는 대신, 신호표시기와 진을 등지고 함교의 우현 쪽으로 걸어 나갔다.

적의 사격은 그쳤다. 우현 쪽 40야드 거리에서 공산군 어뢰정이 까닥거렸다. 기관총 사수들이 가늠자 너머로 굳은 표정의 얼굴로 나를 노려보고 있었다. 더 멀리 뒤에서는 SO-1급 구잠정이 총구에서 연기가 사라지지도 않은 채로 우리의 급소를 겨냥하고 새로운 신호 깃발을 활대에 내걸며 뒤로 물러섰다.

"우릴 따르라. 우리의 수로 안내자를 승선시켜라."

제 10 장

"우리는 모든 노력을 아끼지 않고 귀하와 함께합니다. 이제 공군이 몇 대의 항공기를 귀하들에게 보낼 겁니다."

〈일본 카미세야 주둔, 미해군보안처가
푸에블로 피격 중에 보낸 메시지에서 발췌〉

"…4명 부상, 1명 중상, 송신 중단하고 이 통신장비를 파괴함."

〈1968년 1월 23일 14:50 현지 시간,
카미세야에서 수신한 푸에블로로부터의 마지막 메시지〉

나는 할 일 없이, 아마 10여 초 동안 함교의 우현 쪽에 멍하니 서 있었다. 함정의 지휘를 맡던 첫날부터 내가 생략 또는 누락했던 것들, 완전치 못한 대책, 임시변통, 운수를 믿는 잘못된 일, 모호한 명령들로 내 배를 줄곧 괴롭혔던 죗값으로 이렇게 오랫동안 징벌을 받는 듯, 그리고 이 잘못들이 화근이 되어 한 번에 갑자기 처절한 재앙이 덮치는 듯했다.

갑자기 극도로 외롭다는 느낌과 믿을 만한 지원도 완전히 끊겼다는 생각이 밀려와 나는 어떻게 해야 할지 현명한 제언을 해줄 아무에게나 도와달라고 매달리고 싶었다. 휘하 4명의 장교가 함교에 함께 있었으나 그 누구도 한마디 조언을 하지 않았다. 진 레이시가 신호표시기 옆에서 '완전 정선'을 시킬 때, 손바닥이 불에 데었다는 듯이 두 손을 비벼대며 조타실 깨진 유리창을 통해 언짢은 표정으로 멍하니 바라보고 있었다.

233

에드 머피는 먹통이 된 고속통신장비 옆에서 아무 말 없이 눈을 깜박이며, 두려움에 쌓인 사팔눈과 포악한 찌푸린 얼굴 모습을 보였다. 그것은 자신의 우유부단과 주도권의 완전 상실감을 보여주는 듯했다.

팀 해리스는 쓰던 글을 멈추고 망연자실한 표정으로 나를 쳐다보았는데, 그것은 더 이상 유용한 목적으로 쓰일 것 같지도 않은 사건 일지를 작성할 뭔가 좀 더 의미 있는 내용을 달라고 요구하는 듯했다. 마찬가지로 스킵 슈마허의 눈도 보고서 메시지를 작성하고 문서들을 소각하는 일보다 더 중요한 일감을 달라고 호소하는 듯했다.

그러나 이들 중 그 누구도 싸우자든가 아니면 우리 국기를 내리자든가 하는 아주 간단한 대안조차 제시하지 못했다. 그토록 중요한 10초 동안 우리 사이에서는 아무런 대화도 없었다.

열어젖힌 어뢰 발사관을 포함하여 20여 정의 자동화기가 지근 거리에서 모두 우리를 영점 조준하고 있었기 때문에 우리가 맞대응 전투를 하기에는 너무 늦었다. 북한공산군들은 눈 깜짝할 사이에 우리 모두를 사살하고, 선체가 침몰하기 전에 우리 배에 올라와 비밀 문건들을 모두 노획할 수 있는 입장이었다. 인명 희생은 의미가 없을 것이다. 비밀문건들을 보호하는 것이야말로 현재로서는 대단히 중요하며 또 우리가 할 수 있는 유일한 일이었으므로 이 일을 완수하기 위해서라도 우리가 살아야 했다.

"문건을 완전히 파괴하기 위하여 우리는 가능한 한 시간을 끌어야 한다. 누구든지 함정 운용에 필요한 인원이 아니면 전원 문건 소각에 나서야 하며, 소각할 수 없는 물건은 뱃전에서 바다로 던져라. 수심 걱정 따윈 말고. 자, 어서 실시! 레이시는 갑판을 지켜라."

내 명령에 진 레이시는 무력감에서 깨어나, 거의 평상시의 목소리로 대답했다.

234

"네, 함장님. 제가 갑판을 지키겠습니다!"

"그 자리에서 버티며, 일 똑바로 하게."

나는 주의를 줬다.

"나는 특수작전구역에 내려가 파괴작업을 완전하게 수행하는지 확인할 걸세. 적군놈들이 우리 배에 오르려 하면 나에게 알리게."

내가 예상했던 북한군이 취할 다음 행동은 '승선과 검색' 작전이었다. 우리가 위치한 육지로부터 25마일이 넘는 해상에서 노골적인 나포는 놈들이 의도하지 않았을 거다. 나는 '따라오라'는 적들의 신호를 따르지 않고 우리 배의 가로 활대에 항의 깃발을 내건 채 그대로 펄럭이게 했다. 적들은 또다시 망설이는 듯, 우리가 꼼짝 않고 정선하고 있는 둘레를 어뢰정과 구잠정들이 서서히 맴돌았다. 아마도 연통 뒤의 소각장치가 쏟아내는 연기와 아래층 갑판의 비밀문건 더미에서 문틈과 환풍기를 통해 새어나오는 연기가 적들의 사격으로 파괴된 데서 나오는 것 같은 인상을 주고 있었기 때문이었다. 그 결과로 우리는 시간을 더 벌 수 있었고, 가능한 한 시간을 더 벌자는 나의 목적에도 도움이 되었다. 이런 생각으로 함교를 떠났는데, 그때 나는 상처에서 아픔이 밀려오는 걸 막연히 느꼈고, 오른쪽 양말에 질퍽한 피가 흐르는 것도 의식했다.

그런데 나는 아래층에서 목격한 난장판에 충격을 받았다. 특수작전구역의 외부 통로가 불타는 서류 더미 연기로 꽉 찼다. 깜깜한 연기 속에서 무언가 찾는 사람들, 밝게 타지 않고 가물가물 꺼져가는 불에 태울 물건을 넣으며 기침도 하고 욕도 내뱉는 인원들과 나는 맞닥뜨렸다. 철문 문턱 안에는 특수작전구역 마루 전체가 서랍에서 끄집어낸 서류철, 문건 종이들로 난장판을 이루었고, 그 밑에서 공산군의 일제 사격 시에 엎드려 피신했던 통신특기병들이 발견되었다. 스티븐 해리스는 무전 수신기 선반의 보호벽 뒤에 몸을 꼰 채 들어가 있었는데, 수신기 다이얼은 숨 막히는 어둠 속에서도 꺼지지 않고 빛을 발했다.

"모두 일어나라!"

나는 고함을 질렀다.

"사격은 끝났으니 어서 일어나 파괴작업을 계속하라! 스티븐 대위, 어서 나와 대원들을 통솔해야지! 제기랄, 공산군 놈들이 곧 우리 배에 올라오니 몇 초가 중요하다. 할 수 있는 대로 모든 걸 파괴하고, 어떤 방법이든 다 써라!"

선반 뒤에서 빠져나온 스티븐은 납색 얼굴에 기침을 하며 씩씩거리면서 말했다.

"네, 함장님…. 거의 다 끝내갑니다!"

그러더니 더 많은 서랍들을 미친 듯이 잡아채 열면서 내용물을 마루에 쏟아내기 시작했다. 마치 패닉 상황에 처한 사람처럼 그의 행동이 모호하고 조화롭지 못한 것을 보고 나는 그가 이곳 특수작전구역에서나 함교에서도 비상시에 통솔력이 모자라는구나 하는 생각을 하게 되었다. 다행히 통신특기병들은 모두 일어서 좁은 공간이었지만 비밀문건들을 찢거나 통째로 문밖 불더미 쪽으로 던지거나 아니면 무거운 자루에 쳐넣은 다음 뱃전으로 던져버리는 작업을 재개했다.

"아이고, 맙소사!"

누군가가 연기에 숨이 막힌 채로 내뱉었다.

"이 잡동사니가 1톤은 될 텐데 어떻게 이걸 다 치운단 말인가?"

"그래도 다 치워야 한다!"

나는 소리쳤다.

"다 없어질 때까지 작업 계속!"

"네…. 계속해라."

스티븐도 쉰 목소리로 거들었다.

특기병 중 한 명이 해머를 들고 한 쌍의 전자 장비 정면을 두들겨 패기 시작했는데, 힘이 세서 당연히 부서질 줄 알았지만 장비는 부서지지 않았다. 미해군의 설계 사양으로 만든 튼튼한 그 장비는 끄떡도 없었지만 그래도 그는 혼신을 다해 해머를 휘둘렀다.

나는 일단 북한군의 의도를 알아야 했기에 놈들의 통신망을 감청하고 있던 통역관 치카와 해먼드 부사관의 작업을 잠시 중단시켰다. 나는 지금까지 소위 첨단 능력으로 얻은 정보를 하나라도 받아본 일이 없었다.

"북한군들끼리 주고받는 내용을 알아들을 수 있었는가?"

이 질문에 두 사람은 모두 고개를 저었고, 치카가 불만 섞인 고백을 했다.

"빠른 잡담밖엔 없었는데, 다만 그것이 한국어라는 것만 알 수 있었습니다. 우리는 한국어에 숙달되어 있지는 못합니다, 함장님…."

"한 마디도 이해할 수 없다는 말인가?"

내 말에 어쩔 수 없다는 듯 어깨를 들먹이자 나는 스티븐을 향해 미움이 가득한 마음으로 외쳤다.

"형편없는 어학병을 우리에게 보내주었구만. 유자격자들이었다면 필시 몇 시간 전에 겪었던 혼란 상황에서 우리에게 뭔가 경고를 보낼 수 있었을 텐데. 자네도 자폭하는 게 낫겠네."

나는 혼잡한 상황을 비집고 특수작전구역과는 다른 격실에 있는 암호센터 쪽으로 나아갔는데 그곳에는 약간의 질서가 잡혀 있었다. 코딩 머신의 윙윙 소리와 텔레타이프의 리드미컬한 똑딱 소리가 밖에서 들리는 소동과 쿵쾅 소리에도 불구하고 일정하게 정상적으로 들려왔다. 통신특기병 돈 베일리가 자신의 콘솔에 앉아 텔레타이프에서 나오는 두루마리 종이에 나타나는 메시지에 집중하고 있었다. 내가 어깨를 살짝 건드리며 질문을 했더니 그는 자리에서 벌떡 일어났다.

"카미세야와 교신하고 있는가?"

"네, 함장님."

대답하며 그는 긴장해서 기다란 종잇장들을 넘겼다.

"우리의 메시지는 모두 접수시켜 수령 확인되었습니다. 함장님의 지시대로 회로를 계속 열어놓고 있습니다."

나는 일본과 워싱턴 사이의 수천 마일을 넘어 이 암호센터에서 연속적으로 보내주는 소식에 화들짝 놀랄 제독들의 모습이 번쩍 떠올랐다.

그들이야말로 내가 겪고 있는 이 곤경에 책임을 져야 할 사람들이다. 나도 이 순간 나의 행동에 관해서 그들과 우리나라에 책임을 지고 있다. 나는 직접 통신망에 접속해 보겠다는 생각을 했으나, 행동에 옮기기 전에 누군가가 소리치며 함교에서 급한 전화가 왔다고 했다.

연기로 뒤덮인 암흑 속을 더듬어 수화기를 들었더니 다급한 진의 목소리가 들렸는데, 북한공산군이 우리더러 따라오라고 명령을 하고 있다고 했다. 몸이 하나인데 동시에 여러 곳에 나타날 수도 없는 일. 나는 곧 올라가겠다고 말하고는 파괴작업을 계속 신속히 진행하길 바라면서 특수작전구역의 일을 스티븐에게 맡겨놓았다.

조타실로 돌아와 보니 북한공산군들이 총으로 위협하며 안달이었고, 그때까지도 '나를 따르라'는 깃발을 단 채 잠복해 있던 구잠정의 깃대를 가리키는 것이었다. 함교에서의 파괴작업은 특수작전구역에서보다 더 잘 진행되는 듯했다. 문서 자료들은 릴레이식으로 소각로로 들어가고 있었고, 맥의 카메라 장비처럼 단단한 물건들은 뱃전 너머로 던져지고 있었다. 시간 끌기 작전은 또 다른 방법과 섞어 사용해야 적들의 추가적인 사격을 피할 수 있을

238

것이 분명했다. 그래서 나는 '전면, 1/3 속도'로 감속을 지시하고, 선두의 북한 구잠정 후방에서 따라가는 방법을 택하게 했다. 아직까지 적군이 우리 배에 올라타지는 않았으며, 1/3인 5노트 속도로 진행하면 우리가 북한 영해 내로 끌려가기 전에 비밀문건과 장비를 완전히 파괴할 충분한 시간을 벌게 될 것이라는 계산이었다. 그 시간이면 미 7함대가 대적하며 우리를 구원하기에도 충분할 것이었다. 그러나 북한공산군이 우리를 원산 해군기지 방향으로 몰아가고 있기 때문에, 현시점에서 우리는 완전 나포되는, 소위 무력에 의한 제압 상황을 예상해야 했다.

"모든 걸 파괴하라!"

나는 재차 강조했다.

"모든 일지! 모든 차트도! 머피 군, 비밀 구분된 건 깡그리 없애라! 모든 코드북과 확인용 매뉴얼도! 헤이즈 군, 무전실엔 단 한 점의 물건도 남기지 마라!"

함교는 그 좁은 장소에 엄청난 양의 물건을 저장하고 있었기 때문에 그걸 다 치우느라 모두 필사적으로 움직이며 부산했다. 나도 거들며 한 아름의 서류를 안아 연기를 뿜는 소각로에 불씨가 꺼지지 않도록 조심스레 집어넣었다. 종잇장을 찢어서 한 번에 한 줌씩 넣어야 했는데, 한 번에 많이 넣어 연소가 잘 안 되는 걸 보면 짜증스럽기도 했다. 제기랄! 함교의 상황이 이런데, 이곳보다 50배나 더 많은 민감한 자료를 처리해야 할 특수작전구역에서는 무슨 일이 벌어지고 있을까? 시간! 우리는 더 많은 시간이 필요했다.

"함장님, 적들이 속도를 올리라고 신호를 보내고 있습니다."

진이 소리쳤다.

"내버려 둬."

나는 이렇게 말하고 우현 쪽으로 가 보니 가장 가까이 붙은 어뢰정에서 북한군들이 우리에게 속도를 더 내라고 거만하게 손짓을 하고 있었다. 그래서 나는 전통적인 해군 인사법인 손바닥을 위쪽으로 해서 어깨를 들먹이는 인사법을 쓰며, 도대체 나에게 뭘 하라는지 모르겠다는 응답을 했다. 적들은 화가 난 듯 계속 손을 저었으나 나는 바보처럼 어깨를 들먹이며, 마치 누군가와 의논을 하려는 것처럼 보이기 위해 조타실로 들어갔다. 구잠정의 기관포와 어뢰정의 기관총 모두가 우리를 겨냥하고 있었으나 또다시 사격으로 놈들의 요구를 관철하지는 않았다. 나는 내버려 두란 말을 반복하며 우리 배의 신호표시기 상의 속도를 1/3에 그대로 유지한 채, 시급한 문제에 다시 관심을 돌렸다.

"비밀 문건들을 계속 꺼내서 소각로에 넣어라!"

에드 머피가 차트 한 뭉치를 질질 끌며 나왔다. 입술은 무섭게 꽉 다문 일자형이었으나 간간이 벌렸는데, 욕설이나 기도를 하려고 입을 여는 게 아니라 일종의 최면과 같은 결심을 하느라 그런 거였다. 행정부사관 카날레스가 소각로에 넣을 두꺼운 파일집을 양팔에 들고 추위에도 땀범벅인 채 헐떡이며 올라왔다. 그는 이 비참한 종말의 순간까지 그를 짓눌러 온 많은 행정문서를 원망했으며, 그것들을 태워 연기로 날려보내는 즐거움마저도 배 밑바닥에서 끌어 올리느라 애쓴 노력 때문에 사그라진 듯했다.

"제기랄! 아직도 이런 짓을 더 해야 하다니…. 그러다 놈들의 총에 맞아 죽을지도 몰라!"

누군가가, 아마 내 생각엔 통신특기병 중 하나인 배럿이 그 말을 받았다.

"네, 그게 바로 우리가 이곳에 나온 이유랍니다. 이 빨갱이들이 우리에게 어떤 반응을 하는가 보려구!"

무전사 크란달이 앙다문 이빨 사이로 쉬쉬 소리를 내며, 턱과 팔뚝 사이에 무전계획 파일을 위태로울 정도로 껴안은 채 아래층에서 휘청거리며 올라왔다.

"이게 마지막이겠지, 뒈져라! 개같은 자식들!"

한편 조타사 로우는 한 짐 가득 들고 그의 뒤에서 씩씩거리며 밀치고 오며 말했다.

"그걸 소각로 곁에 쌓아놓기만 하면 되는 게 아니야. 그걸 태워야지! 태워서 재로 만들어야 해! 어서, 빌어먹을!"

가냘픈 얼굴의 무전병 헤이즈는 공포가 깃든 표정으로 멈춰서더니, 뱃전으로 뭔가를 내던지려던 수병에게 소릴 질렀다.

"이 봐! 자네가 집어던지려는 그 물건은 내 공구야, 바보 같은 친구!"

그러고는 재빨리 귀에 거슬리는 킥킥 소리를 내며 화를 풀었다.

"괜찮아, 괜찮아. 이제는 그게 필요 없을 거야!"

그는 즉시 무전실로 뛰어들어가 파괴해야 할 남은 물건들을 닥치는 대로 집어들었다. 나는 사진사 맥이 자신의 값비싼 카메라와 렌즈들이 물속, 어쩌면 영원으로 빠져들어가는 모습을 보며 위로도 받고 격려도 받는 듯, 깊은 바다를 낙담하며 응시하는 걸 보았다.

"여보게, 맥! 자네의 사진첩은 어찌 되었나? 그것들도 처분하는 게 좋지!"

내 말에 불현듯 생각났다는 듯이 그는 물건들을 보관한 아래층 갑판의 실험실로 뛰어 내려갔다. 그 모습을 보며 나도 내방에, 또 다른 장교들도 자기들 방에 두었을 물건들을 생각했다. 누구든지 적에겐 귀중한 가치가 있을 비밀 문건이나 개인 기록들을 지니고 있을 것 같았다.

"모두 교대로 자기 방에 내려가 소지품 중에 혹시라도 우리에게 해를 끼칠 물건이 있으면 처분하도록 하라."

나는 지시했다.

"나도 함장실로 내려가 남은 물건들을 다시 확인할 것이다. 그동안 이곳

윗층에서 무슨 일이 생기면 즉시 알려달라."

나는 많은 승조원들이 식당 갑판과 연결통로 근처에서 서성거리는 모습을 보았다. 자욱한 연기 속에서 희미하게 보인 그들은 새로 가져온 서류 뭉치들에 불을 붙이려 했다. 그 물건들은 특수작전구역에서 올라온 외견상 무진장한 보급품들 같았다. 어떤 수병들은 식당 취사기구와 같은 물건들을 매트리스 커버 속에 집어넣어 뱃전으로 끌어다가 던지고 있었다.

이런 일을 하면서도 공황 상태도 없었고 놀라울 정도로 고함도 욕설도 없었으나, 83명의 총원 중에 절반 이상의 인원들이 이곳에 몰려 있었으니 몸이 부딪히고, 찢어지고 연기나는 쓰레기 더미와 무거운 분위기 따위가 섞여 '혼돈과 허사'로 표현되는 사기 저하의 느낌이 꽉 찼다.

일부 승조원은 맡은바 파괴 작업을 완수하느라 분투했으나 기타 인원은 피해통제소에서 빈둥거리거나, 뭘 도울지 몰라 연기 속을 우왕좌왕하다가 일에 방해가 되기도 했다. 아래층 갑판에 갇히면 현재 진행되는 상황을 정확히 모르게 되어 공포심은 가중되었다. 함장실로 돌아가면서 승조원들 사이에 섞여보니 그것이 확실했다. 그때 승조원 중 누군가가 높은 톤으로 외치듯 물어왔다.

"바깥 상황이 어떻게 돌아갑니까, 함장님? 새로운 소식이라도 있습니까?"

"우리는 북한 영해로 강제로 끌려가고 있다."

최대한 담담한 목소리로 나는 대답해 주었다.

"거기서 적들이 우리 배에 올라와 수색을 할 터이니, 통신특기병을 도와 모든 비밀문건들을 파괴해야 한다. 그것이 지금 제일 중요한 일이다."

나는 한 수병을 함장실로 데리고 와서 내 서류들을 불더미로 나르는 일을 도와달라고 했다. 문을 박차고 들어설 때 연기가 소용돌이치며 작은 방을 순식간에 잿빛으로 바꿔놓았으나 방의 규모가 작아서 어느 방향으로든 몇 발짝만 움직이면 모든 게 손에 닿았다.

일급비밀 명령서들은 특수작전구역에 있는 스티븐 해리스의 금고에 보관되어 있었다. 페파드가 그 문건들을 파괴할 걸로 알고 있었다. 내 책상과 파일 캐비닛에는 소수 3급비밀과 내 개인복무기록 및 사신(私信), 비망록 등이 있었다. 몇 분 내에 모든 걸 찢고, 통로에 내놓을 수 있었다. 로즈의 편지, 군대 친구들의 편지, 가족사진도 공문서들과 함께 처분했다. 서랍을 비울 때 사물로 소유하고 있던 권총 한 벌도 북한공산군에게 몰수당하길 원치 않았기 때문에 뱃전으로 던져 버리게 했다.

나는 다시 함교로 향하면서 함장실에 근접한 암호 저장실에도 금고문이 텅 빈 채로 열려있는 것을 보고 이미 깨끗이 비었음을 알았다. 그때까지도 특수작전구역에서 올라오는 종이꾸러미들이 불 속에 들어가거나 수몰용 배낭에 들어가며, 도끼와 해머로 장비를 부수는 소리가 어둠침침한 푸에블로 안에 울려퍼졌다. 이렇게 파괴 작업이 계속되는 가운데, 시간을 좀 더 지체시킬 수 있다면, 북한군이 승선하더라도 재와 박살 난 장비 부스러기밖에는 찾을 게 없으리란 생각에 나는 고무되기도 했다.

"현 위치에 남아서 파괴 작업을 계속 수행하라! 놈들에겐 뭐든 사용 가능한 상태로 남겨주지 마라!"

조타실에 들어서자 나는 신호표시기가 '전방, 2/3'를 가리키는 걸 보고 깜짝 놀랐다. 북한군 구잠정을 따라 원산으로 8노트 속력을 내고 있었던 것이다. 화가 머리끝까지 올라 격분한 채 물었다.

"도대체, 누가 가속 지시를 했나?"

진 레이시가 무표정하면서도 고집스러운 표정으로 나의 꾸짖는 눈초리를 보고 기어들어가는 목소리로 대답했다.

"북한군놈들이 명령했습니다, 함장님."

"우리 배를 지휘하는 건 저 빌어먹을 북한놈들이 아니야, 레이시 군! 나야! 내가 지휘관이야!"

레이시가 잔뜩 긴장하고 있을 거란 생각도 않고 나는 그의 면전에 고함을 질렀다.

"당장에 속도를 1/3로 줄이고, 별도의 명령이 있을 때까지 신호표시기에 손대지 말게."

진은 괴로운 듯 핸들을 잡았지만, 나에게선 뒷걸음질했다. 함교에 있던 모든 승조원이 해이 직전의 군기 상태에서 다시 긴장하는 것을 직감할 수 있었다. 머피는 조타수 뒤에 얼어붙은 자세로 서서, 턱은 축 늘어진 채, 눈은 격분한 내 눈을 피해 우리를 조여오는 북한공산군 전투함에 꽂혀 있었다. 팀 해리스는 내가 홧김에 내뱉은 말들을 조목조목 기록해야 할지를 망설이며 흔들리는 모습이었다. 로우와 무전병 헤이즈는 소각시켜야 할 서류를 더 많이 들고 소각로로 뛰어가며 허둥댔다. 전자기술자 놀트는 해머로 피아식별 장치 세트를 겨냥해 몇 차례 신경질적으로 두들기려다 가격을 못 하고 중단했다. 모두가 심하게 동요하고 있었지만 나는 그들을 진정시키려 하지 않고 외쳤다.

"최대한 속도를 늦추는 게 우리의 기회다. 완전 파괴를 위해서 우리는 시간을 벌어야 한다는 걸 알라. 혹시 누군가 우리를 지원하려 온다면, 이곳에서 도움을 받기 위한 시간이 필요하다."

북한놈들이 빼앗아 간 시간을 되찾으려는 필사적인 노력의 일환으로 나는 신호표시기를 잡고 '완전 정지'에 표시해 놓았다. 나 자신과 핵심 장교들을 자제시키기가 점점 어려워졌다. 내가 마치 훈련된 전문가마냥 행동하며 분노와 공포심을 통제하는 데도 엄청난 노력이 필요했다. 저들의 결단을 끌어내기 위해 뭔가 의미 있는 말을 해주려고 했지만, 내 입에서 나오는 말은 끊임없이 되풀이되는 똑같은 명령어뿐이었다.

"파괴를 계속하라!"

소각로로 서류뭉치를 나르고, 뱃전 밖으로 물건들을 던지고, 장비들을 부셔버리는 작업을 다시 시작하는 동안에 푸에블로는 갈 길을 잃고 표류하며 멈춰 섰다. 함교 옆에서 불어오는 신선한 공기를 몇 차례 깊이 들이마시며 나는 안정을 되찾으려 했다. 공기가 매섭게 차가워진 걸 느꼈다.

그때, 북한공산군들이 아무런 경고 신호도 없이 우리 배의 움직임에 반응을 해왔다. 우리 배의 우현 함수 쪽에서 구잠정이 포문을 열고 장시간 포탄을 퍼부었는데, 우리 배 안에서 터지는 소리가 났다. 가까이 다가섰던 어뢰정 두 척도 우리 배의 상부와 측면을 향해 동시에 기관총탄을 퍼부었다. 튕기는 총탄과 산탄들이 여기저기서 날아다니며 철판을 두들기고 갑판 위를 쌔앵하고 날다가 바닷물에 철썩철썩 떨어졌다. 기관총 사격이 계속되는 가운데 구잠정의 포수들은 탄약을 새로이 장전하고 다섯 발을 더 쏘아대니 얇은 철판에 맞은 푸에블로는 부르르 몸을 떨었다.

함교 내의 인원들은 납작 엎드렸다. 사격이 그치자, 나는 그곳에 멈춰 있어봤자 놈들의 계속되는 사격에 배가 박살이 날 것 말고는 아무런 소용이 없을 걸 깨달았다.

"전방, 1/3 속력!"

다시 명령했다.

"저 개자식들을 1/3 속도로 따라가라. 그렇게 안 하면 파괴작업을 끝내기도 전에 우리를 몽땅 죽일 게다."

가능하면 느리게 따라간다는 생각을 가지고 나는 엔진실에다 속도를 높이지 말도록 지시했다.

푸에블로가 다시 움직이기 시작하자 놈들의 사격도 멈췄다. 아래층에서 알아듣기 어려운 외침 소리가 들리고, 머리에 전화기 헤드셋을 낀 채 쭈그려 앉은 로빈이 이렇게 소리쳤다.

"함장님, 제2피해통제소에서 사상자 보고가 들어왔습니다…. 두 명이 총에 맞았음!"

"알았다, 로빈. 내가 즉시 내려간다고 전해."

나는 진을 굳은 표정으로 한참 쳐다보다 말했다.

"자네가 갑판과 조타 지휘를 맡게. 내 명령이야, 할 수 있겠나?"

"네, 함장님. 1/3 속도로 놈들을 따르라는 것."

"맞아, 나는 수 분 내로 돌아온다."

북한군 포탄 몇 발이 터져서 선실과 식당갑판 사이 통로에 대참사가 나 있었다. 특수작전구역에서 서류뭉치를 들고 올라가던 두 명이 포탄에 맞아, 종이와 사람의 살점과 피가 온 데 날려 퍼져 있었다. 포탄 한 발이 기관병 하지스의 사타구니에서 폭발했는지, 그의 오른쪽 다리는 사실상 떨어져 나갔고 하복부를 찢어놔서 내장이 옷과 살갗을 뚫고 나왔다. 알루아그와 다른 한 명의 동료가 부축해서 그의 몸을 곧바로 세우는 동안 의무사 볼드리지가 가랑이와 매달린 다리 사이에서 뿜어나오는 피를 멈추게 하려고 애를 썼다.

"다리를 절단하는 게 더 낫지 않겠나?"

"그러면 출혈이 더 심해서 빨리 사망합니다, 함장님."

하지스는 의식은 있었으나 머리는 늘어지고 충격받은 눈은 흐릿했다. 목숨을 잃어가고 있음을 알 수 있었다.

"그를 위해 할 수 있는 건 다 해봐라!"

어렵사리 들것을 올려, 혼잡하고 어질러진 통로가 꽉 막힌 상태에서도 중환자를 그 안에 눕혔다. 나는 기관병 웰크가 홀로 벽에 기대서서 찢겨진 바짓가랑이로 피를 흘리는 것도 목격했다. 다른 부상자들도 있다고 외치는 흥

246

분한 목소리도 들렸다. 또 다른 승조원들은 공간을 가득 채운 매캐한 연기와 냄새에 목이 막혔다.

"함장님, 모르핀이 필요합니다!"

하지스를 치료하면서 볼드리지가 외쳤다. 그리고는 고개를 저으면서 나지막한 목소리로 나에게 말했다.

"성기와 고환이 모두 날아가고, 요도가 몽땅 터져버렸습니다."

그것은 곧 제아무리 숙련된 외과의 팀이 와도 소생시킬 희망은 없다는 뜻이었다.

마취제 통제관인 머피 대위가 열쇠를 보관했기에, 나는 함교에 있는 그를 내려오게 해서 모르핀을 불출하라고 명령했다. 그리고 볼드리지에게는 가능하면 다른 환자들도 돌보도록 하면서 사관실과 장교의 침실도 병실로 사용할 수 있게 했다. 그러고 나서 나는 마음도 아프고 구역질도 났지만 둔해진 감각으로 내가 할 일은 해야 한다고 생각하며 살육의 현장을 떠나 아래층 연구조사실 쪽으로 내려갔다.

특수작전구역은 그때까지도 미친 듯이 파괴 작업을 진행하는 작업현장이었다. 소방용 도끼와 해머로 장비들을 부수고, 낙담할 정도로 많은 문건과 서류들을 불 속에 집어넣고 있었다. 통신특기병 페파드는 통신행정실에서 휴지통에 있는 서류 더미에 불을 지피고 있었다. 스티븐은 얼굴이 벌겋게 달아오른 채 무서울 정도의 힘으로 전체 파일을 찢고 있었다. 서류가 가득 찬 두 개의 매트리스 커버 보따리는 갑판 한가운데 놓여 있었다.

"아직도 너무 많은 물건이 남았군, 스티븐."

나는 그에게 당부했다.

"몽땅 뱃전 밖으로 던져버리게."

"우리는 최선을 다하고 있습니다, 함장님! 계속 노력하고 있어요!"

"이제는 얕은 수심을 개의치 말게. 이 산더미 같은 문건들을 다 소각할 수는 없으니 망설이지 말고 배 밖으로 모두 던져 버리게."

"그렇게 할 겁니다…."

나는 암호센터에도 들렀는데, 통신특기병 베일리가 긴장한 상태로 텔리타이프에 집중하며 타닥타닥 소리를 내고 있었다. 카미세야의 주일해군본부와 연락을 유지하고 있다는 뜻이었다. 그의 어깨너머로 수신되는 메시지 내용을 읽을 수 있었다.

"우리가 수신한 최후 메시지는 '지원군을 보냈느냐?'란 질문이었음. 어떤 키 리스트를 보유하고 있는지를 알려주고, 귀소에 적군의 침입 여부도."

'키 리스트'란 말은 우리의 비밀문서를 뜻하는 것이었다. 분명히 미해군 보안처는 이것들이 적의 수중에 떨어질 위험성을 경고하고 있었다. 나는 베일리의 어깨를 가볍게 두드려, 내가 직접 교신에 나선다고 보안처에 알려주라고 말했다. 베일리가 너무 긴장한 탓에 맥클라렌을 텔리타이프 기계 앞에 앉혔다. 그의 손가락이 자판 위를 훨훨 날며 카미세야 기지에 있는 고급장교 중 아무한테나 메시지를 송신하려 한다고 알려주고, 내가 보낼 내용을 또박또박 불러달라고 했다. 나는 극적인 말을 생각해 낼 시간도 없었고, 다만 상황에 관한 필수 정보와 그에 대한 나의 대처방안만을 몇 마디로 요약할 생각이었다.

"키 리스트는 0개이며, 이 내용이 유일한 비밀임. 원산으로 따라감. 3명 부상, 1명은 다리가 날아감. 어떤 무기도 사용하지 않았고 구경 50 기관총도 열지 않았음… 모든 키 리스트를 파괴하고 전자장비도 가능한 한 많이 파괴했음. 우리 측 지원 상황은 어떠한가. 적군들 진심임. 직장에 상처를 입고, 저항할 의사 없음."

몇 초 이내로 카미세야에서 응답이 왔다.

"알았음, 알았음. 우린 최선을 다할 것임. 이곳 해군장이 핫라인에 등장. 내가 최근 받은 소식은 공군이 항공기를 동원, 지원할 것임. 그러나 확실치는 않고 주일미군이 주한미군과 협조, F-105가 가능할 것임. 공식적인 건 아니지만 그렇게 진행될 것임."

내가 짐작건대 존슨 제독이 핫라인을 통해 제5공군으로 하여금 전폭기를 비상 출격시켜 우리를 구원하려는 것 같았다. 항공모함이 함재기를 무장시켜 발진할 수 있게 해상에 준비되어 있지 않으면(안 되어 있기 쉽다) 가장 가능한 방법은 600마일 이상 떨어진 오키나와 기지의 해군기를 이용하는 것이었다. 남한에 주둔한 공군의 F-105 전폭기들이 훨씬 더 가까이 있었고, 비상시 임무를 위해 활주로에서 대기하지 않더라도, 그들이 해군의 요청에 즉각 응답만 한다면 가장 효과적인 시간 내에 우리에게 와 줄 수 있을 것이다. 아무튼 더 요청을 하느라 시간을 들여봤자 소용은 없었으나, 나는 여러 군데 유관 상급부대들이 직통선을 열어놓고 가능한 조치를 다 해주기를 기다릴 수밖에 없었다. 그래서 나는 '귀소의 최근 응신, 잘 알았다'고 답신을 보내고, 한순간 아무런 생각 없이 암호실을 서둘러 나왔다.

그때까지도 특수작전구역 바깥 통로가 파괴 작업으로 꽉 막힌 걸 알고 나는 함수 출입구를 통해 0-1 갑판을 경유하여 함교로 돌아왔다. 오는 길에 나는 좌절감에 빠져 비품들을 발로 걷어차며, 북한공산군 함정들에게 저주를 퍼부었다. 적선들은 우리 배 가까이서 까딱거리며, 마치 살찐 소를 도살장에 끌고가듯 우리를 그들의 소굴 쪽으로 몰아갔다.

우리가 바다 한가운데로 도망칠 때에는 거의 안 보이던 황량한 북한 해안의 성곽 같은 산들이 우리 앞에 다시 나타났다. 운명을 가르는 지난 두 시간 동안에 한기도 한층 강렬해져서 기온은 영하로 떨어진 것 같았다. 잔잔한 물결만 이는 미풍인데도 내 옷을 뚫고 들어와 땀과 피가 범벅되어 미적지근한 살갗을 매섭게 에는 듯했다.

조타실에서는 마지막 파괴 작업이 진행되고 있었다. 머피가 나가고 없기에 짐작으로 마취제 보관함을 열어 부상병에게 줄 약품을 공급하나보다 했다. 진 레이시는 그때도 신호표시기 옆에 서 있었는데, 표시기는 전방 1/3 그대로였고, 그의 얼굴은 내심 엄청 자제하느라 애를 쓰는지 긴장한 모습이었다. 갑판장 버렌즈가 타륜을 잡고, 아무리 심한 진동이 와도 꿈적도 않는 꾸준한 실력을 발휘하고 있었다. 무전병 헤이즈는 무전실을 발칵 뒤집어놓으며 나머지 물건들을 처분하고, 크란달은 여전히 해머를 들고 장비를 부수고 있었다. 소각로를 찾아 아래층에서 올라오는 행렬도 계속 이어졌다. 카날레스는 행정실에서 마지막 뭉치를 안고 비틀거리며 올라왔는데, 이번이 배 밑바닥에서 함교까지 고통스럽게 왕복한 그의 열 번째 행보였다. 팀 해리스는 대화일지에 내가 돌아왔다고 적어 놓고 나에게 뭔가 묻는 표정이었는데 나는 다소 냉소적인 웃음을 보내며 고개를 끄덕였다.

"좋아, 팀! 이제는 거기에 함장이 대화일지를 파괴하라고 명령한다는 걸 기록하고 파괴하게!"

그는 기분 좋은 듯 대화일지를 세로로 찢더니, 접어서 다시 한번 찢고, 또 찢어서 작은 조각을 낸 뒤에 돌출 창으로 던지자, 뱃전과 선미에서 색종이처럼 흩어졌다. 그렇게 해서 푸에블로가 지나간 바다에는 버려진 쓰레기가 꼬리를 무는 모습이 보였다. 놀랍게도 우리 배의 고물 쪽에서 따라오던 북한공산군 어뢰정은 그 문서 쓰레기 더미를 지나치면서도 관심을 보이지 않았다.

특수작전구역에서 나에게 전화가 왔다. 스티븐 해리스였다.

"카미세야에 메시지를 보내도록 허락해 주십시오, 함장님."

그는 사무적으로 공식적인 요청을 해왔다.

"본부 사람들에게 우리가 보유한 비문을 모두 파괴하기는 어렵고, 어떤 것은 그냥 놔둬도 될 것 같다고 보고하렵니다."

"어떤 것이라니?"

나는 버럭 소리 질렀다.

"대부분 기술적인 문서들입니다. 그런 것들에 손을 쓸 수가 없습니다, 함장님. 그러나…."

그의 목소리는 다소 흥분된 울음소리였다.

"… 그러나 그 밖의 비문은 몽땅 처분했습니다."

"상황이 그렇다면 메시지 송신을 허락하네."

나는 큰 소리로 대답했다.

"그러나 아직도 시간이 있으니, 파괴 작업은 계속 진행하라."

몇 분 뒤에, 선두에 가던 적의 구잠정이 우리를 향해 멈추라는 새 신호판을 내걸었다. 무장 병력을 갑판에 배치한 어뢰정 한 척이 급회전을 하더니 우리 배 옆에 나란히 붙었다. 다른 적함들도 우리에게 총을 겨눈 채 속도를 줄이며 우리와의 간격을 좁혀왔다. 나는 '완전 정선'과 적들의 승함 대기를 진에게 명령할 수밖에 없었다.

진은 신호표시기의 손잡이를 잡아당기고 엔진실에서 응답벨 소리가 울리기를 기다리며 나에게 물었다.

"함장님, 승조원들에게 '군인복무규율'을 상기시켜야 하겠지요?"

얼마 전까지도 그가 취했던 행동과는 딴판인 시의적절하고 차분한 제안에 나는 놀랐다. 그 말로 미루어 그는 아직도 이성적으로 행동할 수 있다는 걸 확인해주는 것이었다.

"좋아. 그렇게 하게, 진. 그걸 함내 방송망을 통해 전하도록."

"함교와 조타지휘를 맡아주게. 내가 직접 나서서 놈들을 만나겠네."

내가 함교를 떠날 때, 그는 고개를 끄덕이고 마이크를 집어들더니 침착한 목소리로 전달했다.

"함내 전달! 함내 전달! 총원은 군인복무규율을 숙지해두기 바란다. 적들에게는 관등 성명과 군번 외에는 여하한 다른 사항은 말하지 말라! 다시 반복한다. 성명, 계급, 군번! 갑판 견시는 승함하는 적을 만나기 위해 함미에 위치한다!"

나는 푸에블로가 완전 정선하고 북한 어뢰정 병력이 우리 배에 옮겨 타도록 기동하는 데는 앞으로도 3~4분 더 걸릴 거라고 판단했다. 그 시간 동안에 나는 함장실로 다시 내려가서 술 달린 스키 모자를 미해군 정모로 바꿔 씀으로써 내가 함장이며 선임 장교라는 걸 보여주려 했다. 또한 점점 추워지는 날씨에 대비해 두꺼운 털 속옷으로 급히 갈아입고 피 묻은 발목 둘레에는 양말을 감았다. 부관과 공동으로 사용하는 욕실에 연결된 문이 열려있어서 방에 서 있는 머피의 모습이 보였다. 특별히 찾고자 하는 물건이 없으면서도 그는 멍하니 서 있다가 나를 보고 놀라면서 말했다.

"함장님, 우리는 뭘 할까요? 다음에 할 일은 뭔가요?"

아무도 그를 찾지는 않았지만 그가 함교를 떠난 지 상당한 시간이 지났다는 생각이 들었다. 우리 둘 모두를 위해 조건부로 그의 전출을 요청했었으나, 약간의 미안한 마음에 그 기록이 모두 지워지고 없어졌으면 하고 바랐다.

"지금 우리 배에 오르려는 북한군놈들을 만나려 가니, 자네는 위로 올라가서 사태 진전에 대비하게. 최악의 상황에 대비하고, 잘 판단하기 바라네."

나는 재와 피가 범벅이 되어 끈적끈적하고 미끄러운 통로를 통해 어질러진 식당 갑판을 지나갔다. 거기서 붐비던 인원들은 이상하게도 차분히 가라앉은 모습이었다. 부채꼴 함미로 통하는 문을 통과하니 승조원 한 팀이 갑판사관 케플락의 지휘하에 다가서는 북한 어뢰정의 로프를 받아들일 채비를 하고 있었다.

어뢰정의 방현재가 배의 함미에 쾅 부딪치고, 별안간에 8~10명의 북한군 일단이 착검한 자동화기를 흔들어대며 난간으로 몰려왔다. 암청색 상의를 입고 황금색 바탕에 붉은 별 견장을 단 두 명의 장교가 지휘하고 있었다. 그 중 한 명이 내 머리에 권총을 겨누며 곧바로 나에게 달려들었다.

"우리는 공해상에서 작업하는 미국 선박이고, 당신네들은 이런 식으로 우릴 공격할 권한이 털끝만치도 없다. 함장으로서 나는 당신네들이 당장에 물러나고 우리가 평화롭게 항해하게 내버려 둘 것을 원한다."

내가 이렇게 말했지만 뚱한 그놈의 얼굴엔 이해하는 기색이 조금도 없었으며, 단 한 마디의 응답도 없었다. 그러나 무기를 든 놈의 몸짓은 그 의도를 충분히 나타내고 있었다. 즉, 미해군 푸에블로호를 나포하고 승조원 전원은 북조선인민공화국의 포로가 되었다는 것을.

제 11 장

"공해상에서 미국인의 생명과 재산을 가장 악랄하게 무시한 이번 사태에 대해 엄중히 항의하며 선박과 승조원들을 즉시 석방할 것과 뻔뻔한 해적행위에 대한 상세한 해명, 그리고 모든 피해에 대한 보상을 요구하도록 권해드립니다."
〈1968년 1월 23일(미국시간),
태평양함대사령관이 합창의장에게 보낸 서한에서 발췌〉

"당신네들은 범죄자들로서 우리의 인민재판정에서 심판받고 처형될 것이다."
〈푸에블로 납치 직후, 북한군 장성급 장교가 푸에블로 장교들에게 한 성명문〉

우리 배에 올라탄 북한공산군 놈들은 해군이라기보다는 육군 같았으나, 육군처럼 행동하지도 않고 행동에 망설임도 없었다. 러시아제 기관단총을 가진 몇 놈은 부채꼴 함미에 있던 내 부하들을 갑판에 앉혀 손을 머리에 얹게 했고, 다른 놈들은 우리 배의 이곳저곳을 뒤지며 우리 승조원들을 찾아 끌고 나와 중갑판에 앉혀 놓았다.

놈들은 로프를 길게 이어 포로들의 손을 묶고 침대 시트를 찢어서 눈을 가렸으나, 모두가 다 양순하게 복종하지는 않았다. 북한공산군에게 격렬하게 모욕적인 언사도 날렸고, 어떤 승조원은 가벼운 몸싸움도 벌였는데, 이때 처음으로 소총의 개머리판으로 때리는 소리, 구둣발로 밟고 차는 소리가 들렸다. 한국전쟁 때 미군에게 사용했다고 들어온 바 있는 비인간적인 고문방법을 우리에게도 사용하는 듯, 우리는 시작부터 야만적인 놈들의 본고장에 끌려온 것 같았다.

두 명의 북한군 대위는 우리 승조원들을 거칠게 다루는 데 항의할 틈도 안 주고 승조원들 앞으로 나를 끌어내더니 권총으로 내 등을 강하게 밀며 함교로 향하게 했다. 타륜 옆에 침울하지만 성실하게 서서 조타하는 버렌즈만 함교에 남도록 하고 나머지 함교 견시요원들은 아래층으로 끌려 내려와 다른 동료 승조원들처럼 묶이고 눈가림을 당했다.

북한군 장교 하나가 '나를 따르라'는 신호판을 다시 올린 자기네 구잠정을 가리키더니 앞으로 항진하라는 몸짓을 하며 신호기를 가리켰다. 나는 '전방 1/3'에 바늘을 맞춰놓고 버렌즈에게 구잠정을 따라가라고 지시했다.

다른 북한 장교는 엉망으로 파괴된 무전실로 들어갔다. 송신기 한 대만 온전하게 남아 작동할 뿐이었지만 그것마저 끄라고 나에게 신호를 보냈다. 내가 고개를 저으며 강력히 반대하자 권총 총열로 내 옆머리를 매섭게 때렸다. 난생 처음 한 방 얻어맞은 거였다. 놈은 나를 밀어 젖히더니 송신기의 키를 깨부수고 전력 인입선을 단자에서 뽑아 외부 세계와의 마지막 남은 우리 배의 통신망을 끊어버렸다.

그 두 놈은 영어를 한 마디도 안 했으나, 한 놈은 영어로 겨우 몇 자 쓸 줄은 알고 있었다. 갑판에 어지럽게 흩어져 있는 종이 한 장을 집어 들더니 'MANY MANS'라고 적어 놓고 내 면전에 들이밀며 나를 심문하는 몸짓을 했다. 이때를 틈타 나는 갑판 위에 끌려나온 우리 승조원 중 카날레스를 보고 일부러 큰 소리로 대화를 나눔으로써 시간을 좀 더 벌었다. 탑승자 명단에 83명이란 걸 확인하고, 그 숫자를 적어서 대위 놈에게 보여주었다. 못 미더운 표정으로 들여다보더니 결국 그 놈은 짜증을 냈다.

"이자식들아, 우리 부상자들 먼저 도와라!"

나는 영어로 그에게 말하면서 우리 배에 내걸었던 '긴급 의료지원 요청'

이라는 마지막 신호판을 가리켰다. 그 때, 나는 우리의 국기가 여전히 펄럭이는 걸 보고 안심했다.

　그 놈은 어깨를 으쓱하더니 나를 조타실 밖으로 밀어내고 버렌즈에게는 적군 병사 한 놈을 감시병으로 붙여놓고, 푸에블로를 계속 항진하게 했다. 권총 총구에 찔려가며 0-1 갑판을 따라 움직이다가 나는 적의 57㎜ 포탄에 맞아 구멍이 난 굴뚝 뒤편에서 아직도 연기가 나오는 소각로를 지나 우리 배 후미의 구경 50 기관총좌에 다달았다. 거기서 기관총을 덮었던 방수포를 걷어치우라는 몸짓 지시를 받았다. 통상적으로 강추위 속에서 꽁꽁 얼어붙어 있었기 때문에 그게 좋은 변명 구실이 될 것 같았던 나는 강경하게 고개를 저어 거절했다. 아니나 다를까, 또 한 번 권총 총열 세례를 받았다. 대위 놈은 데리고 온 병사 두 명에게 방수천 걷어내는 일을 맡겼고, 그들은 즉시 꽁꽁 언 매듭을 풀고 뻣뻣한 천을 비틀어 벗겨내느라 끙끙대는 모습을 보였다. 감시를 받으며 내가 함교에 돌아온 지 한참 뒤까지도 그들은 그 일에 매달려 있었다.

　대위 한 녀석이 아래층으로 자리를 뜨니, 조타실에는 나머지 한 놈과 나, 그리고 버렌즈와 기관단총 방아쇠를 당길 태세인 적병 넷만 남았다. 푸에블로는 지시계 1/3인 5노트 속도로 적함을 따라 계속 북한의 산악 방향으로 다가갔다. 산들은 때마침 겨울 초저녁 황혼에 붉은 자색으로 바뀌고 있었고, 마치 리오데쟈네이로의 원뿔산처럼 독특한 모양이 확연히 드러났다.

　우리는 적들의 본거지에 다가서고 있었지만 지난 24시간 동안에 나는 이 지역에서 꽤 정확하게 거리를 판단할 수 있게 되었으며 이제 겨우 북한의 12마일 영해 내에 들어선 것을 알 수 있었다. 그러나 아직도 원산항까지는 20마일이 오롯이 남아 있었다. 그러니 우리의 암울한 운명을 바꿀 시간도 아직 남아 있는 셈이다. 시간! 시간을 벌기 위해 더 지연시켜야 한다! 놈들이 우리 배에 오르기 전에 카미세야 해군사령부로부터 내가 마지막으로 받았던 메시지는 '몇 대의 비행기가 그대들 가는 길에 나타날 것이다'였다. 하느님! 그들이 도착하도록 우리에게 시간을 더 주십시오!

네 개의 눈이 나의 일거수일투족을 의심스러운 눈초리로 감시하며 권총과 탄알을 장전한 기관단총으로 노려보고 있었지만, 그래도 나는 함교에서 만큼은 자유롭게 움직일 수 있었다. 대위 하나가 속도를 높이라고 요구했지만 내가 거절하는 몸짓을 보여도 어느 정도 수용하며 더 이상의 벌은 가하지 않았다. 아마도 이 녀석은 상관의 명령을 받아 이 낯선 역할을 맡게 된 보병 장교인지 항해 중인 선박이 해야 할 일과 하지 말아야 할 일들이 뭔지를 모르는 것 같았다. 때문에 그는 어느 정도까지는 나에게 의존하려는 것 같았다. 그걸 기회로 나는 배의 운영을 구실삼아 함교에서 이리저리 왔다 갔다 하며 모든 육감을 곤두세웠다. 한쪽에서 다른 쪽으로 움직이며 귀로는 중갑판과 함미에 갇혀 꽁꽁 묶여있는 내 부하들이 낮은 목소리로 내뱉는 욕설을 듣고, 눈으로는 어두워지는 남녘 수평선을 필사적으로 바라보며 조그마한 점이라도 번쩍이면 혹시 우리 제5공군의 F-105기가 로켓포를 발사한 것 아닌가 하고 희망을 놓지 않았다. 우리 공군기라고 확신만 되면 나는 함내 방송 마이크로 달려가 부하들에게 '오랏줄을 끊고, 우리 배에 올라온 적들을 무찔러 푸에블로의 통제권을 회복하라!'는 명령을 내려야만 한다고 마음속으로 되뇌이고 또 되뇌었다. 피의 살육전이 벌어지겠지만 나는 우리가 이길 수 있고 또 그런 시도는 값질 것이라고 생각했다.

나는 마지막으로 부하들에게 전달하려고 함내 방송 마이크를 잡았지만 자유를 위해 봉기하라는 말을 하려던 것은 아니었다. 조그마한 배에 놀랍게도 83명이 타고 있고, 포로들이 부채꼴 함미를 막고 있으며, 배 안에서 더 많은 포로들을 찾아냈다는 말이 함교에 있는 북한군 대위들에게 전해졌던 것은 분명했다. 마치 서커스의 광대가 조그마한 폭스바겐에서 20여 명을 끄집어내듯 점점 더 많은 인원들이 끌려 나왔다. 돌 같이 무표정하던 북한군 대위의 태도가 불안한 놀라움으로 바뀌는 듯했다. 그 때, 그 놈은 'MANY MANS'라고 쓴 종이쪽지를 흔들어 보이면서 권총을 내 목덜미에 들이대고 나를 마이크 쪽으로 밀어붙이며 중갑판 쪽을 가리켰다. 그가 원하는 게 뭔지를 내가 알고 있다고 생각하는 것 같았다. 나는 이 녀석들이 공황상태에 빠져, 내 부하들에게 총질을 하는 일이 없기를 바랐다. 이제 더 이상 선택의 여지는 없다.

"총원은 앞으로 나와 중갑판에서 대기하라."

희망을 주는 말도 추가하고 싶었지만 그만두기로 결심했다. 동남쪽 하늘과 바다는 냉랭할 뿐, 도움의 신호는 전혀 없었다. 북한군 놈들이 내 말을 알아듣지 못한다 해도, 눈을 가린 채 묶여 있는 내 부하들에게 괜한 희망을 줘봤자 소용없는 일이었다.

어쩔 수 없이 푸에블로는 활동이 가능한 4명, 즉 함교에 있는 나와 버렌즈, 엔진실에 있는 골드만과 블랜서트를 제외한 나머지 총원은 묶이고 눈을 가린 채 굴욕적일 운명을 향해 항진을 계속했다. 나는 볼드리지가 부상병, 특히 사경을 헤매는 하지스를 치료하게 남겨주도록 기도했으나 기도가 안 통하니 방법이 없었다. 눈에 보이는 것은 함수루와 앞부분 선루 갑판 사이에서 추위에 떨며, 누군지 구분도 안 되는 몸뚱이들이 오글오글 모여 있는 모습뿐이었다. 그래도 북한군들이 예상보다 많은 포로들에게 야만적으로 발길질을 하며 겁주려 하자 포로들도 도전적인 욕설을 퍼부으면서 누군가가, 아마도 러셀의 목소리 같았는데 끄윽하는 고통스러운 비명과 함께 매서운 유머 한 마디를 내뱉었다.

"제기랄! 이런 쓰레기 같은 놈, 풋볼러도 아닌 게 감히 내 궁둥이에 펀트를 하다니!"

20~30분이 지났을 때, 배가 북한 해안선 9마일 이내에 들어서자 사로잡힌 우리를 향해 깜빡이 신호가 켜지고, 북한군 대위들은 우리 배의 신호표시기를 낚아채더니 '정지'에 위치시켰다. 호송하던 어뢰정 한 척이 우리 배의 함미 쪽으로 돌더니 함미에 바짝 대고 또 다른 일단의 병력을 승함시켰다. 이번에는 고위급 장교와 참모진이 포함되었는데, 상황이 안정적이어서 현장에 직접 나와도 괜찮다는 판단을 한 것 같았다.

고위 장교는 으스대며 함교에 올라왔는데 빨간 견장 위 별들이 황혼 햇살에 반짝이고 있었다. 계급장의 뜻은 잘 몰랐지만 적어도 대령은 되는 것 같았다. 그의 얼굴과 목 부위에는 눈에 띄는 상처가 있어서 흉해 보였는데 아마도 참전용사인 듯했다. 그는 통역관 한 명을 대동하고 있었는데, 통역관은 예절이 담긴 서론도 없이 교과서식 영어로 일갈했다.

"귀관은 뭔가 감추려는 꾀를 부리지 말고 이 배를 완전히 검열하도록 당장에 우리를 안내하라. 지금 당장! 즉시!"

이에 나는 대꾸했다.

"우리 배에서 귀측의 모든 병력을 즉시 철수할 것을 요구한다고 자네의 상관에게 전해라."

통역관은 한국어로 몇 마디 중얼거렸으나 그 대령은 완전히 무시하는 표정이었다.

"지금 즉시! 꼼수 쓰지 말고 완전 검열이다!"

"우리 정부는 현재의 우리 위치를 파악하고 있으며, 이곳에서 진행되는 사태를 알고 있다. 이 같은 만행에 우리 정부는 즉각 대응할 것이다!"

"지금 즉시!"

이번엔 명령뿐만 아니라 자동 권총으로 나의 옆구리 갈비뼈를 찌르며 엉덩이 아래쪽을 발로 찼다. 흉터를 가진 그 대령 놈은 냉엄하게 사무적인 태도를 견지했는데, 그것은 내가 죽든지 살든지 개의치 않겠다는 경고였다.

놈이 데리고 온 증원 병력 가운데는 민간인 도선사도 한 명 있었는데, 이 도선사가 조타실로 불쑥 들어가더니 난데없이 '전방, 전속력'을 올리며 타륜에서 버렌즈를 밀어내고 자신이 직접 조종했다. 우리 조타수는 북한 경비병에 인도되어 아래층의 다른 포로들과 합류했다. '흉터 대령'을 위해 내키지 않는 항해를 그만두려고 나도 함교를 떠났다. 이때 내 기관사에게 여전히 1/3 속도를 유지하라고 지시하지 못한 것이 후회스러웠다.

나는 우선 흉터 대령을 데리고 하지스가 들것에 누워 치료도 못 받고, 의식이 없는 상황으로 있는 통로로 갔다. 사관실 밖에서는 의무사 볼드리지와 리드가 중상을 당한 웰크를 돌보고 있었다. 나는 통역관을 통해 흉터 대령에게 말했다.

"당신네가 중상을 입힌 이 병사(하지스)와 다른 부상자들에 대해 의료지원을 해줘야만 한다."

통역관의 말을 듣고서도, 흉터 대령은 반응이나 답을 하지 않고 숨넘어가는 수병을 힐끗 바라볼 뿐이었다. 수행하던 북한 병사가 나를 식당 갑판 쪽으로 발로 차 밀어 붙였다. 반 시간 전만 해도 인원들로 북적이던 장소가 텅 빈 채 잿더미와 그슬린 쓰레기만이 무슨 일이 있었던지를 말해주고 있었다. 흉터 대령도 상황을 알아채고 통역관을 통하여 물었다.

"여기서 뭘 했나? 비밀 명령문을 태우고 있었나?"

"아, 아이스크림을 만들고 있었소."

내 뻔뻔스러운 대답에 대한 벌로 나는 발에 채여 격벽에 부딪치며 넘어졌고 눈앞에서 별들이 번쩍이는 걸 보았다. 우리 승조원들이 이미 알아봤듯이 나도 이 북한놈들은 마치 서양인들이 주먹을 잘 쓰듯, 발을 잘 쓴다는 것을 알게 되었다. 이놈들은 사람의 신장과 턱 사이 어느 부위든 번개 같은 속도로 발로 찰 수 있었다. 상대가 넘어졌을 때에도 망설이지 않고 발길질을 해 댄다는 것도 알았다. 그러나 이번엔 그 흉터 대령 놈이 세 번째 가격이 있기 전에 개입해 나를 일으켜 세우며 검열을 계속 진행하도록 했다.

엔진실 해치를 통해 사다리를 타고 쿵쿵 소리를 내는 디젤엔진 쪽으로 내려갔는데 골드만과 블랜서트가 엔진을 운영하고 있었다. 이들도 기관단총 총구를 들이댄 북한군 병사의 위협을 받고 있었다. 흉터 대령은 아무 말도 않고 주위를 둘러보고 잠시 검열을 한 뒤, 다른 곳에 가보자는 신호를 보냈다. 골드만과 나는 간신히 서로의 어쩔 수 없는 입장을 이해한다는 눈빛을 교환할 수 있었고 나는 눈빛 속에 절망보다는 희망을 담아 보내려고 했다. 그 때 나를 감시하던 경비병이 카빈총에 꽂은 대검으로 나를 몰아 다시 사다리를 타고 올라가도록 했다.

우리 일행은 어질러진 주방을 보았는데 그곳엔 점심을 먹다 남은 음식이 스토브 위에 놓여 있었고, 장교들의 숙소는 각기 사물이나 3급비밀 문건들을 서둘러 파괴하다 남긴 물건들로 어수선한 모습이었다. 통로에 쌓인 두꺼운 잿더미를 건너 특수작전구역으로 갔을 때에 나는 충격을 받았다. 다량의 태우지 못한 서류들이 열려있는 철문을 가로 막고 있었으며, 문 안에는 비밀 문건임이 분명한 서류들로 꽉 찬 매트리스 커버가 갑판에 그냥 놓여 있어서 맨눈으로도 보고 알 수 있었다. 내용물이 무엇인지는 정확히 몰랐지만 스티븐과 그 부하들이 방대한 양의 문건들을 파괴하지 못했다는 걸 알고 내 가슴은 천길만길 가라앉았다.

흉터 대령은 특수작전구역에 들어서며 처음으로 놀란 반응을 보였는데, 파괴된 전자장비가 가득한 선반을 보더니 그의 꺼풀이 처진 눈에서 눈알이 튀어나올 정도였다. 놈은 이 작은 배가 그렇게 정교한 전자정보 체계를 싣고 다니리란 예상은 못했음이 분명했다. 이에 관해 그 놈은 자신의 부하들에게 북한말로 감탄사까지 연발했지만 통역은 아무 말도 해주지 않았다. 암호센터에 들어섰을 때에 나는 눈에 띄는 모든 코딩장비가 파괴되어 있는 걸 보고 안심을 했다. 그러나 아직도 텔레타이프는 불이 켜진 채 약하게 윙 소리를 내며 가끔 아무렇게나 키가 움직이면서 이상하고 의미 없는 문자를 종이 위에 찍어 놓았다. 기계를 끄라는 지시에 내가 무시하듯 어깨를 으쓱하며 거절했더니 이번엔 목덜미를 또 한 차례 세차게 얻어맞았다(이곳은 좁아서 발로 찰만한 공간이 없었다).

통역관이 나서서 텔레타이프기의 전기 입력선을 확 잡아 빼고 흉터 대령은 흥미로운 듯 주위를 둘러보는데, 두 명의 북한군 병사들이 찢긴 문건 더미와 안쪽의 파일집들을 삽으로 떠내며 특수작전구역 문간을 청소하기 시작했다. 한 대 맞고 쓰러져 있던 나는 누운 채로 한 손을 바지 주머니에 넣고, 놈들이 몸수색을 할 때 빼앗기지 않았던 라이터를 더듬어 찾았다. 어떻게 해서든지 이곳을 떠날 때 불을 지르고 자물쇠를 돌려놓아서 놈들이 불을 끄려고 다시 들어가려 해도 들어갈 수 없게 해야겠다는 생각이었다.

그러나 흉터 대령은 내 계획을 눈치챘는지 경비병 한 놈을 시켜 나를 일으키더니 격벽에 세워 놓고 가슴에 대검을 들이댔다. 그러고 나서 놈들은 우리가 모두 그곳을 떠날 때 무심코 문을 잠가버렸다. 나는 자동 잠금장치가 딸까닥하는 소릴 듣고 놈들이 다시 특수작전구역으로 들어가려 할 때 유일한 방법은 절단용 토치로 녹여서 문을 여는 수밖에 없으리라고 생각했다.

마지막 남은 검열 장소는 함수 쪽의 침실이었는데, 몹시 추운 중갑판에서 장교를 비롯한 승조원 대부분을 그곳에 데려다 놓고 있었다. 이런 조치는 포로들을 위해서라기보다는 경비병들을 더 생각한 것이 분명했다. 우리 승조원들은 줄에 묶이고 눈을 가렸기 때문에 내가 나타났는데도 나를 볼 수 없었으며, 나도 그들을 도울 수 없었기 때문에 목소리를 높여 내가 왔노라고 하지도 않았다.

홍터 대령은 자신의 부하들에게 포로들의 사물함을 뒤지지 말도록 명령했으나 소지한 무기로 함부로 찌르거나 발로 차는 행동은 그냥 놔뒀다. 두들겨 맞았지만 굴복하지 않는 와중에 누군가가 화가 치밀어 소리치는 게 들렸다.

"저 도둑놈들 중의 한 놈이 내 시계를 빼앗아갔다!"

"재산을 공유한다. 그게 공산주의야."라고 다른 친구가 중얼거렸다.

우리 승조원들이 있는 그곳에 머무르고 싶었지만, 나는 다시 사관실 밖의 통로로 끌려 나와 하지스의 들것 옆 갑판에 강제로 앉힌 채 경비병 두 명의 감시를 받는데 홍터 대령과 통역관은 함교로 다시 올라갔다. 하지스는 움직임이 전혀 없었다. 의무사 볼드리지와 리드, 취사병 등이 남아서 중상자 웰크를 돌보는 모습을 보고 안심이 되었다. 웰크는 사관실 갑판에 누워 다리는 의자에 올려진 채, 볼드리지가 그의 엉덩이와 가랑이에서 흘러나오는 피를 멈추려고 애쓰고 있었다.

"하지스는 좀 어떤가?"

나는 나지막하게 그들에게 물었다.

"숨을 거뒀습니다, 함장님. 약 10분 전에요."

볼드리지가 대답했다. 대화 소리를 듣고, 방금 맞은 모르핀의 힘으로 일어나 앉으려는 웰크를 볼드리지가 손으로 제지했다.

"웰크는 상당히 심한 파열상을 입어서 외과적 수술이 필요합니다."

우리가 대화를 했다고 감시병들은 군홧발과 개머리판으로 우리에게 벌을 가했다. 내 감시병 놈은 잘룩한 내 허리 등 쪽 부위를 발로 차서 맞은 자리가 쑤셔왔다. 볼드리지와 리드는 목 부위에 수도 치기를 당했는데, 그건 분명 북한군들이 잘 쓰는 또 다른 공격 방법이었다. 고통은 견디기 어렵다 못해 무감각해졌다. 그렇다고 우리가 대화를 멈추진 않았다.

"자네에게 달렸네, 볼드리지 군. 놈들은 의료 지원요청을 일체 거절했어. 여하튼 자네가 놈들의 돌팔이 의사보다는 더 잘 알 테니까."

"저는 하찮은 의무사일 뿐입니다, 함장님…."

"그러나 경험이 풍부하니, 자네는 그 경험을 살리게!"

더 큰 매를 맞고 우리의 대화는 다시 끊겼다. 어찌나 세게 맞았던지 숨을 고르느라 더 이상 말을 할 수가 없었다. 숨을 돌린 뒤에도 볼드리지와 리드가 웰크를 잘 치료하도록 나는 아무 말 않고 조용히 있었다. 감시병 두 놈은 가끔씩 번갈아가며 내 갈비뼈를 찌르고 차서 조각조각 부서지는 것 같았다. 하지스의 주검 옆에 허리를 구부리고 죽음을 받아들이는 수밖에 없었다. 흉터 대령이 통역관을 대동하고 다시 돌아왔을 때 잠시 매는 멈췄으나 그가 나가버리자 매질은 다시 이어졌다.

한 시간이 지나면서 내 몸은 상처와 매 자국으로 도배되어 원산으로 전속력으로 달려가는 푸에블로의 디젤엔진처럼 욱신거리며 쿵쿵 떨렸다. 곁눈질로 나는 사관실의 현창을 볼 수 있었다. 배를 뒤덮은 한밤중의 암흑 밖에는 아무것도 안 보였다. 새들이 우리 쪽으로 날아와 우리를 구출하기에는 너무나 깜깜한 상태. 혹시 제7함대나 제5공군이 구조를 계획하고 있대도, 목표는 이제 구조가 아니라 보복일 수밖에 없다는 현실을 나는 받아들였다. 이것이 내가 생각한 다음 단계의 전망이었고, 그것이 우리의 몰사를 의미한대도 그 길밖에 없다는 걸 깨달았다. 고통과 치욕, 절망은 죽음을 찬양하도록 해준다.

우리가 포로가 된 뒤 2~3시간이 되었을 때 나는 현창으로 들어오는 바깥 불빛을 보았다. 내 발밑 엔진실에서 벨 소리가 들리고 배가 속력을 줄이는 걸 느끼며 나는 배가 정박하려고 움직이는 걸 알았다. 정든 푸에블로도 이방인의 손길에 분개심을 느끼는지 도크에 꽝 소리를 내며 부닥쳤다.

갑판에서 나는 북한 말로 명령하는 소리며 외치는 소리를 들을 수 있었고, 우리 배에 올라타는 많은 인원의 군홧발 소리도 들었다. 흄터 대령과 통역관이 제독으로 보이는 장군 한 명을 포함해 여러 고위급 장교들과 함께 갑자기 나타났다. 나는 강제로 끌려 일어났다. 포로 중에 제일 높은 신분으로 새로 나타난 이들에게 얼굴을 보이고, 함장실로 끌려가서 샅샅이 검색을 당했다. 놈들이 이번엔 내 옷가지를 제외하고 모든 걸 압수했다. 지갑, 시계, 반지 등을 몽땅 빼앗았다. 물론 나는 내 좁은 방에 흄터 대령과 통역관을 대동하고 들어선 그 제독에게 큰 소리로 계속 항의했다. 통역관은 내 항의 발언을 통역했으나 꾸짖는 말 밖에는 돌아오지 않았다.

"왜 첩자질을 했소? 당신은 또 다른 전쟁을 도발하기 위해 첩자들을 데려온 CIA 요원이지?"

"절대로 아니오!"

나는 응수했다.

"우리는 공해상에서 해양자료 조사를 실시하고 있었소. 우리 배는 연구조사용 선박으로서 CIA나 혹은 무장 침입 따위와는 아무런 관계가 없소. 나의 부하들에 사상자를 냈으니 어떻게 할 참이오? 적어도 이들에게 합당한 가료(加療)를 베풀도록 나는 요구하오. 그리고 우리가 평화롭게 돌아가도록 해 줄 것을 요구하며 그렇지 않으면 미국은 이 사태에서 당신네들을 무사하게 놔두지 않을 거요."

나의 이러한 요구에 대한 놈들의 응답은 내 턱과 목을 몇 차례 때리는 것이었다. 그러고는 말했다.

"너희는 모두 배에서 내려서 재판에 회부되고 사형에 처해질 것이다."

감시병이 내 손을 꽁꽁 묶더니 눈도 가렸다. 완전히 눈가림을 당하기 전에 나는 골드만과 블랜서트 역시 나와 같은 꼴로 통로를 지나가는 광경을 힐끗 보았다.

우리가 푸에블로에서 내리고 있을 때 북한군 감시병들이 증원되어 미군 숫자보다 북한군 수가 많아졌다. 대검을 들이댄 상황에서 조잡한 건널판 트랩을 건너 상륙하자 눈가림막이 약간 흘러내리면서 나는 반쯤 가려진 상태의 외눈으로 현재 돌아가는 상황을 볼 수 있었다.

우리 배는 약 5마일 거리에서 불빛을 보내는 원산, 그 외곽 부두에 정박했다. 칠흑 같은 밤인데 매섭게 쌀쌀한 날씨였다. 가로등이 도크 둘레를 집중적으로 비추고 있었다. 모여든 북한 주민들의 얼굴에도 불빛이 반사되었는데, 우리에게 가까이 다가서지 못하게 군인들이 거칠게 막고 있었다.

이들은 우리가 대기하고 있는 버스로 이동하는 동안 온갖 욕설을 퍼붓고 침을 뱉었다. 무자비하게 짓누르는 군인들이 나서서 제지하지 않았더라면 우리를 찢어버릴 듯한 기세였다. 그러나 나는 이런 과도한 행동이 어떤 면에서는 조작극이라는 인상을 받았다. 사전 조직활동이 없었다면 주민들이 어떻게 그 짧은 시간에 통지를 받고 저렇게 통제된 광적인 행동을 보일 수 있겠는가?

나는 대기 중인 버스에 밀려 올라가 간신히 의자에 앉으려는 순간에 다시 휙 잡아끌어 내려졌다. 흉터 대령의 통역관이 나를 찾아내, 우연히 잠겼던 특수작전구역의 출입문을 열라는 것이었다. 숫자 조합형 자물쇠의 번호를 모르는 척했더니 그놈은 버럭 소릴 질렀다.

"당장 열지 않으면 총살이야!"

스티븐 해리스와 몇몇 그의 부하와 마찬가지로 나도 번호를 알고 있었으나 우리는 끝까지 비밀을 지키고 싶었고, 적들이 금고를 깨는 복잡한 작업

과정을 거치기를 바랐다. 나는 곧바로 푸에블로로 끌려갔는데 이번에는 구경꾼들의 침방울이 튀는 독기 가득한 욕설을 나 혼자 받아야 했다. 다시 배에 올라 특수작전구역으로 가는 통로에 닿았을 때 내 눈가림대는 풀렸고, 나는 북한인 몇 사람이 굳게 잠긴 철문을 만지작거리는 광경을 보았다.

"어서 열어라!"

놈들은 묶였던 내 손을 풀어주며 명령했다.

"어떻게?"

나는 어쩔 수 없다는 듯이 어깨를 으쓱했으나, 찰나에 자동 권총이 나의 귓가에 와닿았다.

"어서 열라, 열지 않으면 당장에 총살이다!"

좌절감과 흥분이 담긴 북한 말이 놈들 사이에 오갔다. 목소리에 담긴 놈들의 분노 정도로 미루어 볼 때 귓가에 댄 권총이 격발될 듯했다. 죽으면 고문은 없다! 그러나 그 순간 복부에 세찬 군화 세례가 날라왔고 창자는 터질 듯 아팠다. 놈들은 내 손을 다시 몸 앞쪽으로 더 단단히 묶어 놓고 눈가림대도 다시 씌웠다. 이번엔 완전히 깜깜절벽이었다. 이때부터 놈들에게 끌려 푸에블로를 떠나는 순간까지 나는 아무것도 볼 수가 없었다. 나는 폭도 같은 사람들의 욕지거리를 듣고, 그들의 침방울이 튀는 걸 느꼈지만 아무것도 볼 수 없었다. 이상하게도 배가 쑤시면서 찾아오는 통증만 환각적인 불꽃으로 다가왔다.

다시 버스를 탔다! 버스 안에서 나는 우리 승조원들이 항의하는 소리를 듣고 놈들이 다시 몸수색을 하면서 정보를 캐려는 것보다는 개인 소지품을 약탈하는 데 더 관심을 두고 있다는 걸 알았다. 나는 다른 사람의 목소리보다 더 컸던 필리핀과 멕시코 출신 미국인들인 알루아그, 아벨론, 로잘레스의 목소리를 알 수 있었는데, 그들의 목소리가 높았던 이유는 흉터 대령의 통역관이 비난을 퍼부었기 때문이었다.

"너희들은 남조선 간첩과 함께 북조선을 침입하려 했다! 너희들은 범죄자니까 우리 인민 법정에서 재판을 받고 처형될 것이다!"

나는 내가 우리 승조원들과 함께 있다는 사실을 알려줄 좋은 때가 왔다고 생각하고 있는 힘을 다내 큰 목소리로 말했다.

"허튼 수작 마라! 우리 승조원 중엔 미국 국민 밖엔 없다."

그랬더니 놈들은 나를 즉각 버스에서 내리게 했다. 두 번째 하차였다. 눈을 가려서 놈들이 나를 어디로 끌고 가는 지는 몰랐지만 짐작컨대 참모진의 차량인 것 같았다. 두 명의 감시병 사이에 나를 끼워놓고 쉬지않고 주먹질을 했다. 휴터 대령이 앞자리에 앉아 있었겠지만 그의 통역관 역시 동승하고 있음을 알았다. 내가 우리를 제네바 협약에 따라 대우할 것과 우리 승조원을 나와 함께 수용할 것 등을 요구했을 때 응답을 한 것이 바로 그 통역관 목소리였기 때문이다.

"너희들 자본주의 주구들과 우리 북한은 전쟁 중에 있지 않으므로 제네바 협약은 적용되지 않는다. 그러므로 너희들은 군인 대우를 전혀 받지 못한다. 너희들은 CIA의 민간 첩자로만 취급받게 된다. 너희들은 범법자이므로 우리 인민 법정에서 재판을 받고 처형될 것이다."

차가 울퉁불퉁한 도로를 달리며 엔진 소리가 시끄러웠다. 나는 더 큰 소리로 계속 항의했으며, 우리 배는 해양자료조사선으로서 이때까지 '국제 지구물리학의 해' 프로그램과 협조하에 태양 흑점을 관측하고 있었다고 반복적으로 주장했다. 내 주장에 대한 적들의 유일한 답변은 남한 간첩 요원을 북한 해안에 상륙시킬 목적이었다고 자백하라는 요구뿐이었다.

"어째서 그러한 범죄행위를 했는지 털어놓는 것이 상책이다!"

이렇게 규탄과 부인하는 승강이가 계속되는 가운데 15분쯤 달려온 차가 흔들리며 멈춰섰다. 나는 끌려 내려서 어떤 건물 안으로 떼밀려 들어섰다. 매질 소리가 들리는 걸 보니 우리 승조원들을 태운 버스들은 나를 앞질러 도착한 것이 분명했다. 고함과 끙끙대는 신음이 매질 소리와 섞여 들리다가 나중엔 날카로운 절망의 소리로 바뀌기도 했다. 나는 필리핀과 멕시코 계 미국인 두 명이 특히 걱정스러웠는데 놈들이 이들을 남한의 첩자로 오해했기 때문이었다.

"이 야만적인 행위를 멈춰라! 공해상에서 평화롭게 해양자료 조사를 실시하던 미국인들 밖에는 아무도 없다."

나는 큰 소리로 외쳤다.

"스파이들! 파괴분자들! 범죄자들!"

매질이 점점 더 세차지고 신음 소리도 커졌다.

나는 다시금 다른 방으로 떼밀려 들어갔다. 등 뒤에서 문이 닫히는 소리가 들렸고 매질 소리는 더 이상 들려오지 않았다. 묶였던 손은 감각이 완전히 없어졌고, 눈은 얼마나 단단히 가려놨던지 앞이 깜깜했다. 승조원들과 격리 수용된 나는 즉각 항의했더니 당장에 개머리판으로 두 차례 세게 얻어맞았다. 아직도 감시병들이 내 주위에 머물러 있었다. 그리고 어디든지 나타나던 통역관 목소리도 들렸는데, 이놈은 첩자행위라고 거듭 우리를 비난했고 나는 언제나 반복적으로 부인했다.

그러고 나서 나는 방 밖으로, 또 건물 밖으로 끌려나와 다시 버스를 탔다. 버스는 잠깐 뒤에 정차했다. 기차 정거장 같은 곳이었다. 대기 중인 증기기관차가 칙칙거리는 소리를 내었고 증기 냄새가 났다. 객차 승강 계단을 딛고 올라가 결박당한 손으로 더듬으며 복도를 지나, 낡은 객차 좌석 같은 데로 떼밀렸다. 내 부하들도 함께 타고 있는 걸 느낄 수 있었으나 잠깐 동안 매질은 없어 모두 조용했다. 내가 맨 마지막으로 기차를 탔던지, 내가 자리에 앉자마자 기관차가 쉬익 소리를 내고 흔들리며 움직이기 시작했다. 하느님만 아는 곳을 향하여!

~~~

덜커덩거리며 기차는 밤새도록 달렸다. 잠깐씩 몇 차례 멈추기도 하며 다시 6~7시간을 달렸다. 파편을 맞았던 장과 다리보다 두들겨 맞은 자리가 더 쑤셔왔다. 눈가림대는 여전히 착용한 채였고, 손을 묶은 끈이 혈류를 막아 마치 잘려나간 나무그루터기같이 무감각한 느낌이 들었다.

감시병 한 놈이 검은색으로 변한 내 손을 보았던지 자그마한 동정심을 베풀며 매듭을 약간 늦춰주고 문질러서 피부가 다시 살색을 찾았다. 충격과 피로로 온몸이 마비된 상태였지만 내 의식만은 또렷해서 정신적 육체적 고통과, 모든 소리와 기차의 쇠바퀴가 딱딱한 의자에 앉은 내 몸에 전달해 주는 거친 노반(路盤) 상태까지도 느낄 수 있었다. 요동치며 잡다한 내 생각이 허락을 한 대도 나는 잠을 잘 수가 없었다. 북한군 놈들은 나에게 잠시도 쉴 시간을 주려 하지 않았다. 나는 모든 시간 개념을 잃기 시작했다. 긴장된 고민의 순간엔 시간이 늘어나고 충격적인 사건이 터져 나올 땐 줄어들었기 때문이었다.

기차가 원산에서 출발한 지 얼마 안 돼서 나는 자리에서 끌려 일어나 덜컹대는 연결기를 통과해 다음 칸으로 끌려갔다. 더 따뜻하고 편한 기분이 드니, 아마도 최근에 만든 호사스러운 칸인 것 같았다. 거기서 다시 정리되지 않은 집요한 심문이 계속되었다. 흉터 대령의 통역관이 역겨운 비난을 나에게 던지면 내가 되받아치고, 그래서 이제는 조건반사처럼 나의 응수가 술술 쏟아져 나왔다.

"아니다, 우리는 첩자 행위를 하고 있지 않았다. 우리는 해양자료 조사를 하던 중이었다! 태양 흑점 관측과… 전자기 측정… '국제 지구물리학의 해' 프로그램과 협조 하에 … 절대로 우리가 남한 간첩을 상륙시키려던 것도 아니고… 우리 배에는 미국시민 밖에 없었고!… 우리 부상병들을 돌봐주기를 나는 요구한다!… 나는 CIA와는 전혀 관계가 없다!… 내 이름은 로이드 M. 부커이며, 군번은 582154… 내 부하들과 나는 제네바 협약에 따라 대우받을 자격이 있다!"

통역관의 목소리는 달리는 기차 바퀴의 쇳소리와 같이 냉혹한 소리로 되돌아 왔다.

"너희들은 첩자다! 첩자야! 자백을 해야 한다!… 아니면 총살이다!… 총살 처형!"

약 20~30분간 반복된 비난과 대꾸의 시간이 지나고 나는 다시 옆칸, 원래의 내 자리로 끌려 돌아왔다. 그리고 나서도 밤새도록 반 시간마다 똑같은 일이 반복되었다.

이런 식의 심문이 진행되는 사이사이에 내 지정석에 앉아 정신을 가다듬으려 할 때, 우리 승조원들도 교대로 흉터 대령과 통역관에게 불려가는 소리가 들렸다. 한편 서툰 영어를 쓰는 몇 놈은 통로를 왔다 갔다 하며 우리 승조원 개개인의 이름과 봉급, 배에서의 역할 등을 물었다. 팀 해리스 소위가 부사관인 체하는 목소리를 들었는데, 그대로 들키지 않고 통할 줄 알고 결심한 듯했다.

칙칙거리는 기차가 주기적으로 내는 삑 소리와 덜커덩 소리, 끼익 소리 때문에 사람들의 목소리는 낮아지고 끊어지기도 했다. 우리 승조원들은 누구나 부사관으로서 배의 세탁장이나 주방에 배치되어 우리 배가 미국 해군에서 가장 깨끗하고 맛있는 우수한 배가 되도록 노력했다는 인상을 받았다.

북한군인들은 황당한 과장이라 생각할 때엔 발로 차는 반응을 보였지만 보통은 그냥 진실로 받아들이는 것 같았다. 눈은 비록 가린 채였지만 나는 내부하들이 역경에 처해서도 도전적이며 해학적인 미국인의 배짱을 보여준다고 생각하니 무력해지던 내 정신도 한층 고무되었다.

우리 사이의 대화는 금지되어 있었으며 대화를 하려고 시도하기만 해도 매질을 당했다. 우리들은 심한 갈증과 허기를 느꼈지만, 목적지에 도착하면 아침 식사를 줄 것이라는 간단한 대답만을 들었다. 그 말은 곧 우리가 상당히 먼 곳으로 이동하고 있다는 걸 암시하는 것이었다. 이유는 몰랐으나 나에게는 원하지 않은 야식 특전이 주어졌다. 약간의 물로만 간신히 목을 축이고 설탕 바른 버터 같은 기름기 있는 덩어리를 입에 쑤셔 넣다가 목구멍이 막힐 뻔하며 삼켰다.

오래간만에 기차는 속도를 늦추며, 차바퀴가 정거장 전철기를 지나며 딸깍거릴 때 리듬을 깨는 소리를 들을 수 있었다. 서툰 영어 방송이 나왔다.

"목적지에 도착했다! 포승줄을 풀고, 눈으로 볼 수도 있다. 죄수처럼 고개를 숙이고 손을 들고 계급 순서로 하차한다!"

기차가 완전히 멈추자, 놈들은 내 손을 풀어주고 눈가림대도 제거했다. 우리가 탔던 여객 열차는 하나의 기다란 객실 칸이었고 몇 안 되는 등불 밑에 희미하게 감시병들과 우리 승조원들을 구분할 수 있었다. 차창은 몽땅 이불보와 담요로 가려져서 밖에서는 아무것도 볼 수 없었다. 막대기와 개머리판으로 우리를 통로에 한 줄로 세우더니 나를 맨 앞에, 다음엔 진 레이시, 팀 해리스, 스킵 슈마허 등 모두 장교로 확인된 인원을 앞으로 내세우고 출구 쪽으로 우리를 몰았다.

한 발짝 밖으로 나서자 휘황찬란한 클리그등 불빛과 카메라맨들의 플래시 때문에 눈이 멀 정도였다. 장시간 암흑 속에 있다가 불빛에 노출되는 신체적 고통을 피하려고 강렬한 불빛을 손으로 가리려는 순간, 개머리판이 내 손을 후려쳤고 다시 머리 위로 손을 올렸다. 플랫폼에 우리가 줄지어 서자 늘어섰던 영화 및 정지 카메라들이 선전용 사진을 찍느라 찰칵거렸고, 우리는 그 자세로 몇 분 동안 멈춰 서있었다. 머리는 숙이고 손은 위로, 죄수처럼! 이는 우리가 취하도록 명령받은 자세였다.

눈물 젖은 눈으로 곁눈질을 했다. 그곳은 바로 대형 기차역이었다. 동트기 전 어둠 속에 단지 우리를 취재하도록 동원된 관용 언론 종사자들만 소란을 피우고 그밖엔 텅 비었다. 내 짐작으로는 평양 중앙역 같았으며, 시간은 아침 6시경이었다. 나는 우리 승조원 가운데 들것이 두 개도 있는 걸 힐끗 보았다. 북한군이 하지스의 시체를 가져왔는지, 아니면 웰크 말고 다른 승조원이 매를 맞고 중상을 당했거나, 혹시 죽었는지 등등 여러 가지 생각이 들었다.

언론 사진사들이 촬영을 마치자 놈들은 우리를 한 줄로 세워, 정거장을 지나 대기하고 있는 버스로 끌고 갔다. 기차처럼 창문을 가리지는 않아서 시가지를 통과할 때 비로소 우리는 밖을 내다볼 수 있었다. 수은등이 푸르스름하게 비추는 현대적이지만 밋밋하고 침침한 4층짜리 건물 앞을 지났다. 통로를 순찰하는 감시병들이 고개를 숙이고 눈은 버스 바닥을 보도록 강제했으나 버스의 타이어 소리가 바뀌는 걸 보아 우리가 도시의 아스팔트 길을 지나 교외의 비포장 길에 들어섰음을 알 수 있었다. 버스 안은 엄청 추웠다. 온기라곤 옆자리에 앉은 스킵에게서 나오는 체온밖엔 없었다. 그러나 그 체온이래야 나눌 것도 없었고 그마저도 금지되어 매를 맞을까 봐 말도 못 하고 침묵으로 일관하며 40분을 달렸다.

우리의 긴 여정은 막다른 넓은 자갈 마당에 도착함으로써 끝났다. 그곳에는 동트기 전 단조로운 회색빛에 비친 암울한 콘크리트 내무반 건물들이 둘러서 있었다. 처마엔 고드름이 매달리고 차바퀴 자국에 고인 물웅덩이는 꽁꽁 얼어 있었다. 뻣뻣한 몸으로 주춤거리며 버스에서 내리면서 나는 이것이 늘 상상하던 아시아-시베리아 공산주의자들의 강제수용소가 아닐까 하는 인상을 받았다. 그곳에서 내가 받은 영접 역시 기대했던 그대로였다.

언 땅에 발을 내딛자마자 내 허리에 발차기 전문가인 북한군의 공격을 받았고 무릎에도 한 번 맞았다. 이번엔 내 몸과 마음이 반발을 해서 정신 차리고 나를 공격한, 얼굴이 동그란 북한군인 놈에게 달려들어 주먹으로 연타를 날렸다. 득점에 연결되기 전에 가해자 놈의 동료 넷이 나에게 달려드는 바람에 함께 땅바닥에 뒹굴었다. 결국 나를 결박해서 내무반 건물 쪽으로 끌고 갈 때, 나는 분노와 고통에 치를 떨며 놈들을 저주했다.

내 뒤에서 스킵과 진도 똑같은 대우를 받는 소리를 들을 수 있었는데, 네 명의 감시병이 나를 거칠게 입구로 몰아가서 계단 세 개를 올라설 때에는 그들의 모습도 목소리도 듣고 볼 수가 없었다. 북한군 군관 한 놈이 고함을 지르며 달려왔다. 내가 끌려오면서 당한 매질을 그만두라는 명령 같았지만, 나의 폭발된 저항을 멈추지는 못했다.

계단의 세 번째 참(站)에 다다랐을 때, 나는 깜깜한 복도로 끌려갔는데 복도의 양쪽 문들은 모두 닫혀 있었으며, 나는 그중에 한 문을 통해 조그맣고 삭막한 방에 내팽개쳐지듯 침대에 쓰러졌다. 감시병들은 돌아갔고, 쾅 소리를 내며 문이 닫혔다. 천장 전깃줄 끝에 매달린 맨 전구를 응시하며 숨을 할딱거리며 누워있을 때 아래층 복도에서 분노에 찬 목소리가 들렸다.

"성실하게 굴지 않으면 죽음뿐이다!"

나도 씩씩거리며 몇 마디 경멸스러운 말을 내뱉으며 멍청하게 주절댔다.

"제네바 협약이… 해양자료 조사가… 태양 흑점(내 눈앞에서 춤을 추는 듯)이…"

그러다가 일어나 앉아 두 손으로 목을 감아쥐며 휘청거리는 내 감각을 다시 곧게 살리려고 했다. 제기랄! 어떻게 나에게 이런 일이…! 푸에블로와 내 부하들은… 몇 시간 전만 해도 우리는 동해상의 국제수역에서 최소의 위험을 무릅쓰고 합법적인 임무를 수행하던 미합중국의 함정이었다. 그런데 지금은?… 제기랄, 하느님! 특수작전구역의 갑판에 놓였던 불룩한 매트리스 자루 속에 뭐가 들어있어서 우리를 배신한 건가요….

제 12 장

북한이 작성한 문서의 어법과 문체는 그 자체가 미국인이 쓴 글이 아니라는 분명한 증거다.

⟨1968년 1월 25일, 국방차관 필 G. 굴딩의
부커 중령의 "자백"에 대한 언론 논평에서⟩

우리나라의 공(公)적인 새, 즉 국조(國鳥)는 독수리, 매 또는 비둘기가 아니라 병아리다.

⟨1968년 1월 25일 푸에블로 사건에 관한 밀워키 저널 센티널의 사설에서⟩

놈들은 내가 독방에서 생각을 가다듬거나 쉬도록 좀처럼 놔두질 않았다. 방의 크기는 5평 정도 되는 꽤 큰 방이었는데, 곧은 등받이 나무 의자 하나와 조그마한 테이블, 조잡하고 딱딱한 침대 하나, 그리고 꺼놨거나 고장이 난 듯한 라디에이터 하나가 있었다. 단 하나 있는 창문은 바깥쪽으로는 캔버스 천, 안쪽으로는 갈색 종이로 가려져 있었다. 이런 내용을 다 기억하기도 전에 문이 휙 열리더니 두 명의 북한군인이 들어와 대검 끝을 들이대며 나를 데리고 나갔다.

텅 빈 듯 조용한 복도를 걸어가다가 한 계단참을 내려서니 전에 보았던 네 명의 군관이 기다리고 있는 심문실이었다. 이 심문팀에 통역관 한 명이 붙어 있었는데, 그는 통역 사이사이마다 쌕쌕거리며 기침을 하면서 적절한 단어를 생각해내려는 듯했다. 이 팀이 던지는 질문과 비난 내용은 변함없이 전과 똑같았고, 나의 대꾸와 항의도 역시 똑같았다. 심문 시간은 약 10분, 내가 이미 받았던 상처에 몇 개 더 받은 것은 무시하고 이전처럼 무승부로 끝났다. 다시 감방으로!

가려진 창문 틈으로 새어 들어오는 햇살은 생기 없는 방 안 전등 빛보다 더 약했지만, 시간을 판단하는 데는 도움을 주었다. 아침 7~8시경이었다. 나는 감시장비가 있는지 방을 둘러보았지만 구식 무명 전깃줄에 매달린 전구밖에 다른 전자장비는 없었다. 마루는 조잡하게 이은 사개물림 널빤지로 되어있었고, 벽은 딱딱한 인상을 주는 두꺼운 콘크리트 벽이었으나 건물 전체를 휩쓰는 찬 겨울바람 소리를 듣고 느낄 수 있었다. 열악한 단열 상태는 한쪽 구석에 놓인 물통 뚜껑이 얼어있는 걸로 증명이 되었다. 방문도 9개의 나무판자를 이어 만들었는데 사이가 벌어져 있어서 그 틈새로 나를 감시하는 눈이 있음을 알아챘다. 그 문이 쾅 하고 열리더니 북한군 초급군관 하나가 들어와서 높은 음성으로 공산당의 상투적인 욕설을 엉터리 영어로 더듬거렸다.

"개자식! 너는 제국주의 개자식이야! 제국주의 개자식은 진정으로 사과해야 해…. 아니면 총살이야!"

그놈은 증오에 찬 눈으로 나를 노려보며 발을 구르고, 권총집을 찰싹거리기도 하며, 바락바락 악을 써댔다.

"제국주의 침략자! 성실히 자백하는 게 좋다. 그렇지 않으면 첩자질하는 제국주의 거짓말쟁이는 사살한다!"

나는 그놈의 흥분한 광기 어린 연출을 보면서 경멸감보다는 오히려 놀라움을 표시했던 것 같다. 그리고 제국주의라는 말을 너무 자주 써댔기 때문에 나는 즉시 그놈에게 '제국주의자'라는 별명을 붙여주었다. 그놈은 병정놀이나 할 나이인 15세 정도로 보이는 어린 감시병을 데리고 왔다.

이 어린 놈도 날카로운 대검을 꽂은 채, 실탄이 장전된 카빈총을 긴장된 손으로 꼭 쥐고 공포심과 혐오감이 섞인 불안한 상태로 나를 노려보았다. 나는 아마도 그 어린놈이 직접 눈으로 본 최초의 '제국주의 미국인 짐승'이었음이 분명해 보였으며, 그에겐 아주 당황스러운 경험이었을 거다.

제국주의자가 장광설을 늘어놓는 동안 내 방문은 줄곧 열려 있었다. 나는 열린 문 앞을 지나 복도를 거만하게 걸어가는 북한 여군관을 힐끗 보았다. 녹색 능직(綾織) 군복에 허리에는 권총을 찬 땅딸막한 그 여군관은 아마존 여전사 같았다. 불독 같은 얼굴로 나를 보더니 얼굴을 찌푸리면서 혐오스럽다는 표정으로 "이 새끼!"라고 사납게 쏘아붙이며 사라졌다.

제국주의자는 몇 분 동안 계속해서 악을 쓰며 고함도 질렀지만 나는 덤덤하게 영향을 안 받으려고 애를 쓰며, 마음속에 깔린 공포심도 억제하고, 그놈의 면전에 비웃어주고 싶은 유혹도 참았다. 그런데 그놈이 갑자기 욕설을 멈추더니 마치 다른 사람이 된 것처럼 아주 예의 바르게 질문을 건네왔다.

"기분이 어떻소? 화장실에 가고 싶은가?"

그 제안을 거절할 수 없었던 나는 고개를 끄덕였다.

그놈은 문틈으로 무언가를 확인하더니 긴장해 있는 감시병에게 손짓해 나를 화장실로 데려가게 했다. 나는 그 기회를 이용해서 내 감방 밖의 모습을 살펴보았다. 닫힌 문들이 복도 양쪽에 간격을 두고 있으니 적어도 내 방과 같은 감방이 12개 이상 같은 층에 있다는 걸 알았다. 얼마나 많은, 또 우리 식구 중에 누가 여기에 갇혀 있을지는 알 수가 없었다. 두 명 남짓한 어린 감시병들이 복도를 순찰하는 규칙적인 발소리 외에는 적막 그 자체였다. 내가 놀랐던 것은 이곳 마룻바닥이 잘 닦아놓은 대리석 재질이었다는 것, 시멘트와 목재 감옥에 특별히 사치스러운 재료를 혼합해 사용했다는 점이었다. 그러나 대리석 복도의 끝에 위치한 화장실은 호화하고는 거리가 멀었다.

제국주의자는 내가 화장실에 들어가기 전에 그곳을 먼저 점검했다. 코를 찌르는 악취가 났지만 나는 통증을 느낄 정도로 소변이 마려워 변기로 비틀거리며 다가섰다. 내 몸에서 나온 것은 대부분이 피였으며, 그 더러운 변기에 내 것 말고도 다른 사람의 핏자국이 있는 것을 보았다. 우리 승조원 중에 나보다 더 심하게 맞아서 신장이 상한 사람의 것이 분명했다. 나는 제국주의자에게 달려가서 고함을 질렀다.

"내 부하들이 어디에 있나? 당장에 내가 그들에게 말하게 해줄 것을 요구한다."

내가 갑자기 폭발하며 소리쳤더니 그놈은 불안해했으나 금세 찌푸린 표정을 지으며 씩씩거렸다.

"씨, 빌어먹을 개자식 죄수놈아, 조용히 해!"

그러나 내 식구 중에 누군가가 내 목소리를 듣고 나임을 알아차렸던지 대리석 복도를 걸어 다시 방으로 돌아올 때, 어느 방에서 분명한 미국인의 목소리가 들렸다.

"행운을 빕니다, 함장님."

그것이 누군지 나는 몰랐다. 하지만 그 목소리는 나에게 엄청난 사기를 북돋아 주었다. 내 식구들이 가까이 있다는 것과 아직 살아있다는 것, 그리고 그들도 내가 가까이에 살아 있다는 걸 알았을 거다. 다만 내 어깻죽지 사이에 들이민, 흥분 잘하는 감시병의 대검 때문에 나는 소리쳐 격려하지 못했을 뿐이다.

내 방으로 돌아오자마자 아침 식판이 들어왔다. 큰 접시 안에 끓인 무, 빵, 버터와 설탕 등이 국물에 떠다녔다. 치료받지 못한 상처와 여러 군데의 찰과상 때문에 느끼는 만성적인 메스꺼움과 북한공산당놈들에게 절대로 협조하지 않겠다는 결의에서 오는 정신적인 고뇌가 맞물려 나는 그 식사를 쉽게 거부했다. 나에게 음식을 가져왔던 감시병은 모욕을 당한 듯 식판을 치우더니 돌아와서 나에게 대검을 들이대며 다시 심문을 받으러 가자고 했다.

이번 심문은 나를 새롭고 가장 불안한 사태에 직면하게 했다. 사시(斜視)의 고참 소령인 심문관은 책상 위에 몇 권의 서류철을 가지고 있었는데, 그 중 하나가 나의 근무기록철이었다. 세상에, 이런 일이. 내 서류함에서 꺼내서 바다로 던져버렸던 바로 그 기록철이 아닌가! 나는 모르는 척했지만 '사시 소령'이 그곳에 담긴 정보를 가지고 질문을 시작했을 때, 나는 아니라고 부인해봤자 소용이 없다는 걸 깨달았다. 나는 내 개인 서류철에서 나온 이 공문서가 파괴되지 않았다는 걸 알고 경악을 금치 못했지만, 동시에 그것이 군사비밀은 담고 있지 않다는 데 다소 위안이 되었다. 다만 나의 임관 일자, 내가 근무했던 함정, 보직, 이수한 군사학교 등등이 있었을 뿐이다. 그는 내가 잠수함 장교였다는 데 대해서는 특별한 평을 하지 않았으나 일리노이주의 글렌뷰에 있는 해군방첩학교에 다녔다는 사실에 특별한 관심을 보였다. 내가 방첩학교에 다녔다는 걸 시인하자, 사시 소령은 통역관을 통해 의기양양하게 소리쳤다.

"그건 네가 훈련을 받은 첩자라는 증거다! 방첩학교! 악명 높은 CIA의 일부!"

놈들이 집요하게 나를 CIA 요원이라고 비난했던 이유를 이제야 나는 좀 알 듯했지만 이전처럼 나는 놈들의 주장을 조목조목 부인했다.

"공식 문서상에 적혀있는데도 너는 그걸 부인하나?"

놈은 역정을 내며 나에게 소리 질렀다.

"나는 당신의 번역을 부인한다."고 응수하며 이미 주장했던 대로 항의를 시작했다. 즉, 우리는 평화롭게 해양자료조사와 태양흑점 관측 등을 수행하던 중에 공해상에서 불법적으로 해적질을 당했으니 내 배와 선원들의 즉각적인 석방을 요구했다.

예상대로 놈들은 매질과 발차기, 태권의 수도 공세를 퍼부었는데, 고참 소령놈은 격한 욕설과 악담을 해 대고, 통역관은 동시통역으로 내용을 전달했다.

"개자식! 범죄자! 저주받을 거짓말쟁이! 첩자새끼!"

다시 감방에 내동댕이쳐졌을 때, 나는 완전히 망가진 것 같은 느낌이었다. 푸에블로에서 마지막 잠을 설치면서 일어났던 때부터는 28시간이 지났고, 내 인생이 가장 처절한 곤궁에 빠져 고뇌를 시작했던지도 20시간이 되었으며, 거의 끊임없이 가해진 매질에다 맨 처음 북한군의 총질로 입었던 상처의 아픔까지 겹친 고통의 16시간이 지났다. 그런데도 놈들은 내 상처에 관해서는 아무것도 모른다. 왜냐하면 내가 북한 병원에서 치료받는다면 우리 승조원들과 격리될까 봐 두려워 상처에 관해서는 단 한 번도 말하지 않았기 때문이었다. 함께 있어야 지휘관으로서의 책임도 다 할 수 있다는 생각이 아직도 허망한 나의 집착이었다.

또 다른 걱정은 푸에블로 피랍으로 위태로워질지도 모르는 비밀문건의 보안 문제였다. 고참 소령놈이 나의 복무기록 일부를 가지고 있다는 사실에 나는 엄청 놀랐었다. 우리가 완전히 파괴하지 못한 데서 놈들이 또 어떤 비밀문건들을 건져냈을까? 나머지 승조원들은 어떻게 버티고 있을까? 중요한 미해군 정보 기밀을 머리에 가득 지니고 있는 점잖고 지성적인 스티븐 해리스 같은 친구는? 물고기 작전에 관해서 모든 걸 다 알고 있는 그 휘하의 감정에 예민한 통신특기병들은? 그리고 천진난만한 두 명의 필리핀 출신 아벨론과 알루아그는 우리의 임무에 관해서는 전혀 아는 게 없었지만 남한의 첩자라고 의심받지 않았나? 마지막으로 나는? 끊임없이 가해지는 매질이 나중엔 고문으로 이어질 것 같은데 내가 얼마나 오래 버틸 수 있을까? 이런 생각들로 나의 마음이 괴로웠는데 또 괴로운 고문으로 다가와서 나는 몸을 회복하거나 마음을 추스를 기회도 없이 곧바로 놈들과 대좌해야 했다.

내가 다시 감방에서 불려나왔을 때는 10시경이었다. 복도에는 내 휘하 장교들이 모두 열을 지어 있었다. 그들은 북한군놈들이 죄수들에게 강요하는 비열한 머리 숙인 자세를 취하고 있었다. 전에는 자유복을 입고 있었기 때문에 신분이 확인되지 않았던 에드 머피, 스티븐 해리스, 진 레이시, 팀 해리스 등 장교들이 모두 망라되어 있었다. 이들의 복무기록도 찾아냈을까? 말 한 마디 나누지 못하고 낙담한 우리는 한 줄로 서서 무장한 감시병들의 감시를 받으며 어디론가 끌려갔다.

대형 회의실에는 약 30명의 북한 군관들이 U자 형으로 준비된 테이블에 앉아 있었고 그 앞에 우리가 앉을 5개의 의자가 놓여 있었다. 거의 정식 재판소 같은 모습이었는데, 수석 판사는 멋진 군복을 입은 장군이 맡았고, 이놈은 줄담배를 피우며 은색 라이터를 만지작거리고 있었다. 그 옆에는 대령들과 기타 고위 군관들이 앉았는데 그중에서 흉터 대령과 사시 소령만을 내가 알아볼 수 있었다. 사시 소령은 한 시간 전에도 나를 들볶던 놈이었다. 통역관은 전날 저녁 푸에블로에 올라타고 이 구치소까지 우리와 함께 긴 여행을 한 그놈이었다. 우리와 마찬가지로 피곤할 터인데도 그는 지친 기색도 없이 외쳐댔다.

"너희는 차례로 일어서서 성명, 계급, 군번과 간첩선에서의 직책을 대고 신분을 밝힌다. 함장부터 시작한다! 즉시!"

우리는 요구받은 대로 각자 정확한 정보를 말해주었는데, 스킵 슈마허만 약간 얼버무리며 자신을 푸에블로에 탄 보병 중위라고 말했다.

우리의 답변에 관한 번역은 당연히 기록되었고, 곧 이어 장군이 스피치를 시작했는데, 연설이 점점 감정이 섞인 장광설로 바뀌니까 통역관이 따라잡느라고 애를 먹었다. 통역관은 미제국주의 침략자⋯ 도발⋯ 간첩행위⋯ 평화로운 북조선 인민공화국을 겁준다⋯는 등 단편적인 어휘만을 전달하고, 세계에서 가장 선진적인 사회체제를 발전시키려는 그들의 노력을 방해하고, 우리가 지겹도록 익히 알고 있는 공산주의자들의 슬로건과 마르크스주의자들의 상투어를 구역질이 날만큼 반복했다. 그 연설은 나에게 다음과 같은 질문을 던지고 끝났다.

"어째서 미국 정부는 5만 명의 미군을 남한 땅에 주둔시키고 있나? 이유를 대봐! 당장!"

나의 대답은 이랬다.

"남한 정부가 국방을 위해 우리의 도움을 요청할 필요가 있었기 때문이다. 그것이 이유다."

이때 나로부터 제일 가까이 앉아있던 대령 놈이 주먹으로 테이블을 치면서 북한 말로 악담을 퍼부었는데 청산유수처럼 말을 쏟아내는 바람에 통역관이 어리둥절할 정도였다. 그놈은 흥분해서 나를 육체적으로 공격하려고 카라테 폼을 취하면서 달려들려고 하자 장군이 제지시켰다. 그 대령 놈은 자제력을 회복하고 '장군 동무'로 하여금 회의 순서를 계속 진행하도록 했으며 장군은 이미 귀에 익은 내용을 단호하게 반복했다.

"너희들은 우리(북한과 미국) 사이에 평화시에 도발해온 범죄적 첩자요, 요원이니까 제네바 협약 하에서 대우받을 권리가 없다! 이곳에 끌려온 이유가 그건데 인정 안 하겠나? 대답해 봐!"

이 질문에 대해서 우리 각자의 대답을 요구했음으로 우리는 각자 그걸 부인했다. 장군 동무는 자신의 말을 우리에게 신중히, 정확히 통역해주라고 하면서 말을 이어갔다.

"그렇게 고집을 부리면, 오후에 전원 총살이다."

그는 흥분을 가라앉히느라 잠깐 멈추더니, 깊이 탄식을 하며 물었다.

"어떻게 해줄까? 각자 따로 총살? 아니면 모두 함께 총살?… 선택하라!"

나는 이렇게 외쳤다.

"나를 쏴라! 대신 장교들과 승조원들을 우리 배로 돌려보내고 고향으로 보내라."

"안 되네, 함장! 간첩질하는 걸 우리가 체포했으니 배는 이제 우리 것이야."

"너희들은 우리가 권리를 누릴 수 있는 국제 수역에서 우리를 나포했으므로… 제기랄! 너희들이 미국에 대해서 전쟁 행위를 자행한 것이다!"

"스파이 행위로 전쟁 행위를 자행한 것은 너다! 그러니 너는 오늘 오후에 총살이야!"

나에게 했던 이 말은 내 부하 장교들이 자백을 거부했을 때도 일일이 반복되어, "오늘 오후에 총살!"이란 말을 들었다. 그리고 나서 우리는 이곳에 올 때와 똑같은 방법으로 모두 함께 밖으로 끌려나갔다. 끌려나가면서 우리는 공산주의자들의 재판에 참석, 사형선고를 받는 게 아닌가 하고 생각했다.

우리끼리 사태에 관한 논의도 해볼 기회조차 없이 우리는 독방으로 신속히 격리 수용되고 말았다. 감방에 돌아온 지 얼마 안 되어 따뜻한 우유와 과자를 담은 쟁반이 들어왔다. 이것이 사형수의 마지막 식사일까? 아마 그럴지도 모르겠다. 그 장군놈은 임박한 처형에 관해 완전히 심각한 모습이었다. 그러나 어떻든 나는 먹을 것, 마실 것을 모두 거부했다. 초급 중위가 들어오더니 더듬거리는 영어로 갑자기 관심을 보이는 듯해서 나는 놀랐다.

"먹어두는 게 좋을 것이다. 그렇지 않으면 당신만 손해야!"

그는 웃음도 보이며 나를 격려하려는 듯했다. 그러나 그것도 잠시, 놈의 동료 하나가 더 효과적인 설득 방법으로 내 머리를 강타했다. 두 놈 중 아무도 내가 음식을 먹게 할 수는 없었다.

얼마 안 되어 나는 다시 감방에서 끌려 나와 복도를 걸어 내려가면서 내 생애는 이 공산당 감옥에서 끝나는구나 하고 생각했다. 그러나 이번엔 또 다른 심문을 위한 것이었는데, 이것이 나에겐 약간의 희망을 주었다. 왜냐하면 놈들이 계속 대화를 원하며 나의 식욕에 관심을 보이는 걸로 봐서 무언가 꿍꿍이속을 지니고 나를 당장 처형하지는 않을 것이기 때문이었다. 즉각 사형보다 더 나쁜 것일 수도 있겠지? 그런 암울한 생각이 깜박이는 불빛 같은 내 희망을 어둡게 했다. 그런데 지난번 심문 때에 나에게 덤벼들려 했던, 무섭게 흥분 잘하는 그 고참 대령 놈을 다시 만나게 된 것을 알고는 내 희망은 더 깜깜해졌다.

그 놈은 전혀 침착해지지 않았고, 주먹을 치고 발을 구르며 북한말로 목청껏 장광설을 늘어놓는 데도 제지시킬 장군 동무는 없었다. 통역관이 그놈의 몸짓, 목소리, 뜻을 따라잡으려는 모습이 딴 곳에서 벌어졌더라면 한 편의 폭소극(爆笑劇)이었을 것이다. 그러나 내가 당하는 상황에선 기괴할 정도로 두려운 것이었다. 내가 할 수 있는 일은 그놈의 연극을 움츠리지 않고 지켜보는 일 뿐이었는데 그러려면 그 대령 놈을 잘 분석하는 눈초리로만 가능할 것이었다. 그렇게 과장된 행동을 하려면 그놈은 신중한 연습을 통해서 그 격분한 몸짓을 연출했을 거란 생각이 떠올랐다. 그놈이 고함지르며 모욕주는 불경한 표현들은 모두 세심하게 외어두었을 것이다. 그놈은 고삐풀린 말처럼 날뛰었으나 실제로 이성을 잃은 건 아니었다고 나는 판단했다.

그놈의 무절제한 언행은 내면에 감춰둔 지성과 타고난 권위감과는 완전히 어울리지 않는 것이었다. 나는 지금 이 감옥에서 가장 영향력 있는 당국자와 대치하고 있다는 느낌을 받았으며, 그놈이 내가 정말로 간첩이라는 증거를 가지고 있다고 목청 높여 확신한다는 장광설을 다 마쳤을 때, 나는 조용히 그에게 물었다.

"내가 질문 하나 해도 되겠소?"

"하시오."

그놈은 색깔이 든 안경을 통해 반짝 기대를 하며 대답했다.

"부상당한 내 부하들은 어떻게 되고 있는 거요? 치료나 받고 있는 거요? 그들을 직접 만나 볼 수 있도록 선처를 부탁하오."

통역관의 통역을 듣고 왕고참 대령(이하 '왕 대령')은 실망한 굳은 표정을 짓더니 고개를 저으면서, 타자가 찍힌 종이 한 장을 내 쪽으로 밀어주었다.

"자백서에 서명하시오, 지금."

"아무 데도 서명 못 하오."

나는 읽지도 않고 그 종이를 밀어냈다. 나는 이 일로 또 다른 장시간의 폭발이 있을 거라 예상했다. 그러나 그놈은 단지 짧게 쏘아붙였다.

"그러면 협조를 거부한 책임을 져야 하오!"

대령 놈이 자리를 뜨고 제국주의자가 들어왔다. 서명을 거부한 결과는 감시병들에 의한 가장 심한 매질로 돌아왔는데, 감시병들이 나를 내 방으로 데려다 놓고 어찌나 세차게 때렸던지 나는 이쪽 벽에서 저쪽 벽으로 밀리다가 반쯤 의식을 차린 채 바닥에 쓰러지고 말았다. 그러나 놈들이 내 얼굴은 안 때린다는 걸 알았다. 나는 아직 살아 있다. 몇 분 후에 놈들이 다시 음식 쟁반을 가져와서 먹으라고 달랠 때, 놈들이 나를 싫든 좋든 간에 좀 더 살려두려고 한다는 것도 알았다.

나에 대한 다음 심문은 정오부터 13시 사이에 있었는데, 아침 일찍 감옥에 들어온 뒤 다섯 번째 심문이었다. 나는 북한 장군 놈이 나를 포함한 우리 장교들에게 그날 오후면 사형될 것이라고 말했던 그 음침한 콘크리트 회의장으로 들어갔다. 회의장은 다소 정리되어 있었고 소수의 통역 장교들과 무장한 감시병들, 그리고 고참인 사시 소령만 있었는데, 그가 기다란 테이블 뒤에서 회의를 주재하고 테이블 위에는 일견 푸에블로에서 가져온 것으로 보이는 서류들이 쌓여 있었다. 나는 그 테이블을 지나가면서도 서류들에 반응하지 않으려 했는데, 놈들은 내가 그 서류들을 쉽게 읽어볼 수 없는 곳의 의자에 강제로 앉혀 놓았다. 지난번 심문에서 그 성마른 고참 대령 놈이 우리가 간첩질을 했다는 증거를 대겠노라고 했던 말을 기억하는 나는 테이블에 모아놓은 서류의 양을 보고 충격을 받았다.

서류의 대부분은 내가 확인할 수 없었지만 눈을 크게 뜨고 보니 언제나 비밀문건에 찍히는 특별한 미해군 스탬프를 확인할 수 있었다. 많은 분량이 우리 배의 기술분야 서가에 있던 출판물 같았는데, 비밀 내용이 없는 기본자료이기를 바랐다. 그러나 나는 지난 달 진주만에서 이스트만 중령에게서 받았던 배너의 항해보고서가 있는 걸 확인하고 가슴이 철렁했다. 그것이 미해군 등에게는 별 것 아니라 해도 선박회사에게는 매우 중요한 것으로 우리에게 해로울 것 같아서였다. 나는 또한 '물고기 작전'에서의 푸에블로의 역할에 관한 나의 기록물이 있는 것도 보았는데, 스티븐 해리스가 관리하며 깨끗하게 타이핑해서 우리가 요코스카에 복귀하자마자 관련 정보기관들에 다량으로 분배하기로 되어있던 것이었다.

처음 그걸 보았을 때 나는 재앙이 곧 닥쳐오겠구나 하는 생각을 했다. 나는 그 속에 내가 기록했던 부분을 재빨리 회상했다. 단조로운 항해 중에 만난 악천후와, 극심한 빙판이 만들어지는 상황, 난센 채수 등의 관측들이 흥미로웠고, 외롭게 폭풍을 이겨내며 항해하면서 만났던 전혀 무관한 상선과 트롤선 등을 촬영했던 사실 등이었다.

혹시라도 이것들이 우리가 보통의 해양자료조사선박이었다는 우리의 주장에 보탬이 될지도 몰랐다. 분명히 우리가 북한 영해를 침입했다거나 북한 영토에 간첩을 상륙시켰다는 것을 제시해줄 증거는 아무것도 없었다. 그런데도 우리가 파괴하지 못한 이 서류들을 확보했다는 것은 북한군이 우리를 겁주는 데 쓸 수 있고, 특히 사시 소령은 그걸 교묘하게 악용하려고 했다. 놈은 서류 다발 속에서 아무런 문건이나 집어 들고, 내용은 못 보도록 조심스레 내 얼굴 앞에 흔들어대면서 물었다.

"이것들이 공식 미해군 서류요?"

"분명 그렇소. 우리 배는 공해상에서 운영하던 공식적인 미군 선박이오."

"이 서류들이 간첩질을 하고 있었다는 걸 증명하는 데도 당신은 부인하는 건가?"

서류 중 한 곳에 나의 서명이 되어있는 것을 힐끗 보고, 나는 이렇게 말했다.

"이것들은 내가 공해상에서 해양자료조사를 하면서 우연히 수집한 정보에 지나지 않는다. 완전 합법적인 것이다."

"아, 그렇다면 동무는 이 자백서에 서명하시오."

놈은 우리의 서류를 자기네 서류와 바꿔치기를 했는데, 내가 본 바꾼 문건은 왕 대령이 그날 아침 일찍 나에게 내보였던 것과 똑같은 타자를 친 자백서였다.

이번엔 그것을 볼 수 있는 기회가 생겼는데, 부자연스러운 영어-북한어 문장 중에서 북한을 새로운 전쟁에 끌어들이려는 CIA에 내가 관련되어 있다는 특정 대목이 눈에 띄었다. 그리고 이번 이 악명 높은 임무에 성공하게 되면 나와 내 가족에게 커다란 보상을 약속했다는 대목도 있었다. 내가 만일 이처럼 심하게 매질을 당하고 육체적, 정신적으로 피로에 지치지 않았더라면 이것이 그 때, 그 장소에서 내가 서명을 했어야 할 자백이었음을 깨달았다. 북한놈들이 푸에블로에 대한 해적행위를 정당화하려고 그것을 세상에

288

공표했더라면 그걸로 북한놈들은 완전히 우스꽝스럽게 되었을 것이다. 그러나 실제로 나는 완강하게 서명을 거부하며 외쳤다.

"이건 쓰레기에 지나지 않는다. 내가 그러한 자백을 했다는 걸 보여줄 증거가 없지않나."

나는 고통스러운 질문 공세, 아니면 적어도 통역관 놈들의 이상할 정도로 덧칠한 언어적 남용행위에도 감연히 맞섰다. 그러나 사시 소령은 교묘하게 다른 서류를 바꿔들고, 분명히 나의 진본 기록 보고서를 내 앞에서 흔들어 보였다.

"동무는 이 문서의 진실을 부인하나?"

놈은 의심하듯 물었다.

"아니, 부인하지 않는다."

나는 대꾸했다.

"거기에 적혀있는 대로 우리는 부여받은 임무인 해양자료조사와, 공해상에서 보이는 물건들을 관측했을 뿐이고, 그것이 전부다. 그게 다요!"

"모두 거짓말, 개자식! 우리는 동무가 제국주의적 자본주의 거짓말쟁이며 첩자라는 걸 알고 있다!"

통역관은 놈들이 애용하는 것으로 보이는 흔해빠진 영어 욕설을 수차례 침을 튀기며 반복했다.

"써너브비치!"

사시 소령은 나를 데리고 나가라고 명령했고, 나는 내가 좀 이겼다는 느낌으로 자리를 떴다. 그러나 탁자 위에 가득한 증거물을 승조원들에게 보여줄 터라 그에 대한 걱정은 떠나질 않았다. 나는 내가 이겨냈던 것처럼 우리 승조원들도 절대로 놈들에게 지지 않기를 빌었다.

나는 3층의 내 콘크리트 방으로 다시 끌려와서 음식을 먹도록 유혹하는 몇 명의 위병을 만났는데 이놈들은 아주 기초적인 한국식 영어로 나를 꾀려고 했다. 그래도 이번엔 폭력도 사용하지 않고 상당한 자유시간을 나에게 허락했다. 그러나 몸을 좀 회복하겠지 하는 나의 예상도 방 밖 어디에선가 들려오는 약하지만 뚜렷한 신음 소리 때문에 망가지고 말았다. 그 낮은 신음 소리에 나는 먹을 수도, 침대에 누울 수도, 의자에 앉을 수도 없었다.

"내 부하들을 때리지 마라, 이 자식들아! 때리지 말고 우리를 여기서 내보내라!"

그 신음소리에 무의식적으로 나는 이렇게 소리치며 간절히 기도했다.

"하느님, 내가 여기서 버텨내도록 도와주소서. 내 부하들에게도 버틸수 있는 힘을…"

그날 오후에는 한 번만 심문이 있었다. 내 복무기록을 이용해서 놈들이 질문을 던지고 내가 답변하는 가운데, 나는 CIC에 관한 놈들의 해석에 대해서만 반대하고 나머지는 하나도 부인하지 않았다. 내가 다시 독방으로 돌아왔을 때, 콘크리트 건물의 먼쪽에서 신음 소리가 들려왔다. 그 신음 소리가 내 의지를 꺾으려고 연출된 효과음이 아닐까 하는 엉뚱한 생각도 하며 마음을 다잡으려 했다. 두 시간 정도 나에게 매질을 안 했으니 놈들은 내 부하들에게도 매질은 안 했겠지. 그러나 그 때, 나는 신음 소리 하나가 에드 머피의 것임을 확신했다. 복도에서의 흔한 몸싸움, 문이 열리고 닫치는 소리들은 내 부하들이 차례로 심한 고통을 겪고 있다는 걸 분명히 알려주었다.

나의 무력감이 악성 암덩어리처럼 내 가슴을 갉아먹었다. 또한 추위와 좌절감으로 인해 몸이 떨려왔다. 기도도 하고, 저주도 했다. 그러는 동안 덧댄 창문으로 스며들던 희미한 햇빛 조각들도 점차 사라지고 깜깜한 북한의 겨울 밤이 되었다. 우리 제5공군 제트기들이 복수하려고 다가오는 소리는 조금도 들리지 않고 조용히 또 한 번 어둠의 장막이 내렸다. 도대체 미국은 어째서 복수를 안 하는 걸까? 적어도 원산을 박살내고도 우리가 이곳 평양에 와있는 걸 모르던가 아니면 이 감옥의 위치를 모를 수도 있겠지.

저녁 8시쯤 되었을 때, 나의 심문 차례가 왔다. 내 방에서 끌려 나와 아래 층으로 내려가 왕 대령이 기다리는 칙칙한 방으로 들어갔더니, 두 명의 통역 군관과 몇 명의 무장한 감시병들도 있었는데 감시병들은 자동소총에 착검을 하고 있었다. 왕 대령은 보통의 목제 책상 뒤에 앉아 있었는데 그가 입은 화려한 재질의 무거운 외투와 털모자와는 대조적이었다. 외투와 털모자는 감옥의 습하고 끈적끈적한 벽을 통해 스며드는 한기를 막으려는 듯 줄곧 입고 있었다. 이상한 것은 멋들어진 민간인 구두를 신은 것. 놈은 온화하고 유쾌하게 수다를 떠는 스타일로 나에게 설명조로, 북한은 평화만을 바라며 세계 평화가 보전되려면 내가 자백서에 서명을 하는 게 절대적으로 필요하다고 말했다. 그러면서 그날 내가 두 번이나 보았던 타자 친 종이쪽을 내밀었지만, 이번엔 추가로 유인 조건을 덧 붙였다.

"서명을 하시오. 그러면 우리 사이에 더 이상 불쾌한 일 없이 모두 귀향하게 될 것이오."

그 유혹은 대단한 것이었지만 나는 앞에서 내가 말했던 이유와 항의 내용을 반복하며 거부했다. 그랬더니 놈이 물었다.

"우리 나라를 첩자질하려고 당신 배에 싣고 있던 물자들을 부인하시는 군. 게다가 평화를 애호하는 북조선 인민들을 또 다른 조국해방전선으로 몰고가려는 걸 부인해?"

"나도 당신들이 우리 배에서 탈취해 간 문서들을 보았소. 그중에는 내가 직접 평을 써 놓은 서술식 일지도 있으니, 아마 당신들도 그 내용을 다 알고 있을 거요."

나는 서술식 일지에 대한 놈의 의구심을 더 북돋으려 했지만, 자백서라는

데 서명하라고 나를 몇 차례 더 설득하려 하더니, 태도를 돌변하며 놈은 그 날 오전에 사용했던 폭력적인 언사로 되돌아갔다. 얼음장 같은 작은 방의 벽이 놈의 맹렬한 모욕적인 언사로 진동을 했고 놈이 나무 책상을 쾅 내리치자 튀어오를 듯 흔들렸다. 놈은 당당하고 미남형 군인이라는 점 말고도 정말 배우 같았다. 그래서 연기를 하는 걸까? 연기가 절정에 이르자 이렇게 외쳤다.

"동무한테 서명 결심할 시간을 딱 2분 주겠다. 개자식! 아니면 사형이다!"

두 명의 하급 군관들이 나를 의자에서 끌어내 벽을 향해 무릎을 꿇도록 했다. 권총을 빼어든 한 놈이 내 귓가에 총을 대며 격발 준비를 했다.

"2분 안에 결정해. 아니면 총살이다!"

왕 대령 놈은 반복해 소리질렀으며 목소리도 갑자기 냉냉해졌다.

나도 그 때 스스로 죽을 준비가 되어 있었다. 온갖 육체적 고통으로 인해 더 이상의 고문을 견뎌낼 수 없으니 이제 죽음을 기다릴 수밖에. 그러나 그 2분이 순수 테러 같은 고통스러운 긴장의 순간이 되어 나는 마룻바닥에 쓰러지지만 않았을 뿐, 거듭 "사랑해요 로즈… 사랑해 로즈…."를 되뇌었다.

내 앞에 북한군 중위 한 놈이 서 있었는데, 시간이 다 되었던지 물러서라는 명령을 받고 옆으로 비켜서서 내 머리를 관통할 총탄이 그 중위를 맞추지 않도록 했다. 그 때, 왕 대령이 쉰 목소리로 뭔가 말을 했는데, 통역관은 "서명할 거야?"라고 통역을 했다.

나는 머리를 저어 거부하면서 마지막으로 속삭였다,

"사랑해요, 로즈…."

"그 개새끼 죽여버려라!"

용감하게 맞딱드리려 했던, 예상되었던 폭발음과 함께 부서지기 쉬운 금속성 소리가 내 몸에 와 닿았다.

대령 놈은 통역이 필요 없을 정도로 놀랍다고 외쳤다.

"이런! 불발이었네. 매우 운이 좋군. 그러면 다시 2분이다. 행운을 기대하지 않고 자백할 수 있는 마지막 기회다!"

권총은 아직도 내 머리 뒤에 멈춰 있었으나 약실에 새 탄알을 장전하려고 노리쇠를 후퇴시켰을 때 불발탄이 마루에 떨어져야 했는데, 떨어지는 소리를 나는 못 들었다. 충격을 받은 상태에서도 나는 권총이 장전되지 않았었다는 걸 깨닫게 되었고, 놈들은 나에게 해묵은 심문 방식을 사용했음을 알았다. 그래서 다음 2분을 기다리는 긴장감은 견디기가 훨씬 쉬웠으며, 놈들이 화를 내도 집요하게 협조를 거부할 수 있었다. 나를 총살하려던 놈은 연신 방아쇠를 딸깍거렸지만, 왕 대령 놈은 새로운 위협 방식을 들고 나왔다.

"동무에게는 총알 한 발도 아깝다. 저놈을 쳐 죽여라!"

이번엔 정말인 것 같았다. 대령 놈만 빼놓고 모두 나에게 달려들어 발로 차고, 손으로 치고, 개머리판으로 때렸다. 명치 부근, 잘룩한 허리 부분, 고환까지 잠시도 그치지 않고 방구석 곳곳을 따라다니며 나에게 폭력을 휘둘렀다. 하체 부분을 방어하려 하면 목과 머리를 때리고 머리와 몸을 감싸면 가랑이와 신장을 가격했다. 내가 비명을 질러도 욕설을 퍼부어 안들리게 했고, 연속 매질을 해대서 나는 헛구역질에 숨을 헐떡이게 된 데다 마치 광란의 정신장애아들의 손에 든 넝마 인형처럼 매를 맞으며 이리저리 던져지는 신세가 되었다. 그러다가 다행히도 나는 정신을 잃고 말았다.

그 후 나는 침대 위에 내던져졌고 혼자서 의식을 되찾았다. 눈을 떠보니 천장에 매달렸던 전등이 기이한 샹들리에로 바뀌어 붉은빛이 도는 노란 안개 속에 빛나고 있었다. 의식이 돌아오니까 통증도 함께 찾아와 뼈와 찢어진 살이 불같이 쑤셨는데, 그중에서도 신장과 고환 주위의 통증이 특히 심했다. 비교적 얼굴 부위만 아프지 않았는데, 놈들은 내가 심하게 두들겨 맞은 것처럼 보이지 않게 하기 위해 의도적으로 얼굴 가격은 피했던 듯하다. 다행히

뼈는 부러지지 않아서, 침대에서 굴러떨어졌을 때 나는 비틀거리며 문간으로 다가가서 두들기며, "Benjo! Benjo!(변소, 변소)"라고 쉰 목소리로 외칠 수가 있었다.

감시병이 나를 내놓아주고 감싸줘서 복도 끝에 있는 화장실로 비틀거리며 걸어가 신장에 가해진 견디기 어려운 압박감을 풀었다. 불결한 소변통에 소변을 보았더니, 나온 건 피뿐이었다. 통증은 줄어들지 않았지만 할 수 있는 일은 아픈 몸을 끌며 방으로 되돌아오는 것뿐. 그래도 내 몸속에는 약간의 투쟁심이 남아 있었던지, 북한 죄수식으로 머리를 숙이고 밀짚 걸음을 하라고 강요받았을 때, 나는 도발적으로 감시병을 밀어버렸다. 놈이 고함을 지르며 명령을 하자, 나도 사나운 목소리로 "자식아, 내버려 둬!"라고 소리 질렀다.

놈들은 타박상과 깊은 상처가 뻣뻣해져서 거의 마비 상태가 된 몸으로 내가 테이블 옆 의자에 털썩 주저앉아 30여 분간 홀로 있게 하더니, 이빨과 늘어진 볼따귀로 보아 악한 다람쥐같이 생긴 옹골찬 작은 대위 한 놈이 권총을 빼 든 채 내 앞에 나타나 소릴 질렀다.

"일어나! 당장 나와! 빨리 움직여!"

나는 명령에 따라 움직일 수밖에 없었다. 나를 감시하라는 '다람쥐'의 지시를 받은 두 명의 북한군 병사는 나를 억제하기보다는 도울 필요가 있다는 걸 알고 함께 긴 계단참을 내려와 1층에 닿았다. 거기엔 왕 대령이 기다리고 있었는데, 맞춤 군복을 입었던지 맵시있고 말쑥해 보였다. 놈은 싸늘한 태도로 재떨이에 담뱃재를 터는데 통역관이 거의 변명조로 나에게 말했다.

"우리나라에서 간첩들을 어떻게 대우하는지 보여주겠소!"

그리고 나서 통역관은 옆으로 비켜서서 내가 건물 측면 입구를 통해 끌려 나오게 했다. 영하의 밤공기가 세차게 불어와 식은땀이 얼 정도여서 서둘러

차 안에 들어가 한기를 막았다. 차는 일종의 컨버터블 지휘차량이었다. 플라스틱 창문은 가려져 있었고, 앞좌석과 뒷좌석은 불투명한 스크린으로 막혀 있었다. 나는 뒷좌석에서 누빈 옷을 입은 감시병들 사이에 끼어 앉아서, 운전병이 엔진 시동을 걸고 전진 기어에 놓고 움직이기 시작할 때까지 어디로 가는 줄도 몰랐다.

차는 구불구불하고 거친 시골길을 달리는 것처럼 10분 동안 수도 없이 덜컹거리며 굽이를 돌았다. 나는 어림짐작으로 이놈들이 나를 혼란시키기 위해 감옥 막사 주위를 돌고 있는지도 모른다는 생각을 했다. 여하튼 차가 멈춰섰고, 나는 우리가 투옥된 감옥과 매우 흡사한 시멘트 건물 안으로 끌려들어갔다. 그러나 다른 점이 있다면 이곳에서는 이층이 아닌 음침한 지하 구역으로 나를 끌고 갔다는 것이다.

나는 천장 가까이에 붙은 작은 여닫이 창이 있는 삭막한 방으로 들어갔다. 한 쌍의 강렬한 조명등이 회색빛 벽을 집중해 비추는데, 바로 거기엔 한 인간이 시멘트 바닥 위 약 6피트 높이의 콘크리트에 박혀있는 쇠고리에 연결된 가죽끈에 가슴이 묶인 채 매달려 있었다. 그 사람은 간신히 목숨은 붙어있었으나 허리까지 옷이 벗겨져 있어서 상반신을 덮은 검은 맷자국들이 뚜렷이 보였으며, 찢겨진 살을 뚫고 나온 뾰족뾰족한 뼈조각들과 함께 축 늘어진 팔의 복합골절도 보였다. 얼굴은 연한 과육 같아서 거기서 눈알 한 개가 빠져나와 뺨에서 굳어가는 검은 분비물 속에 묻혀 있었다. 처참하게 망가진 가엾은 사람을 보고 충격을 받은 나는 혹시 그가 나의 부하 중 한 사람이 아닐까 생각하며 경악했으나 통역관 하나가 이렇게 말해주었다.

"이건 우리가 잡은 남조선 간첩이다! 그 놈이 받은 정당한 형벌을 보라!"

나는 처참한 고문으로 얼룩진 그의 몸에서 눈을 뗄 수가 없었다. 찢기고 매질 당한 몸을 보며 그가 정말 한국인이었음을 알았으나, 내가 그 사연을 알았을 때 충격은 더 커져서 극도의 혐오감으로 압도되고 말았다. 그건 나에게 일종의 정신적 상실감을 안겨주었는데, 이를테면 사람이 무서운 악몽을 꾸면서 의식적으로 완전히 믿을 수 없는 경험과 싸우면서 정상 상태로 깨어나려 바둥거려보지만 할 수 없는 것과 같았다! 주검에 이른 그 남한 사람은 바로 내 눈 앞에서 피를 흘리며, 버둥거리며 찢긴 입에선 거품을 내며 거기 매달려 있었다. 악명 높은 고문 기술을 자랑하며 그를 고문하는 놈들의 목소리가 내 귓가를 쟁하니 울렸다. 나는 고함을 지르려 했지만 내 성대도 꿈처럼 뇌의 통제력으로부터 단절되었던 것 같았다.

그 뒤로 나는 어떻게 돌아왔는지 기억도 나지 않은 채 감방에 돌아왔다. 아마도 그 고문실에서 끌려나와 지휘 차량에 내팽개쳐진 채, 왕 대령의 관리 하에 다시 돌아오게 되지 않았을까 생각했다. 나의 상실감이 점차 사라져 혼미한 상태가 되었을 때, 유령처럼 된 그 남한 사람의 빠진 눈알을 통해 왕 대령의 얼굴이 나타나며, 놈의 축 처진 이글거리는 눈이 채색된 안경을 통해 나를 노려보고 있었다.

"자, 이제 우리가 간첩 취급하는 방법을 동무가 직접 눈으로 확인했을 터."라고 통역관을 통해 놈은 나에게 상기시켰다.

"동무는 자백 거부를 재고하겠지?"

고집스럽게도 나는 고개를 저었다.

"우리는 장난하는 게 아니야. 우리의 인내심이 지속될 수 없다는 걸 동무는 알아야 해."

왕 대령은 신중한 어조로 말을 이어갔다.

"동무는 다른 승조원들의 목숨도 책임져야 한다는 걸 확실히 알아야 해."

놈의 그 말이 내 민감한 심금을 울려 내 의식이 완전히 되돌아오게 했다.

"그렇소, 내 책임이란 걸 알고 있소."

나는 퉁명스레 대꾸했다.

"그러나 당신은 이곳에서 벌어지는 모든 일에 책임을 져야 하오. 부상당한 내 부하들을 돌봐주지 않은 만행에 책임을 져야 하고, 또한 내 부하 하나를 살해한 책임도 있소."

더듬거리며 불분명한 발음으로 비난을 퍼부운 내 말을 통역관이 완벽하게 번역했는지는 모르지만, 대령 놈은 내 말의 요지를 알아차렸던지 부하들에게 몸짓으로 명령하여 나에게 대들게 했다. 나는 매를 맞고 의자에서 떨어지고, 발로 채여 마루 맞은 편 벽에 부딪혀 튕겨 나왔다. 그러나 놈은 매질보단 말하는 쪽이 좋았던지 감시병들에게 재빨리 명령을 내려 나를 끌어다 다시 의자에 앉히고 부축하라고 했다.

"동무는 솔직해야 해. 동무는 부하들이 관대하게 인간적인 대우를 받기 원한다면 그 증거로 여기 자백서에 서명해야 해. 증거는 완벽해. 왜 서명하지 않는 거지?"

"그 자백서는 우리 나라에 관한 거짓말로 가득찼기 때문이오."

나는 숨을 헐떡이면서 말했다.

"세계는 미제국주의 전쟁 광기를 알아야 해."

놈의 목소리에는 선동기가 가득했다. 놈은 북한의 해적행위를 정당화하기 위한 나의 자백을 반드시 받아내야 한다고 내게 경고를 보낸 것이다.

"아니오, 나는 서명하지 않겠소."

"한 번 두고 보지!"

놈은 화가 나서, 이전과는 아주 다른 확신에 찬 모습으로 나에게 쏘아 붙였다.

"우리는 지금부터 동무의 부하들을 총살하겠소. 한 번에 한 명씩 동무의 눈 앞에서 부하들의 죽는 모습을 직접 보도록. 어린 놈부터 시작해서 동무가 서명할 때까지 모두 쏴 죽일 거다. 부하들이 모두 죽었는데도 서명하지 않는다면 내겐 또 다른 방법이 있다. 때문에 부하들은 무의미한 죽음을 당하는 꼴이지. 바로 이 점이 동무가 부하들의 목숨에 책임을 진다는 거야. 동무는 솔직하지 못해. 그러면 블랜드부터 불러들여 총살한다."

놈은 명단을 손에 들고 이름을 불렀다. 감시병 한 놈이 밖으로 나가, 아마도 기관병 블랜드를 데리러 갔나본데, 나는 그가 가장 어린 승조원인지 기억을 못했지만 20세를 넘지 않은 젊은이 정도로 알고 있었다. 이 버러지 같은 놈들이 내 눈 앞에서 감히 그를 처단할 것인가? 복합골절상에 눈이 먼 상태, 수십군데 타박상을 입고 끈에 매달려 있던 고문당한 그 남한 사람의 모습이 이 방의 벽에 꽉 차, 무섭도록 생생한 현실로 다시 떠올랐다. 그렇지! 이 부류의 정치 동물들은 자기 동족의 생사에 전혀 관심을 두지 않았다. 하물며 공포감으로 휘둥그레진 눈을 가진 미국인쯤이야!

놈들은 간신히 문명의 탈을 쓴 만들어진 동물에 지나지 않았다. 나는 뻔뻔한 거짓과 선전용어 밖에 담지 않은 휴지 조각 같은 데에 서명하란다고 블랜드의 목숨을 놈들의 처분에 맡긴다는 것은 상상조차 할 수 없었다. 이러한 난처한 경우는 내가 미해군장교로서, 한 배의 지휘관으로서, 동료애에 깊이 밴 한 인간으로서, 내가 받은 교육 훈련으론 감당할 수 없는 것이었다. 그래서 나는 최대한 저항을 해왔으나 이제는 완전 이질적인 야만성에 항복할 수밖엔 다른 방법이 없었다. 나는 결심을 했다.

"그래…. 내가 서명을 하지."

왕 대령은 움칫하고 놀래며 뱀같이 쉿 소리를 내고는 내 손을 향해 펜을 내밀었다. 동시에 내가 놈의 책상 쪽으로 몸을 기울여 종이쪽 맨 밑에 떨리는 손으로 서명을 휘갈길 적에 도와주도록 졸개들에게 열심히 지시했다. 나는 놈이 승리했다고 안도하는 것을 느낄 수 있었으며, 동시에 놈은 갑자기 나의 건강에 관심을 두는 듯했다. 나를 부축해 내 방으로 돌려보내고는 따뜻한 우유, 과자, 사과 한 개, 삶은 달걀 한 개를 담은 쟁반을 보냈다. 나는 그 쟁반을 응시했다. 입맛은 당겼지만 먹을 수는 없었다.

정서적으로 너무 뒤틀리고 육체적으로도 너무 망가져 있었기 때문에 나는 침대에 누워도 잠을 잘 수가 없었다. 딱딱하고 곰팡이 냄새가 나는 매트리스 위에서 어떤 자세를 취하든지 한 쪽 타박상 자리가 쑤셔서 자세를 바꾸면 다른 쪽 맞은 자리가 쑤셔댔다. 그렇다고 아무리 무감각한 피로 상태에 빠져들고 싶어도 마음에 입은 상처는 계속 고통스러웠다.

나에게 보여준 비밀 문건 말고도 얼마나 더 많은 비밀들을 북한공산당 놈들이 노획했을까? 매질과 협박을 받으면서 나 말고 누가 또 굴복 했을까? 나는 미국이 나의 자백서라는 것이 협박을 받으며 거짓으로 작성되었다는 걸 간파할 것인가 반신반의했다. 어째서 미국은 보복이나 구조 노력을 보여주지 않았을까? 미국이 우리를 포기한 것일까? 미국이 우리를 모른다고 부인해 버렸을까? 북한공산당 놈들이 필요한 정보를 우리에게서 모두 빼낸 뒤에는 우리를 고국으로 보내줄 것인가? 아니면 이 감옥에서 무기한 머물게 할 것인가? 우리를 모두 죽일까? 하느님, 내 아내와 두 아들은 어떻게 되나요… 나는 태평양 너머로 로즈에게 전화를 걸어 걱정 말라고 얘기하고 싶었고, 살아서 돌아가겠노라고 말하고, 그동안에 아내도 꿋꿋이 살아가도록 말해주고 싶었다. 아내를 부여안고 위로하고, 나도 부축받으며 위로를 받길 바랐다.

스스로의 연민은 곧 자책으로 바뀌어버렸다. 어쩌다가 나와 내 동료들이 이러한 저주받을 구렁텅이에 빠졌단 말인가? 우리 해군의 어떤 멍청할 정도로 태만한 사람들이 책임을 져야 할 건가? 털끝만치의 사전 경고도 없이, 상황에 적절히 대처할 교육훈련이나 장비도 없이 내가 실수로 이런 곤경에 처하도록 허락한 책임을? 그들은 내가 말한 의구심에 귀도 기울이지 않았고 파괴 장비, 침몰 장비, 효과적인 무장 등에 대한 요구도 거부했으며, 푸에블로에 넘쳐나는 비밀문건을 적절히 줄여달라는 요구도 거부하고 말았었다.

내가 반복적으로 들었던 말은 '최소의 위험뿐이니 걱정하지 말라'는 것이었다. 6척의 북한공산군 함정과 두 대의 미그기와 대치하면서 공격을 받고 나포되던 몇 시간 동안에도 나는 주일미해군사령부에 상황보고를 했으며 내가 취한 조치에 관해서도 보고한 바 있다. 특별한 명령 조치를 받지 못해 나는 그것을 나의 조치에 대한 암묵적인 승인으로 받아들여야 했다. 왜냐하면 '긴급 통화 중, 모든 관계관 비상'이라는 직통 전화 시간보다 더 많은 충분한 시간을 사령부 사람들에게 주었었기 때문이었다.

한편 '최소한의 위험'으로 평가되었던 나의 임무는 갑자기 재앙으로 바뀌고 말았다. 수병 한 명이 사망하고 몇 명이 부상당하고, 우리 함정과 승조원 전원이 포로가 되었다. 어째서 절대로 일어날 수 없는 이런 일이 어떻게 나에게 일어났는가? 모든 제독들이 저쪽에서 안전하게 나의 고난에 관한 보고를 듣고 있는 가운데, 나는 더 높은 고위층에게도 비애를 담은 책망의 기도를 드렸다.

"어째서 나입니까? 어째서 나입니까, 오, 하느님!"

하느님의 응답은 내 양심 속에 약하게 승화된 메시지로 들려왔다.

"그대의 책임이다! 이것은 자네를 시험함이며 시련이야!"

그러나 나는 이미 하느님의 시험에 실패한 것 아닌가? 나의 배는 거의 온전하게 적의 수중에 떨어졌고, 설상가상으로 우리의 일부 비밀도 놈들에게 넘어갔다. 임무 수행 중에 1명이 사망했고, 지금쯤 사망자가 더 나올 수도 있다. 일부는 부상을 치료받지 못해 죽거나 아니면 야만인들에게 맞아 죽었을 수도 있다. 아마도 다 죽고, 부분적인 자백을 했기 때문에 나만 살아남았다면…. 아마 놈들은 나에게서 사실이든, 상상이든, 애타게 조금씩 조금씩 마지막 한 개의 비밀이라도 캐내려는 계획을 세우고 있을지도 모른다. 놈들은 내가 버틸 수 있는 정신적, 육체적 한계가 있음을 나에게 이미 보여준 바도 있다. 우스꽝스럽게 만들어낸 자백서보다 나의 조국에 더 해로운 어떤 것을 넘겨주기 전에, 소련의 정보 전문가들이 현장에 도착해서 북한군의 조잡한 방법을 보충하기 전에 내가 죽는 것이 더 나으리란 무서운 생각이 나를 엄습했다.

자살 행위는 나의 종교관에도, 또 인간으로서의 내 성격에도 부합되지 않았지만 이 순간의 엄청난 스트레스 속에서는 나 자신의 명예와 나에 대한 조국의 신망을 지키기 위한 마지막 수단으로써 용서받을 수 있을 것 같았다. 나에게는 자살을 결행할 무기도 없다. 벽에다 머리를 들이박기에도 나는 너무 나약했다. 창문의 유리를 이용해 핏줄을 끊으려 해도 덧댄 종이 때문에 떼어내기가 어려울 거고, 종이를 떼고 유리 조각을 깨는 소리가 나면 문밖에 서성거리는 감시병 놈들이 달려들 것이다. 남은 한 가지 방법은 내 방 한구석에 놓인 물 양동이를 이용하는 것이다. 일단 사람이 죽기로 작정하면 물에 빠져 죽는 것이 괜찮은 방법이란 말을 들어본 적도 있다.

그러나 양동이에 빠져 죽는 일이 가능할까? 필사적으로 실행해보고 싶었지만 곧 불가능하다는 걸 알았다. 우선 양동이의 물이 대부분 비워져 있었으며, 또 다른 문제는 방이 엄청 추워서 남은 물도 얇게 얼어있으니 그걸 깨뜨려도 영하의 물이 나를 화들짝 놀래줘 정신을 다시 차리게 할 것이다. 따라서 자살은 불가능할 뿐만 아니라 옳은 일도 아니었다. 나는 버티고 살아야 하며, 해야 할 일은 뭐든지 하면서 살아남아야 했다.

나는 마침내 의자에 털썩 주저앉았다. 머리는 테이블에 대고 의식이 희미한 무감각한 상태에 빠져서 새벽 3시부터 5시 사이의 두 시간을 보냈는데, 그때 초급 군관인 중위가 내 방에 들어와 흔들어 깨웠다.

"동무는 대담하러 나와야 한다!"

놈의 흔한 인사말이었다.

"개새끼! 거짓말 말고 솔직하라구. 자, 가자!"

나는 강압에 못 이겨 자백서에 서명했기 때문에 왕 대령이 한동안 나를 혼자 내버려 둘 거란 희망을 품었지만, 밤새껏 자백서가 완벽한가에 관해 다시 생각해보았거나 아니면 나를 꾀어 이미 서명을 마친 아래쪽에 더 많은 내용을 캐내어 담고자 했던 모양이었다. 놈은 심문실에서 나를 기다리고 있었다. 이른 아침이었음에도 놈은 말쑥한 군복 차림에 의도적으로 적극적이며 민첩해 보였다. 잘 쉬었냐고 나에게 묻고는 내가 간첩행위를 인정했다는 내용에는 만족하나 실제로 북한의 영해 침범 문제를 특별히 자백서에 포함해야 한다고 설명했다. 나는 피곤할 정도로 그걸 부인했으며 우리가 공격을 받고 있다며 SOS를 보낼 때, 이미 미해군에 우리의 위치를 보고했다는 점을 들었다.

그랬더니 놈은 말을 더듬으며 쌕쌕거리는 통역관을 통하여 이렇게 응답했다.

"음, 그건 동무가 공격을 받았던 그 수역을 뜻하는 게 아니오. 동무가 우리를 따라 원산으로 향했던 곳, 그렇지 않소?"

"그렇소, 따라가면서 이의를 제기했고."

"그렇다면 우리가 어디에서 동무의 배에 올라탔소?"

"어디였는지 정확하게는 모르오."

"그러나 우리가 동무의 배에 오를 때, 동무는 우리의 12마일 영해선 안에 있었다고 판단하지 않소?"

"약 10마일 떨어진 곳에서 내가 섬들을 알아보았으니 당신네 12마일 영해 안에 있었다고 생각하지만…."

"그렇소, 동무가 할 말은 바로 그거요!"

놈은 달려들었다.

"동무가 그 선 안에 있었으니까 우리의 영해 안에서 배를 나포한 거요."

내가 멍한 상태로 그놈의 함정을 빠져나가려고 논리를 펼 때, 놈의 안경 너머로 분노에 찬 눈이 보였다. 놈은 날카롭게 그 전날 내가 했던 일을 상기시키면서 이렇게 덧붙였다.

"동무의 부하들은 엊저녁처럼 지금도 어찌 될지 모르는 취약한 상태요."

그래서 나는 이미 몇 차례에 걸쳐 주일미해군사령부에 작전보고서를 보낸 바가 있기 때문에 미해군이 이것도 강압하에 인정한 점이란 걸 알 수 있을 거라 확신하면서, 놈들의 영해에서 놈들이 우리 배에 올랐다는 주장에 동의했다. 놈은 추가된 내용을 삽입하라고 지시한 뒤 아주 만족한 듯 나를 내 방으로 돌려보냈다.

그러나 왕 대령의 만족감은 오래가지 않고 잠시 뒤에 나를 다시 불러냈다. 자백서 상에서 우리의 침범 목적이 간첩행위를 위한 것이었다는 점을 밝히라는 것이었다. 따라서 표현도 바꾸고 부연 설명을 하겠다는 것. 야금야금 양보를 받으려는 놈의 의도가 분명해졌으나, 나도 이미 서명했던 내용에 무관하게 할 수 있는 데까지 항의하면서 저항했다. 그랬더니 놈은 이전과 똑같은 위협으로 맞대응하면서 내가 부인해봤자 소용이 없다는 말도 했다. 이미 나의 부관이자 항해사가 침범 사실을 자백했다는 것이다.

놈들이 부관인 에드에게도 손을 뻗쳤구나! 내 가슴이 철렁했다.

"그렇다고 해도 푸에블로는 북한이 주장하는 영해에 간첩행위를 하러 들어간 적이 없소. 누구의 어떤 자백을 받았는지는 모르나 내 말은 진실이오."

"동무의 부관을 거짓말쟁이라 하는 거요, 함장?"

"물론 아니오. 우리가 침범을 했다면 함장인 내가 침범하라고 명령을 했을 것 아니오."

"아, 그러나 부관은 동무의 명령에 불복하기가 겁이 나서 말 못했다고 했소. 사실대로 말하면 동무가 무척 화를 낼 테니까."

나는 그 말이 나를 속이려는 기만이란 걸 알았고, 에드가 설령 그런 말을 하거나 서명을 했대도, 그도 내가 당했던 것처럼 극도의 위협을 받는 상황에서 협조를 했으리라고 나는 확신했다. 우리가 서명을 한 어떤 내용도 미국에서는 분명한 강압적 사기였다고 판단할 것이다. 그래서 왕 대령이 내 부관의 자백 내용을 보겠느냐고 물었을 때 나는 이렇게 대답했다.

"아니오. 나한테서 서명을 받았을 때처럼 그에게서도 서명지를 받아냈을 테니까. 그래, 어떻다는 거요?"

"그러면 동무가 특별히 평화를 애호하는 조선민주주의인민공화국을 간첩질하려고 침범했다는 걸 자백하는 거요?"

"나는 그런 따위의 자백을 한 일이 없소."

나는 단호하게 말했지만, 왕 대령은 화풀이를 다시 시작하며 마치 책상을 쪼갤듯이 수도 치기를 하고 마룻바닥을 멋진 구둣발로 굴렀다.

"동무는 어젯밤에 우리가 장난친 거라 생각하오?"

놈은 통역관을 통해 소리 질렀다.

"좋다. 동무의 부하놈들 개자식들을, 특히 솔직하지 못한 거짓말쟁이들을 우리가 안 죽이나 보라! 지금 서명하든가, 아니면 부하들의 죽음에 책임져라!"

그리하여 나는 또 한번 수정된 자백서에 서명했지만, 동시에 우리 승조원들이 모두 함께 있도록 조치할 것과 부상자들을 치료해달라고 강력히 요구했다. 놈은 이때 처음으로 부상자가 있다는 걸 인정하고 침착하고 유쾌한 목소리로 나를 안심시키려 했다.

"동무가 협조를 했으니 우리는 확실히 부상자들을 돌봐줄 거요. 우리가 인간적이란 것도 알게 될 거고. 우리가 바라는 건 진실성이요, 알겠소!"

나는 놈의 '진실성'이란 말을 의심했으나 그걸 시험해볼 입장은 아니었다.

내 방에서는 아침 식사가 기다리고 있었으나 먹을 수가 없었다. 내가 목으로 넘길 수 있은 것은 뜨거운 물 한잔이 전부였다. 이 시설에서 음료수란 것은 반드시 끓여 먹어야 하고 씻는 데 쓰는 물은 언제나 얼음처럼 차가웠기 때문이었다. 긴장하며 노려보는 어린 병사의 호위를 받으며 화장실에 가는데, 그 놈은 내가 마치 다른 세상에서 온 위험한 괴물인양 쳐다 보았다.

내 소변엔 아직도 피가 가득 섞였다. 극심한 통증을 수반하며 곪아가는 장의 상처 때문에 대변은 감히 시도해보지도 못했다. 내가 길다란 대리석 복도를 지날 때에는 다른 포로들은 얼씬도 못하게 해서 텅 비었으며 문을 닫은 각방은 조용하기만 했다. 반 시간 내에 나는 다시 심문실로 끌려가 왕 대령 놈과 마주하면서 놈의 인내심도 대단하다고 느꼈다. 대략 24시간 동안 푸에블로 승조원들을 무자비하게 들복는 일을 감독한 뒤에도 놈은 조금도 흐트러진 모습이나 피로한 기색을 보이지 않았다.

나는 놈이 나의 자백서에 또 다른 추가 수정을 요구하리라 예상했지만, 이번엔 소위 '제국주의'의 범죄자를 다루는 공산권 기술 중에 또 다른 선수(先手)를 써서 나를 놀라게 했다.

"동무는 지금부터 정확히 30분 뒤에 기자회견장에 나간다."

놈은 뜻하지 않게 무대 행사내용을 나에게 노출시키고 말았다. 놈이 나에게 타자 친 종이를 건네주며 말했다.

"이게 기자들의 질문 내용과 동무가 답변할 내용이오. 지금 잘 읽어 보고 동무의 자백서 내용과 일치하는지 확인함으로써 동무도 솔직하게 보이도록 준비하시오."

이게 너무나 우스꽝스러워서 어떻게 민낯으로 놈이 나에게 그런 제안을 할 수 있었는지 몰랐다. 그러나 놈은 더할 나위 없이 진지했다. 나는 놈이 준 원고를 다 읽었는데, 내가 자백서에 쓴 내용을 질문-답변 형식으로 풀어 쓴 것에 지나지 않는다는 걸 알았다. 나는 북한공산당 놈들이 갈구하는 효과를 교묘히 분쇄하기 위해 일부러 내 자신의 어휘나 억양을 집어 넣기로 마음 먹었다. 그러나 연습 시간이 끝나고 연출 무대로 막 올라가려는데, '꼼수 쓰지 말고 성실하게' 원고에 쓰인 대로 답을 읽으라는 경고를 받았다. 내가 원고에서 벗어날 구실을 안 주려고 놈들은 원고를 손에 들고 읽게 함으로써 스스로 알아서 말하면 되겠지 하는 나의 마지막 자발성에 관한 환상까지도 꺾어 버렸다.

무대는 내가 이전에 출연했던 바로 그 회의장이었다. 나의 부하 장교들과 함께 출연했던 그곳이라 다시 부하들이 나타날 기회가 된다면 그들이 얼마나 잘 버텨냈는지를 알 수가 있을 텐데…. 그러나 이번엔 나 홀로의 단독 출연이었다. 청중은 북한군 군관들이었는데 그중에는 왕 대령과 흉터 대령도 나와서 장방형 테이블 중앙 우대석에 앉아 있었다. 그 옆, 작은 테이블석은 북한 기자단, 민간 언론인들의 차지였는데, 둥근 얼굴형의 여기자도 한 명 있었다. 모두 제공된 프로그램과 필기구를 지참하고 있었다.

악역을 맡은 나는 약간 흥분한 듯한 착검 병사들에 의해 무대 중앙 연단으로 끌려나갔다. 청중들의 증오 가득한 혀 차는 소리와 쉿 소리가 나를 맞았다. 나는 청중들이 내가 어떤 모습일까 예상하는 걸 알고 있었다. 눈은 붉고, 수염도 안 자르고, 가죽점퍼를 입었는데 악명을 가진 푸에블로라는 마크는 왼쪽 가슴에, 내 이름은 오른쪽 가슴에 달고, 구겨진 카키색 바짓가랑이에는 핏자국이 말라붙어 있고, 투박한 보온 장화를 신고, 병약한 상태에서

306

뻣뻣한 다리를 질질 끌었으니 마치 프랑켄슈타인처럼 보였을 거다.

연출은 쌕쌕이 통역관이 사회 겸 통역을 맡은 상황에서 시작되면서 전혀 필요 없는(이미 자백서 서문에 밝힌) 내 소개를 큰 목소리로 다시 하라고 했다.

"나는 로이드 마크 부커, 미해군중령이며 푸에블로호 함장이다."

글자 하나 틀리지 않게 원고를 읽는 것으로 쇼는 진행되었다. 신호에 따라 각 언론인이 울부짖듯 나에게 질문을 던졌다. 그러면 쌕쌕이가 통역을 하고, 나는 원고에 따라 답을 읽는 등 이미 다 알고 있는 내용을 모두가 노트에 기록했다. 예를 들면 다음과 같다.

> 언론인: (의자에서 벌떡 일어서 난폭한 몸짓을 하며 고성으로) 동무는 조선민주주의인민공화국의 영해를 깊숙이 침범해서 간첩행위를 하다가 나포되었소?
>
> 부커: (원고를 읽으며) 나는 조선민주주의인민공화국 영해를 깊숙이 침범해서 간첩행위를 하다가 나포되었소.
>
> (이때, 청중석에서 숨넘어가는 소리, 콧방귀 소리, 화내는 소리)
>
> 또 다른 언론인: (프로그램을 체크하며, 역시 벌떡 일어나서 난폭한 몸짓으로 고함치듯) 동무의 배가 사회주의 국가들의 영해를 정탐할 목적으로 여러 번 간첩행위를 했소?
>
> 부커: (원고를 읽으며) 나의 배는 사회주의 국가들의 영해를 정탐할 목적으로 여러 번 간첩행위를 했소.
>
> (다시 청중석에서 숨넘어가는 소리, 콧방귀 소리, 화내는 소리)
>
> 여성 언론인: (프로그램을 체크하며, 벌떡 일어나 난폭한 몸짓에 날카로운 목소리로) 미국 중앙정보부가 이 임무를 성공적으로 수행하면 승조원들에게 많은 돈을 주고 특히 동무에게는 많은 영예를 준다고 약속 안 했소?
>
> 부커: (원고를 읽으며) 미국 중앙정보부는 이 임무를 성공적으로 수행하면 승조원들에겐 많은 돈을, 특히 나에게는 많은 영예를 준다고 약속했소.
>
> (청중석에서 또 숨넘어가는 소리, 콧방귀 소리, 분노의 목소리)

이런 식으로 쇼는 원고를 다 읽을 때까지 계속되었으며, 언론인들은 자기들이 읽을 대사를 극적인 몸짓과 감정을 섞어 표현했는데, 나는 무미건조하고 단조롭게 읽음으로써 앞 좌석 중앙에 앉아서 살짝 채색되어 번쩍이는 안경을 쓴 채 나를 지켜본 숙련된 배우급의 왕 대령 놈의 반응이 궁금해졌다. 놈이 만족했는지 아닌지는 알 수 없었다. 그냥 자리에서 일어나 착검한 병사들에게 신호를 보내 나를 무대에서 내려서게만 하면 나는 만족이었다.

나는 다리를 끌며, 오늘의 소위 기자회견이 놈들의 연출은 물론, 나 자신의 연출이 진실과는 거리가 있는 완전 소극(笑劇)이 되었으면 하고 바랐다.

제 13 장

공중 엄호나 해상 호위, 비상시 충분한 지원 계획도 없이 빈약한 무장만을 한 정찰 함정을 위험한 해역에 투입한 것은 심각한 판단 실수였다.

〈1968년 2월 5일, J. 스트롬 서먼드 상원의원(공화당, R.S.C.)의 푸에블로 사건에 관한 대 언론 성명에서〉

우리의 함정과 승조원을 구출하려는 노력을 공포와 두려움이 휩싸고 있다.
〈에버렛 M. 덕슨 상원의원(공화당, Ill)의 푸에블로 사건에 관한 대 언론 성명에서〉

바람이 감옥 주위에서 끊임없이 윙윙대니까 건물이 사람의 울음소리 같은 으스스한 신음과 함께 비명을 질러댔다. 눈발 섞인 바람이 덧댄 창문에서 바스락거리고 눈송이가 깨진 창유리와 덧댄 종이 틈새를 파고들며 녹지 않는 소금 알갱이처럼 방안으로 조금씩 들어왔다. 사나운 날씨가 가끔 평온해지면 창문 밖에서 쌓인 눈을 밟으며 저벅거리는 발소리와 보초들이 순찰 구역을 도는 소리를 가끔 들을 수 있었다. 건물 안 복도에서는 문밖의 감시병들이 복도를 오르락내리락하는 소리가 들렸다. 그리고 한 시간에 적어도 한 번씩은 밤낮을 가리지 않고, 분명히 바람 소리가 아닌 격렬한 잡음, 욕설, 알아듣기 어려운 고함이 한바탕 일고는 했다. 그렇게 푸에블로 승조원들에 대한 심문과 매질의 시련은 끊임없이 계속되었다.

누런빛을 띤 전등은 항상 켜져 있었으나 나는 깜깜한 공간에 홀로 쓸쓸하게 왕따 당한 느낌이었다. 쓸쓸한 느낌은, 억압된 비명을 듣는 것 말고는 내 동료들과 접촉하지 못하는 데서 비롯되었다. 나에 대한 매질은 일시적으로 그쳤어도 북한군 간수놈들이 주기적으로 찾아오는 게 싫었다. 초급 군관 놈들이 불쑥불쑥 내 방에 들어와 엉터리 영어로 무의미한 질문이지만 도발적으로 한 마디씩 내뱉고는 내 대답이 무슨 뜻인가 잠시 생각하다가 떠나면서 "제국주의자 개자식. 솔직한 게 더 낫다!"고 소리를 질렀다.

그래서 놈들이 내 방에 들어오는 건 내 몸 상태를 점검하려는 게 아닌가 하는 느낌도 받았다. 놈들은 내가 아직도 먹기를 거부하기 때문에 분명 내 몸 상태에 더 관심을 쏟으며, 혹시 내가 부정직하게 단식투쟁이라도 벌이는가 의심하는 듯했다. 그런 점이 나에겐 일종의 만족감을 안겨주었지만, 사실은 놈들의 신선한 우유(북한에서는 사치 식품)도 내 위(胃)에는 안 맞았으며, 매 맞은 자리와 파편에 다친 상처 때문에 아픈 통증 말고도 놈들의 음식만 보면 더 심해지는 욕지기 때문에 나는 늘 괴로웠다.

금식을 계속했더니 감시병들은 자기들 생각으로는 점점 더 맛있는 음식을 가져왔다. 신선한 사과, 버터 바른 빵, 뭇국에 방금 끓인 생선까지 가져왔다. 그러나 나의 반응은 급히 토해내려는 동작뿐이었으므로 감시병은 음식 쟁반을 치우면서 증오심과 어리둥절한 모습, 군침이 도는 식욕 등이 섞인 표정으로 나지막하게 뭔가를 중얼거렸다. 내 생각에는 북한 인민 식당에서 맛있는 음식을 만들어 제공하는데도 건방진 자본주의자가 감히 그걸 하찮게 여긴다며 비난하는 것 같았다.

시간은 끝없이 지루하게 흘러가는데 나로서는 정확하게 알 수가 없었다. 눈 내리는 겨울 대낮의 어둑함이 종이로 덧댄 내 방 창문의 종이 이음새로 간신히 들어오면 깜깜한 긴 밤인지 침침한 짧은 낮인지 구별할 수도 없었다. 내가 시간 가는 걸 가장 잘 알아맞힐 수 있었던 것은 감시병의 교대 덕분이었다. 대략 8시간마다 바뀐 얼굴의 감시병이 내 방으로 들어왔기 때문에 예측은 근접하게 맞았다.

북한공산당 놈들이 나를 완전히 굴복시키려고 새로운 방법을 들고나올 터이니 그에 맞서려면 힘을 모아야 했기 때문에 나는 언제나 잠을 자려고 노력했다. 그러나 잠도 잠시 잠시 이룰 수 있었을 뿐, 포탄 터지는 꿈, 피 흘리며 들것에 누운 부상자, 시멘트벽에 꽂힌 도살장의 쇠고리에 매달려 몸부림치는 시체 같은 사람, 그리고 정신분열 증상의 왕 대령이 날카롭게 뱉어내는 비난 소리 등으로 꽉 찬 그런 잠이었다. 잠에서 깨는 것이 더 쉬웠던 것은 아무리 암담하고 황당하다 해도 합리적인 생각으로 내 마음을 바쁘게 압박하며 다스리는 기율을 어느 정도 지키고 있었기 때문이었다.

나는 우리가 나포된 뒤에 줄곧 괴롭혀왔던 일 말고도 다른 것들을 생각했다. 이를테면 푸에블로가 절대로 북한 영해에 들어가지 않았다는 것을 특별히 상부에 알리지 않았다는 문제, 그게 그렇게 걱정이었다. 우리가 검문을 당했을 때 우리는 배의 위치를 재확인했었기 때문에 영해 밖이 틀림없다는 내용을. 당시에는 생각이 안 났지만 침범을 인정한다는 그 우스꽝스러운 자백서에 서명을 강요당하고는 가미세야에 작전보고서를 보내면서 그 내용을 빼먹은 것에 관해 나 자신을 책망했다. 일본과 미국에 있는 우리의 상급부대에서 이번 사건을 평가하며 허위 자백 문제에 대처하려 할 때, 나의 임무수행 기록에만 의존할 수밖에 없을 터이니 꽤나 고생하리라는 것을 나는 알고 있었다. 시간 여유가 있을 때 이 문제를 예견하고 해답을 주었더라면 얼마나 좋았을까. 시간이 훨씬 지난 지금에야 말해줄 수 있지만, 너무 늦었다.

나는 또한 지금까지 심문을 당하면서 놈들이 던진 질문에 관해서도 상당히 의아하게 생각했다. 어째서 놈들은 기술적인 정보나 군사 정보를 캐내려는 질문은 하지 않았을까. 대신에 놈들은 나를 심문하면서 순전히 정치적인 목적을 위해 완전히 선전 효과에만 매달린 것 같았다. 놈들은 스티븐 해리스가 푸에블로에 관한 민감한 정보 자산이란 걸 알고 그에 걸맞게 조사했던 가? 그렇다면 나는 그가 심문을 받다가 맞아 죽었든가, 아니면 고문으로 정보를 다 빼낸 뒤에 놈들이 처형했거나, 그것도 아니면 그는 비밀을 지키려고 자살을 감행했거나 함으로써 이미 그는 죽었으리란 생각도 들었다.

이러한 의문점들에 대한 답을 모르는 것 자체도 대단한 스트레스였지만, 소련군 정보기구 내무인민위원회 타입이 현장에 나타나서 조잡하리만큼 야만적인 북한공산군의 방법을 현대화시키거나 자신들이 직접 심문을 떠맡거나 하지 않았다는 사실에 다소 안심이 되었다. 심문에 참가한 심문관이나 참관인 중에서 단 한 명의 서양인 얼굴도 본 일이 없었다. 혹시 몽고 국적의 소련인이 나오지는 않았을까 생각도 해보았지만 놈들이 행한 질문을 보면 그런 기색도 보이지 않았다. 결국 심문은 협소한 민족주의적 정신이 과장 표현된 완전 북한만의 쇼인 것 같았다.

그렇다면 북한공산당 놈들은 왜 이런 뻔뻔한 악행을 자행한 것일까? 나는 얼음집 같은 내 방을 왔다 갔다 하거나, 침대에 누워서 끊임없이 뒤척이면서 이 점을 오랫동안 곱씹어 보았다. 그리고 내린 결론은 놈들이 남한을 정복하겠다고 공언했던대로 전쟁 도발의 구실로 삼으려고 그런 일을 저질렀을 수도 있겠다는 점. 이게 만일 더 넓은 국제공산주의 전략과 맞물렸다면 베트남에서의 미국의 노력을 다른 데로 전환하거나 약화할 수도 있을 것이다.

어떤 경우든, 우리를 그런 구실로 이용한 다음 아마도 내버리거나 총살시킬 것이다. 내가 본 놈들의 고문으로 정신과 이성이 마비되기보다는 차라리 총살 집행을 바랐다. 둔감한 외곬수 목적만을 추구하며 놈들은 우리에게서 기술 정보 같은 다른 이점을 기대하지 않는 듯했다. 이런 관점에서 퍼즐 조각을 맞췄기 때문에 놈들의 모든 질문은 영해 침범, 간첩행위, 남한 침투조를 해안에 상륙시킴으로써 평화로운 조선민주주의인민공화국에 도발했다거나 휴전조약 위반이라는 등 자신들이 뜻하는 대로만 몰고 갔다. 내 희망적인 추측인데, 미국은 150여년 만에 공해상에서 첫 미군 함정이 납치된 걸 미끼로 원산을 집중 공습하여 짓이겨 놓을 수도 있을 것이다. 그러나 아마도 전면적인 핵 보복 위협때문에 그냥 놔두는 것 같았다.

내가 투옥된 지 이틀째 되던 날, 밤낮으로 매 시간마다 나에게 대들었던 초급 군관 중에서 가학적인 '제국주의자', 말투가 고약한 '다람쥐' 그리고 내가 '미사일'이라고 별명을 붙였던 놈 등이 있었는데, 미사일이 유일하게 군사정보와 약간 관계가 있는 질문을 던지곤 했다. 이 놈은 미국의 로켓 공학에 관해 초보적인 지식을 가진 것 같았는데, 누군가 미사일에 관한 실제 경험을 가진 사람을 만나 이야기를 듣고 싶어하는 눈치였다. 미국이 보유한 미사일 병기 중에서 Hercules, Regulus, Sparrow, Polaris, Terrier 같은 명칭을 잘못 발음한다는 걸 알았지만, 그런 무기들을 장착하지 않은 디젤 잠수함 장교 출신이며 소형 정보함장인 나에게는 그런 무기들이 나의 지식 범위를 뛰어넘는 것이었다.

거짓 지식으로 그를 오도할 정도의 지식마저도 나는 가지고 있지 못했다. 그래서 나는 그런 걸 잘 모른다고 솔직히 말해주고, 다만 미해군에서도 그러한 비밀 병기들은 소수 선발된 인원들만 알고 있다고 했다. 내 말을 듣고 놈은 일시적으로 만족했던지 마치 지성인인 것처럼 생각에 잠긴 얼굴을 하며 물러갔다. 때때로 이 놈은 "사세보를 언제 떠났죠?"와 같은 엉뚱한 질문을 해서 분위기를 깨기도 했다. 사세보 출발일 따위는 노획한 항해도에서 이미 정확하게 알았을 터인데도 말이다.

나는 부상당했던 우리 승조원들이 치료나 제대로 받고 있는지 항상 떠오르는 걱정에 괴로웠다. 우리가 나포된 뒤에 다친 사람은 더 없을까? 심문에 저항하다가 사망한 사람은 없을까? 아직도 우리가 모두 함께 이 찬 바람 부는 감옥에 갇혀 있는가 아니면 우리 승조원들이 이 공산국가에서 운영하는 유사한 감옥에 흩어져 있을까? 미사일이나 다람쥐 또는 제국주의자 같은 군관들이 내 방에 올 때마다 나는 이런 문제들에 관해 알려달라고 요구했으며, 불법적으로 억류를 당한 미군함의 함장으로서 합당한 요구를 했다.

놈들이 주장하는 것처럼 민간인 범법자처럼 호소하는 것이 아니었다. 그러나 돌아오는 답변은 무표정 응시나 냉담하게 어깨 으쓱하기 뿐이었다. 어린 감시병들은 점차 내가 생소한 자본주의적 제국주의 세상에서 온 끔찍한 괴물이라고 무서워하던 데서 벗어나 감히 나에게 'Keesee!'(개새끼)라 사납게 외치던가 상관들이 근처에 없을 때에는 구둣발로 걷어차기까지 했다.

놈들은 내가 밖에 나가고 싶을 때마다 화장실에 가겠다고 알려주기만 하면 언제나 말은 들어주었다. 악취가 나는 변기에 가려고 대리석 복도를 걷다 보면 감방에서의 따분함도 잊을 수 있고 화장실을 찾는 다른 승조원들과도 조우할 기회가 올 수도 있을 것 같았다. 그러나 감시병들은 언제나 나보다 먼저 나서서 길을 터놓기 때문에 우리 승조원은 아무도 만날 수가 없었다. 아직도 통증은 있었지만 부상 입었던 신장의 출혈은 덜 심했다. 이때에 나는 놈들의 화장실 배관을 본 기억이 났다. 소변 배출관은 주관에 연결되지 않고 줄줄 새도록 해서 콘크리트 바닥에 있는 웅덩이에 모여, 막아 둔 별도의 배수구에 서서히 잦아들게 되어 있었다. 불결한 소변기 둘레에 만들어 놓은 축소판 정화조 안에 억지로 서 있는 셈이었지만 나는 소위 '인민 위생공학 체계'를 보고 웃지 않을 수 없었다.

지난 48시간 동안 나는 사실상 아무것도 먹지 않았다. 하지만 그렇다 해도 대변을 봐야 할 필요성은 점점 더 커져갔기에, 막상 대변을 보려 했을 때에는 부상 당했던 장의 통증이 너무도 극심하여 하마터면 내 신발에 묻는 더러운 구정물 속에 기절해 넘어질 뻔했다. 그렇게 고통스러운 경험을 한 뒤

비틀거리며 내 방으로 돌아오면서 이렇게 몸이 쇠약해지고 원기가 떨어진 걸 느낀 건 처음이었다. 그러나 북한공산군의 세밀하게 계획되었던 화장실 출입 계획에 뭔가 이상이 생긴 것은 바로 그때였으며, 마침내 나는 내 부하 한 사람을 만나게 되었다.

나는 지금도 그게 누구였는지 모른다. 내가 지나가는 동안에 그의 담당 감시병이 그를 벽으로 밀어붙였기 때문에 멍청한 내 눈으로 그의 등만 보았을 뿐, 얼굴은 볼 수가 없었다. 감히 그를 소리쳐 부를 생각도 못 했다. 그러면 우리 둘은 심한 매질을 당한다는 걸 알고 있었기 때문이었다. 잠시 서로의 존재를 느끼고 아무 말도 없이 순간적인 조우를 한 것이었지만, 나는 그것이 나의 사기는 물론 그의 사기를 높여주는 계기가 되었기를 바랐다.

3일 째 되던 날, 나는 몹시 허약해진 몸을 간신이 끌고 화장실에 가거나 방에서 움직일 정도였으며, 담당 의료진이란 작자들은 소위 놈들의 상품 가치 있는 포로인 내가 죽을까봐 전전긍긍했다. 남자와 똑같은 유니폼을 착용한 한 여자가 적십자 완장을 차고 있어서 간호사임을 알 수 있었는데, 내 방에 들어와 겨드랑이에 온도계를 꽂아놓고 온도를 측정했다. 얼음장 같은 방에서 추위에 떨다보니 내 몸은 고온 상태였고, 간호사는 내 등에 난 상처에 뜨거운 파라핀 팩을 대서 치료하려고 했다.

그러고 나서 나는 건너편 감방으로 옮겨졌다. 구조는 차이가 없었으나 라디에이터가 약간의 열을 발생하니까 몸살 기운이 조금 완화되는 것 같았다. 나포된 뒤에 처음으로 나는 보온 장화를 벗고 오른쪽 다리의 파편상을 들여다 보았다. 양말은 피가 마르며 발에 붙었고 그걸 떼어냈더니 상처에서 솟아난 고름으로 상처는 아물고 있는 중이었음을 알게 되었다. 양동이의 물을 떠서 상처 부위를 깨끗이 닦아내고 양말을 다시 신었다. 그래도 나는 북한공산군에 의해 부상 당했다는 사실을 유지하고 싶었는데, 놈들이 철저한 의료 겸

진을 안 했기 때문에 나 스스로 해야 할 기회가 온 것이다. 바짓가랑이는 피가 묻어 더러워져 있었지만 놈들은 하지스가 살해되었던 푸에블로의 유혈이 낭자한 복도에서 묻어왔을 거라 생각했던 모양이었다.

군의관이 나의 상처를 보았는지 아닌지는 잘 모르겠다. 보았다면 건성으로 잠시 보았을 뿐이어서 다른 일반 군관과 다를 바가 없었다. 마음을 흐트러지지 않게 다잡으려 노력했지만 나는 혼미한 상태에 빠져들어 현실과 환상이 뒤섞인 끊임없는 악몽에 시달렸다. 아마도 때때로 헛소리도 내는 그런 상태였다. 고문하는 놈들의 희미한 얼굴과 형체가 눈에 어른거리다가, 찌푸린 얼굴에 욕설을 담아 또렷하게 보였다가 사라져버리니 내가 정말로 놈들을 보거나 목소리를 들었는가 긴가민가했다. 그러나 나는 놈들이 있든지 없든지 개의치 않고 언제나 소리 높여 항의하고 요구도 했다.

나는 간호사가 주사를 놓는 걸 막연하게 알고 있었다. 폭풍이 건물을 에워싸고 몰아칠 때는 바람 소리와 내 부하들이 매질을 당하면서 울부짖는 소리나 신음 소리와 구분을 할 수도 없었다. 심한 걱정과 무감각 상태가 번갈아 찾아오며 불안한 내 마음은 두 가지 모두와 싸웠다. 욕지기 때문에 음식을 거절하다보니 갑자기 배가 고팠다. 이때에 내가 먹을 수 있었던 것은 따끈한 물 한 모금, 그러다가 약간의 우유를 넘기기 시작하면서 원기를 조금씩 회복했다.

그 다음엔 내 외모에도 신경을 쓰게 되었지만 거울은 물론이고 달리 비춰볼 데가 없어서 생각만으로 나는 더럽고, 수염이 덥수룩한, 야윈 노숙자 모습일 거라고 생각했다. 더러워진 옷에 배인 묵은 땀 냄새가 구역질 나는 고름 냄새와 섞여 내 몸의 불결한 냄새를 나 스스로도 맡을 수 있었다. 다른 모든 사기저하 요소보다 더 나쁜 건 숯검정인 상태 속에 뒹굴어야 하는 방심할 수 없는 상황이었다.

내가 처음 감옥에 들어왔을 때, 내게서 빼앗아갔던 시계를 되돌려준 것은 다람쥐나 제국주의자 아니면 미사일이었다. 마치 행동거지가 나쁜 어린이에게서 형벌로 장난감을 빼앗았다가 행동 조심하고 성실하라는 경고와 더불어 되돌려주듯이 나도 시계를 돌려받았다. 어린이처럼 나는 시계를 진지하게 받아 들고 주의를 기울여 재깍거리는 소리를 들으며, 내가 이 어려움을 당한 이래 얼마나 많은 시간이 지났는지 나에게 알려주기를 바랐다. 시계 바늘은 3시 10분 전을 가리키고 있었으나 오전인지 오후인지를 알 수가 없었다. 초침이 돌아가는 걸 보며 시간 개념을 다시 찾으려 했으나 매회 회전이 좀 더 걸리는 것 같았고, 분침은 간신히 움직이는 것 같았다. 문자판은 갑자기 가득찬 증오감으로 노려보는 북한군 얼굴로 바뀌고 귀에 익은 통역관 목소리가 고성으로 말했다.

"동무는 전쟁포로가 아니야! 동무는 범죄적 간첩행위를 하다가 붙잡힌 정치 포로야! 인민재판소에서 유죄 판결을 받아 사형이야!"

이 말에 나는 언제나처럼 항의와 비난으로 이렇게 반박했다.

"나는 당신들이 우리를 당장에 석방할 것을 요구한다! 당신들은 내 부하 한 명을 살해했다, 저주받을 놈들아!"

북한군인의 얼굴이 사라지고 다시 시계 문자판이 뜨고, 초침은 끊임없이 돌면서 매 초마다 감지할 수 있을 정도의 사이를 두며 재깍거렸다. 분침과 시침은 거의 움직임이 없었다. 3시 8분 전. 오전인가 아니면 오후인가? 시계는 말이 없고 종이를 덧댄 창문도 눈송이가 가냘프게 후두둑거리지만 말이 없다. 연옥에서의 시간은 잴 수도 없고 의미도 없는 법.

"오늘은 좀 어떠시오?"

쌕쌕이 통역관이 심문실 책상에 앉아 나를 마주보는 왕 대령의 점잖은 한국어 인사말을 통역했다. 놈 앞에 딱딱한 의자에 앉은 나는 온갖 지혜를 짜

내 푸에블로 사건에 관한 북한 측 목적을 책임진 이 놈과의 또 다른 심문에 대비하려고 했다. 나는 너절하고, 나약하고, 아픈데가 많은 사람처럼 느껴졌으며, 그래서 놈의 질문은 분명 빈정대는 투로 들렸지만, 놈에게 어떠한 것도 양보할 생각은 없었다.

"나는 내 부하들의 상태에만 관심이 있소. 특히 부상 당한 인원들의 상황 말이오."

"부상병들은 치료는 물론이고 잘 보호 받고 있소. 우리는 인간적이오. 다른 관심거리는?"

"나는 내 부하들을 직접 보며 말을 건네고 싶소."

왕 대령 놈은 담배를 피우며 유쾌한 대담식으로 장황한 연설을 하면서 뿔테 안경 너머로 나를 진지하게 바라보았다. 쌕쌕이 통역관은 더듬더듬하며 기침도 하면서 통역을 했는데 적절한 어휘(상당한 어휘력 있었음)를 찾기보다는 상관의 말뜻과 억양의 의미를 전달하는데 더 신경을 쓰는 듯했으며, 지금은 약간 가라앉은 어조였다. 그러나 놈의 말엔 내말에 대한 대답은 담겨있지 않았다.

"동무는 미국과의 조국해방 전쟁 중에 조선인민들이 당한 고초를 알아야 하고… 콜록-쌕쌕… 전쟁 중에 모든 조선인민은 친척들을 잃었으며… 콜록-쌕쌕… CIA가 그들을 고문하고… 죽이고… 콜록-더듬더듬… 조선인민들은 제국주의 추종자들을 증오하고… 미국민들을 증오하는 게 아니오… 더듬더듬-콜록… 동무는 솔직해야 하오. 4천만 조선인민들은 미국인들을 증오하오… 더듬더듬-더듬더듬. 남반부에 있는 우리의 형제들은 북반부에 있는 부모들과 떨어져 있으며… 콜록-콜록… 존슨은 조선인민을 살해한 적(敵)이고… CIA는 존슨 일당을 조종하며… 그들은 수많은 조선인민의 살인자요… 쌕쌕-콜록."

나는 몸 상태가 좋지 않아서 쉽사리 주저앉아 놈의 열변에 관심을 두는 척 했지만, 실제로는 놈을 자극하지 않으려고 노력했다. 오히려 나는 놈이 내 부하들의 상태에 관해 자세히 말해주기를 거부하므로 놈이 원하는 장소에서 개별적으로 만나기로 마음먹었다.

타임지의 머리기사에서 읽었던 기억이 생각나서 나는 "북한의 인구가 1,000만 명에 불과하다는 걸 기사에서 읽었는데." 하고 말했다.

왕 대령 놈은 약간 발끈했지만 곧 인내하며 통계 숫자에 관한 도전에 말려들기를 거부하고 자신이 완벽하게 익혀두었던 말을 진지하게 신념에 찬 모습으로 이어나갔다.

"평화를 애호하는 조선인민은…"

그는 쌕쌕이 통역관을 통해 말을 하면서 남·북한을 지칭하는 용어는 일부러 빼고 말을 이어갔다.

"경애하는 조선노동당의 김일성 수령 말고는 어느 누구도 지도자로 인정하지 않고… 우리는 존슨 살인자 패당의 손아귀에 … 탐욕스러운 록펠러와 월스트리트 전쟁광들의 피 묻은 손, 징 박은 부츠들에… CIA 주구들에 의한 사악한 살인에 억눌려 있는 미국민들을 증오하는 게 아니오! 우리는 미국 노동자들이 모건 스틸에서 채찍을 맞는 노예라는 걸 알고 있소. 또 미국민들이 CIA를 쓰러뜨리는 때에는 우리의 친구가 될 걸로 알고 있소. 그러나 우선은 존슨 개들을 해치워야 하오! … 존슨 대통령이 동무의 배에 승선하고 있었다면 우리는 동무들을 대하는 것처럼 인간적인 대우를 하지 않았을 거요. 마치 파시스트 개들처럼 거리로 끌고 다니다가 천 번 죽임을 당하게 했을 거요."

놈은 잠시 말을 멈추고 적절하게 감정을 살리며 통역 수고를 해준 쌕쌕이한테 가다듬을 시간을 주더니, 개인적인 내용의 말을 계속 이어나갔다.

"동무는 죄를 정직하게 자백함으로써 조선인민에게 감사하고 진실성을 보여야 하오… 그렇게 하면 동무는 고향으로 돌아가 사랑하는 가족들을 만나게 될 거요. 내 말 뜻을 곧 알게 될거요. 여기, 동무의 아내 마담 로즈에게서 온 편지가 있소!"

나는 내 아내를 들먹이는 데 깜짝 놀랐으며, 그렇게 짧은 시간에 어떻게 북한으로 편지를 보낼 수 있었는지 믿을 수가 없었다. 아마도 내 복무기록에서 아내의 이름을 발견하고선 나의 저항의지를 꺾으려고 뭔가 수작을 부리는 듯하여 어렵사리 나는 그 술책을 무시해버렸다.

"모건 스틸은 오래 전에 U.S. 스틸로 바뀌었소. 또한 존슨 대통령에 관한 당신의 말도 틀렸소. 그는 훌륭한 공직생활 기록을 가진 사람이며 많은 사회 입법에 책임을 다한 분이오."

내 말에 반박을 하지 않고 왕 대령 놈은 또 다른 연설을 시작했는데 요약하면 논리적인 증거를 대겠다는 것이었다. 즉, 존슨 대통령과 그 일당들에 대한 자신의 비난은 옳은 것이며, 미국민은 속임수에 넘어가고 있고, 미국의 실제 통치자는 CIA라는 것과 모든 미국 선박에는 CIA 요원이 승선해서 선원들을 일사분란하게 통제하며 '존슨과 파시스트 개'들을 비판하는 사람은 처벌을 면치 못한다는 것이다. 그리고는 나에게 이렇게 물었다.

"동무의 배에 탄 사람은 누구요?"

내 배에는 그런 사람이 타질 않았다고 부인하자 놈은 그게 누구인지 다 안다면서 그 사람이 스스로 포기하고 나올 때까지 기다릴 뿐이라고 했다. 그 다음엔 쌕쌕이에게 뭔가를 직접 지시하니 쌕쌕이는 곧장 방을 나갔다.

이제 방에는 무기를 가지지 않은 왕 대령과 나만 남았다. 통역관이 나가버리니 대화도 할 수 없었지만 놈은 줄담배를 피우던 담뱃갑에서 한 개비를 꺼내 나에게 권했다. 나포된 이래 처음 본 담배라서 나는 그걸 받아들여 독한 북한 담배 맛을 보았다. 놈은 매력적인 태도로 나오더니, 튀어나온 이빨을 드러내고 웃음까지 띠며 나를 안심시키려 했다. 10분 동안 둘이서만 앉아 있었는데 쌕쌕이가 돌아와 화장실에 가겠느냐고 물었다. 놀랍게도 이번엔 감시병 없이 나 혼자 화장실 출입을 허가받은 것이었다.

이거야말로 내 부하를 만나 몇 마디 말을 주고받을 절호의 기회였다. 그러나 복도와 변소는 모두 텅 비어 있었다. 혹시 숨겨져 있을지도 모르는 글이 있지 않을까 싶어서 변기와 조잡한 배관 둘레를 살펴보았으나 아무것도 없었다. 실망스러웠지만 만일 내가 감시병 없이 변소 출입을 할 수 있게 된다면 얼마 안 가서 우리끼리 비밀리에 메시지를 교환할 장소가 될 수도 있을 거라고 생각했다.

다시 심문실로 돌아오니 왕 대령과 쌕쌕이가 기다리고 있었다. 자리에 앉자마자 왕 대령은 종이 한 장을 들고 읽기 시작했는데, 한국어로 읽는 가운데서도 '로즈'란 이름과 다른 서양인의 이름을 알아들었다. 쌕쌕이는 통역하기가 무척 어려웠던지 왕 대령에게 원고를 달라고 해서 그걸 보면서 통역을 했다. 기침도 하고 더듬거리면서, 로즈에 관한 언론 보도자료라는 걸 이야기했는데, 로즈가 미국 언론과의 회견장에 나와 남편인 나의 불확실한 나포 때문에 겪는 시련을 말하면서 내가 생존해 있기를 바라며 승조원 모두와 함께 무사히 귀국하기를 바란다는 내용이었다. 아내는 내 친구인 '헤멜'과 함께 나왔다고 했다. 그러나 내 마음속에서 헤멜이란 이름을 가진 친구를 찾으려 했지만 허사였고 나는 의심만 생겼다.

내가 의심스럽다는 표정을 짓자, 쌕쌕이는 발음을 바꿔서 '헴필'이라고 했다. 그래서 갑자기 생각난 것이 앨런 헴필이었다. 정말로 오랜 친구이자 약 3년간 만나보지 못한 동료 해군장교였다. 그는 해군소령이었으며 미해군 사관학교 졸업생으로서 내가 잠수함 '론퀼'의 부관장교 근무를 할 때에 내 밑에서 근무했던 친구였다. 푸에블로에는 나와 앨런 헴필을 연결할 아무런 자료가 없었으니 놈들의 언론보도 자료를 진짜로 믿을 수밖에!

나는 그걸 다시 읽어 달라고 요구했으며, 이번엔 낱말 하나하나에 주의를 기울였다. 사랑하는 로즈를 향한 그리움이 내 몸 전체를 휘감고, 시련을 겪고 있는 아내에 대한 동정심과 친구 앨런이 함께 해준 데 대한 고마운 마음으로 가득 찼다. 보도자료 자체는 간단했고 무미건조하고 오역도 있었지만, 그 순간에 엄청난 감동을 일으켜 나를 고향으로 데려다준 것 같았다.

기쁨에 찬 내 모습을 지켜본 왕 대령은 스스로도 매우 흡족한 듯 통역관을 통하여 다시 말을 이어갔다.

"아내와 친구에게서 온 매우 기쁜 소식이군. 이제 우리는 동무가 솔직해져서 평화를 사랑하는 조선인민들의 용서를 받고 고향으로 돌아갈 수 있도록 모든 노력을 해서 도울 거요."

그 말이 충격으로 다가와 나는 백일몽 상태에서 깨어났으며, 갑자기 열이 올라서 놈을 향해 외쳤다.

"당신의 부하들이 죽인 내 부하 하지스는 어떻게 되었소? 시체는 어떻게 했소? 당신네들 배가 사격을 해야 할 정도로 우리가 도발한 건 아무것도 없소. 아무것도! 그러니 이건 순전히 단순 살인이었소!"

쩍쩍이가 통역을 시작하자, 왕 대령의 안색이 홍당무 색으로 바뀌기 시작했다. 방금 전까지 온화했던 태도를 버리고 놈은 격분하며 폭발적인 연기를 시작했다. 책상을 치고, 발을 구르고, 고함을 지르며 귀에 익은 한국어 욕설 'Keessseee'(개새끼)를 연발했다.

나는 의자에서 일어나라는 명령을 받았다. 이후 경이적인 인내심으로 왕 대령은 3~4시간 동안 횡설수설 고함을 지르며, 끊임없이 비난을 퍼부었다. 비난 내용은 제국주의적 죄악, 한국 전쟁, 월남 전쟁, CIA, 남조선의 배신자, 전적으로 미국 때문에 고생하는 노동자들의 궁색한 처지, 그리고 악명 높은 제국주의적 침략 정책을 지지하는 사람들이 받아야 할 벌은 사형이라는 등 광범위한 것이었다. 놈이 담배에 불을 부치는 동안만 쉬었으니, 가련한 쌕쌕이는 통역하느라 진땀을 뺐다. 나도 쇠약한 몸 상태로 한 곳에 계속 서서 놈이 쏟아내는 협박과 비난을 들어야 했으니 거의 기절할 지경이었다. 그러나 내가 몸도 마음도 모두 무감각해지고, 쌕쌕이도 독백 같은 마라톤 독설을 통역하느라 더듬거리며 뒤처지자 대령 놈은 갑자기 심문 시간을 마친다며 다음과 같이 내뱉었다.

"동무의 방으로 돌아가 진지하게 다시 생각해 보시오!"

꽁초로 가득찬 재떨이에 마지막 담배를 짓눌러 끄고, 놈은 머리카락 하나 흐트러짐 없이 당당하게 걸어 나갔다. 나는 기진맥진해서 비틀거리며 독방에 끌려 돌아오자마자 침대에 풀썩 쓰러졌다. 나는 포로가 된 이래 처음으로 모든 걸 망각하고 악몽에도 시달리지 않는 단잠을 잤다. 잠들기 전에 다만 두 가지 생각이 났다. 고된 심문 기간 중에 단 한 번의 민감한 정보 관련 질문도 없었다는 것. 그리고 로즈에 관한 소식도 듣고, 훌륭한 친구의 도움을 받으며 아내가 고통을 참아내고 있다는 것! 하느님, 내 아내와 내 친구에게 계속 힘을 주소서!

시계를 주의 깊게 연구하고, 지루하지만 계산을 하고, 끊임없이 다시 체크함으로써 나는 영겁 같기만 하던 세월을 근사치이기는 하지만 날짜와 시간으로 바꿔 놓을 수 있었다. 독방에 홀로 갇혀 있다는 것은 하나의 고문 기계와 같아서 그 안에서는 마치 나사못처럼 시간이 마음을 압박하며 사정 없이 조여 온다. 강인하고 건전한 마음은 육신을 괴롭히는 소모증에 저항하고 도망, 복수, 저항 같이 재앙으로 끝나는 사건들에 관한 생각으로 단련하며, 악몽이란 직물(織物)에서 합리성이란 붉은 실을 풀어내 구원에 대한 희망을 품게 한다. 넘치는 자유를 주면 현실에서 벗어나 망상으로 빠져드는 경향이 있어서 죄수가 정신 이상 상태가 되지 않는가 의심하도록 해준다. 감방의 사방 벽은 현실이며, 마음은 그 사실을 받아들이도록 강요받으면서도 그 자체가 광적인 바이러스를 지닌 하나의 집착이 될 수도 있다.

어마어마한 버섯구름이 원산과 평양의 핵 찌꺼기를 휩쓸어 성층권으로 날려보내는 환상과 함께 나는 미국이 북한의 해적 행위에 대해 대량 보복해주기를 바라는 마음에 사로잡혀 있다. 태평양함대사령부에서의 브리핑도 강력한 외교적 수사로 항의하는 것보다 더 강력한 비상계획으로 어떤 종류든 대응을 하겠다는 것을 내가 확신하도록 했었다! 그래서인지 내 방 창문을 더 단단히 봉하도록 관심을 쓰는 걸 보며 나는 북한공산당 놈들이 느끼는 특별한 불안감을 점점 더 잘 알게 되었다. 놈들이 내가 감옥 밖을 내다볼까봐 걱정하는 것보다는 매우 철저한 등화관제를 위한 것이었다는 생각이 나중에 떠올랐다. 놈들은 공습을 예상해야만 했던 것이다!

이러한 예상은 미국이 무력 개입을 시도할 경우에 나를 즉시 처형하겠다고 되풀이 위협하는 것만 봐도 명백히 알 수 있었다. 나에 대한 처형 위협이 상당한 진정성을 보인다고 확신했기 때문에 무력 개입에 대한 나의 소망도 그만큼 커서 나는 죽어도 좋다는 생각을 가지고 있었다. 그러나 시간이 지나면서 공습 실현 가능성이 점차 줄어 허황된 꿈이 되고 말았다.

북한공산당 형무소 직원들의 파멸적인 공습에 대한 공포감이 줄어들면서 나도 마음을 바꿔 보다 더 현실적인 일에 관심을 두기로 했다. 무엇보다도 희망적인 것은 우리가 무력으로 복수하지 못하거나 현 위치에서 구원받지 못해도 미국은 다른 방법을 고려하고 있을 가능성이 있으며, 그 방법이 느릴지라도 더 확실할 것이다. 다음은 정형화된 양식으로 끊임없이 계속되는 심문에 나 스스로 잘 대처하는 것인데, 놈들의 뻔뻔한 선전술에 속아 잘못된 안보의식에 빠지면 안 되겠고, 빼앗긴 비밀 서류에서 나타나지 않은 훨씬 더 중요한 내 마음속 비밀을 지키는 것, 그리고 심문하는 놈들이 속임수를 써서 갑자기 바꾸는 변화에 대한 경계심을 늦추지 않는 것이 중요했다.

마지막으로는 독방에 갇혀 있을 때 찾아오는 정신적인 고뇌에 대처하고 육체적인 고문과 박탈감도 이겨내는 것이다. 이 세 가지 중에서 세 번째가 가장 힘든 것인데 이유는 나아질 거라는 전망도 없이 극심한 고통을 참아내야 하기 때문이다. 내일, 다음 시간, 다음 분 등에 생길 일에 대한 더욱 커가는 불확실성, 그래서 자신이 가장 황량하고 피비린내 나는 상황에 빠져들 수도 있다는 상상과 맞물려 있기 때문일 것이다. 그래서 모르고 있다는 고민은 결국 가장 나쁜 것일 수 있다.

우리가 나포되기 전과 나포되는 동안에 해치운 일과 못한 일에 대한 자기비판과 후회는 독방에 홀로 있노라면 언제나 떠오르는 일이었다. 나는 우리 해군이 잘못했다고 아직도 분통을 터뜨린다. 어째서 미해군이 우리를 장난감 같은 구경 50 기관총으로 무장시키겠다고 결정했을 때, 비도발적 규정하에서는 기관총도 적시에 사용할 수 없다는 점을 고려하지 않았던가? 왜 나는 우리의 임무가 비도발적이며 최소의 위험 요소를 포함한다는 말을 바보처럼 믿었을까? 전혀 예측 불가능하며, 폭력 성향의 검증되지 않은 공산국가를 상대하면서 뭔가 과시하려던 게 아닐까? 자질구레한 과정을 끊임없이 되짚어 보며 나는 나 자신을 더 많이 탓했다. 순진한 상급자들의 말을 믿기보다는 내 직관에 따라 행동하고 조심해야 했었는데…. 불법적 구매를 통해서라도 배를 폭파할 TNT를 구해 놨어야 했는데. 내가 직접 스티븐 해리스 관리 영역에도 들어가 그가 관리하던 많은 비밀 문건들을 알아냈어야 했는데…. 내가 생각했던 것보다 몇 배 많은 양, 일본을 떠나기 전에 처분했던 것보다 많은 양을 허락 여부와 상관없이 임의로 처분했어야 했는데… 그랬다면 우리나라에도, 내 함정에도, 우리 승조원에게도 그리고 내 경력에도 지금

당하는 위험보다 훨씬 덜 위험했을 것이다.

막판에도 특수작전구역에서 직접 함수 앞으로 던져버리든가 가솔린이나 디젤유에 흠뻑 적셔서 완전 파괴를 위해 대화재를 일으키든가 함으로써 비밀문서 보따리를 더 많이 파기했을 수도 있다는 등 괴로운 생각들이 자꾸만 떠올랐다. 나는 당시가 혼돈의 순간이었지만 그런 생각을 하지 못했던 나 자신이 저주스러웠으며, 예상치 못한 사태를 만나 충격을 받고 거의 마비 상태였던 스티븐과 통신특기병들을 보다 더 강력하게 통제하지 못했던 것도 후회스러웠다.

그 위기 상황이 인명 손실 및 부상으로 치닫게 하고, 국가 안보를 위태롭게 한 것은 나의 잘못이었다. 남 탓을 해봐야 위안이 될 것은 없었다. 내가 함장이었다. 배를 빼앗기고, 승조원 모두가 포로가 되고, 나 자신도 죄책감에 시달리는 포로 신세가 되었을망정 나는 함장이다. 그러나 나는 자기비판이나 자기연민에 빠져서는 안 된다. 아직도 구조할 만한 것이 있으면 구조해야 할 책임을 지고 있으며, 아무리 더 고약한 종말이 기다리고 있어도 책임을 다하는 함장이어야 한다.

무섭기도 하지만 환영할 만한 일은 나의 고독을 깨며 초급 군관과 감시병이 갑자기 내 방에 들이닥쳐 나 홀로 생각할 시간을 빼앗고 또다시 심문실로 끌고 가는 것이었다. 묘하게도 이 심문 시간이 나의 지성을 단련시켜 주며, 내 마음이 바닥없는 모래 구멍으로 빠져들지 않도록 돕는 면도 있었다. 사시 소령 같은 심문관은 내 복무기록에서 얻은 개인적인 이력사항에 관한 질문만 끊임없이 되풀이했기 때문에 나에게 정신적인 자극은 주지 못했다. 때때로 놈들은 나를 구둣발로 차며 정신 집중하라고도 했다. 지금까지 겪은 중에 가장 자극적인 대치 상황은 질문의 주공을 맡고, 월등한 군인 배우 같았던 왕 대령과의 만남이었다. 놈과의 만남은 나에게는 언제나 골칫거리였다. 대령 복장을 입고 어릿광대처럼 철저히 연습을 거친 대사를 더듬거리며 읽다가도 악의 천재성을 발휘하며 잔인한 희극과 냉소적인 잔인성을 교묘히 배합해서 포로의 기를 꺾어버리는 기술이 있었다.

"오늘은 좀 어떠시오?"

놈이 심문 시간에 변함 없이 던지는 첫 마디였다. 여위고 꺼칠하게 망가진 몸에 오물과 식은 땀, 상처에서 터쳐나온 고름 냄새 등이 진동하는 나를 불러 놓고 말했다.

"앉으시오! 우리 좀 더 솔직하게 이야기를 나눕시다!"

그러면 나는 앉아서 놈이 권하는 담배를 한 대 받아 물었지만, 놈의 초대를 받고 변함 없이 던지는 나의 질문도 "내 부상당한 부하들을 어떻게 보살피고 있소?"였다.

물론 놈은 내 질문을 무시했다. 대신에 통상적인 비난을 시작하며 조선인민을 두 나라로 갈라놓은 유일한 책임이 미국에 있다고 고함을 쳐댔다. 이걸 전제로 해서 놈은 남한을 점령하고 있는 미군들이 북조선의 애국자를 붙잡아 짐승처럼 대우했다고 주장하면서 극적인 재치를 다 부렸다. 왼쪽 주먹을 이마에 대고, 그걸 다른 주먹으로 때리며 노예를 부리듯 하는 미군들이 조선 여자들의 두개골에 못을 박는 고문을 했다는 걸 묘사했다. 놈은 상당한 곡예사 실력도 지녀서 자신의 발(홍콩의 사치품 상점에서 사 온 듯한 화려한 서양 스타일의 신발을 신었음)을 잡고 머리 위로 들어 올리며 마치 고문당하는 사람이 천장에 거꾸로 매달린 모습을 무언극으로 나타냈다.

"이것이 바로 동무들이 우리 인민에게 한 짓이오!" 하며 놈은 격렬하게 비난하면서 "인민의 발뒤꿈치를 잡아 매달고 혀를 잘라내서 인민들은 다만 으… 끄으… 같은 소리만 냈을 뿐…"이라고 말하고, 그런 고문 장면 묘사를 횡설수설하면서 자기의 혀를 엄지와 검지로 잡아 다른 손의 수도로 혀를 잘라 조각내는 시늉을 하더니 쇼를 멈췄다.

나는 왕 대령과 통역관이 사실을 뒤집어 엮어내는 소위 미군들이 잔혹한 죄를 저질렀다는 미군 유책(有責) 주장을 단 한순간도 믿지 않았다. 나는 놈들의 공연행위 내내, 그 속에 숨긴 사악한 뜻을 상기하며 무표정하거나 따분한 표정으로 일관했다. 즉, 미군이 자기네들에게 사용했던 고문 방법이기 때문에 놈들은 똑같은 고문 방법을 우리에게 거리낌 없이 사용하겠다는 뜻이 담겨있었다. 나는 스스로 겸손해 보일 말이나 제스처를 하지 않도록 몸조심, 입조심을 해야 했다. 왜냐하면 놈이 분노를 폭발하면서도 쉬는 사이사이에 나를 주의 깊게 관찰하며 혹시 내가 조금이라도 지치거나 굴복한다는 신호를 보내는가를 지켜보고 있다는 걸 알았기 때문이었다. 그다음엔 장시간 계속되는 무의미한 선전극 중에서 미리 알려주는 전조도 없이 갑자기 뭔가 나를 향한 말을 하는지도 알기 위해 경계심을 늦추면 안 되었다.

"어째서 동무는 자백서에 불성실하고 특이한 영어를 사용하는 거요? 동무는 우리가 그런 속임수를 모를 거라 생각하오?"

그 말은 하나의 충격이었다. 놈들이 내 가족, 친구, 동료들을 포함한 고국에 있는 누구든지 미해군장교인 내가 절대 사용하지 않는 어투로, 과장된 공산주의자들의 말투로 된 그 거짓 자백서를 실제로 발표했을까? 그와 같은 발표에 대한 미국 언론의 반응을 놈들이 이미 감지했거나 아니면 놈들 쪽의 언어 전문가들이 검토하고 경고를 보냈던 것일까? 나는 어느 쪽이든 알 수가 없었다. 그래서 냉담하게 어깨를 으쓱하는 반응밖에 보일 수 없었지만 놈이 자백서는 직접 자기가 불러준 대로 작성되었고 내가 서명을 했다는 걸 알고 있다는 사실에 나는 위안을 얻었다. 놈이 그런 자백서를 발표할 정도로 멍청했다면 상황은 그만큼 나에게 이롭다.

그러나 놈이 정말 그 정도로 멍청했을까? 그렇지 않다는 경고를 나는 뭔가에서 받았다. 말의 요점을 잃고 왜곡하거나 통역관이 양키 제국주의에 대한 독선적인 공산주의자들의 사자후 비난을 장장 두 시간 정도 끌어가다가도 마지막에는 이제까지의 화제와는 전혀 다른 화제를 끌어내는 걸 보면 멍청한 것과는 거리가 멀었다.

"그러면 동무는 누가 케네디 대통령을 죽였다고 생각하오?"

그때까지 나는 완전히 무감각해져 있다가 답을 알 수 있는 질문에 부드럽게 대답하려고 정신을 집중해야 했다.

"누가 케네디 대통령을 죽였냐구요?… 일종의 싸이코… 다시 말해서 소총을 장전하고 표적을 겨누는 것과 같은 단순한 행동 밖에는 자신이 뭘 하는지도 모르는 사회생활 부적격자이자 정신병자의 행동이오!"

내 말을 통역하느라 기진맥진해 보이는 통역관이 쌕쌕거리며 빨리 지껄이자 왕 대령은 거만한 웃음을 띄우며 머리를 젓더니, 조용히 그러나 의도적으로 반박했다.

"전혀 그렇지 않소! 암살범 오즈월드는 당시 부통령이었던 존슨이 주구인 CIA를 통하여 고용해서 특별히 케네디 대통령을 살해하려 했던 거요. 그렇게 해야 평화를 사랑하는 사회주의 공화국 인민들에게 전쟁과 도발을 계속해 피비린내 나는 미래를 유지하려던 거요. 동무는 우리가 증명할 수 있는 그러한 사실을 잘 생각해 보시오. 이제 혼자 방에 돌아가서 그 점에 관해 진지하게 생각해 보시오."

장장 다섯 시간에 걸친 얼토당토않은 마라톤 강의를 듣고, 나는 다시 짓누르는 외로움 속의 단조로움과 고독 속으로 돌아왔다. 비록 왕 대령이 비밀을 캐내려고 압박을 가한 것은 전혀 아니었는데도 내가 받은 스트레스는 엄청났다. 왜, 왜였을까? 놈의 심문 방식이 나를 헷갈리게 했다. 너무 무의미하고 비생산적인 것 같아서 내가 모르는 숨은 목적이 있는가 하고 나는 마음을 졸이기도 했다. 침대에 누워서 오랫동안 놈이 했던 말과 내가 했던 말을 검토하면서 단어 하나, 문장 하나에도 어떠한 정보 가치가 있는가를 생각해 보았다. 그러나 아무것도 마음에 떠오르는 건 없었다. 그래서 그 문제로 골치 썩이지 않도록, 당분간 다른 일을 생각하려고 했다. 감방의 벽을 뛰어넘는 일들을….

로즈.

로즈에 관한 생각이 떠올라 고통스럽기도 하고 위안도 되었다. 내 운명과 내 행동에 관한 많은 의문점을 둘러싼 불확실성 때문에 겪고 있을 아내를 생각하니 괴로웠다. 왕 대령이 언론이 면담하려고 로즈를 찾아갔다는 사실을 알려주었고, 나는 수많은 기자들이 우리 집을 에워싸고 나, 부커 중령의 인물 됨됨이를 캐내려는 장면들이 쉽게 떠올랐다. 가련한 로즈! 아내에겐 이번 일이 겁나는 새로운 경험일 텐데, 이런 때에 앨런 헴필 같은 동료가 곁에서 도와줄 수 있다는 데 고마움을 느꼈다. 분명히 미해군도 선행 목적의 군목과 사고지원 장교를 정기적으로 보내 어려움을 당한 해군 가족에게 도움을 주고 있을 터였다.

그러나 어떤 경우든, 내가 자백했다는 '자백서'를 아내가 보았다면 즉시 그게 거짓이라고 주장했을 게 분명한데… 그러나 그렇게 하면서도 그 가짜 자백서에 서명하라고 강요당하면서 남편인 내가 당했을 고문에 관한 생각에 고민은 더 컸을 것이다.

카미세야 미해군본부에 보냈던 마지막 메시지에 내 상처가 심하지 않다는 걸 아내는 알고 있을까? 아내에게 내가 처형당했다고 믿게 했던 복수 작전은 있었을까? 로즈는 아이들을 재우려고 무슨 말로 위로해줄까… 혼자서는 새벽까지 울고 있겠지… 로즈가 겪을 지옥 같은 일들을 생각하니 고통이 더 심했지만, 나도 어쩔 수 없는 일이어서 오랫동안 가족들 생각에 머물러 있을 수도 없었다. 가족과 나를 떼어 놓은 엄청난 간극을 메우려면 우리의 사랑과 기도 속에는 믿음이 있어야 했다. 아내에 대한 그리움을 다 채우려면 오늘 현재가 아닌 과거를 기억하는 게 낫다.

18년 전으로 거슬러 올라가, 처음으로 발랄하고 아름다운 소녀를 만났을 때 나는 흥분으로 가슴이 두근거렸었는데, 감옥에 갇힌 지금도 아내 생각만 하면 그때와 같이 가슴이 뛴다.

1949년 어느 따뜻한 봄날 오후 네브래스카주 오마하에서 중매로 만남을 시작한 게 처음이었다. 그때 나는 21세의 버릇없는 청년이었으며 해군에 근무하면서 호주의 시드니, 사이판, 일본의 요코스카 같은 낭만적인 기항지들을 다니며 산전수전을 다 겪은 사람으로 생각하고 있었다. 현역 근무 마지막 해에 명예 전역을 한 이래 내가 번 돈으로 네브래스카 대학교에 다니면서, 돈 많이 버는 여러 가지 직업에서 경험을 했다.

시간 당 93센트를 받고 도살장의 도살자가 되기도 했고, 좀 더 많은 급료를 받으며 자선단체 사교장에서 바텐더도 했으며, 돈은 적지만 장례식장의 구급차도 운전해보았다. 이렇게 여러 가지 직업을 가져봤지만 현금은 언제나 적었고, 빚도 없었고, 1939년형 플리머스 쿠페를 소유하고 있었으며, 대학 2학년 때 합격점을 받는 등 공부도 잘했다. 다만 플래니건 신부님의 보이스타운을 떠난 이래 경험을 많이 쌓았기 때문에 생긴 건방진 우월감으로 인해 쓴맛을 보았던 일도 있다. 간단히 말하면 나는 세상일에 너무 닳고 닳아서 블라인드 데이트에도 흥분하지 않았다. 혼자서는 대학 무도회에도 안 나간다는 친구의 여친과 만나도 덤덤했다. 나의 태도는 사실 품위가 있기보다는 잘난체하는 편이었다. 그런데 갑자기 로즈가 나타났다.

빼어나게 아름다운 그녀를 보는 순간에 나는 겉으로는 침착한 모습을 보이려고 애를 썼다. 그러나 그녀와 눈을 마주쳤을 때, 유머가 담긴 듯한 모습으로 "너무 놀라셨나요! 좋은 분 같으시네요." 하고 말을 걸어왔을 때는 내 몸의 모든 게 녹아내리며 기쁨에 도취되었다. 그녀의 웃음 머금은 입술에서 정식 인사말이 나왔다.

"만나서 반가워요, 부커 씨."

나의 룸메이트는 킥킥거리며 큰 소리로 외쳤다.

"그의 이름은 로이드예요. 철자는 L자가 두 개이구요, 로즈. 그러나 사람들은 그를 피트라고 불러요."

"두 개의 L자를 쓰는 사람을 어떻게 부를 거야?"

"그래요. 피트로 불러줘요." 하고 말하면서 나는 얼굴이 빨개지는 걸 느꼈다.

"좋아요, 피트. 함께 가요!"

로즈는 즐거운 듯 큰 소리로 말하면서 자기의 팔을 내 팔에 끼워넣고, 나의 귀한 재산인 1939년 형 플리머스 쿠페로 향했다. 그런데 그 순간에 내 차는 절대로 값비싼 호화품이 아닌 쭈그러진 늙은 호박처럼 보였다. 그러나 내 팔을 잡고 있는 처녀의 손길이 전기를 일으켜 요술을 부렸으니 문제될 것도 없었다.

로즈 돌로레스 롤링은 미주리주 주도인 제퍼슨시 근처의 한 농가에서 태어나고 자랐으며 프랭크 H. 롤링 부부의 딸이었다. 그녀의 두 오빠인 레오나드와 존은 2차 세계대전 중 군복무를 했으며 우리가 처음 연애를 시작할 때에는 모두 고향인 제퍼슨시에 돌아와 농사일을 하고 있었다. 막내 여동생 롤라만 고향집에서 살고 있었다. 로즈는 다니고 있던 미주리 대학을 그만두고 더 넓은 세상을 향해 날개를 폈다. 당시에는 벨 전화 회사가 촉망받는 젊은 여성들에게 가족을 떠나 홀로 생활이 가능하도록 가장 좋은 기회를 제공하고 있었다.

농업인이자 엄격한 부친의 무언의 승인하에 로즈와 또 다른 여동생 앤지는 제퍼슨시보다 더 매력적이었던 중서부 평야지대 도시인 오마하에서 전화교환수 자리를 얻었다. 흥분한 나머지 양가(良家)의 예의는 저버리지 않도록 둘은 쾌적한 교외에 위치한 번듯한 가정집에 하숙을 차렸다. 하숙집 주인인 마틴 부부는 이들을 마치 친딸처럼 대접했으며, 로즈와 나 사이의 관계가 무르익자, 자상한 부모님처럼 나를 사랑에 빠진 시골 청년으로 생각하고 지켜봐주었다.

로즈와 내가 처음 만난 후, 약 2주 지난 뒤에 다시 데이트를 했다. 로즈는 전화 회사 업무 스케줄에 따라 일을 했고, 나는 네브래스카 대학에서 학업을 계속하며, 몇 푼 안 되는 군인 지원금과 풋볼 장학금에 보태려고 야간 부업도 했는데, 플리머스 쿠페를 타고 오마하에 있는 마틴 씨 댁에서 70마일 떨어져 있는 링컨의 우리 대학까지 왕복을 하는데 연료비(갤런당 18센트) 지출이 만만치 않았다. 게다가 필요한 데이트 자금(한 번 만날 때 최소 $5 이상)을 벌기 위해서는 계속 아르바이트를 해야 했다. 그래도 그때가 우리의 황금시기였는데 걱정이 없어서가 아니라 연인 사이에 몸과 마음이 점점 더 가까워진다는 기쁨 때문이었다.

그 해 여름 구애 행각의 즐거움은 손잡고 영화 보기, 여물어가는 호밀밭에서 풍기는 향기 가득한 시골길을 드라이브하며 기대 앉아보기, 수양버들이 늘어진 메릿 호수에서 수영하고 피크닉을 즐기기 등, 이 모든 게 나에게는 대단한 정신적 영향을 주었다.

나는 로즈에게 홀딱 반한 걸 깨달았다. 마침내 9월 말 일요일 오후에 나는 로즈에게 프로포즈를 했다. 나에게는 대단한 용기가 필요했다. 왜냐하면 내게는 로즈에 대한 강렬한 애정과 욕망은 있었지만, 이전에 지녔던 자신감이 빠져나가고 대신 내가 부족하고 가치 없는 사람이란 생각이 들었기 때문이었다. 그래서 청혼을 하면서도 간절하게 덧붙였다.

"로즈, 나와 결혼해준다면 나는 학교를 그만두고 좋은 직업을 구할 거야."

이 말을 듣고 그녀가 강경하게 "No!"라고 외쳤을 때, 나는 심장에 비수가 꽂힌 듯했으나 로즈는 왜 그랬는지를 단호하지만 상냥하게 설명해주었다.

"내 말뜻은 학업을 포기해서는 안 된다는 거예요. 어쨌든 나는 당신과 결혼할 생각이에요. 사랑하는 피트! 어째서 당신은 나를 부양할 걱정부터 해요? 나는 좋은 직장을 가지고 있고, 당신이 원하는 직장을 얻을 준비가 될 때까지 계속 일을 할 거예요."

나는 로즈를 꼭 껴안고, 여러 번 키스를 하며 지금까지 경험하지 못했던 기쁨에 들뜨게 되었다.

사랑하는 마음이 든든하니 겨울이 지나기를 기다리며 은행 저축을 늘려 신혼여행 준비도 하고, 신혼살림을 차릴 아담한 집도 장만하기로 했다. 그리고 나는 로즈의 부모를 만나 예비 사윗감으로서 인사를 드려야 했다. 이때 나는 고아 출신이 몹시 걱정이었다. 가족도 없이 보이스타운 출신의 떠돌이를 어떻게 사랑하는 딸의 배필로 맞아들이겠는가? 나도 나 자신에 관해서 아는 게 별로 없다는 것에 멍했다. 나의 진짜 부모님은 누구인가? 다만 내가 몇 군데 고아원을 전전하기 전, 아주 어릴 때 나를 돌봐주었던 것으로 짐작되는 친척들을 어렴풋이 회상할 수 있을 뿐이었다.

지금까지도 나는 내 출생에 관한 불확실성과 의문점들에 잘 대처해 왔지만, 로즈를 사랑하고 함께 삶을 설계하면서 나의 과거를 아는 것이 중요하게 되었다. 그래서 내 생애 처음으로 아이다호주의 여러 공공 기록 보관소에 편지를 보내 진지하게 알아보았는데, 케케묵은 서류를 파헤치며 찾아내 회신

된 내용은 한 마디로 충격적이었다. 완전 낙담 상태에서 나는 로즈에게 내 출생 환경이 열악해서 도저히 로즈와 그녀의 가족을 만날 면목이 없다는 말을 해주어야만 했다. 그러나 그녀의 반응은 내가 그녀를 더욱 사랑하도록 만들었다.

"중요한 건 나에게 당신이 누구냐는 게 아니라 어떤 사람이냐는 거예요, 피트. 그리고 내가 당신을 사랑하고 남편이 되어주길 바란다는 거예요. 그밖의 것들은 문제가 안 돼요."

어찌됐건 우리는 그 해 긴 겨울 동안 즐거움과 걱정이 섞인 비공식적인 약혼 기간을 보냈다. 즐거움은 부드럽게 달아오르는 벽난로처럼 우리 사이가 가깝게 뜨거워졌기 때문이고, 걱정은 대평원에 쌓이는 눈처럼 언뜻 보면 싸늘하게 위협적이다가 연기처럼 풋풋이 날려 아무것도 보이지 않게 되는 그런 것이었다. 로즈가 고향의 부모님에게 보낸 편지에 나에 관해 어떻게 평을 했는지 나는 모르지만(아마도 모든 걸 다 말했을 것 같지는 않고) 충분히 소개를 했을 것 같아서, 주말에 농장을 방문해서 처음 그녀의 부모님을 뵈었을 때에는 긴장감이 돌았다.

그러나 곧 서로 알고 좋아져서 공포감이나 편견 따위는 쉽게 없어졌다. 나는 까다로운 장애물을 통과했다고 느끼며 더 큰 자신감으로 열심히 학업을 계속했다. 우리 둘은 시간외 수당을 벌려고 때로는 데이트도 포기하며 열심히 일을 했다. 그래서 우리의 종잣돈은 느리기는 했지만 확실히 모여지고 있었다. 이른 봄에 나는 6개월 전 프로포즈할 적에 돈이 없어 못 샀던 약혼 반지에 계약금을 치를 정도로 충분한 돈을 모았다.

로즈를 놀라게 해줄 극적인 순간을 기다리며, 며칠 동안 나는 다이아몬드 반지를 호주머니에 넣고 다녔다. 그러나 우리 둘 중 아무도 세심하게 꾸민 만남, 둘이서 만날 시간을 내지 못했다. 그래서 로즈는 내가 충치 치료를 받던 치과 대기실에서 뒤늦게 약혼 반지를 받게 되었다. 내가 바랐던 낭만적인 무대 환경은 아니었으나, 나에게는 그래도 다행이었으며 로즈는 대단한 유머 실력을 발휘해서 반지 전달 순간은 사랑과 웃음으로 밝게 빛났다.

우리는 처음 만난 지 거의 정확하게 1년 뒤인 1950년 6월 10일, 제퍼슨 시 성 베드로 성당에서 결혼식을 올렸다. 앤지, 롤라, 로즈의 올케 제니 등 롤링 씨 집안이 잘 차려입고 총출동한 정식 결혼식이었으며 제니가 신부 들러리를 섰다. 신랑인 내 들러리와 기타 남자 손님들은 보이스타운의 동료 졸업생들로, 이들이 친인척이 없는 부커 가문을 대신해서 자리를 빛내주었다.

새 옷을 입고 예식장 연단을 향해 선 젊은 신랑이면 누구나 긴장하듯 나도 긴장했지만, 하얀 가운을 입은 모습이 빛나도록 아름다운 로즈가 복도를 걸어 나올 때 내 몸과 마음은 그녀에 대한 사랑으로 가득 찼고 이내 황홀감에 빠져버렸다. 결혼식에서 기억에 남는 것은 바로 그 장면이었고 나머지 일들은 희미하게만 기억되었다.

좌석에 앉아 분방하게 귓속말로 소근대는 친인척들과 하객들의 축하, 성혼 선서를 낭송할 때 반짝이던 웨딩드레스, 가득 차린 연회장 테이블에 모여 행복하게 홍조를 띈 하객들의 얼굴, 번쩍이는 플래시 속에서 자르던 하얀 케이크, 환호성, 농담, 웃음 소리, 축복의 말, 그리고 소란이 잦아들며 마침내 우리는 화환을 달고 딸랑대는 깡통을 매단 낡은 플리머스에 올랐던 일.

그 후 5일 동안 우리는 근처 오자크 호숫가에서 신혼여행을 즐겼다. 그런데도 내 아내가 되기 위해 자기 아버지의 팔을 떠나 나한데 다가왔던 로즈의 사랑스러움만이 내 마음에서 지워지지 않고 생생하게 남아있다.

그 당시에 내가 얼마나 큰 사랑을 느꼈던지 로즈에게 말이나 했던가? 얼마나 많이 마음속으로 그걸 말하고 싶었는데도 말 못하고 지냈나? 이제 말해줄 기회마저 영원히 사라지고, 이 감옥에서 자꾸만 떠오르는 지나간 꿈처럼 그녀의 모습만을 생각하며 나는 썩고 있는 게 아닌가….

내 방문이 쾅소리를 내며 열리자, 로즈는 내 마음에서 멀리 달아나 버렸다. 침대에서 일어나서 나는 다시 제국주의자라고 비난 받는 현실에 직면했다. "동무 나오시오! 솔직한 이야기를 위해서!"라는 고함 소리가 들렸다.

수염이 자라고 몸이 더러워진 상태를 근거로 날짜를 대략 계산해보니 푸에블로의 피랍일로부터 10일 정도가 지난 것 같았다. 나는 1월 23일에 입었던 옷을 그대로 입고 있었는데, 피와 땀이 배어 있어서 냄새가 얼마나 진동했던지 동물한테서나 날법한 냄새가 아닐까 싶었다. 나의 외상이 맹독성 세균에 감염되지 않았다는 것은 하나의 기적이었다. 나는 조그마한 회색 벌레도 보았는데, 이놈들은 매트리스와 베개 속에 넣은 벼 껍질에서 무더기로 나와서 바늘로 찌르듯 나를 찌르고 뜯어 먹으려 했다.

이놈들이 무슨 병을 나에게 옮겨줄까? 발진티푸스? 선(腺)페스트? 페스트라면 내가 알기로는 쥐가 옮긴다던데, 쥐는 진짜 보균자인 이에 의해 감염된다. 내 침대는 이 투성이였는데 나는 변소에서 쥐들이 갈라진 벽틈으로 왔다갔다 하는 것도 자주 목격했다. 외국 사람들은 흔히 미국인들이 거의 병적으로 깨끗하고 위생적인 것에 집착한다고 농담을 한다. 그런데도 불결하게 놔두는 것은 일종의 교묘한 고문이라고 단언할 수 있다. 나는 내가 맞았던 면역 주사가 효과를 발휘해 주길 바랄 뿐이었다.

또 한 주를 보낸 뒤에 나는 육체적으로나 정신적으로 좀 나아진 것을 느꼈다. 그 전까지는 총상과 맞은 매 때문에 너무나 아파서 내가 죽을 때가 되었구나 하고 느꼈었다. 그러나 이제는 근력이 다소 회복되고 있었다. 가져다주는 음식에 대해서도 약하지만 식욕도 살아났다. 내가 좀 나아지는 걸 간파한 공산당놈들은 특식으로 주던 농축된 따뜻한 우유와 과자를 끊어버리고 단조롭던 일반 급식, 뭇국과 시큼한 맛이 나는 버터 바른 빵, 정어리 같은 생선으로 식단을 바꿨다. 생선이 나에겐 오히려 나았다. 악취를 풍기는 버터는 언제나 주었지만, 식사를 안 줄 때에는 식사를 대신하는 기회도 되었다. 고열과 배고픔 때문에 찾아왔던 마비증세가 어느 정도 사라지자 정신까지도 힘이 솟았다. 그래서 내가 처한 상황을 좀 더 자세히 분석하고 대처하기 시작했다.

가장 중요한 건 내 머리 속에 들어있는 비밀들을 보호하는 일이었다. 그 다음엔 내 휘하 장교들을 포함한 승조원들과 접촉을 시도해 푸에블로의 지휘체계를 재확립하고 미해군 군기를 수립하는 것이었다. 내 근처에서 비명 소리와 신음 소리를 들었기 때문에, 그리고 몇 명 포로들은 내가 변소에 가던 길에 대리석 복도에서 잠깐 본 일도 있었기 때문에 승조원 가운데 적어도 몇 명은 내 근처에 아직 생존해 있다는 걸 알았다. 감시병들이 포로들의 얼굴이 벽을 향하도록 밀어부치든가 강압적으로 그들을 방으로 몰아 넣든가 했었다.

나는 또한 푸에블로가 절대로 북한 영해를 침범하지 않았으며, 북한공산당 놈들이 발표한 여하한 성명이나 소위 '자백서'는 가짜라는 점을 미국에 알릴 수 있기를 바랐다. 북한공산당 놈들도 자기네 선전망을 통해 미약하지만 커뮤니케이션 라인을 열어 외부 세계에 알리려는 것 같았다. 나는 특별한 미국식 관용구와 융통성이 많은 영어의 왜곡, 반전기술을 혼합함으로써 그 것을 기본 어학능력만을 지닌 북한통역관들이 눈치채지 못하고 자기네 '기자회견'에 사용하게 했다.

놈들은 서서히 많지도 적지도 않게, 엄격하게 통제된 방식으로 나에게 체벌을 가하는 것이 분명해졌다. 감시병이 너무 거칠게 나오면 초급 당직군관이 나서서 제어시켰고, 초급 군관이 주먹이나 발길질로 나를 거칠게 다루면 즉시 고참 소령이나 대령이 나타나 그만두라고 날카롭게 주의를 시켰다. 어느 누구도 나를 때려 죽이거나 나에게 중상해를 입힐 수 없게 한다는 인상을 받았다. 그래서 놈들의 매질이 못 참을 정도로 가혹하다 해도 나를 죽이기야 하겠나 하며 나는 안심했다.

그러나 이것이 공포 분위기가 지속되지 않았다는 의미는 아니다. 북한공산당 놈들은 물리적 폭력 말고도 공포감을 주는 방법이 또 있었다. 이를테면 어느날 군관이 갑자기 내 방문을 열고 들어와 엉터리 영어로 이렇게 버럭 소리를 지른다.

"스피크 코리안? 유 스피크 코리안?"

나는 그놈을 본 일도 없다. 계급은 소령이었는데 반외투 왼쪽 포켓에 마치 미국 경찰 뱃지와 비슷한 이상한 뱃지를 달고 있다. 비난이나 욕설처럼 들렸던 그놈의 질문이 나를 겁나게 했다. 왜냐하면 푸에블로에는 한국어나 러시아어를 할 줄 아는 사람이 없느냐고 묻는 듯했으니까. 발각되면 그것은 바로 우리가 간첩행위를 하려던 기정 사실의 증거로 생각될 수도 있겠다는 걸 나는 알고 있었다. 나는 놈의 말뜻을 못 알아들은 척 했지만 제국주의자가 내방에 따라 들어와서 조금은 더 나은 영어로 나를 추궁했다.

"승조원 중에 한국어를 할 수 있는 사람은?"

"아무도 없소."

나는 거짓 대답을 했다. 사실 부사관 치카와 해먼드의 한국어 실력이 그리 높지 않았기에 대답의 절반은 진실이었다고 자위했다.

"러시아어를 하는 사람은?"

놈이 다그치자 내 가슴은 철렁했다. 스티븐 해리스와 통신특기병 중 몇 명이 러시아어에 유창하다는 걸 기억하고 있었기 때문이었다. 그러나 나는 아무도 없다고 다시 거짓말을 했다.

소령 놈은 흥분한 듯 나에게 소리쳤다.

"리서치가 한국어, 러시아어를 하나?"

한 동안 나는 정말로 혼란스러웠지만, 놈이 우리의 연구장교인 스티븐에 관해 묻는다는 걸 알았다. 놈들이 그의 복무기록도 파악했을까 하고 나는 의아했다. 그러나 나는 놈들의 전체 질문 내용을 무시하는 듯한 태도를 견지하면서 말했다.

"물론 아니오! 우리는 모두 미국인이며 한국인이나 러시아인은 없소. 나는 이미 여러 차례 같은 대답을 한 바 있으며, 지금까지 당신들도 직접 찾아보았을 것 아니오."

이 말에 놈들은 나를 노려보았다. 같은 질문은 반복되었고 나도 한결같은 응답을 하면서, 놈들이 본질과는 거리가 먼 질문을 하고 있다는 인상을 주려고 노력했다. 그러다가 놈들이 갑자기 떠나버리자 나는 홀로 남아 놈들이 마침내 민감한 정보 분야에 접근하는 게 아닌가 하는 생각에 조바심이 났다.

다음 날 밤에는 내 방문 밖 복도에서 여느 때보다 많은 사람들의 움직임 소리가 들려와서 나의 관심은 번민으로 바뀌었다. 몸싸움 소리, 퍽 소리, 문 닫는 쾅 소리, 신음 소리, 그리고 고통을 참는 소리들이 들렸다. 치카와 해먼드에게서 한국말을 끄집어내려고 놈들이 극진한 대우를 하지 않을까? 스티븐에게서는 러시아어가 유창하다는 자백을 받으려고 공작하지는 않을까? 나는 이들이 끝까지 버텨주기를 기도하고, 함께 고통을 참아내기로 했다.

함정에 자격을 갖춘 통역관을 태우고 다닌다는 것은 극히 이례적이란 걸 알고 있었지만 나는 북한공산당 놈들이 푸에블로가 언어 전문가들을 실제로 데리고 다녔다는 사실을 알아내더라도 별로 소득이 없기를 바랐다. 놈들이 이 문제를 더 파고들지 않자 나는 다시 희망을 찾았다. 그러나 그날 밤, 승조원 중에서 누군가가 심하게 두들겨 맞고 들것에 실려 내 방을 지나가는 모습을 언뜻 보았다.

흔히 있는 보통 심문 시간에 불려간 어느 날 저녁, 나는 푸른 제복을 입은 이상한 군관을 보고 놀랐다. 투옥된 이래 내가 만난 최초의 해군 타입의 군관이었다. 놈은 찌푸린채 단호한 얼굴로 나를 내려다보더니 나에게 '생활 규칙'이란 걸 읽어주겠노라고 통역관을 통해 엄중하게 말했다. 무언가 새로운 것이었다. 뻣뻣한 격식을 차리며 나에게 큰 인상을 남기려는 듯했으나 놈의 행동에는 뭔가 우스꽝스러운 데가 있었다. 그러나 놈의 말을 경청하지 않고 조금이라도 위반된 행동을 하면 엄하게 처벌한다고 경고를 보내고 있었다. 놈이 '생활 규칙'을 한 번에 하나씩 한국말로 읽고 멈추면 통역관이 준비된 영어 번역본을 읽었다. 규칙은 모두 9가지였다.

"하나, 일과는 엄격히 지켜야 한다. 둘, 당직자가 용무로 방에 들어오면 언제나 예의를 차린다. 셋, 방에서는 고성으로 말하거나 노래해서는 안 된다. 넷, 정해진 시간 외에는 마루나 침대에 눕거나 앉으면 안되며, 의자에 앉아야 한다. 다섯, 세면을 하거나 취침시를 제외하고는 항상 옷을 입고 있어야 한다. 여섯, 자기 앞으로 지급된 가구, 소모품, 방은 스스로 잘 관리해야 한다. 일곱, 자기 방과 복도는 언제나 깨끗이 청소되어 있어야 한다. 여덟, 제공된 물품 만으로 오락을 해야 한다. 아홉, 볼일이 있을 때에는 감시병의 허락을 받으면 감시병이 적절하게 안내한다."

놈은 잠시 멈춰 나의 반응을 보더니 나의 의심스럽다는 표정을 마치 넋을 잃고 집중하는 줄로 오해를 했다. 그래서인지 목소리를 더 높이면서 다음 부분이 중요하다고 강조했다.

"다음 중 하나라도 위반하면 동무는 무조건, 엄중하게 처벌받는다. 하나, 거짓 진술하거나 심문을 거부하거나 다른 사람에게 그렇게 하도록 사주하는 경우. 둘, 어떠한 수단으로든 다른 방에 신호를 보내려 하는 경우. 셋, 당직

근무자에게 불손한 행위를 하는 경우. 넷, 다른 범법 행위를 저지르는 경우."

내용을 다 읽고 나서 놈은 다시 날카롭게 나를 살피면서 이렇게 물었다.

"준수할 생활 규칙과 위반하면 안 되는 내용을 모두 이해했소?"

그런 다음에 놈은 '식사 중에 다른 포로와 이야기하면 안 된다'는 규칙을 추가했다.

마음속에 홍수처럼 밀려오는 질문을 나는 꾹꾹 참았다. 현장에서 질문을 해봐야 어떠한 희망적인 답변도 들을 수 없으리란 걸 알기 때문이었다. 그래서 나는 모든 걸 이해한다는 듯이 고개를 끄덕이고, 무뚝뚝하게 그 해군 군관 앞을 물러났다. 놈을 다시 만나는 일은 없을 것이다. 딱딱한 표정을 한 감시병의 호위를 받으며 다시 내 방으로 돌아오면서 나는 그 '생활 규칙'이란 것의 의미를 골똘히 생각해 보았다. 서면에 기록을 해서 공식적으로 나에게 (아마도 다른 포로들에게도) 읽어주었다는 사실은, 입만 열면 곧 처형하겠다고 위협했던 것과는 달리 우리를 살려둘 계획임이 분명했다. 이것은 가까운 장래에 우리를 석방하지 않고 무기한 투옥 상태로 끌어간다는 뜻이 있었지만, 갑자기 또는 일부러 질질 끌며 사형에 처할 거라는 공포감은 우선 없애버렸다. 우리가 곧 식당에 모여 함께 식사를 하게 될지도 모르는 일이었다. 이것은 대단히 많은 가능성을 열어 놓았다.

그러나 아이러니하게도 나는 얼마 안 되어 또 다른 테러를 만나게 되었다. 22시 30분이 조금 지난 시간에 일어난 일이었다. 옷을 벗고 잠을 자려는데 방문이 휙 열리더니 다람쥐 대위가 두 명의 감시병을 데리고 들이닥쳤다. 놈들은 모두 두툼하고 긴 겨울 외투를 입었고 다람쥐는 권총을 빼어들고 나를 겨냥했다.

"동무 옷 입어." 하고 소리치며, "서둘러!"라고 했다.

나는 공포에 질렸다. 놈들의 굳은 표정과 행동, 위협적인 권총 등으로 보아 나는 한밤중에 끌려나가 어려움을 당할 거라고 생각했다. 다람쥐가 공포에 질린 내 모습을 보았을 터이지만, 놈은 사나운 얼굴 표정을 조금도 바꾸지 않고, 이렇게 소리 질렀다.

"동무는 목욕하러 간다."

그 한 마디였다. 목욕? 이 시각에? 작게나마 내가 마음속에 품었던 희망은 결국 환상이었다. 나는 처형당할 거라고 확신했다. 올 것이 왔구나 하고 생각을 하니 옷을 주섬주섬 입으면서 나는 공포심을 떨쳐버리고 일종의 평정심을 얻을 수 있었다. 동시에 나는 필사적인 최후의 행동도 생각했다. 참을 수 없는 고문을 준비하는 낌새가 보이면 차라리 나를 총으로 쏘라고 대들 생각이었다. 실제로 몸으로 대들거나 자유를 찾아 도망치거나 해서 내 목적을 이루겠다고 결심했다. 이제 나의 유일한 목표는 괴롭힘을 당하면서 서서히 죽음에 이르는 상황을 피하는 것. 다람쥐가 넝마 같은 내 타올과 비누 조각을 손에 쥐어주며 서두르라고 명령을 할 때까지도 나를 죽이지는 않을 것이란 생각을 할 수가 없었다.

"보면 안 된다!"

계단 밑에 도달했을 때 놈이 소리쳤다. 그러나 나는 정문을 향해 걸어가며 별들이 총총한 아름다운 겨울 밤 하늘을 쳐다보았다. 하늘에는 북극성과 베텔게우스, 오리온 등 대양에서 지나온 세월 동안 나를 인도해주었던 정겨운 친구들이 끊임없이 조그마한 빛을 보내며 마지막 작별 인사를 눈짓하는 듯했다. 나를 향해 마치 생명줄을 조금 더 붙들어달라고 열망하면서 내 마음을 단단히 조이라고 하는 듯, 별들은 지난 날 내가 기억했던 것보다 더 아름다웠다. 그 사이에 군홧발로 발밑의 눈을 밟으며 걸어나가 대기중이던 버스에 떠밀려 올랐다. 버스는 창문과 운전수 좌석이 모두 밖에서는 볼 수 없게 가려져 있었다. 무장 감시병이 두 명 더 타고 있었으며, 버스문이 쾅 닫히

자 운전수가 기어를 넣고 덜컹거리며 버스가 앞으로 나아갔다. 다람쥐는 내 맞은 편에 앉았는데, 권총은 집에 넣은 채였지만 오른손을 무기에 대고 열심히 나를 쳐다보았다. 나도 놈의 얼굴을 응시하면서, 도로상의 과속 방지턱과 굽이 숫자를 헤아리며, 지난번 목격했던 남한 스파이 고문 장소로 나를 데려가는 게 아닌가 생각하며 나의 뇌리에 떠오르는 공포심을 안 보이려고 애를 썼다.

그러나 버스가 정차한 곳은 지난번처럼 먼 곳을 달려온 것 같지는 않았다. 다람쥐가 잠시 내렸다가 돌아와서 명령을 했다.

"동무 지금 내리시오! 어서!"

나는 놈을 따라 가면서 마음속으로 고문장으로 끌려가는 것보다는 형장으로 가기를 바랐다.

세 개의 시멘트 건물이 있었는데, 음침한 정면 창문에는 몇 개의 전등불이 켜져 있는 밋밋한 구조였다. 두 감시병의 호위를 받으며 건물 안으로 들어갔다. 소수의 북한공산군 군관과 무장한 병사들을 보았는데, 추운 날씨에 혈액 순환을 도모하려는 듯 발을 구르고 있었다. 언뜻 보기에 형장 같지는 않았다. 세 번째 건물 입구로 향하면서 나는 순간적이며 자비로운 죽음을 맞으려고 잠시 쉬면서 마음을 모질게 다잡았다. 그러나 그때, 다람쥐는 문을 휙 열면서 나에게 이렇게 말하는 것이었다.

"신을 벗어야 하오!"

나는 한참을 머뭇거리며 틀림없는 욕탕의 수증기 냄새를 맡았는데, 그것은 내가 일본에 주둔했을 때 가끔 다녔던 유명한 열탕인 오후로와 비슷한 것이었다. 세상에 이런 일이! 정말로 목욕탕에 온 것이었다.

죽음의 예상은 빗나가고 안도감의 충격으로 인해 내 무릎에서 힘이 빠지자 나는 그대로 주저앉을 뻔했다. 특히 옷을 벗는 곁방(탈의실)에서 옷을 벗고 나체가 된 때에 제복을 입은 북한공산당 기자단이 들이닥치니까 히스테리컬한 웃음 밖에 안 나왔지만 그걸 참는 것이 내가 할 수 있는 일의 전부였다. 갑자기 나는 총구 대신에 카메라, 라이트 미터, 투광조명, 플래시 세례를 받게 된 것이었다. 평소 사납던 얼굴들이 히죽이 웃으면서 나를 꾀어 상황에 맞는 표정을 지어달라고 했다. 다람쥐까지도 무서운 아랫볼때기를 웃는 모습으로 바꾸면서 이렇게 소리 질렀다.

"사진이 잘 나오게 서야지!"

체면 따위는 생각할 수 없는 혼미한 상태에서 하얀 타일로 만들어 가장자리까지 깨끗한 온수로 채워 놓은 아름다운 욕조를 향해 내가 나체로 즐겁게 걸어 들어가는 모습을 촬영한단다. 나는 공동 욕조에 몸을 담그기 전에 몸을 깨끗이 씻는 엄격한 일본식 예절도 까먹을 뻔했다. 몸 씻기용 목제 바가지도 있었고, 다람쥐는 옆에 서 있다가 나에게 비누 한 개를 던져 주었으며, 카메라맨들은 내가 행복한 표정으로 오랜 전통의 동양식 목욕탕에 들어가는 모습을 찍으려고 서로 밀고 당기고 있었다.

나는 바보처럼 킬킬거리며 즐거워했을 수도 있었으나 이것이 또 다른 공산당의 선전선동 술책이라는 것쯤은 알아차릴 지혜는 가지고 있었다. 셔터가 찰칵거리고 플래시가 터질 때, 나는 웃으며 미국 학생이나 군인이면 누구나 알 수 있는 "엿 먹어라"는 뜻의 저속한 수신호로 엄지손가락은 접고, 인지와 새끼손가락을 펴 보였다. 그러나 타일 입힌 벽이 터질 정도로 목욕탕으로 몰려온 북한 기자단은 그런 것은 까맣게 모르고 카메라로 사진 찍느라 여념이 없었다.

순간적으로 서로 빈정대는 코미디 연출을 하며 우리는 서로 상대방을 바보로 만들려고 어릿광대짓을 교환했다. 이때, 놈들의 작품제작 군관이라는 조그맣고 쪼글쪼글한 소령 하나가 신경질적으로 킬킬거리며 기자들을 몰고 나갔다. 다람쥐와 나만 남았는데, 자기네 동포들이 사라지자 다람쥐의 얼굴엔 다시 웃음이 없어졌다. 내가 목욕탕 연기를 잘했기 때문에 놈은 날더러 목욕탕에서 나와 감방으로 돌아가라고 하겠지 하고 예상했다. 그러나 빗나갔다.

"자, 몸을 씻으시오!"

그는 이렇게 쏘아부치고는 문쪽으로 방향을 돌려 늘 하던 대로 쾅 소리가 나도록 문을 닫으며 나가버렸다. 혼자 남은 나는 따뜻한 물 속에 목까지 담갔더니 쑤시고 더러웠던 내 몸에서 요술처럼 때와 고통이 말끔히 가셨다. 나는 놈들이 방금 찍은 사진을 국제적인 출판물에 내놓을 건가 하는 의아심이 들었다. 제발 그렇게만 되었으면! 아무리 우둔한 정보 분석가라도 내 손가락 신호를 보고 올바른 판단을 할 거니까. 북한공산당 분석가도 같은 결론을 낼지 모르지만, 그때는 나에게 기회가 온다. 다람쥐가 다시 나타나 목욕을 다 했냐고 묻자, 나는 당당하게 이렇게 대답을 했다.

"아니! 아직도!"

그랬더니 반 시간 이상, 아니 거의 한 시간 가깝도록 나에게 행복한 시간을 더 주었다.

다시 내 감방으로 돌아오니 충분한 목욕 뒤에 기분 좋게 졸음이 왔고, 침대에 눕자마자 곤한 잠에 빠졌다. 새벽 2시에 초급 대위 한 놈이 유별나게 시끄럽게 내 방에 들어서더니 나를 두드려 깨우면서 소릴 질렀다.

"이봐! 일어서! 면도해야지!"

나는 놈을 이전에 본 일이 없었기 때문에 즉시 놈의 가장 두드러진 특징을 나타내는 별명을 붙여주었다. 심한 중증의 후비루(콧물이 목 뒤로 넘어가는 현상) 증상을 보였기 때문에 녀석을 '코흘리개'라고 했다. 이놈은 고음의 코맹맹이 소리를 내며 아주 멍청해 보였다. 놈의 뒤에는 감시병이 얼음처럼 차가운 물 한 그릇을 들고 따라와 있었다.

"나는 얼음물로는 수염을 자를 수 없소."

내 항의에 코흘리개는 동요하며 옷소매로 코를 흠치고 나서 내 말이 무슨 뜻인지 생각하는 듯했다. 몸짓을 통해서도 반대한다는 신호를 보냈으나 이해를 못하고 놈은 화를 내며 발을 구르면서 나가버리고 곧바로 상위 계급자가 대신 들어왔다. 이 놈도 내가 처음 보는 녀석이었다. 땅딸막하고 쭈그러든 얼굴의 작은 소령이었는데 나에게 관심을 두는 것보다는 처음부터 마룻바닥에 더 신경을 쓰듯, 내 방이 혐오스러울 정도로 더러운 걸 알고 찌푸린 얼굴에 더럽다고 중얼거리기까지 했다.

마루를 열심히 닦고 걸레질하는 모양을 무언극으로 표현하면서 놈은 가급적 빨리 마루 청소하기를 바란다고 했다. 그러고 나서 놈은 내 수염에 관심을 옮겼다. 놈의 영어가 코흘리개보다 나은 건 아니었지만 얼음장 같은 물 문제를 알고 감시병을 시켜 뜨거운 물로 바꿔주라고 했다. 그 다음엔 조그마한 상자 한 개에서 구닥다리 안전 면도기를 꺼내 조립하더니 의자에 앉은 내 얼굴에 뜨거운 물을 바르고 내 몫으로 지급된 비누로 거품을 냈다.

그 소령 놈은 아주 거친 이발사나 다름 없었고 면도기도 지독하게 무딘 것이어서, 결국엔 면도를 포기하고 나보고 스스로 하라고 했다. 천천히 면도하라고 말하고 나서, 놈은 내 방을 샅샅이 살피면서 구석구석 흙 묻은 곳을 찾아내고는 청소하라고 했다. 내가 면도를 마치고 소령 놈도 떠나고 나서, 나는 기진맥진한 채 침대에 떨어져 누워 졸면서 도대체 얼빠진 북한공산군 놈들이 어떤 놈들인가를 생각했다. 그 소령 놈은 나중에 '마루 청소부'라고 별명을 붙였다.

오전 6시쯤, 쨍그랑대는 기상벨 소리에 잠을 깼다. 나는 일종의 보호 받는 낙관주의자 같은 걸 느꼈다. 그러나 지금까지 있었던 일들은 이를테면 나의 몸 단장을 돕는 마지막 손질이나 같은 것이었다. 나는 냄새 배인 군복을 벗어 버리라는 명령을 받았고 그 대신 죄수복을 지급 받았다. 적어도 깨끗하기는 했다. 거친 광목천으로 만든 사각 팬티는 앞가림막이 없고 조여 묶는 끈이 있었으며, 흰색 면 셔츠 한 개, 푸른색 패딩 바지와 상의, 양말 한 켤레(신발은 없는데, 아마도 눈 덮인 시골길로 탈출할 엄두를 못 내게 하려는 듯했다)가 전부였다. 나는 복도 끝 냉골 방에서 벗은 채로 반 시간 가량 떨고 있다가 옷을 받아 입었는데 내 여윈 체격에 그 죄수복은 마치 마대자루를 걸친 것 같았다. 푸에블로 피랍 과정에서 처음으로 만났던 통역관이 내게 다가와서 하는 말이, 이런 옷을 받은 나는 조선인민들에게 감사해야 하며 아주 잘 입고 관리해야 한다는 것이었다.

어느 날 밤, 나는 다시 왕 대령과 쌕쌕이와의 야간 회동에 불려나갔는데, 그게 어찌 보면 지루함을 벗어날 기회이기도 했지만 따분하기는 마찬가지였다. 진저리 날 정도로 심문 내용이 반복되었기 때문이었다.

심문은 통상, "요즘 지내기가 어떻소?"라는 말로 시작되었다. 그리고 나서는 바로 장광설로 이어지며 놈의 과장된 분노가 폭발했다. 왕 대령은 지칠 줄 모르는 연기자여서 2시간 이내로 끝내는 일이 없었고 때로는 3~4시간씩 계속했다. 쌕쌕이가 통역하랴, 무언극을 하랴 왕 대령의 말을 따라잡는 능력도 놀라웠다. 내용은 언제나 자기들이 주장하는 거짓 죄목을 재탕하는 것이었는데, 일반적으로 미국의 범죄행위를 지적하고, 심문하는 나를 주제로 선택된 특별한 선전 내용을 부각시키는 식이었다.

그날 밤, 왕 대령은 한국전쟁 시에 미군의 잔혹성을 거론하면서 자기네 국민들이 우리 미국에게 손찌검을 하도록 내버려뒀으면 아마도 승조원들을 갈가리 찢어 죽였을 터인데 자기들이 막아서 우리를 보호했노라고 했다. 실제로 배가 원산에 입항할 때에 우리를 보려고 나와 흥분하던 군중을 생각하면 놈의 말도 수긍할 만한 데가 있었다. 놈은 미국인에 대한 증오심이 대단해서 이 감옥 지역을 벗어나면 아무도 1시간을 살아 버틸 수 없을 거라고 말했다. 우리가 갇혀있는 곳의 위치를 정확하게 알 수만 있다면 도망갈 생각을 하고 있던 우리에겐 넌지시 던진 놈의 경고가 효력을 발휘할 수 있을 듯했다. 이처럼 광신적으로 반(反) 백인종의 나라에서 어느 서양인인들 도망칠 수가 있을까? 한국전쟁 중에 감방에서 성공적으로 탈출, 도망친 미국인이 있었던가? 단 한 번도 성공했다는 걸 들어 본 적이 없는 나는 우리가 거사할 경우에 얼마나 위험할까를 깨달았다.

그럼에도 나는 사기 진작 목적으로 탈주 계획을 밀고 나갔다. 한국인 사이에서 들키지 않을 가능성이 가장 높은 필리핀계나 멕시코계 미국인 한 명만이라도 탈출시킬 수 있다면 그것은 대단한 성공일 것이다. 휴전선이 약 이틀 행군 거리 이내일 터이고, 이 좁은 반도의 땅에서는 바다까지의 거리도 그리 멀지는 않을 것이다. 배를 훔쳐 탈 수 있는 바다… 대단히 들쑥날쑥해서 은폐가 가능한 해안선을 따라 남으로 갈 수 있는 바다가 있다. 나는 이 생각을 버려서는 안 된다! 왕 대령 놈의 횡설수설이 끊임없이 계속되는 가운데도 이 미로 같은 계획을 마음속에 궁리하고 있는데, 갑자기 놈은 말을 바꿔 나의 관심을 돌려놓으며 자랑스럽게 말했다.

"내일은 동무에게 특별한 음식대접을 할 거요!"

"어? 어떻게 그럴 리가?"

나는 억지로 관심이 있는 듯한 표정을 지으며 물었다. 이미 지루하게 끌어가던 심문 때문에 지친 기색이 역력하던 쌕쌕이가 더듬거리며 상관의 말을 부연 설명했다.

"내일은 조선의 큰 명절이오. 조선인민군 창설기념일이오!"

"그래서?"

"동무도 휴식을 가지게 되오! 특식으로 사과, 케이크, 과자, 기타 좋은 음식을 먹으며 즐기게 되오."

식욕을 되찾았던 터라 나는 그 말을 듣고 입에 군침이 돌았지만 어깨만 으쓱했을 뿐이고, 놈은 의례껏 솔직하라는 충고를 하며 헤어졌다.

다음 날 아침엔 귀에 거슬리는 벨 소리가 5시에 나를 깨웠다. 조선인민군의 축제 날 식사를 위해 잠자는 시간도 줄여야 한다는 뜻 같았다. 퉁명스러운 어린 감시병 한 놈이 내 방에 들어와 걸레와 찬물 한 양동이를 주며 날더러 마루를 닦으라고 했다. 걸레에는 손잡이가 없고 넝마조각이니 맨손으로 무릎을 끌며 걸레질을 해야 하는 거였다. 걸레질을 한 뒤 구정물을 변소의 변기에 버리러 가는데도 감시병이 따랐다. 구정물은 변소 바닥으로 역류해 흘러 나와서 느릿느릿 배수구에서 걸러진 뒤 거기서 아래층으로 흘러내리다 1층까지 도달, 언 배수구에 막혀 더러운 정화조로 다시 역류하는 것 같았다.

아침 식사에는 무 몇 조각, 빵, 냄새 고약한 버터 조금, 설탕 한 스푼이 담긴 식판을 가져왔다. 긴 치마와 불룩한 블라우스를 입은 얼굴이 동그란 여자가 가져다주었다. 그 여자는 단 한순간도 나와 눈을 맞추지 않았다. 식판을 가지러 다시 왔을 때에는 극동지역에서 많이 재배되는, 맛은 없지만 즙은 많은 사과 한 개를 가져왔다. 나는 그걸 먹지 않고 왕 대령이 약속했던 연회가 없을 경우에 먹으려고 침대 밑에 숨겨 놓았다. 침대밑 해충들이 육식만을 즐기길 바라면서. 그러고 나서 방을 서성거리다가 앉았다, 생각하다, 기다리는 또 하나의 긴 아침을 맞았다.

그런데 연회가 실제로 열렸다. 상당히 성대한 것이었다. 오전 10시가 조금 지나자 나의 목욕 장면을 취재하고 촬영했던 사진사들과 영화제작자들이 내 조그마한 방에 갑자기 모여들었다. 놈들은 나에겐 전혀 관심을 두지 않고 방의 구조를 점검하고 카메라 앵글을 잡는 데만 신경을 곤두세웠다. 지휘자는 지난번 촬영 시에 감독이라고 나타났던 조바심 많고 선입관을 가진 그 소령 놈이었다. 나는 놈을 '잭 워너'라고 별명을 붙이고, 놈의 부하들을 '워너 브라더스'라고 불렀다.

놈들이 내 주위에서 하도 설쳐대며 흥분해서 저희 말로 떠들어대며 사진발을 재며 연출을 하는 등 법석을 떨기에 나도 임시 배우처럼 행동하지 않기는 어려웠지만, 그래도 꿋꿋이 자리에 앉아서 당일 지급 받은 담배만 피워댔다. 원고도, 지시받은 것도 없었다. 그런데 놈들이 나타날 때처럼 갑자기 모두 사라져버렸다. 워너 브라더스 중 한 녀석이 나를 격려하듯 히죽이 웃으며 자리를 떴다. 나는 냉담하게 찌푸린 표정으로 응답을 했다.

다음엔 무신경한 듯한 무장 감시병의 호위를 받으며, 두 명의 아가씨가 나타나 무대를 차렸다. 내 테이블 위에 식탁보를 깔아놓고 한가운데에는 공식적인 모양새를 갖출 모양으로 사과 한 접시를 놓고, 쌀밥 한 그릇, 끓인 생선, 빵과 버터를 차려놓았다. 제국주의자가 들어와 차린 모양을 점검하고 나에게 역겨운 웃음을 보이며, 그 잘 차린 음식을 당장에 먹지 말고 기다리라는 암시를 했다. 나는 한국전쟁과 월남전쟁 시에 미군 포로들 앞에 소위 선전용 식사 테이블을 차려놓았다가 사진 촬영이 끝나면 즉시 치워버렸다는 글을 읽은 적이 있어서 아마 지금의 상황도 그와 비슷할 것이라고 짐작했다.

본격적인 쇼는 13시경에 시작되었다. 잭 워너와 그의 졸개 워너 브라더스가 카메라와 조명기구들을 들고 내 방으로 다시 몰려왔다. 아가씨들도 칙칙한 제복을 벗고 화려한 한복으로 갈아입고 등장하여, 한 아가씨는 나에게 돼지고기 감자국 한 사발을 가져다주고 다른 아가씨는 내 유리잔에 맥주를 따라주었다. 카메라 움직이는 소리가 윙윙, 찰깍거리고 사진사들과 감독은 내가 앞에 놓인 음식을 시무룩한 얼굴로 쳐다보는 모습에 실망하는 듯했다.

놈들은 나에게 먹기 시작하라고 열심히 신호를 보냈지만, 안 먹고 버티려다 내 의지가 꺾인 것은 그들의 요구 때문이 아니라 음식 자체에 끌렸기 때문이었다. 내가 해야 할 역할은 배가 고파 죽을 지경이었는데, 포로가 된 뒤에 잘 먹고 내 맘대로 살고 있는 포로로 행동해서 놈들의 기대를 채워주는 것이었다. 나는 돼지고기 감자국 사발을 들고 게걸스럽게 먹어 치웠다. 맥주도 벌컥벌컥 마셨다. 빵과 생선, 쌀밥도 먹고 추가로 맥주를 또 마셨다. 나의 테이블 매너는 정말 엉망이었지만 가능한 한 빨리, 많이 먹어치우려 했다. 워너 브라더스가 자기네들이 필요한 만큼 사진을 찍고 나면 곧장 연회는 끝날 것이라고 생각되었기 때문이었다.

그런데 촬영을 다 끝낸 뒤에도 나 혼자 남아서 남은 음식을 먹도록 내버려 두었던 일에 나는 놀랄 수밖에! 나는 음식을 많이 먹는 편이 아니었기 때문에 과식으로 탈이 날 거라고 생각은 했지만 개의치 않았다. 사과 두 개만을 남겨놓고는 몽땅 다 먹어치웠다. 남은 사과는 내 침대 속 내밀한 저장소에 감춰두었다. 이때 사심 없는 내 마음은 다른 승조원들도 나와 비슷한 음식 대접을 받았기를 바랐다.

포만감에 차서 앉아 있는데 마루 청소부 소령 놈이 술 한 병과 조그마한 유리잔을 들고 뒤뚱거리며 들어왔다. 분명히 식후 술 한 잔으로 끝을 내려는 듯했다. 놈이 잔을 채우자 나는 조심스레 맛을 본 뒤 마셨다. 인삼주였다. 아시아에 흔한 인삼뿌리를 증류해서 만든 독한 술이었다. 마루 청소부는 잔을 다시 채우고 두 번째 잔은 좀 천천히 마시라고 했다. 한 시간 안에 세 번이나 나타나서 내가 그만 먹겠다고 해도 듣질 않고 무뚝뚝하게 잔을 채웠다. 감방이 내 눈 앞에서 빙글빙글 돌고, 한 개였던 전등이 쪼개져서 움직이는 샹들리에가 되었다. 내가 취했다는 걸 알았다. 그때 감시병이 들어와 오후 낮잠을 자는 것도 인민군 창설일 축제의 한 부분이란 걸 알려줘서 나는 대단한 위안을 얻었다. 침대에 떨어져서 나는 곧 깊은 잠에 빠졌다.

오후 늦게, 나는 심한 두통을 느끼며 잠에서 깨어났다. 과도한 탐닉 때문에 받게 된 업보였다. 그때 난데없이 찾아온 두 명의 방문객을 맞았다. 우선 통역관 쌕쌕이가 몇 권의 소책자('생활 규칙'에서 언급되었던 소위 '문화 자료')를 가지고 나타났다. 놈은 탁 터진 기분으로 내 방에 들어와 의자를 더 가져오라는 지시를 하고, 나와는 격식 없는 대화를 하자고 했다. 이번엔 거의 흠 없는 유창한 영어를 구사하며 미국식 영어의 관용구에도 상당한 실력을 보였다. 나는 순간적으로 우회적인 의미를 전달하려던 내 말도 앞으로는 조심해야겠다는 생각을 하게 되었다. 그러나 이번 만남에서는 놈도 느긋한 마음으로 나의 건강에 관해 묻고, 내 부하들도 모두 따뜻한 대우를 받으며, 우리가 솔직하게 나오고 조선인민들에 대한 죄를 회개하는 한, 계속 인간적인 대우를 받을 거라고 얘기해 주었다.

　　"동무들에게 더 이상 해줄 게 뭐가 있겠소?"

　　"우리를 배에 돌아가도록 하고 고향에 갈 수 있게 하시오."

　　놈은 웃으며 고개를 저었다.

　　"동무와 동무의 나라가 지은 죄에 대해 사과를 한다면 몰라도 그렇지 않고서는 불가능하오. 그러나 동무는 가족들이 대단히 보고 싶겠지?"

　　나는 가족을 그리워하고 걱정을 한다는 인상을 주지 않으려고 노력했다: 놈은 나에게 자기가 들고 온 팸플릿 내용을 읽고 철저히 이해해서 조선인민들에 대한 미군의 침략과 잔학상에 관한 진실한 역사를 알라고 충고를 하며 떠났다. 놈이 방에서 나가자마자 나는 그 책자들이 선전용 쓰레기일 거라고 예상하면서도 굶주렸던 책벌레처럼 열심히 읽기 시작했다. 텅 빈 독방에 갇혀서 졸리는데, 뭔가 소일거리는 되었다. 한 책자 내용 중에서 가장 터무니없었던 무시무시한 내용은 한국전쟁 말기에 대부분이 아녀자인 5~60,000명의 조선 사람들을 고문하고 살해한 현장을 직접 감독했다는 해리슨 중위라는 사람에 관한 피비린내 나는 이야기였다.

그날 밤, 나는 아래층 홀에서 진행되던 통상 심문 시간 참석을 면제 받는 대신에 왕 대령이 내 방을 직접 방문하는 혜택을 받았다. 놈은 쌕쌕이를 데리고 소설에 나오는 예의바른 악당인 푸 만추처럼 고급 양가죽으로 만든 멋부린 모자와 헐렁한 어깨띠가 달린 상의를 입고 들어왔다. 왕 대령은 분명 맞춤 구두를 포함하여, 군복 착용에는 어느 정도 자유를 누릴 수 있는 권한이 있었다.

"요즘은 지내기 어떻소, 함장?"

놈은 이빨을 들어내고 히죽이 웃으며 담배 연기로 동그라미를 만들어내며 물었다.

"식사는 잘 했소?"

나는 억지로 영양분 좋은 음식이었다고 대답하지 않을 수 없었다.

왕 대령은 짐짓 놀란 척하며 메뉴에 관해 물었다. 쌕쌕이가 자세히 알려주자 놈은 부럽다는 듯 입맛을 다시고 내가 그토록 융숭한 대우를 받는지를 몰랐다는 듯이 행동했다.

"대단한 관용! 평화를 사랑하는 조선인민의 대단한 인간성!"

놈은 감정을 넣으며 소리쳤다.

"솔직해지면 우리가 어떻게 보답하는지 동무는 잘 알았을 거요. 물론 우리는 동무가 지은 죄를 회개하도록 열심히 권고한다는 사실도 말이오. 지금부터 나는 동무가 근육을 단련하도록 탁구를 허락하기로 했소."

나는 정말로 기뻤다. 운동을 하게 되면 우리 승무원들과 접촉할 기회가 생기고 푸에블로의 지휘계통을 다시 살릴 수 있을 터이니까.

"대단히 고맙소."

"또한 정신적인 오락으로 카드 놀이도 허락하오. 내가 듣기로는 직접 방

청소도 한다던데." 놈은 계속 말을 이어갔다. "그런 일은 지휘관에겐 전혀 맞지 않는 일이니 사람을 구해서 청소를 하도록 해 주겠소. 동무가 계속 솔직하게만 나온다면."

그렇게 해서 나에게는 당번병 하나가 배정될 예정이었다.

"고맙소, 그렇게 되면 현 상황에서 지내기가 좀 편해지겠소."

놈은 자신의 말이 진짜라는 걸 보여주기 위해 쌕쌕이를 보내 당직군관(마침 코흘리개가 당직군관)을 불러오도록 해서, 당직에게 한국어로 자세한 지시를 내렸다. 코흘리개는 굽실거리며 인사를 했다. 그래서 이번 왕 대령의 방문은 통상적으로 있었던 놈의 장광설 없이 끝났다. 그래도 놈은 날더러 솔직하라고 충고를 하며 내 방을 나서서 대리석 복도로 사라졌다.

이렇게 해서 나의 초기 감옥 생활이 끝나고, 새로운 옥살이가 시작될 참이었다.

제 14 장

"우리는 12마일 영해 밖, 적어도 12개 장소에서 있었던 북한 측 보고를 감청
했다."

〈1968년 1월 28일, 푸에블로 사건에 관한 유엔 안보리 토의에서
미국 대표가 했던 발언 중에서〉

"유엔은 푸에블로 사건에 간섭할 권리가 없다."

〈1968년 2월 8일, 북한 평양타임스지 머리기사에서〉

허영심에 관한 한 북한공산당 놈들 중에서 이 수용소 경비대의 탁월한 지
휘관인 왕 대령을 당할 자는 없었다. 그는 특별히 경비업무를 위해 선발되고
훈련받았을 거라고 나는 확신했다. 대부분 그의 부하들은 순박하고 솔직해
서, 환경만 달랐다면 농부나 상인 아니면 장인(匠人)의 길을 걸었을 것 같았
다. 이들에 비하면 왕 대령은 수완이 좋은 사람이었다. 체격도 당당해서 큰
키에 날씬한 몸매가 보통 땅딸막한 근육질의 또래 북한인들과는 달랐다.

내가 처음으로 놈을 만났을 때는 무섭도록 잔인하고 교활하고 폭력성이
있겠구나 하고 생각했었는데, 나중에 알고 보니 가장 고약한 협박과 장광설
을 펼칠 동안에도, 아주 세심하게 자신을 조절해가며 나의 반응을 관찰하며
분석했다. 그렇다고 이놈이 극도로 잔인하게 굴지는 않을 거란 뜻은 아니며,
자기가 담당한 포로를 취급하는 데 있어서 세심한 계획하에 무자비할 수 있
을 거란 뜻이다. 틀림없이 놈은 마치 구시대의 '지옥의 고통'을 설파하던 선

356

교사들이 설교 내용을 확신했던 것처럼 자신의 장광설의 주제를 굳건히 믿으리라는 것은 의심할 바가 없었다.

왕 대령은 또한 과거의 사실들을 자신의 열변 속에 삽입함으로써(이를테면 케네디 대통령 암살사건, 마틴 루터 킹과 로버트 케네디 상원의원의 죽음, 월남전이나 빈곤 반대 항의 행진, 1968년에 미국이 홍역을 치뤘던 반전 폭동 등) 국제적 시사 내용도 잘 알고 있다는 걸 보여주었다. 놈은 또한 수준급 교육도 받았다는 걸 나에게 말해주었는데, 특히 모스크바에서 육군군관학교를 다녔다고 했을 때는 그가 러시아어도 할 수 있을 거란 생각이 들어 나는 경계심을 가지게 되었다.

그러나 왕 대령이나, 그가 읽으라고 주었던 책자들도 조선민주주의인민공화국이 '제국주의 미국'에 대항하는 투쟁에서 소련이나 중공을 지도자나 동맹국으로 후한 점수를 주지는 않았다. 한국전쟁시 압록강까지 밀고 올라갔던 맥아더 장군을 막아냈던 중공군 사단 병력과 막대한 소련 무기의 지원 내용도 일체 언급하지 않았다. 놈은 조선공산주의자들이 자력으로 전쟁을 수행했다는 공식적인 북한공산당 노선을 충실히 따르고 있었다. 그러고 보니 교조주의(敎條主義)적인 공산주의자 왕 대령은 기본적으로 교만한 조선민족주의자였다.

우리가 충격적인 피랍을 당하고 처음으로 야만적인 대우를 받던 사이에, 나는 극소수의 포로만이 살아남아서 그 끔찍했던 이야기를 전해줄 수 있었다고 전해오는 암울한 공산당 감옥에 들어왔구나 하고 느꼈다. 독방에 갇혀 홀로 지내다가 주기적으로 복도를 걸어 내려가 황량한 심문실에 들어가거나 변소나 동굴 같은 회의실에 가는 것이 전부여서, 내 눈과 마음은 우리가 사실상 무시무시한 북한공산당판 소련의 루비앙카에 유배된 것이 아닌가 의심하며 그런 징조들에 관심을 두게 되었다. 내 방은 믿기 어려울 정도로 넓었으며, 문에는 조그마한 감시구멍도 없었고, 최고 보안 잠금장치도 없었다. 임시로 종잇장을 붙여 가려놓은 창문에도 쇠창살이나 철망 같은 것은 없었다. 게다가 복도의 호화스러운 대리석 마룻바닥은 소위 최고의 보안 조치를 강구했어야 할 감옥에는 어울리지 않는 것이었다. 그러나 변소의 정화통까지 얼 정도로 추운 냉기가 새어 들어온다고 초급 군관들에게 불평을 했더니 냉담하게 돌아온 대답은, "이렇게 훌륭한 집을! 100년 정도는 끄떡없도록 조선 노동자들이 건설한 건물이오! 거짓, 불성실한 불평 따위는 접수하지 않겠소!"였다. 이런 사례들을 근거로 판단해 보니 이 건물이 원래 감옥으로 쓰려고 건축한 것이 아니라 애초에는 공공 목적이나 기타 군사용 목적으로 지었던 건물을 서둘러 임시수용소로 급조한 건물에 우리가 갇혔다는 결론을 냈다.

그 후 2월에, 'Korea Today'라는 번지르르한 영자(英字) 선전 잡지가 문화 자료에 추가되어 들어왔는데, 거기서 나는 'Young People's New Military Academy(청년 인민의 신 군관학교)'라고 쓰여진 설명문과 사진을 접하게 되었다. 사진 속 건물이 왠지 낯설지가 않아 자세히 들여보니 바로 우리가 갇혀있는 곳이 아닌가? 나는 다시금 사진을 찬찬히 들여다보며, 적어도 우리는 종신 죄수나 사형수들이 가는 사형수 감방에 갇혀 있지 않다는 걸 확신하게 되었다.

3주 차 되던 어느 날, 나는 변소를 오가는 길에 우연하게 사진사 맥과 조우했다. 감시병들이 실수를 하는 바람에 우리는 몇 초 동안이지만 서로에게 말을 건넬 수 있었다.

"함장님! 놈들이 우리의 항공모함에 관해 저에게 묻습니다! 어떻게 할까요?"

맥이 항공모함에서 근무하기는 했지만 내가 알기로는 그가 정훈사로서 사진을 담당했을 뿐이었기 때문에 항모의 작전이나 운용에 관한 가치 있는 정보를 북한 놈들에게 말해줄 건 거의 없었다.

"놈들에게 아무것도 말하지 마, 맥!"

그 순간에 맥의 감시병이 그를 거칠게 다루기 시작했고, 나의 감시병은 나를 방으로 밀어 넣었는데, 방안에서 나는 초급 군관에게 무섭게 꾸지람을 들었다. 2월 중순쯤, 나는 감시병의 호위를 받으며 복도를 지나다가 문이 방긋 열려있는 방 안을 순간적으로 엿볼 수 있었다. 내 방과 똑같은 방 안에 스킵 슈마허가 있었는데, 얼굴은 창백하고 시무룩해 보였으나 외견상 상처는 없었다. 순간적으로 눈이 마주쳤으나 상대방을 인식만 할 정도였지 말을 건넬 시간은 없었다. 감시병들이 우리가 서로 보았다는 걸 알아채고 화를 내며 재빨리 나를 떼밀어버렸기 때문이었다.

나는 푸에블로 승조원 대부분이 이 건물 아래층에 함께 갇혀있다고 짐작하게 되었고, 나와 같은 층에는 나와 슈마허만이 독방에 갇혀 있다는 생각이 들었다. 다만 우리가 솔직하기만 하면 모든 승조원들이 인간적인 대우를 받게 해준다며 가끔 말해준 것 외에는 북한공산군 놈들 중에 아무도 나에게 내 부하들에 관해 믿을 만한 정보를 주지 않았다. 놈들의 분명한 술책은 우리를 격리시켜, 적어도 나의 경우에는 더더욱 다른 승조원의 상태나 운명에 관해서 조금도 모르게 하는 것이었다.

그러다가 이제는 그런 상황에도 변화가 왔다. '인민군의 날' 축제 열기 속에서 왕 대령은 나에게 당번병을 배정해준다고 약속한 바 있었다. 내가 비록 놈이 말을 얼버무리는 걸 알고 있었지만 이번엔 자신이 한 약속을 지켰다.

2월 9일, 기상나팔이 울린 지 얼마 안 돼서 내가 걸레와 물 양동이를 사용해 바닥 청소를 막 시작했을 때, 초급 당직군관이 들어오더니 청소를 멈추라고 하면서 말했다.

"함장은 일하지 마쇼! 다른 포로가 도와줄 거요!"

놈은 밖으로 나갔다가 몇 분 후에 우리 승조원 한 명을 데리고 돌아왔는데, 다름 아닌 에드워드 S. 러셀 수병이었다. 나는 대경실색하고 말았는데, 내심 놈들의 하급병사가 배정될 것으로 예상했기 때문이었다. 여하튼 천행으로 푸에블로 승조원을 보게 되었을 뿐만 아니라 아주 우수한 인원을 데려다주었으니 그를 통해서 우리의 전체 승조원들과 접촉을 할 수도 있을 것이라는 기대감에 나는 매우 기뻤다. 러셀은 총명하고 주도면밀하며 충성스럽고 유머 감각도 있어서 우리 배에서 인기가 높았던 인물이었다.

러셀을 데려왔던 군관은 나가면서 감시병 한 놈을 남겨놓았는데, 이놈이 잠시도 우리에게서 눈을 떼지 않음으로써 러셀이 무릎을 꿇고 마루를 닦는 동안에 말 한마디, 신호 한 번 주고받을 수가 없었다. 그런데도 우리는 눈을 마주치며 무언의 대화를 나눴다. 마룻바닥을 오랜 시간 닦고 정리하면서도 러셀의 수척한 얼굴은 예전에 장난기 어린 웃음 흔적을 간신히 알아볼 정도로 간직하고 있었다. 나는 변한 나의 외모에 대해 충격을 받지 않도록 노력하면서 입가에 엷은 미소를 띠며 그가 나타나 준 데 대해서 대단히 고맙다는 뜻을 전하려 했다. 이때 감시병의 얼굴이 험상궂게 변하며 화난 목소리로 안절부절못했다. 그래서 이런 기회가 우리에게 유익한 방향으로 더욱 진전되려면 조급한 행동으로 그 기회를 무산시킬 수도 있겠다는 생각을 하며 우리 둘 사이의 신호 통신을 더 이상 지속하지 않았다. 10분간 더 마루 구석구석을 걸레질한 뒤에 러셀은 급히 떼밀려 밖으로 나갔다. 내일 아침에도 다시 올까?

러셀은 3일째에도, 4일째 아침에도 왔다. 그는 이제 고정 청소당번으로 배정된 게 분명했다. 감시병들도 이제는 기정사실로 받아들이는 것 같았고, 우리가 조심했기 때문에 놈들의 감시도 약간 느슨해진 것을 알았다. 이제는 놈들의 선전 자료들을 내 방에 보관하도록 허락받았으며, 이제까지 보다 '더 솔직한 사과문' 작성 책임도 받았다. 이것은 내가 몽당연필을 슬쩍 빼돌리고 종잇조각도 얻어 낼 기회였다. 다섯 번째 아침 기상 점호 전에 나는 황급히 한 가지 글을 적어 러셀에게 전달할 준비를 했다. 2평방 인치 정도의 종이쪽지에 적어 넣을 수 있었던 내용은 이랬다.

"부상을 당하고 매도 맞았으나 지금은 괜찮음. 승조원 총원에게 끝까지 버텨내라고 말해주고 문제점은 나에게 알려주길."

나는 쪽지를 완두콩만 하게 돌돌 뭉쳐서 러셀의 눈에 띨만한 곳에 떨어뜨렸다. 완전 성공이었다! 러셀이 걸레질을 하다가 조그마한 종이를 손바닥에 쥐었고 나는 마침내 우리가 연약하지만 통신망을 구축했다는 데 대단한 성취감을 느꼈다. 감시병은 이러한 우리의 행동을 눈치채지 못했다. 그러나 다음 날, 감시병이 태평한 틈을 타서 우리가 편안하게 마음을 먹은 게 문제가 되었다. 러셀이 방 청소를 절반쯤 마친 때에 감시병이 열려있는 문지방을 막 넘으며 몸을 휙 돌려 등을 우리 쪽으로 대고, 방 밖의 복도에 있는 뭔가에 주의를 기울일 때, 우리는 기회를 놓치지 않고 귓속말을 나눴다.

"자네 다른 친구들과 함께 있나?"

아주 낮은 목소리로 내가 물었다.

"다들 잘 버티고 있던가?"

"둘이 함께 있어요, 함장님."

그가 응답했다.

"저와 헤이즈, 우린 모두 O.K. 그러나 다른 친구들에 관해서는 몰라요. 함장님은 아세요? 무슨 좋은 일이라도? 희망이 있나요? 라디에이터 파이프관을 두들겨 모스 부호를 사용해 연락하려 하지만 진전은 없어요."

"뭐든지 자네가 알아내는 건 나에게 알려주게. 희망이 있어 보이지만 우리는….”

내 말이 끝나기도 전에 감시병은 화를 내고 고함을 지르며 러셀에게 달려들었다. 순간적으로 놈은 러셀을 방 밖으로 끌어냈는데, 내 생각엔 그가 끌려가서 개처럼 패대기를 당했을 것이다. 이런 생각을 한 지 10분도 채 지나지 않아 내 차례가 왔다. 감시병은 다시 내 방으로 홱 들어와 나를 한쪽 구석으로 몰더니 카빈총 개머리판으로 쉬지 않고 찌르고 발로 차는데, 나는 몸을 웅크리며 막아보려 했다. 이 감옥에 갇힌 뒤 가장 심하게 맞아 본 매질이었다. 놈이 매질을 계속해대서 부어오르는 매 자국과 타박상에 못 이겨 꿈틀거리다 나는 곧 쓰러질 것 같았다. 나도 모르게 내가 소리를 질렀던지 북한 공산군 소령(내가 알기로는 ‘평판 얼굴’이라고 별명을 붙였던 놈인데, 통역을 했기 때문에 영어를 약간 할 줄 아는 군관)이 뛰어들어와 무슨 일인지 알려고 했다. 나는 우리가 아무 대화도 나누지 않았노라고 거짓말로 소릴 질렀더니, 그놈은 나를 무시하며 냉소조로 이렇게 대꾸했다.

“동무는 솔직하지 못해!”

그리고는 감시병더러 나를 더 패주라고 지시했다. 나는 다시 아무런 도움도 받을 수 없는 가련한 폐인 신세가 되고 말았다. 모두 물러간 뒤에 홀로 남은 나는 허덕이며 몸을 끌어다 침대에 맡기고 정신을 좀 차리려 했다. 러셀과 내가 좀 지나쳤던 것 같았다. 놈들은 우리를 죽지 않을 만큼 팰 수 있었다. 아니 죽일 수도 있었을 것이다.

그날 저녁 나는 심하게 다리를 절며 심문실로 끌려갔는데 흉터 대령과 통역관이 나와, 내가 솔직하지 못하다고 하면서 앞서 써먹었던 협박과 인민재판에서 판결을 받고 약식으로 처형될 수 있다는 등으로, 두 시간 정도 장광설로 나를 꾸짖었다. 그러나 다음날 아침, 놀랍게도 러셀이 걸레와 찬물 한 양동이를 들고 다시 내 방에 와서 동작이 뻣뻣하고 타박상이 있는 것 말고는 아무 일도 없었다는 듯이 무릎을 끌며 마룻바닥을 닦았다. 눈에는 아직도 도전적이며 유머가 남아있는 모습이었다. 새로 온 감시병은 아예 우리 쪽에 등을 돌리고 우리가 귓속말을 나눌 기회를 주었다.

"놈들이 자네도 패던가?"

겨우 들릴 수 있는 목소리로 내가 물었다. 러셀은 고개를 끄덕이고 이렇게 속삭였다.

"우리에게 기회가 있나요, 함장님?"

가느다란 목소리로 나는 비통한 대답을 해 주었다.

"놈들이 우리한테서 빼낼 건 다 빼내고… 우리를 없애 버리겠지."

감시병이 다시 우리를 지켜보는 자리라서 그렇게밖에는 말할 수가 없었다. 그날 늦게, 매 맞은 자리의 고통이 조금 가라앉은 뒤에 나는 러셀에게 했던 말에 대해 후회를 했다. 내가 할 일은 스스로 용기를 가지고 부하들을 격려하고, 희망을 품고 지도해야 했는데… 나는 러셀이 다음 날 아침 나타났을 때 동료들한테 나의 비관적인 예상 발언을 전했을까 걱정이 되었다.

"내가 어제 했던 말은 잊어버리게. 서로 협력하고 단결하면 기회가 온다. 이 말을 꼭 전하게."

그는 알았다고 고개를 살짝 끄덕였다.

나의 투옥 생활 중에서 정말로 큰 변화는 2월 14일에 왔다. 내 해군 카키 군복을 되돌려 받아 입었던 날이었다. 놈들이 세탁을 했다고는 하지만 다림질도 안 되어 있었고 핏자국도 얼룩으로 남아 보기에 흉했다. 금세 감시병이 들어와 나를 넓은 회의실로 데려갔다. 클리그등 불빛 때문에 눈이 부셨지만 나는 그 빛에 비친 군중의 실루엣을 보았다. 밝은 불빛에 적응이 된 다음에 나는 홍터 대령과 통역관 몇 명, 잭 워너와 워너 브라더스 등 촬영팀이 온 것을 알게 되었고, 그들은 정교한 독일 및 일본제 영화 장비를 휴대하고 있었다. 추가로 사복을 착용한 20명 남짓한 군인들 사이에 섞여 있는 5~6명 정도의 언론인도 확인했다. 게다가 민간인 신분의 해양학자인 프라이어 터크를 포함한 내 휘하 장교들도 모두 무대에 올라서 있는 걸 목격하고 나는 멈칫했다. 그들을 보고 나는 너무 기뻐서 달려가 팔에 안길 뻔했다.

진 레이시, 팀 해리스, 에드 머피, 스킵 슈마허, 프라이어, 그리고 고문을 받다가 죽었을 것으로 생각했던 스티븐 해리스 등이 모두 있었다. 모두 체중은 빠졌지만 건강한 모습이었다. 나는 너무 기뻐서 웃으며, 하마터면 기쁘다는 인사를 크게 소리칠 뻔했다. 부하 장교들도 나를 보는 순간 충격을 받은 듯한 모습이 그들의 웃음에 담겨 있었다.

나는 군복이 구겨진 채 걸쳐있다고 알고는 있었지만 그것은 엉망인 북한 공산군의 세탁 방식 때문만이 아니라, 내 몸 자체가 쭈그러들었기 때문이기도 했다. 205파운드나 나갔던 내 체중이 많이 줄었다는 걸 느끼고도 있었으나, 나의 외모도 몰라보게 변했다는 걸 이제야 새삼 깨달았다.

이번 기자회견은 북한공산당의 기준으로 보면 격식이 없는 즉흥 회견이었다. 한 시간가량 질문을 받은 다음, 10분간 휴식 시간에 무뚝뚝한 감시병들의 호위를 받아 바깥방으로 옮겨와 음료수와 과자를 제공받았다. 우리는 금쪽같은 2분 정도를 그냥 흘려버린 뒤에야 침묵을 깨고, 중요한 말이 뭘까를 생각하느라 또 1분을 그냥 허비했다. 이때 워너 브라더스 중 한 명이 파인더로 우리를 카메라에 담고 있었는데, 녀석은 분명히 망중한인 우리의 스냅 사진을 찍으려던 것 같았다. 나는 녀석을 안심시키기 위해 칵테일 파티에 참석한 손님이 대화를 시작하는 억양으로 말을 꺼냈다.

"나머지 승조원들의 안부를 들어본 일이 있나? 모두가 잘 지내고 있나?"

"모르겠습니다. 요즘에 본 적이 없어요."

누군가가 대답했다. 우리 장교들도 나처럼 병사들과는 철저히 격리되어 있었던 게 분명했다.

이러한 우리의 대화를 엿들었을 것이 분명한데도 감시병들은 반응을 안 보였다. 다른 북한군인들은 나름대로 자기네들끼리의 대화에 몰두해 있는 것 같았다. 점점 대담하게 나는 마음속에 있는 두 번째로 중요한 질문을 던져 보기로 마음먹었다.

"놈들에게 '솔직한 자백' 따위는 안 했겠지?"

이 물음에 우리 장교들은 고개를 저었다.

"같은 질문에 같은 대답 정도만 했습니다."

스티븐이 아무렇지도 않게 말했다.

"제발, 무슨 일을 당하더라도 고급 비밀은 지켜야 하네."

내 말에 모두 동의했다.

나는 에드 머피의 한쪽 귀에 깊은 상처가 있는 걸 보았다. 학대를 당했다는 걸 알 수 있는 그런 상처였다. 모두 긍정적으로 고개를 끄덕였고 진은 이런 말을 했다.

"우리 모두가 기분 나쁜 일을 당하면서도 잘 버티고 있습니다. 함장님이 안 좋아 보이네요."

"나는 체중이 조금 줄고 몇 군데 부어오른 자국이 있지만 나아지고 있어. 지금도 잘 견뎌내고 있으니 걱정할 것 없네."

우리는 과자를 먹고 음료수도 마시며, 멍하니 카메라를 쳐다보기를 계속했다. 그러다가 나는 이렇게 말했다.

"최근의 기자회견은 우리의 진지한 모습을 미국에 알릴 좋은 기회다. 추가로 회견이 더 있을 터이니, 올바른 말을 해서 우리 미국민들이 진실을 알도록 준비를 하자. 말조심을 함으로써 어떤 경우라도 우리 국민들에게 그릇된 인상을 주지 말자. 알겠나? 어려운 일은 내가 나서서 하고 잘잘못에 대한 책임은 내가 진다."

"알겠습니다, 함장님."

흥터 대령은 회의를 재개하고, 뻣뻣한 동작 때문에 '로보트'라는 별명이 붙은 군관이 회의 진행순서를 발표하고 지난 시간에 뿜어댔던 열기를 이어가며 놈들은 허튼 소리를 계속 쏟아냈다.

나는 푸에블로 사관실 요원들을 온전하게 찾았다는 걸 알고 엄청난 자신감이 솟아남을 느꼈다. 허겁지겁 비밀스러운 대화를 나눴지만 대화 자체로 유사 지휘계통이 재구축된 것이었다. 북한공산군 놈들이 계속 주절거릴 때, 내가 했던 생각들이 바로 이런 것이었다. 그때 놈들이 나에게 충격적인 질문을 던져와 정신을 바짝 차리게 되었다.

"동무들의 조선민주주의인민공화국 영해 침범에 관한 일본 수상의 성명이 있었는데 어떻게 생각하오?"

나 자신이 놀란 것은 물론 몇몇 나의 동료들도 놀란 얼굴 표정이었다. 독방에 갇혀 접촉도 없었으며, 세상 소식엔 깜깜했던 우리가 푸에블로에 관하여 일본 수상이 뭘 말했는지를 도대체 어떻게 안단 말인가? 그러나 우리 중 누군가가 놈들이 원하는 답을 말해야 하는 상황이었다. 스킵이 자리에서 벌떡 일어나 놀라울 정도로 애매모호한 말들로 횡설수설했는데 어쨌든 그의 말이 북한공산당 군인 놈들과 선전원들을 다소 만족시켜 준 듯했다. 추측컨대, 당시 일본의 사토 수상이 푸에블로가 불명예스러운 북한 임무를 수행하기 전에 일본을 모항으로 활동하지 않았느냐는 좌편향 언론의 곤욕스러운 질문을 받고 수세에 몰리다가 일본은 '해적 행위'로 부각되었던 이번 사건에 책임이 없다는 취지로 능숙한 답변을 하면서 회피하려 했던 것인데, 그로 인해 북한과 그 지지 세력들의 분노를 샀던 것 같았다. 반박하는 모양새를 갖추려는 의도와 함께, 이 문제가 바로 이번 기자회견을 하는 주요 이유인 것 같았다. 내 생각에는 스킵의 대답이 놈들에게는 만족스럽지 못했던 것 같았지만, 중요한 것은 북한공산군 놈들이 푸에블로의 피랍사건이 우방국가의 관심을 끌게 되었다는 것을 무심결에 우리한데 알려줬다는 사실이었다. 논리적으로 볼 때 미국도 똑같은 관심을 가지고 있을 거라는 점도 알려준 것이었다. 그래서 이것은 우리가 잊혀진 게 아니라는 첫 번째의 구체적 증거였다.

카메라로 우리가 뉘우치는 듯한 모습을 찍는 동안에 놈들의 장광설을 끝으로 회견은 끝났다. 한편 우리는 각자 독방으로 돌아가기 전에 몇 마디 더 격려의 말들을 주고받았다. 이때부터 감옥 생활은 과거처럼 지독하게 쓸쓸하지는 않았다. 기자회견이 있은 지 약 이틀 뒤에 푸에블로의 전 사관실 요원들이 회의실에 소집되어 왕 대령과 그의 부하들을 만났다.

왕 대령은 우리가 저지른 범죄적 행위에 대해 조선인민들에게 사과문을 작성할 기회를 주겠다며 '작성 지침'이란 것을 발표했다. 우선, 구가의 표기에 있어 북한(North Korea)이라고 호칭하지 말라 하고 남한이란 말은 잘못된 제국주의자들의 상상의 산물일 뿐이므로 오로지 유일한 '조선민주주의인민공화국'이란 말만 사용해야 한다고 주의를 줬다. 놈은 조선인민의 용서를 받으려면 우리의 죄과에 대해 최대의 진정성 있는 회개와 사과를 하라고 우리를 꾀었다. 만일에 그렇게 하지 않으면 인민재판에서 내리는 신속하고 정당한 벌을 피할 수 없으리라고 위협했다. 그렇게 말하면서 놈은 서열상 부하로 보이는 흉터 대령에게 회의를 이끌도록 넘기고 방을 나갔다.

우리는 긴 테이블에 앉아 종이와 연필을 받아들었다. 토의는 허락되었지만 놈들이 우리한테서 빼내고자 하는 엄격히 제한된 문맥 범위 안에서 어순이나 말투에 관해서만 토의가 가능했다. 흉터 대령이 새로운 통역관(이 놈은 우리가 '은빛 입술' 또는 '달변가'라는 별명으로 부름)을 대동하고 우리를 감독했는데, 통역관은 우리가 말하는 내용을 주의 깊게 들으며 일일이 체크하고 쓰는 글도 꼼꼼히 점검했다. 착검한 감시병들이 문밖에서 삼엄한 경비를 섰기 때문에 글이든, 말이든, 우리가 쓰는 내용을 놈들에게 들키지 않고 주고받을 수는 없었다. 눈짓을 하거나 조금 과장된 얼굴 표정을 해도 모두 위험했다. 그럼에도 불구하고 우리 모두는 우리가 쓴 글 내용이 궁극적으로 외부 세상에 나가면 거짓투성이 속에서도 가느다란 실오라기 같은 진실을 발견하도록 교묘히 말을 비틀거나 구문(構文)을 꼬아서 북한공산군의 의도를 어떻게든 방해하려고 노력했다.

다행스럽게도 훙터 대령은 나더러 서론을 써서 부하 장교들에게 글솜씨를 보여주라고 했다. 놈은 우리가 받아쓰기 할 내용을 불러주었는데 나는 매 단어, 문장을 가지고 놈과 씨름하면서 우리 장교들도 참여해 토의하도록 격려했다. 달변과 훙터 대령은 얼른 자기네 사전(이 모임에서 표준 장비처럼 활용함)을 찾아보면서 낱말 의미에 관한 자기네들의 생각을 주장했다. 이런 경우에 나는, 마치 북한 사람들이 사전에 있는 대로 말을 하지 않듯이, 미국 사람들도 사전에 있는 대로만 말하거나 글을 쓰지는 않는다고 꼬집어 주었다. 실랑이가 계속되는 가운데, 우리는 게임을 하듯이 어떤 낱말을 놓고 우리 끼리 계획된 고의적인 토의를 벌임으로써 편지 작성 속도를 지연시켰다. 최초의 한 시간 내에 토의로 동의를 얻어낸 단어는 몇 개 밖에 안 되었다. 훙터 대령은 조바심을 느끼고 누군가와 상의를 하러 방을 나갔는데, 우리 짐작으로는 아래층에 있는 왕 대령을 찾아간 것 같았다. 아래층에서는 놈들이 우리 배에서 노획한 기록물들을 체크하고 있을 거라고 우리는 추측했다.

훙터 대령은 분명히 이번 편지 쓰기 사업 이전에 일부 푸에블로 승조원에게서 얻어냈던 몇 통의 사과문을 검토한 뒤에 돌아왔다. 놈은 자기가 바라는 예문이라며 그 사과문을 우리에게 보여주었다. 나는 사과문 작성자의 이름과 서명을 알 수 있었으며, 그 내용엔 민감한 우리 측의 정보를 언급한 건 없었으나 비열한 말씨가 개인은 물론 총원의 체면을 구길 정도로 굴욕적이고 놈들의 목적에 부합하는 것이었다. 그런 사과문이 강압하에 작성되었을 것은 분명했으나, 나는 그런 류의 사과문이 우리에게 위태로울 정도로 믿을 만한 내용도 있어서 장차 재앙의 불씨가 될수도 있으리라 판단했다. 그래서 내가 할 일은 우선적으로 그런 사과문은 미국인답지 않다는 점을 놈들에게 알려주는 것이었다.

"미국 해군을 잘 아는 사람이라면 아무도 그런 말을 쓰지 않을 거요."

나는 언어 장벽을 깨려고 노력하던 흉터 대령에게 말해 주었다.

"만일에 이 글처럼 믿기지 않을 내용을 세상에 내보낸다면 오히려 당신네들이 망신을 당할 거요."

우리 장교들도 눈치 빠르게 나를 거들었다. 계속되는 실랑이 속에서 흔들리던 흉터 대령과 달변은 연신 사전을 뒤적이거나 아니면 저희들 상관과 상담하러 나갔다. 두 시간이 지나서 우리는 놈들이 주장하던 '사과'의 의미를 바꾸고 사과문을 새로이 다시 써야 한다는 걸 확신시켰다.

다음 날에도 또 만나서 하던 일을 계속했는데, 이번엔 지연 및 모호하게 만드는 작전을 더욱 세련되게 펴나갔다.

"Intrusion? 음…. 영어로 이 낱말은 여러 가지 뜻을 가지고 있지……. Penetration? 아, 그렇지, 일종의 직유법이지만 좀 더 애매하고… 직유법이 뭐지? 설명하기 어렵네. 사전에서 찾아보는 게 더 좋겠지. 철자를 아는 사람 있나요? C로 시작하나, 아니면 S로 시작되나?"

이렇게 진행되니까 흉터 대령과 달변은 점점 더 초조해졌고, 우리는 게임을 즐기듯 모여서 대화하는 게 즐거웠다.

흉터 대령은 자기네가 수용할 수 있을 정도의 사과문을 받아내려고 갑자기 부산을 뜨는 모습이었다. 이것이 우리를 석방하기 전, 최종적인 선전용 작업일까? 나는 이렇게 아주 조그마한 희망을 걸어보았지만, 그것은 포로로서 지푸라기라도 잡아보려는 노력이었을 뿐이었다.

4일 째 되던 날, 놈들은 참지 못하고 '사공이 많으면 배가 산으로 간다'는 속담을 이해하는 듯한 결심을 했는지, 진 레이시, 팀 해리, 스티븐 해리스, 에드 머피, 프라이어 터크는 각자 자기 방으로 돌려보내고 나와 스킵 슈마허만 붙잡아 놓은 채, 왕 대령, 흉터 대령, 달변 및 그 패거리와 함께 우리가 하던 일을 마치게 했다.

놈들은 다섯 명의 우리 요원들을 제거함으로써 이제 저울은 자기네 쪽으로 기울었다고 생각했을 터이지만 사실은 제 꾀에 넘어가고 만 셈이었다. 스킵으로 말할 것 같으면 우리 중에서 가장 숙련된 '말' 선수였기 때문이었다. 신학을 전공한 그는 성경 말씀에 통달해 있었으므로, 그의 예리한 위트를 동원해, 의미는 없지만 청산유수와 같은 장황한 이야기를 펼칠 수가 있었다. 그래서 우리는 북한공산당 놈들이 사전 찾아보는 횟수가 늘고, 왕 대령과 상의하는 횟수도 늘어나게 했다.

우리의 짐작으로는 흉터 대령이 진도가 안 나간다고 상관으로부터 상당히 꾸중을 들은 것 같았다. 한 번은 놈이 회의에 다녀오더니 허둥대며 화를 내는 것이었다. 그 때, 달변이 흉터 대령의 말을 통역했다.

"동무들은 전혀 진척이 없소. 동무들이 솔직하지 않으면 정당한 조선 법률의 매운 맛을 보게 될 거요. 동무들은 진정성이 없소."

나는 억울하다는 얼굴 표정으로 스킵을 쳐다보며 이렇게 말했다.

"이런! 내 생각엔 우리가 좀 열심히 해서 3~4쪽의 솔직한 회개문을 작성하는 게 좋겠네. 무언가 좋은 게 좋지 않을까?"

"네, 함장님."

"다시 작업을 시작하되 우리가 무한히 참을 거라 생각 마라!"

흉터 대령이 소리 질렀다.

"어렵지 않지."

내 대답에 흉터 대령과 달변은 다시 사전을 뒤적였다.

그 뒤 2시간 동안 우리가 똑같은 글을 열 번째 작성했는데 놈들은 우리 주위를 맴돌았다. 우리가 선택한 문구를 집어넣으려면 놈들이 원하는 말투도 넣어줘야 할 때가 되었다고 생각했다. 민감한 군사정보가 포함되지 않았을 경우 나는 완전 비타협적으로 맞서는 모험을 하고 싶지는 않았다. 우리가 고집을 부리면 사과문 작성이나 기자회견도 더 이상 진행 않고 놈들은 다시 고문을 시작할 것이며 상당히 많은 우리 승조원들이 처형될 지도 모를 일이었다. 스킵도 이 점을 재빨리 알아챘다. 사과문 작성을 끝내자 흉터 대령은 초안을 들고 왕 대령의 승인을 받으러 아래층으로 내려갔지만 한 참 뒤에야 우리가 작성한 원안과 비슷한 다른 글을 가지고 돌아온 걸 보면 승인을 못받은 게 분명했다.

"동무들은 우리의 뜻이 뭔지를 모른다. 여기 솔직함이 무엇인지 보여주는 글이 있다!"

놈은 고함을 지르며 북한공산당판 사과문 글본이란 걸 우리 앞에 내밀었다. 그러나 놈들은 다시 한 번 스스로 패배의 쓴맛을 보았다. 사용된 언어 자체는 관용구로 가득한, 상당히 훌륭한 영어였지만 공산주의자들의 선전과 말투 냄새가 물씬 풍겼다. 우리는 좀 더 실랑이를 벌였지만, 미국식 영어답지 않다고 놈들에게 확신시킨 몇 개의 낱말을 뺀 것밖엔 없었다. 우리는 우리식 암호 몇 마디를 끼워 넣는 데 성공함으로써 글 전체의 분위기가 미국인들이 읽어보고 그것이 강압에 의한 사과문이라는 점을 알아채도록 했다. 약한 주일 걸려서 작성한 최상의 작품이었다. 나는 앞으로도 우리가 그런 식으로 더 잘 할 수 있기를 바랐다. 스킵과 나는 각자의 방으로 돌아가 불안을 느끼면서도 우리의 노력이 성공적이었기를 기도하며 어느 쪽에서든 반발이 없기를 바랐다.

그로부터 이틀 밤이 지난 새벽 2시에, 뚱딴지 같이 왕 대령은 푸에블로의 총원을 잠자리에서 일으켜 그 사과문에 서명을 하라는 서명식을 열었다. 한편 우리 통신특기병인 엘튼 우드는 사과문을 매끈한 필기체로 옮기는 임무를 받았다. 글씨체가 좋아서 그 일에 발탁된 것이었다. 서명식은 대회의실 겸 심문실에서 열렸다. 나도 부하 장교들과 함께 불려나왔다. 승조원들은 한번에 20명씩 떼를 지어 불려왔다. 왕 대령은 우리가 만일 협조를 안 하면 재앙을 당할 거라는 인상을 주었다. 그러나 마침내 나는 푸에블로의 모든 승조원을 눈으로 볼 수 있는 기회를 맞았고, 우리 승조원들은 서명식을 취재하려고 나타난 촬영팀 잭 워너와 워너 브라더스가 비춰대는 조명 불빛에 졸린 듯 껌벅거리며 회의장으로 들어섰다.

승조원들은 모두 북한공산군 죄수복을 착용하고 있었는데 초췌하고, 영양 결핍 상태에다 불안한 모습이었다. 그중 많은 인원이 턱에 멍든 자국, 시커멓게 멍든 눈, 뻣뻣하게 절룩거리며 걷는 걸음걸이 등의 학대를 받은 증거를 지니고 있었다. 한국어 전문가인 부사관 해먼드는 특히 많이 얻어맞은 듯했지만 그의 부어오른 눈에서 나오는 경계하며 반항하는 듯한 눈빛은 굴복하지 않는다는 의지가 역력했다. 같은 분위기를 느끼게 한 것은 필리핀계 미국인 알루아그와 아벨론, 멕시코계 미국인 수병 로잘레스가 있었는데 이들은 모두 북한공산군들이 남한 스파이며 배신자라고 간주했기 때문에 특히 엄청난 매로 지옥 맛을 보았을 게다.

기관병 존 미첼은 독감 증세가 있어 보였는데 고열로 몸을 떨고 있었다. 기타 승조원들은 독방에 갇혀 형편 없는 식사와 끊임 없는 긴장감 때문에 고생한 듯했다. 이들을 목격한 나는 목이 메었다. 특히 모두가 나를 바라보고 있다는 걸 알았을 때 더욱 그러했다. 나는 승조원 모두를 직접 만나 격려도 하고, 내 자신이 아무리 망가져 보여도 다시 배를 통솔할 준비와 능력도 있으며, 함장으로서 책임도 지겠다는 걸 말해주고 싶었다.

그러나 우리는 상당한 거리에 떨어져 있었으며 개인적인 대화도 허락되지 않는 상황이었다. 왕 대령은 강한 카리스마로 식장을 쥐락펴락하면서 그 어느 때보다 더한 의심의 눈초리로 우리를 감시했다. 놈은 내가 지휘관으로서 영향력을 행사해 주길 바랐으나, 다만 자기의 목적에 부합하는 제한된 범위 내에서만 원했다. 늘 하던 장광설을 펼친 뒤에 놈은 우리 승조원들에게 사과문의 서명에 앞서서 함장이 나와서 '솔직성'이 절대로 필요하다는 점을 설명할 것이라고 날카롭게 말했다. 냉소적인 몸짓으로 놈은 나에게 무거운 짐을 지웠다.

새삼스럽게 나는 내 자신의 낱말 하나하나와 억양을 살피며 조심스러웠다. 내가 죽어도 전달하고 싶지 않았던 말은 북한공산당 놈들에게 협조하라는 말 한 마디였다. 우리 승조원 앞에 나섰을 때 나는 식은땀이 흐르는 걸 느끼면서 천천히 말문을 열었다.

"장병 여러분, 여러분들 모두를 만나게 되니 대단히 기쁩니다…. 모두 건강해 보이고."

나는 빈정대는 뜻으로 발을 약간 저는 모습을 하고, 일부러 일그러진 표정을 지음으로써 나의 건강 상태를 강조해 보이며 말을 이었다.

"여러분이 보시는 바와 같이 나는 여러분과 함께 살아있으며 평화를 사랑하는 조선인민들로부터 여러분들과 똑같은 인간적인 대우를 받고 있습니다. 정규 식사를 제공받아 이만큼 건강하고, 방은 혼자 독방을 쓰며… 그래서 한동안 우리가 서로를 보지 못했습니다."

대부분은 멍하다 못해 약간 못 믿겠다는 표정으로 내 말을 들었으나 소수 인원은 웃음을 참을 수 없다는 모습이었다. 들어내고 웃는 것은 위험하다는 걸 나는 알고 있었다. 통역관들이 귓속말로 내 말을 왕 대령에게 옮겨주는 소리를 들었으나 나는 놈들이 내 억양까지를 이해했겠나 싶어 반신반의했다. 왕 대령은 분명히 내가 체중이 많이 빠진 걸 알고 있었고, 계속 줄고 있다는 것도 알고 있었다. 위험을 무릅쓰고 나는 같은 투로 말을 이어갔다.

　　"우리가 이 자리에 모인 것은 우리가 이곳에 도착한 이래 그렇게도 강력하게 우리의 주목을 받아온 극악무도한 범죄에 대해 조선민주주의인민공화국에 사죄하는 사과문에 서명을 하기 위한 것입니다. 나는 물론, 여러분 모두도 무슨 일이 있었는지… 우리가 피랍될 때 위치와 상황을 잘 알고 있습니다. 지난주에 내가 여기 조선인민군 군관들과 함께 이 사과문을 작성했다는 걸 여러분들이 알아주기 바라며, 이보다 더 솔직하게 작성할 수 있다고 생각하진 말아주세요. 여하튼… 나는 낱말 하나하나를 검토했으며 기타의 것에도 많은 노력을 했다는 걸 믿어주기 바랍니다. 현재로서 이것이 우리가 할 수 있는 최상의 것입니다. 그래서 여러분들이 '솔직성'에 대해 잘 생각해 보시고 서명을 함으로써 조선민주주의인민공화국이 우리를 인간적으로 유순하게 대우할 수 있게 되기를 요청합니다. 여러분들의 함장으로서 나는 이 행사의 '정신'을 살려 여러분들이 서명할 것을 요청합니다."

　　나는 우리 승조원 모두에게 명백한 눈짓이나 손가락 신호라도 보내고 싶었지만 왕 대령과 통역관들이 나를 집중적으로 감시하고 있었다. 아마도 스킵이나 다른 장교들이 눈꺼풀을 약간 움직여서 내 말 뜻을 승조원들에게 전달함으로써 나를 지원해 주었을 수가 있다. 나는 우리 승조원들이 내 뜻을 알아주기를 간절히 바랐고, 왕 대령은 모르도록 열렬히 기도했다. 놈은 자리에서 벌떡 일어나 나에게 한 손으로 칼로 베는 동작을 해 보였는데, 그건 내가 말을 충분히 했으니 더 이상 하지말라는 뜻이었다. 그러더니 놈은 서명 방법에 대해 설명하면서 우리 승조원 각자가 우선 자기 이름을 인쇄체 대문 자로 쓴 다음에 일상 사용하는 서명을 하라고 강조했다. 그건 분명 가짜 서 명은 못하게 하려는 의도였다.

승조원 사이에 대화는 허락되지 않았다. 우리는 한 번에 한 명씩 불려나 가 북한공산당 놈들의 밀착 감시하에 영사기 불빛이 환히 비추는 가운데 서 명을 했다. 몇몇은 냉담한 표정으로, 또 어떤 친구들은 성급하게 서둘러, 또 다른 친구들은 찡그린 얼굴로 이례적으로 화려한 필체로 서명을 하면서 자 신들의 필체를 모호하게 하려고 앞으로 또는 뒤로 뉘워서 썼다. 승조원들은 내 표정을 살피는 눈치였으나 나는 몇몇 승조원에게는 드러내놓고 윙크를 하거나 고개를 끄덕였다.

첫 번째 그룹이 서명을 마치자 호송하던 경비병들이 데리고 나가고 다음 그룹이 들어왔다. 짧은 내 연설을 포함한 똑같은 행사 내용이 되풀이 되면서 세 번째 그룹이 들어왔을 때는 나도 스피치 내용을 달달 외워서 말할 정도가 되었다. 장교를 포함한 우리 승조원 모두가 서명을 마쳤을 때, 나는 기관병 웰크가 빠진 걸 알았다. 그래서 어떻게 된 일이냐고 계속 추궁을 했지만 돌 아온 답변은 '잘 보호하고 있다'는 말뿐이었다. 피랍 당시에 심한 부상을 당 했던 그가 아직도 살아있다는 뜻이었다.

우리가 사과문을 성실하게 쓰지 않는다면 놈들이 더는 글쓰기 사업을 하 지 않을 거라고 기대했던 것은 망상에 지나지 않았다. 놈들은 오히려 글쓰기 사업에 빠져든 듯, 금세 새로운 사업을 또 시작한다고 했다. 사과문에 서명 한 지 하루도 지나지 않았는데 놈들은 푸에블로의 모든 장교를 심문실에 집 합시키더니 린든 B. 존슨 미국 대통령에게 보내는 각 개인의 호소문을 작성 하라는 새로운 과제를 던져줘 우리를 깜짝 놀라게 했다.

에드 머피와 스티븐 해리스는 못 믿겠다는 듯 흄터 대령을 쳐다보았다. 스킵 슈마허와 프라이어 터크는 엄숙할 정도로 넋 잃은 표정을 지어 조금도 흥미 없다는 표시를 했다. 진 레이시는 무표정한 얼굴이었고, 팀 해리스는 조롱조의 웃음을 터뜨리려다 가까스로 참는 모습이었다. 나는 우리가 할 수 있는 데까지 진지하게 하자며 우리 장교들이 그 계획 자체를 망가뜨리지는 말자고 하면서 이렇게 말했다.

"나는 그게 멋진 아이디어라고 생각한다! 우리가 그걸 어떻게 할 거냐가 문제다."

대통령에게 글을 쓰는 적절한 방법에 관해 우리는 고심할 테지만, 북한공산당 놈들은 그런 걱정을 안 한다. 놈들은 이미 우리가 말할 내용과 방법을 다 짜놓았다. 나는 백악관 참모들이 모든 종류의 투서가 대통령의 책상에 오르기 전에 차단할 것이며 우리의 편지도 이런 범주에 속할 것이라는 생각이 떠올랐다. 그럼에도 불구하고 우리가 쓴 편지는 미국 정부의 고위직 인사들에게 우리의 궁지(窮地)를 알려 줄 기회는 될 것이다.

미국은 북한과 외교관계가 없는데 어떻게 북한 놈들이 미국에 편지를 보낼지 궁금했다. 상당한 시간을 이런 문제를 생각하며 보냈다. 분명히 DPRK 평양 소인이 찍힌 다량의 미국 포로들의 편지는 정보당국의 철저한 조사를 받을 것이다.

대통령에게 보내는 편지가 어쩌면 자가당착인 것처럼 보이지만 그 기회를 최대로 활용하기로 마음먹고 나는 휘하 장교들에게도 해볼 만한 의미가 있다고 했다. 여하튼 우리는 이런 편지 쓰기에서 부여된 임무를 성실히 이행했으며, 단 한순간도 북한군이 주장하는 영해 안으로 푸에블로를 끌고 들어가지 않았다는 사실을 알려줘야 했다. 이것이 우리가 해야 할 가장 중요한 정보활동이라고 나는 확신했다.

나는 북한공산군 놈들이 주장하는 소위 침입에 관한 책임은 전적으로 나에게 있다는 걸 알아달라고 할 마음이었다. 그게 받아들여질까 하고 의심은 했지만, 해볼 만한 일이었으며 만일 성공하게 되면 협상에서 우리 대통령의 입장이 더 좋아질 것으로 생각했다.

그래서 우리는 편지 쓰는 일에 착수했고, 놈들은 우리를 두 팀으로 나누었다. 에드 머피와 스킵, 팀 해리스가 한 팀이고, 프라이어 터크, 스티븐, 진이 다른 한 팀이었는데, 각 팀은 각각 다른 시간과 장소에서 만나 나름대로의 안을 작성하게 했다. 나는 두 팀 사이를 왕래하면서 편지 작성을 협조시키는 일을 맡았다. 우리는 방해전술로 이전처럼 말투를 놓고 서로 실랑이를 하며, 궁극적으로는 우리식 말투를 끼워넣음으로써 가급적이면 미국 정보 분야 요원들이 우리의 뜻을 눈치채도록 하는 것을 목표로 삼았다.

북한공산당 놈들은 우리가 간첩행위 목적으로 놈들의 영해를 침범하는 죄를 저질렀다는 걸 존슨 대통령에게 전해주기를 바랐다. 이 중대한 범죄에 대해 우리가 회개한다는 취지로 우리의 최고 군통수권자에게 전하면 대통령이 동정심으로 우리 편에 서 줄 것이란 뜻이었다. 그러나 그 후 놈들은 그런 생각을 바꿔, 평화를 사랑하는 조선인민에게 도발을 감행한 미국 행정부의 수반으로서 대통령이 책임이 있다는 점을 요구하라고 했다. 그렇게 하면 긍정적인 결과를 얻을 수 있다고 놈들은 판단한 듯했다.

그리하여 대통령에 보내는 편지를 작성하는 이번 작업에는 우리 사이에 자유 토론을 금지했던 규칙을 다소 느슨하게 풀어 준 것이 특징이었다. 그래도 훙터 대령은 자신의 통역관들인 달변, 쌕쌕이, 평판 얼굴을 통해 우리가 말하고 쓰는 내용을 파악하고 감시하려는 듯했다. 그러나 우리는 대통령과 같은 고위급 인사들에게 편지를 쓰려면 다양한 문장을 써보면서 많은 토의와 습작을 해야 할 필요가 있다는 점을 북한공산당 측에 주지시켰다.

그러자 놈들은 우리에게 점점 더 많은 여유를 주었다. 예를 들면, 에드 머피와 로우가 푸에블로 항해에 관해서 따로 조사를 받았는데, 어쩌다 파괴되지 않고 적들에게 노획되었던, 전파항법장치 작업지가 주요 조사내용이었다는 걸 나는 머피로부터 들어 알았다. 우리는 두 권의 작업지를 보유하고 있었는데(짝숫날과 홀숫날용) 그 안에는 우리의 임무 종료시 최종보고서를 작성하는데 도움이 될 모든 전파항법장치 기록이 적혀 있었다.

전파항법장치는 야간에 동해와 같은 장거리의 대기 조건에 의해 착오가 발생할 수 있다. 올바른 신호가 들어오기 전에 그릇된 신호가 먼저 기록될 수도 있는 것이다. 그러나 옳은 신호든 그릇된 신호든 신호는 모두 기록되었다. 북한공산군은 노획한 작업지의 숫자에 따라 머피와 로우에게 항로 차트를 작성하게 해서 푸에블로가 6회 이상 북한 영해를 침입했다는 걸 보여주도록 했다. 그런데 그 결과물이 너무나 어처구니가 없어서 순순히 따른 머피와 로우를 나무라지도 못하고 나는 그것을 그냥 놈들의 침략 주장에 반박할 자료로 삼기로 결심했다. 그 작업지는 '짝숫날' 기록부가 없으면 배의 기동 상황 전체를 파악할 수 없는 반쪽짜리 그림만 보여줄 뿐이었기 때문이었다.

또 다른 이유로는 북한군이 자신들이 원하는 기록만을 발췌하여 대부분 그릇된 내용을 사용함으로써, 어떤 경우엔 배의 위치가 내륙 쪽으로 40마일 정도 들어가 있었다고 표시했다. 게다가 놈들이 스스로 고안해 낸 데이터를 추가해서 시간과 거리상 다른 데이터들과 연관시킴으로써 낡아서 끙끙대는 푸에블로가 마치 초음속 스피드를 낸 것으로도 표시되었고, 놀랍게도 수륙 양용 능력도 보유한 것으로 나타났다.

그러나 흉터 대령과 달변, 평판 얼굴 소령놈은 자신들이 조작해 만들어 낸 차트에 만족하며 우쭐했다. 그러면서 놈들은 나의 명령으로 평화를 사랑하는 조선민주주의인민공화국에 도발적인 침입을 감행했다고 우리 대통령에게 알리도록 요구했다. 나는 외부 세상에서 전혀 알아주지도 않을 문서에 그러한 자인(自認)은 않으려 했으며 전력을 다 해서 그걸 피하려고 노력했다.

흉터 대령은 반박 논리는 받아들이지 않고 혼자 시무룩해지더니, 내가 솔직하게 자기의 말을 따라주지 않으면 우리 승조원 모두에게 무시무시한 결과를 초래할 거라고 위협하고 나섰다. 그래서 나는 터무니없는 방법을 쓰기로 했다. 즉, 스킵 슈마허의 도움을 받으며 신파극 같은 연극조의 대사를 만들어서 분위기가 무르익으면 내가 조타실에 들어가 당직사관에게 큰소리로 이렇게 지시를 한다는 것이다.

"좋다, 당직사관! 침투해서 도발을 하세!"

이런 연극 대사를 작성하는 데 참여한 팀원들은 스스로 마음 다스리기가 참으로 어려웠다. 그런데도 흉터 대령은 대만족이라며 고개를 끄덕였다. 달변이 통역했다.

"좋아요! 대단히 솔직해요!"

이 작업은 그 후 며칠 더 계속되었다. 왕 대령을 만나고 온 흉터 대령은 내 지시로 '침투, 도발'하도록 해서 내가 책임을 진다는 것은 말도 안 되며, 미국정부가 지시를 내려야 하고 나도 편지에 그렇게 써야 할 것을 요구한다고 나에게 알려 주었다.

나는 그거야말로 정말 파렴치한 요구라고 느꼈으며, 우리 중에서 몇 사람이 처형되는 일이 있더라도, 미국정부가 절대로 받아들일 수 없는 것이었다. 나는 흉터 대령에게 그의 접근 방식에 오류가 있음을 지적하며 그런 생각은 아예 접도록 설파했다. 이 세상에 자존심을 지닌 어떠한 정부도 다른 나라의 거짓된 비난을 받아들이지 않을 테지만, 그 정부의 관리가 경솔한 행동을 했다면 그것을 부인할 수 있을 뿐이다. 이 경우에 해당하는 관리란 바로 나 자신이었다. 이 문제를 두고 옥신각신하며 몇 시간을 보냈으나 흉터 대령은 강경자세를 굽히지 않고 그 무모한 생각에 도취된 나머지 강대한 제국주의 미국이 약소국 조선민주주의인민공화국에 사과해야 한다고 버텼다. 그러면서 과거에도 미국이 조종사를 구하려고 사과를 한 적이 있다고 들먹이면서 그때처럼 해야 한다고 고집했다.

놈이 좀처럼 물러서지 않았기 때문에 결국 우리가 양보하고 말았다. 그러나 예상했던 대로 이번 편지 내용은 왕 대령보다 고위급 당국에 의해 거부되고 말았다. 하루 동안 안 보이던 왕 대령은 푸에블로의 모든 장교를 집합시키더니 이번에 쓴 대통령에게 보내는 편지는 잘못 되었다고 화를 내면서 다시 쓰라고 했다. 이곳보다 더 우수한 통역관들을 보유했을 평양의 공산당본부가 놈의 계획안을 거부함으로써 놈은 창피를 당했을 것이 분명했다.

굴욕을 당한 왕 대령의 모습은 볼만했다. 사자후에 욕설과 악담, 책상 두드리기 등을 지치도록 해댔다. 심지어 미군들이 북한 어린이와 여자들의 머리에 대못을 박는 모양의 무언극까지도 했다. 나는 그런 종류의 연극을 이미 보았었지만 일부 내 부하 장교들은 처음 보는 것이었다. 내 곁에 앉았던 팀 해리스는 잠시 동안 그 연극을 보더니 못을 박는 장면에서 웃음을 참지 못하고 말았다. 그래서 곧 끌려 나가 죽지 않을 만큼 두들겨 맞겠구나 생각을 했는데, 이번엔 완전 못들은 체 무시하는 걸 보고 나는 놀랐다.

마지막 순간에 놈이 더 솔직한 글을 쓰도록 위협했을 때에 나는 기회라 생각하고 우리 승조원들 중에, 특히 부사관들을 데려다 자문을 구하면 어떻겠느냐고 제안을 했다. 그런데 이번에도 놀랍게도 놈은 시원하게 내 제안을 받아들였다.

그리하여 그 뒤 며칠 동안 부사관들인 골드만, 켈, 란젠버그와 로우 등이 편지 작성팀에 합류했다. 이들은 눈치 빠르게 우리만의 대화 방법에 적응을 했다. 다시 쓴 여러 가지 편지를 한 사람이 큰 소리로 읽고, 나머지 인원은 낮은 목소리로 대화를 나누는 식으로 방법도 새롭게 진행했다. 이때를 기해 나는 우리 승조원들이 승함시처럼 이 감옥에서도 지휘계통은 지켜주기를 바란다는 점을 일깨우고, 우리가 아무리 어려운 곤경을 겪더라도 현역 미해군의 일원임을 명심하고, 장교와 부사관들 모두가 상응하는 군기를 유지하며 함장의 책임하에 각자 걸맞은 행동을 보여주기 바란다고 했다. 그리고 나의 이런 생각을 반드시 아래로도 전달해주고, 탈주 계획이나 현재 북한 내에서의 우리의 위치를 아는 사람은 말해주기를 바랐다. 나는 또한 승조원들에게 가능하면 많은 불만을 쏟아내며, 더 많은 혜택을 요구하도록 강조했으며 특히 우리가 한 함정의 승조원으로서 단합할 기회를 찾아야 한다고 요구했다. 무엇보다도 우리는 지금부터 더 협력해서 단합된 힘으로 북한공산당 놈들이 우리와 우리나라를 협박하지 못하도록 해야 한다고 했다. 이런 뜻을 조금씩 모두에게 전달하는 데는 몇 시간이 걸렸지만, 모두가 나의 지휘권 회복을 갈망하고 있었기 때문에 성공적이었다. 존슨 대통령에게 보내는 편지를 작성하며 오랜 시간을 보내는 중에 얻은 대단한 보람이었다.

한편, 위 기간이 지나고 내 독방으로 다시 돌아와 홀로 지내게 되니 오랫동안 따분하기만 했다. 방안을 구석구석 걷다가 딱딱한 의자에 앉아 벽뿐인 사방을 멍청하게 바라보거나 지겨운 선전 책자를 보며 감각마저 마비되든가, 아니면 밤새워 뒤척이며 희한한 악몽과 싸우거나, 실제로 살아 덤비는 빈대 무리와 싸우다가 보잘것없는 감질날 정도의 식사를 받아먹고 허기에 허덕이거나 구역질을 느끼는 게 전부였다.

가려진 창문 밖에서는 북한의 매서운 겨울이 발작적으로 한기를 몰아와 온몸이 마비될 정도였으며, 쌀쌀하고 습한 냉기가 파고들었다. 구식의 낡은 라디에이터가 삐걱거리며 김을 빼고, 때로는 토닥거리는 소리도 내서 마치 다른 방에서 누군가가 파이프에 대고 모스 부호로 신호를 보내는 듯한 느낌을 주면서 온기를 넣으려 했지만, 추위를 물리치기엔 역부족이었다. 가끔 내 방문을 벌컥 열고 들어오는 북한 군관이나 감시병들에게 그러한 냉방 상태에 관해 심하게 불평을 했지만 문이 열릴 때마다 내가 반응하는 반복적 불평일 뿐이었다. 이러한 불평에 대해 돌아온 것은 냉소와 훈계, 발길질뿐이었지만 2월 하순에 접어들면서 조그마한 결과가 나타나기 시작했다.

우선 함께 놀아줄 사람도 없는데, 그들은 내게 카드 한 벌을 주었다. 나는 혼자서 카드놀이를 해 본적도 없었지만 선전 책자를 읽는 것보다는 그래도 낫다고 생각했다. 혼자의 게임이 지루해지면 나는 어릴 때 판잣집에서 내 아버지와 그의 시끄러운 친구들에게서 배웠던 속임수 카드놀이를 했다. 손가락 운동은 되었지만 그 놀이는 나를 향수에 젖게 했다. 카드 다음으로 놈들은 체스 한 벌을 가져다주었다. 역시 놀아줄 상대는 없었다. 그러나 나는 당차게 혼자서 체스 말을 움직였다. 마음속으로 반쪽은 상대편이 되어 흰말과 검은 말들을 신중하게 옮겨 놓았다. 비길 줄 알았지만 비기지 않았다. 참으로 재미 없는 게임이었다.

어느 날 저녁 8시경, 초급 군관 하나가 내 방문을 열더니 테니스화와 모자, 오버코트를 가져다주면서 그것들을 착용하라고 했다. 다 입고 나니 놈은 나를 데리고 현관으로 나갔는데, 그곳에는 나와 비슷한 복장을 한 우리 승조원 모두가 꾸역꾸역 모여들고 있었다. 어디에나 깔려있는 무장 감시병들과 군관들이 침묵으로 대오를 갖추게 하고, 어리둥절한 가운데 우리는 건물 정문을 통해 밖으로 나갔다.

살을 에는 밤공기가 우리의 귀와 코를 물어뜯고, 2피트 정도로 쌓여있던 눈이 얄팍한 테니스화 속으로 배어들었다. 뭘 하려는 걸까? 눈 덮힌 북한 땅을 걸어 또 다른 감옥으로 주검의 행군을 하려는 걸까? 언제나 그랬듯이 놈들은 기습적인 행동을 했기 때문에 우리는 최악의 상태를 의심했다. 그러나 그 때, 축구장처럼 보이는 군대막사 구역에 가까운 곳에서 멈춰 서라는 명령이 내려졌고 우리 대오를 따라오던 한 통역관 녀석이 외쳤다.

"자, 다함께 건강을 위해 몸 운동!"

약 10분 후에 우리는 다시 행군대형으로 집합하라는 명령을 받고 추위에 떨면서도 조금은 사기가 오른 상태로 우리 감옥의 독방으로 돌아왔다. 밝은 햇빛이나 아니면 겨울 회색 햇빛이라도 볼 수 있었더라면 더 좋았을 터였지만 아쉬웠다. 그러나 적어도 모든 승조원들을 볼 수 있는 집단활동 기회를 얻었던 것에는 큰 위안이 되었다.

사실, 북한공산군놈들은 우리의 자백과 편지 쓰기에 온 정신을 쏟고 있었던 만큼 우리의 건강을 위한 체조에도 신경을 썼다. 하지만 아무리 좋은 계획도 살인적인 겨울 추위에는 굴복할 수밖에 없었던지, 건강 체육 시간을 실내 활동으로 돌렸다. 매일 아침 5시에 기상하는 즉시 우리는 방에서 나와 큰 홀 중앙에 있는 작은 방이나 홀 자체에 모여, 많은 인원이 쪼그려 앉는 동작이나 제자리 뛰기나 등척성 운동 정도를 할 수 있었는데, 각자 자기 방에서 혼자 해도 될 수 있는 운동들이었다.

감옥 생활을 하느라 심히 쇠약해진 사람들은 따라하기가 어려웠지만 참고 계속해내면 어느 정도 치료 효과도 있었다. 우리는 침묵 속에 운동을 계속했고 감시병들과 초급 군관들은 감시를 게을리 하지 않았다. 그래도 운동이니까 숨소리, 헉헉거리며 호흡을 하면서 간단한 귓속말들을 쉽게 나눌 수 있었기 때문에 이 운동시간이 우리 사이의 소위 통신망 역할도 하게 되었다.

이렇게 시작된 건강체조 두 번째 시간이 끝나고 나는 다시 방으로 돌아왔는데, '대리인'과 '제국주의자'라고 별명을 붙혀주었던 군관놈들이 내 방으로 찾아왔다. 그들은 놀랍게도 통역관을 통해 우리 가운데서 매일 이 체조를 지휘할 사람을 추천해 달라고 제안을 하지 않는가! 나는 조금의 주저함도 없이 로우를 추천했다. 이유는 그가 충직하고 믿을 만한 부사관으로 승조원 누구에게서나 존경을 받는 타고난 지휘자였기 때문이었다. 나는 그가 다시 과거의 역량을 발휘해 주길 바랐고 공산군 놈들이 그를 통해 가끔 거래도 할 수 있게 되길 원했다. 놈들은 즉시 내 말을 받아들였고, 그 순간부터 로우는 우리 승조원 총원과 매일 접촉하게 되었다. 그는 모든 면에서 나의 기대에 부응했다.

나는 왕 대령과 통상 해오던 야간 회동을 계속해나갔다. 놈은 가끔 범상치 않은 화제를 꺼내서 나를 놀래키기도 했는데, 예를 들면 언젠가는 국제적십자회에서 전해오기를 우리 승조원 중에 제럴드 하겐슨의 부인이 애기를 낳았다는 것이다. 왕 대령은 거들먹거리며 이렇게 말했다.

"함장, 당신은 이 기쁜 소식을 모든 승조원에게 알려줘도 좋소. 그리고 자랑스러운 아버지의 기분을 생각해주는 우리의 인간성을 진지하게 보여주시오!"

나는 아무런 말도 않고 그대로 따랐다. 승조원 총원이 방에서 나와 대리석 복도에 모여 섰다. 나는 이 경우를 선전 목적에 이용하려는 왕 대령의 기대를 꺾지 않으며 동시에 하겐슨에게는 진정한 축복을 보내면서 기쁜 마음으로 아기의 탄생 소식을 발표했다. 적십자사가 우리에게 소식을 전했다는 사실은 우리가 아직도 완전히 잊혀져 내버려진 게 아니라는 걸 뜻했다. 우리 승조원들에게 상실감을 주지 않는 좋은 일이었다.

"하겐슨, 시가를 언제 돌릴래?"

동료들은 기쁨을 얻은 그에게 농담으로 물었다. 하겐슨은 빈말로 나중에 준다고 할 수밖에 없었지만, 그렇다고 분위기가 나빠지지는 않았다. 공산군 놈들까지도 이를 드러내고 웃었다.

2월이 가고 마침내 북한의 황량한 3월 중반으로 들어섰다. 전 달보다 희망이 적어진 건 아니었지만, 고된 감옥 생활 현실엔 박탈감, 불편, 불확실성 등이 그대로 지속되었다.

그런 가운데 내 방문이 마지막으로 휙 젖혀 열리는 날이 왔으며, 감시병 두 명이 방에 들어와 침대 시트를 벗기고 침구를 말아갔다. 초급 군관이 내 옷보따리를 챙기라는 명령을 하고, 외출복을 입고 복도로 나가라고 했다. 나 가보니 우리 장교들과 수병들이 물건이 든 가련하도록 작은 보따리를 든 채 황급히 방에서 빠져나온 모습이 보였다. 대열을 갖춰 아래층으로 내려가면서 함구 명령이 떨어졌지만 위, 아래, 좌우로 귓속말들을 나눴다.

나는 지휘관 신분을 강조하며 북한공산군에게 무슨 일이냐고 정보를 제공하라고 요구했으나 돌아온 것은 입 닥치고 부하들과 같이 조용히 대열에 머물러 있으라는 말 뿐이었다.

몇 분이 지나 우리는 긴 계단을 걸어 내려가 1층에 다다랐으며, 찬 공기를 마주하며 밖으로 나가 감시병들에 에워싸인 채 엔진을 공회전하며 기다리는 버스에 올랐다.

제 15 장

"나포된 정보함 푸에블로호의 승조원들이 쓴 편지 내용을 절대로 믿을 수 없다."
〈폴 C. 원크 국방차관이 1968년 3월 22일, 하원 외교위원회에서 발언〉

"푸에블로 승조원들의 새 편지 내용은 재판을 받고 처형될 위험성을 알려주는 것"
〈1968년 4월 3일, 워싱턴 포스트지의 머리기사〉

한 시간 남짓 달린 뒤에 버스가 멈추고 차에서 내린 우리는 대형을 이뤄, 어둠 속에서 또 다른 군대 막사 지역으로 들어섰다. 눈길을 걸어서 네 개의 건물 중에 큰 건물로 들어가 콘크리트 계단을 걸어 2층과 3층으로 올라가, 앞서 우리가 있었던 방들과 거의 비슷한 감방에 분산 수용되었다. 부사관들과 수병은 한 방에 4~8명이 함께 배정되었지만 장교들은 달갑지 않은 독방을 배정 받았다.

공산군 군관놈들은 우리에게 상당히 개선된 환경을 제공한다고 생각하는 듯했으며, 우리와 함께 온 교도소장 격인 왕 대령도 내가 이전 수용소 상태가 열악하다고 늘 불평을 토로한 결과로 새 건물로 옮겼다고 말해주었다. 그는 또 통역관인 쌕쌕이를 통하여 말을 이었다.

"당신은 다음과 같은 점을 부하들에게 이야기해주고 설명해 주시오. 즉, 모두가 솔직해지고, 미국이 범한 죄를 인정하고 사과를 하고 그러한 범죄행위를 다시는 저지르지 않겠다고 확약할 때까지의 임시수용소라는 점. 그러면 아마도 당신네들은 사랑하는 가족이 기다리는 고향으로 돌아갈 수 있을 거고, 아니면 우리의 인민재판소에서 재판을 받고 도발과 침범에 대한 처벌을 받을 거요. 우리가 가장 인간적이지만 솔직하지 못한 데 대해서는 가장 엄격하다는 걸 알게 될 거요. 당신 부하들 중에 몇몇은 뻔뻔하게 행동하는데, 그놈들은 처벌을 받을 것이오."

놈들이 개선했다고 암시하는 것은 주로 건물 자체가 신축되었다는 것과 감방 창문을 종이 조각으로 가리지 않아 막사 너머 눈덮인 산과 들판을 다 내다볼 수 있다는 점이었다. 경치는 별로 볼 게 없었으나 지난번처럼 네 벽이 꽉 막힌 데에 갇혀있던 답답함은 없었다.

다음날 동트는 새벽에 나는 서리 낀 창문에 코를 대고 열심히 햇빛을 다 빨아들였다. 햇빛을 볼 수 있다는 것과, 비록 습기찬 냉방에 갇혀 있지만 신선한 공기가 있는 장면을 내다볼 수 있다는 건 대단한 일이었다. 더구나 우리가 있는 곳의 위치를 알고 지세까지 알 수 있다는 것은 매우 흥미로운 일이 아닌가. 그러나 감시병들은 우리가 창밖을 내다보는 일이 스파이 행위라며 못하게 했고, 발각시에는 발과 손날로 차고 때리고 했다. 그럴만한 이유가 있었던 것은 우리가 위치한 곳이 바로 북한군 부대의 군사훈련이 집중적으로 실시되는 곳이거나 그 인접지역이었기 때문이었다.

약 2마일 떨어진 곳에 북한군 낙하산 부대가 빈번히 이용하는 훈련용 타워가 보였다. 쾅쾅하는 대포 소리와 쉬익 쉬익하는 로켓포 소리는 근처에 포병 사격장이 있다는 걸 말해주는 것이었다. 두 대의 군용 레이다도 보였다. 기계화 부대가 빈번하게 통과하는 도로도 잘 보였다. 고공비행을 하는 제트기와 느린 프로펠러 항공기가 비행하는 모습이 가끔 보이고, 그 소리나 비행 활동 양상을 분석해보면 비행장이 멀지 않은 곳에 있음도 쉽게 짐작할 수 있었다. 그래서 우리가 수용되었던 먼젓번 건물과 마찬가지로 이 건물도 애시당초 감옥이 아닌 군대 막사나 교육훈련용으로 건축되었던 것임을 알 수 있었다.

감옥생활 자체는 바뀐 것이 하나도 없었다. 5시에 기상해서 각자 방에서 복도에 나와 아침 운동을 했다. 날씨가 허락하면 이른 오후 시간에 또 한 번 운동시간이 있었는데, 이때에는 계단을 내려와 작은 신발장에서 테니스화를 꺼내 신고 당직 군관들과 감시병이 지켜보는 가운데 가벼운 뜀걸음도 했다. 그러고도 남는 시간에는 자백서와 사과문 작성, 아니면 미국 저명 인사들에게 보내는 비난조의 편지를 쓰든가, 때때로 왕 대령이나 흉터 대령에게 불려가 장시간 통렬한 비판, 협박, 강론 등을 들어야만 했다. 그렇지 않으면 우리 장교들은 각자 독방에서 장시간을 처량한 생각에 잠겨있어야 했다.

이때쯤, 놈들은 아마도 내가 푸에블로 장교들 및 수병들과 대화를 나누고 있다는 사실을 눈치채고 있었던 모양이었다. 그래도 놈들은 우리의 의사소통이 놈들의 소위 '집단 치유 프로그램'에 어긋나지 않는 한 참아주려는 듯 했다. 새 막사에 입주한 지 이틀 째 되는 날 밤에 우리는 왕 대령이 회관이라 부르는 삭막하고 휑뎅그렁한 홀에 모두 모였다. 놈은 그 홀이 우리가 문화와 오락을 즐기도록 마련한 것이라고 설명을 했다.

첫 공연물은 정말로 지독한 선전 영화였는데, 왜곡된 '남녀의 만남'을 소재로 한 뮤지컬이었다. 아가씨가 자신의 직장인 공장에 바치는 사랑 노래를 읊조리면 사내는 자신이 타고 있는 트랙터와 소총에 정열적인 독창곡(아리아)을 토로하는 내용이었다. 영어 자막이 없었기 때문에 통역관이 홀 뒤에 앉아서 큰소리로 대화 내용과 가사를 통역했는데 배우가 표현하는 드라마틱한 감정까지를 묘사하려는 듯했다.

혼란스러움에 더해 잭 워너와 워너 브라더스가 온갖 조명 장치와 카메라들을 들고 와 우리가 영화를 관람하는 장면을 쉴 새 없이 찍어댔다. 우리 중에 몇몇은 못믿겠다는 듯 실망한 표정으로 화면을 바라보고 있었으며, 소수는 잠을 청하든가, 나머지 대다수는 나오는 웃음을 참느라 애쓰는 모습이었다. 그러나 대체로 놀라움을 나타내는 소리를 꾸며 내면서 우리 좌석 앞, 뒷줄 사이에서는 소근대는 귓속말 대화가 그치질 않았다. 우리에게는 이렇게 서로 의사소통을 할 수 있는 새로운 기회가 주어졌던 것이다. 놈들의 영화 촬영팀이 카메라와 조명을 들이대며 나를 찾아냈을 때, 나는 영화에 몰두하고 있었다는 듯한 표정을 지으며, 외설적인 뜻으로 가운데 손가락을 편 채 한 손을 쳐들었지만 카메라맨이나 감독으로부터 별다른 제지는 안 받았다.

조금 뒤에 놈들은 런던에서 열렸던 국제 축구선수권 대회에 출전한 북한 축구팀의 경기 장면을 보여주었는데, 짧은 시간이었지만 열광하는 영국 축구팬들의 모습 중에 나처럼 외설적인 표현을 하는 이들을 클로즈업 화면으로 보여주었다. 북한공산군 놈들은 그 뜻을 모르고 넘어갔지만 푸에블로 승조원들은 전기에 감전된 양 자지러지는 모습이었다. 나중에 이런 외설적인 표현을 놈들에게는 하와이에서 행운을 비는 인사법이라고 말해주었다. 이런 경멸적인 표현으로 우리는 대 만족을 느꼈으나 나중에는 그것이 많은 비애를 가져다주었다.

북한공산군 놈들은 당장에 우리의 식사를 개별 감방이 아닌 공동 식당에서 제공하기 시작했다. 처음에는 두 부분으로 테이블을 나눠서 장교 식탁과 수병 식탁으로 구분하고 수병 식탁은 다시 5명이 한 식탁에 앉는 식으로 준비했다. 풍만한 가슴을 가진 웨이트리스들이 무표정한 얼굴로 우리를 접대했다. 물론 감시병들과 초급 당직군관들이 식당을 돌며 침묵을 강요했다. 그러나 푸에블로 총원이 편지 쓰기에 동원되었기 때문에 승조원 대부분이 연필과 종이(종이래야 거친 화장실용 휴지)를 가지고 있어서, 들키지 않고 비교적 쉽게 쪽지 글을 돌릴 수가 있었다. 아주 드물게 들키는 경우에는 끌려 나가 얻어맞기도 했지만, 그렇다고 식사 시간을 이용한 우리 사이의 지하 메일인

쪽지 돌리기는 막지 못했다. 공산군 놈들은 우리 장교들이 이런 지하통신을 사주한다고 생각했는지 장교들을 별도의 방에서 식사하도록 격리시켰지만 이상하게도 감시하지 않고 우리끼리만 놔두는 일도 있었다.

그러던 어느 날, 식사 시간에 우리 장교 6명은 탈주 가능성에 관해 토의를 했다. 몇몇은 성공하기가 어려울 것이라고 비관적인 생각이었다. 이유는 남북한을 가로지르는 DMZ에는 대단히 많은 지뢰가 매설되어 있고 감시도 철저하겠지만, 무엇보다 우리같은 서양 사람들이 발각되지 않고 그곳에 도달하기란 거의 불가능했기 때문이었다. 바닷가로 나가서 배를 훔쳐 달아난다는 생각도 마찬가지로 어려울 것이라고 생각했다. 우리 중에 아무도 북한 탈출에 성공했다는 사람의 이야기를 들어본 적도 없었다. 그렇다면 협상을 통한 석방에 시간과 희망을 거는 편이 낫지 않겠나?

한편 미국이 전투기들의 엄호하에 헬기를 동원하여 포로 수용소를 입체적으로 포위한 채 우리를 구조할 가능성도 있었다. 적어도 나는 이런 경우를 꿈꿨다. 그래서 탈주는 불가능하다는 논리가 타당성을 지녔지만, 나는 그래도 '탈주계획위원회'를 조직하도록 결심하고 스킵 슈마허를 회장에, 팀 해리스와 진 레이시를 부회장에 임명하면서 탈주 계획이 바람직하다는 말은 전하되 위원회의 검토와 내 허락 없이는 누구도 실행에 옮겨서는 안 된다고 얘기해 두었다. 나의 이런 결정에는 두 가지 이유가 있었다. 그러한 계획을 가지고 정신을 쓰다보면 사기가 오를 것이며, 만일 가능하다면 우리 승조원 중에 필리핀 출신자를 탈주시켜서 푸에블로는 절대로 침입행위를 안 했으며 배가 나포된 것은 놈들의 뻔뻔스러운 해적 행위 때문이었다는 내용을 미국에 전할 기회를 마련하려는 것이었다.

이와 같은 중요한 귓속말 토의는 '사관실'(격리된 장교식당)에서 정기적으로 계속되었다. 부하 장교들이 승조원들과 접촉하며 얻어온 정보가 나에게 전달되면서 현재 진행되는 상황을 상당히 정확하게 파악하게 되었다. 그중에 중요한 것이 우리가 놈들의 정보 전문가가 아닌 선전 요원들에 둘러 쌓여 있다는 사실이었다. 때문에 우리 모두가 자백과 자백서 따위에 서명하도록 협박을 당하거나 육체적인 고초를 당해왔던 것이다. 나는 언뜻 적군의 포로가 되었을 때 미국 군인이 취해야 할 언행을 규정한 '군인복무규율'이 떠올랐다. 어쩌면 많은 승조원이 이 규율을 어겼을지도 모른다. 포로가 되었을 때 선임 장교나 부사관이 복무규율을 지키지 못할 상황도 물론 있다. 상급자는 자신의 부하와 부하들의 처우에 관해 요구를 해야 한다. 군사적인 가치를 지닌 정보만을 보호해야 한다. 그래서 나는 순전히 선전 목적만 내포된 상황에서는 승조원 전원을 대신해 내가 전적인 책임을 진다는 점을 알려줬다.

자신들이 원하는 것을 얻어내기 위해서는 여하한 고문 방법도 다 동원하는 잔인무도한 적들에게, 중요한 서류와 함께 승조원, 함정 모두가 피랍된 우리의 경우와 같은 상황에서는 군인복무규율을 강요할 수도 없으며 이는 비현실적이라는 점을 알려주려 했다. 질질 끌며 죽음에 이르게 하는 두려운 방법을 포함해 적들이 사용하는 그토록 잔인한 방법을 육체적으로나 정신적으로 견뎌낼 사람이 백 명 중에 한두 명이나 있을까 싶지만, 그보다는 충성스러운 일반 동료들을 불가피하게 저버림으로써 그들의 희생마저도 소용없어지고 만다면 차라리 고문과 죽임을 당하는 것보다는 적들의 추궁이 잔인하면 잔인할수록 자신이 거짓말쟁이나 사기꾼이 되면서도 자백을 하는 편이 낫다는 생각을 부하들에게 전해주려고 노력했다.

어쨌거나 북한공산군 놈들이 우리에게서 참으로 가치 있는 정보를 얻어내려는 의도는 전혀 없다는 게 분명해졌다. 그러나 정말로 겁이 난 것은 놈들이 소련이나 중공의 정보 전문가들을 투입해서 내 부하들이나 나에게 질문을 해대면 어쩌나 하는 것이었다. 소련과 중공 정보 전문가들은 선전 따위엔 시간을 낭비하지 않고 군사적 가치가 있는 정보만을 철저히 캐내려 할 것이다. 다수의 승조원들, 그중에도 특히 스터븐과 그의 통신특기병들, 그리고 나와 한두 명 장교들이 공산권에 값어치가 나갈 정보를 지니고 있었다는 점에서 나는 그럴 가능성에 관해 걱정을 안 할 수가 없었다. 만일에 소련 정보통들을 불러들인다면 나는 자살을 기도해야 한다고 생각했다.

그 즈음에 나는 부상 승조원의 처우에 관한 정보를 입수했는데, 왕 대령과 그 졸개들은 언제나 나에게 인간적으로 잘 돌보고 있다는 말을 반복하고 있던 터였다. 그런데 듀안 하지스가 사망했다는 걸 알게 되었고 놈들도 그 사실을 확인했다. 그래서 정말 인간적이라면 그 시신을 가족에게 보내주라고 내가 다그쳤을 때, 놈들의 대답은 "시신은 생존 승조원들과 함께 계속 머무를 것이며 우리가 적절하다고 생각하는 방식대로 처리될 것"이라고 했다.

스티브 로빈, 밥 치카 등의 부상자와 중상을 당했던 스티븐 웰크는 우리가 감옥에 투옥되던 처음 며칠 동안에 이렇다 할 치료를 받아본 적도 없었다. 우리는 의무사인 볼드리지를 동원해서 우리 의약품으로 긴급히 임시 통증을 멈춰주려고 했으나, 놈들은 그마저도 거부했었다. 대신에 놈들은 응급 처치 기본만을 알고 있었던 기관병 데일 리그비를 배치해 부상자들을 돌보도록 했다. 데일 리그비가 환자들을 극진히 도우려 했지만 적시에 치료 받지 못한 웰크의 상처를 파고든 괴저(壞疽)에서 풍기는 악취가 온 방에 퍼지고, 참지 못한 다른 동료들이 구토까지 하는 바람에 상황이 더욱 악화되자 얼마 안 되어 그 스스로도 질리고 말았다.

그처럼 혹독한 상황이 며칠 계속된 뒤에야 북한공산군 의사 하나가 나타나 반 죽음 상태의 웰크를 병원으로 후송하도록 했다. 웰크는 자신이 사용하던 더러운 침대보에 싸여 병원으로 옮겨졌다. 그 뒤로 아무도 그에 관해서 듣지도, 보지도 못했다. 한편 로빈과 치카는 약간의 항생제 이외엔 더 이상 완화제도 쓰지 않고 구정물통의 물만으로 서서히 회복이 되었다.

그 밖에도 나처럼 다른 동료와 떨어질까 두려워 덜 아픈 상처는 보여주지도 않은 승조원도 몇 명 있었다. 몇 주가 지나서 내 귀에 들어온 소식은 놈들의 태만이라는 끔찍한 이야기였기에 나는 화가 치밀어서 왕 대령과 흉터 대령에게 웰크의 생사에 관한 정보를 캐물었다. 놈들은 여전히 인간적인 대우를 받고 있다는 말만 되풀이해서 믿을 수가 없었다. 그래서 내가 직접 웰크를 만나겠다고 요구했더니 놈들은 한 마디로 거절했다. 그게 다였다.

새 감옥으로 옮겨온 지 얼마 안 되어서 우리는 심한 배고픔을 느끼기 시작했으며, 고대 선원들이 겪었던 환란인 괴혈병 증세를 포함한 다이어트성 결핍 증세도 보였다. 피랍된 이래 나도 40파운드 정도가 줄었었는데 여기서 더 체중이 줄기 시작해서 만성적 쇠약감을 느끼다가 무기력해져서 낙담하게 되는 경향까지 나타나, 극도로 화를 내며 북한군 책임자들에게 거칠게 항의를 해보았다. 그러나 결과로 돌아온 것은 내가 솔직하지 못하다는 놈들의 면박과 반복되는 사자후 뿐, 더 나은 음식은 안 나왔다.

편지 쓰기 프로그램은 줄어들지 않고 계속되면서 이번에는 승조원 가족들에게까지 쓰도록 강요를 받았다. 편지 내용에는 우리가 조선민주주의인민공화국에 중죄를 저질렀지만 인간적인 대우를 받고 있다는 자랑과 우리가 영해를 침입했다는 놈들의 주장을 그대로 받아쓰게 했다. 나는 로즈에게 내 마음속을 다 털어놓고, 위로의 말도 전하고, 진실이 뭔지를 말해주고 싶었지만 어쩔 수 없이 놈들이 불러주는 말을 그대로 따라 적었으며, 그래서 인간미나 개성도 느낄 수 없는 밋밋한 내용을 읽고, 이 편지가 협박을 받으며 쓴 글이라는 걸 가족들도 알게 될 것으로 확신했다. 그래도 이 편지를 받으면 내가 아직도 살아있다는 걸 아내가 알게 될 것이다.

이즈음에 나는 개인적으로 존슨 대통령에게 친서를 쓰라는 명령을 받았다. 나는 미해군장교와 미군 최고통수권자 사이의 그러한 공식적인 통신문이 정말로 백악관에 전달되기만 한다면, 북한군 놈들이 눈치를 못 채게 이글의 단 한 마디도 믿지 말라는 글귀를 넣으리라 작심했다. 가장 좋은 방법은 편지 말미에 다음과 같이 써 넣는 것이었다.

"… 대통령 각하, 분명 지금까지 저의 해군복무기록을 검토하시고 제가 부여받은 명령을 충실히 수행하고 있음을 아실 것이며, 따라서 제가 약속을 지키는 사람이기 때문에 위에 지칭된 못된 침입행위를 제가 저질렀다고 믿으시겠지요."

나의 절절한 소망은 미국 고위 당국이 내 복무기록을 조회하고 나의 이전 해군 동료와 지휘관들 사이의 평판을 들어보시고 편지에 담은 중요한 말 뜻, 즉 푸에블로는 절대로 놈들의 영해를 침범하지 않았다는 걸 알아달라는 것이었다. 북한공산군 놈들은 내 글 뜻을 모르고 넘어갔지만, 그 편지가 배달되었는지는 나로서는 알 수가 없었다.

정기적인 심문 시간은 계속 이어졌는데, 몇몇은 조금 더 많은 주목을 받기는 했지만 우리 83명 승조원들 모두가 예외 없이 감시를 당한다는 걸 나는 알고 있었다. 북한공산군은 CIA를 계속 마음에 두고, 우리 사이에 정보부 요원이 숨어있을 거라 생각하며 주기적으로 사냥에 나섰다.

놈들이 주로 의심한 사람은 해양학자 프라이어 터크로부터 기관병인 리그비까지 거의 모든 승조원을 망라하고 있었다. 그중에서도 스티븐 해리스가 집중적인 조사를 받았으나, 놈들은 그가 정보책임자라는 것을 알고서도 그의 임무에 관해서 집중 조사를 하지는 않았다. 그의 휘하에 있던 통신특기병들도 마찬가지로 집중 조사 없이 넘어갔다. 북한공산군은 오로지 우리가 영해를 침범했고 도발을 했다는 자백을 받아내는 데만 관심을 쏟는 듯했다. 나는 놈들이 노획된 진 레이시의 복무기록을 찾아내서 그가 한국전쟁 공로 메달을 받았다는 사실을 알고 참전 내용을 자세히 심문하고 있는 것이 큰 걱정이었다. 비록 정보 가치는 없었지만, 참전 사실 자체가 놈들에 대항해서 싸운 사람에 대한 맹렬한 증오심을 촉발할 수 있으며, 북한 인민들에게 잔혹 행위를 저질렀을 거라고 놈들이 확신하고 있을 수도 있기 때문이었다. 전쟁이 끝난 지 15년 이상이 지난 시점이었지만 그들에게는 제국주의자 편에 서서 한국전쟁에 참전했던 단 한 명의 포로에게라도 야만적인 보복행위를 할 수도 있을 것 같았다.

새 감옥에서 지낸 첫 한 달 동안에 진 레이시는 우리 모두가 겪었던 배고픔보다 더 괴로운 깊은 고민과 사기가 저하되는 나락에 빠져들었다. 이유는 우리가 놈들과 대치하다가 피랍되던 때에 배의 함교에서 자기가 취했던 잘못된 행동을 알고 뼈아픈 후회를 시작했기 때문이었다. 나는 당시의 운명적인 몇 시간 동안의 사태를 재검토하면서, 특히 놈들의 사격을 받고 부상을 당하면서 우리 배에 놈들이 승선하는 동안에, 내가 얼마간의 의식 상실이 있었는지를 알아내고 싶었다. 1968년 1월 23일은 매 시간 모두를 철저히 검토했다. 악몽이었던 취침 시간의 일까지도 샅샅이 조사했다. 내 자신의 기억을 맑게 하려고, 다들 모이는 식사 시간에 나는 휘하 장교들에게 각자가 기억나는 대로 행동을 종이 조각에 적어 주던가, 가능하면 구두로 나에게 말해 달라고 요구했다. 진 레이시를 포함한 모든 장교가 잘 응해 주었지만, 레이시가 내 명령 없이 '정지' 신호를 울렸던 사실과, 내가 특수작전구역을 점검하고 있을 때 내 명령을 깡그리 무시하고 공산군의 신호를 따라 원산 방향으로 가속했던 점을 생략한 것에 나는 깜짝 놀랐다. 그 점에 관해 내가 물었더니 레이시는 그런 일이 없었다고 단호히 부인했다. 얼굴에는 분하다는 표정까지 나타냈다. 나는 그가 고의적으로 거짓말을 하지는 않았다는 걸 알고 있었다. 그러면 누구의 기억력이 상실되었다는 걸까? 레이시인가 나인가? 알아는 봐야겠다.

사건에 관한 나의 기억력은 다른 장교들에 의해서 긍정적으로 확인되었으며, 간이 화장실에서 만나 같은 질문을 받았던 로우도 확인해주었다. 이들이 진으로 하여금 기억하지 못하는 기간에 엄청 잘못된 행동을 저질렀다는 걸 깨닫게 할 수 있었다. 그러나 진 레이시가 너무나 처절하게 낙담하고 괴로워했기 때문에 나는 그 문제를 꺼냈던 걸 후회하기 시작했다. 그때 이후에 그에 대한 나의 분노는 사라졌다. 그때 우리 모두는 예상치 못하게 갑자기 벌어졌던 그 큰 사건에 적절히 대처하지도 못했고 그런 일은 있을 수도 없다고 확신했다. 나는 책임을 진에게 전가할 의도는 전혀 없었다. 내가 함장이었고 따라서 궁극적으로 책임은 나에게 있었다. 여하튼 진이 기억 상실이 없었고 비이성적인 행동을 했다고 해도 나는 결과가 달라졌으리라고는 생각지 않았다. 상당히 어려워진 상황에서 나는 진에게 이 점을 확신시키고, 내가 아직도 그를 좋은 친구이자 믿음직스러운 장교로 생각한다는 점을 알려줘야만 했다.

진 레이시가 사사로운 고민을 털고 다시 우리 승조원 공동체 일원이 되게 하는 데는 수 주일이 걸렸다. 우리 모두는 그의 악마 같은 의심, 죄책감, 자기비판 분위기를 함께 느끼며 지내야 했다. 이런 분위기는 특히 빈대 같은 해충이 득실거리는 침대에서 잠을 못이루고 악몽과 걱정 속에 뒤척이는 외로운 밤에는 더 한층 잔혹하고 집요하게 계속되었다. 진은 다른 사람이 말해줘야만 알 수 있었던 자신의 행동을 감춰주었던 마음속 공간을 뚫느라 고생을 했고, 스티븐 해리스는 특수작전구역에서 비밀문건들을 완전히 파괴하지 못한 무능력 때문에 고민을 했고, 에드 머피는 거듭된 자신의 실수에 대해서 걱정을 했다. 부사관 해먼드와 치카는 시간이 넉넉한데도 북한공산군의 의도를 통역할 수 없어서 괴로워했으며, 자신들의 한국어 실력이 한계가 있

396

었는데도 푸에블로에 배정했던 인사장교에게 쓸데없이 경고를 보냈던 일도 곱씹었다. 의무사 볼드리지는 듀안 하지스의 사망 때문에 괴로워했으며, 다른 부상자들을 돌보지 못했던 점도 아쉬워했다. 무전병 헤이즈는 우리가 불운한 임무를 받고 출항하려던 순간에 펑크를 낸 얄미운 한 친구를 대신해 배를 타게 되었던, 자신의 저주스러운 운명 때문에 괴로워했다. 나는 이와 같이 괴로워하는 승조원들 때문에 고통스러웠다. 그렇지만 우리는 이런 시련을 이겨내기 위해서는 서로 돕고 의지해야 할 필요성을 느꼈다. 이와 같은 목적을 위하여, 푸에블로 장병들은 지난날 암흑 같던 때보다 더욱 굳게 단결했다.

3월 중순에는 엄청난 눈보라가 몰아치며, 이틀 동안 감옥 건물을 둘러싸고 울부짖으며 기습하는 바람에 더해 냉기가 휘파람 소리를 내며 건물 틈으로 새어 들어와 우리는 방 안에서도 소리만 요란한 보잘것없는 라디에이터 주위에서 떨어야만 했다.

울부짖던 겨울바람이 자취를 감추자 봄눈 녹는 소리가 꾸준하게 들려오기 시작했다. 하늘이 개고 태양이 나와 그 밝은 빛으로 음울했던 우리의 방을 비춰주자 창문가에 쌓였던 눈 덩어리들도 녹기 시작했다. 감옥 너머 먼 들판을 덮었던 눈더미들도 차츰 사라지고 얼룩진 흙바닥이 넓게 나타났다. 얼마 뒤에는 사람들의 모습도 보였는데, 파종을 준비하는 농부들임이 분명했다. 그들이 음침한 감옥 막사 근처에 가까이 다가오자 감시병들이 몰아냈으나, 그 사람들을 보며 4월, 봄이 가까이 다가왔음을 우리는 알게 되었다.

푸에블로에 놈들이 올라탄 후 원산 도크에 접안하던 4시간 동안에, 나는 미해군기나 공군기들이 공습을 감행함으로써 우리가 적들의 굴레에서 탈출할 수 있으리라 기대를 했었다. 그 뒤, 수 주일 동안에도 나는 징벌적인 공습으로 어떤 형태로든 복수가 뒤따르리라 기대를 했으며, 북한공산군들도 그러한 가능성을 놓고 불안한 빛이 역력해 보였다. 그 당시에 국제법을 무시하고 공해상에서 선박을 납치한 한낱 삼류 공산국가를 응징하기 위하여 미국이 강력한 복수작전을 감행하지 않는다는 것은 나로서는 상상할 수도 없는 일이었다.

그러나 시간이 지나면서 미국의 개입 징후가 전혀 보이지 않자, 나는 체념하기 시작했고 어떤 이유에선가 문제를 협상으로 풀어가려는 모양이라고 생각했다. UN 무대에서나 아니면 한국의 판문점 휴전회담장에서 무수한 외교 담판을 통해서 협상이 진행될 거라고 마음속에 그려보면서, 나는 그건 매우 지루한 과정이라서 아마도 두 달 이상이 걸릴 것으로 판단했다. 그렇다면 4월 1일까지 감옥에 갇혀 지내야 하는데, 어떻게 우리 승조원들과 나 자신을 모질게 견뎌내도록 할 것인가가 걱정이었다. 막강한 힘을 지니고, 세계에 그 위력을 떨치고 있는 미국이 그날까지 우리의 석방과 함정의 반환을 이끌어내지 못할 거라고는 상상도 할 수 없었다. 그래서 나는 잠시도 북한공산당이 주장하는 공식 사과 요구에 미국이 굴복하리라고는 믿지 않고, 우리 협상 대표들이 사과 없이 목적을 달성하리라 기대했다.

왕 대령도 이와 같은 나의 기대를 한층 더 부풀게 했다. 즉, 놈은 미군 포로들이 6~8주 이상 억류되지 않을 것이며, 이 기간은 미국이 적절한 사과를 하는 데 걸릴 시간일 거라고 딱 잘라 말했기 때문이었다. 놈은 북한 영공을 침입했다가 격추되어 억류되었던 미군 헬기와 항공기 조종사들의 특별한 예까지 들먹였다. 3월 말경으로 접어들면서 분명 새 옷을 맞추려고 치수를 재는 걸 보면서 우리의 기대는 한껏 높아졌다. 북한공산군 놈들은 아무도 그렇다고 긍정하지는 않았지만, 석방시에 놈들이 우리를 인간적으로 대우했다는 걸 보여주려고, 새 옷을 입혀 우리가 단정한 모습을 보이도록 하려는가 보다고 우리는 서둘러 결론을 내렸다. 또한 그동안 놈들 마음대로 자행했던 심한 매질이나 까닭 없는 구타 등도 현저하게 줄었기 때문에, 우리가 신체상에 흉터나 상처 없이 서방 세계에 나타나도록 배려하는구나 하고 생각했다. 그렇게 3월 말까지 우리의 희망은 높아만 갔다.

그러나 '4월 만우절'이라 하던가!

4월 1일, 석방이나 귀국의 희망적인 징조는 전혀 보이지 않고, 오히려 공산군 놈들의 잔악했던 방법이 갑자기 되살아났다. 그래서 우리는 이 날을 '4월의 숙청' 또는 '60일의 숙청'이라 불렀다. 뭔가를 조금만 잘못해도 야만적인 발길질과 태권도 기습을 받았다. 식당에서 컵을 하나 깨뜨려도 '조선민주주의인민공화국에 대한 고의적인 태업'이라고 몰렸다. 심문 시간도 다시 부활했으며, 혹시라도 '솔직성'이 의심받게 되면, 즉시 각목을 넓적다리와 종아리 사이에 끼워 넣고 마루에 꿇어앉는 고문을 당하든가, 똑같은 자세로 의자를 머리 위로 쳐들고 20~30분을 버텨야 하는데, 자세가 흐트러지면 가슴이나 등을 발로 차이는 형벌을 받았다.

새로 등장한 어린 감시병들은 외국인에 대한 초기의 경외감에서 벗어나, 우리에게 배정된 급식을 훔쳐가는 것 말고도 뼈에 사무친 증오감으로 자주 또는 마음 내키는 대로 우리를 발로, 주먹으로, 아니면 소총의 개머리판으로 가격하기 시작했다. 그리하여 넓은 홀은 또다시 신음과 비명으로 가득했으며, 식사 시간에는 승조원 절반 이상이 타박상으로 인해 다리를 절든가, 얼굴과 머리는 부어오른 모습으로 식당에 나타났다. 영양 결핍에 심한 매질까지 당하니 우리의 사기는 극심히 저하되었다.

나는 왕 대령에게 그러한 매질과 썩은 음식, 부당한 감금 등에 관해 맹렬하게 항의를 했다. 이에 대해 놈은 달변을 통하여 장광설로 대답했다.

"당신 같은 미 제국주의자들이 우리 젊은 군인들의 가족에게 안겨주었던 고통 때문에 뼈에 사무친 증오감을 가지고 있다는 점을 당신들은 이해해야 하오. 그들이 가끔 자기들의 마음속 감정을 당신들에게 보이는 것은 당연한 일이오! 아, 식사가 충분하지 않다고 했소? 좋지 않다고? 믿기지는 않지만 내가 알아보겠소… 이 감옥에 얼마나 오래 억류되어야 하는가의 문제는 당신들이 저지른 범죄행위에 대하여 전적으로 당신과 당신네 미 제국주의 정부가 얼마나 빨리 조선인민들에게 용서를 비느냐 하는 데 달려있소 … 당신들이 고향에 가고파 안달인 것처럼 마찬가지로 우리도 당신네의 사과를 받으려 애가 타오. 조속히 사과하지 않으면 나는 당신들을 인민재판에 넘길 수밖에 없는데, 그렇게 되면 우리 법에 따라 간첩 및 도발죄로 처벌을 받게 될 거요. 우리 인민의 정당한 분노로부터 당신네들을 보호해 줄 방법은 따로 없소. 없구 말구! … 그러나 당신네 미국 대표가 판문점 회담장에 나와 이성을 회복하고 뭔가 우리가 수용할 수 있는 제안을 해주길 기대해 봅니다… 당신들을 위해 희망을 가집시다, 함장!"

놈이 쏟아낸 말 중에서 내가 얻어낸 가장 희망적인 정보는 우리의 석방을 위해 한반도의 휴전선에 위치한 판문점에서 협상이 진행되고 있다는 것이었는데, 판문점이야말로 미국과 북한이 끊임 없는 설전을 펼쳐온 싸움터였다는 걸 나는 잘 알고 있었다.

약 2주가 지나고 놈들의 매질이 다시 줄어들었는데, 알고 보니 환자 치료에 질려버린 북한군 군의관이 불평을 해댄 때문이었다. 그 군의관은 우리의 몸 상태를 보기 좋게 유지시켜야 할 책임을 맡고 있었는데, 파라핀 팩과 필름 제조용 화학물질인 콜로디온만으로 매를 맞아 터진 수많은 환자를 치료해야 했으니 질릴 수밖에.

'4월 숙청' 기간 동안에도 왕 대령은 우리의 협조를 얻어내려고 추가적인 작은 특전을 베풀어서 자신만의 진지한 인간성을 보여줄 몇 가지 방법을 알아냈다. 하루에 30분 정도, 장교들은 카드놀이나 체스를 두도록 허락했던 것이다. 비록 엄격한 감독하에 게임에 관한 말 밖에는 못하게 제한을 했지만, 우리에게는 그 기회가 추가적으로 의사소통을 할 수 있는 방법도 되었다. 어느 날 내가 스킵 슈마허와 체스를 했는데 얼마나 심하게 매를 맞았던지 스킵이 의자에서 움직이기도, 바로 앉기도 힘들었던 걸 나는 기억한다.

또 다른 특전은 감방 밖, 홀에 있는 확성기를 이용해 녹음된 음악을 날마다 들려주는 것이었다. 음식 못지않게 우리 모두가 음악을 못 들은 지가 꽤나 오래 되었기 때문에 어쩌면 반가워야 했지만 놈들이 선곡한 내용은 완전히 저희 나라 것이었는 데다, 특이한 현악기에서 나오는 불협화음 소리와 징과 심벌 소리가 꽥꽥거리는 김일성 찬가에 뒤섞여 시끌벅적한 고성으로 내뱉는 것이었다.

건물 밖에서도 새벽부터 황혼 무렵까지 확성기를 틀어놓고 북한군 감옥 경비대원들의 사기를 올린다고 고성으로 울려대며, 감옥의 토담 밖 논과 밭에서 일하는 농부들도 겨냥하고 있었다. 방송 내용은 앞서 말한 것처럼 괴상한 음악과 귀에 거슬리는 목소리로 연설과 슬로건이 번갈아 나왔는데, 05시에 첫 방송을 시작해서 오후 9시경에 절정에 이르며 끝이 났다. 나중에 알게 되었지만, 북한 전역, 사람이 사는 곳 치고 이런 종류의 방송이 없는 곳이 없었다.

이렇게 4월은 고통스럽고 지루하게, 그리고 아무런 희망도 없이 지나고 5월이 되었다. 나는 우리의 흐렸던 전망을 다시 평가해야 할 입장이 되었다. 적어도 우리 중에 소수 인원을 곧 인민재판에 회부해서 사형 선고를 한 뒤 처형하면 미국에게 더 많은 양보를 하도록 압력을 가하게 되지 않을까 걱정이 되었다. 내가 예상한 놈들의 가장 후한 조치는 우리를 강제노동에 처하는 일이었는데, 이 경우에 우리가 중노동을 감당할 수 있으려면, 영양가 높은 식사를 공급해야 할 것이었다. 나는 최악의 두려운 상황은 숨기고, 대신에 이 후자의 전망 만을 우리 승조원들에게 말해주었지만, 구출될 날짜를 예측해주기는 무척 조심스러웠다.

혹독한 겨울 뒤에 찾아온 향긋한 봄은 그나마 큰 위안이 되었다. 감방 창문으로 몰래 내다보았더니, 근처 논에서는 벼가 싹을 틔우고, 조금 먼 곳에서는 농부들이 허리 굽혀 씨뿌리는 모습이 보이고, 더 멀리에서는 선명하게 드러난 산 능선들이 눈이 녹으면서 흰색 옷을 벗고 누렇게 변했다가 금방 초록빛을 띠다가, 그 위로 지나는 자색 구름 그림자에 섞이며 황금빛이 되었다. 수많은 야생화들도 꽃 피웠을 터여서, 초롱꽃, 데이지, 은방울꽃들의 향기가 새로 갈아 놓은 흙냄새와 섞여 우리 코끝에 와닿는 것 같았다. 들 종달이와 댕기물떼새와 같은 새들도 나와 그 소리가 우리 귓가에 들리는 듯했다. 가슴 속에 희망과 절망이 교체하며, 설레는 포로들을 정말로 향수에 젖게 하는 장면이요, 향기요, 소리가 아닌가!

논에서 일하는 농부들의 아름다운 목가적인 전원 장면은 늘어나는 군사 활동 때문에 망가져버리고, 그 초록 땅은 군인들의 차지가 되었다. 낙하산병 훈련탑은 매일 붐볐고, 들판을 가로지르는 도로에는 농부들의 수레보다 기계화 포병과 탄약차가 더 많았다. 날씨가 따뜻해지면서 언제나 오물이 넘쳐흐르는 변소에서 세균의 활동이 왕성해지고, 주방에서 나오는 음식과 쓰레기 냄새, 게다가 땀과 상처의 진물 등으로 축축한 우리 몸에서 나오는 냄새가 구분할 수도 없이 섞이면서 풍기는 지독한 냄새 때문에 야생화의 향기는 아예 밀려 버렸다. 뿐만 아니라, 멀리 포사격장에서 나오는 대포소리와 가까이에서 악을 쓰는 선전용 확성기 소리들이 악머구리 소리처럼 몰려와 새들의 노래도 완전히 묻혀버린다.

우리는 날마다 하던 실외 운동시간을 더 기다렸다. 그 시간에는 적어도 우리가 따분한 감방을 벗어나 신선한 공기라도 마실 수 있었으니까. 그러나 몸들이 쇠약해져서 건강체조와 감옥 둘레를 뛰는 달리기는 상당히 힘이 들었으며 원기를 회복시키기보다는 오히려 지치게 했다. 이렇게 우리를 단체 운동에 동원하면서 북한군 놈들은 자기네 퍼레이드 대형과 행진 훈련을 따라 하도록 요구하면서 무릎을 높이 올리고 주먹을 꼭 쥔 채 팔은 곧게 펴서 가슴을 지나게 흔들라고 했다. 감옥 막사 계단을 오르내리면서도 그렇게 하라고 요구하니 그것은 또 하나의 스트레스로 다가왔으나 은밀하게 우리가 저항할 기회가 되기도 했다. 훈련 담당 교관들은 마치 신병처럼 좌, 우 구분도 못 하고 대형을 계속해서 흐트러뜨리는 우리에게 화를 냈다. 비록 우리가 육체적으로는 쇠약해졌지만 정신만은 미국 군인 특유의 유머 감각으로 지치지 않고 버텨 나갔다.

우리에게는 음식 한 조각, 담배 한 개비가 매우 귀중한 것이었기 때문에 감시병들이 우리의 배급량을 훔쳐가는 일은 특히 짜증이 났다. 군관들에게 불평을 토로하면 북한 사회의 높은 도덕성과 대단한 인간성에 관한 우리의 이해 부족이란 놈들의 장광설을 들어야 했다. 그래서 우리 중 몇몇은 물품에 정교한 부비트랩 장치를 설치하기로 했다. 한 예로, 진 레이시가 자신의 머리카락을 뽑아 조심스럽고 꼼꼼하게 담뱃개비 속에 집어넣은 다음 자신의 방에서 눈에 잘 띄는 곳에 놓아두었다. 그걸 훔친 감시병은 불을 붙여 입에 무는 즉시 역겨운 머리칼 냄새 때문에 아마도 얼마 동안은 흡연 습관을 고쳐야 했을 거다.

사과 도둑질을 막기 위해서는 더욱 심한 복수 계획이 쓰였다. 한 감방 승조원들은 얇은 철사로 사과에 구멍을 뚫은 다음 그것을 몇 시간 동안 소변이 가득 찬 변기통에 담가 놓았다가 통에서 꺼낸 다음, 맛있게 보이도록 원래의 모양으로 잘 닦아 광택을 내서 눈에 잘 띄는 곳에 놓아두고 도둑이 관심을 쓰도록 기다렸다. 그 후 사과를 훔치는 도둑은 사라져버렸다.

가족 소식도 못 듣고, 석방에 관한 암시도 없는 상황이 계속되는 나날은 견디기 어려웠다. 개인적인 차이가 있기는 했지만, 일반적으로 고국의 소식을 전혀 들을 수 없는 것도 고통스러웠다. 올해는 미국 대통령 선거의 해인데, 입후보자들은 누구인지? 민주당 후보로는 존슨 대통령이 다시 출마하는지? 월남 전쟁은 어떻게 진행되고 있는지? 평화와 철군을 요구하는 데모는? 대도시의 빈민가에서는 아직도 인종 폭동이 있을 터이고? 비틀즈는 아직도 최고의 록 그룹일까, 아니면 시들해지고 다른 그룹이 떴을까? 야구 시즌인데 개막전 결과는 어떻게 되었을까? 뉴욕 메츠가 아직도 최하위 팀일까? 통상적으로 신문을 읽거나 정규방송을 들으며 시사문제에 관심을 두지 않는 사람들에게도 아무것도 없는 진공 상태의 생활은 신경을 건드리는 짜증스러운 일일 게다. 양질의 교육을 받고, 총명한 인원 비율이 높은 푸에블로의 승조원들은 특히 이러한 점에 커다란 영향을 받고 있었다. 왕 대령도 이 점을 잘 알고 6월 첫 주에는 회의실에서 포로 전원이 참석하는 모임을 갖고 북한 공산군이 본 최근의 세계 정세를 브리핑 했다.

놈이 선정한 뉴스 항목은 미국에서 진행되고 있는, 가능하면 가장 나쁜 소식을 알려주려고 세심하게 골라낸 것들이었다. 워싱턴에서의 '빈자(貧者)들의 행진'을 설명했고, 마틴 루터 킹의 암살과 잇따른 폭동에 관한 내용, 다음에는 상원의원인 케네디의원 암살 사건들을 거론함으로써 마치 미국이 무정부 상태와 혁명의 상황에 들어있다는 인상을 주려했다. 놈의 말이 모두 사실이라면 참으로 충격적이었을 터였지만 월남전 상황을 말하면서 왕 대령이 미군이 일주일에 14,000대의 항공기와 헬기, 5,000대의 전차를 잃고, 전함 뉴저지호도 잃었다는 이야기를 함으로써 놈의 말은 스스로 신뢰도를 떨어뜨리고 말았다. 그 많은 손실 숫자들과 월맹 해군(북한 해군과 엇비슷함)이 뉴저지 전함을 격침했다는 말은 우리 승조원 중에 아주 순진한 초임 수병도 믿지 않았다. 그 결과 우리는 놈들의 말이 몽땅 거짓말 꾸러미라고 생각하며 회의 장에서 나와, 놈의 무식에 대한 의심과 좌절감만 품게 되었다.

왕 대령과 내가 개인적으로 만난 적이 있었는데, 그 때 놈은 미국이 푸에 블로의 임무가 북한에 대한 간첩행위였음을 인정하고, 곧 이번 사건에 관한 겸허한 사과를 할 것이라고 말했다. 나는 놈의 말 중에 앞부분은 그럴 수가 있다고 해도 뒷부분은 전혀 믿을 수가 없었다. 6월 하순경, 우리가 받은 소 위 '문화 선전물' 속에 영자 신문인 평양타임스(우리는 '핑퐁타임스'라 불렀음) 가 들어있었는데, 이것은 왜곡이 극심한 뉴스 매체로 공산당 선전지 역할을 하며, 우리 배와 인원들에 대한 취재 기사 중에, 우리가 강압에 의해 자백했 던 침략이란 용어를 사용하고 있었다. 놈들은 우리에게 이 가짜 신문을 샅샅 이 읽으라고 강요하며, 때때로 그 기사 내용을 중심으로 만든 '시사 문제'란 시험도 보았으나, 시험을 본 우리는 조롱이나 웃음거리로 밖에는 생각지 않 았다.

북한군 감옥 근무자 중에서 가장 바쁜 사람은 군의관이었다. 이유는 몸이 여윈 우리 모두가 사실상 만성적인 쇠약 증세와 타박상, 염좌, 고름이 나는 종기, 부스럼 등 때문에 고통을 받고 있었기 때문이었다. 군의관은 메스 하 나로 상처를 절개하거나 얇게 저미며 치료를 했는데, 발에 염증을 앓던 에드 머피에게는 감염 부위를 치료하느라 특별한 고통을 주기도 했다. 거의 모든 환부 치료를 하며 그가 사용하는 주요 방법은 침술이었는데, 이것은 고대 중 국의 의료 기술로서 다양한 크기의 바늘을 환자의 몸에 찔러 넣어 몸속의 느 린 신경계통을 자극하는 것이었다.

이 기간 동안에 나는 심한 매를 맞지는 않았지만 극심한 영양실조로 몸이 쇠약해지며, 시력이 저하되고, 다리에 감각이 없어지는 증상을 가지고 있었 다. 그래서 나도 군의관의 '침술 치료'를 받기로 했다. 부어오른 환부와 타박상을 치료하면서 군의관은 여러 가지 회반죽과 뜨거운 파라핀 팩들도 사용했으며, 맹독성의 병균을 퇴치하는 접종에 관해서도 충분한 현대적인 교육을 받은 것 같았다. 그는 '일본 수면병'이라 부르는 병을 예방한다고 우리 승조원 모두에게 혈청 주사를 놓아주었는데, 나는 그게 무슨 병인지 정확하게 알 수가 없었다. 악명 높은 아프리카 수면병의 매개체인 '체체(tsetse)' 파리를 우리가 직접 보지는 못했지만 우리가 다같이 '북한의 국조(國鳥)'라고 부르게 되었던 윙윙대는 커다란 금파리(이놈들은 썩은 고기나 오물 따위에 모여들어 산란하며, 전염병을 옮기기도 한다.)의 변종들은 많이 보았다. 금파리와 빈대, 쥐가 들끓는 속에서 살면서도 우리가 악역(惡疫)에 걸리지 않았던 것은 정말 기적이었다. 우리 모두가 미해군 당국으로부터 장티브스 예방주사를 맞았던 것에 대해서 나는 감사했다.

우리 수병들이 많이 수용되었던 소위 '3층 갑판'에서는 밤중에 화장실에 간다고 요구를 하면 감시병들이 화를 내며 폭력을 휘둘렀다. 단지 급한 용변만을 보겠다고 했는데도 몇몇 전우들이 심하게 채이고 맞는 광경을 목격한 뒤에는, 많은 승조원들이 화장실에 간다고 요구하지 않고 방에 있는 물통을 이용하는 것이 이해되었다. 그러나 그렇게 하다가 들키는 날엔 역시 심한 벌을 받았다.

죄수복에서 단추가 한 개 떨어져도 벌을 받고, 창문을 내다보았다고 간첩질을 한다고 처벌을 받았다. 에드 머피는 자신의 베개에 앉았다고 두들겨 맞았다. 놈들이 볼 때 반복적으로 규정을 위반하는 사람들은 골라내서 모임이 있을 때 일으켜 세워서 길면 2시간 넘도록 신랄한 꾸중을 듣게 했다. 이런 처벌은 아마도 규정 위반자가 동료들 앞에서 창피를 느끼게 하려거나, 불성실의 대표적인 사례로 보이려고 한 것 같았다.

그러나 언제나처럼 결과는 반대 효과를 냈다. 규정위반으로 처벌 받는 동료들은 우리 사이에선 영웅적인 저항자로 통했다. 슈마허 대위가 왕 대령에게서 심한 욕을 당하며 겁쟁이란 욕을 먹었고, 부사관 치카는 두 시간에 걸친 지루하고 신랄한 질책을 받으면서도 쏟아진 욕설 때문에 자신이 뭘 잘못했는지도 모르는 경험을 했다. 이렇게 왕 대령과 달변이 욕설을 다 퍼붓고 기진맥진 했을 때 나는 자리에서 일어나 이렇게 말을 했다.

"나는 치카 부사관이 언제나 점잖은 사람으로 알고 있고, 그가 추호도 불성실하게 행동하려고 했을 리가 없다고 확신한다. 이 점을 믿고 또 치카를 지지한다는 걸 왕 대령에게 보여주기 위해 우리 모두 하와이식 행운 표시를 합시다." 하며 나는 가운뎃손가락을 뻗친 주먹을 흔들어 보였다.

왕 대령과 그의 참모들은 모임이 만족스럽게 끝났다고 생각하며 기분이 좋은 듯했다. 우리 승조원들은 놀랍도록 엄숙하게 뉘우치는 모습을 견지했다.

우리는 편지 쓰기, 특히 가족에게 보내는 편지에서 점점 더 능란한 말솜씨를 발휘했다. 더욱 믿을 만한 편지를 쓰려면, 상대가 요구하는 선전 문구에 추가적으로 생생한 우리 자신들의 개인적인 취향을 담아 보내야 한다는 걸 우리는 놈들에게 확신시켰다. 추가적인 내용으로는 있지도 않는 친척들을 들먹이든가, 실제로 소유하지 않는 물건(보통 미해군들은 캐딜락 승용차를 여유로 한 대씩 더 가지고 있다는 말로 북한군의 비위를 건드리려고)을 가지고 있다고 하든가, 풍딴지같은 사업을 들먹이는 등이었다. 예를 들어 로즈에게 보낸 두 번째 편지에서 나는 문장 말미에 우리 식구들에게 안부를 전하라고 하면서, "… 닉과 로타 오블라니에게도 내 안부를 꼭 전해주세요."라는 말을 넣었다.

6월이 느릿느릿 지나면서 여름 더위가 점점 더 심해졌다. 밑에 보이는 수용소 마당에서는 비번인 경비병들이 햇빛을 받으며 쉬거나, 던져주는 찌꺼기 먹이라도 찾아다니는 뼈만 앙상한 잡종개들을 발로 차며 즐거워하고 있었다. 수용소 콘크리트 건물 전면에 생긴 틈새에는 참새들이 집을 짓고 살았는데, 새끼 한 마리가 떼밀려 땅에 떨어지자 군관 한 녀석이 덥석 집어 들고 잠시 놀아주는 듯하더니, 한순간에 다리를 다 떼어내고 몸뚱이만 남은 불쌍한 그 새끼 새로 캐치볼을 시작하는 게 아닌가!

7월에 접어들자 상황은 조금 나아졌다. 음식의 양도 늘고, 영양소도 조금 많아진 것이다. 아마도 왕 대령에게 꾸준히 불평을 한 덕분과, 군의관이 그냥 놔두면 포로 모두가 아사 상태에 들 우려가 있다고 보고를 했던 까닭에 개선이 이루어진 것 같았다. 선전 목적으로 우리의 건강과 외모에 관심을 두었다면, 우리를 더 잘 먹여줄 수밖엔 없었을 것이다. 취사병 해리 루이스와 기관병 데일 리그비가 식당 취사병 역할을 맡았지만, 이들이 할 일은 주로 음식물 찌꺼기 통에서 흘린 찌꺼기를 치우며 청소하는 게 고작이었다. 푸에블로 식당에서 발휘했던 요리 기술은 한날 안타까운 기억으로만 남게 되었다. 여름이 다 지나가자 식단에서 무가 사라지고 채소국과 송어, 쌀밥이 주 메뉴로 등장했다.

7월 16일에는 우편물 분배 소집이 있었다. 우리 모두가 고국에서 온 편지를 받는 날이었다. 나는 각각 2월과 4월에 샌디에이고에서 보낸 로즈의 편지 두 통을 받았다. 아내는 분명 무해한 내용의 가사(家事)만을 쓰느라고 조심한 것 같았지만 나는 아내가 손에 쥐었었을 그 편짓장을 손에 들고 기쁨과 고통의 맛을 동시에 느꼈으며, 편지를 읽으면서도 미해군 연락장교로부터 장황한 브리핑을 들은 뒤 오랜 시간 동안 고민했을 것으로 느꼈다. 아내는 조금이라도 사사로운 애정 표시나 집에서 시련을 겪는다는 자세한 이야기는 전할 수 없었겠지만, 북한군인 놈들이 결코 알 수 없는 신비한 암호 같은 내용이 담겨 있었다. 내 마음으로만 해독할 수 있는 그런 것이었다.

나는 감성적인 성격인데 내 직업상 소명에 따라 감정이 해이해지지 않도록 엄격하게 통제해야 했다. 그러나 아내의 편지 두 통을 받고서는 그게 되질 않았다. 편지를 한 장도 못 받은 승조원들에게는 대단히 미안하기도 하고 화가 치밀어, 나는 곧 그들이 실망을 이겨내도록 설명을 해주는 일을 시작하여, 지하통신망을 통해 전파할 수 있도록 했다. 내가 받은 편지도 놈들이 미리 개봉해 보았을 터인데도 푸른 연필로 수정하거나 삭제한 흔적도, 지운 자국도, 또 면돗날로 잘라버린 자국은 없었다. 이때 떠오른 생각은 북한공산군 놈들이 첨삭이나 수정할 필요가 없는 편지만을 우리에게 분배하고, 그렇지 않은 편지는 검열관들이 폐기해버린 것이 아닐까 하는 것이었다. 놈들은 우리의 편지를 꼼꼼히 읽으며 조사했다. 그런 뒤에 우리가 편지를 받아 들면 심문관놈들은 이런 저런 영어 표현의 정확한 뜻이 뭐냐는 터무니없는 경솔한 질문들을 쏟아냈다. 이를테면 'we're pulling for you like mad'가 무슨 뜻이냐고 캐물었다(우리는 열렬히 당신들을 응원 또는 지지한다는 뜻이다).

로즈가 보낸 두 통의 편지는 처음엔 아련한 추억으로 떠올랐다가 또렷한 기억으로 다가왔다. 네브래스카에서 미래 생활을 설계하면서 고민했던 그 멋진 신혼부부 모습이었다. 신혼 초에 나는 지질학자가 되어서 봉급 많이 주는 큰 유전회사에 취직해 외국 상대 영업부서에서 일하며 몇 년 안 되어 건실한 은행 계좌에 돈을 모아볼 야심찬 꿈을 가졌었다. 수의사를 해볼까도 서로 의논했지만 교육비가 엄청 비싼 데다가 졸업 후 개업하는 일도 우리의 능력을 벗어난다고 생각했다. 지질학이 오히려 더 나았다. 그러나 나는 한국전쟁 개전 초기에 현역 복무를 연기했던 미해군에 병역의무를 지니고 있었던 터라, 네브래스카 대학 재학 중, 해군 학군장교 과정(ROTC)에 등록했다. 그래서 졸업과 동시에 해군 예비역 소위로 임관을 했고, 의무 복무 기간이었던 3년 동안, 멀리 해외 전망 좋은 유전(油田)에서 근무하며 재산을 모은다는 꿈을 뒤로 미루고 젊은 해군장교 부부로 평범한 군인생활을 시작했다. 로즈는 그렇게 해서 완전한 미해군장교의 가족이 되었고, 나름대로 함정과 병과학교 근무를 따라다니며 생활했다.

그런데 내가 잠수함 근무를 좋아하게 되자, 로즈는 미련없이 날더러 장기복무를 지원하라고 격려했다. 코네티컷주의 뉴런던에 있는 잠수함 학교에 입교를 하고 졸업하면서, 영원히 그렇게 직업군인이 되었던 것이다. 우리는 이런 결심을 단 한 번도 후회한 일이 없었다. 그 후로 재미있는 갖가지 숙사(宿舍)와 보직을 받으며 생활하고, 세월이 지나면서 진급도 착착 이루어져 안도와 성공감도 느끼게 되었다.

불리한 점보다는 이로운 점이 더 많았고, 불행한 추억보다는 행복한 추억이 더 많았던 즐거운 인생이었다. 적어도 엄청난 재앙이 있기 전까지는 그랬었다. 우리 사이의 사랑은 더욱 굳어졌고, 우리의 시련과 고통을 경감해 주시도록 하느님께 열심히 기도를 했다. 즉시 구출작전이 이루어지지 않았을 때 나의 미해군에 대한 믿음이 다소 흔들렸지만, 그래도 내 아내와 모든 승조원 가족들을 도와주려고 해군 당국은 모든 힘을 쏟을 거라고 굳게 믿었다. 로즈가 편지에서 그런 노력에 관해서는 적지 않았지만, 독방에 갇혀 공상을 하면서 나는 마음속으로 아내가 겪고 있을 고초를 그려볼 수 있었다. 아내와 마찬가지로 나도 고통스러웠다.

한편 우리의 '탈주계획위원회'도 탈주를 위한 구체적인 계획에 착수하고 있었으나, 예상했던 대로 대부분 극도로 위험하거나 실현 불가능한 것들이었다. 감시병들을 제압하고 무기를 탈취하는 방안은 세밀한 계획하에 대담하게 결행한다면 성공할 가능성도 있었다. 그러나 그 다음은? 주변 농촌은 북한군인들이 우글거리는 군사훈련 지역이었다. 야심한 밤을 틈타 근처 비행장으로 탈출하는 방법도 생각해보았다. 팀 해리스가 약간의 조종사 교육을 받아두었기 때문에 그를 따라 비행기로 탈출하는 방법을 대부분이 선호하리라고 나는 믿었다. 그러나 그 경우는 황당한 제임스 본드 계획이나 비슷한 것이어서 마지막 단계에서나 생각해 볼 수 있을 거라고 마음먹었다.

가장 실현 가능성이 높은 방안은 에드 머피가 제시한 것이었는데, 그는 자기가 받은 '선전문건' 중에서 북한 지도를 몰래 숨겨두었다가 가지고 나와서 평양에서 그다지 멀지 않은 곳을 통과하며 남북으로 흐르다가 DMZ까지 도달하는 강줄기를 보여주었다. 그의 생각은 탈주팀을 구성해서 그 강으로 보내면, 팀은 강을 따라 내려가다가 적당한 곳에서 수영하여 DMZ로 건너간다는 것이었다. 하지만 이 계획에도 엄청난 위험이 도사리고 있었다. 강변에는 지뢰가 겹겹이 매설되었을 터이고, 촘촘히 그물도 쳐놓고 무장 병력이 순찰할 거니까. 그래도 머피의 방안이 내가 받아본 것 중에서 가장 훌륭한 계획이었기 때문에 나는 구체안을 만들어 필리핀 출신의 가르시아와 알루아그나, 아벨론을 시켜 북한 들판을 가로질러 가게 하면 들키지 않고 목적을 달성할 수 있을 것만 같았다. 그럼에도 나는 이 위험하고 결코 성공하기 쉽지 않은 방안에 이들의 목숨을 걸어야만 한다는 것이 망설여졌다. 계획을 세운 에드 머피에게는 높은 점수를 줬지만, 당분간 나는 이런 류의 계획을 승인하지 않기로 마음을 먹었다.

이때 즈음에 나의 지휘권은 다시 살아났다. 내 방 당번인 기관병 미첼을 통해 우리 승조원들에게 말을 전달할 효과적인 통로가 생겼는데, 그는 일등항해사 켈과 같은 방 동료였고, 켈은 통신특기병 긴더와 매일 접촉을 했는데, 북한군 놈들은 긴더를 3층 책임자로 임명했고, 2층 담당은 우리의 체조 지휘자이며 부사관인 로우가 맡고 있었는데, 미첼은 이들 사이에서 놀라울 정도로 메시지를 잘 전달해줘서 내가 다른 방들에서 일어나는 일들을 모두 알 수 있었다. 누가 두드려 맞거나 병이 나면 하루 이내에 내가 알게 되었고 나는 바로 그에 관한 항의를 할 수 있었다. 누군가가 스트레스를 받아 괴로워하는 소리를 들으면, 체조시간이나 놈들의 선전 목적 집합 시간을 이용해 어떻게든 격려를 보내곤 했다.

7월 말경, 더위가 극심해지자 놈들은 우리가 가끔 방문과 창문을 열고 통풍하도록 허락함으로써, 건물 내에 들어찬 숨 막히는 습한 공기를 몰아낼 수 있었다. 옷과 침구류는 땀에 젖어 눅눅해 있었다. 감시병들도 땀을 뻘뻘 흘렸고, 건물 벽도 땀을 흘렸다. 일주일에 한 번 목욕을 하도록 해줬지만 우리는 발정한 숫사슴처럼 냄새를 풍겼다. 온도가 화씨 100도까지 치솟았지만 우리는 끓인 물로 갈증을 풀면서 지난겨울의 얼음과 눈을 그리워하는 야릇한 향수도 느꼈다.

왕 대령은 우리 모두를 집합시켜 어떻게 하면 우리로 하여금 미국정부가 공식적인 사과를 하도록 부추길 수 있을까를 모색했다. 그런데 어느 때였는가 프라이어 터크가 자리에서 벌떡 일어나더니 농담조로 백악관에 계시는 존슨 대통령과 1:1 장거리 통화를 하자고 제안하기도 했다.

왕 대령은 기자회견 따위에 광분해 있는 게 분명했다. 언제나 놈은 회견을 기획하고 연습하는 일에 골몰하고 있었다. 나는 놈의 그러한 취향에 찬물을 끼얹을 생각은 안 했다. 왜냐하면 그런 무대를 준비하는 동안엔 우리 몸에 멍이나 상처를 내서 망가뜨릴 수 없기에 우리에게 심한 학대를 못할 것이기 때문이었다. 게다가 우리가 살아있는 해골처럼 무대에 오르지 않게 하려면 식량도 굶주리지 않을 정도로 늘려야 할 터였으니까.

8월 말경, 북한군 놈들은 선전용 사진을 촬영한다고 우리를 4~6명으로 편성해 비공식적인 그룹을 짜놓았다. 그림이 걸린 방에 중급 정도의 우아한 가구와 화분까지 갖춰, 보통 가정 분위기를 풍기는 곳에서 우리의 사진을 찍는다는 것이었다. 각 그룹원들은 카메라를 향해 웃음을 머금고, 아주 만족스러운 듯이 편안한 모습을 보이도록 명령을 받았으며, 실제로 그렇게 했다.

바로 이때에 우리는 하와이식 행운을 빈다는 제스쳐를 사용하여 경멸과 도전의 뜻을 나타냈다. 이 표시는 고위급 북한군 통역관들조차 전혀 그 뜻을 모른 상황에서 공공연히 통용되었다.

놈들은 태평하게 몇 개 그룹의 사진을 찍었는데, 그룹마다 승조원들은 각자 조금씩 다르게 조잡한 손가락 모양을 했다. 그리하여 놈들이 요구했던 우리의 웃는 표정은 외설적인 표현이 보태져 조롱하는 뜻으로 바뀌고 말았다. 비록 기교를 발휘하지는 못했지만 효과적으로 놈들의 선전 목적을 망가뜨렸던 이 방법을 나는 우리 승조원들에게 자주 널리 사용하도록 권장했다. 그러나 승조원 모두가 내 말을 따르지는 않았다. 몇몇 장병들은 너무 위험하지 않느냐며 오히려 나에게 경고를 보내기도 했고, 또 어떤 친구들은 그 표현이 너무 야비하다고 반대하기도 했다. 나는 그런 표현을 의무적으로 사용하도록 지시한 적은 없으며, 오로지 자발적으로 이용하도록 권했을 뿐이었다.

왕 대령의 군사, 정치적 상관들은 왕 대령이 푸에블로 포로들을 잘 다룬다고 만족했던 게 분명했다. 어느 날엔가 놈이 군복에 번쩍이는 장군 표지물들을 달고 나타났기 때문이었다. 이 날에도 여느 때처럼 나를 자기 사무실에 불렀지만, 목적은 자신의 진급을 자랑하려는 것이 아닌가 생각되었다. 나에게 훈계를 하는 동안에 놈은 마치 대머리 독수리가 부리로 날개를 다듬듯이 연신 목을 뻗쳐보였다. 한 동안 나는 일부러 못 본척했다. 그러다가 눈을 크게 뜨고, 큰 소리로 말했다.

"아이구, 이런! 옷깃에 단 것이 뭐요? 장군 표지의 별 아니오?"

"아, 뭐…"

놈은 자랑스러운 마음과 겸양감이 겹쳤던지 경련을 일으키며 자신의 의자에서 하마터면 넘어질 뻔했다. 너무 기쁜 나머지 놈의 성격에도 안 맞는 농담까지 하며 훈계를 일찍 끝내고 나를 방으로 돌아가게 놔주었다. 놈의 진급 소식은 우리 승조원들 사이에 재빠르게 퍼졌으며, 우리는 진급을 축하하는 의미에서 놈에게 새롭고 보다 인상적인 별명을 붙여주기로 결정했다. 그 때부터 '영예로운 장군(Glorious General)'이란 뜻의 약자로 'GG'라고 불렀다.

무덥던 8월이 물러가며 9월이 다가오고 있었다. 비록 GG의 진급 이후, 단기간이나마 비교적 편안한 대접을 받았던 때를 제외하고 다시 감시병과 초급 군관들의 부당한 감시를 받는 시절로 되돌아가기는 했지만, 내가 가장 두려워했던 '60일 숙청'은 일어나지 않았다. 매일은 아니라도 폭력 사건은 간헐적으로 이어졌다. 한 번은 밖에서 체육활동을 마치고 열을 지어 돌아올 때 내가 계단에서 똑바로 걷지 못한다고 생각한 감시병이 갑자기 내 명치를 세차게 발로 찼다. 맞고 계단에 쓰러졌던 나는 약 이틀 동안 폐인이나 다름없었다.

통신특기병 얼 키슬러도 얼굴을 맞았는데, 그들은 상처와 매자국에 대한 최대의 효과를 내기 위해 신발과 벨트를 가지고 정밀하게 가격해서 모두가 선전 영화를 촬영하러 모였을 때 성실하게 협조하지 않으면 누구나 저렇게 된다는 걸 보여주려는 목적이 있었다. 성실히 협조하지 않았다는 키슬러의 경우, 미국 상·하원 의원들에게 편지 쓰기를 거부했다는 것이었는데, 그건 북한공산당놈들의 선전을 무력화시킬 숨은 뜻을 끼워넣을 수 있다는 확신이 있다면 거부하지 말라고 내가 타일렀던 바이기도 했다. 키슬러의 얼굴은 엉망진창으로 일그러졌다.

나는 GG, 달변과 사적으로 고통스러운 만남을 이어가고 있었는데, 그런 자리에서 한 번은 미국의 사과를 끌어내기 위한 좋은 방안을(나는 미국이 사과하는 일은 절대로 없을 것이라고 확신했다) 마련하려면 또 한 번의 국제적인 기자회견을 개최하는 게 어떻겠느냐고 암시를 했다. 그러나 놈은 그걸 스스로 제안하고 싶지 않은 것처럼 행동하면서, 오히려 나를 꾀어 제안하게 하려는 생각이었다. 그래서 만남을 질질 끌며 한밤중, 어떤 때는 새벽까지 이어지다가 내가 완전히 지쳐버렸다. 나는 결국 항복을 하고 이렇게 말했다.

"장군, 기자회견을 합시다. 이번엔 국제기자회견을!"

이에 놈은 마치 새로운 아이디어를 들은 것처럼 기쁜 나머지 놀란 표정으로 자리에서 벌떡 일어섰다.

"그래, 국제기자회견!"

놈은 마치 연극조로 외쳤다.

"바로 그거야! 수많은 외신기자가 참석하는 국제기자회견에서 당신네가 국제사회에 솔직하게 회개하는 걸 보도하도록 거창한 기자회견을 하는 거야. 일본과 프랑스의 자본주의 국가 기자, 특히 미국 기자들도 초청할 거요!"

"물론이오!"

나는 미국 기자가 참석할까 의심하면서도 맞장구를 쳐주었다. 초청 대상국 외신기자들이 누굴까 상상할 수 있었지만, 놈은 자기가 바랐던 걸 나에게서 얻어냈고, 즉시 계획을 만들기 시작했다.

'대규모 국제기자회견' 준비는 우리가 지난번에 했던 국내용 회견보다 훨씬 꼼꼼하게 진행되었으며, GG도 이 회견을 특별 작품으로 만들어 보려고 작심한 게 분명해 보였다. 포로 측에서는 장교들과 에드 머피가 이끄는 '선발위원회'가 추천하는 병사들을 등장시키기로 했다. 그 선발위원회에 들어 있지는 않았지만 나는 우리가 바라는 대로 연기를 해주리라 믿음이 가는 승조원들의 이름을 위원회에 추천할 수 있었으며, 휘하 장교들에게는 나의 기대에 어긋나지 않도록 당부도 할 수 있었다.

내가 추천한 병사들 중에서 일부를 GG가 부적격 처리하기는 했지만, 어느 정도까지는 내가 통제권을 행사하여 겁먹지 않고 재치 있는 말과 몸짓으로 이번 회견이 '거짓 쇼'라는 걸 외부 세계에 알려줄 수 있는 인물들을 뽑을 수 있었다. 기자회견은 마침 9월 9일, 조선민주주의인민공화국 창건 20주년 기념행사와 맞물리도록 계획되었다. 2주일 전에 놈들은 우리가 자발적으로 질의응답할 원고를 작성케 하고 그 내용을 한 자도 틀리지 않도록 연습시켰다. 이 때 우리는 틈을 내서 놈들이 모르도록 특이한 억양과 뜻을 왜곡시킬 방법을 궁리했다. 놈들은 외신 기자들과 카메라 앞에서 우리가 살찐 건강한 모습으로 나타나게 하려고 배급을 늘리기까지 했다.

회견이 있기 전날에는 준비를 하느라 모든 활동이 미친 듯이 진행되었다. 배역을 받은 우리 승조원들은 교실 건물로 가서 철저한 최종 무대 연습을 받았다. TV 조종용 차량이 수용소에 도착해 주차하고, 기술자들이 동축케이블을 깔아 카메라에 연결하고, 수용소 건물에 설치할 러시아제 신제품 TV에도 연결했는데, 이것은 회견에 참가하지 않는 포로들이 폐회로로 회견 진행을 볼 수 있게 하려는 것이었다. 이러한 준비 과정을 살펴본 나는 우리 승조원 시청자들에게 주의를 환기시키려고, "시청자들의 반응도 감시당하고 있을 터이니 회견이 아무리 잘 진행된다 해도 어떤 특정 내용에서 웃거나 소리를 내며 야유하지 말도록" 하라고 전달했다.

이때 나의 파상풍 증세가 재발해서 놈들을 당황케 했는데, 그들도 확인했지만 북한의 영한사전에는 이 증상에 관해서는 불완전하게 기술되어 있었다. 그런 상황에서도 회견 연습은 예정대로 진행되었고 실제 회견에 지장을 받을 것이 확실해지자 군의관의 진료를 받도록 조치했다. 그런데 군의관이 할 수 있는 최상의 치료 방법이란 게 환부에 침을 꽂는 것이었다.

"군의관! 많이 나은 것 같소. 일단 나 스스로 조심해 처신할 테니 그냥 놔두시오."

마침내 국제기자회견의 날이 밝았고, 배역을 맡은 우리 승조원들에게는 깨끗한 속옷이 지급되었다. GG는 기이하리 만큼 무산계급 태를 벗은 사복을 입고 나타났는데, 고급 재질로 만든 맞춤복이었다. 그에 비해서 달변은 헐렁한 북한산 군복을 착용하고 나와 초라해 보였다. 포로 측 배역에는 나를 포함하여 에드 머피, 스티븐 해리스, 스킵 슈마허, 진 레이시, 프라이어 터크 등 장교단과 부사관 대표인 켈, 가르시아, 로우, 맥글린톡, 맥, 치카, 쉐퍼드, 에스카밀라, 루이스, 스털링, 란젠버그, 앤더슨, 듀크, 라이스, 스트래노, 힐, 러셀, 오배논 등 부사관과 병원에서 나온 웰크가 있었다. 우리가 수용소 건물을 떠나 회견장으로 행진할 때, 나는 이들이 선발된 푸에블로 승조원의 대표로서 나의 기대에 부응하리라는 자신감을 느꼈다.

임시로 만든 가건물 강당에 꽉 들어찬 사람들은 TV와 카메라, 마이크들로 후끈하게 달아있는 분위기를 더욱 뜨겁게 달구고 있는 조명 불빛 사이에서 불편하게 자리를 잡고 있었다. 북한공산군은 기자회견의 군사적 측면을 줄이려고 소수의 무장 감시병들만을 남겨놓았다. 대부분의 GG 참모들도 사복을 착용하고 있었다. 동서양과 흑인 등 공산권 세계의 언론 대표자들을 대거 집결시키는 일에 GG는 성공적인 것 같았다.

아픈 다리를 질질 끌며 입장한 우리가 관중석 맞은 편 좌석에 자리를 잡은 순간, 쏟아지는 조명에 비쳐 흐릿하게 보이는 청중의 얼굴들을 보며 깜짝 놀라지 않을 수가 없었다. 의장이 회견의 시작을 알리고, 참가한 언론 기관들을 소개하는 걸 들어보았더니, 이건 마르크스주의 언론인들의 국제행사가 아닌가 생각했다. 의장은 북한은 물론 일본, 인도, 폴란드, 소련, 소말리아, 아랍연맹, 이탈리아, 헝가리의 신문, 라디오, TV 방송국들의 이름을 줄줄 읽어댔다. 내가 들어본 일도 없는 한 뉴욕의 신문사에서 미국 언론인이 참석한다고 GG가 우리에게 말했지만, 나는 그게 어느 신문사일까 곰곰이 생각하다가 아마도 어느 좌파 신문이겠지라고 막연히 생각하고 말았다. 그런데

GG가 미국에서 왔다는 기자를 데려오는 게 아닌가! 이 사람은 CIA 요원이 아닐까? 이 사람에게 우리의 메시지를 몰래 전달해도 될까? 이러한 불확실하고 위험한 생각들이 머릿속을 스쳐 지나고 있는 동안에 의장은 소개를 거의 끝내고, 갑자기 나를 불러 세웠다. 내가 자리에서 일어나 장교단을 제외한 푸에블로를 대표하는 19명을 소개하라는 신호였다.

내가 소개를 마치자 의장은 준비한 대본을 능숙하게 읽더니, 곧 시작될 '자발적인 의견교환' 방식에 관해 진지하게 발표했다.

"이 기자회견에는 사용 언어가 다른 많은 외신 기자님들이 참석했으므로, 주제에 따라 여러분들이 서면질문을 해 주시면 그걸 모아서 푸에블로 승조원들이 답변을 하게 될 것입니다. 이로써 회견이 원만하게 진행되도록 하겠습니다. 자, 맨 처음 질문입니다."

이런 식으로 진행된 3시간 반 동안의 문답을 자세하게 여기에 반복 소개한다는 것은 지루하고 중언부언 하는 꼴이 될 것이므로 생략한다. 질문과 답변이 모두 과장되고 어색하게 꾸며낸 공산주의자들의 선전이었으며 내용도 모두가 왜곡된 것이었다. 우리가 답을 준비했고 어떤 내용은 유머러스하고 우스꽝스러운 것도 있었지만, 지난 2주간에 우리가 암송했던 내용을 반복했다고 말씀드리면 충분할 것이다.

GG는 우리가 나포되던 날 우리의 주포(主砲)였던 기관총으로 놈들의 함정에 우리가 선제 가격을 가함으로써 전투가 시작되었다는 진술을 나의 자백 속에 집어넣었다. 뿐만 아니라 놈은 그 교전에서 우리가 사살했다는 수병의 시신 사진도 보여주고 있었다. 그러나 나는 우리가 화기의 덮개 포장도 열어놓지 않았다는 걸 우리 상부에 보고했었기 때문에, 우리의 직속상관들은 놈들의 말이 거짓이라는 걸 직감했을 것이라 여겼다.

우리 모두는 성실하게 각자가 맡은 대본을 발표했고, 그중 몇몇은 하도

우스꽝스러워서 나는 그만 웃음을 터뜨릴 뻔했다. 특히 통신특기병 랄프 맥클린토크가 존 .F. 케네디 대통령의 육성을 흉내 내면서 "오래된 옛 고향 길로 내려와 울 엄마가 만든 유명한 애플파이를 다시 한 번 맛보시라"고 간절히 호소할 때 특히 그랬다.

　오랜 시간 동안, 끊임없이 단조로운 질문이 반복되고 그에 대한 우리 측의 장황한 설명이 잇따르자 일부 참석자들은 불안감과 혼란을 느끼는 모습을 보이기 시작했다. 소수 아프리카에서 온 기자들은 잠에 빠지기도 했고, 아프가니스탄에 서 온 성마른 작은 기자는 질문도 답도 명확히 들을 수 없다면서 화를 내며 고함을 지르며 길길이 뛰었다. 또 다른 참석자들은 짜증난 표정으로 군소리를 내며, 지루하게 원고를 읽기보다는 포로들과 자유롭게 의견 교환을 했으면 좋겠다고 했다. 그러나 북한공산군들은 그런 불만에 꿈적도 않았다. 의장은 아프가니스탄 기자가 막무가내로 떠들어대도, 연습했던 대로 번역 대본을 계속 읽어 내렸다. 아프리카 기자들이 잠에서 깨어나 대본이 어디쯤 진행되었는지 몰라 당황스러워했다. 마침내, 잘 훈련된 의장조차도 대본에서 자신의 대목을 잃고, 서둘러 회견 종료를 선언함으로써 나는 마지막 멘트인 성명 발표도 못하고 말았다. 일주일 내내 연습을 해두었던 나는 자리에서 벌떡 일어나서, 그치지 않고 떠들어대는 아프가니스탄 기자 목소리보다 더 큰 목소리로 소리를 질러 항의했다.

　그러자 내 옆에 서서 담뱃불을 붙인 채로 계속 나를 바라보고 있어서 걱정이 되었던 동독 출신 대표가 갑자기 껄껄 웃어댓다. 그 자가 혹시 언론인으로 분장한 소련 NKVD(내무부) 요원이 아니었을까? 하지만 허리가 끊어질 정도로 웃어대는 걸 보고는 그 자에 대한 근심은 사라졌다.

　이때, 헝가리인 아니면 러시아인 같은 사람이 불특정 대상에게 이렇게 중얼거렸다.

"언제까지 이 헛소리들을 들어야 하나?"

의장은 "미 제국주의 무장 간첩선 푸에블로에 관한 국제기자회견을 종료한다"고 다시 한 번 말했다.

기자회견은 점심을 먹은 뒤에도 계속하기로 계획되어 있었다. 외신기자들은 포로수용소 감방도 방문하게 되어 있었다. 나는 위험을 무릅쓰고라도 이 기회를 이용해서 좌파 뉴욕 신문 기자라고 알려진 사람에게 몰래 쪽지글이라도 전달할 지에 대해 고민을 했다. 그렇게 하기로 마음을 먹고 나자 기회가 찾아왔다. 조그마한 화장실 휴지 조각에, 회견장에서 발표했던 내용을 조목조목 반박하는 내용으로 몇 줄을 휘갈겨 적었다. 우리는 적측 영해를 결코 침입했던 일도 없으며, 먼저 도발하거나 사격을 가한 일도 없었지만, 공해상에서 불법적으로 나포되어 체포, 구금되어 구타를 당하며 처참한 대우를 받았다고 썼다. 적은 쪽지를 손 안에 꼭 쥐고 있는데, 오후에 그 친구가 내 방에 들어와 둘러보더니 하나마나한 질문을 몇 마디 던졌다.

이때 GG와 달변도 문간에서 지켜보고 있었다. 둘은 입가에 웃음을 띠고 있었지만 달변은 나와 미국인 기자 사이의 대화를 낱낱이 귓속말로 GG에게 통역해 주는 걸 알았다. 그럼에도 불구하고 헤어지며 악수를 할 때 내가 손 안의 쪽지를 그 기자에게 전달하기는 어렵지 않았을 터였지만, 나는 본능적으로 그에 대한 불신과 의심이 들어 쪽지를 전달하지 않았다. 우리는 악수도 하지 않았으며 결국 쪽지 전달도 없었다. 그때나 지금이나 만일 내가 쪽지를 건네주었더라면 그 쪽지는 아마도 GG에게 넘어감으로써 나나 우리 승조원 모두에게 숙청의 회오리가 닥쳤을지도 모를 일이기에 결코 후회하지는 않는다.

사실, GG는 그날 행사를 대단한 성공으로 생각하고 흥분한 상태여서 저녁에 포로 전원에게 맥주를 대접했다.

제 16 장

"미국은 푸에블로에 관해 사과할 계획"

⟨1968년 9월 10일, 뉴욕 타임스 머리기사⟩

"미국은 푸에블로 관련 회담설을 반박하며, 사과할 이유 없다"고.

⟨1968년 9월 11일, 볼티모어 썬 지의 머리기사⟩

국제기자회견이 만족스럽게 끝난 데 대한 여운은 한동안 이어졌다. 질은 낮아도 음식의 양이 충분해져서 대부분의 승조원은 체중이 늘기 시작했다. 그러나 장기적으로 영양실조와 열악한 위생 환경으로 인한 질병 때문에 많은 인원이 고통을 받고 있었다. 나도 다리에 혈액 순환이 잘 안 되고 무감각해져서 고통스러웠고, 한때 간염 때문에도 괴로웠다.

헤이즈는 황달로 인해 격리되어 있었고 감시병들도 그에게 다가가기를 꺼렸다. 구타로 인한 부상은 줄었으나, 여름이 물러가고 가을로 접어들면서 운동 시간에는 더욱 맹렬히 볼 게임을 함으로써 체육시간이 더 고통스러웠다. 스털링은 터치 풋볼을 하다가 코가 부러졌으며, 알루아그는 농구를 하다가 무릎뼈가 파열되었다. 감시병들은 그에게 벌을 내릴 때는 그의 무릎을 차면서 즐거워했다.

GG는 국제기자회견을 성공적으로 마친 뒤 2주간의 포상 휴가를 받아 떠나면서, 기간 중 수용소 업무는 흉터 대령에게 맡겼다. 흉터 대령은 GG보다는 덜 현란했지만 요령 없이 무례한 방식으로 일을 했다.

9월 20일에는 흉터 대령이 지금까지 쓴 다른 모든 승조원의 자백서를 능가하는 우수한 자백서 최종본을 내가 작성하도록 요구했다. 그것을 지금까지 위협해오던 '인민재판소' 재판에 사용할 거라고 나에게 귀띔했다. 그러나 나는 내 상상의 나래를 마음껏 펼치며 놈들이 왜곡 주장하는 사실과 나 자신의 해학적인 공상을 혼합해서 글을 창작했다. 놈들이 나의 임무를 상세히 언급해달라고 요구했을 때, 나는 흥미를 돋울 만한 정보를 넣어 대답해 주었다.

"푸에블로는 특별히 최신 전자 첩보 수집 장치들로 건조되고 장비되었으나, 그 사악한 임무를 숨기기 위해, 20년 이상 된 부품들을 혼합 사용해서 외양으론 어수룩하게 보이도록 했으며… 나 개인적으로는 하와이에서 악명 높은 바니 구글이라는 해병 장군의 브리핑을 받았으며… 솔 록스핑거라는 CIA의 악(惡)의 천재가 있는 일본의 일급비밀 장소에서 명령을 수령했다."는 등등, 난센스 같은 내용을 약 40쪽에 걸쳐 써주었다. 솔 록스핑거는 유명한 제임스 본드 시리즈가 연재되는 플레이보이 잡지의 풍자극에 등장하는 가공의 인물이었다.

내 창작글을 흉터 대령에게 제출했더니, 놈은 통역관을 통하여 꼼꼼히 검토를 한 뒤, 크게 만족하며 접수한다는 표정을 지으며 나에게 돌려주었다. 며칠 안 돼서 나는 그 내용을 워너 브라더스 발성 영화 및 TV 카메라 앞에서 발표했는데, 글자 하나 고치지 않고 내 생애 최고로 위엄을 갖춰 진지하게 말을 했다.

그 후에 그 어느 때보다 더 우리의 석방이 가까워 오는구나 하는 느낌을 주는 일들이 나타났다. 10월 초에 돌아온 GG가 즉시 나를 불러 철야 대담을 나눴다. 놈의 말에는 흔히 하던 교조적인 공산주의 도그마에 빠지지 않은 여담도 섞여 있었다. 심문 형식을 취했지만, 대담 중에서 놈은 나에게 담배를 권하며 속내를 드러냈다.

"동무는 크리스마스 전에 집에 돌아가기 바란다고 했소. 그러나 그렇게는 아니 되고, 아니 추수감사절 이전도 아니고, 이 달이 다 가기 전에."

이 말을 듣고 내 가슴은 뛰었다. 그러나 GG는 전에도 나에게 거짓말을 했었기 때문에 이번엔 놈의 달콤한 말을 나 혼자만 알고 있기로 마음먹었다. 우리 승조원들에게 알려줘 희망만 부풀렸다가 혹시 더 큰 실망을 안겨줄 수는 없는 일이었다. 이때에 예상치 못했던 이상한 일이 생겼다. 즉, 쇼를 보러 평양 시내에 나들이를 한다는 것이었다.

우리는 기억을 되살리기도 싫은 낯익은 버스에 올랐지만 이번엔 창문을 안 가리고, 감시병들도 부드러웠다. 시내로 가는 굽은 길은 우리를 자주 멈춰 서게 했는데 군검문소에 도달하기 전에 세 번을 멈췄고, 검문소에서는 군인들이 우리를 대강 훑어보고는 차단봉을 올려 통과시켰다. 또 한 번은 도로 한가운데서 만취한 농부가 경적과 고함도 듣지 못한 채 즐겁게 비틀거리며 도로를 막아선 것이었다. 그는 제임스 본드 악한의 판박이인 경비병에게 목덜미를 붙들려 꾸지람을 듣더니 뺨을 맞고 사라졌다.

황혼이 깃든 때였기 때문에 우리는 단조로운 집단농장이 점점이 보이는 희미한 농촌 풍경과 논들을 볼 수 있었다. 도시와 농촌을 구분하는 교외 지역은 없었다. 거친 비포장도로가 갑자기 평탄한 포장도로로 바뀌더니 상자 같은 구조물들이 보이며 이 건물들이 도시 구역을 이루고, 각 건물 안에 켜진 전등 한 개가 창문을 통해 나타나며, 가지런하지만 한결같이 대칭 설계된 방들이어서 쓸쓸해 보였다.

내가 받은 인상은 우리가 구금되어 있는 수용소 건물을 설계한 건축가가 이들 4층짜리 토끼장 같은 과밀 주택도 설계한 것이 아닌가 하는 생각이 들었고, 놈들이 말하는 소위 '제국주의자 포로'들이 수용되어 있는 건물보다 더 나을 것 없는 더러운 곳에서 '공화국 인민'들이 살고 있구나 생각했다. 수도 도심으로 들어서고 있다는 걸 알려주는 유일한 표시는 희미한 가로등의 숫자가 늘어간다는 것과 몇 안 되어 쓸쓸함을 더해 보이는 붉거나 흰 네온사인들이었다. 차갑게 느껴지는 수은등 가로등은 가게 앞과 텅 빈 포장도로를 비추고 있었다.

이따금 남녀 쌍들이 전조등에 비춰졌다가 어두운 빌딩 그늘 속으로 사라지는 모습이 보였다. 통행 차량이 너무나 적어서 나는 경찰이 이미 도로 통제를 너무 철저히 해 놓은 터라 우리 차량 앞에서 싸이렌을 요란하게 울리며 부산을 떨지 않아도 되지 않았나 의아스러웠다. 우리 차량 행렬은 마침내 불을 밝혀 놓은 한 건물 앞에 멈춰섰는데, '인민대극장'이란 말을 들었지만 인민은 보이지 않고 군인들만 보였다.

예약된 우리의 좌석을 제외하고도 2~3,000석은 되어 보이는 대단히 큰 극장이었다. 군인들로 꽉 찬 극장에서 프라이어 터크와 해리 아이어데일이 유일한 민간인인 셈이었다. 예약석을 향해 중앙 통로를 걸어 내려가면서 우리는 관객들의 기이한 눈초리를 만났으나 적대적인 시위나 반응은 없었으며, 좀 썰렁한 침묵만이 흘렀다. 우리 승조원 4명마다 1명씩의 통역관이 배치되었으며, 우리가 착석하자 커튼이 오르며 '영광스러운 조국'이란 오페라가 상연되었는데 여느 오페라처럼 흥을 돋구는 내용이었다. 통역관들이 연신 "Very beautiful!", "Very great!"라고 외쳐댔지만 우리가 이해하는 데는 도움이 되지 못했다.

줄거리는 일본의 강점에 대항하여 독립 투쟁을 한다는 내용이었는데, 덤으로 미국인 몇 명도 등장했다. 무대에서 펼쳐지는 내용으로 판단하건대, 노랫말은 용감한 조선 유격대원들이 잔인한 일본 군인들을 죽음으로 내몰아간다는 것이었다. 우리도 꽤 흥미를 느꼈다. 더러운 수용소를 벗어나기 위해서라도 우리는 아마 이런 종류의 선전물이라도 보라면 두세 번 정도라도 보았을 것 같았다.

놀랍게도 며칠 뒤에 GG는 또 다른 외출이 우리를 위해 준비되어 있다고 발표했다. 이번에는 조선 곡예사들이 펼치는 쇼를 보러 갔다. 그리고 그다음 날 저녁에도(같은 주 동안에 세 번째로!) '인민군 군악대와 합창단'이 연주하는 콘서트에 참석했다. 우리의 귀에는 거슬리는 음악이었지만, 이런 행사는 석방일이 가까이 왔음을 짐작케 하여 빈번히 공산국가 문화를 접하면서도 내심 기뻤다. 내 딴에는 이러한 희망적인 생각을 휘하 장교들과 몇몇 수병들에게만 전하면서, 이 내용을 아직은 승조원 전원에게는 알리지 말도록 주의를 주었다.

그런 상황에서 마음 들뜨게 하는 외출 소식이 들려왔다. 하룻밤을 기차로 달려가서 북한의 성지로 알려진 신천(新川)에 있는 소위 '제국주의자들의 만행 박물관'을 견학한다는 것이었다. 우리는 버스를 타고 밤 10시경에 평양역에 도착, 낡았지만 관리 유지는 비교적 잘 된 침대칸 열차에 탔는데, 각각 9개의 침대가 있는 칸막이 침실에 두 명씩 배정을 받았다.

기차는 가다 서기를 반복하며 100마일 정도의 거리를 밤을 새우며 달렸지만, 사치스러울 정도로 깨끗한 시트와 울 담요를 사용하며 우리는 여행을 즐겼다. 신천역에서 다시 버스로 갈아탔다. 버스는 우리가 바깥세상을 내다보는 걸 막기보다는 시민들이 우리를 보지 못하도록 차창을 모두 가린 채, 신천의 외곽에 있는 박물관으로 달렸다. 버스에서 내린 우리는 10명씩 조를 편성해서 작은 전시실들을 들락거리며 한국전쟁 중에 미제국주의자들이 자행했다는 야만적인 행위를 담은 사진과 유물들을 둘러보았다. 한 유리 상자에는 약간 녹슬고, 굽은 실물 크기의 값싼 못이 담겨 있었는데, 악명 높은 해리슨이라는 미군 중위가 무고한 조선 여성의 머리에 박았던 것이랬다. 또 다른 상자에는 그가 다른 희생자의 목을 매는 데 사용했다는 밧줄이 담겨있었다. 한 곳에는 찢긴 신발들을 모아 놓은 처참한 장면도 있었는데, 미군이 일부러 강물에 빠뜨려 죽인 5,000명 정도의 부녀자들의 것이라고 했다. 모아 놓은 신발 위쪽에는 그러한 만행이 저질러진 강물 사진틀이 걸려 있었다.

미군이 자행했다는 비인간적인 생물학전의 증거물이란 것들도 있었다. 감염된 생쥐들을 담아 적측 지역에 낙하산으로 투하했다는 이상하게 생긴 금속 깡통들도 전시되어 있었고, 미군 항공기가 저공 비행하며 수백만 마리씩 살포했다는 감염 곤충이라는 머리가 큰 생소한 파리를 확대한 사진도 있었다. 모든 유물과 사진마다 한글과 영어로 무시무시한 전쟁 역사를 또렷하게 써 놓은 카드를 읽으며 둘러본 우리 마음은 착잡하기만 했다.

달변은 우리가 전시물을 둘러보는 내내 내 옆에 바짝 달라붙어 내가 어떻게 반응하는가를 유심히 지켜보며 나와 우리 승조원들의 겁에 질린 표현들을 휴대용 녹음기에 담았다.

"참혹하구만!"

해리슨 중위가 사용했다는 못을 살피며 내가 외쳤고, 생쥐를 담았다는 깡통을 보면서는 '참으로 몸서리친다'는 말도 했다. 지하로 안내를 받아 내려가서 해리슨 중위가 900명의 부녀자들을 몰아넣고 질식사를 시키려했다는 5×10'짜리 방을 들여다보고서는 나 자신도 약간 정신을 잃고, 마치 개구장애(開口障碍)에 걸린 듯 벌린 입을 다물지 못했다.

"더 이상 볼 필요가 없소!"

나는 일그러진 얼굴 모습을 하며 입을 꽉 다문 채 이를 갈았다.

"함장, 무슨 일이요?"

달변이 약간 놀란 표정으로 물었다. 그러나 내가 받은 경련 증세가 '제국주의자들의 만행 박물관'을 본 뒤에 나타났다고 생각하면서 동정심을 표시

426

하면서도 속으론 가슴 뿌듯한 모양이었다. 놈은 즉시 수행 사진사에게 지시해서 내가 마비 증세로 고통받는 모습을 촬영하도록 했다. 나도 놈들이 사진을 잘 찍도록 버텨주었더니 놈들이 고마워했다.

오전 11시가 조금 지난 시각에 우리는 버스편으로 신천역에 돌아와 기차를 탔는데, 타자마자 제공된 음식이 수용소에서 먹던 바로 그 조악한 식사였다. 수용소로 돌아오는 길은 더 빨라서 수용소 각 방에 들어섰을 때는 늦은 오후였다. 방에 들어서기가 무섭게 수용소장은 '제국주의자들의 만행 박물관'을 둘러본 소감을 작성하라는 과제를 주었다. 우리는 창작을 위한 영감을 상당히 많이 얻게 되었던 터였다.

이번 박물관 견학은 세 가지 효과가 있었다. 우선, 가장 즐거운 외출이었다는 것과 두 번째는 북한공산당 놈들이 미군이 자행했다고 고발하는 만행이란 것이 너무나 얼토당토않은 내용이란 것을 마음에 새기는 기회가 되었으며, 마지막으로 가장 중요한 것은 박물관 견학이 우리가 석방되기 전에 놈들이 우리 마음에 심어주고자 하는 여러 가지 인상적인 내용 중에 최고 극치였다는 점이었다.

물론 이 밖에도 우리의 석방이 임박했음을 믿게 할 사건들이 여럿 있었다. 어느 날, 나와 휘하 장교들이 저녁 식사를 위해 수용소 장교식당에 들어가는데 갑자기 의무사 볼드리지가 곤드레만드레 취해서 비틀거리며 복도를 내려오는 게 아닌가. 얼마나 술을 마셨던지, 그는 감시병에게 "길 비켜라, 이 멍청아!"라고 명령할 정도로 방자하게 일갈했다. 이 모습에 감시병은 소스라치게 놀랐다. 볼드리지는 비틀거리면서도 즐겁게 자기 방으로 들어가버려서 우리는 한 마디도 말을 걸지 못했다. 나는 그가 어디서 그렇게 기분 좋게 마셨는지를 알고 싶어서 재빨리 내 지휘망을 찾았다. 그랬더니 우리의 통신망은 즉시 사건 전말을 이렇게 알려왔다.

약 2시간 전에 그는 우리 수용소 맞은편에 있는 다른 건물의 한 방으로 불려가서, 거기서 새로운 형태의 심문을 받았다는 것이다. 그 심문을 담당한 군관은 우리의 억류 생활 중에 단 한 번도 본적이 없는 사람이었다. 심문관과 그의 보좌관들은 모두 사복을 착용하고 아주 친절하게 대해주었다. 한복을 입은 두 명의 조선 여성이 볼드리지에게 사탕과 과자, 맥주와 다른 술도 대접했다. 또 심문 방식도 심문이나 조사라기보다는, 놈들이 우리를 괴롭혔던 점에 대해 사과를 하며, 자기네들의 본심은 선(善)하다는 것과 이러한 정신은 상호주의적인 것이 되기를 바란다는 것이었다. 놈들이 던진 유일하게 의미 있는 질문은 "사랑하는 고향집으로 돌아가면, 김(Kim)이라는 자기네들 요원이 당신 집을 방문하려 할 때 흔쾌히 받아들일 용의가 있습니까?"였다. 약간 취기를 느꼈던 볼드리지도 이 질문에 화들짝 놀라 이렇게 대답했다.

"농담이시겠지요? 도대체 내가 왜 그런 일을?"

심문관은 이 말에 기분 나쁜 내색도 하지 않았다. 오히려 자신의 팔로 볼드리지의 어깨를 감으며 이별주 한 잔을 권하고, 진심어린 인사를 하며 방으로 보내주었다는 것이다.

그날 저녁과 다음 날에도 내 부하 중 몇 명이 추가적으로 그와 같은 접대를 받았다. 그 결과 이에 관한 소식은 신속하게 모든 감방으로 전파되었고, 나는 모두 말조심하도록 주의를 환기시키면서 놈들이 베푸는 호의는 즐겁게 받아도 좋다고 전했다. 나는 나에게도 초대장이 오기를 기다리면서, 석방되어 고향으로 돌아가면 우리 가정을 방문하겠다는 수수께끼 같은 '김'이라는 요원이 어떤 인물인지를 알아보려고 계획했다.

그러나 이유는 알 수 없었으나 나의 차례는 돌아오지 않았다. 이유는 알 수가 없었다. 스킵 슈마허와 다른 몇 명의 부하들에게도 기회는 안 왔다. 그러니까 나를 포함해 소수를 제외한 승조원들만이 희한한 심문 경험을 한 것이다. 스킵과 내가 불성실하다는 의심을 받고 있었을 때도, 편지 쓰기 시간에도 놈들은 그에 관한 이야기를 일절 하지 않았다. 편지를 쓰는 동료들은 스티븐, 맥클린토크, 앤더슨, 맥이었다. 놈들이 요구한 소위 '조선인민들에게 드리는 청원'이란 글을 쓰기 위해서 내가 선발한 인원들이었다. 스킵을 뽑은 이유는 그가 보통내기가 아닌 창조적이며 믿을 만한 장교였기 때문이었고, 스티븐은 일관된 그의 지성, 맥클린토크는 풍자에 능하고, 앤더슨은 조지아 대학을 나온 구변 좋은 역사 전공자, 그리고 맥은 농담을 잘하는 데도 공산주의자들이 그를 가장 솔직하다고 생각하고 있기 때문이었다. 내가 쓴 바 있는 '최후의 자백'과도 잘 어울리며 공산주의자들을 대담하게 조롱하는 글을, 그것도 기교면에서는 내 글보다 더 나은 글을 우리는 함께 썼다. 흔한 공산주의자들의 장황한 말투를 섞어 쓴 우리의 글은 다음과 같았다.

"근면 성실한 인간들인 우리가 워싱턴의 부적절한 정책의 파도에 떠밀려 주권 보유국이며 평화 애호국인 이 나라의 영해를 깊숙이, 자주 침범하지 않았대도, 아무리 경미한 침투라도, 그것이 침략행위이기 때문에 문제가 된다는 걸 안다."

이 내용이 TV와 기타 영상으로 보도되었으며, 평양타임스에도 게재되었다. GG는 대만족하며 우리 팀에게 차기 임무를 부여했다. 소위 '조선인민의 인간적인 대우에 감사한다'는 제목의 글을 쓰라는 것이었는데, 이 글 속에도 우리는 감정을 담아냈다.

"장기간 가혹한 운명의 장난에 휘말려 온… 우리 푸에블로 승조원들은 '조선민주주의인민공화국'의 인도적인 대우를 받고 진실로 고마움을 느끼며, '인민군'만이 아니고 '조선민주주의인민공화국' 정부와 인민들에게도 감사의 뜻을 전하고 싶다."

이 글로 우리는 어려움을 잘 피해 나온 듯 느꼈으며, 글의 내용이 영상에 담기고 인쇄되는 걸로 보건데, 방송으로 나가게 될 것이 분명했다. 그러나 바로 그 때, 공산주의자들의 관용적이었던 태도를 완전히 바꿔버린 무언가 알 수 없는 일이 일어나 갑자기 놈들의 태도가 쌀쌀해지면서 수용소에 냉기가 감돌며 초겨울 광풍이 몰아칠 것만 같았다. 영화도 보고, 외유도 하면서 매질과 기아에서 해방되었던 수용소 안에서의 태평성대가 끝나가고 있었다.

그러한 변화는 별안간 폭탄이 폭발하는 것처럼 다가오지는 않았고, 일시적이고 부루퉁한 모습으로 서서히 나타났다. 최근 밤샘 심문 시간에 GG는 나에게 "조선인민들이 우리 승조원의 석방을 위해 백방으로 노력하고 있으며, 미국 정부가 여러분의 귀향에 관심을 보이지 않더라도 앞으로도 석방 노력은 계속할 것"이라고 했다. 나는 오히려 공산주의자들이 우리의 석방을 지연시키지 않나 생각하고 있었는데 그날 만남 이후에는 무슨 이유에선지 나는 더 이상 GG에게 불려가는 일도 없었다. 사실 GG는 그 후 몇 주 동안 현장에서 사라지고 나타나질 않았다.

식사, 체육활동, 장교들과의 오락 시간 등 과거에 반복되었던 나의 수용소에서의 일상생활도 되돌아 왔으며, 다만 편지 쓰는 일은 더 이상 계속되지 않았다. 그래서 나는 내 방에 오랫동안 처박혀서 작년 3월의 가혹하고 고독했던 날들을 되돌아보았다. 때마침 11월, 날씨도 다시 차가워져서 눈발이 창문을 두드리고, 매섭게 찬 북풍이 수용소 건물을 스치며 울부짖고 있었다. 방 한구석의 라디에이터가 다시 가동되었지만 온기는 안 나오고 덜컹대고 찍찍거리는 소리만 요란했다. 감시병의 태도에도 냉기가 다시 서렸다.

하지만 그보다 더 춥고 냉랭한 한기를 느끼게 된 것은 우리의 석방에 관한 언급이 일절 사라진 것이었다. 뭐니 뭐니 해도 가장 큰 한기는 만사가 틀어져서 또다시 우리 승조원 모두의 희망을 망가뜨리지 않을까 하는 두려움이 엄습하는 것이었다. 제기랄! 내가 '저항 운동'을 너무 심하게 밀고 나가다가 석방 기회를 무산시켰을까? 그럴 것 같은 불길한 징표가 여러 가지 나타나기도 했다.

여러 가지 침묵 규정이 강요되고 있었지만, 나의 부하들과 소식을 주고받던 지하통신망은 여전히 작동하고 있었다. 이 지하망을 통해서 내 부하들이 사소한 위반을 해도 심한 매질로 처벌을 받는다는 걸 다시 알게 되었다. 편지 쓰는 작업은 일절 중단되었으며, 지난번에 우리가 편지에 끼워 넣었던 문장이나 어휘에 관한 뜻을 놈들이 캐묻는 일도 생겼다.

그중에서도 가장 고약한 질문은 우리가 널리 사용해왔던 '하와이식 행운 표시'의 정확한 뜻이 뭐냐고 다그치는 것이었다. 이 질문에 불성실하게 대답한 승조원들 몇 명, 특히 놈들의 선전 영화에 출연해서 그 제스처를 연출했던 13번 방 승조원들은 심한 매를 맞았다는 것이다. 그에 관해 내가 즉각 항의를 했더니 흉터 대령이 갑자기 고함을 지르며 쌀쌀맞게 냉대했다. 속으론 미칠 듯이 화가 났지만 겉으론 냉정을 잃지 않으려고 다짐했다. 나는 휘하 장교를 망라한 승조원들에게 주의를 환기시키고 우리의 통신망 상에서 공산주의자들을 놀려주는 내용은 지워버리도록 조치하여 아주 교묘한 저항만을 하도록 했다. 승조원 중에서 가장 대담하게 반발을 해오던 내가 오히려 가장 조심하는 편이 되었다. 분명히 상황은 악화되는 쪽으로 흘러가고 있었다. 12월 초가 되자, 밀려오던 태풍 구름은 마침내 그 위력을 발휘했다.

조직적이며 끈질긴 매질이 또다시 시작되었다. 그 첫 대상자들은 블랜드, 레이튼, 골드만이었는데, 놈들은 '하와이식 행운 표시'의 참뜻을 말하라고 하면서 두 시간이 넘도록 이들에게 엄청난 체벌을 가했다. 체육 시간에 골드만을 만난 나는 충격을 받았다. 간신히 걷는 데다가 그의 눈두덩은 부어서 거의 볼 수가 없고, 입은 심하게 찢기고, 얼굴은 타박상을 입고 시퍼렇게 멍이 들었다. 귓속말을 나눌 수 있는 거리로 다가서면서 그는 나에게 이렇게 말했다.

"함장님, 죄송한 말씀이지만 놈들이 그 말뜻을 아는 듯해서 더 이상 버틸 수가 없었습니다. 죄송합니다, 함장님…."

"알겠네, 부사관."

나는 그 말뜻에 관해 또다시 질문을 받으면 사실대로 말해주라고 승조원 모두에게 전달했다. 또 한 차례의 피바람이 몰아칠 것을 알고 나는 승조원들에게 버티기 힘들거나, 붙잡히면 개인 능력에 따라 놈들을 비하하되 동료들의 활동이나 행동을 폭로하여 배신하는 일은 절대로 없도록 주의를 시켰다.

승조원들은 다시 감방에서 끌려나와 밤낮으로 조사를 받았다. 알루아그는 다리에 깁스를 한 채 심문에 응했고, 민간인 신분인 해양학자 해리 아이어데일은 심한 매질 처분을 받고 대기하던 리터와 닮았기 때문에 그를 리터로 오인한 감시병들로부터 잔인하게 주먹과 발길질 세례를 받았다. 찰스 로우, 론 버렌스, 폴 브라슈난, 골드만, 제임스 레이튼, 데일 리그비, 윌리엄 스카버러와 래리 스트릭랜드가 갇혀있던 13번 방은 특별 감시를 받느라 몸들이 심히 쇠약해져 있었다.

내 휘하 장교들과 나는 별안간 다시 나타난 GG 앞에 불려 나가 언뜻 보기엔 희화(戲畵) 같으면서도 위협적인 연극조의 화풀이를 들어야 했다. 놈들 사이에 악명 높았던 13번 방 승조원들의 단체 사진을 게재한 타임지의 한쪽 기사를 들고나온 놈은 우리에게 그걸 자세히 보라고 다그쳤다. 사진 설명문은 바로 '하와이식 행운 표시'의 의미를 잘 설명하고 있었다. 놈이 그에 관해 고함을 지르며 호통을 칠 때, 나는 푸에블로 사태에 관한 놈들의 거짓말을 폭로하려던 우리의 노력이 이제야 미국에 전달되었구나 하는 생각 때문에 마음속으로 쾌재를 부르지 않을 수 없었다.

그러나 다른 한편으론 그것 때문에 놈들이 입었던 체면 손상에 대한 값은 우리가 치러야 할 거란걸 알고 있었다. GG는 내 휘하 장교들을 돌려보낸 뒤, 나만 붙잡아 놓고 몇 시간 동안을 쉬지 않고 비난을 퍼붓더니, 더 이상은 봐줄 수 없다며 재판 뒤에 속전속결로 처형할 거라고 위협했다. 놈은 거의 확신에 차 있는 듯했고 나는 방으로 돌아와서 더 이상 목숨을 보존할 기회는 없겠구나 하고 생각했다.

그다음 날에도 놈들의 매질은 선별적으로 계속되었다. 싱글톤과 스카버러가 되게 심한 매를 맞았다. 무전병 헤이즈는 턱이 부서졌다. 장교들도 마찬가지 벌을 받았다. 총원 회의를 소집한 GG는 우리 모두 집단적으로 죄를 범했다고 비난하면서 조선인민들에게 불경한 행동과 표현으로 모욕을 주도록 사주한 사람들로 나를 포함한 스킵, 로우, 골드만을 꼽았다. 놈은 존슨 대통령에게 퍼붓던 욕설을 새로 당선된 닉슨 당선자에게도 똑같이 퍼부었다. 감금 생활 중에 있었던 소위 '제국주의자들의 음모'에 관한 사과 글과 새로운 자백의 글도 써내야 할 판이었다. 게다가 앞으로는 그동안 주어졌던 모든 특전도 취소한다고 GG는 화를 내며 발표했다. 체육 시간, 탁구, 카드게임은 물론 안 되고, 일반식당과 장교식당에서 함께 식사하는 것마저 더 이상은 못한다고 선언했다. 더구나 놈은 나의 당번병도 쫓아냈기 때문에 나는 이전에 부하들과 화장실에서 우연히 만나 의사소통하던 시절로 되돌아가야만 했다.

12월 11일, '지옥의 주간'이라고 기억되었던 고문 기간이 본격적으로 다시 시작되었다.

이때 놈들은 3명의 초급 군관들을 새로 증원했는데, 그중 한 명은 키가 6척이 넘고, 근육질인데다 몸무게도 200파운드 정도에 험상궂은 인상을 지닌 태권도 선수였다. 결국 놈들의 사악한 감시를 피해 갈 승조원은 거의 없었으며, 대부분이 이들 공산당 고문관들의 수도 치기와 발차기를 당하며 권투장 샌드백처럼 앞뒤로 비틀거리며 흔들리든가, 막대기로 맞아 녹초가 되든가, 의식을 잃고 콘크리트 바닥에 쓰러져 마치 시체 더미처럼 뒹굴었다.

　승조원 중에 한 두 명은 자신의 과오나 동료 전우들의 잘못을 울면서 토로하거나 불어댔다. 나의 거짓 개구장애 증세나 내 자백서에 써 넣었던 만화같은 인물들, 불성실한 말장난 성향이라든지, 내가 퇴폐적인 하와이식 행운표시의 원흉이라는 등까지 발설했다. 그 당시에 나는 고문을 당해도 각자 자신에 관한 사항만을 말하고 타인에 관해서는 발설하거나 연루시키지 말도록지시했던 사항을 누가 위반했는지 몰랐다. 앞으로도 나는 누가 위반을 했는지 알아내 그 이름을 밝히지는 않을 것이다. 부하들이 초인적으로 놈들의 압박을 이겨낸 데 동정심을 발휘해야 하며 앞으로 새로운 삶을 살아가야 하는우리 승조원들의 노력을 해쳐서는 안 된다고 믿기 때문이었다. 엄청난 고통을 당하면서도 부하들이 나에게 보여준 충성심이 대단히 컸기 때문에 이 정도로 말해두는 것으로 충분할 것이다. 공산당놈들을 깔보고 괴롭혔던 나의리더십을 발설하지 않으면 자신의 목숨이 달아날 판이었는데 어쩔 것인가.하여간 이제는 내 부하들이 당했던 고통을 나도 받아야 할 시간이 다가왔다.

　감옥에 감금되었던 최초 시기처럼 지금 나는 또다시 철저히 독방에 갇혀있게 되었다. 식판에 담겨 온 식사는 덮개도 없이 문지방에 밀쳐진 채로 감시당하고 있었다. 주기적으로 변소에 갈 때만 호위를 받으며 방을 나설 수있었으며 하루 종일 테이블에 앉아 GG가 요구한 자백서를 작성해야 했다.자백서를 써 내려가던 연필이 잠시 멈추거나 내 머리가 위, 아래로 끄덕여질 때에는 어김없이 감시병이 뛰어들어와 정강이를 세차게 걷어차 정신을바짝 차리게 했다. 매를 피하려면 똑같은 문장을 반복해서 써 놓는 수밖엔없었다.

　예상했던대로 달변과 감시병이 두 명의 군관을 대동하고 내 방으로 들어왔다. 이번엔 놈이 늘 신던 슬리퍼 대신에 육중한 보병 군화를 신고 들어왔기 때문에 나는 곧 닥칠 일을 대비해야 했다. 내가 '하와이식 행운 표시'를 부추겼다는 걸 놈에게 시인하고, 내 부하들은 함장인 나의 지시를 따른 죄밖에 없다고 주장했다. 그 밖에 다른 음모도 획책했다는 놈들의 말은 일절 수용하지 않았다. 이에 감시병이 구둣발로 나를 차며, 혁대로 내 턱을 때리더니 드롭킥으로 나를 가격했고, 다른 두 명의 군관들도 합세하여 계속 매질을 했기 때문에 나는 반쯤 의식을 잃고 마룻바닥에 쓰러지고 말았다.

이와같은 방문 매질을 낮에 두 번, 밤중에 한 번씩, 며칠을 두고 반복했기 때문에 나는 갈비뼈가 부러지고, 내장도 파열된 느낌에 고환이 터질 지경에 이르고, 앞니가 흔들리며 얼굴이 퉁퉁 부었다. 놈들은 내 얼굴이 망가지고 몸이 불구가 되는 것도 더 이상은 개의치 않는 듯 끝없는 고통을 안겨 내가 무감각했다가 기절하도록 내버려두려는 것 같았다. 놈들이 나를 침대에 눕혀, 잠시 회복하도록 놓아둔 사이에 나는 다른 방에서도 나오는 비명 소리를 들을 수 있었다.

지난 해 1월과 지금까지의 사이에 시간의 흐름이 전혀 없었던 것처럼 내가 당했던 그 무시무시한 악몽 같은 공포심이 다시 찾아왔다. 그 당시처럼 나는 고통을 당하니 자살을 심각하게 고민하게 되었으며, 나의 극적인 죽음으로 공산당놈들을 만족시킴으로써 내 부하들에 대한 놈들의 폭력 행위를 멈추게 할 수 있지 않을까 생각도 했다. 그러나 감각이 없는 상태로 누워있다가도 다시 일어나 매를 맞을 때에는 간절한 기도와 끝까지 버텨야 한다는 의지로 이 야수놈들을 이겨내야 한다고 다짐하며 용케 견뎌냈다.

그런데 또 하나의 새로운 골칫거리가 생겼으니, 내가 매질을 당할 때 놈들은 내 부하 중의 한 명을 데려와 내가 매 맞는 꼴을 지켜보도록 한 것이었다. 한 번은 로우를 데려왔는데, 그도 얼마나 심하게 맞았던지 시퍼렇게 멍이 든 상태였으며, 그런 그를 내 방 문간에 세워놓고 달변과 감시병 두 놈이

435

나를 매질했다. 또 진 레이시를 데려왔을 때에는 통역관이란 놈이 내가 북한 공산당에게 해악을 끼치는 간악한 CIA 요원인데 어째서 그렇다고 말해주지 않았냐고 레이시에게 물었던 게 기억나는데, 그 때 레이시는 무뚝뚝하게 이렇게 대꾸했다.

"난 그렇게 생각하지 않소. 함장인 그는 몇 가지 실수는 했지만 그게 다요."

이 말 때문에 그는 얼굴에 야비한 펀치 세례를 받았으나 조금도 움찔하지 않았다. 그 장면에서 내 부하들이 대담하고, 충성스럽게 모든 어려움을 견뎌 내는 걸 보고 나도 더 큰 용기를 얻었다. 그러나 동시에 이런 부하들에게 희망도 못 주고, 도와줄 수도 없다는 사실에 나는 가슴이 찢어졌다.

12월 7일, 나는 GG가 관용차를 타고 수용소 마당에 도착해 우리 건물로 걸어 들어오는 걸 보았다. 몇 분 지나서 달변과 코흘리개가 공산당놈들이 작성한 새로운 자백서를 들고 내 방으로 들어왔다. 그것은 이번 도발의 원흉인 내가 CIA 요원이었음을 자백했다는 내용을 담고 있었다. 내가 그 자백서에 서명하기를 거부하자 놈들은 늘 해오던 대로 나를 발로 차고 난폭하게 내동댕이를 치더니 곧 재판을 받고 처형될 것이라고 위협을 하고 떠났다. 나는 다시 자결할 생각을 했다. 그렇지만 내 삶에 자부심을 느껴오던 나는 스스로 죽을 수는 없었다. 내가 스스로 죽어서 하늘나라로 간대도 놈들은 나를 용서치 않고 때려죽이려 할 것이다.

그러던 어느 날 자살 충동이 계속될 만큼 심했던 그들의 구타가 마치 물 흐르던 수도꼭지가 잠긴 것처럼 갑자기 멈췄다. 열흘 동안 매질하는 소리, 신음들로 꽉 찼던 감옥이 갑자기 조용해지니까 바람 소리만 슬프게 윙윙거렸다.

12월 19일 아침, GG가 총원 소집을 했을 때 나는 직감적으로 중범죄자들을 재판하려는 게 아닌가 생각했다. 그런데 GG가 다시 한 번 악마의 탈을 벗고 아주 부드러운 사람으로 바뀌었다. 통역관인 달변을 통해 놈이 우리가 겪어온 고통에 관해 사과성 발언을 하고 있을 때 나는 내 귀를 의심했을 정도였다.

"여러분들이 잘못을 후회하고 그것을 진지하게 고치려는 걸 나는 알았다. 그러니 지난일은 모두 잊고, 우리가 서로 인간적인 관계로 되돌아와야 한다. 그래서 나는 식사와 운동, 여가 활동 등을 이전 상태로 되돌려주기로 했다. 성탄절에는 여러분들이 사랑하는 가족품으로 돌아갈 수 있도록 여러분들의 제국주의 호전광인 상관들과 협상을 계속하고 있음을 통보한다."

놈은 그 말끝에 박수를 받을 것으로 기대했겠지만, 우리 모두는 어리둥절하며 서로를 쳐다볼 뿐이었다. 나는 슈마허의 왼쪽 귀 밑이 밤송이만큼 부어오른 모습을 의심쩍게 쳐다보면서, 다른 승조원들도 놈들에게 당한 상처 부위를 조금이라도 안 아프게 해보려고 앉은 의자에서 몸을 비틀어대는 모습과 시퍼렇게 멍든 눈두덩 안에서 눈을 껌벅거리며, 부어오른 턱을 들고 놀란 모습을 보이는 장면들을 목격했다. 바로 하루 전만 해도 우리를 야만적으로 두들겨 패며 욕설을 퍼부었던 그 놈들이 지금은 우리더러 그걸 다 잊으라며 아양을 떤다. 나는 아니꼽게 웃음을 던지는 GG에게 몸을 날려 다가가 그 입에다 주먹을 한 방 날려주고 싶었다. 그러나 지금은 다시 놈들이 부드럽게 나오니, 우리도 이 기회를 최대로 이용하면서 또 다가올 지도 모를 '최악의 숙청기'를 대비해 힘을 길러 둘 필요가 있었다. 이렇게 해서 나는 마음의 평온을 유지할 수 있었다.

'지옥의 주간'이 지나갔지만 우리 중에 아무도 놈들이 허락해준 볼게임이나 체조 따위의 특전을 이용할 생각을 안 했다. 실제로 그날과 그다음 날에는 매 맞아 터지고 부어오른 우리 승조원들의 외모와 건강 상태를 이전 수준으로 되돌리기 위해 놈들의 의무군관과 그 보조 간호사들이 매우 바삐 움직였다. 이들은 통상적으로 사용하는 뜨거운 파라핀 통으로 구성된 찜질약을 가장 심하거나 눈에 쉽게 띄는 상처에 대어주었고, 따뜻한 달걀을 부은 곳이나 멍이 든 눈두덩이에 대어주었다. 거의 모두가 이런 식의 치료를 받았으며, 그것 말고 다른 할 일은 새로 고쳐 쓴 자백서에 서명을 하는 것뿐이었다.

헌데 나는 이러한 서명 작업에서도 완전히 배제되어 있었다. 필요에 따라 의무군관과 간호사가 방문하는 일이 있었지만 나는 GG나 그의 부하들로부터 철저히 따돌림을 받았다. 나의 부하장교들과 함께 식사를 하러 나갔지만 '지옥의 주간'을 겪은 뒤라서 누구나 축 늘어진 모습으로 말도 없고 사기는 극도로 저하된 상태였다. 내가 한 말은 승조원 중에 심한 중상자가 없느냐고 물어본 것이 유일한 것이었다. 다른 승조원들과 똑같이 억누르고 있는 낙담한 기분을 나 스스로도 쫓아낼 마땅한 방법이 없었다. 내가 할 수 있는 유일하고 가장 희망적인 말은 "놈들이 한두 달가량이라도 우리를 그냥 내버려 두도록 바라자"는 것뿐이었다.

12월 22일에는 코홀리개와 미사일이 내 방을 찾아오더니 나에게 완전히 옷을 벗으라고 명령하고선 내 몸을 샅샅이 검사했는데, 이것은 분명 의학적 성격의 검사와는 거리가 먼 것이었다. 일단 내 몸의 은밀한 곳에 혹시 감춰놓은 비밀 문건이라도 발견할 수 없었다는 점에 놈들은 만족한 듯 갈아입을 속옷과 새 군복을 주었다. 옷을 갈아입자마자 놈들은 나를 클럽 룸으로 데리고 갔는데, 나는 새 군복으로 갈아입은 승조원들이 모두 불려나온 걸 보고 순간적으로 심장 박동이 멈추는 듯한 느낌을 받았다. 재판을 하려는 걸까, 아니면 다른 수용소로 옮기려는 걸까? 그것도 아니면 석방을 준비하는 걸까? 어떤 상황이 벌어질지는 모르지만 무언가 예사롭지 않은 일이 전개될 것만은 확실했다.

그 때, 얼굴에 자신감이 넘치는 모습으로 GG가 당당하게 들어오더니 의 레껏 해오던 장광설을 늘어놓기 전에 단도직입적으로 유창하게 이렇게 말 하는 게 아닌가.

"평화를 사랑하는 조선인민들에 대한 치욕적인 제국주의 음모라고 내가 말했듯이, 이번 일은 전쟁광인 미국이 무릎을 꿇고, 우리의 영해를 침범하는 일이 다시는 없도록 하겠다는 약속을 하고 사죄를 함으로써 일단락되었다."

녀석이 방금 한 말뜻을 곰곰이 생각하느라 나는 계속된 놈의 나머지 말들 은 들리지 않았다. 우리가 저지르지도 않은 범죄에 관해 우리나라가 공산당 놈들에게 사과를 할 이는 없을 것이란 나 자신의 믿음도 순간적으로 잊었다. 여하튼, 놈이 우리의 석방 조건이 받아들여졌다는 걸 발표했구나 하고 알아 차렸다. 놈은 승조원 몇 명을 일으켜 세우더니 고국에 돌아가면 솔직해야 한 다는 말도 했다. 이것이 또 다른 계략일까? 나는 아니기를 바랐다.

내 심장이 콩닥거렸다. 24시간이 지나는 동안, 나는 석방된다는 즐거운 기대감과 동시에 마지막 순간에 무슨 돌발적인 사건이라도 일어나 놈의 말 이 바뀌지나 않을까 하는 걱정 속에서 보내야 했다.

마침내 우리는 황량한 그 겨울 수용소 마당으로 걸어나가 대기한 호송 버 스를 타고 평양 철도역으로 갔다. 역에는 호기심이 가득한 주민들의 접근을 막는 무장 경비병들이 둘러 선 가운데에 열차 한 대가 대기하고 있었다. 특 별 열차였는데 우리가 신천에 있는 '잔학행위 전시관'에 갔을 때 탔던 것과 똑같은 침대칸으로 구성되어 있었으며, 깨끗한 침구에 따뜻한 요도 준비되 어 있었으나 나는 너무 흥분이 되어 잠을 이룰 수가 없었다. 기차가 움직이 기 시작했지만 너무 느리게 달리는데다가 자주 멈춰 섰다. 그 때마다 내 가 슴은 철렁 내려앉았다가 다시 떠나면 괜찮아지곤 했다. 동이 트자 기차는 완 전 멈춰섰는데, 창문에 친 커튼 사이로 내다보았더니 사용하지 않는 한 지선

(支線)에 도착했음을 간신히 알 수 있었다.

나는 속으로 걱정스러웠는데 경비병('지옥의 주간'에 심한 매질을 당할 때 나를 몇 차례 구해주었던)이 다가와서 석방 절차가 09:30분부터 시작된다고 알려주었다.

그래도 30여 분 동안 그 버려진 철도 지선 위에서 멈춰 서 있는 걸 나는 참을 수가 없었다. 그 시간이 마치 영겁처럼 느껴졌다. 08:00경에 열차에서의 하차가 시작되었고 우리는 사전에 짜여진 일정에 따라 4대의 버스에 조심스럽게 나눠 탔다.

나는 무장 경비병들과 다른 승조원 수병들과 함께 1번 차량에 올랐다. 호송 버스 대열은 기찻길을 따라 움직이기 시작해서 약 5마일 정도 언덕길을 달리더니 음산한 건물이 보이는 황량한 동토 지역에 멈춰 서서 또다시 30여 분 정도 움직이질 않았다. 앰뷸런스 한 대를 포함한 몇 대의 군용 차량들 둘레에 북한공산군 병사들이 서있는 모습이 보였다. 버스 뒤쪽 창문을 통해 밖을 내다보았더니 뒤따라야 할 3대의 버스가 안 보였다. 다른 방향으로 갔거나 우리가 안 보이는 뒤쪽에 멈춰 섰거나 한 것 같았다. 무슨 일이 벌어질 건가? 지루하게 기다리던 중 한 중령이 나를 버스에서 불러내려 통역관을 통해 말했다.

"내려와서 사망한 하지스 수병의 시체를 확인하라."

버스에서 내려 앰뷸런스 쪽으로 걸어갔더니 북한공산군 군의관들이 하얀 멸균 마스크를 쓰고 간소한 목제 관(棺)을 차 뒷문 쪽으로 끌어냈다. 내가 다가서자 놈들은 관 뚜껑을 열고 하지스의 시체를 덮었던 얇은 천 거즈를 옆으로 밀어냈다. 훌륭했던 내 부하를 나는 잠깐 쳐다보고 이렇게 말해주었다.

"듀안 하지스가 맞소."

나는 슬픔과 증오감을 느끼며 뒤로 물러섰다.

경비병이 나를 버스까지 다시 데리고 갔고, 차 안에서는 또다시 기다려야 하는 괴로운 시간이 흘렀다. 그 와중에 중령은 미국이 푸에블로의 범죄 행위에 대해 사죄했다는 내용의 글을 우리 20명의 포로들에게 나누어 주도록 했다. 그런데 그 글의 전사복사된 마지막 두 줄이 조잡하지만 분명히 지워져 있었다. 그러고 나서 놈은 다시 나를 버스에서 내리게 하여 커다란 건물 모퉁이를 돌아가게 했다. 모퉁이를 돌자 좁고 깊은 마른 협곡에 걸쳐있는 마술 같은 작은 다리가 눈에 들어왔다. 그것이 '판문점 다리'임을 알게된 나는 매우 놀랐다. 약 150야드쯤 되어 보이는 그 다리에는 20~30피트마다 북한공산군 병사들이 늘어서 지키고 있었고, 마지막 10야드쯤에 분명 미군 복장을 한 사람들의 모습이 보였다. 우리는 이제 거의 자유의 몸이 되었지만 아직은 마음을 놓을 수 없었다.

나와 다리 이쪽 판잣집 사이에, 한 무리의 북한공산군 군관들이 내가 다가서는 모습을 지켜보고 있었다. 건물 현관에 서 있던 북한군 한 명이 갑자기 욕설을 퍼붓자 나는 멈춰 섰다. 놈은 두꺼운 외투 견장에 장군 계급장을 달고 있었으며, 한국말로 어찌나 사납게 고함을 지르던지, 자세히 보니 평양 타임스의 사진 기사에서 보았던(판문점에서 미군들과 협상을 할 때 북한공산군 측 수석 대표) 박장군임을 알 수 있었다. 놈이 20여 분 내내 나를 세워놓고 장광설 비난을 퍼붓는 바람에, 수용소를 떠날 때 지급 받았던 얄팍한 테니스화를 신고 있던 내 발은 얼어붙기 시작했다. 0도의 쌀쌀한 추위에 발을 구르며 떨고 서 있는데도 놈은 악담을 그치지 않았다. 놈의 장광설이 끝나자 다리 끝에 서 있던 군관 무리속에서 통역관 하나가 나서서 그가 쏟아낸 소위 환송사를 자비스럽게도 10초 정도로 줄여 요약했다.

"악질적인 전쟁광 제국주의 개자식들아, 우리나라에서 썩 물러나 다시는 도발적인 간첩선을 몰고 돌아오지 마라. 돌아오는 날에는 자본주의놈들 목을 쳐 죽일 것이다!"

나는 대꾸하기도 싫었다. 바로 그 때 다리를 건너도 좋다는 중령의 지시
가 떨어졌다.

"함장, 저 다리를 건너가시오. 멈추지 말고, 뒤돌아보지 말고, 무례한 행
동도 하지 마시오. 진지하게 건너가시오. 출발하시오!"

나는 한달음에 다리를 뛰어 넘고 싶었지만, 놈이 말한 대로 정확한 보폭
으로 건너가면서도 늘어선 경비병들을 지나칠 때마다 조금씩 보폭이 늘었
다. 뒤돌아보지도 않고, 돌아서서 작별의 손가락 신호도 보내지 않고 그냥
건너갔다. 남한 쪽에 더 가까이 다가가면서 마음이 설레며 애증이 섞인 모자
도 벗어버렸다. 마침내 남쪽에 도착하자 마치 술에 취한 듯 정신이 몽롱해졌
다. 얼굴 앞에서 카메라 플래시가 터지고, 미육군 대령 한 명이 다가오는 걸
인식했다. 그는 유쾌하게 나를 맞아주었다.

"귀환을 환영합니다, 부커 중령!"

"고맙습니다… 고맙습니다… 돌아오니 좋습니다."

대령은 잠시 망설이며 감정을 드러내지 않으려고 억지웃음을 보였다.

"네, 그러나 괴롭겠지만 놈들이 사망한 하지스 시신을 방금 인도했는데,
귀하께서 즉시 확인해야 하겠습니다. 아시다시피, 귀하의 석방을 위한 합의
문 내용에 따라 반드시 필요한 절차입니다."

"이미 제가 저쪽에서 확인했습니다. 대령님."

내 말에 대령의 억지웃음이 안도의 기색과 진정한 웃음으로 바뀌었다.

"아, 그렇다면 똑같은 일을 다시 할 필요는 없겠군요. 이제 귀하가 해줘야
할 일은 승조원들이 다리를 건너 올 때, 내가 확인하는 절차에서 저를 도와
주는 것뿐이네요. 계급의 역순으로 돌아올 것으로 생각합니다."

그는 따뜻해 보이는 장갑을 낀 손으로 볼펜을 돌리며 타이핑해온 명단이

담긴 서류판을 들고 있었다. 온 몸에 온기와 건강미, 안정감이 넘치는 모습
이었다.

나는 대령에게는 관심을 두지 않고 뒤로 돌아서서 공산군 측 다리 끝부분
을 바라보며 부푼 기대감으로 82명 중에서 첫 번째 승조원이 나타나기를 뚫
어지게 응시했다. 그렇게 우리 승조원들은 몇 초의 간격을 두고 다리를 건넜
고, 나는 개개인의 이름을 큰 소리로 외치면서 마치 결승선상에서 일그러진
얼굴로 비틀거리며 다가서는 장거리 육상 선수를 맞이하는 코치처럼 그들을
정겹게 굳은 악수로 맞이했다.

승조원들과 함께 저 다리를 건넜다는 흥분과 기쁨에 나는 얼떨떨했다. 생
각해야 할 일도 많았고, 고마워해야 할 것도 많았다. 그러나 먼저 해야 할 일
이 무엇인가? 추위도 까맣게 잊었다. 멍청하게 서서 의미 없는 많은 사람들
과 악수를 나눴다. 그 지옥을 빠져나오는 꿈을 나는 얼마나 자주 꿔 왔던가!
그 꿈이 어떻게 실현될 수 있었을까? 이보다 더 완벽한 꿈은 있을 수 없다.
하느님, 우리는 해냈습니다!

주위에 꽉 들어찬 사람들 속에서 누군가 중요한 인물이 나에게 말을 건네
고 있다는 생각이 들었다.

"… 옷을 갈아입고, 식사도 해야지요. 준비된 차가 저쪽에 있습니다."

이렇게 말한 사람이 누굴까? 서로 소개 인사를 나눈 건 분명한데, 나는 상
대방의 말을 듣지 않았다. 그가 누군지 나중에 알아봐야 했다.

"식사라고 하셨지요. 네, 갑시다."

우리는 기다리고 있던 버스에 올랐다. 다른 2~3명은 일부 우리 승조원들
과 함께 이미 떠난 뒤였다. 내가 새로 만난 사람은 버스에 오르자마자 쉬지
않고 말을 걸었다.

"당신과 당신의 부하들이 보낸 몇 가지 신호들을 우리는 알아차렸지요.

443

많은 도움이 되었어요. 몸은 어떠세요, 중령님?"

"글쎄요, 그러나 가능하면 빨리 집에 갈 수 있으면 해요. 우리가 따라야 할 일정계획을 알고 있나요?"

나는 이 사람이 누군지 궁금했다. 사복 차림이었는데 아주 잘 만든 맞춤복을 입고 있었다. 기다려 볼 수밖에.

"베이스캠프에 도착하면 로젠버그 제독을 만나게 됩니다. 여기서 몇 분 더 가면 되는데, 제독님이 자세한 일정 계획을 알려드릴 거예요. 그렇지만 우리 국무부에서는 당신을 더 이상 뵙지 못할 거예요. 우선순위가 있으니까요. 그래도 잠시 따뜻한 식사와 옷 갈아입을 시간은 드릴게요."

"아, 당신이 국무부 직원이신 줄 몰랐습니다."

그는 조금은 멀게 느껴지는 사람처럼 나를 보면서 새삼스럽게 자신을 다시 소개했다. 나도 그 때서야 비로소 주의 깊게 그의 말을 들었다. 이름은 딕 프리드랜드라고 하는 국무부 관리였다.

우리가 탄 버스는 수 마일 정도 구불구불한 도로를 달리더니 조그마한 복합건물 앞에서 멈춰섰다. 나는 가장 가까운 건물의 옆문을 통해 안내를 받아 들어갔는데 거기에는 커다란 거실이 있었다. 숙사 담당 하사관이 환하게 웃으며 인사를 했고, 김이 피어오르는 커피가 나를 맞아주었다. 이 이상 더 행복할 수가 없는 순간이었다.

11개월 만에 맛보는 커피. 배를 타고 있을 때에는 늘 하루에 20~30잔을 마시던 나였다. 그 뿐만 아니라 더욱 놀라운 것은 테이블에 윤기가 흐르는 도너츠도 몇 개 놓여있질 않은가! 임금님의 수랏상이나 다를 게 없었다. 나는 너무나 기뻤다. 하사관이 물러나고 나 홀로 몇 분 동안 남아 있게 되자 커피의 진한 향과 맛은 그제야 내가 꿈이 아닌 현실임을 깨닫게 했다. 희죽이 웃으며 다시 나타난 담당 하사관은 내가 입을 옷을 한 아름 들고 있었다. 짙

푸른 색깔의 폴라리스 잠수함 점프슈트에 내 이름까지 미리 새겨 놓은 데다가, 등에는 '미해군 푸에블로'라고 스텐실로 박아낸 짙푸른 해군 작업복, 새 면 티셔츠, 신발, 양말까지 내 몸에 꼭 맞는 것들이었다.

"함장님, 이게 모두 함장님 것입니다."

나는 북한공산군이 입혀주었던 옷들을 가급적 빨리 벗어버리고 열심히 새 옷들을 챙겨 입었다.

"안녕하세요, 함장님. 귀환을 환영합니다."

내가 옷을 입으면서 뒤돌아보니, 한 번도 본 적은 없지만 친근한 웃음을 띠우며 다가서는 부드러운 한 신사를 보았다. 군복을 입은 그는 해군소장이었다. 나는 즉시 차렷 자세를 취했다.

"안녕하십니까, 제독님. 돌아오니 무척 좋습니다."

"로젠버그 제독이네. 자네와 자네 부하들이 모두 잘 돌아오는지 확인하려고 나왔지. 잠시 후에 해군 군의관이 도착할 거네. 즉시 조치가 필요한 사항이 있으면 그에게 알리도록 하게. 특히 할 말이 있으면 국무부 사람들이 여기에 와 있으니 잠깐 만나도 좋네."

"네, 그렇게 하겠습니다, 제독님."

"자네의 부하들이 옆방에 들어와서 식사를 할 건데, 만나보고 싶겠지?"

"네, 제독님. 만나고 싶습니다."

우리는 옆방으로 옮겼고, 부하 승조원들도 준비된 식사를 크게 기대하며 입장하고 있었다. 그런데 문간에 또 한 명의 장교가 서서 입장하는 장병들과 친절하게 힘 센 악수를 교환하는 모습이 보였다. 그는 미육군 동복 차림이었는데, 옷깃에는 별을 달고 있었다. 그가 나를 보자, 아주 따뜻한 인사로 맞아주었다. 얼굴이 각이 지고 외모가 다부진 모습이었는데, 한 쪽 눈에는 안대를 하고 있었다.

"귀환을 환영합니다, 부커 중령. 나는 본스틸 장군이오."

"감사합니다, 장군님."

나는 본스틸 장군에 관해서 이미 들어서 알고 있었으며, 그가 주한미군의 총사령관이란 것도 알고 있었다. 그는 입장하는 내 부하 장병들과 일일이 악수를 나누면서 이름까지도 불러주었다. 정말로 놀라운 일이 아닐 수 없었다. 미국 시민이란 것이 얼마나 자랑스러운 것인지 나는 정말 잊고 있었다.

얼마 안 돼서 나는 한 해군 군의관 대령을 만났는데, 그는 나에게 국무부 관리들을 만날 의향이 있는지를 물었다. 그렇다고 대답을 했더니 그는 얼마 전에 내가 옷을 갈아입었던 방으로 데려다 주었다. 그 방엔 두 명의 국무부 관리들이 나를 기다리고 있었는데, 그중에 한 명은 내가 이미 만났던 사람이었다. 우리는 차가 있는 밖으로 나갔고, 나이가 더 많은 관리가 "함장님이 괜찮다면 차를 타고 드라이브를 하면서 이야기를 좀 나누면 좋겠다."고 했다. 나는 "괜찮아요." 하고 대답을 했다. 그는 "좋습니다, 타시죠." 하면서 문을 열었고, 나는 그에게 양보를 해서 마지막에 승차했다.

다른 관리는 앞자리에 타서 운전을 했다.

"바로 본론을 시작합시다."

그는 내 눈을 똑바로 바라보며 질문을 시작했다.

"푸에블로가 혹시라도 북한의 12마일 영해 안으로 들어갔습니까?"

"절대로 아닙니다. 계획적으로든 우연하게든 절대로 안 들어갔다는 걸 장담합니다."

"바로 그 점입니다만, 귀하의 말을 들으니 안심이 되는군요."

그는 재빨리 다음 질문으로 넘어갔다.

"언론인들을 위해 우리가 잠시 기자회견을 개최하려고 하는데, 회견장에 나와서 말씀 좀 해주시겠습니까?"

"네, 그렇게 하지요. 언론인들에게 이야기하는 건 기분 전환을 위해서도 좋은 일이지요."

그는 군의관이 배석할 것이며, 기자들과의 만남을 길게 잡지 않을 거라고 말했다. 우리는 곧 기자들이 대기하고 있는 건물로 차를 몰았다.

방에는 200여 명 정도의 사람들이 빽빽이 들어와 있었으며, 이제까지 내가 보았던 것보다 훨씬 더 많은 카메라와 텔레비전 장비들도 함께 있었다. 우리는 계단을 올라, 돋우어 놓은 무대에 올라서서 빈센트 토마스라는 해군 대령을 만났는데, 그 분이 앞으로 몇 달간 더 만나야 할 사람이었다. 군의관도 무대에 배석했다. 앞에 보이는 카메라맨들이 나에게 일어서서 손을 흔들라고 신호를 했다. 조금은 긴장감을 느끼며 나는 손을 흔들었다. 함께 있던 국무부 직원이 나에게 앉으라고 조용한 신호를 주었다.

그는 귓속말로 청중들에게 인사말을 건네고 나서 당신이 간단한 소견을 발표한 뒤에 참석한 기자들의 질문을 받아 답변하는 방식으로 회견을 진행하겠다고 말해주었다. 내가 발표를 위해 자리에서 일어서자마자 박수가 터져나왔다. 나는 처음엔 약간의 조바심을 느꼈지만 금세 마음이 편안해졌다. 나는 딱 잘라 영해 침입은 절대로 없었다는 점과, 오히려 우리의 배가 공해상에서 북한군에 의해 해적질을 당했다는 것, 피랍되던 당시에 북한군에 의한 무차별 살육이 감행되었다는 점을 요약 발표했다. 또한 푸에블로의 승조원 모두가 군인으로서 언제나 올바른 처신을 했으며, 나는 그러한 부하들이 자랑스러웠다고 말했다. 내 말이 끝나자 기자들이 질문을 시작했는데, 나는 모든 질문에 가능한 한 직선적이고 완전한 답변을 하고 싶었다. 수 분이 지나자 군의관이 그만해야 한다는 신호를 보내주었고, 그래서 내가 돌아서는 순간에도 예상 못했던 박수갈채가 오랫동안 계속 이어졌다.

우리는 곧장 헬기장으로 차를 몰았고, 거기서 헬기로 약 30분 거리에 있는 제121육군후송병원으로 향했다. 헬기가 착륙하기도 전에 국무부 직원들은 나에게 고맙다는 말과 행운을 빈다고 인사했다. 나도 그들이 베풀어준 배려에 감사한다고 인사를 했다. 숙달된 조종술을 자랑하는 헬기는 착륙 후에 병원 쪽에 가까이 대어섰다. 시간은 오후 2시쯤 되었을 때였다. 거기서도 나의 귀환을 환영해주는 사람들을 몇 명 더 만났다. 그들 중에서 간호사가 나와서 다른 사람들을 물러서게 하고, 푸에블로 장교들이 이미 입원하고 있는 병동의 침대로 나를 안내했다. 진, 팀, 스킵이 흥분한 모습으로 대화를 나누고 있었고, 스티븐은 침대에 누운 채로 믿기지 않는다는 표정으로 천장을 쳐다보고 있었으며, 에드는 조용히 혼잣말을 하며 앉아 있었다. 나는 이들에게 내가 어디에 갔었는지, 뭘 했는지를 말해주고 그들의 질문에 답변을 해 주었다. 스티븐이 약 30분 뒤에는 각 종파 통합 예배가 병원 성당에서 개최된다고 말해주었다.

군의관 한 사람이 나를 더 보자고 해서 잠시 늦는 바람에 나는 맨 나중에야 성당에 입장했다. 맨 앞줄에 비워두었던 한 자리에 앉은 나는 푸에블로 총원들과 함께 몇 분 동안 하느님께 감사 기도를 올렸다. 예배가 끝나자 승조원 몇 사람이 함박웃음을 띠우며 찾아와 즐거운 휴일을 맞으라고 축원해 주었다.

우리 병동에 돌아오자 진은 특별히 누군가를 지칭하지 않고 이렇게 말했다.

"성탄절에 우리는 집으로 갑니다. 멋진 성탄절의 즐거움을 만끽합시다!"

나도 동감이라고 말하면서 팀 해리스에게 이렇게 말했다.

"자네가 보급관처럼 보이는구먼. 한 번 흥을 돋우어 볼까? 팀 해리스 중위, 한 번 잘 해보게."

"네, 함장님, 당장에 조치하겠습니다."

팀이 대답하고, 꼭 필요한 보급품인 알코올을 찾아 나섰다. 그는 한참 만에 돌아왔다.

"죄송합니다, 함장님. 간호사가 말하는데 군의관이 우리 모두를 검사하기 전에는 누구도 술을 못 마신다고 했답니다."

"여기에 있는 우리 중에 건강하지 않은 사람이 있나?"

스킵이 말을 받았다.

"저는 완전 건강체입니다."

"저두요."

팀도 동감이란 반응을 보였다.

나는 즉시 안면이 있던 수간호사를 찾아 나섰다. 우리의 귀환을 축하하기 위해 브랜디를 첨가한 에그노그 한 잔만이라도 우리 총원들이 마실 수 있게 해달라고 부탁했다.

"제가 군의관님께 여쭤볼께요."

수간호사는 대답했다. 수간호사가 군의관을 찾으러 갔을 때, 로젠버그 소장이 현장에 도착했다.

"육군에서 잘 대접하고 있는가, 함장?"

"대단히 잘 대해줍니다, 제독님."

"자네도 승조원 병동에 있는 부하들을 방문하고 싶을 터인데."

"괜찮으시다면, 저도 동행하고 싶습니다."

나는 성탄절 기분을 내는데 문제가 있다고 제독에게 이야기했더니, 제독은 곧바로 수간호사를 대동하고 육군 대령인 수석 군의관을 찾아갔다. 의기양양하게 돌아온 제독은 일이 잘 풀릴 거라고 말했다.

우리는 병동마다 다니면서 승조원들과 함께 독한 에그나그를 한 잔씩 마셨다. 다섯 개의 병동을 찾았지만 나는 대단히 기분이 좋았다. 승조원들도 내가 제독님과 함께 병동에 들어설 때 반갑게 환영하며, 소위 '인민 낙원'이라는 북한 땅을 벗어났다는 사실에 행복감을 만끽하는 듯했다. 로우를 포함한 다른 승조원들이 있는 병동에 들어섰을 땐 술기운에 나는 완전히 기진맥진했지만 여하튼 승조원 모두가 자랑스러웠다.

승조원 모두는 각자 자기에게 맞는 의료 처방을 받고 차분해졌다. 바야흐로 군의관들이 우리를 진찰하고 다음 날인 성탄절 전야엔 고향에 갈 수 있도록 해 줄 것이냐 아니냐를 결정하는 숨 막히는 상황이었다. 하루를 늦게 출발한대도, 날짜 변경선을 지나면서 우리는 하루를 더 벌게 되어 성탄절 전야에는 집에 갈 수 있을 것이다. 이러한 전망 때문에 우리는 모두 흥분했다.

군의관들이 우리를 이틀 이상 붙잡아 두지 않을 것이기 때문에 아무리 늦어도 성탄절 당일까지는 고향에 도착할 수 있을 것 같았다. 승조원 모두도 일이 잘 진행되도록 최선의 노력을 다했다. 병원 관계자들도 거의 모두가 우리의 조속한 귀국을 위해, 모국에서의 자신들의 성탄절 휴무도 포기한 듯했다.

우리가 정오경에 출발한다는 걸 다음 날 아침에야 알았다. 드디어 서울 근처 공군기지에서 공군기 C-126 두 대가 우리를 태우고 이륙했다. 우리가 재급유를 위해 미드웨이섬에 기착한 건 새벽 2시경이었다.

태평양함대사령관인 존 하일랜드 제독이 친히 나와 우리를 영접했다. 나는 그 때 동행하던 군목의 영관 모자를 빌려 쓰고 있었다. 그런데 내가 모르는 사이에 로젠버그 제독이 미리 무전으로 연락을 했던지, 놀랍게도 하일랜드 제독이 아주 새 모자를 선물하는 게 아닌가! 값이 비싼 모자였지만, 나는 그 모자를 제독이 손수 자기 돈으로 샀을 거라고 생각했다. 마음속으로 대단히 고마웠다.

미드웨이에 착륙해서 대기하는 동안에 회의실이 한 개 마련되었고 푸에블로 사태를 알고 싶어 하는 기자들과 해군장교들이 나와 있었다. 나는 무대에 올라 그간에 있었던 일들에 관해 말해주었다. 자세한 이야기를 못 해주었을까봐 걱정이 되었다. 푸에블로를 잃어버린 데 대해서 나는 전적인 책임을 질 생각이었다. 감정이 북받쳐서 몇 번이나 말을 되풀이했다. 말을 더듬거리면서 이야기가 종잡을 수 없게 되자, 하일랜드 제독은 언짢아하는 기색이었다. 그러나 나는 변명은 하지 않았다. 이런 발표를 다시 하게 된다면, 감정은 완전히 떨쳐버려야지 하고 다짐했지만 쉬운 일은 아닐 것이다.

인터뷰 후 우리는 로젠버그 제독이 마련해준 비행기로 갈아탔다. 전 구간은 아니었지만 승조원 모두와 함께 비행을 할 수 있게 해준 로젠버그 제독은 내가 만났던 제독 중에서 가장 사려 깊은 사람이었다. 제독에게 그런 취지로 말씀드렸더니, 제독은 거북한 듯 내 말을 들은 척도 안 했다. 나머지 비행구간에서는 잠이 들었다 깨었다 하며 부하 승조원들과 초조한 내용의 대화를 나눴다.

비행마일이 조금씩 지날때마다 그만큼 우리는 아내와 자녀들, 친구와 애인들에게 더 가까이 다가가는 것이었다. 로젠버그 제독은 해군 당국이 승조원들의 가족과 친인척들을 만나도록 조치했다고 말해주었다. 아마 샌디에이고에서 만나게 될 것이다. 내 아내도 그곳에 나와 있을 것이고, 그곳이 꿈에 그리던 고향, 내 집이 아닌가. 그렇게 고향집에 관해 떠오르는 의미를 모두 생각해 보았다. 감정이 부풀자 잠도 거의 안 왔다.

놀라서 잠을 깼더니 동이 트고 있었다. 나는 비행기 창문으로 다가가서 밖을 내다보았다. 햇살이 태평양을 찬란하게 비춰주기 시작했다. 커피 한 잔을 마시고 싶어서 공군 승무원에게 요청했더니 그는 재빠르게 가져다주었다. 빈스 토마스 대령이 깨어있는 걸 보고 나는 다가가서 옆자리에 앉았다. 그는 자신이 공보장교라고 말하며 며칠간 언론계와 관련해서 우리를 안내하게 될 것이고, 우리가 원하면 자문도 할 것이라고 했다. 나는 이전에 공보장교와 접해본 일이 없었기 때문에 군에서 대령을 보내 우리를 돌보게 했다는 것에 놀랐다. 우리처럼 소수 인원을 돕도록 해군 대령을 파견했다니 무슨 일이 그렇게 많을까? 그는 우리가 샌디에이고 미라마 해군 비행장에 도착하면 기자들을 만나게 될 터인데, 그 때에 장문의 성명서를 발표하지 말라고 충고했다. 그는 분명 내가 정서적으로 상당히 흥분해 있을 것으로 알고 있었다. 그래서 나는 그에게 고맙다고 말해주었다. 내가 보기엔 그가 매우 정직한 사람 같아서 앞으로 여러 달 동안 내가 겪어야 할 일에 관한 첫 인상을 의심할 필요가 없을 듯했다.

어느새 우리 승조원 모두가 잠에서 깨었고, 아침 식사가 나왔다. 마치 함수 정박 로프가 점점 가까이 당겨지고 있는 느낌이었다. 로즈를 보면 뭐라고 말해줄까? 육중했던 남편이 앙상하게 뼈만 남았는데 알아나 볼까? 북한에서 여름과 가을이 지나면서 나는 체중이 약간 불어났는데도 지금은 약 127파운드가 나간다. 피랍될 당시의 205파운드에 비하면 한참 빠진 체중이었다.

나는 비행기 안을 둘러보며 부하 승조원들을 보았다. 승조원들은 모두 똑같이 집 떠난 뱃사람들이 겪는 열병을 앓는 듯했다. 해군은 이러한 특수한 열병을 피해갈 수는 없다. 대부분은 핸섬하게 보이기 위해 몸단장을 하고 있었다. 우리는 모두 폴라리스 잠수함복을 착용하고 푸른 해군 작업복 상의를 입었으며, 수병들은 야구 선수 모자와 닮은 푸른 해군 작업모를 썼다. 착륙한 시간 전, 우리는 조종사로부터 다음과 같은 말을 전해 들었다.

"샌디에이고 시간으로 14:00시에 착륙할 예정."

나는 물론이고, 몇몇 승조원들의 팔에 닭살이 돋았다. 목둘레 솜털도 쭈뼛하게 일어섰다. 로젠버그 제독은 우리가 얼마나 목마르게 가족 품에 안기기를 원하는지 알고, 일일이 한 사람씩 찾아다니며 진정하라고 타일렀다. 비행기 창문으로 되돌아 가 밖을 내다 본 한 승조원이 외쳤다.

"밑에 육지가 보여요!"

비행장에 착륙하자 조종사는 엔진을 껐으며, 거의 동시에 문이 열렸다. 그런데 감격스럽게도 허브 앨퍼트가 곡을 붙여 1962년에 대 히트를 했으며, 우리의 주제곡이기도 한 '외로운 황소'를 해군 군악대가 연주하고 있질 않은가! 이 사람들이 어떻게 그 곡을 알았을까? 로젠버그 제독이 우리 승조원 한 사람으로부터 들었던 내용을 우리의 귀국을 영접하는 팀에게 미리 귀띔했던 것 같았다. 비행기에서 내리기 전에 로젠버그 제독은 나를 불렀고, 제일 먼저 내리게 했다. 해군 군악대가 연주하는 우리의 주제곡은 이제까지 내가 들어본 노래 중에 가장 아름다웠다. 북받치는 감정을 억누를 수 있어야 하는데! 나는 솟구치는 눈물을 참으며 앞으로 나아가 태평양함대항공사령관 알렌 신 중장에게 인사를 했다. 그가 곰 같은 큰 손으로 손을 잡자 내 손은 보이질 않았다.

"자네 부인과 아들들이 기다리고 있네, 부커 중령."

나는 완전히 예절도 망각하고 그의 앞을 지나치면서 고맙다고 인사한 뒤, 제독보다 먼저 밖으로 나갔다. 환영 인파가 대단했다. 군악대는 '외로운 황소'를 계속 연주하고 있었다. 나는 사람들 사이를 주의 깊게 살피다가 약 200피트 밖에서 로즈를 찾아냈다. 지금까지 기억했던 것보다 더 예뻐 보였다. 아내는 해맑게 웃고 있었으며, 두 아들 마크와 마이크도 아내 옆에 서 있었다. 나는 흐르는 눈물을 간신히 참으며 다가가 로즈와 두 아들을 함께 안았다.

"사랑해요, 로즈."

"여보, 피트!"

아내는 울음을 터뜨렸다. 지난 11개월 동안 내가 당했던 혹심했던 기억을 말끔히 씻어버리기라도 하려는 듯 우리는 오랫동안 부둥켜안고 있다가, 한 걸음 뒤로 물러서며 아들녀석들을 더 자세히 쳐다보았다.

"녀석들 많이 컸네."

나는 두 아이들에게 말했다. 큰아들 마크는 얼굴이 눈물로 얼룩진 상태로 나를 꽉 끌어당겼다. 다음엔 둘째 마이크였는데, 부둥켜안으면서 내가 없는 동안에 힘이 엄청나게 세진 것을 느꼈다.

"아빠, 환영해요."

"그래 마이크, 널 다시 보게 되니 정말 기쁘구나."

나는 다시 아내와 부드럽고, 간절한 입맞춤을 했다.

"정말 행복해요, 피트!"

아내의 목소리는 예전과 변함 없이 가깝게 느껴졌다. 아내와 키스를 하면서 내 옛 해군 동료이자 친구인 앨런 헴필과 그의 아내 진을 보았다. 나는 그에게 다가가서 악수를 하고 진과도 가벼운 볼 키스 인사를 나누었다. 그 때 로즈가 누군가에게 나를 소개했다.

"여보, 우리 변호사님 마일즈 하비 씨와 인사하세요. 제 남편 피트예요."

나는 그에게 다가가서 악수를 교환했다.

"중령님, 귀환을 환영합니다."

"감사합니다, 변호사님. 다시 고국에 돌아오니 기쁩니다."

"여보, 우리한테 변호사가 왜 필요하지?"

나는 로즈에게 물었다.

"나중에 자세히 설명해 드릴께요."

나는 대수롭지 않게 생각하면서도 변호사 마일즈 씨를 주의 깊게 쳐다보았다. 키는 나와 비슷했고, 나이는 나보다 몇 살 아래, 잘 빗은 검은 머리에 깔끔한 복장을 하고 있었다. 눈을 쳐다보니 정직해 보여서 안심은 되었다.

사실 우리는 예전에 변호사를 써 본 일이 없으며, 필요로 하지도 않았다.

알렌 제독이 참을성 있게 옆에 서서 기다리고 있었는데, 나는 나중에야 불현듯 그의 생각이 났다. 서둘러 내 아내를 인사시킨다고 했지만 이미 제독과 내 아내는 구면이었다.

"부커 함장, 준비되면 저쪽으로 가서 사망한 승조원인 하지스의 부모님들에게 인사를 하세."

나는 즉시 제독과 함께 하지스의 부모님을 만났다. 아버지 하지스 씨와는 악수를 교환하고, 어머니는 나를 부둥켜안았다. 부모님들은 아들이 어떻게 사망했는지 나의 자세한 이야기를 듣고 싶어 했다. 나는 사망 사실을 정확히 말씀드렸고, 부모로서 아들의 사망 소식을 대단한 인내심으로 견뎌냈음을 알게 되었다.

"맡은 임무를 수행하다가 사망한 아드님에 대해서 대단한 자부심을 가지셔도 됩니다. 아드님이 수행한 임무는 국익에 대단히 중요한 것이었습니다. 적들의 수중에 떨어지지 않도록 비밀 문건들을 파괴하는 일이었습니다. 제가 파괴 지시를 내렸으며, 듀안은 명랑하고 결연한 태도로 제 명령을 따랐던 것입니다. 아드님은 영웅적인 전사를 했습니다. 우리는 아드님의 죽음을 결코 잊지 않을 것이며 오래도록 기억할 것입니다."

하지스의 부모님은 내 말을 한마디도 빼놓지 않고 열심히 귀 기울여 주었다. 그들은 고향 집인 오레곤주의 크레스웰로 돌아가기 전에 나와 좀 더 많은 대화를 나누고 싶어 했다. 나도 가급적 빨리 그렇게 하겠다고 답했다. 하지스의 관(棺)이 해군 의장대에 의해 비행기에서 내려져 영안실로 운구되었다. 주변의 모든 사람들이 차렷 자세를 취한 가운데 장송곡과 애국가가 울려 퍼졌다. 로즈는 여전히 내 곁에 서 있었다. 하지스 씨 가족을 접대하며 항공기 옆에서 장의 절차를 진행하기란 나에게 무척 힘들고 슬픈 일이었다. 전사한 하지스 군의 희생정신을 생각하다가도 우리가 피랍되던 날 배에 있던 비밀 문건들을 완전히 파괴하지 못했던 사실에까지 생각이 미쳤다. 우리가 완전히 일을 끝내지 못해서 듀안 하지스를 죽게 한 것이 아니었나 하는 죄책감도 있어서 환영 군중에게 연설을 할 기회가 오면 나는 이러한 감정을 그대로 전달하고자 마음먹었다.

비밀 문건들을 완전히 파괴하지 못한 책임은 오롯이 나에게 있다고 생각했지만, 그 운명의 날에 많은 승조원들이 맡은 바 임무를 상당히 잘 해주었던 것도 사실이다. 이런저런 생각 끝에 나는 갑자기 푸에블로를 작전기획하고 장비를 해주었던 사람들의 책임에 관해서 엄청난 화가 치밀었다. '저주를 받아 마땅한 사람들'이라고 생각했지만 그들에게 아무리 많은 책임을 전가해봤자 내 책임이 가벼워질 수는 없었다. 이때 우리 해군의 격언인 '지휘관은 외롭다'는 말이 그 어느 때보다도 명료하게 다가왔다.

잡다한 생각에 빠져있던 나는 로즈의 말을 듣고서야 정신을 차렸다.

"여보, 공식 환영식을 시작하려고 사람들이 기다리고 있어요."

우리는 손을 잡고 바깥에 차려진 무대로 올라가서 로널드 레이건 캘리포니아 주지사가 선채로 다른 관료들과 대화를 나누고 있는 모습을 보았다. 우리가 가까이 다가가자 레이건 지사는 나를 보더니 말했다.

"환영합니다, 피트. 즐거운 성탄절을 맞이하세요. 우리가 13년 전 영화를 제작할 때와 비슷한 이러한 상황에서 다시 만나게 되리라고 꿈이나 꿨겠어요."

"감사합니다, 지사님. 저를 기억하시다니 놀랍습니다."

나는 레이건 지사가 내 이름을 기억하리라고는 생각을 못 했다. 1957년에 잠수함 관련 영화를 제작할 때에 레이건 지사는 주연 배우로 활약했으며, 나는 그 당시 촬영에 동원되었던 잠수함 베수고(USS Besugo)에 배속되어 있던 해군 중위로서, 그와는 우연하게 약 1주일가량의 짧은 만남이 있었다. 그 이후에 레이건 지사는 수많은 사람들을 만났을 터인데도 나를 기억하고 있다니 놀라웠다. 나는 그 당시 영화의 몇 장면에서 대사 없는 배경 역을 담당했을 뿐이었다.

레이건 지사는 공식적인 환영사를 직접 발표한 뒤, 나와 악수를 교환하고 부인 낸시 여사에게 인사를 시키고서는 워낙 바쁜 일정이라 곧바로 현장을 떠났다.

월터 한 샌디에이고 시장이 다음 차례로 환영 연설을 했다. 그는 샌디에이고시의 한 방송국이 우리 승조원들과 가족을 위해 수천 달러를 모금했다고 말했으며, 엘 코르테스 호텔은 승조원 가족들이 체류할 숙소를 제공했다고 발표했다. 그렇게 예기치 않았던 베풂과 배려, 친절에 나는 어리둥절했으며, 앞으로도 더 많은 후원이 있을 모양새였다. 시장은 모여든 청중을 향해 말을 이어갔다.

"이제, 부커 중령은 우리가 얼마나 귀하와 귀하의 부하동료들을 끔찍하게 생각하는지를 알게 될 겁니다. 귀하에게 샌디에이고시의 열쇠를 드리겠습니다."

시장은 나처럼 초조했던지, 열쇠를 나에게 줬다가 되돌려 가져가기를 네 번이나 반복하면서 연설을 이어갔다. 마침내 연설을 마치고 시장은 열쇠를 자신의 포켓에 넣은 채 그대로 행사장을 떠나버리는 게 아닌가! 나는 고국에 돌아와서 처음으로 모처럼 크게 한바탕 웃었다. 황당했지만 이는 우리 미국 시민들 누구나 할 수 있는 실수였다. 시장이 떠나고 나서 나는 "하느님, 우리 모두를 축복해 주소서." 하고 기원했다.

우리 승조원과 가족 친지들은 모여서 버스에 분승하고 있었다. 신체검사를 위해 밸보아 해군병원으로 간다는 통보를 받은 터였다. 그 때, 군중 속에서 누군가 나를 부르는 귀에 익은 목소리가 들려왔다. 잠수함 근무시절 대위 때 사귀었던 동료이며 친구인 짐 워싱턴이었다. 나도 반가워 그에게 소리쳐 대답했지만, 로즈가 나즈막히 속삭였다.

"중령님, 출발시간이에요. 당신과 가족들을 위해 버스가 출발 대기 중이며, 거리에 선 사람들이 당신을 쳐다보며 환영도 하고 있어요."

"알겠소. 로즈, 아이들을 데리고 어서 버스에 올라요."

그런데 버스를 타는 것도 흥분되는 일이었다. 나는 창가에 앉아서 우리가 가는 길에 늘어선 수많은 사람들에게 엄지를 치켜들며 팔을 저었다. 늘어선 인파도 환영한다는 뜻으로 크고 작은 신호를 보내줬다. 어떤 사람들은 박수를 치고, 어떤 사람들은 손을 흔들어 환영했으며 우리가 지나는 길에서 처음 보는 사람들은 호기심으로 쳐다보는 가운데, 우리는 495번 주도(州道)로 꺾어들며 해군병원으로 향했다.

병원에 도착했을 때, 나는 곤죽이 될 정도로 지쳐 있었다. 피로가 몰려든 것이었다. 나는 내 건강 상태가 얼마나 열악한지를 인식하기 시작했다. 그러나 오랜 이별 끝에 가족과 재회한 기쁨보다 더 좋은 보약은 있을 수 없다고 생각했다. 머리가 빙빙 돌아, 이제까지 일어났던 모든 일에 대한 기억도 가물가물해졌다. 로즈는 내가 살아 돌아오기를 바라며 보냈던 편지와 전보 내용들을 이야기해주고 있었다. 누군가가 대문자 'P'가 찍힌 녹색 플라스틱 카드를 주었고, 뒤에는 클립 한 개가 붙어 있었다. 카드를 언제나 소지해야 한다고 했다. 우리 모두는 높은 울타리에 둘려쌓인 건물 구역에 들어있었다. 그래서 'P'가 '포로(prisoner)'란 단어의 첫 글자가 아닌가 생각도 했지만, 그건 얼토당토않은 생각이었다. '환자(patient)'란 단어의 첫 글자 'P'였다.

병영 막사 같은 건물에 우리 승조원 모두가 수용되었는데, 나는 아래층 한 방을 배정받았다. 우리는 필요한 검역 기간을 이상 없이 지내고, 병원 검진이 끝나기 전에는 수용소 건물을 이탈할 수 없었다. 다행히 직계 가족들은 원하는 때에 언제고 우리를 방문할 수 있었다. 우리 막사 옆에 조그마한 건물이 우리 가족들이 면회할 수 있는 공공장소로 제공되었다. 나는 검역 규정 같은 것이 필요하다는 점을 인식하고 있었지만 부인이나 여자친구를 만나는 것은 사적인 영역의 문제가 아닐까 생각했다. 나는 즉시 해군 대령을 찾아가서 문제점을 이야기했더니, 그는 곧 행정부서에 알려서 조치하도록 하겠다고 말했다. 내 개인적인 해답은 3일 후에 나왔다. 나 외에 다른 승조원들이 그들의 사랑하는 가족과 개인적으로 만나게 된 것은 그보다 더 많은 시간이 걸렸다.

식사는 레크레이션 센터를 임시로 개조한 식당에서 해결했는데, 최고 수준의 음식이 제공되었다. 아름답게 장식한 대형 크리스마스트리가 식당 한 가운데에 놓여있었다. 저녁 식사 후에 나는 일반 정규 병실을 배정 받아 자유롭게 이동할 수 있었으며, 오락실에도 자유롭게 들어가 가족을 만날 수 있었다. 로즈는 아이들을 집에 데려다 주고 한 시간 만에 돌아왔다. 우리는 다시 한 곳에서 모두 만나고, 승조원들 모두가 가족들과 재회를 했다. 그중에 몇몇 승조원 가족들과도 처음 만나보게 되어 나는 기뻤다. 그들의 아버지와 형제들과 악수를 나누느라 내 손 힘은 거의 다 빠졌고, 어머니와 부인네들은 나와 부둥켜안으며 볼 키스를 했다. 정말로 가슴 벅찬 감격이었다.

로즈와 나는 방 뒷켠으로 빠져나와 재회의 기쁨을 나눴다. 키스도 하고 손도 잡으며 긴긴 시간 동안 사랑의 속삭임을 난생 처음으로 해봤다. 나는 아내에게 진정 사랑한다는 말을 전하고 싶었고, 아내도 마찬가지였지만 우리는 어디부터 시작해야 할 지를 몰랐다. 말 대신 서로 곁에 앉아서, 손이 한 몸처럼 꼬이고, 마음과 생각이 사랑으로 달아올랐다. 시간은 흘렀지만, 우리 둘 사이엔 말이 없었다. 우리 말고는 모두 떠나버린 것 같았다. 멀리서 벽에 걸린 시계만 똑딱거렸다.

"로즈, 내 사랑."

나는 부드럽게 키스를 했다.

"자정이 지났구려… 메리 크리스마스."

"사랑하는 여보, 너무도 사랑해요… 메리 크리스마스."

제 17 장

그리던 고국엔 돌아왔으나, 이런 억울함이…

밸보아 해군병원에서 각종 의료 점검을 받으면서 동시에 우리 승조원들은 개별적으로 해군정보부서 요원들에 의해 철저한 귀환 조사를 받았다. 개인이 경험했던 시시콜콜한 내용을 철저히 털어 놓았다. 이번 귀환조사 기간에 밝힌 모든 정보는 대외비 정보이며 앞으로 있을 사문위나 군법회의 등 법률 관계 종사자, 특히 변호사 등에 제공하면 안 된다고 주의를 받았다. 나는 승조원 총원에게 이미 이 글 앞부분에서 밝힌 내용이나 보안 저촉 사항 때문에 공개 못했던 내용들을 망라해서, 정보 조사원들에게 전폭적인 협조를 하라고 했고 나도 그렇게 할 작정이었다.

며칠이 지나지 않아서 사문위의 전면적인 조사가 있을 거란 발표가 나왔다. 공정성을 기하려면 이번 사건이 신속하게 법의 심판을 받아야 할 거란 점은 이해가 되었다. 그러나 내 생각에는 나를 비롯한 모든 승조원에게 법적인 조사를 진행하기에 앞서 우선 건강을 회복할 시간을 주어야 옳을 것 같았다. 귀국 후 몇 주간 승조원들은 정서적으로 흥분되고 지친 상태였다. 나 또한 공포와 테러 속에서 수개월을 견뎌낸 상태라 즉시 회복이 불가능했으며, 매일 법정에 나가야 할 체력을 회복하기란 더더욱 불가능했다. .

그래서 나는 사문위의 개최는 승조원들이 모두 체력을 회복할 때까지 연기해야 좋을 것으로 생각했다. 북한에 갇혀 있었던 동안에 군복무 기간이 만료된 과반수 승조원들조차 전역조치 없이 사문위 활동이 만료될 때까지 무조건 군에 남아 있어야 한다고 했다.

내가 알기로는 적어도 내가 법정에 나서야 할 당사자로 지목될 것이기 때문에 매일 출두해야 할 것 같았다. 나는 이런 상황을 로즈와 함께 의논하고, 사문위가 공개적으로 열린다 해도 나는 잘못이 없으니 무난히 통과되리라고 말해주었다. 아내는 많은 승조원들의 가족을 봐서라도 그렇게만 되었으면 얼마나 좋겠냐고 내말에 동의했다.

그러나 나의 기력이 쇠약해져 내 말을 믿을 수 없다고 생각했던지 병원장 워든 소장이 나를 1인실에 배정함으로써 여기서도 나는 다시 고독한 독방 신세가 되고 말았다. 아내 로즈만이 나를 방문할 수 있었고, 방에는 전화기도 치워버리고 없었다. 그리고 방문 앞에는 해병 보초가 서 있어서 홀에 있는 전화기를 사용하러 드나들기도 쉽지 않았다. 그렇지만 나는 보초 곁을 지나 홀에 나가서 몇 차례 전화를 걸 수는 있었다. 약 2주가 지나서야 우리는 조건부로 병원 구역을 떠날 수 있었다. 그래서 나도 우리가 피랍된 이후에 로즈와 두 아들이 살아온 집엘 찾아갈 수 있었다.

오후 반나절과 저녁 내내 로즈는 내가 없는 동안 있었던 일들을 말해주었다. 나는 아내가 지내온 일들에 관해 대단한 호기심을 가지고 들었다. 아내는 내 사진이 실린 타임지를 포함해 각종 신문을 오려 붙인 자료들을 보여주며 상세히 설명해주었고 듣는 나는 놀라지 않을 수 없었다. 나는 푸에블로가 그렇게 커다란 뉴스 거리가 되리라 생각지도 않았었다. 기사를 읽으면서 나는 비로소 그 이유를 알게 되었다. 한 해군 고위 장교가 "부커는 확실히 배를 포기한 이유에 관해 변명했다"고 말했다. 나는 곤혹스러웠다.

우리의 작전을 잘 아는 장교들은 푸에블로와 같은 환경조사선을 비무장으로 출항하도록 했었다는 점을 어째서 해명하지 않았던가? 기사를 계속 읽어가면서 많은 사람들이 책임을 회피하려 했다는 걸 나는 분명히 깨달았다. 직업군인으로서 내가 모셨던 훌륭한 선배 장교들은 '상처를 받으면 거침 없이 항의한다'는 것이 해군의 전통이라고 강조하지 않았던가! 나는 로즈에게 내가 없었던 기간에 당했던 일들을 소상히 말해달라고 다그쳤다. 아내는 많은 시련을 겪으며 실망도 했었다고 털어놓았다.

함장의 부인은 남편이 출항하면 함정 승조원 가족들에 대한 비공식적인 사기 앙양을 책임진다는 것이 해군 전통이며, 그래서 아내는 출항한 장교를 포함한 모든 승조원들의 주소 명단을 받지 않았던가! 푸에블로가 피랍되었을 때부터 로즈는 책임의 막중함을 알고 명단에 기록된 많은 승조원 가족들에게 위로의 편지를 써서, 미국은 우리 승조원들의 조기 석방을 위해 신속한 조치를 취할 것이니 희망을 잃지 말라고 격려했다. 며칠 안 되어서 나와 함께 근무했던 다른 부대 장교들로부터도 지원과 도움을 주겠다는 전보와 전화가 답지하더란 것이었다. 그러나 고위 공무원들로부터는, "부인, 고정하시고, 집에서 뜨개질이나 하시고, 우리의 일에 훼방은 놓지 마세요!"라는 충고만 받았단다. 아내는 그러기를 몇 주 동안 계속했는데, 해군 고위층이나 정부 고위 관료들은 이런 저런 이야기를 주고 받을 뿐, 아무런 조치를 취하지 않는다는 걸 눈치챘단다. 그러다가 피랍에 관한 논의 자체가 잦아들더니 나중에는 반감까지 생기며 조용해졌다는 것이다.

그래서 로즈는 더 이상 가만히 기다리지 않고, 푸에블로 문제를 다시 환기시키기 위해 개인적인 노력을 시작했단다. 푸에블로 장병 가족들에게 보내는 편지의 어조를 바꿔, 가족들도 해군 당국은 물론 정부 관리들에게 편지를 써서 푸에블로를 망각하지 말고 의미 있는 노력을 다 해달라고 다그치라고 요청했다. 동시에 로즈 자신은 해군 및 정부 측의 영향력 있는 인사들에게 편지는 물론 전화나 직접 방문을 통해 설득하려고 했다. 내 아내는 많은 수의 해군 대령 및 제독들이 사실을 정확히 알지도 못하고 섣부른 결론을 내리며, 남편이 배를 '포기'했다는 무례한 말까지 하는데 분개했다는 것이다. 그러나 국가적 논쟁의 한가운데 뛰어들어 유명인사가 된다는 것은 아예 체질에 맞지 않았던 내 아내의 중요한 목적은 푸에블로 문제를 계속 관심의 대상이 되도록 하는 것이었기 때문에 이를 악물고 굳세게 그 일을 밀고 나갔다. 그 결과 많은 친구들과 해군 관계 가족들과 낯선 일반인들까지도 그녀의 결의에 찬 호소에 공감함으로써 '푸에블로를 기억하자'는 슬로건이 만들어질 정도로 자발적인 대중운동으로 전환되었단다.

1968년 4월에는 이 슬로건이 전국(외국 주둔 기지에까지)으로 번져나가, 옷깃 단추와 자동차의 범퍼스티커로도 제작되었다. 때마침 새 대통령을 선출하는 시기와 겹쳐서 미국의 주요 정당 정치인들도 새싹처럼 돋아나는 시민들의 관심사에 주목하기 시작했다. 로즈는 여러 집회에 초청을 받아, 초당적인 입장에 서서 남편과 푸에블로 총원을 북한이라는 감옥에서 석방시키라고 열렬히 호소했다. 아내의 이 호소에 대한 지지가 엄청났지만, 다른 한편 고위 군 관계기관이나 정부 관료 사회에서는 인기를 얻으려는 문제의 여자 정도로만 취급당했다. 국방부와 국무부의 몇몇 주요 인사들은 심지어 아내의 입을 막으려고까지 했단다. 그래서 "푸에블로를 기억하자!" 운동은 현 정부에게는 뜨거운 감자가 되었으며, 야당은 이 문제를 감정적으로 이용하려 함으로써 해군의 많은 제독들은 곤혹스러워 했다. 그 때까지만 해도 한 무명의 해군장교 부인이었던 로즈도, 어느 날 갑자기 대중 앞에 나서서 전혀 자신에게 어울리지 않는 고통 받는 여걸과 남의 일에 끼어든 악녀같은 이중적 역할을 해야 했기 때문에 그것은 정말 악몽 같은 일이었다.

그러한 상황 속에서 아내가 때때로 과민해지고 지나치게 긴장했을 것이란 점은 충분히 이해되었다. 아내는 집과 전화에 모두 도청 장치가 설치되었

464

다고 생각하고, 마음의 안정을 얻기 위해 샌디에이고 해군 당국에 점검해 달라고 요청도 했단다. 해군에서는 도청 장치가 없음을 확인했지만 동정심을 보인 한 중령은 변호사를 만나보라고 조언하면서 자기가 개인적으로 잘 아는 3명의 변호사 이름을 알려주었다. 그중에 한 명이 마일즈 하비였는데, 나중에 알고 보니 그는 예비역 중령으로서 정보 분야 준전문가였으며, 아내는 일이 있으면 찾아가 그를 만나 보았다.

그를 알게 된 것이 아내나, 나중엔 나에게도 행운이었다. 샌디에이고 해군사령부와 인사처가 모두 동정적이며 많은 도움을 주었으며, 나의 해군 동료였던 앨런 헴필 소령과 그의 부인인 진이 특히 적극적인 도움을 주었다. 그러나 아내를 도와준 많은 사람들은 상부로부터 사소한 일에도 끊임없이 압력을 받아야 했다. 이를테면 해군 부대장들이 자기 기지 내에는 '푸에블로를 기억하자'라는 슬로건 스티커들을 부착하지 말라는 지시를 내리며, 불충하다고까지 했다는 것이다.

아내가 이야기를 계속 이어가는데도, 정말 그런 일들이 실제로 있었을까 하고 나는 의아해했다. 다행히 밝은 전망을 비춰준 것은 미국 시민들이 푸에블로 사건에 관한 편지 쓰기 운동을 전개하기로 결심한 것이었다. 많은 상·하원 의원들이 동의했다고 로즈는 말했다. 윌리엄 셔렐, 밥 윌슨 하원의원을 포함한 많은 의원들의 지지가 특히 인상적이었다. 아내는 푸에블로에 CIA 요원들이 꽉 찼다고 말했던 스티븐 영 상원의원을 이상한 사람으로 지적했다. 그러나 아내가 개인적으로 찾아갔던 딘 러스크 국무장관은 CIA 사람은 단 한 명도 푸에블로에 승선한 일이 없다고 확언해 주었다.

여하튼 해군으로부터 엄청난 도움을 받았으면서도, 로즈는 바로 그 해군에 의해 매우 큰 좌절을 맛보기도 했다. 아내는 푸에블로가 당한 역경의 처지를 따뜻하게 동정해 준 수많은 국민들에게 고맙다고 했다. 25,000통이 넘는 편지를 받았다고 한다.

나는 마일즈 변호사에게 사문위에 나 대신 참석해 달라고 요청했으며, 그는 동의했다. 그러나 성공을 위해서는 함께 쉬지 않고 일을 해나가야 한다고 말했다. 7일 밖에 안 남았기 때문이었다.

"군사 상담관을 선임했나요?"

"아니요, 아직은… 그러나 내가 좋아하는 한 분이 계신데, 제7잠수함대 시절의 옛 상관인 헨리 슈와이처 대령이며 그는 현재 합참의장인 휠러 대장의 보좌관일 겁니다. 비록 그 분이 대단히 바쁘시겠지만 저를 위해 시간을 내주실 수 있기를 희망합니다."

마일즈 변호사는 부드럽게 웃으면서 자신의 사무실 전화기를 들었다.

"앨리스, 나 전화 좀 걸어도 되겠지?" 하면서 나를 향해 이렇게 말했다.

"줄리앙 르 부르주아 대령이 해군참모총장의 수석 보좌관인데, 아주 좋은 내 친구이니 그에게 당신의 친구에 관해 물어 보겠어요."

다음 날, 나의 걱정은 현실이 되었다. 슈와이처 대령이 나올 수 없다고 했다. 합참의장 휠러 대장이 당해 회계연도 군사예산 요구서를 의회에 제출하는데 보좌관의 전문적인 도움을 필요로 하기 때문이었다.

"그러나 피트, 안심하세요."

마일즈 변호사가 말했다.

"총장실에서 훌륭한 사람을 물색해 줄 겁니다."

나는 정말로 총장실에서 훌륭한 사람을 골라줄 수 있을까 걱정이 되었다. 현재로선 나야말로 최상의 적임자를 찾아야 했다. 설령 국익에 부합되지 않는다 할지라도 푸에블로에 관해서는 완전하게 밝혀져야 한다는 게 내 생각이었다. 한 마디로 나는 국가와 해군에 커다란 부채를 지고 있는 셈이었다.

그날 오후에 마일즈 변호사는 나에게 전화로 해군 법무감실의 제임스 키즈 대령이 군사 변호인으로 선임되었다고 알려줬다. 그는 다음 날 샌프란시스코 사무실에서 샌디에이고로 이동했다. 그는 내가 극동지역에 근무할 때 우연히 알게 된 사람이었다. 나는 그의 선임을 찬성했고, 따라서 그는 우리 팀원이 되었다. 그러나 이때에 나의 건강 상태가 안 좋아서 사문위 개최가 1주일 연기되었다.

이렇게 한 팀이 된 마일즈와 짐(제임스의 애칭)은 내가 사문위에서 밝혀야 할 증거들을 검토하기 시작했다. 나는 내가 하고 싶은 증언 내용을 기록해 나갔다. 부하 장교들의 미숙하거나 불만족스러웠던 행동에 관한 언급은 일체 배제하고, 푸에블로 운영(작전)에 관한 나 자신만의 행동을 사문위에서 증언하기로 마음 먹었다. 우선 진 레이시가 푸에블로를 멈추게 했던 사실은 말하지 않기로 결심했다. 두 번째는 머피 대위가 함정 피랍 전후에 보여주었던 행동은 내가 곧 작성할 예정인 인사고과표에 반영하는 게 더 좋을 듯했다. 분명히 해두어야 할 점은 내가 푸에블로의 지휘관이었으며, 피랍되던 날과 투옥되던 시기에 있었던 모든 결정에 대한 책임은 나에게 있다는 것이다. 동시에 나는 푸에블로가 충분히 준비를 갖추지 못했었다는 점을 사문위가 알도록 할 생각이었다.

나는 조사위원들이 다음과 같은 문제에 관계된 장교들로부터 증언을 청취하리라고 예측했다. 즉 충분한 '선박 파괴체계'를 준비해 달라고 했던 나의 요청을 거부한 사람, 우리 함정에 실렸던 비밀문건 수를 감축해 달라는 요청을 묵살한 사람, 내가 북한공산군과 대치하기 며칠 전, 북한에서의 활동에 관한 중요한 정보를 적절히 제공하지 못한 태평양함대사령관 또는 작전관, 화물선 AGER의 내부 편성을 적절히 못해서 함정지휘관과 특수파견대 지휘자 사이의 역할을 명확히 못했던 책임자, 마지막으로 불충분한 무장이 초래할 결과를 인식하지 못했으며 출항 바로 직전까지도 푸에블로에 탑재한 소수 무기마저 운용할 충분한 인원제공과 교육을 못했던 해군 고위층 인사들이었다.

나는 어째서 우리가 즉각 전투에 임해야 했으면서도, 전투준비가 안 될 수 있었던가를 누군가가 증언해 주기를 바랐다. 오랜 기간 억류되어 있을 때 이러한 생각들이 떠올랐었지만, 이제 약간의 해답을 얻게 되어, 이러한 문제들을 성공적으로 사문위에 제시하려고 하니 나 스스로 너무나 감정에 치우친 점도 있을 것 같다. 마침내 '푸에블로 피랍' 문제를 조사하기 위한 사문위가 1969년 1월 20에 소집되었다.

위원들은 해군장교들로 구성되었다. 중장 해롤드 보웬, 소장 화이트, 소장 그림, 소장 프랫, 소장 버그너. 이들 해군 제독들은 모두 2차 세계대전을 체험한 분들이며, 그중에는 1953년 한국전쟁에 참전한 이도 있었다. 이분들은 모두 뛰어난 신사로 평이 나있는 사람들로서 사실 규명에 진력할 것을 의심치 않았다. 사문위는 공개 및 비공개 청문 형식으로 진행될 것이며, 비공개의 경우에는 내용이 비밀로 구분되어 국가 안보와 직결된 사항이 있기 때문이었다.

사문위에 관한 국민의 관심도 높았다. 나는 수많은 전보를 받았다. 나에게 배달되는 우편물은 너무 많아서 큰 가방에 담아 와야 했다. 40명 이상의 카메라맨들과 20여 명의 보도진이 사건을 취재하고 있었다. 회의 처음부터 시종일관 취재한 기자들은 짐 루카스(스크립스 하워드), 조지 월슨(워싱턴 포스트), 버니 와인트로브(뉴욕 타임스), 칼 플레밍(뉴스위크), 팀 타일러(타임), AP통신의 시드 무디(AP통신)와 쥴스 로, 트레버 암브리스터(새터데이 이브닝 포스트) 등이었는데, 트레보는 나중에 푸에블로 승조원은 물론, 직·간접적으로 푸에블로와 관계가 있던 300여 명과의 인터뷰 결과를 펴냈다.

이 밖에도 자주 찾아왔던 언론인들로는 퍼레이드 매거진의 편집자 로이드 시어러, CBS TV의 테리 드링크워터, NBC TV의 리즈 트로터, ABC TV의 밥 베리건이 있다.

사문위 개최에 맞춰 변호역으로는 법무감실의 윌리엄 뉴섬 해군 대령이, 그 보좌 변호사로는 법무감실의 윌리엄 클레몬스 중령이 임명되었다. 그렇게 해서 증언 개막 준비가 완료되었다.

내 감정을 추스르지 못하는 일은 일찍부터 찾아왔다. 증언 이틀 째 되던 날, 북한공산군이 최초 '월선 위법'을 자인하라는 신호를 보내고, 내가 거부하자 적측이 사격 명령을 내렸을 때에 대한 나의 대응책을 증언할 때였다. 최초 2분 동안에 대응했던 과정을 이야기하면서 나는 로즈에 대한 사랑을 생각하며 머리가 터질 것 같더니, 그만 감정이 격해지면서 말문이 막혔다. 그래도 참아내려고 몸부림을 치며 간신이 견뎌냈다. 나는 몸이 극도로 쇠약해지는 걸 느끼고 당황하면서 더 이상의 사문위 청문회를 연기해주기를 바랐으나, 그렇게 되면 우리 승조원들이 난감해 할 것을 생각하고, 불굴의 정신으로 증언을 계속해 나가기로 결심했다.

이후 나의 증언은 감정의 기복 없이 평온하게 진행되었다. 그러나 우리 승조원들이 내 앞을 지나 증언대로 이동할 때에, 나는 감옥에서 그들이 폭력을 당하며 아우성치던 모습을 생생하게 떠올렸다. 특히 그들이 수용소 구류 기간 중에 하느님과 지휘관에 대한 믿음으로 꿋꿋이 버텨나갔다고 증언할 때에는 다시 감정에 북받쳐, 내 일생에 처음으로 나 자신을 잃고 흐느껴 울었다. 마일즈 변호사의 부축을 받으며 나는 청문회장 옆문을 통해 비틀거리며 나왔다. 그날 나는 사문위에 되돌아가지 않았다.

한편, 사문위는 우리 승조원 각자가 '군인복무규율'을 얼마나 이해했는가를 알아내기 위해 여러 가지 방법을 사용했다. 즉, 승조원들이 복무규율을 위반했는가, 그렇다면 왜 그랬나를 타진하려 했다. 비공개 사문위에서는 전문가들이 입회한 가운데, 나는 내가 확실히 믿는 바 신념을 제시했다. 군인 복무규율에는 포로가 되었을 경우 성명, 계급, 군번 외에는 일체 말하지 말라는 조항이 있지만, 그것은 우리 푸에블로 장병에게는 해당되지 않는다는 내용이었다.

그러나 소위 자백서에 서명한 문제는 성격이 다른 것이었다. 북한놈들이 승조원들을 살해하겠다고 위협하는 가운데 내가 서명한, 강압에 못 이긴 최초의 자백서를 놈들이 발표해 놓고 그 순간부터 마치 우리가 모두 자백한 것처럼 놈들이 거짓 주장을 편 것이라고 나는 생각했다. 바로 그 자백서에 사용된 어투는 미국인이 썼다고는 볼 수 없는 뚜렷한 증거였다.

사문위 소속 수석 변호인이 군인복무규율은 푸에블로 사건에는 적용되지 않는다는 공식적인 통보를 미태평양사령관으로부터 접수했다고 밝혔기 때문에 군인복무규율을 언급하는 일은 당분간 위축될 것 같았다. 이유는 미국과 북한 간에는 전쟁 상태가 존재하지 않았고, 따라서 우리 승조원들은 불법적으로 북한에 억류당했었기 때문이라는 것이었다. 그런데 1~2일 내에, 워싱턴(국방성) 당국은 명백히 입장을 뒤집고 사문위에 지시, 군인복무규율 적용이 가능하다는 최초 방침대로 조사를 진행하라고 했다. 증언은 질질 끌며 느리게 진행되었다. 태평양사령부도 우리 승조원 각자가 빠짐 없이 증언하라고 지시했다.

그리하여 그 후 몇 주 동안 다양한 증언이 이루어졌다. 증언 내용들이 놀라웠고, 나에게는 충격적인 것도 있었다. 어떤 경우에는 보안과는 무관한 문제를 증언하는데도 비공개로 진행해 아쉬운 생각이 들었다. 우리 승조원 중에 두 명의 해병대 통역관은 맡은 바 임무를 수행하는데 필요한 수준의 한국어를 구사할 실력이 없었다고 증언했다. 그들은 그러한 사실을 인사 담당 부대의 상급자들에게 말했으나 전혀 들어주지 않았다고 증언했다. 비록 그들이 우리의 출항일 직전에 승함 신고를 하는 자리에서 푸에블로에 함께 승함하고 있던 파견부대인 '특수작전부대' 책임자에게 자신들의 실력 부족 사실을 알렸다고 증언했지만, 나는 그에 관해 통보 받은 바가 없었다. 만일에 내가 그들의 부족한 통역 능력을 미리 알았더라면 통역 임무를 담당할 수 있는 대체 인력을 구할 때까지 작전 출항을 거부했을 것이었다. 또한 만일 그들이 능력이 출중한 통역관이었다면 나는 아마도 1968년 1월 23일, 북한군의 경고를 미리 알고 '피랍'을 회피했거나, 적어도 비밀 문건과 장비 파괴를 더 잘 준비할 수 있었을 것이다.

내가 북한공산군과 대치하기 2일 전에 북한은 30명 남짓한 기습부대를 남한에 침투시켜 박정희 대통령을 암살하려 했다. 소위 '청와대 기습' 사건이었다. 그들은 임무를 끝내지도 못하고 생포되거나 살해되었다. 이에 관한 이야기는 전세계에 톱 뉴스로 전파되었으나, 나에게 '일일정보'를 보내야 할 사람들에게는 별로 큰 의미가 없었던지, 나는 그 소식을 들은 적이 없었다. 더욱 화가 난 것은 정보 전달 책임자 중에 한 사람이 정보 전달 업무에 우수한 공로를 쌓았다고 표창까지 받았다는 사실이었다. 내가 만약 청와대 기습 사건을 미리 알았더라면 그 비극적인 운명의 날에 원산에서 더 멀리, 아마도 인근 해상 섬에서도 30마일 이상 떨어진 곳에서 작전을 수행했을 것이다. 그러면 북한공산군이 소형 선박과 보트를 타고 그렇게 먼 바다로 나와서 나를 조사하려고 하지는 않았을 것이다. 또 육지에서 그렇게 먼 바다 위에 위치했더라도, 만일에 적들이 우리의 위치를 알았더라면 항공기로 공격을 시도해서 우리를 침몰시켰으리라는 것도 가능한 해석이다. 그랬더라면 우리가 피랍되지는 않았을 것이다.

나는 또한 국가안전국(NSA)에서 나온 경고 메시지가 우리 작전사령관에게 도달하지 못했다는 사실도 알게 되었다. 이 사실도 믿기는 어려운 것이었다. 우리의 직속상관이 '최소'라고 평가했던 우리 임무의 위험성을 그 경고 메시지가 다루고 있었으며, 지휘계통을 통하여 합참의장에게까지 긍정적으로 전달되었던 것이었다. 작전사령관에게 도달하지 못한 그 메시지는 푸에블로와 같은 AGER 화물선을 북한 연안에서 공개적인 정보 수집함으로 사용하려고 '최소의 위험'을 무릅쓴 진실성에 의구심을 가지게 했다.

놀랍게도 이번에 나는 미국의 가장 우수한 항모인 엔터프라이즈호가 우리가 피랍되었던 해상에서 510마일 이내에 위치하고 있었으며, 함재기로 우리를 구원하려면 1시간 거리였다는 것도 알게 되었다. 푸에블로가 발신했던 조난 신호를 50분 후에 받아서 항모는 우리의 곤경을 알아차리고 조치를 취할 충분한 시간이 있었다. 항모의 전폭기발진을 준비하며, 실제로 항로도 우리쪽으로 돌려 최고 속력으로 2시간 동안 항진을 계속해 거리를 좁히고 있었다는 사실도 드러났다.

그러나 제독이 지휘하는 항모상의 함교에서는 토론과 망설임, 애매모호한 말들만 무성했다. 워싱턴 당국의 지시를 요청하는 긴급 메시지를 발송했으며, 그 내용은 (적어도 기술적으로는) 워싱턴의 실무 담당 장교가 받을 수 있었을 것이다. 그렇게 시간이 낭비되었고 기회를 놓친 것이었다! 결국 황혼이 찾아들고 어두워지면서, 항공기 운용에 관한 불충분한 전술적 고려와 신속 결연한 지휘결심의 부족 등이 겹쳐서 아무런 조치도 취하질 못했다. 그래서 엔터프라이즈 항모는 이전의 항로로 복귀해서 필리핀으로 항진하고, 푸에블로는 불명예스러운 비운을 맞게 되었던 것이다. 어째서? '최소의 위험'이라는 평가 기준이 미해군 전체에 영향을 줘서 해군이 마비되고 무의미한 자세를 취하게 만들었는가? 이런 문제들을 이번 사문위가 잘 파헤쳐 줄 것으로 나는 기대했으나 실제로는 그런 방향으로 나아가질 못했다.

사문위 활동 기간에 푸에블로를 개조할 당시에 내가 추천했다는 내용으로 작성했다는 나의 편지 복사본을 요청했을 때, 그 편지가 없다는 말을 듣고 나는 괴로웠다. 나는 화가 나서 그 편지 복사본을 안 주면 사문위원장을 직접 찾아가겠노라고 위협했다. 만족스럽게도 그 다음 날 편지가 있다는 사실을 알게 되었다.

사문위 활동이 휴식을 취하던 어느 날 오전에, 나의 휘하 장교였던 팀 해리스 중위가 찾아와서 도저히 믿을 수 없는 이야기를 전했다. 사문위 밖에서 조사를 받던 중에 한 해군 대령이 그를 난처하게 만들더라는 것이었다. 즉, 그 대령은 여러모로 말을 바꿔가면서 사문위가 함장을 옥죄는 데 도움이 될 만한 중요한 문제를 털어놓는 게 좋지 않겠냐고 했다는 것이었다.

이 말에 나는 즉각적으로 반응했다. 간신이 감정을 억누르며 마일즈 변호사를 찾아가서 사문위가 나에게 누명을 씌우는 방향으로 갈 것 같다고 말해주었다. 변호사는 사문위원장을 만나러 가겠다고 하더니 바로 실행했다.

그 결과 그 해군 대령은 보웬 제독에게 불려갔고, 팀 해리스의 제보가 진실로 판명되자 즉각 보직해임되었다. 그 순간부터 나는 이 사문위의 청문회가 공평하다고 믿을 수 없었다. 나는 스킵 슈마허와 진 레이시에게 나의 의구심을 말해주었더니 그들은 내가 오히려 잘못일 수 있다고 느끼는 듯했다. 스킵은 사문위 소송 절차가 실수를 덮으려는 겉꾸밈 형태로 종결되어 미해군을 정화시키려는 데 목적이 있을 거라고 믿었다. 그러기 위해서는 나까지도 희생시켜야 할 것이라는 것이다.

나는 그와는 반대로 생각했다. 속죄양이 필요할 것이라고 생각했다. 박진감이 넘치게 하려면, 이 사건에서 나름의 역할을 설명하기 위해 달리 불려올 많은 승조원들에게 압력을 가해야 할 것이다. 스킵과 진은 내가 옳았다고 나중에 인정했다. 나는 어째서 사문위가 철저히 단서를 캐내서 책임 있는 사람들에게 답변을 요구하지 못하는 지 이해가 안 되었다.

다른 증언은 한국과 푸에블로에 연관된 태평양함대사령부 내부 정보 참모부서의 실책에 관한 것이었다. 이 문제야말로 내 생각으론 대단히 중요한 것이었으나 철저한 추적 조사도 하지 않고 그만두었다.

양분되었던 지휘권의 문제, 함정지휘관과 파견부대장으로 나뉘었던 책임 문제도 내 생각으론 철저히 조사를 받아야 했다. 나는 해군보안부대장과 그의 참모들로부터 이 문제는 파견부대장을 그 부서의 장으로 하고 함장인 나의 지휘를 받게 하면, 해군규정에 담겨 있듯이 자연스레 해결될 수 있다는 말을 들었다고 증언했다. 이 문제의 실상에 관한 나의 증언은 해군보안부대의 한 대령이 반박하고 나섰으나, 더 이상의 증언은 없었다.

해군보안부대본부에서 나온 그 대령은 푸에블로에 탑재했던 모든 비밀문건과 장비들은 1시간 내에 파괴할 수 있었을 거라고 증언했다. 나는 완전히 파괴하는 데는 8~9시간이 걸렸을 거라고 말했다. 우리 함정과 동급인 배너의 척 클라크 중령은 푸에블로가 피랍되었다는 소식을 들었을 때 다른 임무를 띠고 출항 중이었는데, 즉시 불필요한 비밀 서류들을 불태우기 시작했지만 24시간이나 걸렸다고 증언했다. 나는 조사위에 우리가 탑재했던 것과 비슷한 분량의 서류와 장비들을 쌓아놓고, 우리가 사용했던 것과 똑같은 해머와 소각로를 준비해줘서 그 대령이 파괴해보게 했으면 좋겠다고 제안했다. 그러나 나의 이런 제안은 받아들여지지 않았다.

내 생각에 그 대령의 증언은 정말 엉터리였다. 이어서 증언에 나선 사람이 찰스 카셀 제독이었는데, 사건당시엔 태평양함대사령부의 한 참모로 근무했던 해군 대령으로, 하와이에서 나에게 직접 브리핑을 해 주었던 분이었다. 그 때, 그는 필요하다면 화물선을 개조한 우리 함정을 지원할 우발적 계획도 있으며, 적절한 시간 내에 지원이 불가능할 경우엔 24시간 이내에 보복 작전이 전개될 것이란 걸 내게 확언했었다고 나는 증언했다. 그런데 그는 나에게 그러한 말을 해준 일이 없다고 증언을 했다. 우리 두 사람의 증언은 정 반대여서 충돌하고 말았다. 그럼에도 사문위는 이러한 중요한 문제의 대립 관계를 더 조사하지 않았다.

내가 증인을 선정할 차례가 되었을 때, 나는 앞선 위기 상황에서 나의 능력과 업적에 관하여 증언해 줄 사람으로 나의 전임 지휘관인 피트 블록 중령을, 그리고 다른 지휘관이 쓴 진술서를 대신 읽어줄 사람으로 헨리 슈와이처 대령을 지목했다. 또 빅터 스미스 해군중장도 출두해달라고 요청했다. 나는 이런 일들을 하느라 완전히 지쳐버렸지만 마지막으로 열린 조사위에서 발표할 최종 성명서를 준비했다. 마일즈 변호사도 장문의 성명서를 준비해서 의사록에 넣었다. 그의 성명서는 대단한 명문이었다.

사문위 활동이 끝나기 바로 전 주에 나는 몹시 불쾌한 일을 당했다. 고급 장교 한 사람이 나에게 접근해서 내가 작성하게 되어 있는 한 명의 부하 장교의 인사고과표를 두고 거래를 하자고 제안했다.

"부커 중령, 만일에 당신이 인사고과에 낮은 점수를 주면 우리는 당신과 당신의 불법행위를 폭로할거요."

마일즈 변호사가 때마침 나와 함께 있었다. 나는 통렬한 대답으로 유감의 뜻을 말해주었다.

"좋은 인사고과표 성적과 내 직무를 맞바꾸자고 제안하다니 당신 제정신이오? 나는 철저히, 진실에 입각해서 그 장교의 직무 평가를 실시할 거라고 전해주시오. 본인 자신도 완전히 부족하다는 걸 알고 있을 거요. 내 뜻을 이해하셨소?"

이렇게 말을 하고도 나는 더 퍼붓고 싶었다. 해군장교로 임관한 이래 내가 함께 근무한 장교로서 그 부하 장교는 가장 열등한 업무 수행을 했었다. 이 일을 떠올릴 때마다 나는 혐오감을 느꼈다.

사문위가 조사 활동을 마치고 결론을 내는 데는 2주가 필요했다. 로즈와 나는 애들을 데리고 사막에 있는 마일즈 변호사의 친구 집에 며칠 동안 머물며 잠적했다. 마일즈 변호사는 결과를 낙관하며, 여러 증언들을 분석해보면 우리가 상당히 유리하다고 말해주었지만 그래도 나는 불안했다.

거의 6개월이 지나서야 제독들은 사실 규명을 완료하고 보고서를 작성했다. 제독들은 백만 단어 이상의 증언들을 기록했다. 그러나 나는 상당히 많은 부분이 부적절하다고 생각했다. 나중에 내가 발견한 것은 사문위가 543개 이상의 사실에 관한 결과를 포함하고 있다는 것. 그런데 나는 그 기록물을 본 적이 없다.

우리의 피랍 사건에 관한 언론의 관심이 계속 높았기 때문에 마일즈 변호사가 접촉에 나서서 사문위가 보고서를 발표하기 24시간 전에 그 내용을 우리에게 알려주도록 요구했고, 동의도 받았다고 생각했다. 언론이 요구해 올 우리 측의 입장을 담은 성명문을 준비하기 위해 우리는 그 같은 여분의 시간이 필요했다. 그러나 나는 또다시 실망하고 말았다.

몇 주 지난 뒤, 어느 날 저녁 시간에 내가 임시로 속해있던 태평양함대항공사령부의 행정관이 나에게 전화를 걸어왔다. 이튿날 오전 7시에 자기 사무실로 출두하라는 취지였다. 전화상으로는 말할 수 없는 내용이기 때문에 직접 출두하라는 것이었다. 나는 사문위 결과를 통보하려는 것이라고 짐작했다. 나는 즉시 마일즈 변호사에게 전화를 했더니, 자신도 비슷한 전화를 받았다면서 오전 6시에 출두 예정이라고 했다. 그래서 행정관이 혹시 나에게 시간을 잘못 말했나 의심이 생겼다. 즉시 행정관에게 직접 전화를 걸었더니 각각 다른 시간대에 출두하게 되어있다는 대답이었다. 어째서 나의 변호인을 나보다 한 시간 앞서 출두시키려는지 이해할 수가 없었다. 나는 잠을 이룰 수 없었다. 여하튼 다음 날 아침에 열대지방용 카키색 근무복을 착용하고 행정관실에 도착했다. 에드 머피도 그 시각에 출두해 있었다.

"무슨 일로 우리를 불렀을까, 에드?"

"글쎄요 함장님, 아마도 사문위의 결과를 통보하려는 게 아닐까요?"

우리는 알렌 제독의 집무실에서 대기하고 있었는데, 금세 마일즈 변호사가 들어오더니, 자신은 행정관 통보대로 일찍 출두해서 법무차감인 도널드 채프먼 소장과 아침 식사를 했다고 말해주었다.

"무슨 일이었나요, 변호사님?"

"사문위의 결과 보고서를 낭독해 줄 거랍디다."

"아침 식사를 함께 하신 목적은 뭡니까?"

"나도 몰라요, 피트. 제독 자신이 줄곧 앉아서 나를 응시하더군요."

"네, 예상대로 되어가네요. 사건이 뒤틀리는 방향으로요."

그때 채프먼 제독이 우리가 있는 방으로 들어왔고, 우리는 모두 일어서서 그를 맞이했다.

"자리에 모두 앉아요."

제독은 몹시 조바심을 느끼는 듯했다. 그는 타이핑된 서류 뭉치를 들고 있었는데, 상당히 많은 부분을 펜으로 고쳐 쓴 것이었다. 그는 의자에 앉으면서 말했다.

"내가 여기에 온 것은 여러분들에게 사문위의 결과 보고서를 읽어드리고자 하는 겁니다. 이 원고는 워싱턴에서 해군장관께서 동시에 발표할 예정입니다."

제독은 초조한 모습으로 보고서를 읽기 시작했다. 손이 떨리며 보고서를 잘 읽지도 못했다. 몇 군데는 바로 그날 아침에 고쳐 가지고 나온 듯이 보였는데, 그도 그런 사실을 스스로 밝혔다. 나에게 직접 관계 있는 부분에 이르러서는 다음과 같이 말했다.

"사문위는 부커 중령을 일반 군법회의에 회부하며 통일군사재판법에 따라 다음과 같은 범법 사실로 고소한다.

1. 저항 능력이 있었음에도 적에게 함정 수색을 허락했음.

2. 북한군의 공격을 받았을 때, 즉각적이고도 적극적인 보호 방책을 취하지 못했음.

3. 북한군의 명령에 순응하여 북한군을 따라 항구에 들어갔음.

4. 푸에블로 함상에 있던 모든 비밀자료들을 완전 파괴하는 데 게을리 했으며 일부 비밀 자료가 북한군에 넘어가도록 방치했음.

5. 출항 전 비밀 자료의 비상시 파괴를 위하여 부하 장교와 승조원을 적절히 편성, 배치 및 훈련하는데 태만하였음."

나는 귀를 의심했다. 내가 이미 사문위에서 인정했던 비밀 자료 망실 외에, 위와 같은 고소장 내용을 뒷받침하는 증언은 내가 아는 한, 단 한 마디도 없었다. 제독은 조바심하며 말을 이어갔다.

"태평양함대사령관은 부커 중령에 대한 일반 군법회의 회부는 견책으로 낮춰야 한다는 것 외에는 사문위 보고서와 의견을 같이 한다. 해군참모총장도 같은 의견이다."

그러나 존 채피 해군장관은 장문의 성명서를 발표하며 누구의 유·무죄를 언급하지 않고, 모든 승조원에 대한 고소는 취하한다고 하면서 말했다.

"그들은 이미 넘칠 정도로 엄청난 고통을 받은 바 있다."

나는 우리가 정말로 엄청난 고통을 겪었다는 말에는 동의할 수 있었지만, 그 이면에는 그런 점을 인정하지 않으려는 옹졸함도 곁들여 있다고 생각했다. 나는 마일즈 변호사에게 말했다.

"이렇게 끝나서는 절대 안 됩니다. 군법회의를 요청하고 싶습니다. 그러면 군법회의에서는 위와 같은 고소 내용을 증명하지 못할 것입니다."

내 말에 마일즈 변호사는 아주 심각한 표정을 지으며 말했다.

"피트, 그렇게 하면 난 손을 떼겠소."

나는 그 자리에 주저앉을 듯이 맥빠짐을 느끼며 혼잣말로 중얼거렸다.

"도대체 일이 어떻게 되어가는 건가…"

마일즈 변호사는 군법회의를 요청할 아무런 사실적인 근거가 없다고 논리적으로 지적했다. 결국은 태평양함대사령관이 기타의 천거 사항들을 승인하지 않고, 그 대신 견책으로 확정하고 말았다. 그런데 이 견책이란 징계는 공식적이며, 행정적인 질책 중에서도 가장 엄혹한 것으로 부적절하거나 매우 부실한 직무 수행을 한 해군장교에게 내리는 벌이다. 스티븐 해리스도 세 가지 이유로 군법회의에 회부되었다. 나의 부관이었던 에드 머피는 경고를 받았다. 푸에블로 피랍 사건에 근거하여 모든 법적인 조치가 취해진 것이었다.

사문위는 우리가 감금당해 있는 동안에 보였던 처신에 관해서 몇 명의 승조원을 칭송했으나 메달(훈장)이나 표창을 받도록 천거하지는 않았다. 추가적으로 나에 관해서 사문위는 다음과 같은 의견을 내놓았다.

"감금당한 동안 부커 중령은 꿋꿋한 태도로 사기를 유지하고, 지휘체계를 유지하기 위해서 지휘권을 강조하면서 부하 승조원들의 행동 처신에 모범을 보였다. 또한 그는 석방 시점까지 승조원들이 억류라는 시련을 딛고 인내하며 단결하도록 도왔다."

그러나 사문위는 내가 공식적으로 이에 상응한 메달을 받도록 추천하지는 않았다.

법무차감인 채프먼 제독은 낭독을 끝내고 나서, 에드와 나에게 질문이 있느냐고 조심스럽게 물었다. 나는 엄청나게 많다고 말해주고 싶었다. 말해봤자 조금이라도 달라질 건 하나도 없을 터였지만, 위기에 처해서 다급할 때에 반드시 귀하게 여겨야 한다고 배웠던 그 많은 가치들, 즉 체계, 해군의 길, 정의, 리더십 등에 대한 나의 존경심이 갑자기 산산조각 난 느낌이었다.

마일즈 변호사는 나를 위로하려고 했다.

"피트, 나는 모든 일이 아주 잘 풀렸다고 생각하며, 당신에게 어떠한 혐의도 씌어진 게 없어요. 훨씬 더 나쁜 결과가 나올 수도 있었는데."

나는 고개를 끄덕였다. 그러나 나는 아무리 자기기만을 해도 마음속의 더러운 때를 씻어낼 수도 없고, 마음을 쪼개는 고통은 사라지지 않는다고 말해 주고 싶었다. 나를 제외한, 책임 있는 모든 해군장교 중에서 채프먼 제독만이 유일하게 용기 있는 사람으로서 사문위에서 올바른 위원이었고, 그 분 만을 나는 존경했다.

채프먼 제독은 나에게 직접 이렇게 말했다.

"이보게, 부커 중령. 앞으로 원하는 보직이 뭔가? 육상 근무를 할 기회가 무르익었는데 그걸 고려해야겠군. 어느 지역에서 어떤 종류의 육상 근무를 원하는지 세 가지 선택이 가능하네."

"네, 제독님."

"저는 바로 이번 주에 인사국 보직 담당자에게 물었더니 한 달 뒤에 희망 보직을 알려달라고 했습니다. 저는 보직 문제는 별로 생각해 보지 않았습니다. 제가 기다리고 있던 것은 제독님이 방금 낭독하신 사문위의 보고서 또는 발표문이었습니다."

채프먼 제독은 나의 대답을 다소 성급하게 기다렸던지, 재빠르게 말했다.

"내가 방금 무어러 제독과 통화했는데, 총장님은 귀관의 희망 보직을 즉시 통보하라고 지시하셨네. 그러니 귀관은 지금 바로 결정을 해서 알려줘야 하네."

나는 어떻게 대답해야 할지 망설였다. 내가 차기 보직에 관해 유일하게 지녔던 생각은 국방참모대학 같은 학교 기관이었으며 몇 년 동안 요청해 두었던 보직이었다. 참모대학은 나에게 과도한 부담을 주지 않을 것이며, 그곳에 있는 동안에는 애매한 문제점도 밝혀질 수 있으리라 여겨졌다. 또한 대중의 눈도 사라져서, 나도 남을 위해 좋은 일을 할 수 있을 것이라 생각했다.

"제독님, 저는 국방참모대학 같은 학교 기관에 가고 싶습니다. 저는 지금까지 기회를 가져보지 못했으며, 그 곳에서 문제가 진정될 시간도 가지겠습니다."

내가 이렇게 말하자마자 제독이 단호하고, 명쾌하게 말했다.

"학교는 안 돼요."

"그러면 제 아내를 만나 문제를 이야기해보고 싶습니다."

제독은 흩어져 있던 보고서 원고지들을 순서에 맞게 정리하더니 서류 가방에 넣었다. 그리고는 일어서서 말했다.

"알겠네, 부커 중령. 나는 즉시 제11해군전단 본부로 가서 45분 내로 귀관의 답변을 무어러 제독에게 전해드려야 하네. 그 전에 할 말이 있으면 이 번호로 나에게 전화하게."

제독은 자신의 전화번호를 알려주고는 급히 자리를 떴다. 나는 전화로 로즈에게 그간의 경과를 말해주었다. 우리는 가능하면 서해안 방면에서 계속 근무하는 게 낫겠다고 결정을 했다. 로즈에게 나는 기자회견이 예정되어 있다고 알려주고, 정복과 정모의 백색 커버와 흑색 단화를 가져오라고 말했다. 아내는 기자회견에 참석하는 데는 관심이 없었지만, 즉시 나를 찾아와 정신적인 지원을 하기로 했다.

나는 채프먼 제독에게 전화를 걸었다. 제독이 수화기를 들자, 나는 여러 가지 보직과 근무지 중에서 내가 결심한 내용을 이야기하기 시작했다. 채 절반도 말하지 못했을 때 제독은 내 말을 막았다.

"이보게, 부커 중령. 귀관이 정말 학교를 선호한다면 학교로 가는 게 불가능한 건 아니야."

나는 반감이 생겼지만 드러내지 않고 침착하게 말했다.

"그러나 제독님, 학교 기관은 불가능하다고 분명히 말씀하셨는데요."

"아, 내가 잘못 생각을 전했던 것 같네. 그러나 이제 귀관이 학교로 가겠다면 그것도 가능하네."

나는 제독에게 참모대학을 비롯한 여러 가지 선호 보직을 말했고, 제독은 내 희망 사항을 즉시 워싱턴에 전화로 보고하겠다고 말했다. 나는 감사하다고 말씀드리고 전화를 끊었다. 마일즈 변호사와 나는 그렇게 쉽게, 갑작스러운 변경에 환하게 웃었다. 결론적으로 나는 제독이 나의 초기 희망사항과 반응을 워싱턴에 보고했을 거고 워싱턴에서는 학교기관을 배제하지 말도록 말했을 거라고 생각했다.

마일즈 변호사는 언론 매체에 발표할 성명서 초안을 재빨리 작성했다. 나는 그것을 검토해 보고 표현이 모호하다고 생각되는 부분들은 수정했다. 여하튼, 사문위에서 추천했던 군법회의 건을 들먹이며 요구하는 사람이 있을 터이니 그에 대비해야 했다. 솔직히 나는 그날 오전에 들었던 내용을 아직도 믿을 수 없었다.

내 마음속에는 온갖 상념이 떠올랐다. 최초엔 아내의 변호사였지만 지금은 나의 변호사가 된 마일즈 하비에 관해 생각했다. 그는 내가 냉정해지도록 하는데 큰 도움을 주었다. 우리는 아주 가까운 친구 사이가 되었으며, 비록 이 순간엔 사문위의 보고서에 관해 채프먼 제독에게 내 생각을 좀 더 강력하게 밀어부칠 걸 하는 마음이 있기는 하지만, 나는 마일즈를 완전 신뢰했다. 아마도 사문위의 나에 관한 고소건과 그에 관한 처리 과정에서, 일반군법회의 회부로부터 견책으로, 거기서 무혐의 상태로 하향 조정한 것은 해군이 더 이상의 후환 없이 문제를 마감하기 위한 유일한 방법이었을지도 모른다는 생각이 들기 시작했다. 결국은 해군과 유관 정부 기관들도 나처럼 많은 조사를 받았다. 많은 고위층 인사들이 상처를 입었든가 아니면 당혹감을 느꼈을 것이다. 그런데도 사문위에는 고소 원안 내용에 도움 될 단 한 마디 증거도 제출된 게 없었다. 그럼에도 불구하고 사문위의 기록은 8주간이란 장기간에 걸친 조사 끝에 다섯 명의 제독들이 군법회의에 회부할 증거를 발견했으며, 역사에 남을 것이라고 기록할 것이다.

사문위의 보고서를 낭독하던 채프먼 제독과의 만남 뒤, 그리고 최근 12주에 걸친 독특한 시련을 겪으면서 나온 애매한 결과를 놓고 갈등을 느끼며 마음이 혼란한 가운데, 나는 전체 미디어를 상대로 기자회견을 해야만 했다. 그런데 나는 지독한 후두염을 앓게 되어 변명같지만 마일즈 변호사로 하여금 나대신 한 시간 남짓하게 준비했던 성명서를 발표하게 했다. 전문가로서 예사롭게 잘 발표했지만, 매우 짧은 기간에 통보를 받고 로스앤젤레스처럼 먼 곳에서 달려온 수많은 기자들은 기자 본업을 수행하기 위해, 변호사가 대독한 성명서보다는 아파서 쉰 목소리, 꺽꺽거리는 목소리로 이야기할지언정 나 자신의 입장 표명을 바랐다.

이때가 바로 내가 공인이 되었음을 알게 되는 순간이었다. 막연하지만 강력한 의무감, 정서, 양심, 자부심 등의 부차적인 요소들이 어우러져 뭔가 중요한 내용을 말해야 한다고 압박해 왔다. 그래서 나는 마일즈 변호사가 전문적 식견으로 준비했던 성명서 내용에 즉흥적인 나의 이야기를 더듬거리며 추가했다. 나는 최선을 다해 내 자신의 육성으로 마일즈가 발표한 내용을 추가적으로 확인했다.

그날 밤 나는 잠을 잘 수가 없었다. 처음 포로로 잡혔을 때 몇 달 동안 겪었던 것처럼 머리가 몹시 욱신거리며 아팠다. 아스피린도 효과가 없었다. 전화벨 소리가 났다. 손목시계를 보니 아침 7시경이었다.

"부커 중령님 좀 바꿔주세요, 장거리 전화입니다."

"제가 부커인데요."

전화를 걸어온 사람은 자신이 워싱턴의 해군인사국 중령 보직과에 근무하는 장교라고 했다.

"좋은 소식을 전해드리겠습니다. 당신에게 해군대학원 입교 명령지를 발행해 드릴 겁니다. 1년 기간의 경영 과정을 이수하게 될 것이며, 수료시에는 경영학 석사 학위를 받게 됩니다."

나는 대단히 기쁘다고 응답하고, 실제로 마음이 뿌듯했다. 커피포트에 전기를 켜고, 현관 계단에서 신문을 가지고 들어온 다음, 아내의 소형 라디오를 틀었다. 아내는 계속 잠들어 있었다. 잠에서 깨면 내 새 보직을 어떻게 생각할지 궁금했다. 마침 로즈가 잠에서 깨어났다. 그런데 놀랍게도 라디오 뉴스에서 내가 해군대학원 경영학 과정에 입교할 예정이라고 보도하는 게 아닌가. 아나운서는 입교 통지를 받고 내가 기쁘다고 반응했던 내용까지 보도했다. 워싱턴과 통화한 지 30분도 채 안 된 시점이었는데, 나의 통화 내용이 지방 뉴스에 나온다는 건 믿기지가 않았다. 푸에블로가 피랍될 당시에 이렇게 신속하게 통신이 이루어졌더라면! 나중에 마일즈 변호사가 전화를 걸어 워싱턴에서 직접 받았다며 똑같은 내용을 전해왔다.

그 후 며칠 동안 옛 동료들로부터 많은 전화와 편지를 받았고, 나의 선배 지휘관이었던 매릴 켈리 대령은 손수 집에까지 와주셨다. 이러한 동료들의 연락을 통해 드러난 공통된 의견은 군법회의만이 사문위의 결과보고서에서 내가 받은 죄목을 벗겨줄 수 있을 것이므로 군법회의를 요청하라는 것이었다. 다들 내가 부당한 일에 굴복하지 않으리라는 것을 알고 있다고 말해주었다.

나는 이 문제에 관하여 다시 한 번 마일즈와 의논했다. 마일즈는 내가 해군으로 하여금 군법회의에 회부하도록 강제할 방법이 없다고 끈기 있게 설득했다. 물론 그의 말이 옳았지만, 나는 그래도 한 번 노력은 해 봐야 한다고 생각했다. 이런 나의 생각에 그는 완전 반대였다. 나는 이 문제를 사문위의 자문을 맡았던 빌 클레몬스 중령과도 논의했다. 그는 정직성과 실용적 능력으로 언제나 나를 매료시켰던 인물이다. 그런 그가 청문회 결론 단계에서 나에게 말하기를 내가 군법회의에 회부되면 나의 변호에 나서겠노라고 했었다. 이것은 검사로서는 아주 드문 태도였다. 그랬던 그가 마일즈와 똑같은 반응을 보였다. 즉, 내가 군법회의를 요청할 근거나 이유가 전혀 없다는 것이었다. 그래서 나는 마침내 그 생각을 접고 말았다.

그럼에도 사문위의 활동 과정에는 내가 잊을 수 없는 국면들이 많았다. 내가 기억하기로는 적의 포화 속에서 용기를 발휘했거나 수용소에 감금당한 생활 중에도 적절한 행위를 보여준 승조원에 대한 표창을 건의하기 위한 푸에블로 장교상훈위원회가 설치되었다. 개인적으로도 나는 해병대사령관에게 치카와 해먼드 부사관을 명예스럽게 공훈 진급을 시켜달라고 편지를 썼다. 그러나 편지에 대한 답장은 받아 본 일이 없었으며, 설령 답신이 왔었다 해도 나에게 전달되지는 않았다.

내 휘하의 승조원들과 파견부대장이었던 스티븐 해리스 대위 휘하의 인원들에 대한 나의 표창 상신은 장시간의 검토 끝에 이루어졌던 것이다. 나는 표창 상신을 임시 행정지휘계통을 통해 즉시 건의하고 싶었다. 그런데 행정절차의 정확성에 관한 문제도 간단치는 않았다. 행정적 결정 과정은 태평양함대항공사령부 참모진의 지원을 받아야 했다. 표창 건의서를 우편으로 발송하기 직전에, 모든 표창 상신은 사문위를 거쳐야 한다는 말을 듣고 나는 위원회의 결정이 나기를 기다렸다. 그런데 위원회의 결정을 받아보니 훈표창 대상자는 아무도 없다는 것이었다. 나는 즉시 마일즈 변호사와 문제를 상의했고, 그는 윌리엄 뉴섬 대령을 찾아갔다. 사문위 위원들은 서로 의견을 교환한 뒤에, 결론으로 지휘관인 내가 추천(상신)서를 직접 제출해야 한다고 했다. 그리고 나서 내가 알게 된 사실은 그때까지 준비했던 모든 상신 서류가 임시 행정계통을 밟으면서 부주의로 인해 분실되었다는 것이다. 어떻게 분실되었는지는 나도 가늠하기가 어려웠다. 이미 우리 승조원들은 전국으로 뿔뿔이 흩어졌으며, 내 밑에 장교들도 모두 떠나버렸다. 그래서 나 혼자 모든 공문서들을 다시 파헤치며 상신서를 만들어 행정지휘계통으로 제출했다. 그러나 이번에도 위로부터 한 마디 답변을 못 들었다.

스킵 슈마허 중위는 정말로 장래가 촉망되는 해군장교였으며, 나는 그와 장시간에 걸쳐 대화를 나누며 해군의 미래를 위해 군에 남으라고 설득한 적도 있다. 그래서 그는 적어도 우호적으로 한 번 노력해보겠노라고 대답을 했으며, 군을 떠나는 경우에는 세인트 루이스에서 가족이 경영하는 보험회사에 합류할 수도 있을 거라고 했다. 우리 둘은 젊은 스킵 중위의 북한에서의 경험은 우리 해군에 쓸모가 있을 거라는 점과 장기적인 안목으로 볼 때 해군과 국방성에서는 우리 승조원 중에서 북한 사정에 관해 많이 알고 조언할 수 있는 우수한 두뇌를 선발해야 할 필요가 있을 거라는 데 생각을 같이 했었다.

스킵 중위가 대단히 총명한 만큼, 나는 군에서 즉시 발탁할 인물이라고 짐작했다. 그는 내 말을 듣고 현역으로 남겠다고 자원했으며 워싱턴에서 보직을 받아 근무하게 되기를 바랐다. 우리 두 사람은 현재 유효한 군인복무규율을 다시 검토해야 한다는 생각도 했다. 육해공군 3군이 모두 현재의 복무규율을 달리 해석하고, 적용시에도 해당 지역마다 다르게 적용하고 있다. 우리가 알기로는 다른 나라에서는 군인들에게 포로가 되었을 때, 만난을 무릅

쓰면서라도 실제 첩보나 정보 가치가 있는 사항은 적측에 제공하지 말도록 교육하지만, 적측에 제공한 거짓 자백 같은 것은 본국에서는 절대 인정되지 않을 것이므로 걱정하지 말라는 내용을 교육하는데, 미국 군대에서도 이런 교육을 해야 될 게 아닌가.

스킵은 미국에 큰 도움이 되는 보직이 주어질 것으로 생각하고 인사명령을 기다리고 있었다. 그러나 놀랍게도 명령지에는 캘리포니아의 코로나도에 있는 상륙작전기지로 발령 되었다. 스킵은 즉시 제대하겠다고 말했고, 나도 그의 결심에 동의를 표시해주었다. 우리 해군과 국방부는 푸에블로 사건을 단순히 없었던 일로 치부하도록 설득하고 있는 게 아닌가 하는 생각이 들었다. 또한 미국은 현장에서 직접 얻은 지식을 보유한 사람을 추천하거나 그에 관한 정보를 얻기 위해 거금을 투자하기를 마다하지 않는 나라인데도 이번 경우엔 보물을 그냥 날려버리는 게 아닌가 하는 생각도 들었다. 위험에 몰리면 모래 속에 머리를 파묻고 안심한다는 타조의 본능 같은 게 작동하지 않았나 싶었다. 결국 우리는 대단히 유망한 초급 장교를 잃고 말았다.

나는 나중에 에드윈 로젠버그 제독이 내가 미군 최고의 훈장인 명예훈장을 받도록 추천했었다는 이야기를 태평양함대사령부 참모부서에 근무했던 친구와 지인들에게서 들었다. 그러나 그 때 상훈 추천에 어떤 결론이 났는지는 알지 못했다. 물론 지휘계통상 한 단계에서 명예훈장보다 낮은 품격의 상훈을 추천해서 그것이 최종 승인 되지 않았다면 당시의 추천이 지휘계통의 어느 단계에서 부결되었다 해도 나로서는 알 수가 없었을 것이다. 네브래스카 출신 공화당 소속 국회의원인 글렌 커닝햄도 하원에서 의안을 제출하면서 나에게 명예훈장 수여를 추천했다.

우리 승조원들이 피랍 감금되었던 기간에 세금을 감면하고 전투수당도 지급하도록 하는 법안이 미국 의회에 제출되었다. 이것은 베트남전에 참가한 군인들에게 부여하는 것과 똑같은 혜택이었다. 그 법안은 하원을 통과했으며 최근에는 상원도 통과했다.

1969년, 나는 오레곤주 크레스웰로 가서 전사자 하지스의 부모님을 찾아 뵈었다. 이때 워싱턴주 시애틀에 머물던 진 레이시가 동행했다. 우리 두 사람은 듀안 하지스의 묘소를 찾아가 한 동안 묵념으로 그를 추념했다. 나는 크레스웰 고등학교 학생들에게는 선배 졸업생이었던 하지스를 자랑스럽게 생각한다고 연설을 했다. 푸에블로 승조원들은 듀안 하지스를 추념하는 뜻으로 그의 출신고교에 천 달러가 넘는 분량의 도서를 기증했다. 옛 해군 동료였던 프레드 베리 대령의 주선으로, 잠수함 거룻배 네레우스의 커다란 금속제 기념패를 만들어 적절한 비문도 새겨 넣었다. 지금은 크레스웰시가 제공한 석조 기념물에 이 기념패를 고정시켜 놓았다.

로즈는 콜로라도주 푸에블로시의 시민들로부터 큰 도움을 받았던 사실을 이제서야 나에게 말했다. 그래서 우리는 푸에블로시를 찾아갔는데 시민들과 필 허드스페스 시장은 우리를 성대하게 환영해주었다. 시민 모두가 거리에 나와 우리를 반겨주었던 것 같다. 시장님은 푸에블로의 승조원 모두를 명예롭게 기념하는 기념패를 선물하였고, 시 상공회의소는 수백 명이 참석한 큰 만찬을 베풀어 나를 환영해 주었다. 추가로 우리 승조원 총원은 푸에블로시의 명예시민이 되었다. 아내와 나는 정말로 푸에블로 시민들이 고마웠다.

웨그너 주교님도 우리에게 보이스타운을 꼭 방문해 달라면서, 그래야 그곳에서도 격에 맞는 환영식을 베푼다고 야단이었다. 나도 미칠 정도로 가보고 싶었으며, 감정이 북받치는 만남이 될 것이라고 생각했다. 웨그너 신부님은 분명 모든 정성을 다 쏟아 부어 우리를 환영해 줄 것이다. 그러나 나는 그렇게 환영을 받을 만한 영웅은 아니다. 그저 주어진 임무를 최선을 다해 수행했을 뿐이며 내가 아는 만큼 충실히 봉사했을 뿐이다. 당연한 직무 수행에 대해 큰 잔치판 대접을 받기는 원치 않았다. 그러나 여하튼 우리는 가서 뵙기로 결심했다. 나는 보이스타운에 대단한 자부심을 가지고 있다. 거의 1,000명에 가까운 소년들이 우리를 환영하러 오마하 시립 공항에 나와 있었다. 수많은 표지판을 들고 나왔다. 이 아이들에 대한 사랑의 마음이 넘쳐 눈시울이 붉어졌다. 감정이 북받쳐 올랐다. 로즈는 장미꽃다발을 받았으나 아이들의 환영 인파에 밀려 한 송이라도 성하게 남은 장미가 없었다.

다음 날에도 우리를 환영하는 거대한 화환이 체육관에 걸려 있었다. 우리 가족들은 눈앞의 장면을 믿을 수 없었다. 1,200명 이상의 축하객들이 모였고, 그중에는 보이스타운 고교 상급반 학생들도 섞여 있었다. 나를 가르쳤던 선생님들, 특히 플래니건 신부님의 조카인 패트 노턴, 26년 째 체육 교사 및 수석 코치로 지내고 있는 나의 고교 시절 코치님인 스킵 팔랑 선생님도 나와 계셨다. 헤드 테이블에는 제럴드 버간 대주교, 노버트 티만 네브래스카 주지사, 네브래스카주 출신 로만 흐루스카 및 칼 커티스 상원의원들, 그리고 하원의원들로 역시 네브래스카 출신인 글렌 커닝햄, 아이오와 출신의 빌 세럴, 보이스타운 시장, 그리고 풋볼팀의 대들보 역할을 하는 17세 상급반 학생 빌 스틸까지 착석해 있었다. 보이스타운의 몇몇 전 시장들이 흑인이었던 것처럼 이 학생도 흑인이었는데, 바로 이것이 보이스타운의 살아 숨쉬는 정신이며 미국 전체가 본받을 만한 모범적 정신이기도 한 것이다. 그래서 보이스타운은 민주주의가 살아 있으며 정직한 교육과정과 이웃 사랑의 정신이 가득한 도시라는 실질적인 증거가 되고 있다.

푸에블로가 피랍되자 많은 승조원들의 생활과 친구나 가입 단체 등에 관한 대대적인 배경 조사가 진행되었다. 그중에도 내가 가장 철저한 조사를 받았을 것이며, 그와 같은 상황은 충분히 이해가 되었다. 미국 정부로서는 내가 혹시 불충한 짓을 하지 않았나를 알아야 했을 것이다. 내 친구와 지인 몇몇은 바로 그 조사 기간에 직접 조사를 받은 바 있다고 털어놓았다. 나의 옛 해군 동료 한 사람은 조사관들이 묻는 질문과 그 질문에 담긴 의미에 대단히 화가 나서 조사관에게 대들었다가 오히려 다른 수사관의 완력에 못 이겨 현장에서 붙들려 그만 감정을 누그러뜨린 일도 있었다.

분명히 내가 다니면서 술을 마셨던 술집, 대화를 나눴던 사람들, 해군 동료들도 모두 조사했을 게 분명했다. 그렇게 해서 내 행적을 모두 캐어냈을 것이다. 다행히 나쁜 일보다는 착한 일을 더 많이 했다는 것과 나의 군 동료들이 내가 조국에 충성하고 또한 동료들에게도 신임이 두터웠다고 말해주는 등, 나를 둘러싼 사람들이 거의 다 내편을 들어줬다. 샌디에이고에서 나의 귀국 보고를 받았던 조사관은 이때까지 나처럼 꼼꼼한 조사를 받은 사람은 보지 못했다고 말했으며, 또 나처럼 충성스러운 지지자들을 많이 가졌던 사람도 없었다고 귀띔했다.

AGER 화물선을 군함으로 개조하는 프로그램에 관계했던 많은 사람들이 이 책에 실려있지만 많은 사람들이 누락되기도 했다. 그러나 내가 아는 한, AGER의 건조와 사용을 계획하고 결심한 사람들이 지금도 같은 작업을 하고 있다. 조사위원회에서 최종 성명서를 발표하면서 마일즈 변호사가 지적했던 것처럼, 푸에블로 피랍 이후에 다른 AGERs 제작시에도 소급 적용, 참조되기를 바라는 마음이다. 푸에블로 사건의 결과로 얻은 많은 내용들은 우리 해군 전체와 해군함정들에 긍정적인 영향을 줄 수도 있었을 것이다.

얼마 전까지도 우리나라 국방에 필수적이며 정보 분야에서는 우선순위가 대단히 높았던 AGER 프로그램이 지금은 사라지고 없다. 북유럽 해역 작전에 투입하려고 개조했으나 노퍽 기지를 떠나보지도 못한 팜비치호, 지금까지 18개의 작전임무를 훌륭하게 완수한 배너호… 이들 두 함정도 이제는 퇴역하고 선박 해체업자의 폐선장으로 보내질 신세가 되었다. 두 함정의 승조

490

원들과 고도로 훈련된 통신병들도 모두 다른 보직을 받아 흩어졌으며, 그중 상당히 많은 인원들이 재입대를 거부하고 해군에 혐오감을 느끼며 떠나버렸다. 직접 당한 우리의 고통과 비탄은 말할 것도 없고, 경제적으로 수백만 달러와 엄청난 인력과 시간이 투입된 우리의 노력이 결국은 낭비된 것이었다. 나는 도저히 이해할 수가 없었으나, 무력감으로 그 결과를 받아들일 수밖에 없었다.

4월 14일, 나는 아직도 푸에블로 사건으로 정신적 혼돈을 겪고 있었는데, 또 다른 북한공산군의 도발에 대한 미국의 반응을 지켜볼 기회를 맞았다. 그러나 이번에는 내나라 미국의 안방이라는 유리한 곳에서 맞은 기회였다. 바로 그날 북한공산군 전투기들이 청진 남동쪽 90마일 놈들의 영공 훨씬 바깥 지점에서 비무장인 미해군 정찰기 EC-121을 요격, 격추시킨 것이었다. 비행기가 동해로 추락하면서 31명의 미해군 장·사병들이 목숨을 잃었다. 이 비극적인 사건은 나의 아픈 상처를 다시금 짓무르게 했다.

재일 아츠기 해군비행장에서 발진한 EC-121은 푸에블로처럼 북한이나 소련 영공에 진입하지 말도록 엄격한 지시를 받고 우리와 비슷하게 전자정보 수집 임무를 받았을 것이다. 푸에블로가 공격을 받고 피랍되었을 때 미국 국내에서 있었을 상황과 비슷한, 전혀 도움되지 않는 소란과 토론은 있었지만 강력한 행동은 못했던 모습을 직접 지켜보게 되었다는 점에서 나는 가슴이 먹먹했다.

이번에도 북한공산군은 음침한 공산 독재 소국이라는 한계를 넘는 뻔뻔한 공격행위를 자행했다. GG, 흉터 대령, 달변 등과 기타 멍청한 갱 집단이 또 한 번 미제국주의자들을 상대로 작전을 성공했다고 뽐내며 자랑하는 모습이 내 머릿속에 그려졌다. 나는(다른 많은 미국 사람들과 똑같이) 푸에블로 사건으로 이미 굴욕을 당했음에도 불구하고 우리나라가 보복도 못 해보고 비참하게도 또다시 더 많은 생명과 재산을 잃었다는 데에 분개했다.

사문위의 율사를 포함하여 수많은 사람들, 최초 우리 승조원들을 돌봐주었던 해군병원장, 동해상에서 우리가 피랍될 때 함상에서 응신했던 해군 장병들이 모두 우수한 근무 성과나 봉사 등으로 훈표창을 받았다. 그러니 내 생각에는 우리 승조원만 제외하고, 푸에블로와 직간접적으로 관계했던 인원은 모두 표창을 받은 것 같았다. 물론 훌륭한 직무를 수행한 그런 분들이 상을 받는 것은 당연하다고 생각하지만, 내 휘하의 많은 승조원들도 응당한 인정을 받아야 한다는 것이 나의 강력한 소신이다.

나는 공해상에서 북한군이 감히 미해군 군함인 푸에블로를 공격하고 해적질을 하려했던 동기가 무엇이었을까 하고 곰곰이 생각해 보았다. 을씨년스러운 놈들의 수용소를 벗어나 고국에 돌아온 이래, 그 전에는 몰랐던 정보를 엄청나게 많이 알게 되었다. 그중의 한 가지 정보는 만약 북한군이 푸에블로가 미해군과 전문 분야 공무원들이 탑승한 미해군 함정이라는 걸 미리 알았더라면 놈들은 절대로 공격하지 않았을 거라는 것이었다.

대한민국 대통령을 살해할 목적으로 놈들이 암살 팀을 꾸려 보냈다가 실패로 끝난 것처럼, 하루 뒤에 우리를 발견한 놈들은 푸에블로를 남한 해군 함정으로 잘못 생각했을 것이라고 확신했다. 그래서 우리도 놈들의 선동적 지도자인 김일성을 살해할 목적으로 보복 암살팀을 탑승시켰을 것이라고 판단했을 수도 있다. 그렇다면 북한은 해·공군 부대들에게 전력을 다해 우리의 상륙을 막든가 가능하면 생포하라는 명령을 내렸을 것이다. 어떻게 북한 공산군이 우리 승조원 중에 필리핀 출신과 멕시코 출신 승조원들을 남한의 스파이와 동일시할 수 있었던가를 그제야 나는 알 것 같았다.

그 후, 북한군이 스스로 잘못 인식했었다는 것과 우리 승조원은 모두 미국인이라는 점을 분명히 알게 되자 나머지 할 일은 우리가 자기네 영해를 침범했다고 격렬하게 비난하며 허세를 부리는 것과 동시에 선전 효과를 극대화하는 것이었다. 이러한 허세를 통하여 강대국 미국이 우리를 구하기 위해 이단아인 공산주의자들에게 사과하게 함으로써, 놈들은 기대 이상으로 성공을 거둔 셈이었다.

1968년 1월, 그 비운의 날에 우리가 직면했던 모든 문제에 충분히 대처할 준비를 못했던 근본적인 이유는 불충분한 예산에도 불구하고, 또는 임무를 올바르게 수행할 인원이 없는데도 많은 일을 맡으려는 해군의 경향이라고 생각된다. 푸에블로 사건에는 주목해야 할 두 가지 측면이 있다. 첫 번째 양상은 최고위 직책을 포함한 많은 단계에서 졸속 계획을 하거나 실재하지 않는 계획을 하고, 그것을 실천하는 엄청난 실수가 있었다는 점이다. 다음은, 어떠한 재앙이라도 그 속에는 국익에 도움이 되고 이익을 가져다 줄 교훈이 있게 마련이라는 점이다.

내 생각에는 푸에블로와 같은 수상 정보 수집의 개념계획과 실시 문제에 관해서 고위직에 있는 많은 사람들이 명백히 불만족스러운 성과에 연관되어 있으며, 궁극적으로는 계획과 실시가 원인을 규명해야 할 사람들에 의해서 결정되었으니 집안 청소가 반드시 필요할 것 같았다. 결과는 극소수 인원이 무기력한 다수의 책임을 뒤집어쓰게 되었던 것이다. 나는 내가 취했던 행동과 그 이유를 낱낱이 설명해 주었다. 터득한 교훈을 보증할 사실을 알고 있는 사람들이야말로 장차 기획에 도움이 될 것이다. 그렇지 못하면 스스로 양심의 물음에 답변을 해야 할 것이다.

나 자신도 깊이 후회스러운 일은 푸에블로와 탑재하고 있던 비밀 문건들을 완전 파괴할 준비를 좀 더 잘 하지 못했던 일이다. 우선 기획 담당관들에게 함정을 침몰시키기 위해 구멍을 뚫거나 기밀문건을 파괴하는 시스템들은 좀 더 사려 깊게 개선해 달라고 나 스스로 경고를 보냈으나, 결국은 받아들여지지 않았다. 다음은 우리가 지녔던 비밀 문건들을 완전 파괴하도록 더 철저히 준비하지 못했던 점이다. 문건들을 소각하고 파쇄할 생각을 충분히 하지 못하고, 그 방대한 양의 문건들을 휘발유로 태워서 뱃머리 물속에 쳐넣을 생각만 했다. 북한군과 접전 상황에 돌입하면서도 나는 당시 상황과 나의 지시 범위 이내에서 구경 50 기관총을 사용하기가 어려웠다고 확신했다. 만일에 기관총을 꺼내서 사수를 배치하도록 명령을 내렸더라면 우리는 모두 사살되고, 함정은 비밀 문건과 장비들을 실은 채 온전하게 북한군의 수중에 떨어졌을 것이다. 그러나 우리는 수세에 몰리면서도 상당한 분량의 비밀 문건과 장비들을 파괴시켰던 것이다.

나를 일반 군법회의에 회부하려던 사문위의 초기 목표는 결국 승조원들을 자살하도록 명령 내리기를 거부했다는 죄목에 귀착시켰다고 나는 생각한다. 나는 나 자신의 결정을 후회하지 않으며, 언제고 비슷한 상황에서는 똑같은 결심을 할 것이다. 조나단 웨인라이트 장군은 필리핀 마닐라만 어귀의 코레히도르 섬을 방어하면서(1942년 5월 미군이 일본군에 패배) 저항을 계속하다가는 부대원들을 몰살시킬 상황에 직면했었다. 방어진지도 있었고 탄약도 상당히 남아 있었다. 그러나 그는 항복의 길을 택했었고, 훌륭한 상식을 보여주었다고 표창도 받았었다.

피랍 당일의 푸에블로의 입장을 .22 권총을 권총집에서 꺼내지도 못한 채, 개활지 한가운데 20야드 거리에 서서 거총하고 겨냥한 40명의 적군에 둘러싸여 있었던 그 장군에 비교할 수 있을 것이다. 도피할 기회도 없고, 의미 있는 저항을 할 기회도 없었다면?

나 자신의 결점이 많기는 하지만, 이 책에서 나를 변명하고자 하는 뜻은 전혀 없다. 우리 해군 선배 장교들을 헐뜯으려는 뜻도 물론 없다. 정보 수집을 위한 잘 계획되고 과감하게 실행할 프로그램의 필요성을 반대하려는 뜻도 없다. 양질의 정보는 우리나라를 성공적으로 방위하는 데 생명을 주는 피와 같다. 1969년에 이루어진 수상 정보 수집함의 대량 퇴역 같은 일은 잘못된 일이라고 나는 생각한다. 그러나 우리 측 기획가들이 언제나 명심해야 할 일은 잠재적인 적국들은 미국이 국제법을 준수하고, 산적질이나 해적질을 도모하지 않는다는 걸 알고 있더라도 우리를 평화적으로 대우하지만은 않는다는 사실이다. 그러므로 장차 예상되는 모든 사태를 대비하여 우리 장병과 장비를 준비하려면 3~4배의 비용을 더 들여야 한다. 나는 예나 지금이나 한결같이 우리 미해군에 충성을 다 할 것이다. 해군은 나의 필생의 직장이며 해군의 전통과 원칙은 언제나 내 마음에서 지워지지 않을 것이다.

1969년 9월에 나는 몬터레이에 있는 해군대학원생으로 신고를 마쳤다. 입교한 지 얼마 안 되어 나는 학교장인 로버트 맥닛 해군소장을 만날 기회가 있었다. 맥닛 소장은 나와 내 가족을 따뜻하게 맞아주셨으며 몇 차례 사소한 불편이 있었을 때도 정성스럽게 관심을 보여주셨다. 대학원생은 전 세계에서 온 1,000여 명의 장교들로 구성되어 있었다. 이들 중에서 많은 학생 장교들이 내가 했던 결정의 전부나 일부에 관해 동의하리라 생각한다면 너무 순진한 생각일지 모르지만, 한 번도 반대 의견은 안 나왔다.

나는 우리 해군이 이 훌륭한 학생 장교들에게 있어서 계속 매력이 있을 것이라고 강력히 믿는다. 하느님의 가호와 단합하는 많은 인종의 땀으로, 위대한 인류의 이상인 개인의 자유와 평화를 수호해나갈 위대한 우리나라 미국은 나의 경험으로 한층 더 튼튼해졌다고 나는 믿는다.

이 책은 어떤 면에서 독자들에게 도움이 될 것이란 생각으로 쓰여졌다. 나의 개인적인 수기(手記)이며, 이 시점에서 완전한 나만의 이야기였다.

함장 로이드 M. 부커의 뒷이야기

1968, 푸에블로호 피랍 사건

발행일 2018년 8월 27일
지은이 로이드 M. 부커
옮긴이 양희완
펴낸이 이정수
책임 편집 최민서·신지항
펴낸곳 연경문화사
등록 1-995호
주소 서울시 강서구 양천로 551-24 한화비즈메트로 2차 807호
대표전화 02-332-3923
팩시밀리 02-332-3928
이메일 ykmedia@naver.com
값 18,000원
ISBN 978-89-8298-190-6 (03840)

이 도서의 국립중앙도서관 출판예정도서목록(CIP)은 서지정보유통지원시스템 홈페이지
(http://seoji.nl.go.kr)와 국가자료공동목록시스템(http://www.nl.go.kr/kolisnet)에서 이용하실
수 있습니다.(CIP제어번호: CIP2018026720)